Contemporánea

Nacido en Bruselas en 1914, durante una estancia temporal de sus padres en esa ciudad, **Julio Cortázar** es uno de los escritores argentinos más importantes de todos los tiempos. Realizó estudios de Letras y de Magisterio y trabajó como docente en varias ciudades del interior de Argentina. En 1951 fijó su residencia definitiva en París, desde donde desarrolló una obra literaria única dentro de la lengua castellana. Algunos de sus cuentos se encuentran entre los más perfectos del género. Su novela *Rayuela* conmocionó el panorama cultural de su tiempo y marcó un hito insoslayable dentro de la narrativa contemporánea. Cortázar murió en París en 1984.

Julio Cortázar

Divertimento

El examen

Diario de Andrés Fava

Los premios

DEBOLS!LLO

Divertimento

Primera edición en España: febrero, 2017
Primera edición en México: junio, 2017

D. R. © 1950, 1960, 1986, 1995, 2013, Julio Cortázar y Herederos de Julio Cortázar

D. R. © 2017, Penguin Random House Grupo Editorial, S. A. U.
Travessera de Gràcia, 47-49, 08021, Barcelona

D. R. © 2017, derechos de edición mundiales en lengua castellana:
Penguin Random House Grupo Editorial, S. A. de C. V.
Blvd. Miguel de Cervantes Saavedra núm. 301, 1er piso,
colonia Granada, delegación Miguel Hidalgo, C. P. 11520,
Ciudad de México

www.megustaleer.com.mx

ISBN: 978-607-315-435-2

Impreso en México – *Printed in Mexico*

El papel utilizado para la impresión de este libro ha sido fabricado a partir de madera procedente
de bosques y plantaciones gestionadas con los más altos estándares ambientales, garantizando
una explotación de los recursos sostenible con el medio ambiente y beneficiosa para las personas.

Penguin
Random House
Grupo Editorial

Divertimento

... and I'm going to kill you with this sword! At the word «sword», the misshapen lump of metal seemed to Rachel to flicker to a sharp wicked point.

She looked Emily in the eyes, doubtfully. Did she mean it?, or it was a game?

RICHARD HUGHES, *High Wind in Jamaica*

I

i

Hablo de un tiempo distante y ya cinerario, cuando éramos varios y vivíamos lo que digo aquí, un poco para los demás y casi todo para mis días feriados que relleno infatigable con palabras. La naranja se abre en gajos translúcidos que alzo al sol de una lámpara para ver entre la linfa del glóbulo sombrío de las semillas. De uno de los gajos salen los Vigil, ahora estoy con ellos y los otros en la casa de Villa del Parque donde jugábamos a vivir.

Jorge se cultivaba la introspección, decía poemas automáticos con infaltable belleza. Aplastado contra la mesa de dibujo, el pelo entre papeles canson y carbonilla, murmuraba para sí las melopeas preliminares que lo ponían en trance.

—Está aceitando la bicicleta —me dijo Marta que escogía entonces la imagen violenta—. Vení a ver esta hermosura.

Me acerqué al ventanal que daba al oeste. El paisaje agronómico quedaba detrás de un toldo a rayas naranja y azul, pero alguien había abierto un agujero rectangular por donde entraba el sol de las cuatro mezclado con pedazos de figuras y de nubes.

—Mirá desde aquí, es un Poussin fabuloso.

No era en absoluto un Poussin, más bien un Rousseau, pero la óptica de la tarde, el calor, algo en ese trozo de exterior calando por el toldo, le daba un relieve del que no podía uno escaparse. Inclinándome en el ángulo que me exigía Marta vi la razón de su maravilla. En un campo a tres cuadras, al borde mismo de la facultad de agronomía, un montón de vacas pastaba a pleno sol, blancas y negras con infalible simetría. Tenían algo de mosaico y cuadro vivo, un ballet idiota de figuras lentísimas y obstinadas; la distancia impedía apreciar sus movimientos, pero fijándose con atención se veía cambiar poco a poco la forma del conjunto, la constelación vacuna.

—Lo fantástico es cómo caben dieciséis vacas en este agujerito —dijo Marta—. Ya sé lo de la distancia, etc. También con un dedo se tapa el sol, blah blah. Pero si te fías solamente de tus ojos, por un momento solamente de tus ojos, y ves esa calcomanía purísima ahí lejos, todo perfecto el campo verde las vacas negras y blancas, dos juntas, otra más allá, tres en hilera y recortadas, lo estupendo es la irrealidad de esas figuras tan tarjeta postal.

—El marco del agujero ayuda a la ilusión —dije—. Cuando llegue Renato le podríamos pedir que lo pinte. Realismo mágico, dieciséis vacas celebrando el nacimiento de Venus en un atardecer tórrido.

—El título está bien, sin contar que sería la única manera de convencerlo a Renato que pinte algo que vemos los demás. Aunque su cuadro de ahora es bastante fotográfico.

—Bueno, sí. Pero fotográfico a la manera marciana o a través del ojo facetado de una mosca. Imaginate fotografiar la realidad a través de un ojo de mosca.

—Prefiero mis vaquitas. Miralas otra vez. Insecto, miralas otra vez. Lástima que Jorge duerma, hubiera sido bueno hacérselas ver.

Ya sabía yo lo que iba a pasar. Jorge movió convulsivamente un brazo, enderezándose a medias sobre la mesa de Renato. Estaba un poco pálido, miraba fijamente a su hermana.

—Escuchá, sonsa, ya lo tengo. Oigan los dos, ahora va a empezar. La palabra es *menta*, todo nace de ahí, lo veo todo pero no sé qué va a ser. Ahora esperen, *la sombra de la menta en los labios, el origen sigiloso de ciertas bebidas que se degustan bajo luces de humo, tornan alguna vez como palabras y se agregan al recuerdo para no dejarlo andar solo bajo las antiguas lunas.* («Buen poema», me dijo Marta al oído mientras escribía velocísima.) *Todo esto es vano, lo importante permanece en la actitud sobria de los edificios y las nubes bajas; sin embargo forma parte de vidas ya depositadas en el fondo de vasos secos, con huellas de labios en el borde donde el polvo del amanecer se decanta innumerable.*

Así es como recuerdo un anís seco y penetrante bebido en una casa de la calle Paysandú; una aloja devorada por el alto calor de Tucumán, y una granadina flor de fuego en un café japonés de Mendoza. En esta tierra de profundos vinos la geografía está colmada de sabores rojos o áureos, mostos picantes de San Juan, botellas de Bianchi cuyano y breve gloria en fuste altísimo de los Súter legendarios. Este vino es un caracol andino, aquél una noche sin sueño y transcurrida de acequias, y el más amargo y humilde, el vino de almacén en calles de tierra y sauces crecidos, las orillas de Buenos Aires donde el hastío llama la sed.

Jorge se detuvo para respirar ruidosamente, hizo un raro gesto con la boca.

—*También es justo inclinarse sobre la diáfana pequeñez de los aguardientes, que...* Mierda, ya no anda.

Se enderezó jadeando. El color le volvía a la cara, pero aún estaba ausente a medias. Se tiró en una silla.

—Demasiado espectáculo para tan poco —me dijo Marta—. Parece un catálogo de Arizu. Me gustaron más los de anoche, le salieron de golpe y perfectos. ¿Vos los conocés, Insecto?

—No.

—Se llaman «Poemas con osos blandos».

—Cada oso tendrá su reloj —dije maliciosamente—. También hay plagios automáticos.

—¿Y qué es un plagio, querés decirme? Hay que analizar la idea del plagio desde sus comienzos. ¿No ves mis vacas? Una plagia a la otra, dieciséis plagios en negro y blanco; el resultado, una estupenda tarjeta estilo idiota. Obra maestra.

—*Marta, Marta...* —canturreé yo con *M'appari*. Pero Jorge la miraba despacio, descomponiéndola en trozos; recuerdo que se quedó un segundo entero mirándole la hebilla del cinturón.

—¿Lo copiaste, Marta? ¿Qué era?

—Un tratado de enología, precioso mío. Pero ya sabés el convenio, no lo leerás hasta mañana. Los rompe, Insecto; una se los da, y el tipo encuentra que no son suficientemente geniales y los rompe.

—La brocha del silencio escribe para ti la palabra hija de puta —dijo Jorge pensativo—. Y ahora me dedicaré a las diagonales, al mate amargo, a descifrar la conducta de las coccinelas.

—Buen material —le dije con mi mejor ironía—. Curioso cómo ustedes los automáticos se trabajan con todo orden para la próxima sesión.

—Aceitan la bicicleta —dijo Marta.

—La gimnasia del corazón se compone de numerosos movimientos en balanceo y en salto abajo —observó Jorge, mirándome y sonriendo—. Bueno, basta de poesía. —Realmente era capaz de salir del trance y recomponerse en un momento. Hizo un par de flexiones de cintura y se acercó al ventanal—. ¿Qué macaneaban ustedes sobre unas vacas? —Miró el trocito de paisaje y se puso serio—. Hay algo ahí. Constelación vacuna, placa microscópica, pulgas tobianas amaestradas. De todo. Tenías razón, Marta, es una estupenda tarjeta. ¿Se la mandamos al tío Tomás? «Con nuestros mejores recuerdos desde estos hermosos prados, los Vigil.»

—Le gustan los versitos. Mejor uno de los tuyos.

—Bueno.

«Desde estos hermosos prados,
tus sobrinos abnegados.»

—Excelente, se ve tu talento, tu osadía. Oíme, ¿puedo adelantar una sospecha?

—Sí. La respuesta es no.

—Jorge, vos acabás de dictarme ese poema.

—Vos lo copiaste porque se te dio la gana, aparte del convenio que tenemos.

—No te hagás el estúpido —murmuró Marta yendo a sentarse en el viejo sofá de Renato—. Sabés muy bien lo que quiero decirte. Ese poema ya estaba compuesto. —Miró de reojo las carillas—. *En esta tierra de profundos vinos*... Nunca decís cosas así, salvo que las pienses.

Jorge me miró haciendo una mueca.

—Las hermanas inteligentes, qué peste. Vos sos mi escriba, yo te doy lo que sabemos por cada poema que me copiás al vuelo. Está bien, admito que parte de esto estaba masticado. Los hago antes de dormirme, frases sueltas, cosas que vienen mezcladas con los fosfenos y los semisueños. Pero después hay que provocar el total, la puesta en marcha. ¿Vamos a hacer café, Insecto?

La cocinita estaba al lado del taller. Oíamos canturrear a Marta mientras poníamos el agua y Jorge, midiendo cucharadas de café, las precipitaba en un pañuelo que servía de colador.

—Qué bestia es Renato —dijo mostrándome el pañuelo—. Es capaz de repetir las inmortales hazañas de don Luis Molla, apotecario.

Los dos salmodiamos a coro:

—*El boticario don Luis Molla*
Se lavaba la pija en una olla.
Mas su esposa, ignorante por entero,
Con el agua de la olla hizo el puchero.

Y luego de una pausa majestuosa:

—*Moraleja: Nunca digas*
DE ESTA AGUA NO BEBERÉ.

—Cantamos notablemente —dijo Jorge—. ¿Oíste, Marta?
—Buen par de asquerosos, vos y el Insecto. Doble café para mí. Escriba fatigada requiere balones oxígeno suminístransele auxilios Reuter.
—¿No llegaremos a un estilo así? —murmuró Jorge, colando el café con gravedad—. Fijate la economía, hasta la belleza de ciertas estructuras. Eso estuvo muy bien: Escriba fatigada requiere balones oxígeno. Los Vigil somos inteligentes. Yo, por ejemplo, advierto que Renato está medio loco desde hace una semana.
—Renato está algo más loco que antes de la última semana —mejoré.
—Renato *es* loco —dijo Marta desde fuera—. Les lleva esa ventaja a ustedes dos que son meramente estúpidos. La poesía de Jorge es poesía estúpida, y terminará por imponerse. Hay que cultivar la estupidez. Manifiesto de los Vigil, criaturas de excepción.
—Excepción el Africano —rió Jorge—. Llegado a Capua, Aníbal entregose a una vida de licencia desenfrenada. Las delicias de Capua, que les dicen. Traducí eso a tu estilo, Marta.
—Llegado Capua Aníbal meta farra.
—Cinco palabras, tarifa reducida. Nuestro querido y difunto padre, el señor Leonardo Nuri, ¿habrá trabajado alguna vez en el correo? ¿Pensaba en un telegrama la noche en que te hizo?
—Yo pienso en Renato —dijo Marta—. Yo pienso que Renato está afligido, que no llega, que me gusta su cuadro.

Me fui a bañar mientras esperábamos a Renato, y pensé en los Vigil con una fría atención. Era capaz de aislarlos como seres próximos a mí, hacer de ellos imágenes recortadas como las vacas del toldo. Pensé en Renato, que estaría llegando y se molestaría al encontrarme en su baño. Renato decía que los Vigil eran disolventes, que sumían a cualquiera en una atmósfera de dispersión; por eso los buscaba, y creo que también yo prefería su áspero cariño al de seres menos contaminados por la pureza. Marta, sobre todo, me asimilaba en seguida a su inocencia perversa llena de relámpagos horribles, a su clima donde la muerte era excluida hora a hora con exorcismos y acciones, pero no por eso menos presente en un rostro claro que la voluntad y el abandono modelaban alternativos. Renato no hallaría mejor modelo para sus cuadros, ni Jorge mejor escriba para sus poemas. Yo solamente estaba con ella, sin usarla, y comprendía que en el fondo era ella quien se alimentaba de mi salud más del lado del mundo, de mi persistente fe en una vida de ojos abiertos.

Jorge Nuri era distinto, en él la poesía cultivaba tierras inmensas en medio de un desorden que la técnica alentaba cada vez más. Aunque muchas veces no lo pareciera, era más fuerte que Marta, se retenía del lado de la salud con una naturalidad de la que él mismo no parecía darse cuenta. ¿Pero cómo hablar de ellos? Yo pensaba sin palabras, yo era también ellos y entonces me bastaba sentirme para penetrar profundamente en su manera de ser. Sólo después, al regreso de esa sumersión instantánea, medía la distancia; pero era una razón más para seguir con los Vigil, astuto discípulo atento.

Renato entró en el baño cuando yo acababa de secarme. Se metió en la ducha con un bufido de alegría, mirándome a través de los caireles que le chorreaban por el pelo y el pecho.

—No hay vez que no te encuentre usando mi ducha. Los Vigil dicen que lo hacés a propósito, para fastidiarme.

—Los Vigil son un par de perros. No te olvides de Heráclito, del oscuro Heráclito. Yo no uso tu ducha, mis treinta y cinco metros de hilos de agua tibia van ya camino del río.

—Ahorcate con ellos, Insecto. ¿Te quedás a comer?, Marta está haciendo huevos fritos y hay carne fría no del todo podrida.

—Yo traje una lata de pulpos preparados a la manera de calamares. Son magníficos, los comés y al rato empezás a tener unos mareos impagables.

—Sos igual que ellos a la media hora de llegar aquí. Gracias por los pulpos, haremos una ensalada. Uf, me pasé la tarde buscando unos colores. No hay nada en Buenos Aires.

—¿Pintás esta noche?

—Siempre pinto de noche, y quiero acabar la pesadilla.

—¿Lo vas a llamar así? —pregunté sorprendido, porque el cuadro de Renato venía despertándome la exacta sensación de una pesadilla lejana, imposible de ubicar en el tiempo pero extraordinariamente clara y persistente.

—No, es un decir. Le pondré un nombre con bastante literatura. Los Vigil cooperan.

—No hagás tonterías. Si hay algo que un cuadro no aguanta bien es el título. Fijate que termina siendo una especie de marco mental para la gente, mucho más durable y peligroso que el de madera.

—Día a día se perfeccionan tus imágenes —jadeó Renato con la cara rellena de jabón espeso—. El título no es importante pero un cuadro surrealista necesita del título como explicación del trampolín que lo puso en marcha. Lo malo es que del trampolín no tengo sino una idea muy vaga, una mezcla de recuerdos, un despertar a medianoche con un miedo atroz, una especie de presentimiento del futuro.

—Supongo que con los anteriores te habrá ocurrido lo mismo.

—No, fijate que no. Por eso Marta se queja de que en este cuadro me ha ocurrido algo raro.

—¿Y se queja de eso? Hace un rato dijo que le gustaba.

—Más bien parece inquietarse pero ella misma no encuentra explicación. No sé si sabés que Marta es una buena médium. Jorge la entrenó hace un par de años, después se desanimaron un poco.

—Jorge no sabe nada de espiritismo.

—Él no, pero Narciso sí. En aquella época andaban mucho con Narciso —dijo Renato, y de pronto se quedó enjabonado y quieto a un lado de la ducha. Parecía pensar en algo, lo vi con un ojo mientras acababa de ponerme la camisa le temps d'un oeil nu entre deux chemises—. Ahí tenés, en este momento me doy cuenta de que Narciso tiene algo que ver con el cuadro.

—¿Algo que ver?

—No sé, es raro... —Se hundió en la ducha, cortándola con la cara en alto y dejándose chicotear ruidosamente. Sacó los labios fuera de la cortina plateada y me miró veladamente—. Sí, ella era una buena médium. Una noche hizo salir a Facundo Quiroga, y otra a una tal Eufemia que dijo horrores del cielo. Ahora me parece que podrías ir a preparar los famosos pulpos. Decile a Jorge que venga, quiero verlo.

¿Quién era Narciso? Los huevos crepitaban tanto al freírse que no oímos el timbre, fue preciso que la hermana de Renato golpeara en la puerta para que fuésemos a abrirle.

—El día que no me olvide la llave iré a ver a un psicoanalista —me dijo muerta de risa. Traía naranjas, chocolate, *El Hogar* y un disco de Lena Horne. Marta había abandonado los huevos para curiosear los paquetes, y cuando volvimos a la cocina un humo acre salía del sartén. Pero Marta tiró todo a la basura y empezó de nuevo.

—Rallémosle chocolate encima —propuso—. ¿No creés que va a quedar bien, Insecto?

—¡Cómo no! Ponele encima una cucharadita de saliva y mucha canela.

Susana quería bañarse, pero la gritería entre Renato y Jorge era tal que renunció a echarlos del baño y vino a tender la mesa envuelta en su kimono violeta. Susana estaba poniéndose bonita como todos los veranos, el invierno se la llevaba con él y nos la devolvía en primavera hecha una calamidad, desvaída y tonta. Me fui a ayudarla a poner la mesa en el living de entrada, que se convertía a veces en comedor, y aproveché para preguntarle si sabía quién era Narciso.

—Sí, claro que sé. Un mago.

—Dígame algo más. Renato sabe mucho, pero no ha querido decirme.

—Es un mago que se hizo amigo de Jorge y Marta. Más bien de Jorge, se conocieron en el grupo V4, ¿se acuerda?

—Me acuerdo de un recital de poemas —dije—. Los V4 eran unos bestias, Jorge incluido. ¿Qué hacía ahí Narciso?

—Les completaba los recitales con sesiones de espiritismo. ¿Usted nunca fue, Insecto?

—Fui una vez, y no vi a Narciso. Es raro que los Vigil no me hablaran nunca de él.

—Creo que no les gusta hablar de Narciso —dijo Susana tirando el mantel al modo de Manolete—. Lo llevaron a su casa, y en esos días don Leonardo vivía y no estaba todavía muy convencido de que sus nenes eran un par de locos. De manera que Narciso fue y les hizo ver a Sara Bernhardt. Don Leonardo asistió a la sesión y se llevó un julepe tal que no quiso que la cosa siguiera. Entonces... Deme esos cubiertos, usted no ayuda nada.

—Hábleme de Narciso, Sú.

—Me gusta más hablar de don Leonardo. ¿Usted sabía que cuando se enteró de que la barra les decía «los Vigil» estuvo loco de rabia una semana? Fue entonces que se negó a recibir a Renato.

—Complejo de cornudismo latente —dije—. Los que no están seguros de su paternidad tienen especial interés en cuidar del apellido de los niños. ¿Y Narciso?

—Narciso no volvió, pero los Vigil iban a su casa. Fue entonces que él descubrió las condiciones de médium de Marta.

—¿Y ella hizo salir a Facundo Quiroga?

—Y a Eufemia —dijo solemnemente Sú.

Las comidas con los Lozano y los Vigil eran entonces una delicia. Nada estaba a punto, todos tenían dos cucharas y ningún tenedor, la sal llenaba siempre la azucarera. Yo mezclé un pulpito con mis huevos fritos, le puse un enorme chorro de ketchup, y me lo comí encantado; era un buen plato. Marta y Jorge discutieron incansablemente sobre un «pingo» de pan, luego sobre el derecho a un huevo sobrante, y midieron con un lápiz la banana que les había tocado.

Renato comía en silencio, con apetito, y Susana imitaba bastante bien a una dueña de casa.

—Esta mansión no es lo que era antes —me dijo—. Hasta hace tres meses había orden, ustedes no venían y Renato pintaba cosas tolerables.

—Hace tres meses el mundo era imperfecto —dijo Jorge—. Renato no había empezado su cuadro, y yo no había producido mi poema de esta tarde. Encuentro que el cuadro y el poema ponen por fin alguna hermosura en este mundo desagradable. Vos sacá la mano de ese pedazo de pan.

—Tu orgullo poético tiene algo de repugnantemente filantrópico —dijo Renato, rompiendo un silencio que duraba—. Apenas vomitás un par de imágenes interesantes, te sentís cómplice de Dios, lo ayudás a hacer el mundo.

—Estamos condenados a ser sus cómplices.

—Yo no. Mi pintura se basta a sí misma, se ordena en un pequeño mundo cerrado. No necesita del mundo para ser, y viceversa.

—¡Y hablás de mi orgullo!

—Diferencia entre el orgullo del perro sambernardo y el orgullo del tigre.

—Cuidado que araña —dijo Marta—. Prefiero a Jorgito, puedo beberme su barril de coñac. ¿Dónde lo llevás, perro abnegado? Es cierto que la pintura de Renato peca de solitaria.

—Como él —dijo Susana—. Me asombra que los aguante tanto tiempo, con excepción del Insecto que es innocuo. ¿Llevás adelante tu programa de embrutecimiento voluntario, *il faut s'abrutir* y todo eso? Supongo que estos te ayudan, especialmente Jorge.

—Hacen lo que pueden —dijo Renato sonriéndoles—. Bueno, cuenten alguna cosa, están demasiado dialécticos esta noche. Pulpo y teoría del arte, buen asco.

—Yo vi dieciséis vaquitas por un agujero del toldo —dijo Marta—. Puedo describírtelas como tema pictórico. Empezando por la izquierda había una blanca con manchas negras; al lado otra negra con manchas blancas, y otra negra y blanca; luego un grupo de tres, todas tobianas; después siete a distancias regulares, de ébano y nieve, y finalmente, esperá que saque la cuenta, finalmente tres de nieve y ébano.

—Supongo que el pasto era verde y el cielo azul.

—Exacto. Lo mismo que en tu cuadro del molino roto.

—Jamás he pintado un molino roto —dijo Renato sorprendido.

—Vos creés eso porque tenés el olvido caritativo. ¿Te acordás de una mañana en el V4? Pintaste un molino roto en una tablita porque yo te pedí que pintaras un molino roto. El pasto era verde y el cielo azul. Pintaste un molino en una tablita.

—Es estupenda para hacer versitos idiotas —dijo Jorge—. Cuando se pone a hablar como una nenita hace maravillas. Molinito tablita cielito vaquita. Pero lo del cuadro es cierto, yo lo vi en casa, don Leonardo Nuri estaba estupefacto mirándolo, ésta se lo olvidó sobre la mesa y don Leonardo lo tenía en la mano y lo miraba, después sacudía la cabeza y lo miraba. Me divertí como un loco espiándolo desde la escalera. En mi casa —agregó con orgullo— tenemos una notable escalera de cedro.

Los Vigil ayudaron a Susana a destender la mesa mientras Renato y yo nos íbamos al Vive como Puedas y elegíamos un par de reposeras cómodas. Me gustaba el gran taller de Renato, el juego de luces que permitía combinaciones de iluminación, los caballetes fragantes y el ventanal abierto al perfume de un eucalipto cercano. En el Vive como Puedas se armaban las batallas polémicas y se hacían los cuadros de Renato; pensé súbitamente que también era el sitio probable de las sesiones espiritistas, y me incomodó sentirme excluido de ellas, de todo el ciclo Narciso.

El cuadro en que trabajaba Renato había sido cubierto con una salida de baño roja, y él se estiró en una reposera y se puso a fumar sin mirarlo. A eso de las once, bien dopado de cigarrillo y charla, reanudaría la tarea. Pintaba mejor de noche, armándose unas luces que hacían fosforecer el cuadro. Como decía Jorge, era capaz de usar anteojos ahumados para combatir una playa demasiado calcinada por la medianoche.

—Don Leonardo Nuri —dijo Renato como desde detrás de sus párpados—. Es increíble cómo odian éstos a su padre.

—Su querido y difunto padre.

—Les debe haber hecho mucho mal, eso se ve. Dejarlos que se criaran salvajes y rodeados de gentes como vos y yo, y al mismo tiempo pretender tenerlos en un puño. Menos mal que se murió a tiempo... ¿A vos te escandaliza si te digo que no me gusta oírlos hablar así de don Leonardo? Sobre todo Marta, que es menos... Bah, quién sabe. —Se dejaba envolver por el humo y yo le veía la cara debajo de una máscara ondulante—. Cuando duerme y cuando no sabe que la miran, es su verdadera persona.

—¿Cuando duerme?

—No seas idiota, Insecto. Muchas noches los Vigil se han quedado hasta el amanecer, y yo los dejaba dormir en el sofá. No es menos dormir que en una cama, me parece. Café, Susana, traenos mucho café.

—¿Narciso ha venido a tu casa? —pregunté para salir de esa réplica que me humillaba un poco.

—Sí, venía cuando vos andabas por Chile. Después no sé qué le pasó, creo que una noche que yo estaba en curda le dije un par de cosas sobre su mala influencia en los Vigil, sobre todo en Marta. No vino más pero oficialmente no estamos peleados. Creo que tendría que invitarlo alguna noche.

—Tal vez te ayude a ver mejor el cuadro —dije a propósito, pero Renato no pareció asociar mi frase con una segunda intención.

—Narciso es muy inteligente —dijo.

—¿Por qué todo el mundo le llama mago? Es la primera vez que oigo insultar así a un espiritista.

—Es mago y espiritista. Te hace horóscopos, te mira las manos, te echa las cartas y las hojas de té. Ve en el futuro.

—Dijiste hoy que el trampolín de tu cuadro era una especie de premonición del futuro. Aquí es donde puede entrar Narciso, máxime si Marta está inquieta.

Renato tiró el cigarrillo por el ventanal y se estuvo un rato callado.

—Es raro que Marta esté tan inquieta delante del cuadro —dijo—. Claro, Narciso podría ver algo más. Lástima que el tipo me dé tanto asco. Es el ser más baboso que he encontrado. Tendrías que verlo, Insecto.

—Tendré que verlo. Lo de Eufemia me llena de esperanzas, quiero preguntarle por mi tía Elvira, que tal vez en paz no descansa.

—Los Vigil se pasan la noche preguntándole por don Leonardo Nuri —sonrió Renato, otra vez tranquilo—. Qué par de locos. ¡Eh, café...!

—¡Esperá un poco! —le gritó Jorge desde la cocina. Me imaginé que trataba de colar el café con el pañuelo de Renato, y que Susana y Marta tenían las puntas mientras él volcaba el agua hirviendo. Se los oía reír e insultarse en voz baja.

iii

—*I gotta right to sing the blues, I gotta right to mourn and cry* —nos informó Lena Horne. Todos la queríamos bastante entonces, y oímos la canción de punta a punta. El *Cuyano* pasó bajo el puente de Avenida San Martín, y oímos sus pitadas de desollado vivo. Jorge se enderezó en el sofá, rígido.

—Hembra de plesiosaurio recibiendo un enema de vitriolo —dijo, y se volvió a acostar—. He's got a right to spit his steam —murmuró como soñando.

—Los trenes enhebran la noche como agujas de radium. Mucho más bonito y además con un toque de vulgarización científica. Quiero que pintes, Renato.

—No, la cosa no camina. —Marta lo miró perpleja, esperando que dijera otra cosa—. ¿Por qué me mirás así? Te digo que no camina, las cosas están ahí pero no las veo.

—¿Pongo el otro lado del disco? —dijo Susana—. Nada menos que *Moanin' Low*.

—No, sigamos charlando —le pedí—. Venga a sentarse con nosotros, Sú. Algo de raro hay aquí esta noche, y todos tenemos un poco la culpa. Jorge está soñoliento, Marta se ha puesto didáctica. Ayúdenos, Sú.

Era el gran conjuro, el pedido máximo. Cuántas veces le había oído yo a Renato la misma frase: «Ayudame, Sú». Botón suelto, ensalada sosa, horario perdido, moscardón o avispa en el taller. Ayúdenos, Sú. Sea la gran superintendenta de los juegos. La controladora de los juegos de agua, oh sí, Sú.

—Por lo menos dejámelo ver un poco —dijo Marta desde su rincón. Estaba metida en un viejo sillón de cuero con tajos por todas partes y tenía las rodillas más altas que la cabeza—. Quitale ese trapo colorado, Renato, quiero verlo y entenderlo.

Renato se enderezó suspirando. «Mujeres de mierda», me pareció sentirlo pensar. Pero descolgó la vieja bata y puso el cuadro en un ángulo opuesto al ventanal para que todos lo viésemos a la luz de una lámpara que ajustó con lento cuidado.

—El pulpo del Insecto proclama el nacimiento de los grandes sueños —dijo Jorge que tenía la cara tapada con *El Hogar*—. Me está dando una acidez precursora de la lava incontenible.

Susana había venido a sentarse en mi sofá, y yo le acaricié apenas la mano, sintiendo esa rara impresión de frío en el vientre que me causaba la cercanía de Sú, la tibia firmeza de su piel que apenas rozaban mis dedos.

—Es un cuadro más —dijo Susana para que sólo yo la oyera—. No veo que se distinga de otros de Renato. —Afirmaba demasiado para estar segura, y me pregunté si las tonterías de Marta no empezaban a influir también sobre ella.

—Todo está en el trampolín —le dije al oído, acordándome de las palabras de Renato en el baño—. Eso es lo malo de la pintura literaria que hacen estos tipos. Con Cézanne se estaba más tranquilo.

—¿Quién dijo Cézanne? ¡Cézanne! ¿Quién cuernos dijo: Cézanne?

—Yo, Jorge. Cézanne era un pintor francés.

—Cézanne es un acantopterigio, un objeto helicoidal. Marta, eso va a venir, ya sabés que de la puntuación me ocupo yo después.

Marta corría en busca del cuaderno de taquigrafía, pero Jorge se inmovilizó otra vez, indigestado y turbio en la penumbra.

Solté la mano de Susana y me puse a mirar el cuadro. Sentí que me apretaban el tobillo, era el gato Thibaud-Piazzini frotándose y mayando. Me lo puse en los muslos, aunque hacía un calor del demonio, y estudié el cuadro. Renato había vuelto a su reposera, y miraba a Marta que alistaba el cuaderno. Me fijé que Sú tenía los ojos en Renato, como vigilándolo. Thibaud-Piazzini me lamió dulcemente la palma de la mano, y se puso a ronronear con delicia.

No hay mucho que decir del cuadro, pero en principio esa atmósfera de soledad que no se tiene nunca en los sueños aunque después, mirando un cuadro, se piense extrañamente que es una soledad onírica. Del horizonte avanzaba brutalmente hacia el primer plano una calle de grandes adoquines convexos, apenas esbozados por Renato. La calle dividía el cuadro en dos cuarteles, enteramente distintos aunque bañados por la misma luz incierta. No era de noche, más bien al amanecer, el poco cielo que se colaba en el ángulo superior izquierdo tenía esa coloración deprimente de las cinco de la mañana, entre topo y tierra clara, con una sola nube fija y recortada como un ojo anatómico. Renato había trabajado con extraña paciencia esa nube, la única cosa concluida y con valor propio en el cuadro. Pero uno no podía dejar de fijarse inmediatamente en las dos figuras erectas, la del cuartel de la derecha en primer plano y casi a espaldas, la otra en segundo plano y delante de la puerta de la casa que dominaba con su curiosa estructura la mayor parte del cuartel de la izquierda. Esta segunda figura también estaba casi de espaldas, y parecía una reproducción en escala reducida de la primera. Sólo que la primera tenía una espada en la mano y la apuntaba hacia la segunda.

Todo esto (salvo la nube) estaba trabajado a medias. El cuartel de la derecha se encaminaba a ser un terraplén (tal vez en lo alto pasaba una vía férrea, invisible en el cuadro, o era el final de una colina o una barranca); se veían algunas piedras, plantas de formas casi hieráticas, apenas acusadas con golpes de color. La figura armada se tenía de pie en el sitio exacto en que concluía el terraplén y daba comienzo la calle; uno de sus pies —bastante trabajado— se posaba en el cordón de la vereda. Pero en lugar de vereda había una angosta faja de tierra pedregosa, y en seguida trepaba el nivel hasta formar el terraplén.

Renato había trazado el perfil general de la primera figura, que me hizo pensar por un momento en *the ofty and enshrouded figure of the lady Madeline of Usher*. Aunque la espada, parecida al modelo de espada celta que figura en la Enciclopedia Sopena en dos tomos, llevaba a pensar en un hombre, la figura producía una impresión penetrantemente femenina, sin que pudiera precisarse por qué. Al igual que la otra, estaba envuelta en una vestidura de pliegues colgantes que ocultaba enteramente el cuerpo y se prolongaba por el suelo como una pequeña sombra plástica. Renato no había trabajado los pliegues aunque en el dibujo general se advertía su intención; de manera que la imagen constituía un a modo de columna cuyas canaladuras se adaptarían luego a la flexibilidad del paño. Tenía algo de ídolo de piedra, de imagen arrancada bruscamente de su hornacina. Tampoco la cabeza estaba más que apuntada por unos elementos ligeramente trazados; era el lugar donde menos había trabajado Renato, precisamente porque en él habría de definirse el carácter de la imagen.

La figura de la víctima —uno pensaba en seguida que era la víctima— aparecía como devorada por la mole de la casa que se extendía en el cuarto siniestro. En realidad Renato no había diferenciado aún suficientemente los planos de color, y las paredes se tragaban a la figura, que apenas se distinguía por hallarse de pie delante de la ancha puerta de doble hoja; presumí que Renato pintaría de claro aquella puerta, hasta sospeché un aldabón negro, un llamador como los que Alberto Salas ha descrito con tanta intimidad. A ambos lados de la ancha puerta había ventanas, también anchas y bajas, con pesados batientes ya casi terminados de pintar. Cornisas fin de siglo formaban pequeñas marquesinas sobre la puerta y las ventanas, y aunque el techo era invisible supe con toda certidumbre que tendría balaustrada con aburridos balaústres corintios. Detrás habría una terraza de baldosas coloradas, tinajas con malvones, etc.

Puerta y ventanas estaban cerradas. La figura parecía encaminarse hacia la puerta, al llamador aún no pintado. Literariamente pensé: «Cuando Renato pinte el llamador, la figura podrá entrar». Pero la espada estaba ya concluida en la diestra de la primera figura.

—Hoy hablamos de pesadillas —dije—. Pero esto es tan otra cosa. Tal vez si pudiera fotografiarse una pesadilla se lograría alguna escena con esta fijeza. Porque en el sueño la cosa es distinta; vos ves las cosas así, pero las ves un solo instante, sin fijación; apenas un *augenblick*, piensa en la etimología de la palabra. Algunos cuadros de Tanguy son lo más cercano a los paisajes de mis sueños; pero tendría que verlos un instante, entre un encender y apagar de linterna; si dura más la cosa se concreta, se proyecta, salta de este lado. Il ne tangue pas assez, ton Tanguy. Mais regarde les frères, René, vois ça.

—El pobre está enfermo, déjenlo en paz —se quejó Marta. Estrujaba un pañuelo en agua helada y lo ponía en la frente de Jorge, que estaba de un lívido verdoso—. Tu maldito pulpo, a mí me da vueltas en el estómago.

—La influencia innegable de Víctor Hugo —dijo Renato—. Nadie se come un pulpito sin que su inconsciente se sienta Gilliatt y entable el gran infighting en la panza. ¿Por qué no le das bicarbonato, Sú? Ayudalo un poco, que vomite el acuario y asunto acabado.

—La sorda esperanza del becuadro —dijo la voz de Jorge, entre dos hipos—. Hace días que me trabaja la idea de las alteraciones musicales. Pienso en bemoles, en claves alteradas.

—La Nature est un temple où des vivants piliers... —dije, y fui a mirarlo llevando en brazos a Thibaud-Piazzini—. Estás muy bien, Jorge. No se nota en absoluto que vas a morirte. Jorge, ¿por qué no me dictás un poema testamentario? Dejo mis becuadros a Renato; mis libros de la colección Labor a Susana, mi guía Peuser al Insecto...

Susana pasó el brazo por el cuello de Jorge, lo enderezó como a un chico y le hizo tragar medio vaso de Alka-Seltzer. Como resentida por la intrusión, Marta vino a sentarse a mi lado y me quitó a Thibaud-Piazzini.

—Narciso lo curaba con unas palabras —me dijo enfurruñada—. No precisa esas inmundicias que le hacen tragar. Yo quiero que él se mejore y me dicte el poema.

—¿Querés uno de los míos? Yo escribo sonetos.

—El soneto / pequeño feto / se destaca / pues huele a caca / —dijo Marta escandiendo cuidadosamente los versos de cuatro y de cinco—. Quiero que Jorge se mejore. Quiero que Jorge se mejore. Quiero que Jorge...

Renato le alcanzó un vaso de caña seca.

—Nada de exorcismos esta noche, pequeña. Otra vez traete a tu Narciso y entablaremos comunicación con los del otro lado. Tu Jorge parece que quiere vomitar.

Entre Sú y Marta se lo llevaban, era gracioso ver a Jorge arrastrando los pies entre las dos que se disputaban tironeando el derecho de conducirlo. Oímos correr el agua del lavabo, nos miramos sonriendo.

—Mocoso de mierda —dijo Renato con ternura.

—Hm.

—Bueno, ya se le pasará. —Puso otro reflector iluminando el cuadro, anduvo entre sus cosas de la mesa de dibujo y emergió de la sombra con la paleta en la mano—. Hay algo en ese terraplén que no me gusta. Debe verse bien y al mismo tiempo guardar cierto contacto con la sombra, con algo menos material que el resto. Siempre he tenido la impresión de que el cuadro comunica con el otro lado mediante el terraplén, si es un terraplén.

—¿Qué tiene que ver Narciso con este cuadro? —dije sin mirarlo.

—Nada que yo sepa.

—Pero hoy no pensabas así.

—Ah, hace un rato. No era por Narciso, era por Marta. Vos sabés que Marta está rara con este cuadro. Está «psíquica» como traducen en los cuentos de fantasmas. Naturalmente eso me llevó a pensar en Narciso, mon cher monsieur Dupin.

—A Marta le gusta.

—Sí, le gusta, pero a mí no me gusta que le guste.

Marta oyó a Renato cuando entraba con Jorge repentinamente aliviado y sonriente.

—Y a mí no me gusta que a vos no te guste que a mí me gusta —le dijo furiosa—. Me parece perfectamente estúpido que te pongas en la postura de pintor maldito, que sólo espera sarcasmos.

Me pareció que no era eso lo que pensaba, y que su inquietud provenía de no poder definir por sí misma sus sentimientos. Renato le soltó una palmada cariñosa pero ella lo rechazó y vino a sentarse a mi lado después de echar a Thibaud-Piazzini. Mientras se bebía la caña miraba francamente el cuadro, ladeando por momentos la cabeza y haciendo muecas.

—Después de todo, lo que importa es mirarlo como un cuadro —le dije—. ¿Por qué andas buscándole otras cosas? Lo mismo con los poemas de tu hermano, vivís explorando alusiones, símbolos.

—Narciso dice que todo está ahí.

—¡Mentira! —gritó Jorge desde su sofá—. Es simplificar demasiado las cosas. Narciso se limita a aconsejar que desdoblemos la mirada, pero sólo si se presiente algún valor excepcional. Te imaginarás que cuando como sopa de sémola no voy a quedarme hecho un idiota sobre el plato.

—Te conozco un poema sobre cierto cepillo de dientes —le dije malignamente.

—¿Y por qué vas a acercar la poesía a la meta-psíquica? Son dos modos y dos conocimientos. Aquel cepillo había ahondado en las muelas de una muchacha que quise mucho y que se llevaron a España. Había rozado esa emergencia de su esqueleto, la afloración de su sistema abisal, el mundo de su sangre. Te digo que ese cepillo era un objeto saturado de poesía.

—Y de piorrea —dijo Marta, que odiaba a la mujer de España—. Y tu cuadro está saturado de una cosa impura que le hace como una niebla. Desde que lo empezaste, a las tres rayas ya se veía el aura.

—¿De veras que le ves el aura? —dijo Jorge interesado.

—No, nunca vi aura alguna. Es una sensación de aura.

—Aura y se fue —dije yo que soy un jodido—. No hacemos más que rondar alrededor de tu Narciso. Nos hemos pasado el día en eso, desde que llegué. Me gustaría conocerlo, qué diablos. Ustedes aprovechan mis viajes para traer gente interesante al taller de Renato. ¿Y por qué no viene más? —dije con violencia y mirando de frente a Jorge.

—Porque me parece que a Renato le cae como el culo —dijo Jorge pensativo—. Vino dos o tres noches, hicimos unas sesiones y después no lo invitamos más.

—¿Pero ustedes lo ven fuera de aquí?

—A veces, en V4. Pero poco.

—Le tienen miedo —dijo desde la sombra la voz de Renato. Volvió con unos tubos y pinceles—. Y él lo sabe, y sabe que yo no le tengo miedo.

—Eso es una idiotez —murmuró Jorge con petulancia—. ¿Vos qué decís, Marta?

—Yo tengo sueño, y el pulpo me camina. Quiero que Renato pinte, no quiero que Renato pinte. —Miró esperanzadamente a su hermano, en el deseo de que él quisiera hacer poesía. Jugaba con el cuaderno de taquigrafía y yo, que me había inclinado para levantar a Thibaud-Piazzini, vi que le temblaban un poco los dedos.

Renato trazó una línea parda y espesa en la pared de la casa. Me senté cerca de Susana, y le acaricié despacio la mano, y sentí subir en mi vientre esa pequeña sensación de frío, como un surtidor que abren y cierran instantáneamente.

II

i

Del mismo modo que el ovillo está ahí (o la madeja, su pequeño mar fofo naranja o verde sobre la falda) y vos tirás de una
punta, entonces la punta se entrega, la sentís ceder desenvuel-
ta, oh pibe qué estupendo tirar y tirar, sobre un cachito de
cartón vas envolviendo el hilo para hacer un buen ovillo sin
nudos, nada de ovillado, algo continuo y terso como la avenida General Paz. Perfectamente sacás el hilo y te parece que
después de todo el otro ovillo no estaba tan enredado, empezás
a pensar que estás perdiendo el tiempo, siempre el hilo viniendo mansito a ponerse sobre sí mismo en el cartón, lo de más
abajo tapado por lo de más arriba que en seguida es lo de más
abajo (como en las buenas polentas: una capa de tuco, una de
polenta, una de queso rallado; o el juego que hacíamos de chicos, primero yo ponía una mano, entonces abuelita ponía encima la de ella, y yo la otra y ella la otra; yo sacaba la de abajo
—despacito, despacito, porque ahí estaba la delicia— y la ponía arriba; ella sacaba la de abajo y la ponía encima, yo sacaba
la de abajo —ahora más ligero— y la ponía encima, ya venía

la de ella, la mía, la de ella, la míaladellalamía qué manera de reírnos –)

porque viene otra capa de hilo a arrollarse por encima —que en seguida es lo de más abajo.

Todo va así perfectamente, y a vos te parece que estás perdiendo el tiempo porque el ovillo no estaba enredado, el hilo viene y viene sin tropiezo, parece increíble que de esa masa glutinosa nazca el hilillo claro que sube por el aire hasta tu mano. Y entonces oís (los dedos sienten sonar esta ruptura terrible) que algo se resiste, se pone de pronto tenso, el hilo zumba envuelto en su polvillo de talco y pelusa, un nudo cierra la salida, cierra el ritmo feliz, el ovillo estaba enredado

en

redado

ahí dentro entonces hay cosas que no son el hilo solamente, el ovillo no es un hilo arrollado sobre sí, dentro del mundo del ovillo entreví ahora tu sorpresa cosas que no son hilo, ahora ya sabés que hilo más hilo no basta para dar ovillo. Un nudo, qué es un nudo, hilo mordiéndose, sí pero nudo, no solamente hilo dentro de hilo. Nudo otra cosa que hilo. Globo terrestre ovillo, ahora ves mares, continentes, una flora ahí dentro, y no te vale tirar porque resiste, tires de los paralelos, tires de los meridianos. Todo iba tan bien cuando no era más que un ovillo, definición del hilo arrollado en cantidades. Tirás furiosa, porque esta cosa nueva es rebelde y te resiste, ves salir un poco de hilo, apenas un poco y adentro como un anzuelo de hilo que lo retiene, una pesca al revés y cómo estás de rabiosa. Sin salida salvo Alejandro Magno, sistema tonto añejo inútil. Cómo desenredarlo, el ovillo en alto contra la luz, hilos paralelos, diez, ochenta, oh cuántos. —Pero aquí contra el tuyo anzuelo de sí mismo, dos o tres retorcidos, seminudos y tu hilito parado ahí, tu ovillito interrumpido ahí. Así es como se aprende a mirar una madeja, olvidada de la definición, hilo sobre sí mismo muchas veces

macana

Más cosas hay en el cielo y en la tierra, Horacio — En los ovillos que no son nada, su propia materia girando y girando inmóvil, universo translúcido en la mano, copa de árbol de lana con cosas adentro que enganchan los hilos.

—Nada que hacer, meterle tijera y se acabó. —Laura agitaba todavía el ovillo blando contra la luz, eso parecía un gato deshuesado y colgando, un cadáver de plato playo que se afloja, se hunde como un paracaídas al revés. Lo sacudió todavía un rato, esperando apenas que pasara algo. Cada vez que lo muevo la entera estructura se modifica por completo, ríos y mares filamentosos cambian de tamaño y lugar, se abren lampos y se espesan relieves, pero los nudos siempre ahí como uñas rotas donde todo se agarra. Moña tiraba suavemente del hilo, ganaba dos vueltas para el otro ovillo, se paraba, otra vuelta y media-nudo. Ya estaban cansadas, sin ganas de seguir. Moña puso el ovillo en la falda, alisó su pelo con cuidado desgano.

—Es peor que cuidarle las estampillas a tío Roberto. Es peor que leer tus versos. Es peor que tener hijos, que escuchar Saint-Saëns, que una piedrita en las lentejas. Es mucho peor.

—Me da no sé qué cortarlo. Tanto trabajo inútil —dijo Laura agitando su ovillo—. Dame la tijera. Después probamos por la otra punta.

—Los mismos nudos esperan a la misma altura.

—Lo haremos en tres o cuatro veces. Dame la tijera.

Moña había puesto su ovillo sobre la máquina de coser antes de ir hasta la ventana. La pieza de costura (el quilombito le llamaba tío Roberto) vibraba de luz p.m., un sol duro y a la cabeza embestía las cosas, el pelo negro azul de Laura, la piel de sus manos y los taburetes, *Vogue*, se rompía a gritos en la tijera moviéndose como un mamboretá cromado, alfileres

—solcitos soberbios sobre la felpa roja—, el maniquí de Moña y tantos espejos. Por entre los espejos corría su jabalina caliente, Moña de perfil lo sintió pasar exhalante, cinco mil metros llanos

> *Insensiblement*
> *vous vous êtes glissée dans ma vie,*
> *Insensiblement*
> *Vous vous êtes logée dans mon coeur...*

—Basta, me hartás. Una cosa es Jean Sablon, otra una Dinar.

—Moña Dinar, *diseuse*. ¿No va lindo con este perfil?

—Va mal. Cantás con hipo, salvo que sea un nuevo estilo.

—Nunca te gustó mi talento. —Miró la calle, cinco pisos más abajo un verdulero el 46 gente gente trajes claros un Buick.

—Vous vous êtes glissée dans ma vie... Anoche soñé con Sablon. Era gordo y negro como los cantores mejicanos y cantaba sentado al revés en una silla y por las escaleras de un gran casino bajaban tipos altos y rubios, todos daneses.

—Esta tijera no corta, Moña. Dame la otra, la negra. La que es como tu Sablon.

—La tenés ahí, debajo de ese género. De veras que es mi Sablon. Que cante la tijera, que cante. —Asomó la cara por la ventana, sentía la lengua amarilla lamiéndole despacio los párpados que se ponían tenebrosamente rojos, chispas azules, algo friéndose en alguna parte cerca, las tres en el reloj del living. Un calor insoportable, quemadura en la frente. «No», dijo la voz de Laura, lejana, «tampoco quiere cortar este hilo. Fijate que la tijera no corta».

—Hablale despacito, ya sabés que es Jean Sablon.

—Bueno, pero no corta. Me parece raro que las tijeras no corten.

—Tío Roberto va a venir en seguida —dijo Moña que renunciaba al sol—. Una de las dos tendría que proponerle jugar con las estampillas.

—Yo no —dijo Laura moviendo la tijera Sablon—. Vos sos la menor, vos todavía jugás.

—Avisá si estás chalada. Siempre hemos sorteado todo, hasta las enfermedades. Tengo veintidós años y te juego al tío Roberto. Ahora está con las estampillas del Brasil, meu Brazil brazileiro

meu mulato insoleiro

Un asco de estampillas.

Fazendas, Tiradentes, grito de Ipiranga.

—Cortá dos papelitos —dijo Laura—. Con esta tijera no se puede. Cuidado con hacer trampas. No se puede jugar así nomás al tío Roberto, apurate que ahí viene.

Perdió Moña, era imposible cortar el hilo y separar los ovillos, Laura se fatigaba y puso los codos en la tabla de la Singer, mirando los dibujos tan tiernos de los adornos incrustados en la madera. Mosaicos miniatura con reflejos ala de mariposa bajo el sol. La aguja brillaba como mercurio y subía el olor del aceite de máquina, sucio olor a fierro lubricado. Un hilo iba de un ovillo al otro, pasaba pegándose al pecho de Laura. Sin saber por qué metió ella la cara en el ovillo enredado, abrió los ojos en la penumbra incomprensible del ovillo; del otro lado estaba la tabla de la Singer, los pequeños mosaicos ala de mariposa. «Un hilo como todos y no puedo cortarlo. Como en los sueños, tijeras de goma, revólver blando, asco infinito.»

—Son las tres.

—Sí, tío Roberto. ¿Cómo estás, tío Roberto?

—Cansado. Fui al parque Lezama y caminé hasta Constitución.

—No debías andar tanto, tío Roberto.

—Constitución es donde empieza el ferrocarril del Sur.

—Siempre se aprende con vos, tío Roberto.

—Pequeña estúpida —dijo tío Roberto— vení a ayudarme con el álbum.

—Te tiramos a la suerte, tío Roberto. Perdí yo. Es horrible, pero me darás de tu coñac.

—Coñac a las tres y en pleno verano. O tempora o mores. Coñac a las tres.

—Tío Roberto, nada más que por beber algo.

Laura esperaba que se fueran. Fireworks, feux d'artifice, un ovillo tío Roberto un ovillo Moña, el hilo de aquí para allá sin cortarse, coñac estampillas, estampillas coñac. Meu mulato insoleiro, veu cantar di vosé — Hasta que se fueran del brazo, cuadro de hogar Hogarth Bogart no, solamente cuadro alegórico buen tío y sobrina cariñosa del brazo salen rumbo a placenteras diversiones hogareñas stop.

> *So you're goin' to leave the old home, Jim,*
> *Today you're goin' away,*
> *You're goin' among the city folks to dwell...*
> *So spoke a dear old mother*
> *To her boy, in summer's day —*

«Ethel Waters, Ethel Waters, oh voz negra de tantas noches», pensó Laura oliendo con dulzura el ovillo. «Cada vez que alguien se toma del brazo y echa a andar es la marea, la vuelta de esa sensiblería dolorosa, las canciones tontas para llorar, el cuarteto de Borodin, la muerte de Platero. Tú nos ves, Platero. Platero, ¿verdad que tú nos ves? Cuánta sal esperando turno bajo la piel, lágrimas lágrimas tears, idle tears, and so on.» Dio otro tijeretazo al hilo y lo vio resbalar entre las hojas Sablon, entero. Ahora estaba sola en el cuarto de costura. Olió de nuevo el ovillo pero sin ganas, dejándose vencer por la modorra. Doña Bica estaría saliendo de la siesta en el cuarto contiguo. Su madre, doña Bica para todos, mamá para Moña más blanda y chiquilla. Vendría con su batón de después de la siesta, se llevaría los ovillos para acabar la tarea. Le gustaba acabar las cosas que empezaban sus hijas. *So spoke a dear old mother...* «Pero es que necesito irme de acá», se dijo Laura rechazando el ovillo. «Aquí nada se deja tomar, nada se deja cortar. *¿De qué te sirvió el verano, oh ruiseñor en la nieve?* Me voy, me voy. Buenos Aires es grande, un hermoso grande ovillo donde hundir la cara y oler. Me duele esta casa, pobre Moña tan querida tan zonza, tío Roberto piyama arrugado. Yes, you're goin' among the city folks to dwell. Pero cómo, pero cuándo. Como el hilo entro en esta madeja, ya en la puerta me confundo, giro sobre mí misma, oh laberinto, qué mareo...» Riéndose fue hasta la ventana y miró en redondo la habitación. El maniquí en el medio era una fuente de jardín, semipodrida y mohosa, cayéndose en trozos de yeso sucio. Veía el grabado de Doré, la tapa de *Vogue* bajo una gelatina de sol, una sombra de pájaro corrió por las almohadas, las tres y media.

—Me duele un poco la cabeza —le anunció doña Bica—. Tuve un sueño tan raro. Vos eras chiquita y tu hermanito que en paz descanse

(«Lo odio, lo odio. Que en paz no descanse, que se muera otra vez todas las noches del tiempo»)

venía

con un ramo de flores y te las daba. Vos ibas a olerlo, y salía una avispa y vos te asustabas. Fijate qué raro.

—Soñaste una fábula, mamá. Con varias moralejas: deja que los muertos, etcétera; no hay rosas sin avispas, y...

—Era en colores, fijate —dijo doña Bica tiernamente. Después, sin que Laura le dijese nada, cortó el hilo con un seco tarascón de la tijera.

ii

Moña ajustaba las bisagras transparentes y tío Roberto decidía ponderando la ubicación final de las estampillas. Le gustaba decir: «los sellos». Uno se dignifica escogiendo la palabra más añeja, su color ámbar pálido comprueba su vejez; los sellos del Brasil, 1880-1924. Ciento setenta y tres sellos.

Moña bebía sorbos de coñac y fumaba, signo de concentración manual, y tío Roberto medía con regla milimetrada (transparente) la distancia entre las bisagras. Una lástima no tener otra palabra para bisagras.

Moña pegaba las estampillas y tío Roberto estaba contento. Estas casas de Sarmiento al mil novecientos, a un paso de Callao pero tan tranquilas de tarde, con sus departamentos altos de ventanas enormes: espléndido para la filatelia, la costura, el amor corriente. Con un comedor dado a la felpa oscura, a los caireles. Naturalezas muertas, las chicas dentro de la grande. Bananas, pescados, uvas. Las manos resbalan sobre la felpa de la gran mesa y es una cosquilla cruel, electricidad pigmea que no pasa de las uñas. Si una estampilla escapa y cae, la felpa la sostiene sobre mil lancitas rojas, plataforma para guerrero victorioso. Los galos paseaban a sus reyes sobre plataformas de escudos. Coñac Domecq tres cepas.

Moña pegaba las estampillas, abajo el 86 chirrió espantoso, un insecto gigante, retomaba velocidad, esa nota tensa del tranvía acelerando, que sube y sube, fa, sol bemol, sol, la bemol, la — Caída al cero, aflojamiento del sonido, libertad. «No puedo aguantar los tranvías», pensó Moña. «Gritan como mujeres.» Bebió coñac. El pie de su copa aplastaba la felpa, se veía a través del vidrio los señópodos rojos acostados indefensos, un color sucio rosa viejo delataba el fondo añejo de la felpa, su color rosa pálido comprueba su vejez. Lo último del sol se iba del balcón, el comedor recomponía su penumbra para la noche.

Tío Roberto acarició el brazo de su sobrina y le puso sobre la muñeca un lindo sello anaranjado que parecía fosforecer. Después venía uno lila, la misma emisión pero otro valor. Como golpeaban suavemente con un dedo en el marco de la puerta, alzó una mirada distraída y me estuvo mirando un rato antes de conocerme.

—El Insecto —dijo por fin—. Entrá, Insecto.

—Hola, filatelistas —dije, muerto de calor—. ¿Me puedo quitar el saco?

—Tómese un coñac, Insecto.

Me bebí dos, mientras preguntaba por Laura y doña Bica. Yo quería hablar especialmente con Laura, y como me dijeron que estaba con doña Bica me quedé ayudándolos a clasificar las estampillas hasta que vino doña Bica y me besó en la frente.

—¿Cómo le va, hijo? Anda muy perdido estos tiempos. Roberto estaba hablando de usted anoche.

—Usted me había prometido un sello de Portugal —dijo el tío Roberto con algún encono.

—Me lo dejé en la otra cartera, mil perdones. Se lo mandaré mañana por correo.

—Por correo no —dijo el tío Roberto—. No es bueno que un sello sirva para proteger a otro. Acaban perdiéndose los dos.

—¿Y un mensajero de la capital?

—Eso sí, pero si es de la agencia de la calle Esmeralda. Los otros son unos tarados, me consta. A Bica le perdieron un anillo y ya las aventuras de Rocambole que le mandaba su prima de Villa Crespo. Son unos chasques desastrosos.

—Iré a la agencia de Esmeralda. ¿Está Laura, doña Bica? No, voy yo solo, ayúdelos a clasificar usted.

Yo amaba entonces los diálogos idiotas, a veces conseguía organizarlos siempre que no hubiera menos de tres personas. Tío Roberto y doña Bica me secundaban admirablemente, no me olvidaré nunca de una tarde en que conseguí hablar veinticinco minutos con ellos sobre la Sociedad de Beneficencia. Me bastaba apuntar un camino verbal, y ya las ideas recibidas y los prejuicios brotaban a chorros de los dos; además me consideraban mucho, porque me les ponía a la par y decía cosas tales como esta: «Un huérfano sería la prueba más palpable de la inexistencia de Dios, si no existiera la contraprueba de la caridad humana, que rescata al pobre infante de su triste condición». Laura y Moña trataban a veces de ayudarme a otros diálogos parecidos, pero en ellas la cosa era forzada y se caía en la exageración. Llevábamos un recuento de buenas frases, entre las que descollaba esta del tío Roberto: «El aire del balcón me refresca el alma».

Al rato de estar con Laura vino Moña y pudimos charlar a gusto. Hacía quince días que no nos veíamos y ellas me contaron una película de Marcel Carné que las tenía sin dormir, especialmente a Laura.

Mientras escuchaba —«vieras cuando Alain Cuny y Arletty cruzan un salón larguísimo, caminando como en sueños»— me pregunté si sería bueno acercar a Laura y Moña al Vive como Puedas. Moña me parecía suficientemente inmunizada por su liviano sentido de la escapatoria; distinto con Laura, más sensitiva y tal vez alguna tendencia a la melancolía. Pero la noche anterior, caminando por la Boca, se me había ocurrido que la atmósfera del Vive como Puedas se resentía de exclusividad, siempre los Vigil y Renato y Susana. Lo ocurrido la semana anterior —en que no había ocurrido nada, eso era precisamente lo que me alarmaba— parecía darme la razón. Aquello empezaba a parecerse demasiado a *Huis-Clos*, y a Renato no le gustaba Sartre. En vísperas de una noche a la que habían invitado a Narciso, entendí llegado el momento de aportar por mi lado un par de buenos glóbulos rojos. Marta no dijo que no (la llamé esa mañana por teléfono) y a Jorge no había necesidad de consultarlo; ya sabíamos que se enamoraría de Laura o de Moña, poemas en crecida cantidad, un par de mamúas y a otra cosa. Con Renato pensaba yo jugar el juego sutil, y contaba tácitamente con la benevolencia de Sú.

Laura me contó el milagro de las tijeras pero mi atención estaba más en Villa del Parque. Vi que Moña empezaba a deshacer un ovillo, poniéndolo en una caja de cuellos duros y sacando el hilo por un agujerito de la tapa. Trabajaba con la lengua un poco afuera, silbando a ratos un aire que en esos días le estaba haciendo ganar sus buenos pesos a Antonio Tormo.

—¿Te acordás la noche que fuimos al V4?

—Me acuerdo, vos estabas loco con unas pinturas de Horacio Butler.

—Te hablo del V4, no de Van Riel. Fuimos a oír una sesión de poesía surrealista, creo que Moña no estaba.

—Nunca me invitan cuando hay algo bueno —dijo Moña—. Esa noche creo que tío Roberto me llevó a ver lucha libre. Fue algo inmenso, Karadagian contra no sé quién. Tío Roberto me compró Coca-Cola y yo tosí al tragar y se la eché en el pelo a un señor de más abajo.

—Te lo pregunto —dije a Laura— porque algunas gentes del V4 son amigos míos, y me gustaría que ustedes vinieran al taller de uno de ellos.

—¿Por qué nosotras? —preguntó Laura con su precisa delimitación de situaciones.

—Porque las veo muy aburridas aquí y les tengo lástima. Y porque vos y Moña tenían tiempo atrás una mesita de tres patas.

—Ah, conque hay de eso.

—Pienso que sí, van a llevar a un tipo del oficio. Hay otras cosas pero no quiero decírtelas ahora, me gustaría conocer la reacción de ustedes dos.

—El Insecto y sus dos cobayos —dijo Moña sacándome la lengua—. Yo no voy, mañana dan «Escuela de sirenas» en el Gaumont; imposible perderse eso. ¿Quiénes son los tipos?

—Vení con nosotros y los verás, paso a buscarlas a las nueve. Ahora cuéntenme lo de las tijeras, que no oí nada. Ah, sí, ya me acuerdo. ¿Y cuál era la tijera? —Tomé el par negro y antes de que Moña pudiera impedírmelo le corté el hilo que salía de la caja de cuellos—. Pero si es facilísimo.

Moña estaba furiosa pero Laura se fue hasta la ventana y desde ahí me miró con expresión de resignado acatamiento. Pensé que tendría en Moña un buen cobayo, pero que Laura entraría como por derecho propio en el mundo del Vive como Puedas.

iii

No vale la pena contar por qué las Dinar y yo éramos buenos amigos, la historia de nuestra graduación en una Facultad (Laura y yo) y el resto. La Facultad juega un papel raro en esto, es el eje de donde parten los radios yo-Dinar y yo-Vigil-Renato. A Laura la conocí como estudiante, a Renato como fugitivo de la justicia, refugiado en una vieja sala de mayordomía cuando los jaleos de 1945. Los Vigil estaban con él y eran de otra Facultad, pero la coincidencia en nuestro antifarrelismo nos puso a todos en la misma salsa. Renato nos fue utilísimo, ahora puede decirse que era el autor de aquel inmenso cartel que enarbolamos en el techo de la Facultad —no diré cuál— y que hizo reír a todo Buenos Aires. Nuestra derrota posterior y la servil decadencia que le siguió nos mantuvo juntos pero entregados solamente a nosotros, otra manera de perder el tiempo. Fundamos el V4 que era idiota, y nos hicimos habitués del Vive como Puedas. Nuestros gustos eran Florent Schmitt, Bela Bartok, Modigliani, Dalí, Ricardo Molinari, Neruda y Graham Greene. El gato Thibaud-Piazzini se salvó de ser llamado Paul Claudel por un milagro —complicado con una tentativa de conversión de Marta—. No vale la pena seguir hablando de todo esto.

En la mesa de dibujo había un cartel: «Rompan todo a piacere. Llegaré a las diez. R. L., Artiste-Peintre». Ya Susana había tomado el comando y unas botellas promisorias se alineaban al lado de un paisajito de Pacenza que nos gustaba como locos. Yo exhibí con orgullo el frasco de grappa mendocina que me habían mandado amigos de Godoy Cruz, y vaticiné el delirium tremens de los que se le atrevieran.

—El Insecto me había hablado de ustedes —les dijo Sú a las Dinar—. Dejen sus cosas en mi cuarto. Los Vigil ya están ahí peleándose.

Me quedé mirando el Vive como Puedas. En ausencia de Renato, Sú había puesto un asomo de orden en las cajas y los objetos. Renato juntaba las basuras más increíbles en la calle y las metía debajo de campanas de vidrio. Su famoso excremento de marta (influencia de un cuento de Gottfried Keller) era el fetiche mayor del taller. Marta se quejaba de que fuese una alusión a ella, y una noche lo tiró por el ventanal. Renato la llevó agarrada del pescuezo hasta el jardín trasero, y tuvo que buscar el fetiche, lo que le tomó diez minutos de insultos y sacudones. Además del excremento —que todos sospechábamos de Thibaud-Piazzini— Renato juntaba horquillas y alambres para hacer formas, pedazos de género y plumas. Sú había trabajado un buen rato poniendo los objetos en su lugar, reuniendo las cajas de colores sobre una mesa del fondo y juntando los últimos cuadros en una pila disimulada por un sofá. También vi que había aumentado el número de asientos, y que la mesita del dormitorio de Renato figuraba como de paso en el moblaje para la noche. Pobre Susana, tan mujer de su casa en ese infierno alegre de todas las noches. Tal vez no estaba descontenta, cuidar a Renato era una debilidad suya, formas sutiles de la adelfogamia.

Marta salió corriendo y me llevó a un rincón aunque no había nadie más en el taller.

—Antes de que vengan, decime... ¿con cuál te acostás, Insecto?

—Con ninguna, son vírgenes y cándidas. Mantengo un romance de gran castidad con la madre de estas niñas.

—Ya empezás a hacerte el imbécil. ¿Esto lo trajiste vos? Jorge está inaguantable esta noche. Fijate que a eso de las cinco empezó a ponerse duro, estábamos en casa y la sirvienta me avisó. Cuando entré con el cuaderno y llena de esperanzas, la bestia se me tira encima y me arranca el cuaderno. Lo hizo cien pedazos, y cuando estuvo seguro de que no podía copiar el poema empezó a decir las cosas más hermosas sobre el diluvio. Minutos y minutos, y yo ahí llorando y mirándolo, viendo perderse todo eso... ¿Vos te das cuenta cretinismo igual?

—Es un buen gesto de su parte —dije—. Si te hiciera caso le copiarías hasta los bostezos. Muchas veces no has registrado más que tonterías, y te falta inteligencia para discriminar. Jorge es más severo que vos.

—Puede ser —dijo Marta agachando la cabeza—. Pero era tan hermoso, mirá, yo lloraba mientras él hablaba del arca, y de las grandes serpientes de mar que se erguían en las aguas convulsas, qué sé yo, y formaban puentes vivos entre la tierra y las nubes, algo fabuloso.

—Ya me imagino —dije—. Tengo bien manyada la retórica de Jorge. Ya sé que es un poeta y de los mejores, pero estos espontáneos pisan siempre al borde del formalismo más desenfrenado. Por eso hace bien en aflojar algunas tensiones sin dejar rastros. Esta noche o mañana te dejará copiar alguna cosa nueva, ya verás, o a lo mejor el mismo tema con otro desarrollo. Lo de las serpientes era bastante bueno, pero este chico ya jode un poco con tantos animales.

—Me gusta más Moña —dijo Marta.

—Bueno, ya es mucho.

—A Jorge le gusta más Laura.

—Ah, y entonces a vos te gusta más Moña. ¿Va a venir Narciso?

—Le telefoneamos anoche y prometió estar a eso de las once. ¿Vos entrás en la sesión? Me parece que Laura no es psíquica, va a espantar a Eufemia. Yo siento cerca a Eufemia desde esta tarde.

—Nada de propaganda conmigo —le dije furioso—. No me vengás a trabajar el ánimo con tus espectros. Que venga lo que venga, yo he comido bien y no soy nada excitable, salvo cuando te veo las pantorrillas.

—Grosero, boca sucia. —Me tomó la cabeza con las dos manos, y poniéndose en puntas de pie me besó en la boca. Olía a pasta Squibb que es la que yo uso de manera que resultó estupendo. Nos separamos porque los otros salían del dormitorio, pero Marta me dijo en la oreja:

—Hay que tener cuidado con Narciso.

Cuando llegó Renato, Laura y Moña le contaban por mitades a Jorge la película de Carné (que Jorge había visto aunque se lo callaba) y Susana recortaba las uñas de Thibaud-Piazzini a quien yo tenía envuelto en una toalla. Habíamos escuchado jazz, después un tiempo del cuarteto de Britten, y en general nos estábamos conduciendo como gentes educadas. Hasta Renato quedó sorprendido al encontrar un orden semejante. Le presenté a Laura y a Moña, que él saludó sin cordialidad pero no tan hostilmente como yo había temido, y le puse en la mano un vaso de mi grappa. Su primer movimiento fue abrir de par en par el ventanal y quedarse un momento ahí, todavía con el vaso en la mano, respirando el olor nocturno. Susana puso en libertad al ofendido Thibaud-Piazzini y propuso hacer café de bola. Acababa de comprar un hermoso Cary y Jorge fue a sentarse en el suelo al lado de la mesita, mirando con adoración la llama y los juegos de las burbujas en el agua. Marta se le agregó, era gracioso ver a los Vigil haciéndose horrendas muecas a través de la esfera. Laura y Moña, que parecían haberse adaptado en seguida al Vive como Puedas, los miraban riéndose y hasta los alentaban.

—¿Por qué llevaste el cuadro al fondo? —gritó súbitamente Renato.

Susana pareció considerar su respuesta.

—No quedaba mucho sitio para moverse. ¿Pensabas pintar esta noche?

—No, ya sé que no voy a pintar —dijo amargamente Renato, mirando de reojo a las Dinar—. De todas maneras es bueno que lo dejes quieto, un día se te va a caer y adiós mi plata.

Laura pareció advertir que era lejanamente responsable de la tensión, y se acercó a Renato. No pude oír lo que hablaban, me abstraía la operación del Cary; después Sú nos congregó para beber el café, Renato estaba más humanizado y accedió a que viéramos el cuadro. No sé quién se lo pidió, probablemente Marta que era incansable, pero me acuerdo que fue Jorge el que puso los reflectores y trajo el caballete hacia delante. Aparte de un cierto trabajo de las paredes de la casa y un sector del terraplén, la cosa seguía igual y no parecía que Renato estuviera bien dispuesto hacia el cuadro.

—¿Por qué no lo liquida si lo preocupa tanto? —pregunté a Sú hablándole casi al oído—. Nunca lo he visto tan raro con un cuadro.

—No es el cuadro, son las locuras de Marta. Le ha rodeado el cuadro de alusiones que ni ella misma comprende. Trabajó toda la noche y ya ve el resultado. No se anima a meterse con las figuras.

Laura y Moña callaban. Pensé en el comentario de Sú y que también estaba en el asunto pese a su aparente indiferencia. Meterse con las figuras, darles sentido. Tan poco de Sú, eso era del vocabulario de Jorge o de Marta, tal vez del mismo Renato.

—Yo no dormiría con ese cuadro en mi pieza —dijo por fin Moña, y todos nos reímos—. Por lo demás me parece bastante estúpido, usted me perdonará. Aludo al tema, de pintura no entiendo nada.

—Es bueno oírse llamar estúpido aunque sea a través de un cuadro —dijo Renato en quien el buen humor parecía haber vuelto de golpe—. Pero esto no es estúpido, Moña. ¿Usted es Moña? No, esto no es estúpido; lo sería acaso si tuviera su pleno sentido.

«Ya está: el sentido. Se mueren por el sentido», pensé. Los Vigil se tenían de las manos y jugaban a retorcerse suavemente los dedos. A Marta le quedó tiempo para decir desde el suelo:

—El sentido ya lo tiene, pintorzuelo. Los ciegos somos nosotros. Jorge, ¿querrías hacer la imitación del cantor yiddish? Yo soy el clarinete. Me gusta hacer el clarinete. —Estalló en una serie de estridencias nasales, tapándose la boca con una mano y moviendo imaginarias llaves con la otra. Laura estaba asombrada mirándola y Moña se divertía a gritos. Tal vez por eso la entrada de Narciso no fue todo lo importante que cabía esperar, Sú contestó al breve toque de timbre y lo trajo luego de hablar un momento con él en el living. Jorge exhalaba en ese instante un sobreagudo (le salían muy bien) y venía bajando la voz en un cromatismo hiriente, mientras desde el suelo Marta desgañitaba los últimos recursos de su clarinete. Narciso los miró apenas, fue hacia Renato con la mano tendida. Después esperó que lo presentaran.

Se decidió empezar con la taza. Había una buena mesa redonda en el living, Laura y Moña ofrecieron hacer el alfabeto, y pronto estuvimos todos envueltos en una luz apagada donde, cosa curiosa, el cuadro parecía más visible que antes. Nos sentábamos en este orden: Renato, Moña, Jorge, Laura, Narciso, Susana, yo y Marta. Cabíamos cómodamente alrededor de la mesa. Laura dispuso el alfabeto con una técnica que provocó un murmullo elogioso de Narciso, y apoyamos un dedo sobre la taza boca abajo. Al minuto hubo vibraciones, rápidas corridas (Jorge estaba atento, con block y lápiz) y Narciso respiró ruidosamente para marcar el comienzo de la evocación.

—¿Quién es?

La taza iba de un lado a otro, mostraba tendencia a girar en el área de Laura y de Renato, volvía al centro y se inmovilizaba por instantes. Mi dedo acusaba (no sé si transmitía) las vibraciones nerviosas impulsando el objeto. «¿Quién es?» La taza dio dos vueltas como si examinara el alfabeto y después, en rápida sucesión, tocó la F, la A y la C. El resto fue más lento, y casi innecesario. Facundo Quiroga estaba otra vez entre nosotros.

—Facundo —dijo suavemente Narciso—. Escuchá bien, Facundo. ¿Eufemia está ahí?

Después de una extravagante demostración errática, la taza tocó bruscamente la S y la I. Sin detenerse, continuó marcando E, S, P, giró entre nuestros dedos como una peonza y volvió

sobre la A y la D en rápida sucesión. Después se puso extrañamente quieta, y sentimos los dedos como muertos.

—Sí, espada —leyó Jorge en voz baja.

—Facundo —invitó Narciso, que nos había mirado con
aire de sorpresa e interrogación—. ¿Qué es eso de una espada? Te esperamos, Facundo.

La taza no se movió. Hubo un silencio largo y Jorge,
echándose hacia atrás en la silla, encendió una lámpara más.
Retiramos la mano de la taza y nos miramos. Renato parecía
el menos impresionado, pero cuando estiró la mano para acariciar la mejilla de Marta, me pareció que su intención era la
de desviar su mirada.

—Habría que explicarle a Narciso —dije yo—. Lo de la
espada apunta directamente a algo que todos sabemos menos él.

—Bueno —sonrió Narciso, mirándome de lleno—. Los
grados del saber son muchos. Si se refiere usted al cuadro de
nuestro pintor, tengo alguna noticia de la espada.

Cuando iba a replicarle, sorprendido y curioso, Moña se
me adelantó:

—Pero es Eufemia, ¿no vamos a llamarla?

—Mejor que eso —dijo Narciso gentilmente—. Vamos a
verla. Nunca se niega a aparecer. A veces habla, a veces está
enfurruñada, pero es una buena muchacha.

Hizo un gesto a Jorge que apagó las lámparas. Me molestó quedar en plena oscuridad, oí la respiración reprimida de
Moña justo frente a mí. También a Jorge, que decía: «No se
asuste, ahora habrá algo de luz». Sospeché que no lo decía a
Moña sino a Laura. Hacía rato que estaba enteramente dedi-
cado a Laura, de acuerdo al reparto Dinar que Marta me había
anunciado al comienzo.

Frente a Narciso y sobre la mesa se encendió súbitamente
una linterna roja. Con voz tranquila nos dio las instrucciones
necesarias, hicimos la cadena de manos, nos concentramos en
Eufemia, y él se puso a hablar un idioma en el que sólo asomaba claramente el nombre de Eufemia, el resto iba de monosí-

labos rítmicos a melopeas un poco jadeantes. Sentí crisparse la mano de Marta en la mía, y aunque nada se había dicho sobre Marta imaginé que Narciso iba a usarla como médium. La luz de la linterna osciló en el espacio, y de pronto vimos la cara de Narciso iluminada vagamente desde abajo, lo que le daba un aire perfectamente monstruoso. Marta empezó a respirar pesadamente, ahora que los ojos de Narciso se clavaban en ella. El nombre de Eufemia fue dicho una o dos veces más, y Marta lo repitió como en un jadeo. No es fácil señalar la transición, de improviso —hasta con naturalidad— tuvimos la impresión de que Eufemia estaba ya entre nosotros. Cuando habló, la voz vino del lado de Marta pero no a la altura de la boca de Marta, ni siendo la voz de Marta. Era una voz un poco seca (no de ventrílocuo, ni de papagayo) pero de una marcada humanidad, una voz cercana y en un todo inmediata a nosotros.

—A veces cantan en los viejos parques —dijo—. ¿Quién está allí, paseando entre las lilas? Aquí hace frío.

(Hacía un calor espantoso; Susana había cerrado el ventanal antes de empezar.)

—Gracias por volver, Eufemia —dijo Narciso—. ¿Cómo estás, Eufemia?

—No estoy. Quién sabe si volveré. Yo tenía muchos trajes, todos preciosos.

—Eufemia —dijo Narciso—, tendrás algo que decirnos esta noche. Has venido en seguida. Yo quiero que me lo digas. Facundo estuvo aquí.

(Susana me estaba clavando una uña en la palma de la mano. Creí que era una señal y busqué contestarle de la misma forma, pero a mi presión respondió con un movimiento brusco y convulsivo. Pobre Sú, metida en estas cosas. Y la mano de Marta helada y rígida.)

—Facundo tiene la cara rota —dijo claramente Eufemia—. Está muerto, sí, está muerto.

—Lo mató Santos Pérez —dijo históricamente Narciso, y todos nos sobresaltamos como si el recuerdo fuera incongruente en ese momento. Pero la reacción más brusca vino de Eufemia. Hubo como un jadeo, después empezó a reír más y más, como una gallina, histéricamente, y a cada carcajada yo sentía que el aire se ponía más irrespirable, me arrepentía por Moña y Laura, hubiese querido romper aquello, callar a Eufemia. Al mismo tiempo me gustaba, y exigía de Narciso la continuación del diálogo.

—Lo mató Santos Pérez —dijo otra vez Narciso—. Ya lo sabemos, Eufemia.

La risa se cortó en una especie de hipo. En el lugar exacto de donde nacía la voz (cerca de Marta, pero más arriba) me pareció entrever por un instante una formación gelatinosa, parpadeé y ya no había nada. Eufemia seguía jadeando.

—*¡Lo mató Marta!* —gritó con un chillido tan hiriente que la mano de Susana se revolvió como un ciempiés en la mía—. ¡Con una espada, una espada, una espada!

—Eufemia —dijo la serena voz de Narciso—, ¿de quién estás hablando?

Se hizo la luz como un latigazo. Estábamos solos en ese aire espeso. Jorge tenía aún la mano en el botón de la lámpara, y su cara parecía un pierrot.

—No seas imbécil —le dijo amablemente Narciso—. Ahora no volverá más. No se puede tratar así a Eufemia.

Jorge lo miró vacíamente y fue a pararse al lado de Marta, que estaba quieta y sumida. Creí que iba a acariciarla, pero se contentó con permanecer detrás de ella, como protegiéndola. Llena de terror, Laura lo miraba admirativa. La verdad que la palidez le iba muy bien y estaba más hermoso que nunca.

—El final de la sesión ha sido un tanto irregular —dijo Narciso frotándose las manos—. Simbología vaga que habría que descifrar. No estoy satisfecho, este chico se apuró tontamente.

Miré a Susana y me asombré ver el aire de alivio que se leía en su cara. Se levantó vivamente y fue a preparar bebidas y a encender la cafetera. Pasé al lado de Renato, que miraba delante suyo sin ver nada, y me le acerqué.

—Congratulaciones, Sú.

—¿Por qué?

—Por la noticia. Sea cual fuere, parece buena para usted.

Se encogió de hombros como quitándole importancia.

—Lo importante —me dijo en voz baja— es que ahora Renato sabe cómo debe terminar el cuadro.

—¿Usted cree?

—Claro que creo, Insecto. Al toro se lo agarra por los cuernos.

—Éste es un solo cuerno, y de acero. Sin contar que el cuerno carece de importancia en sí. La razón que mueve la mano, eso es lo que hay que paralizar.

—No importa —sonrió Susana—. Todo esto es malo y estúpido. Pero había una posibilidad peor.

—¿Cuál, Sú?

—La que yo pensé, la que yo temí.

—¿Y era...?

—Tengo sed —dijo Susana—. Tengo mucha sed.

III

—Me estoy perfeccionando notablemente en el arte de los poemas histéricos —le dije a Marta, que se había presentado lacia y tonta en mi departamento—. La influencia de tu notable hermano empieza a arrastrarme a excesos ponderables. He pasado de César Vallejo a Jorge Nuri con velocidad de cometa.

—Vallejo era una bestia —dijo elogiosamente Marta—. Nada más brutal que sus poemas. Pero Jorge es todavía mejor. Bueno, leémelos, y yo los voy escribiendo en taquigrafía, así conservo algo tuyo.

Acto seguido le obsequié los trozos que se consignan a continuación:

SOMETHING ROTTEN IN MY LEFT SHOE

Hace ya tiempo que algo horrible me ocurre con el pie izquierdo. Cuando está descalzo parece contento y a veces se acalambra hasta que los dedos se separan y se ve la alfombra por entre ellos, cosa muy rara. Ahora bien, cuando ando por la calle y menos lo espero, de pronto es un agitarse dentro del zapato, siento que tirones inexplicables me envuelven el tobillo y suben por la pierna, oigo casi crujir los dedos y montarse unos en otros; vuelvo desesperado a casa (un día me descalcé en un mingitorio de confitería) y cuando me arranco el zapato y la media, tengo los dedos llenos de sangre, las uñas arrancadas, la media hecha pedazos, y en lo hondo del zapato hay como un olor de batalla, de sudor, de hombres cuerpo a cuerpo, que se buscan la muerte por el cuello.

PROBABLEMENTE FALSO

Se caía siempre de las sillas y pronto advirtieron que era inútil buscarle sofás profundos o sillones con altos brazos. Iba a sentarse, y se caía. A veces para atrás, casi siempre de lado. Pero se levantaba sonriendo porque era bondadosa y comprendía que las sillas no estaban allí para ella. Se acostumbró a vivir de pie; hacía el amor parada, comía parada, dormía parada por miedo a caerse de la cama, que es una silla para todo el cuerpo. El día que murió tuvieron que introducirla furtivamente en el ataúd y clavarlo de inmediato. Durante el velatorio se veía de tiempo en tiempo cómo el ataúd se inclinaba a los lados, y todos alababan el excelente criterio de los padres al clavarlo en seguida. Después que la enterraron, los padres fueron a las mueblerías y compraron muchas sillas, porque mientras ella estuvo en la casa no era posible tener sillas, ya que cada vez que ella quería sentarse se caía.

EXHUMACIÓN

Sentía ganas de sonarme, y busqué mi hermoso pañuelo blanco, donde la nariz se alegra de hallar un plumón blandísimo y tibio. Me soné con todas mis fuerzas —siempre he sentido gran placer en sonarme— y, cuando hube terminado y tuve libres las fosas nasales, retiré el pañuelo y me puse a gemir, porque en lugar de ambarinos charcos diminutos había en el pañuelo un espeso y oscuro montón de pestañas.

—No los vas a comparar con los que me dicta Jorge —dijo resentidamente Marta—. Son tres buenos ejercicios, pero demasiado pensados. Sin contar la influencia de Michaux que se huele de lejos.

—¿Vos creés que puedo progresar? —dije esperanzado.

—La compañía de Jorge te beneficia. ¿Todavía hacés sonetos?

—Sí, pero un poco como uno hace cálculos de vejiga. Me ha llevado diez años dominar esa forma y no es cosa de perder la mano. Vos sabés que un librito de sonetos siempre ayuda. Yo los voy juntando, juntando, y después los expulso de golpe como espermatozoides. En cambio, lo que te acabo de leer es una especie de lujo, de alto juego. Más fácil y mucho más difícil a la vez. No todos los días se tiene una visión como la del pañuelo.

—Jorge tiene tantas que está empezando a perder el apetito. Hace una semana que no quiere dictarme nada, los grita por la ventana y la gente de los departamentos de enfrente lo amenazan con llamar a la policía. ¿De qué podrían acusarlo? —me preguntó con una de sus bruscas recaídas en la chiquillería.

—Ruidos molestos, creo —dije—. ¿Vos has venido nada más que para decirme eso?

—No —repuso Marta con falso desenfado—. Quiero pedirte que me ayudes a encontrar la casa con las dos ventanas. Tengo una idea vaga, puede estar en Caballito, en Devoto o en Villa Lugano. No te creas que en muchos más sitios.

—¿Ya desayunaste, Marta?

—No. ¿Podríamos comer huevos con jamón?

—Vamos.

Me puse una salida de baño sobre el piyama y nos constituimos en la cocina. Marta era muy hábil si se lo proponía, y desayunamos estupendamente, sin hablar más del asunto por el momento. Me dijo que Moña le seguía gustando mucho, aunque no habían podido hablar gran cosa la noche del Vive como Puedas. Aludió a Jorge y Laura con un desdeñoso movimiento de hombros, e insinuó que Jorge estaba buscando la manera de colarse en la casa de los Dinar.

—No tiene más que avisarme y yo mismo lo llevaré —le dije para hacerla rabiar.

—Bueno, llevalo. Total, con alguna tiene que acostarse. ¿No estás celoso?

—No. Ya sabés que te quiero a vos solamente. Y ahora que venís sola a mi casa...

—La niñera está esperándome en la esquina con una carta de denuncia al juez de menores. Insecto, ¿verdad que me vas a ayudar?

Terminó de comer el jamón del diablo, y yo la escuché pacientemente. No es que me aburriera, pero la verdad es que cada cosa que decía rebotaba en ideas análogas que yo venía masticando desde la noche de la sesión. Harta de ver cómo lo insensato posee asideros más hondos que la verdad científica y cómo la reflexión termina aliándose con los impulsos primarios para entregarnos al capricho de la poesía pura, del gran salto a lo que es más nuestro: el acto irracional. Marta hablaba y hablaba dando forma a mis sentimientos, y sólo una reserva de mi independencia personal podía retenerme todavía del lado diurno del asunto.

Decidimos (con ayuda de la guía Peuser) explorar las zonas que Marta sentía como más probables. Le pregunté si creía en la rabdomancia sobre mapas, y por un rato probó ella de experimentar alguna reacción orientadora frente a los distintos sectores de Buenos Aires. Mientras yo me vestía y dejaba un papel con instrucciones para mi mucama, trazamos un plan digno de mis tiempos de boy-scout. Descartamos Floresta, donde Marta había tenido un presentimiento vago, y decidimos ir de menor a mayor, empezando por Villa Lugano y Villa Celina, para concentrarnos después en Caballito y Devoto.

—Jurá por lo más sagrado —me dijo Marta— que Renato no va a saber nada de esto.

—Lo juro.

—Jurá por lo más sagrado que tampoco Jorge sabrá nada.

—Juro.

El ómnibus 136 nos dejó en una zona algo vaga donde las calles Barros Pazos y Chilabert se mueren en la avenida General Paz. Ya el sol daba de lleno en el asfalto y yo esperé pacientemente que Marta siguiera o propusiera alguna pista coherente. Durante el viaje —casi una hora desde Primera Junta—, habíamos fijado algunos elementos tópicos: calle adoquinada, terraplén oponiéndose a la casa. Sentados en asientos opuestos del 136, tratamos de indagar lo mejor posible el aspecto de las calles que iba cortando el ómnibus. Hacia el final, cuando pasamos la estación de Villa Lugano, isla verde gentilísima después de tanto cubículo gris, Marta vino a mi asiento para decirme cabizbaja que no se reconocía en la zona.

—¿Pero vos conocés ya esto?

—Un día vinimos con Jorge. Hace cerca de ocho años, era bastante distinto, este ómnibus no estaba, yo...

—Bueno —dije pacientemente—. Un pálpito es un pálpito y hay que seguirlo.

Por Barros Pazos salimos a la avenida General Paz y examinamos la zona donde los terraplenes podían darnos una pista. Es curioso que de aquella excursión sólo me acuerde de una charca lejana y de un caballo blanco bebiendo en ella. Era fácil advertir que la fisonomía de Villa Celina no favorecía el probable encuentro; pero Marta se puso a andar con obstinado silencio —en ese momento se parecía mucho a Jorge, cuando Jorge estaba concentrado—, y me obligó a seguirla, a dividirnos en ciertas esquinas para explorar determinadas áreas, y esto hasta mediodía, en que renunciamos al barrio y entramos a comer longaniza con cerveza en un bar de la parada del ómnibus.

—Comé bastante —dijo Marta—. La tarde se la dedicamos a Lugano.

Por sobre el sucio mantel de la mesa le pregunté cuál había sido su conducta desde la noche del Vive como Puedas.

—No volver —contestó en seguida—. Vos comprendés que una alusión semejante no la deja a una dormir en paz.

—Esa alusión es una idiotez —dije inseguro.

—Depende de cómo se piense en Eufemia. Ella está con nosotros desde hace tiempo, Insecto. Vos te diste cuenta que no era broma.

—No, no era broma —dije con muy pocas ganas—. Pero lo que declaró Eufemia no tiene por qué ser entendido tan literalmente.

—Si no sabés sumar dos y dos... Los símbolos se venían preparando desde el comienzo. Vos viste lo que escribió Facundo.

—Marta, esas ideas las teníamos todos en la cabeza. Es muy fácil, cuando se proyecta la mente...

—No te disfracés de prospecto —me cortó rabiosamente—. Esa noche no habíamos hablado una palabra del asunto. Estaban Moña y la otra que no sabían de qué se trataba. Ya ves que entramos en frío en la sesión. Y sin embargo...

—¿Pero por qué vos, precisamente vos...?

(Yo tenía mi explicación y me la guardaba para cuando fuese necesaria.)

—También me lo pregunto —repuso lealmente Marta—. No habría el menor motivo, ya sabés que Renato y nosotros... Pero no se trata de él ni de mí: ahora es Eufemia —terminó ligeramente, pero con algo de entrega en la voz.

—¿Te parece que Eufemia hará algo más que predecir una cosa? —pregunté—. Eso sería conferirle una actividad, una fuerza sobre vos que me resulta inconcebible.

Marta me miró con la cara de Jorge en los trances.

—Todo el que profetiza está ya actuando sobre la cosa —dijo.

Fue bastante lindo andar por Villa Lugano. Una vez, pasando la esquina de Murguiondo y Somellera, creímos encontrar la casa. El entero paisaje se cerraba delante nuestro con analogías crecientes. La última cuadra la hicimos corriendo, uno en cada vereda, cambiando frases a gritos con no poca sorpresa de la gente. Me gané algunos gritos de una patota esquinera: «¡Mirá el pituco, le está jugando a la escondida!». Después, bruscamente, el cambio. Fuimos desde De la Riestra a Aquino, mirando a ambos lados de Murguiondo, nos separamos para explorar las manzanas paralelas y nos reunimos en un paso a nivel, desanimados.

—Esto es idiota —dije, iniciando las frases de la fatiga. Pero Marta se limitaba a mirar el suelo y golpearse los zapatos con mi pañuelo. Analizando despacio la ilusión, resultó que el perfil y el color de una vieja casa influían fuertemente sobre los restantes elementos, que no se asemejaban en absoluto a la calle del cuadro. Nos refrescamos con Bilz en un almacén y reanudamos la marcha bajo un sol espantoso. Los muchos árboles de Lugano nos protegieron un rato hasta que un consejo de guerra en otro almacén, plano en mano, mostró la inutilidad de seguir por ese camino.

ii

Lo de Caballito duró tres días. Las ideas de Marta eran vagas e intensas al mismo tiempo; nada le permitía sugerir un asomo de dirección, pero a la vez exigía que no pasáramos nada por alto, y nuestro plano se iba cubriendo poco a poco de crucecitas rojas. Nunca conocí tantos almacenes y bancos de plaza como esa vez. Marta se negaba a que anduviéramos en taxi, a veces echaba a correr y otras se quedaba un minuto largo en una esquina, oliendo vagamente el aire.

—Pero si en Caballito no hay terraplenes —le dije cuando acabamos la exploración de la calle Yerbal y los talleres del Oeste.

—El terraplén puede no ser un terraplén, Insecto querido. Un borde de plaza, una casa alta con un jardín en pendiente, ¿qué sabemos? Hay que mirarlo todo.

—Yo tendría que trabajar en mi ensayo sobre Mantegazza —me quejé.

—Andá, no te detengo —repuso agarrándome del brazo. Y así seguíamos.

Hortiguera, Achával, Malvinas; Emilio Mitre, Directorio, Naranja Bilz, medio litro blanco, un especial de jamón cocido; Thorne, Ramón Falcón, dos cafés con leche y medias lunas.

—¿Por qué querés encontrar la casa?

Era mi primera pregunta directa sobre el asunto, y creo que Marta lo advirtió. Estuvo un rato antes de contestar.

—Hay dos cosas, Insecto. Una buena y otra... no sé. La buena es que si damos con la casa nos apoyaremos en algo concreto.

—¿No te hacés un lío, Marta? Yo entiendo que sería mucho peor. Si Renato tuviera una memoria fotográfica cabría pensar que está simplemente recordando un escenario. Pero vos sabés bien que él le llama la pesadilla («una mezcla de recuerdos», con la cara enjabonada, «y algo como un presentimiento de lo futuro»).

—Renato no ha visto la casa, de eso estoy segura. La casa es absolutamente convencional, como las de otros cuadros suyos. ¿No te fijaste en la puerta, en las ventanas? Hay otros dos cuadros suyos que tienen casas casi iguales. Pero yo creo que ésta existe y que él no lo sabe.

—Y a vos te parece que si la encontramos...

—Mirá —dijo Marta, perpleja—. Recién cuando la tenga por delante sabré algo. Todo esto es pura locura, me consta. ¿Pero no es divertido andar por Buenos Aires? —agregó rápido.

—Bueno, ése es uno de tus puntos de vista —le dije sin permitirle que se me fuera por las ramas—. Dijiste que en esto había también una parte mala.

—No creo en ella —dijo Marta—. Pero te la voy a decir por lealtad. La otra posibilidad es que yo esté buscando la casa por presión de Eufemia.

Me miró como desamparada.

A las nueve de la noche del tercer día fui de visita a lo de Dinar. Moña estaba en el cine y Laura me abrió la puerta.

—Tenemos otro visitante —me dijo—. Venís muy bien para prepararnos tu famoso cocktail vitamínico.

—¿El Vigil está ahí, verdad?

Jorge se desprendió de su amable diálogo con doña Bica y vino a saludarme. Empezamos el ritual de los títulos.

—La vagabunda.

—Otra vuelta de tuerca.

—La virgen y el gitano.

—La casa de al lado.

Alcé la mano, signo de derrota. No me gustaba el tono con que Jorge había dicho el título.

—Hacés trampa como un rufián. Los títulos deben ser los originales, y ya sabés que «La casa de al lado» es un postizo. Rosamond Lehmann...

—Vos me hiciste una trampa peor —repuso Jorge con displicencia generosa—. El cuento de James se llama *The Turn of the Screw*; la traducción es demasiado libre.

Laura se divertía oyéndonos y yo fui a pasar mi brazo por el talle de doña Bica y a besarla en las mejillas como siempre.

—Laura está encantada con su amigo —me dijo doña Bica en la oreja—. ¿Hace mucho que lo conoce?

—Pregunta policial, ¿eh, doña Bica?

—No, hijito. Si es amigo suyo...

—Nunca le doy un aval a un amigo —dije. ¿Por qué «La casa de al lado»? Jorge y yo adorábamos la novela, él tenía mucho de Rodrigo y yo un poco de Julián. Cuernos, ¿pero por qué mencionarla cuando yo venía de andar todo el día con Marta, buscando y buscando?

—Recién dejo a la calamidad de tu hermana —dije a Jorge—. Se ha empeñado en conocer Buenos Aires.

Laura me miró y se puso a reír.

—¿Vos también, Insecto pobrecito? A mí me ha dado por lo mismo, de golpe.

—Esta tarde la llevé a Belgrano —dijo Jorge con algún orgullo.

Dejé pasar la cosa, y nos pusimos a hacer música. Jorge era un pasable pianista, muy fuerte en Scriabin —consejo de Narciso— y detestable en Beethoven, que se empeñaba en tocar. Yo puse una pequeña cuota de boogie-woogie, y Laura cantó «Estrellita» acompañada por doña Bica. Nunca he podido oírle «Estrellita» a Laura sin sentir deseos de llorar, de ser pequeño, de estar desnudo en mi cama, de que me hagan masaje en el vientre. Como una necesidad de muerte heroica, de enfrentar pelotones de fusilamiento, de sacrificarlo todo a una carta, de escribir mi mejor poema y romperlo en trocitos delante de Laura. De mirar por un calidoscopio.

Pensé en llevarme a Jorge y confiarle lo que pasaba. No me había dicho una palabra sobre el Vive como Puedas. Era raro que ni él ni Laura mencionaran a Renato, y yo me emperré en no provocar el tema. Hablamos del accidente del cuadrimotor, de la carrera de autos, de Fangio y los Gálvez, del tío Roberto que estaba con hígado. Doña Bica me mostró un tejido en lana violeta y Jorge me consultó sobre la tipografía eventual para un libro de poemas. No era difícil advertir que Jorge estaba trabajado, nervioso. No su histeria habitual, la disciplina surrealista; algo que venía de la razón, de la vida en su forma más objetiva y práctica.

Laura cantaba «Estrellita» y estaba enamorada de Jorge.

A la una de la mañana me decidí. Salimos juntos de lo de Dinar, y yo esperé en la esquina a que Jorge terminara de despedirse de Laura, que estaba como tonta a su lado. Moña lle-

gaba del cine y charlamos un momento en Sarmiento y Riobamba.

—Un bodrio, Insecto. Pobre Ana Magnani, con lo estupenda que es, las cosas que le hacen hacer...

—Ya sería tiempo de acabar con esa excusa idiota —le dije
volcando en ella una rabia que tenía otro origen—. Aquello de
«bruto como un tenor» debería empezar a aplicarse a los actores de cine cuando sucumben como casi todos. Nadie les hace
hacer nada, lo hacen ellos porque se dejan atar por el dinero y
la rutina. *Harrumph!*, como barbota el doctor Gideon Fell.

—Arcones de Atenas, mirá que estás didáctico —se quejó
Moña muerta de sueño—. ¿No me invitás con un whisky y
caminamos por Corrientes?

—No, ahí viene Jorge y me voy con él.

—Te gustan los chicos, ¿eh?

—¿Por qué no? Son más inteligentes que ustedes. Moña,
¿cómo lo pasaste en el Vive como Puedas?

Se estremeció visiblemente, lo que yo no había creído que
sucediera en la vida real.

—Nunca he oído pregunta más al *ralenti* —dijo—. La otra
noche no abriste la boca en el taxi, y eso que yo me moría de
ganas de hablar. ¿Viste cómo respeté tu silencio ominoso? Ahí
se ve la calidad de los amigos.

—Sos mi pequeño ángel de almanaque —le dije, besándola en la frente—. Pero ahora contestame.

—Bueno, pues lo pasamos divinamente. A Laura le fue
mejor que a mí, ese grupo escultórico que desde aquí diviso
en la puerta de casa me permite conjeturarlo sin mayor margen
de error. En cuanto a mí, tuve un miedo espantoso. Anoche
oí de nuevo la voz de Eufemia.

—¿Oíste...?

—Soñando, estúpido. Me habló de la liquidación de Ha-
rrods, fijate que yo estaba obsesionada con unas carteras que
tienen un clip así, te das cuenta, todo trabajado.

—¿Qué te pareció Eufemia, chiquita?

—Atroz, Insecto. Yo creo que Narciso es un buen ventrílocuo. Lo malo es que algo brillaba sobre la cabeza de esa muchacha, la hermana de Jorge. ¿No sería un juego de espejos preparado por los Vigil? Son la piel de Judas, esos dos. Buenas noches, Jorge.

—Te vas a dormir, ¿verdad, Moña? —dije sin darle tiempo a más—. Vení, vos, tomamos un taxi y te dejo de pasada. Moña, llevale esto al tío Roberto, ya me lo estaba olvidando.

Se quedó mirándonos, divertida, con el sello de Portugal en la mano abierta. Yo tenía pensado preguntar en seguida a Jorge qué pensaba de la sesión, pero apenas entró en el taxi se puso a hablarme de Laura con tal prisa que me desanimó. Me fumé un cigarrillo y padecí una rabia seca y breve, caliente como un bife en plena cara.

iii

Al terminar la exploración de Caballito, pedí a Marta dos días de descanso que me otorgó gruñendo.

—Jorge quiere que le copie a máquina los poemas de *Movimientos* —dijo—. Mañana a la tarde los tendré listos, de modo que vení a buscarme a la hora del té y nos vamos en seguida a Devoto.

Dormí diez horas seguidas, más por principio de conservación de la energía que por necesidad, trabajé un rato en mi ensayo sobre Mantegazza, y telefoneé a Susana para saber cómo andaba el Vive como Puedas.

—Extrañándolo —me dijo burguesamente Susana—. Se han perdido, ustedes.

Me molestó que me asociara en bloque con los Vigil, y se lo dije.

—Por Dios, Insecto, son ustedes tan amigos que... Bueno, yo lo extrañé estos días.

—¿De veras, Sú? —dije, ya idiotizado—. Pero es que tengo tanto que hacer. Sú, ¿cómo está Renato?

—Hace dos días que no duerme aquí —dijo Susana, un poco a desgano.

—¿Dos días? Bueno, eso será frecuente en él.

—No es frecuente. Yo quisiera hablar con usted, Insecto.

Tomamos mate amargo en la cocinita. Del dormitorio nos llegaba la respiración desigual de Renato; noté que la puerta del Vive como Puedas estaba cerrada y que Thibaud-Piazzini dormía en la cocina, lo que era raro.

Lacia y enflaquecida, casi fea, Sú me cebaba mate con religiosidad de vieja sirvienta, y por un rato no hablamos más que de yerbas; ella estaba con la Cruz del Sur y yo prefería la Flor de Lis. Le conté historias de mate aprendidas en Cuyo y en el Chaco, nos acordamos de la broma de la bombilla ardiendo de *El Inglés de los Huesos*, hablamos con inmenso cariño de Benito Lynch, oímos dar las cinco y media. Renato dormía.

—Empezó a pintar aquella misma noche —dijo Susana—. Pintó toda la noche después de mandarme a la cama y echar a Thibaud-Piazzini. A las ocho se tiró a dormir, y yo vi el cuadro. La figura menor, la que va a entrar en la casa, está concluida y es Renato.

Hice ruido con la bombilla, y me sobresaltó tontamente.

—De manera que Renato se adjudica la muerte —dije—. Es él quien va a entrar en la casa.

—Cuando se levantó por la tarde, él sabía que yo había visto el cuadro pero no me dijo nada. Estaba raro, no me preguntó por ustedes como hace siempre que ha salido o duerme la siesta. Ahora que pienso, no me ha preguntado por los Vigil en todos estos días. Y ellos no lo han llamado.

—¿Volvió a pintar?

—No. Duerme de día o lee un libraco de Torres-García. De noche se va sin decirme nada. No está enojado conmigo, al contrario, pero se ve que no quiere conversar. Ya una vez le pasó, cuando los Vigil hablaban de irse a Sudáfrica en un carguero. Y ni siquiera mira a Thibaud-Piazzini, lo que es todo un síntoma en él.

Me cebó un mate riquísimo y nos comimos un polvorón entre los dos.

—Lo curioso de todo esto —dijo Sú— es que en el fondo Renato no cree una sola palabra. Son los símbolos lo que lo preocupan, no vaya a suponer que es un fatalista o que se cree gobernado por fuerzas sobrenaturales.

—¿Cómo no se da cuenta entonces de que la influencia de Marta en este asunto es una influencia...? —Me corté, incapaz de encontrar el término. Iba a decir: «vicaria», lo que era parcialmente cierto, pero mis sospechas iban todavía más abajo que eso.

—Jurídicamente hablando, Marta no es culpable de nada —concluí, insatisfecho. (Me parecía verla, llegando a las esquinas, consultando el mapa ansiosa, ansiosa.)

—No, no es culpable —concedió Sú—. Los Vigil no son nunca culpables, Insecto. Eso es lo que los hace tan terribles, tan insobornables.

Yo me puse a acariciarla despacito, sin ánimo para más.

—Aquí estoy yo, Sú —dije, y a ella se le llenaron los ojos de lágrimas como cuando yo le hacía escuchar Chopin.

Mi segundo día de descanso transcurrió en ocupaciones vagas; a veces mi hermano mayor me telefonea para que vaya a verlo a su estudio, y cuando estoy ahí me lee sus últimos estudios sobre la reforma del Código de Minería. Como estoy endeudado con él, lo escucho atentamente y hasta soy coautor de cinco artículos del proyecto. Mi hermano es de los que creen que un poeta debe estar signado por la desgracia, y sobre todo que eso debe vérsele, de modo que cuando me le aparezco rosado y sonriente me contempla con alguna sospecha y no tiene aún opinión formada sobre mi obra. Estoy seguro de que me bastaría beber el muy argentino vaso de cianuro para que él descubriera, sobre mi sepulcro, al lírico que hoy apenas imagina.

La visita a mi hermano me proporcionó, como siempre, oportunidad de verme tal cual soy por contragolpe, y salir de allí dispuesto a iniciar un buen examen de conciencia. Anduve por el centro, errático, me bebí un balón de sidra en *La Victoria* y tomé café en el *Boston*. Ambos lugares, sobre todo el *Boston*, aumentan notablemente mi poder introspectivo, porque en ellos viví muchas horas de buena y mala vida, y me basta tocar sus sillas u oler sus aserrines para sentirme menos bueno, menos feliz y menos estúpido.

Fue en el *Boston*, para no dar más que un ejemplo, que escribí en 1942 este poema significativo:

T.S.F.

El silencio contiene
jaula el pájaro noche

Oigo su pico helado
golpeando entre mis dientes
y la música cesa
y un locutor diserta
ah cuántas cuántas drogas
cuántas cafiaspirinas
y los sastres horribles
y Brahms y Boca Juniors

hasta la medianoche
hasta que viene el sueño
tal vez hasta que un paso
suba desde la calle
y yo piense que acaso
se detendrá en mi puerta

jaula pájaro noche
vístase en Costa Grande

Yo adelantaba, en ese café ya medio desierto antes de cerrar, el vacío de mi casa sola en pleno centro, el manotazo de ahogado a la radio innoble y mecanizada. Ese paso que tal vez «suba desde la calle» era ya entonces la esperanza del paso de Susana. Ahora, a pesar de la visita al estudio de mi hermano, no podía impedir que Susana me bloqueara el camino de mi examen de conciencia. Aunque esta vez (por primera vez), pensaba en Susana para ponerla como una barricada entre Renato y yo. No quería pensar en Renato, todo lo del Vive como Puedas estaba poniéndose viscoso y movedizo como los osos blandos de Jorge, como las tijeras que tanto habían dado que hacer a Laura Dinar.

¿Y Narciso? Era imposible hablar a Marta de Narciso; me miraba con repentina cólera, y si yo osaba indagar sobre el origen de esa amistad incomprensible, los Vigil se aliaban en una fría hostilidad despectiva que me cortaba el aliento. Imagen de Narciso: gordo, fofo, morocho, fatuo, tal vez temible. Con ondulantes movimientos de foca de lujo, pero nada blando por dentro, revólver de goma de las pesadillas que de pronto deja salir una entera carga de balas.

Ya con esto tuve que dejar de pensar en mí, lo que es siempre un alivio para un argentino medio, y me puse a imaginar una entrevista personal con Narciso. ¿Por qué no ganarme la noche yendo a verlo? Tal vez no tuviera inconveniente en aclararme la situación (si había algo que aclarar) desde su lado. Pensé en presentarme como atraído por las ciencias ocultas, hice un rápido recuento mental de Charles Richet y el resto. Lo malo era que no tenía la dirección ni el teléfono de Narciso.

Fui al bar y llamé a Susana. Me atendió Renato, la voz soñolienta y malhumorada de Renato.

—¿Qué querés, viejo?

—Hombre, preguntar por vos. Ayer estuve, Sú te habrá dicho.

—Te oí cuando salías —dijo Renato sin molestarse en aclarar por qué no me había detenido—. ¿Vas a volver pronto?

—Una de estas noches —dije, y colgué. Honestamente no podía pedirle el teléfono a Renato. Era una sensación, no un reparo racional. Cuando me di cuenta de que nada me hubiera impedido hacerlo, me miré sorprendido en un espejo. Entonces disqué el número de los Vigil.

—Hola, elefante —dijo Jorge después que una sirvienta fue a buscarlo y me tuvo dos minutos en el teléfono, con particular fastidio del cajero del *Boston*—. Si querés hablar con la enana, está durmiendo.

—Dejala en paz. Sólo necesito el teléfono de Narciso.

Jorge guardó silencio.

—Necesito el teléfono de Narciso —repetí.

—¿Para qué lo...? Oíme, está bien, no quise decir eso. Esperate que le voy a preguntar a la bella durmiente; creo que ella lo tiene.

Sonaba tan absurdo que ni siquiera contesté. Jorge se había ido del teléfono y dos señoras se movían en semicírculo a mi espalda, para hacerse ver. Colgué y pedí una copa en el bar mientras hablaban. Ocho minutos después di otra vez con Jorge.

—¿Vos cortaste, no? Mirá, Marta me lo acaba de pasar. Defensa cuatro nueve cinco ocho. ¿Precisás algo más?

—No, gracias. ¿Cómo andan ustedes?

—Muy bien. Decime, ¿vos no creés que Julien Benda es un estúpido?

—Te estoy hablando desde un café, Jorge.

—Bueno, pero decime: ¿es o no es?

—Sí, es —admití.

Como no había otros postulantes, disqué inmediatamente el número de Narciso. Tardaron en contestar, mientras yo me arrepentía por instantes.

—¡Hola!

—Hola. ¿Está el señor Narciso, por favor?

—Aquí —dijo una voz informativa— no hay ningún señor Narciso.

—Perdóneme. ¿No es Defensa 4958?

—Sí. Casa Juan Perrucci. —Y agregó, con buena voluntad:

—Importador de máquinas de escribir, sumar y calcular.

—Perdóneme otra vez y gracias.

Me fui puteando como un negro a mi mesa. Marta me había jugado una sucia broma; mientras la maldecía minuciosamente, recordé que el nombre «Juan Perrucci» me era familiar. Luego caí en la cuenta; Marta había sacado el teléfono de la primera página de la guía Peuser con la que andábamos para buscar la casa.

Debió prever que estaba dispuesto a romper el pacto, porque se vino a las nueve a casa y me encontró indefenso delante del café con leche.

—Ya sé que estás rabioso como una hormiga. Estaba medio dormida cuando Jorge fue a pedirme el número, y no se me ocurrió otra cosa en el momento. Te juro que después lo lamenté, Insecto.

—Tu hermano y vos se pueden ir a la mierda. Me da asco el solo verte.

—¿Por qué sos así? Mirá, lo hice por tu bien. ¿Para qué querías el teléfono?

—Porque ya me cansa este asunto del diablo —dije, errándole la manteca a una tostada y haciendo una porquería en el mantel—. No te creas que tengo alma de detective, y menos todavía de filántropo. Cada uno se las arregle como puede. Lo que creo es que aquí no hay nada entre dos platos, pero que vos, Renato y Jorge van a terminar locos como gallinas. Y como después de todo son mis amigos, quisiera poner un poco de orden en el Vive como Puedas.

—Ya sé que sos muy bueno —dijo Marta—. ¿Puedo comer esa galleta de malta? Sí, echame un poco de café. Mirá, Insecto, vos sabés de sobra que esto no se arregla yendo a ver a la gente y preguntándole cosas. ¿Vos creías de veras que Narciso te diría algo?

—¿Y por qué no?

—Por una razón bastante valiosa —murmuró Marta con la boca llena—. Porque no sabe nada.

La miré perplejo.

—Naturalmente, eso es invento tuyo. Narciso significa Eufemia, y eso trae lo otro. Tengo serias dudas sobre la autonomía de Eufemia, sea lo que sea.

Marta guardó silencio, como si sometiera el asunto a examen.

—Eufemia es Eufemia —dijo luego, con una gravedad repentina—. Metete eso en la cabeza. No te vayas a creer que si Narciso la hace salir, eso influye de alguna manera.

—¿Pero por qué hablás con esa seguridad doctoral? —le grité—. ¡Eufemia es Eufemia, cinco más cinco son diez! Con la misma gravedad yo te puedo decir que esa silla es Franz Schubert. ¿O tengo que creerte nada más que porque sos Marta Nuri?

—No estás obligado a creerme, Insecto. Yo tampoco sé por qué estoy tan segura.

—Lo que estás haciendo es cubrir a Narciso —le dije duramente.

Tragó sin masticar lo que tenía en la boca, y me miró como si fuera a replicar. Yo alcé la mano.

—Esperá, dejame terminar. Todavía no sé quién es Narciso, ni tengo medios para llegar hasta él. Pero aquí va una pequeña teoría sobre lo que está ocurriendo con Renato. *La explicación de Eufemia es falsa.* Lo digo contra las evidencias, y sin tener pruebas, de manera que podés reprocharme a tu vez todo lo que quieras. Pero yo he tomado partido en esto, aún sin entender nada. Ni siquiera soy yo quien toma partido, es una parte ingobernable que anda por aquí adentro. Y no me mirés con esa cara de boba.

Marta me sonrió, repentinamente calma, y vino a sentarse a mi lado con su aire especial para los mimos.

—¿No ves que en el fondo estamos de acuerdo, Insecto? Lo que hace falta es encontrar la casa. Hasta ahora lo que está en pie es la explicación de Eufemia...

—Que es el portavoz de Narciso.

—... Como quieras. Pero esa explicación me pone a mí la espada en la mano. Y vos te podés imaginar, Insecto —me miraba con sus grandes ojos grises—, vos te podés imaginar que yo no quiero esa espada.

Contuve una última rebeldía, una necesidad polémica que no nos iba a llevar a ninguna parte.

—Ahí tenés *Formes et Couleurs* —dije—. Me pego una ducha y en seguida estoy con vos. Juan Perrucci, ¿eh?

Nos reímos como locos.

Y después encontramos la casa, fue bastante más fácil de lo que parecía si se mira el plano. Como es notorio, Villa Devoto se abre de una manera algo indefinida hacia el norte, sud y este; pero su límite oeste está perfectamente delimitado por la avenida General Paz. El factor «terraplén» nos llevó a pasar por alto la plaza —sobre cuyos árboles me dio Marta una hermosa y viva lección de botánica— y las manzanas que inmediatamente la rodean. Empezamos costeando las vías del Pacífico, en una zona llena de caminitos y banquinas, casas con raras incrustaciones de mayólicas, hasta salir al límite de la capital. Nada había allí que nos recordara ni de lejos el paisaje del cuadro, salvo tal vez la penetrante soledad que tienen siempre las calles paralelas al ferrocarril.

Almorzamos en un almacén donde se compadecieron de nuestro visible apetito y nos cortaron un magnífico salame y bastante queso. A Marta le daba entonces por los vinos ásperos, y el que nos sirvieron le dejó la lengua cocida y una manifiesta satisfacción. A las dos y media resolvimos iniciar la exploración de las vías del Central Buenos Aires. Cotorras sucias, los Lacroze corrían sobre perceptibles terraplenes cuando un taxi nos dejó en Nazca y Gutenberg. Anduvimos animosos hasta la parada de Avenida San Martín, donde hicimos un nuevo alto; más de una vez, cediendo a solicitaciones que ella misma no alcanzaba a explicarme (a pesar de su visible deseo de ser franca después del diálogo matinal), corría Marta por los accesos laterales, se perdía por Campana, Concordia, Llavallol, obligándome a cruzar las vías y mirar del otro lado, estudiar los niveles, investigar casas cuyo lejano techo nos oprimía súbitamente con la esperanza del descubrimiento.

Y después encontramos la casa, más allá de donde el nivel del Lacroze sube como buscando despegarse de una zona poco feliz y erizada de exiguas construcciones. Bajábamos por Tequendama hacia Gutenberg, regresando derrotados de una de las maniobras de Marta, cuando la vimos, oponiéndose exactamente al terraplén, hasta con un cielo espeso en el fondo que no por casual dejó de sumarse a nuestro maravillado estupor. Por más que me tratara de imbécil, no pude reponerme hasta un rato después de esa sorpresa que una semana de búsqueda no había podido anular. Y Marta, a mi lado, con las manos juntas como orando, era la imagen misma de la maravilla.

—De modo que la previó —dije.

—De modo que se alquila —dijo Marta, mostrándome el cartel.

iv

En la parada de avenida San Martín tomamos un Lacroze hasta Chacarita, y de ahí el subte al centro. Como hablar en esos vehículos es una tarea que exige incluso aptitudes antropofágicas, guardamos un silencio que duró hasta estar en casa. Allí nos miramos de lleno por primera vez, y Marta se colgó de mi pescuezo con una violencia que yo hubiera preferido en Susana. Le temblaba todo el cuerpo y tuve que darle ginebra y llevármela a un sofá. Pero no podía estarse quieta hasta saber más, y me pidió el ticket de confitería donde había anotado el teléfono anunciado en el cartel de alquiler.

—¿Qué vas a preguntar? —dije mientras salía en busca de una caña que me refresca mucho el alma.

—No sé, todo lo necesario... —Discaba nerviosa, equivocándose, con muecas de fastidio.

No me di cuenta en aquel momento de mi error. Era yo quien debía haber iniciado la averiguación. Cuando volví (me había detenido en la cocina para decirle a la mucama que cocinara para dos), Marta estaba quieta en el sofá, ovillada de una manera muy suya. Por la ventana abierta acababan de volarse los pedacitos del ticket.

—¿Y, qué averiguaste? —dije, con candor de oveja.

—Ciento ochenta mensuales, con las ceremonias de práctica.

—Sí, pero, ¿y lo otro? ¿Quién es el dueño de la casa?

—El dueño es Narciso —dijo Marta, y se puso a llorar mirándome.

IV

i

La lectura de un discurso del doctor Ivanissevich, emprendida a la hora del desayuno, valió a la literatura los dos «Cantos Argentinos» que escribí en el subte A, y que me parece congruente incorporar en este punto.

I

Tiempo hueco barato
donde guitarras blandas
se enredan en las piernas
y mujeres sin rostro
sin senos sin pestañas
con el vientre de piedra
lloran en los caminos.

Ah giro de los vientos
sin pájaros sin hojas

los perros boca arriba
olfatean en vano
un material desnudo
de fragancia y contento
un aire sin perdices
sin tiempo sin amigos
una vida sin patria
un silencio de látigo
que ni siquiera azota.

II

El río baja por las costas
con su alternada indiferencia
y la ciudad lo considera
como una perra perezosa.

Ni amor, ni espera, ni el combate
del nadador contra la nada.
Con languidez de cortesana
mira a su río Buenos Aires.

El tiempo es ese gris compadre
pitando allí sin hacer nada.

Me sobró tiempo para reflexionar que una actitud como la mía
será debidamente censurada el día en que —como parece in-
dicarlo la curva histórica del siglo— nos precipitemos univer-
salmente en formas más o menos comunistas de vida. Esta
soledad, esta renuncia a la acción, recibirán sus merecidos (para
ese día) epítetos. Cobardía de la generación del 40, etcétera.
Tendremos nuestra buena lavada de cabeza en las historias de
la literatura a cargo de algún ecuánime dialéctico. Romanos
viendo pasar los bárbaros y demás imágenes bien analógicas.

El arribo a la estación Congreso me sacó de mi sardónica complacencia, el calor de Riobamba a las diez era ya para anular toda introspección provechosa. Eligiendo las ventanas de la sorpresa no avisé que llegaría tan temprano y doña Bica se quedó cortada al verme de riguroso palm-beach y rancho de paja. Le puse un ramo de margaritas en la mano, y un gran beso en la mejilla.

—Buen día, mamá Bica. ¿No es asombroso que yo esté levantado a esta hora?

—Hijito, es para tener vahídos. ¿Ya desayunó?

—Los huevos fritos con jamón que se sirven en esta casa... —dije—. Pero naturalmente no deseo causar la menor molestia. Y esa salsa de tomate...

—Pase, sinvergüenza. Roberto duerme, y las chicas se están levantando.

Entré, empezando a sentir un arrepentimiento insospechado por lo que mi presencia matinal implicaba.

—Quiero hablar con Laura, doña Bica. Necesitamos que Laura cante en una reunión artística, y hay muy poco tiempo —mentí.

—¿Verdad que es una buena idea? —dijo Laura desde la puerta de su cuarto—. Hacele algo de comer, mamá, mientras yo considero la propuesta.

Me llevó al comedor y nos acodamos sobre la felpa roja.

—¿Nadie nos oye? —pregunté con el debido acatamiento a las modalidades conspiratrices—. ¿Moña, tío Roberto?

—Moña se ha vuelto a dormir, tío no se ha despertado. ¿Qué te trae, Insecto?

Era tan feliz, tan visiblemente feliz que mi presencia no podía sino molestarla; y al mismo tiempo se le veía el deseo de comunicarse conmigo.

—Laurita, hija mía —le dije—, estamos metidos en un lío padre. Vos no conocés más que la segunda parte en la que ingresaste por mi maldita culpa. Ahora escuchá todo lo que sé de esto, y especialmente todo lo que no sé, que está en mayoría.

La dejé pensando, y fui al comedor de diario donde me esperaba doña Bica con el desayuno. Todo el tiempo estuvo doña Bica hablándome de Jorge, de las atenciones de Jorge, del color de los ojos de Jorge y de la hermosura general de Jorge. Aunque conservaba algún deseo de saber algo más sobre la familia Nuri, y se refería a Marta con vivos deseos de conocerla, era notorio que Jorge se la había puesto limpiamente en el bolsillo. Como siempre.

Es raro, pero el énfasis de doña Bica me inquietó todavía más. Laura me esperaba en el comedor, sin moverse de su primera actitud pensativa.

—Es una locura —me dijo—. Más lo pienso, más absurdo me parece.

—Laura, esto no es un asunto para pensar —dije desanimado—. Yo he tratado y cada vez hago una macana. Pero lo de ayer ha colmado la medida y empiezo a sentir una cosa acá —y me toqué la boca del estómago donde la salsa de tomate me daba un calorcito.

Laura, amiga del misterio y muchas veces su confidente, me apretó el brazo con repentina comprensión.

—Tenés razón, Insecto. Esto es una historia de ángeles, un libro con láminas prerrafaelistas llenas de guardas donde se ven rostros velados, cabelleras flotantes y lagos poblados de extrañas criaturas.

—Mi versión está más cerca del museo Grévin —repuse—, pero todo es cuestión de ambientes y no toca al fondo del asunto. Estás muy enamorada de Jorge, Laura.

—Me parece que sí —dijo sencillamente.

Vi pasar a los Vigil como una ráfaga, tuve un deseo de escaparme, tomar el primer tren para Concordia o Tres Arroyos.

—Yo te he metido en esto —dije—. Ahora estás envuelta, y acaso Moña también.

—No, Moña no. Moña guarda un diente de ajo en la cartera —dijo Laura, sonriendo burlonamente—. Y ahora que lo pienso mejor, las láminas no son prerrafaelistas. Jorge sí, solamente Jorge.

Comprendí que era el momento de hacer lo único que estaba a mi alcance.

—Vos podés ayudarnos, Laura. Creo que los únicos verdaderamente equilibrados somos aquí Susana, vos y yo. Dejemos a Moña, que tiene un diente de ajo en la cartera.

—¿Y Jorge? —me dijo, encrespándose.

—Conforme —repuse hipócritamente—. Pero Jorge está en esto desde el comienzo, influido a pesar suyo por Marta. Participa demasiado del clima del Vive como Puedas, ha vivido muy cerca de Renato y de Narciso. Y con todo, lo necesitamos como aliado, es el único lo bastante cerca del enemigo, por llamarle así. Necesitamos atraernos a Jorge, hacerle ver que este asunto va a acabar mal.

—Jorge entenderá perfectamente.

—Lo entenderá —concluí— si vos te encargás de la faena. Por mi parte, apenas Jorge me ve se precipita a la literatura, levanta polémicas, se inspira rabiosamente y me niega de plano su inteligencia para volcarla enteramente en esas otras cosas. Para Jorge soy como un catalizador, un buen libro que lo estimula y lo lanza a la acción poética. No sirvo para otra cosa.

—¿Y qué le diré yo?

—No puedo indicártelo, Laurita. Ni siquiera espero que logres una alianza con Jorge, sos demasiado vulnerable para eso. Pero si obtuvieras algunos datos útiles. El pasado, ¿sabés? Todo esto sale del pasado como esa maldita espada de la mano de... ¿de quién, Laura?

—De Marta, creo. —Me miró sorprendida—. ¿No lo dijo Eufemia?

—Oh, basta —murmuré—. Hacé lo que puedas, yo me vuelvo a casa. Llamalo en seguida, y después avisame lo que haya.

Dije adiós a doña Bica que estaba magnífica con su kimono azul.

—¿Laura va a cantar? —me preguntó, misteriosa.

—Creo que sí, doña Bica. Pero no le insista, déjela que se decida sola.

—Sugerile a Jorge que se lo pida, hijito. Ya verá como eso da resultado.

Me fui apretando los puños, bajo un sol bárbaro.

ii

La verdad es que hasta ahora he hablado poco o nada de Renato, su persona emerge más como otra figura pictórica que como una entidad humana. ¿Qué voy a hacerle? Renato era siempre así, amigo magnífico y gran camarada pero como puede serlo un caracol para otro, de los cuernos para afuera. Yo desconocía entonces (después ya no me interesó averiguarlo) sus medios de vida, esa renta que caía como un discreto maná en manos de Susana y que ella administraba con tanta eficacia. A Susana no se me hubiera ocurrido preguntarle; uno tiene el orgullo de los amigos, y sonsacar a las hermanas supone algo de conventilleo que personalmente repudio, etc.

Creo que Jorge fue esa misma tarde a casa de los Dinar. He aquí otra cosa que nunca sabré con certeza y que ya no me importa. Sin duda fue temprano (si fue), y estuvo largo tiempo hablando con Laura, a la hora en que doña Bica y tío Roberto hacían la siesta, Moña tomaba su lección de esperanto en la academia del doctor François y leía, con ayuda de este último, el editorial de *Renovigo Gazeto*. Las circunstancias no me permitieron nunca interrogar francamente a Laura sobre su tentativa de coalición con Jorge; y ahora no importa. Con todo, Jorge llegó alegre y hasta burlón a buscar a Marta que se había quedado en cama hasta mediodía; los dos conferenciaron brevemente, y luego de telefonear a Renato se marcharon al Vive como Puedas. Cuando hablaron, Susana oyó a Renato que aceptaba la visita con una especie de excitada alegría; apenas tuvo un segundo se llevó el teléfono a su cuarto y me llamó para avisarme. Por desgracia yo estaba en la Y.M.C.A., presenciando el ensayo de un recital de arpa a cargo de un conocido y ayudándolo a hacer cálculos acústicos.

Hundiendo los dedos en su negro pelo enrulado, Jorge contempló pensativo a Marta que se paseaba inquieta delante de Renato. Hacía calor y el cuadro, a un lado del ventanal, parecía una isla de frío vespertino en la luminosidad del taller. Renato corrió el toldo y por el agujero entró un árbol y un pedazo de campo yermo y amarillento.

—Que Marta lea mis últimos himnos —dijo Jorge, estirándose en el canapé—. Quiero el parecer de Renato. Dale, enana.

Marta iba a oponerse, pero asintió como si ganara un poco de tiempo. Era habilísima para leer directamente de su cuaderno de taquigrafía, reproduciendo las inflexiones de la voz de Jorge, las más sutiles pausas que daban la puntuación.

—Adoro este pequeño poema que me dictaste desde la cama el otro día, cuando estabas casi dormido. Oí, Renato.

RESUMEN

Miraré muchos días la celeste calandria y el río
que felizmente fluyen sin preguntar su nombre ni
[su origen
y contemplan sin prisa nacer lunas y puentes
desde sus ojos que olvidan pronto las imágenes.
Entonces volveré sumiso
a interrogar los espejos que replican mi pausa,
y estaré como nunca al borde de esa estrella
que para todos tiende la sedosa escalera
y resume en un punto final las cosas y su danza.

—Por qué tendrá uno que escucharlo otra vez —se quejó Jorge sin mirarlos—. Qué triste cadáver, qué asco innoble. Algunos poemas se pudren en seguida como ciruelas, empiezan a tener ese color violeta y ese tacto viscoso. No leas más, Marta.

—Suena como una cosa sensiblemente más... artística —dijo Renato, mirándolo desde lo alto de su metro ochenta—. Y me gusta mucho más que tus hemorragias bárbaras. Perdoná esta opinión que nace de ciertas adherencias, la regla áurea y el resto.

Marta jugaba con los objetos de la estantería, tiró al aire una esfera de livianísimo cristal, y la sostuvo un instante con un dedo. Después vino a sentarse en el suelo, al pie del sofá de Jorge, y los dos se pusieron a mirar gravemente a Renato.

—No sabemos si el Insecto te habrá dicho —empezó Marta.

—Hace mucho que no veo al Insecto.

—Bueno, él me estuvo ayudando a explorar una idea mía. La idea era buena, y Jorge ya lo sabe. Está furioso porque no me asocié con él para la búsqueda.

—¿La búsqueda de qué?

—De eso —dijo Marta, mostrando el cuadro—. ¿No es cierto que era una buena idea?

Renato lo aceptó sin discusión. Mientras encendía su pipa, los observó sonriendo tristemente.

—Vamos, chicos, adelante. Pero antes quiero decirte a vos que me alegro de que hayas venido, Marta. Era estúpido que por lo de la otra noche te encaracolaras.

—No era estúpido —dijo Jorge, enderezándose sobre un codo—. Hizo bien. Hasta le he perdonado que se fuera a buscar la casa con el Insecto.

—¿Y dónde está la casa? —dijo Renato, mirándolos alternativamente con duros ojos atentos.

—No es tanto dónde esté —repuso Marta—, y eso que está. La encontramos cuando ya nos faltaban las fuerzas. Pálpitos míos, zas ahí estaba. Lo triste es que la casa es de Narciso.

Renato mordió la pipa y se dio vuelta hacia el cuadro como si esperara ser apuñaleado por la espalda.

—Hijo de mil putas —dijo suavemente, hasta con una especie de ternura—. De manera que he pintado una casa de ese perro.

—¿No es grande? —se regocijó lúgubremente Jorge—. ¿No es absolutamente perfecto?

—Hombre, por qué no... Pero Marta no piensa lo mismo, mirala. A Marta no le gusta esto nada.

—Bueno, siempre fue una aguafiestas —dijo resignadamente Jorge—. Además lo de Eufemia tenía bastante mal gusto, y a la pobre le queda el recuerdo. ¿No nos podríamos olvidar de Eufemia, Martamarta?

—No, Jorgejorge. Ni Renato ni yo nos podemos olvidar de Eufemia. Yo quisiera darle una chupada a tu pipa, Renato.

—Vas a vomitar —le previno Jorge—. Ya te ocurrió con mi narguileh.

—Tu narguileh tenía perfume —explicó Marta—. ¿Puedo, Renato?

Renato se inclinó para entregarle la pipa, y su rostro quedó casi a la altura del de Jorge. Jorge le pasó la mano por el pelo con un gesto de camarada. Renato cerró los ojos.

—Qué rico —murmuraba Marta, ahogándose—. Qué fogata, qué pasto seco.

De la cocina venían Susana y Thibaud-Piazzini. Los Vigil, que se alunaban fácilmente con Susana, fingieron no verla y abrazaron entusiastas a Thibaud-Piazzini. Renato se puso a tomar el mate que le cebaba Sú, y un gran golpe de viento agitó el toldo y lo hizo entrar junto con una calina espesa, arenosa.

—Han encontrado la casa —dijo escuetamente Renato a Susana—. Y lo lindo es que es de Narciso.

La participación de Susana parecía afectar a Marta más que antes. Miró a los hermanos con fastidio, alisándose nerviosamente la falda. Después se levantó y anduvo de un lado para otro, hasta plantarse delante de Renato con un aire de figurilla de Degas.

—Si yo me pudiera ir, si algo me cayera encima, un piano o un armario, si me diera la viruela, vos comprendés Renato que no puedo quedarme más quieta, aquí o en casa, en Buenos Aires. Hasta de Jorge me separaría ahora, hasta de Jorge y de vos.

—¿Y de Narciso? —le preguntó dulcemente Susana.

Se dio vuelta como si le fuera a pegar. Jorge la estaba mirando con un aire a la vez altanero e interesado. Renato esperaba.

—Ella irá a donde yo vaya —dijo Marta, tirándose en la alfombra—. Somos la misma cosa. Es *ella* y no Narciso.

—Si vos quisieras —dijo Susana, con la misma voz suave de antes— te la podrías quitar de encima. Le tenés miedo, y te dejás poner la espada en la mano.

—La espada se anuncia con vivo reflejo —rió Jorge—. Si ella no se anima, ¿por qué no lo hacés vos, Renato? Rompamos el cuadro, ¿querés? Ahora mismo.

Lo invitaba, con un aire en el que Susana leyó un cordial desafío, como alentando una reacción de Renato. Se puso a su lado, sonriéndole mientras Renato agachaba la cabeza y parecía pesar su decisión.

—Los árboles juegan con las esquinas, un moscardón estival rompe los cuadros de la arquitectura —recitó gimnásticamente Jorge—. ¿Vamos a hacer ejercicios verbales? Yo empiezo y doy la clave: relámpago. Ahí va. Relámpago, lago en la pampa, lampo del hampa, lámpara de Melampo, mampara de campo, estampa y...

—Váyanse —dijo la voz de Renato, pero como si no fuera él quien hablaba. Permanecía de pie, de perfil a ellos mirando el aire—. Váyanse de aquí, quiero terminar este cuadro.

iii

Me complacen las novelas de Nigel Balchin, su desencanto de la vida que lo lleva a contemplarla a través de héroes frustrados —y por eso más héroes, héroes de verdad como aquel pobre diablo del pie de aluminio que destripa en una playa la bomba de tiempo dejada por los nazis—. Me gusta su estilo ácido, sus buenas encamadas cada tantos capítulos y su elegante rechazo del erotismo como elemento fácil para un *thriller*. De manera que estaba metido hasta las orejas en *My Own Executioner* cuando sonó el teléfono y era Susana.

—Lo he estado llamando desde la una —me dijo—. Hablo bajo porque ellos andan en la cocina y pueden oír.

—Yo estaba en la Yúmen —admití—. Un ensayo de arpa. Volví a las tres y media. De tres a cuatro hice dos cosas buenas, empecé una novela de Balchin y escribí un poema que les voy a leer. Es brevísimo, de manera que no proteste, Sú, y oiga:

A UN GENERAL

Región de manos sucias de pinceles sin pelo
de niños boca abajo de cepillos de dientes

Zona donde la rata se ennoblece
y hay banderas innúmeras
y cantan himnos
y alguien te prende, hijo de puta,
una medalla sobre el pecho

Y te pudres lo mismo.

Me pareció que algo semejante a un quejido se abría paso entre la menuda crepitación que fosforece en la noche del teléfono.

—Por favor, Insecto —murmuró Susana—. ¿No puede venir a casa? Renato... Venga en seguida, *se lo pido por favor*. Se ha encerrado a trabajar, y yo...

—¿Los Vigil están ahí? —dije, tirando injustamente al suelo el volumen de Balchin.

—Sí, pero los ha echado del Vive como Puedas. Y a mí, y a Thibaud-Piazzini.

—Iré dentro de un rato —dije, sintiendo como una fina vena de agua en la espina dorsal—. Susana, necesito ahora mismo el teléfono de Narciso.

—Espere —me dijo, sorpresivamente de acuerdo. Durante la pausa recogí la novela y pedí sentidas disculpas a Balchin. Entonces oí a Susana dictándome el teléfono y, lo que era mejor todavía, el domicilio de Narciso. Parece que Renato lo tenía anotado en un cuaderno, que el cuaderno estaba en la mesita de luz, etc. Juré que iría lo antes posible para allá.

Era un departamento en Libertad al setecientos. Un lindo sexto piso con jarrones a la salida del ascensor y un estupendo espejo. Me ajusté la corbata antes de tocar el timbre, y no sé por qué ese gesto me dio confianza en mí mismo. Cuando abrieron, el bulto de Narciso ocupaba casi enteramente el hueco de la puerta. Detrás había una penumbra amarillenta y música de Coleridge Taylor.

—Hola —dijo Narciso, sin entusiasmo—. Qué sorpresa.

—Para los dos —dije, ya no tan seguro de mí mismo—. ¿Podemos hablar un minuto? No le telefoneé porque tuve miedo de que lo negaran.

—Ah. Bueno, yo vivo solo aquí. Hubiera atendido en persona.

—Podía haber hecho atender por Eufemia —dije, convencido de que no era precisamente hábil para abrir el fuego pero incapaz de aguantar una rabia que me subía desde abajo. Narciso me miró amablemente y me invitó a pasar. Cuando íbamos por la mitad del pasillo que daba a una gran pieza de estar, oí su voz que respondía:

—Ah, sí, Eufemia. Pero ella no está para esas cosas.

El salón era amplio, decorado con un mal gusto que me enterneció un poco. No quise aceptar el sillón al que me invitaba Narciso, y rechacé hasta la idea de beber un whisky. Preferí decirle, con mi mejor voz:

—Mire, basta de joda. Yo no tengo gran cosa que ver en este asunto, pero entre la calle Gutenberg, Eufemia y la historia del cuadro ya estoy hasta arriba de la cabeza. Vengo a decirle que no creo una palabra en sus fantasmas.

—No los insulte —murmuró apenado Narciso, que se parecía enormemente a Sydney Green-street—. Mis aparecidos.

—En especial el pajarraco que hizo la comedia de la espada. ¿Qué razón hay para tener alucinados a los Vigil, y neurasténico a Renato? Ni siquiera admito discutir el asunto con usted. Vengo a ofrecerle y a darle una oportunidad de terminar con esto.

—Pero es que ella no va a querer —se quejó Narciso, mirándome con ojos llenos de aprensión—. Yo sé que ella no va a querer.

—Empecé por decirle que no creo en el pajarraco. Si usted es ventrílocuo, o sugestiona a la gente con penumbra y manos sobre la mesa, yo...

—No, no —dijo quejumbrosamente Narciso—. A ella tampoco le gusta eso, yo lo hago por conservar una tradición. Ya sabe usted que el buen aparecido prefiere el mediodía, la buena luz. ¿No la ve ahí, en ese sofá?

Me di vuelta más rápido de lo que mi dignidad hubiera querido. El sofá era bajo, profundo, de una tela gruesa y roja. Eufemia se sentaba en uno de los lados, muy apoyada en el respaldo. Tenía algo entre las manos, creo que un crochet o una puntilla, se veía la débil luz mercurial de unas agujas inmóviles. Yo no sentía miedo, más bien un aniquilamiento, una distancia repentina de mí mismo, un deseo de pisotear a Narciso y a la vez de no separarme de esa gorda pantalla de carne fofa que me defendía del sofá.

—Está con su ovillo —me informó Narciso amablemente—. Es un ovillo lleno de nudos, que lleva consigo y trata de desanudar. Le da mucho trabajo, y avanza de a poco.

—Es...

—Sí, es Eufemia, usted comprende que no podía quedarse de su lado después de semejantes palabras. No tema nada, Insecto. Usted... Sí, pertenece al Vive como Puedas, pero es otra cosa.

Retrocedí, colocándome de perfil a Eufemia para verla siempre, y distanciándome de Narciso para verlo mejor. De cerca era insoportable, ese enorme globo caluroso hablándome contra la cara. La puerta quedaba detrás de él, no tenía cómo escaparme; y aunque parezca que me doy corte, no quería escaparme.

—El Vive como Puedas —dijo de repente la voz de papagayo—. El Vive como Puedas.

—Bueno, ahora se largó —dijo Narciso en un soplo, guiñándome un ojo con una lúgubre complicidad—. Pregúntele lo que quiera, pero sin mirarla demasiado de frente. Es más bien tímida, y nada peligrosa si uno sabe tratarla.

Tenía tanto de reclame de parque japonés, que estuve tentado de alzar un almohadón y tirárselo a Eufemia para descubrir el truco. Pensé: una querida, una sirvienta, una cómplice. Pero cuando yo había entrado, dos minutos antes, ese sofá... Y la voz, la voz sobre el hombro de Marta.

—Ella tiene la espada —dijo la voz de papagayo—. Ahora golpea, ahora no golpea. Después, después; ahora no golpea, ahora golpea. Ahora, después. Ahora no. Después.

El ovillo era lo único que se movía, se movía, se movía entre sus manos con los finos dedos hacia arriba, y los dedos no se movían. Lo que yo había tomado por brillo de agujas de tejer, eran los muchos anillos y pulseras que tenía en las manos.

—Bueno —dijo Narciso con una brusca inspiración que le agitó el pecho y el vientre—, todavía no sé la razón de su cordial visita.

Creo que eso, tanta untuosa superioridad, le hizo perder la partida. Eso, o que tenía que perderla de todos modos. De golpe lo sentí por debajo de mí, Dios me libre de creerme superior a nadie aparte de unos cuantos amigos y poetas, pero era tan evidente que se había puesto a gozar de su ventaja que el horror (¿había sido horror?) se me deshizo en la boca del estómago, y de contragolpe me vino una rabia en la que el miedo metía espuelas y azuzaba toda clase de perros y gatos.

Vigilando siempre a Eufemia, que miraba el piso y agitaba el ovillo con aire preocupado, me acerqué a Narciso y le reuní tres botones de chaleco con la mano izquierda. La derecha la preparé, sin exhibicionismo, para un uppercut de esos que han de recordar más de cuatro jóvenes de la Alianza Nacionalista.

—Oiga bien —dije casi cordialmente—. Tengo demasiado miedo para andarme con contemplaciones. Me aterra la idea de que usted pueda dar una orden cualquiera a eso que está ahí, y que eso obedezca. Tengo tanto miedo que ya no me importa un cuerno de nada. Tendría más miedo de tirarme de este sexto piso, y es lo que debería hacer si aquí quedara sitio para la lógica. En cambio, hijo de una gran puta, le voy a dar dos minutos para que me prometa dejar en paz a Renato.

—No insulte —dijo incongruentemente Narciso—. Me está arruinando la ropa. ¡Eufemia!

Temí como el diablo que fuera una orden, y pegué a ciegas. Después ya seguí, y mientras pegaba me volví para mirar el sillón. Cuando Narciso quedó de rodillas sobre la alfombra, corrí hasta el sillón entornando los ojos y (como no me atrevía a usar las manos) revoleé la pierna en un golpe de savate que me había enseñado mi maestro de francés y le tiré una feroz patada a Eufemia. Le di en la boca del estómago, por encima del sitio donde tenía el ovillo. A mí me parece que el zapato pegó realmente en un plexo solar. Eufemia se dobló en dos y boqueó varias veces, balbuceando incoherencias. Me eché atrás enloquecido de miedo (ahora tenía miedo otra vez) acordándome de un sueño —pero no acordándome, soñando ese sueño en pleno día otra vez—: en un calvero de selva, yo encontraba un insecto de gran tamaño, un coleóptero que se llamaba el Banto, y lo decapitaba no sé por qué y entonces el Banto empezaba a gritar, el Banto gritaba y gritaba mientras yo sentía cómo el horror me subía por las piernas, el Banto se desangraba a mis pies y gritaba. (Todo eso lo he contado mejor en una novela inédita que se llama *Soliloquio*.) Y en ese instante Eufemia era el Banto sólo que no sangraba ni gritaba, pero yo sentí el mismo horror que en el sueño y me volví al lado de Narciso que se pasaba un pañuelo por la cara, quejándose en voz baja. Saqué mi pañuelo y le limpié una cortadura que tenía debajo de un ojo; la grasa se corta fácil con los nudillos si uno pega de refilón.

Dando la espalda a Eufemia, enderecé un poco a Narciso y lo llevé hasta el sillón junto a la ventana. Se tiró como un elefante, jadeando, y alzó un brazo para protegerse la cara.

—No sea zonzo, nadie le va a pegar más —dije, un poco avergonzado—. Parece mentira que me haya obligado a... —El recuerdo de lo que había detrás me hizo girar vivamente, encarando el sofá. Todo el mundo recuerda las figuras de Archimboldo y su escuela, esa simbiosis paranoica de objetos en un paisaje o un interior que configuran un rostro gigantesco o una batalla de caballería. El entero ángulo del sofá continuaba siendo Eufemia, es decir que Eufemia estaba ahí doblada en dos, con la cara casi tocando las rodillas; los pliegues del sofá, muy arrugado y deshecho en ese ángulo, repetían los elementos constitutivos de la figura de Eufemia; bien mirado, daban a los ojos del espectador el punto de partida de los elementos, y un fenómeno de completación psicológica (como los que ha estudiado y legislado la *Gestalt*) integraban a Eufemia en la medida en que un recuerdo involuntario la postulaba en ese rincón. Me bastó parpadear fuertemente para reducir todo a los grandes pliegues del sofá; pero quedaba el ovillo, caído sobre la alfombra y desenrollándose livianamente hasta el centro del salón, el extremo del hilo estaba aún sobre el sofá, y se prolongaba con pequeñas curvas hasta el ovillo inmóvil. Narciso había dicho que era un ovillo que Eufemia luchaba constantemente por desanudar; lo que yo vi era un hilo sin nudo alguno, de pronto un ovillo perfecto y sin nudos.

—Esto no debía haber terminado así —se quejó enfurruñadamente Narciso—. Usted no sabe lo que ha hecho.

—No, realmente no lo sé —admití mirando siempre hacia el hueco del sofá—. Pero tengo una sospecha.

—Yo no podía impedir...

—Tal vez no. Tal vez no puede impedir nada. Retiro lo de la ventriloquía. Pero usted ha estado abusando de su eficacia y torciendo los hechos, llenando de nudos el ovillo de Eufemia.

—¿Llenando de nudos...? —Miró el suelo, el claro trazo del hilo por la alfombra—. ¡Oh Dios mío, Dios mío!

—Y poniendo la espada en manos de quien no debía estar —agregué, nuevamente furioso—. No le discuto la espada, ahora ya no discuto nada. Pero usted reclama a los Vigil, los quiere aquí y no en casa de Renato. Usted está rabioso con Renato, y abusó de... eso. —Señalé vagamente el sofá, buscando asideros para apoyar mi cólera. Pero me sentía hundir en una especie de sopa de tapioca mental.

Encontré solo la salida del departamento, y el ascensor estaba aún detenido en el piso. Mientras bajaba, tuve la desagradable idea de que iba a encontrarme con Narciso al salir a la calle, quiero decir con Narciso aplastado en la vereda. Pero no había nada, y cuando silbé a un taxi y me metí en él gritándole la dirección de Renato, pensé que Narciso seguía allá arriba, mirando el ovillo, ahora solo de veras con Eufemia y el ovillo.

V

i

Un día vendrá en que los acaecimientos que verdaderamente importan serán fijados con un lenguaje libre ya de toda ordenación formal, y sin que una prematura entrega a la pura expresión poética torne incierto e inteligible el instante perfecto que se quiere solemnizar. Opto aquí por la constancia histórica, los seis pesos veinte que pagué con visible fastidio al chofer del taxi, la carrera liviana hasta el departamento de los Lozano. Una rápida previsión me aseguró que Susana me abriría la puerta, de modo que cuando vi a Jorge me quedé de una pieza.

—Entrá, ya era hora de que aparecieras —me dijo, sin darme la mano y con visibles señales de nerviosidad.

—Decadencia y caída del imperio romano —saludé, y Jorge se puso tenso y se lo veía pensar apresurado.

—Los doce Césares —respondió ferozmente.

—Ariel o la vida de Shelley.

—Antropología filosófica.

—Historia del libertador don José de San Martín.

—La cabellera oscura.

—El lobo de mar.

Entonces me tendió la mano, ya sereno y lleno de chiquillería. Marta y Susana estaban en el living, fumando y sin hablarse. Conviene señalar que la luz diurna del departamento de los Lozano procedía casi enteramente del Vive como Puedas, y que Renato había cerrado herméticamente la doble puerta del taller. Una lámpara baja, en una mesita lateral, echaba sobre Marta y Susana una especie de jalea de manzanas de muy desagradable efecto.

—Nos parecía raro que no estuvieras aquí —dijo Jorge, incluyendo visiblemente a Marta pero no a Susana. Presumí que Sú no les había dicho nada de su llamado de la tarde, y fui a sentarme ostensiblemente a su lado.

—*Sweet Sue, just you* —le canté en la oreja, de pronto enternecido sin saber por qué—. ¿Cómo anda todo, Sú?

—No sé, realmente —repuso sonriendo con algún alivio—. Los chicos vinieron esta tarde con la noticia de la casa, y Renato decidió pintar. Ellos no quieren irse —agregó mirándolos sin expresión.

Los Vigil estaban muy juntos, formando uno de sus famosos cuadros alegóricos del sentimiento fraterno.

—Bien podías saludar, Insecto —se quejó Marta—. Sos tan mal educado.

—Poeta de corte clásico y basta —dijo Jorge con una risa burlona—. Guarda los modales para la hora del endecasílabo. Pero esta vez estoy tentado de darle la razón, enana. Más de una semana llevándote a la rastra por todo Buenos Aires, eso acaba con la paciencia de una ostra como dicen en *Alicia*. Y a propósito de Alicia, ¿recitamos el *Jabberwocky*?

Juntando las cabezas de un modo tal que hasta Susana tuvo que reírse, murmuraron el poema como en un trance. Estaban realmente hermosos, tan semejantes y distintos de nosotros, tan los Vigil en el mundo del Bandersnatch. Siempre recordaré su voz al llegar a: *So rested he by the Tumtum tree*; y el crescendo de alegría (*O frabjous day! Callooh! Callay!*) para demorarse luego en la repetición maravillosa del último cuarteto. Sí, estaban encantadores en la penumbra del pequeño living, y yo cedí otra vez a esa presencia que llevaba consigo el perdón anticipado y lo exigía sin pedirlo, nada más que mostrándose y siendo. El mal y el bien cesan de ser contrarios en el brillo de ciertas gemas, y hablando de brillo he aquí que la puerta del Vive como Puedas se abría de par en par justo en el momento en que Thibaud-Piazzini brotaba de la cocina y saltaba con inmensa alegría a su sillón preferido.

—¿Todavía están ahí? —dijo Renato fingiendo un fastidio que no sentía—. No hay manera de echarlos, a ustedes. Bueno, vengan, ya está listo.

Marta fue la primera en llegar a la puerta del taller, pero la cabeza de Jorge estaba pegada a la suya y los dos miraron al mismo tiempo. Sentí que una mano de Susana buscaba mi apoyo como un bicho rebullente. Oímos el suspiro de desencanto de los Vigil.

—Dame tu palabra —dijo Renato— de que no lo vas a destapar.

Marta y Jorge alzaron la mano derecha, furiosos pero sometiéndose. El cuadro estaba cubierto por una tela amarilla, sostenida lejos del bastidor por un marco protuberante que Renato había instalado a propósito. Alguien encendió las lámparas, y el Vive como Puedas tomó el aire de las grandes noches. Renato, que no parecía haberme visto hasta entonces, vino cariñosamente a palmearme los hombros.

—Me alegro de verte, Insecto. Es bueno que hayas venido, traés con vos el aire de los exorcismos.

—¡Qué lindo! —dijo Jorge, ya tirado en su canapé—. Anotá eso, Marta, me lo apropio. El aire de los exorcismos remonta sus sábanas de canela. Maldito sea, por culpa de García Lorca no se puede hablar de canela en un poema. Venga, venga con su tío.

Y se puso a mimar a Thibaud-Piazzini que nunca le había tenido mayor cariño y se sometía difícilmente a sus caricias.

Susana andaba por ahí preparando bebidas, Renato continuaba con la mano puesta en mi hombro mirándome con un afecto que me devolvió por un segundo a la oscura piecita de la Facultad donde él y yo planeamos lo del cartel contra Farrell. De repente me di cuenta por qué me pesaba tanto su mano, Renato la apretaba deliberadamente contra mi hombro para no dejarla temblar.

—Tengo un par de cosas que decirte, viejo —anuncié con una voz destinada a los Vigil—. Bien puede ser que te traiga de veras los exorcismos, por lo menos una noticia que los incluye.

Renato me miraba, sin hablar. Se le habían dilatado las pupilas, supongo que por estar de espaldas a las lámparas; lo supongo solamente.

—Vengo de romperle la cara a Narciso —dije, incapaz de retener un tonillo de satisfacción deportiva—. Con este puño, con esta linda manita que tengo yo, la linda manita que Dios me la dio.

De la penumbra del suelo saltó Marta, atropellándome casi; sentí que me sujetaba la mano y la miraba a la luz.

—La tenés toda raspada —murmuró con asombro. Yo no me hacía ilusiones sobre su preocupación, indudablemente había querido verificar mis palabras. En silencio, después de mirarme con aire vago y como ausente, volvió a sentarse al lado de Jorge que había cerrado los ojos y jugaba a tener sobre el estómago a Thibaud-Piazzini.

—Qué curioso —dijo Renato, retirando la mano y mirándome inquisitivo—. Sabés que esto es realmente curioso, Insecto.

—Completamente de acuerdo —dije, con el desánimo que sigue a toda enunciación jactanciosa.

—Hasta hace media hora yo me había convencido de que estaba loco —siguió Renato en voz baja—. Loco de atar, entendés. En un todo contra la corriente, viendo lo blanco en el sitio de lo negro.

—Porque la noche será negra y blanca —le dije con palabras de Gérard de Nerval.

—Justo, algo así. Date cuenta de que sentí eso cuando vos... ¿Pero realmente le pegaste a Narciso?

—Claro que le pegué, a él y a... —Me pareció que Marta esperaba un relato completo, sentí un perverso deseo de negárselo, de callar, el ovillo que también ella querría desanudar por simpatía, pobre prisionera ya liberada sin saberlo—. No va a joder más, tené la seguridad. Pase lo que pase este asunto se detiene ahí. —Y mostré el cuadro con un ademán que el recuerdo me permite calificar de majestuoso.

Renato estuvo un segundo como balanceando mis palabras, después empezó a reírse bajito, con ese nacimiento de la risa que los actores shakesperianos hacen tan bien. Impulsivamente me apretó en un abrazo digno de su época de levantamiento de pesas y profesiones manuales. Oí su voz, metida en mi oreja junto con una humedad caliente:

—Entonces pinté lo que debía pintar, Insecto. Creí de veras que me había vuelto loco, pero estaba pintando la verdad. Vos acabás de liquidar el resto, lo incomprensible.

Por sobre el hombro de Renato se divisaba el siguiente panorama: Susana observándome desde la puerta, una bandeja con copas en la mano. Jorge mirando a Thibaud-Piazzini que estaba muy quieto entre sus brazos. Marta, en la alfombra, pequeñita y pálida como una figulina, perdida toda vivacidad y casi insignificante; *ella*, casi insignificante.

Renato rompió el abrazo y fue a buscar la bandeja de manos de Susana. Caminaba sereno, con un aire de quien no espera ya nada porque, en alguna medida, está más allá de todo. Me alcanzó una copa y fue a inclinarse junto a Marta, llevándole otra. Vi que le pasaba la mano por el pelo con un gesto casi de disculpa, y la invitaba a beber.

—Che, qué cosa notable —dijo Jorge, enderezándose lentamente en el canapé—. Me parece que Thibaud-Piazzini se ha muerto.

Lo puse sobre la mesa de la cocina y miré largamente a Susana, que me había acompañado sin hablar.

—Parece absurdo, pero un animal no se muere porque sí —dije, sacando mi pañuelo para secarle a Sú una lágrima que le corría por la cara—. Todos estamos expuestos a un síncope, pero un gato no.

Susana seguía mirando hacia la puerta, a través de la pared del pasillo estaba contemplando el Vive como Puedas; de pronto medí el odio seco y reluciente que habitaba esa mirada, y que nunca su voz o sus gestos traicionarían.

Le puse el brazo en el hombro, la atraje contra mí y la besé en la nuca, en la garganta. Se abandonaba, blanda, pero seguía lejana y desasida; no era mía.

—Ya sé, Sú, ya sé —dije con el balbuceo que quiere exceder las palabras y acercarse al llanto ajeno—. Comprendo tantas cosas, pero esta noche...

Me miró por primera vez.

—Esta noche —repitió—. Claro, ésta es la noche de ellos, ¿verdad?

Pasé la mano por el sedoso flanco de Thibaud-Piazzini.

—Ya no de ellos, Sú. Marta no es más que una pobre cosa, ahora. La han abandonado, y se está dando cuenta poco a poco. Marta era una carta falsa en este juego; ya está boca arriba, invalidada, inútil. Pobrecita.

Sú se apretó contra mí como si yo hablara de ella, y nos besamos sin deseo pero con un asomo de paz que nos hizo mucho bien. Pensé si quedaba otra carta en juego, y que la noche apenas empezaba. Apreté el talle de Susana y volvimos juntos al Vive como Puedas donde Renato argumentaba con gestos exagerados la previsión en Paolo Uccello. Jorge estaba muy callado después de su descubrimiento, y sólo Marta replicaba con animación, tal vez movida por un hábito de controversia que la erizaba frente a Renato. Decidimos no cenar en homenaje a Thibaud-Piazzini, y se acordó que Jorge cruzaría al restaurant de enfrente para traer una pila de sándwiches y vino. Renato le dio dinero y los tres llegamos charlando hasta la puerta; yo busqué la mirada de Renato apenas se hubo marchado Jorge.

—¿Me querés decir qué es eso del cuadro tapado, todo el chiqué idiota de «pinté lo que debía pintar» y el resto?

—No te hagás el enojado que te queda horrible —se burló Renato sin sonreír—. Todavía quiero pasar una noche alegre con los muchachos y con vos. Es un poco la vela de armas, sabés. Mañana...

Me miró con repentina curiosidad.

—De manera que le pegaste a Narciso —dijo como si no acabara de convencerse—. ¡Qué bárbaro!

—Alguien tenía que hacerlo alguna vez —dije con alguna burla hacia él. Pero Renato no reparaba jamás en esas alusiones.

—Con razón todo está tan cambiado, ahora —murmuró—. Hay que velar la espada, Insecto, porque mañana... Es demasiado cambio, sabés, y uno de esos cambios que no se toleran.

—Lo único que se tolera son los cambios —dije con mi habitual ingenio—. A vos te revienta la inmovilidad y la reiteración. De manera que menos velar de espadas y más claridad. ¿Me vas a decir o no me vas a decir qué mierda pasa?

Se puso a reír, pegándome con el revés de la mano en la mejilla. Parecía feliz pero como si una absoluta desdicha pudiera asumir los gestos y el aire de la felicidad.

—Mañana, Insecto; total vos te vas a quedar aquí toda la noche. No me quités este ahora, mirá que...

Y me empujó irresistiblemente al Vive como Puedas donde Susana y Marta preparaban una mesita sin mirarse, y del *pickup* salía la voz de Hugo del Carril; que el bacán que te acamala tenga pesos duraderos / que te abrás en las paradas con cafishos milongueros / y que digan los muchachos: «Es una buena mujer».

—Cuatro de jamón crudo, cuatro de cocido, cuatro de queso, cuatro de anchoa y cuatro de salame —anunció Jorge—. Cinco clases de sándwiches y cuatro de cada clase. Hice bien la cuenta, le tocan cuatro a cada uno y se puede elegir de todas las clases menos de una. Yo sacrifico el queso. Aquí hay poca luz, *mehr licht* por favor. Y saquen ese disco porque vomito.

Marta fue al amplificador y puso otra vez *Mano a mano*.

—Imaginate que estás oyendo *Madame Butterfly* —dijo—. Vos sos Pinkerton. Lindo nombre, Pinkerton. Beba malta Pinkerton, lávese con jabón Pinkerton. —Nos miró en redondo, un poco desconcertada—. Qué funeral es esto, gentes... Claro, en realidad es un funeral... —La vi que evitaba mirar a Susana, un choque como de cristales finísimos, de ampolla de inyecciones resonaba en la nada y solamente yo lo percibía. Alguien me pasó un vaso de mosela, me lo bebí de un trago y vi a Renato que vaciaba su copa y volvía a llenarla, mirando el techo.

—Reparto de sándwiches a la concurrencia —dijo Jorge, sentándose en el suelo de modo de quedar en medio de los cuatro—. Uno para la foca, otro para el osito, éste de aquí para el lys de la vallée, y finalmente un cuarto para el mantis religioso. Tomá éste de salame, Insecto, se adecua con tu alma silvestre y a veces fragante. Yo te quiero mucho, Insecto. Sos un objeto de los que casi no quedan. Lástima que la enana te acapare tanto, de lo contrario trataría de fomentar tu amistad. ¿Te leo un poema, para probarte mi inteligencia y mi buena cuna? Pero antes deberías contar con detalles lo de Narciso.

—Callate, querés —le dijo Marta, tirándole un puntapié a la rodilla.

—*Objection sustained* —aprobé—. Todas las cosas importantes quedan relegadas para mañana. —Y miré a Renato, que seguía bebiendo con método y desgano.

—¿Iniciamos la sección de variedades? —propuso, dejando su copa en el suelo y dando media vuelta para quedar a horcajadas en la silla—. ¿De acuerdo, Sú?

En la pregunta había alguna afectuosa presión que Susana comprendió tanto como yo. La vi sonreírse —sí, la vi sonreírse por primera vez desde *Jabberwocky*—, y asentir.

—Yo puedo hacer mi famoso número de desaparición en el ropero y vuelta en forma de encomienda contra reembolso —dijo Sú—. Ofrezco además el truco del sombrero que se convierte en sopa de arvejas. Renato pone la cabeza y yo la sopa.

Marta y Jorge se miraron con la antigua complicidad.

—La pareja de hermanos más célebre de la historia ofrece su concurso —anunció Jorge con voz hueca—. El distinguido público no tiene más que pedir, y nosotros cumplimos.

—Te daré el gusto, que es lo que esperás —le dije—. Voy a pedir que se lea algún poema tuyo.

—Lo siento, pero no hay en existencia. Salvo que...

—Sí, *en efecto* —asintió Marta—. Salvo que yo encuentre alguno en la cartera. Bien ensayado, Jorge, bien ensayado. Oigan ustedes, señoras y señores. Tiene un título para la función.

DÉMONS ET MERVEILLES...

De colinas y vientos
de cosas que se denominan para entrar
como árboles o nubes en el mundo

De enigmas revelándose en las lunas
rotas contra el aljibe o las arenas

yo he dicho y esperado

Creo que nada vale contra esta caricia
abrasadora que sube por la piel

Ni el silencio, ese desatador de sueños

Vivir
oh imagen para un ojo cortado
boca arriba
perpetuo

No dijimos nada, comíamos aplicadamente nuestros sándwiches y Renato nos sirvió otra vez mosela. Todos queríamos tanto a Jorge, sus cosas eran tan nuestras (como lo son las nubes o los árboles); se podía ser feliz escuchándolo por la voz de Marta y no diciendo nada. Hasta que Renato alzó su copa que brillaba contra las lámparas.

—Salud, oh cantor de la vida. ¿Puedo pedirte una cosa esta noche?

—Lo que quieras —dijo Jorge.

—Será fácil: un treno, una bonita lamentación.

Pensamos en Thibaud-Piazzini, pero después en el mismo Renato que estaba allí con el rostro de las despedidas. Tal vez solamente lo pensé yo, que había escuchado su voz; *no me quités este ahora, mirá que...*

Jorge suspiró.

—Lamentación para un pintor aburrido del mundo. Pero sería acaparar demasiado; mientras sigo emborrachándome, espero aplaudir las habilidades de ustedes. ¿Vos qué sabés hacer, Susana?

—Admirarte, Jorge. ¿No es bastante?

—Oh, de sobra. ¿Y el Insecto? ¿A que no nos recitás un soneto de los tuyos? Con ademanes, bien declamadito... Ya viEne el cortEjo, ya se Oyen los clAros clarInes... —Se detuvo, mirando de reojo a Marta.

—La espada se anuncia con vivo reflejo —murmuré yo—. Ya van dos veces que este verso salta como un súcubo donde menos se lo espera. ¿Cuándo se anunciará la espada, Renato?

No debía habérselo preguntado pero no hacerlo era igualmente penoso, estábamos todos orillando estúpidamente la cosa y creo que el mismo Renato prefirió mi tomada por los cuernos.

—No esta noche, chicos —repuso con una distante gentileza—. Mañana, que es la gran palabra, la gran dispensadora del aplazamiento. *Di doman non c'è certezza.* Por eso, oh florentinos, *chi vuol esser lieto, sia.* Yo alzo esta copa de Arizu blanco en recuerdo de Lorenzo el Magnífico.

—Mañana —repitió Marta, imitando mecánicamente el brindis—. ¿Cómo pudo imaginarse siquiera la palabra? Demain, tomorrow, mañana, qué horror. —Vi crisparse la mano que la sostenía erguida sobre la alfombra. Bebió, mirando el vino al trasluz, y volvió a tirarse en el suelo con los ojos cerrados. Me hizo un gesto como invitándome.

—Diré un poema pequeñito e idiota —advertí, muy contento de que me dieran la oportunidad—. No es un soneto, ni siquiera es poético. Lo escribí después de oírle una canción a Damia, en un disco que después se rompió o fue olvidado en alguna casa. Es un buen poema, es este poema:

JAVA

C'est la java d'celui qui s'en va —

Nos quedaremos solos y será ya de noche.
Nos quedaremos solos mi almohada y mi silencio,
y estará la ventana mirando inútilmente
los barcos y los puentes que enhebran sus agujas.

Yo diré: Ya es muy tarde.
No me contestarán ni mis guantes ni el peine,
solamente tu olor, tu perfume olvidado
como una carta puesta boca abajo en la mesa.

Morderé una manzana fumaré un cigarrillo
viendo bajar los cuernos de la noche medusa
su vasto caracol forrado en terciopelo

Y diré: Ya es noche
y estaremos de acuerdo oh muebles oh ceniza
con el organillero que remonta en la esquina
los tristes huesecillos de un pez y una amapola.

C'est la java
    d'celui qui s'en va —

Es justo, corazón, la canta el que se queda,
la canta el que se queda para cuidar la casa.

Lo dije tan bien que hice llorar a Susana. Pobre Sú que me conocía tanto, y que lloraba siempre que terminaba una novela de Charles Morgan. Los Vigil hicieron gestos displicentes de aceptación.

—Parece una de las cosas que prefería don Leonardo Nuri, nuestro difunto padre —dijo Jorge—. Pero hay que reconocerle al Insecto un cierto aprovechamiento de la técnica del primer Neruda, combinado con un sentimentalismo carrieguino que no está del todo mal. —Y se reía, mirándome con cariño de cachorro. Después dijo que mi fuerte era la poesía gnómica, que debería poner en verso El Almanaque del Mensajero, y se atoró de tal modo con un trago de vino y un bocado de jamón que Marta tuvo que pegarle puñetazos en la espalda. Todavía estaba tosiendo y revolcándose exageradamente en la alfombra cuando oímos golpearse la puerta de entrada. Los Vigil se enderezaron, muy juntos. Susana era la más serena, miró a Jorge como reprochándole haber dejado la puerta abierta, y dio unos pasos hacia el living. Yo sentí una cosa rara ahí donde todos saben, un tironcito para abajo y a la vez cosquillas en la nuca, una combinación de sensaciones realmente asombrosa. Sólo Renato seguía igual, la copa de vino en la mano girando como un pequeño carroussel translúcido.

—¿Quién es? —gritó Marta con una voz de hipnotizada que no le conocía.

Laura Dinar nos miró muy seria y atenta, un pequeño bolso entre las manos como si sostuviera un misal. *How pure at heart and sound in head*, pensé incongruentemente con Tennyson. Nos miró uno a uno, inclinando a un lado la cabeza, sin sonreír.

—Es tarde, muy tarde —dijo—. La puerta estaba abierta, y los oí hablar.

Susana rompió nuestra naturaleza muerta (estábamos como pescados en una mesa, Ensor cien por cien), e hizo el gesto más antiguo del mundo, aparte del de golpear. Ofrecía el fuego, el pan y la sal, pero Laura se negó con un apagado ademán.

—No, no me quedaré —dijo—. Vine solamente para llevarme a Jorge.

No será fácil mi olvido de esa noche, pero nada recuerdo mejor que el movimiento de araña de la mano de Marta en la alfombra, su prensión encarnizada en la manga de la camisa de Jorge que se enderezaba mirando extasiado a Laura. La mano era nosotros, hasta Susana estaba en la fuerza inhumana de esos dedos que, sin mostrarlo, querían clavar a Jorge en su sitio, retenerlo de nuestro lado por siempre.

Pero él, como los héroes en las altas fábulas, se desasió con un gentil movimiento del brazo, y enderezándose sin esfuerzo fue hacia Laura que no se había movido.

—Aquí estoy —dijo sencillamente—. ¿No es estupendo irnos juntos?

ii

Rápido, rápido, no perdamos ya más tiempo. A la hora en que las explicaciones eran más que nunca necesarias, optamos por reunirnos melancólicos sobre la alfombra, como pieles rojas en *pow-pow*, y nos bebimos un cuarto de botella de coñac que Susana fue a traer con su silenciosa eficacia. Marta reposaba la cabeza en el hueco del hombro de Renato, y lloraba mirando los dibujos de la alfombra, bebía y lloraba alternadamente mientras Susana me dejaba buscarle la palma de la mano y cosquilleársela. Ya era medianoche cuando terminamos las vueltas de coñac y nos miramos vagamente aliviados y turbios.

—Hay que llevar a Marta a alguna parte —me dijo Renato concisamente—. No la llevés a su casa.

—Ni a su casa ni a ningún lado —respondí—. Yo no la llevo, yo me quedo aquí hasta mañana.

—Pero no la podemos dejar irse sola.

—Sí, puedo irme sola —gruñó Marta por debajo de un mechón de pelo.

—Usted se calla —dijo Renato, apretándole el brazo—. Susana...

—Está bien, la llevaré yo —(«Ayúdanos, Sú»).

—¿Adónde? —pregunté.

—A tu casa, por ejemplo. Yo me quedaré con ella si es necesario, y mañana cada sapo a su pozo.

Mañana.

—Yo no me quiero ir —dijo Marta, escupiendo el mechón que se le metía en la boca—. Aquí hay alfombras, sillones, mesas. Yo puedo dormir con Susana, o en el living.

Parecía aceptar que no íbamos a llevarla a su casa, que esa noche su casa no era de ella. Resistió todavía un momento más, pero había bebido demasiado y Susana se la llevó para lavarle la cara mientras yo bajaba a conseguir un taxi. Las vi salir del ascensor como dos hermanitas, apretadas del brazo, Marta bordando unas eses inacabables que Sú corregía lo mejor posible. Las ayudé a subir, y vi que se sentaran cómodas. Entonces Marta cerró los ojos, instantáneamente dormida, y Susana me agarró la mano.

—Yo tendría que quedarme con usted, Insecto.

—No. Yo estaré con Renato toda la noche. Mañana...

Mañana. Qué imbéciles, todos.

—La llave del departamento —dije— es un poco dura; apriete fuerte hacia la izquierda. Y descanse bien.

Marta lloraba dormida; esta última imagen mía de Marta, como ver una fotografía de alguien que está del otro lado del mar, y ha cambiado mucho, y no quiere admitirlo, y entonces llora.

—Bueno —le dije a Renato—. ¿Qué te parece si hacemos juntos la vela de armas?

—Claro. Ponemos aquí el sofá, y las luces que den hacia ese lado.

Ordenamos todo, y yo me llevé a la cocina los restos del festín; tuve que trasladar a Thibaud-Piazzini a una repisa de mármol para acomodar los vasos y los platos en la mesa grande. Entraba un airecito fresco por el ventanal y la noche era de una serenidad casi literaria. Cuando todo estuvo listo, Renato fue hasta el cuadro y quitó la enorme mancha amarilla. Hundido en mi sofá, miré la figura menor, el rostro empequeñecido pero muy claro de Renato que iba a entrar en la casa, y la figura del primer plano, la figura de Jorge con la espada.

Pensé que hubo espadas que se llamaron Colada o Excalibur, también podíamos los porteños tener una que se llamara Laura.

Pasamos charlando toda la noche, y al amanecer vi cómo Renato destruía su cuadro, lívido por la trasnochada y el tabaco, pero muy entero.

Yo decidí iniciar el día cumpliendo con un pequeño ritual que me parecía importante. Hice un paquetito muy mono con un recuerdo del Vive como Puedas, dije adiós a Renato y salí con el alba. El frío me hizo andar ligero hasta que encontré un taxi, y en quince minutos estuve en la casa de los Vigil. Con la llave que me habían dado tiempo atrás me abrí camino hasta la sala que comunicaba al dormitorio de Jorge, y encendiendo una lámpara que iluminaba un rincón de lectura, dispuse el paquetito sobre la mesa, con el nombre de Jorge claramente escrito. Había un gran silencio en la casa, y yo imaginé a Laura y a Jorge durmiendo enlazados, en un abandono infinito de sábanas y sueños.

Después caminé por calles que me iban llevando despacio hacia mi casa, dando tiempo a que se levantara el sol y Susana despertara a Marta para iniciar el día. Hasta entonces prefería dejarlas solas en casa, y me entretuve pensando en Jorge, en la cara de Jorge al encontrar el paquetito, al abrirlo y encontrar el recuerdo del Vive como Puedas, la cabeza de Thibaud-Piazzini como un buen recuerdo del Vive como Puedas.

Buenos Aires,
Carnaval de 1949

EL EXAMEN

Nota

Escribí *El examen* a mediados de 1950, en un Buenos Aires donde la imaginación poco tenía que agregar a la historia para obtener los resultados que verá el lector.

Como la publicación del libro era entonces imposible, sólo lo leyeron algunos amigos. Más adelante y desde muy lejos supe que esos mismos amigos habían creído ver en ciertos episodios una premonición de acontecimientos que ilustraron nuestros anales en 1952 y 1953. No me sentí feliz por haber acertado a esas quinielas necrológicas y edilicias. En el fondo era demasiado fácil: el futuro argentino se obstina de tal manera en calcarse sobre el presente que los ejercicios de anticipación carecen de todo mérito.

Publico hoy este viejo relato porque irremediablemente me gusta su libre lenguaje, su fábula sin moraleja, su melancolía porteña, y también porque la pesadilla de donde nació sigue despierta y anda por las calles.

I

—*Il y a terriblement d'années, je m'en allais chasser le gibier d'eau dans les marais de l'Ouest —et comme il n'y avait pas alors de chemins de fer dans le pays où il me fallait voyager, je prenais la diligence...*

«Que te vaya bien, y que caces muchas perdices», pensó Clara, apartándose de la entrada del aula. La voz del Lector dejó de oírse; estupendo lo bien aislados que estaban los salones de la Casa, bastaba retroceder un par de metros para reingresar en el silencio levemente zumbador de la galería. Caminó hacia el lado de las escaleras y se detuvo indecisa en el cruce de otro corredor. Desde ahí se oía distintamente a los Lectores de la sección A, novela inglesa moderna. Pero era difícil que Juan estuviera en uno de esos salones. «Lo malo es que con él nunca se sabe», se dijo Clara. Entonces quiso ir a ver, apretó con rabia la carpeta de apuntes y tomó a la izquierda, lo mismo daba un lado que otro. *Was there a husband?* «*Yes. Husband died of anthrax.*» «*Anthrax?*» «*Yes; there were a lot of cheap shaving brushes on the market just then*»

Nada de malo pararse un segundo para ver si Juan

«*some of them infected. There was a regular scandal about it*». «*Convenient*», *suggested Poirot*. Pero no estaba. Las siete y cuarenta, y Juan la había citado a las siete y media. El gran sonso. Estaría metido en alguna de las aulas, mezclado con los parásitos de la Casa, escuchando sin oír. Otras veces se encontraban en la planta baja, al lado de la escalera, pero a lo mejor a Juan le había dado por subir al primer piso. «Qué sonso. A menos que se le haya hecho tarde, a menos que...» Otras veces era ella la que llegaba tarde. «Vamos hasta la otra galería, seguro que anda metido por ahí»,

dans les mélodies nous l'avons vu, les emprunts et les échanges s'effectuent très souvent par y nada, no estaba. «Este Lector tiene buena voz», se dijo Clara, parándose cerca de la puerta. La sala estaba muy iluminada y se veía el cartelito con el título del libro: *Le Livre Des Chansons, ou Introduction à la Chanson Populaire Française (Henri Davenson). Capítulo II. Lector: Sr. Roberto Chaves.* «Éste debe ser el que leyó *La Bruyère* el año pasado», pensó Clara. Una voz liviana, sin énfasis, soportando bien el turno de cinco horas de lectura. Ahora el Lector hacía una pausa, dejaba caer un silencio como una cucharada de tapioca. Los oyentes sabían, por la duración del silencio, si se trataba de un punto y aparte o de una llamada al pie de página. «Una llamada», pensó Clara. El Lector leyó: «*Voir là-dessus la seconde partie de la thèse de C. Brouwer, Das Volklied in Deutschland, Frankreich...*». Buen Lector, uno de los mejores. «Yo no serviría, me distraigo, y después corro como un perro.» Y los bostezos nerviosos al rato de leer en voz alta, se acordó de que en quinto grado la señorita Capello le hacía leer pasajes de *Marianela.* Todo iba tan bien las primeras páginas, después los bostezos, el lento ahogo que poco a poco le ganaba la garganta y la boca, la señorita Capello con su cara de ángel oyendo en éxtasis, la pausa forzada para contener el bostezo —le parecía sentirlo otra vez, lo transfería al Lector, lo lamentaba por él, pobre diablo—, y otra vez la lectura hasta el siguiente bostezo, no, con toda seguridad no serviría para la Casa. «Aquél es Juan», pensó. «Ahí viene tan tranquilo, en la luna, como siempre.»

Pero no era, sólo un muchacho parecido. Clara rabió y se fue al lado opuesto de la galería, donde no había lecturas y, en cambio, se olía el café de Ramiro. «Le pido una tacita a Ramiro para sacarme la rabia.» Le molestaba haber confundido a Juan con otro. La gorda Herlick hubiera dicho: «¿Ves? Trampas de la *Gestalt*: dadas tres líneas, cerrar imaginariamente el cuadrado. Dado un cuerpo más bien flaco y un pelo castaño y una manera de caminar arrastrando un ocio porteño, ver a Juan». La *Gestalt* podía... Ramiro, Ramiro, qué bien me vendría una taza de su café, pero el café es para los Lectores y para el doctor Menta. Café y lecturas: la Casa. Y las ocho menos cuarto.

Dos chicas salieron casi corriendo de un aula. Cambiaban frases como picotazos, ni vieron a Clara en su apuro por llegar a la escalera. «Capaces de irse a escuchar otro capítulo de otro libro. Como si movieran el dial de la radio, de un tango a *Lohengrin,* al mercado a término, a las heladeras garantidas, a Ella Fitzgerald... La Casa debería prohibir ese libertinaje. De a uno en fondo, queridos oyentes, y a no prenderse de Stendhal hasta no acabar *Zogoibi.*» Pero en la casa mandaba el doctor Menta, siervo de la cultura. Lea libros y se encontrará a sí mismo. Crea en la letra impresa, en la voz del Lector. Acepte el pan del espíritu. «Esas dos son capaces de subir para oírle a Menghi alguna novela rusa, o versos españoles tan bien dichos por la señorita Rodríguez. Tragan todo sin masticar, a la salida comen un sándwich en la cantina de la Casa para no perder tiempo, y se largan al cine o a un concierto. Son cultas, son unas ricuras. En mi vida he visto pedantería más al divino botón...» Porque hubiera sido inútil preguntarle a una de esas chicas qué pensaba de lo que ocurría en la ciudad, en las provincias, en el país, en el hemisferio, en la santa madre tierra. Informaciones, todas las que uno quisiera: Arquímedes, famoso matemático, Lorenzo de Médicis, hijo de Giovanni, el gato con botas, encantador relato de Perrault, y así sucesivamente... Estaba otra vez en la primera galería. Algunas puertas cerradas, un zumbido de mangangá, el Lector. *Les Temps Modernes, N.° 50, diciembre 1949. Lector, Sr. Osmán Caravazzi.* «Yo debería hacer la prueba de oír revistas», pensó Clara. «Puede ser divertido, primero un tema y después otro, como cine continuado: La lectura empieza cuando usted llega.» Se sentía cansada, fue hasta donde la galería daba sobre el patio abierto. Ya había estrellas y lámparas. Clara se sentó en uno de los fríos bancos, buscó su tableta de Dolca con avellanas. Desde una ventana de arriba llegaba una voz seca y clara. Moyano, o quizá el doctor Bergmann que había leído todo Balzac en tres años. A menos que fuera Bustamante... En el tercer piso estaría la doctora Wolff, gangosa con su Wolfgang gangoso Goethe; y la pequeña Mary Robbins, lectora de Nigel Balchin. Clara sintió que el chocolate la enternecía, ya no estaba enojada con su marido; a las ocho no le molestaron las campanadas del gran reloj de la esquina. En el fondo la culpa la tenía ella por venir a la Casa, porque a Juan maldito sí le importaban las lecturas. En un tiempo en que resultaba difícil dictar cursos interesantes o pronunciar conferencias originales, la Casa servía para mantener caliente el pan del espíritu. Sic. Para lo que verdaderamente servía era para juntarse con algún amigo y charlar en voz baja, cumpliendo de paso el vistoso programa de trabajos prácticos combinado por el doctor Menta y el decano de la Facultad. «Pero claro, doctor, pero claro: la juventud es la juventud, no estudian nada en su casa. En cambio, si usted les hace oír las obras, dichas por nuestros Lectores de primera categoría (cobraban sueldo de profesores, esas cornucopias), la letra con miel también entra, ¿no es cierto, doctor Menta? El doctor Menta... Pero si sigo reconstruyendo sus canalladas», pensó Clara, «acabaré por creer en la Casa». Prefirió morder a fondo la tableta de Dolca. Y al fin y al cabo la Casa no estaba tan mal; so pretexto de difundir la cultura universal, el doctor Menta había acomodado a docenas de Lectores, pero los Lectores leían y las chicas escuchaban (sobre todo las chicas, siempre buenas alumnas y tan atentas al programa de trabajos prácticos), y algo quedaría de todo eso, aunque más no fuera Nigel Balchin.

—Mañana a la noche —explicó Juan—. El examen final. Sí, pero claro que vamos a almorzar. Y al concierto, seguro. El examen es a la noche, hay tiempo para todo.

Cuando colgó, rabiando por lo mal que había oído a su suegro y lo tarde que se le hacía, vio a Abel que entraba al bar por la puerta de Carlos Pellegrini. Abel estaba de azul, palidísimo y flaco, como de costumbre no miraba a nadie de frente y se movía a lo cangrejo, evitando más las caras que las mesas.

—Abelito —murmuró Juan, acodado al mostrador—. ¡Abelito!

Pero Abel se quedó en un rincón sin verlo o a lo mejor sin querer verlo, mirando la pared. Juan revolvió el café. Lo había pedido por costumbre, sin ganas de tomarlo. Nunca le había gustado telefonear desde un bar sin pedir antes alguna cosa. De espaldas, Abel parecía todavía más flaco, cargado de espaldas. Hacía tanto que no se veían, en otros tiempos Abelito no tenía ese traje azul. «Anda con plata», pensó Juan. En realidad lo más natural hubiera sido que Abelito y él se saludaran, aunque fuera desde lejos y sin darse la mano. Nunca se habían peleado, como para pelearse con Abel. Se acordó vagamente de las babosas que aparecían a veces en el cuarto de baño de su casa, cuando volvía tarde en sus tiempos de estudiante. Pobre Abelito, realmente era demasiado compararlo con... Tragó el café tibio y demasiado dulce, miró con cariño el paquete con la coliflor. Desde el primer momento había instalado el paquete sobre el mostrador, cerca del teléfono, para que no fueran a plantarle una mano o un codo encima. Ahora un rubio en mangas de camisa hablaba a gritos por teléfono. Juan miró una vez más a Abel que se había sentado en la otra punta del café, pagó y salió llevando con mucho cuidado el paquete.

Caminó por Cangallo, sorteando a los transeúntes apurados. Hacía calor, hacía gente. Los cafés de las esquinas estaban llenos. «Pero a esta hora, ¿qué carajo hacen todos estos tipos?», pensó Juan. «¿Qué vidas, qué muertes están incubando? Yo mismo, qué diablos tengo que hacer en la Casa. Más me hubiera valido toparlo a Abel, preguntarle por qué anda con la cara planchada...» Al verlo en el café, esa rápida sospecha de que quizá Abelito... Pero es que a nadie le gustaba Abelito; razón de más para encontrárselo en los cafés. Pobre Abel, tan solo, tan buscando algo.

«Si buscara de veras ya nos habría encontrado», pensó.

Cruzó Libertad, cruzó Talcahuano. La Casa tenía las luces extra de los jueves. «No se pierden un aula, meten seis mil escuchas en tandas de a mil. Cuánto lamenta Menta no tener el Kavanagh...» Y en su despacho estaría, de azul oscuro o de negro, revisando expedientes, atendiendo a un público lleno de buenas intenciones, creemos que debería repetirse el curso de Dostoievsky, y el de Ricardo Güiraldes. Se pierde demasiado tiempo con las revistas centroamericanas. ¿Cuándo se abrirá la cinemateca? El doctor Menta lamenta, pero en el aula 31 tienen para seis semanas más con Pérez Galdós. «Nada fácil dirigir la Casa», pensó Juan. Subió los escalones de a dos y casi choca con el ñato Gómez, que salía corriendo.

—Avisá si andás rajando de la policía.

—Peor que eso, me escapo de la gordita Maers —dijo el ñato—. Cada vez que me pesca se pone a explicarme Darwin y la conducta de los antropoides.

—Mi madre —dijo Juan.

—Y la suya, porque me habla de la familia y de una hermana que tiene en Ramos Mejía. Hasta luego. ¿Te va bien?

—Sí, me va bien. ¿Y vos?

—Yo estoy en Impuesto a los Réditos —dijo el ñato y se fue, lúgubre.

Juan cruzó la galería hasta el patio donde-con-seguridad-Clara-furiosa. Se le acercó por detrás, le hizo cosquillas.

—Odioso —dijo Clara, alcanzándole el final del Dolca.

—Olés a cumpleaños. Correte para que me siente. Tenés el aire de la víctima, del sujeto de laboratorio. El doctor Menta lamenta.

—Asqueroso.

—Y me recibís con la gracia que asiste a las fuentes, a las colinas.

—Son las ocho y veinte.

—Sí, el tiempo ha seguido y nos ha pasado.

> *El tiempo, como un niño*
> *que llevan de la mano*
> *y que mira hacia atrás...*

—Este haikai lo escribí hace dos años, date una idea... Clara, en este paquete tengo un coliflor prodigioso.

—Comételo, y si querés vomitalo. Además, se dice la coliflor.

—No es para comerlo —explicó Juan—. Este coliflor es para llevar en un paquete y admirarlo de cuando en vez. Creo que el presente es un momento propicio para la admiración del coliflor. De modo que...

—Me gustaría más no verla —dijo Clara, orgullosa.

—Apenas un segundo, para que lo conozcas. Me costó noventa en el Mercado del Plata. No pude resistir a la hermosura, entré y me lo envolvieron. Era más hermoso que un primitivo flamenco y ya sabés que yo... Balconeá un poco...

—Es linda, la veo muy bien así, no la destapés del todo.

—Tiene algo de ojo de insecto multiplicado por miles —dijo Juan, pasando un dedo sobre la apretada superficie grisácea—. Fijate que es una flor, enorme flor de la col, coliflor. Che, también tiene algo de cerebro vegetal. Oh, coliflor; ¿qué piensas?

—¿Por eso te retrasaste?

—Sí. También le telefoneé a tu papi que nos invita a almorzar mañana, y lo estuve mirando a Abel.

—Sabés perder el tiempo —dijo Clara—. Abel y papá... Prefiero la coliflor.

—Contaba además con tu perdón —dijo Juan—. Aparte de que estamos a tiempo de oírlo un rato a Moyano. Yo sé que a vos te gusta tanto la voz de Moyano. El gran acariciador acústico, el violador telefónico.

—Sonso.

—Pero si está bien así. El tipo lee con tal perfección que ya no interesa lo que lee. Y a mí me gustan las tres rubias que se sientan a bebérselo en la primera fila. El pobre, el galán superheterodino. Esperá que rehaga el paquete, me podrían estropear el coliseo, el colosal coliflor, el brillante colibriyo, el colifato.

De un salón de la izquierda, al principio de la galería, venía como una salmodia ahogada por las puertas de vidrio. «Leen a Balmes», pensó Clara, «o será Javier de Viana...». Una pareja llegaba corriendo, se separaron para leer los cartelitos en las puertas, cambiando señas iracundas. Zas, de cabeza en *Romance de Lobos,* lector Galiano Sifredi. Un chico de grandes anteojos leía aplicadamente el lema de la Casa, letras de oro en la pared.

L'art de la lecture doit laisser l'imagination de l'auditeur, sinon tout à fait libre, du moins pouvant croire à sa liberté.

Stendhal

(Pero nadie ignoraba que la frase era de Gide, y que se la habían vendido al doctor Menta como buena.)

«Inventar el ideario apócrifo», pensó Clara. «Hacerle decir a un prócer lo que debió decir y no dijo; ajustar la estúpida temporalidad, dar al César lo que debería ser del César pero que dijeron Federico II o Yrigoyen...»

—Vamos —dijo Juan, tomándola del brazo—. Con tal que haya sillas.

A mitad de la escalera se pararon a examinar el busto de Caracalla. A Clara le gustaba el gesto dominador de las cejas, cerrándose sobre los ojos como puentes. Siempre lo acariciaba al pasar, deplorando la rajadura de la nariz que le daba un aire bellaco.

—Un día te va a plantar un mordisco en la mano. Caracalla era así.

—Los Césares no muerden. Y con ese nombre tan dulce, Caracalla, señor de los romanos.

—No es un nombre dulce —dijo Juan—. Restalla como los látigos de sus cocheros.

—Confundís con Calígula.

—No, ése suena a raíz amarga. Dos granos de calígula en un vaso de miel. O si no esto: el cielo está caligulado, ¿quién lo desencaligulará? Adiós, doctora Romero.

—Buenas noches, jóvenes —dijo la doctora Romero, bien agarrada del pasamanos.

—Movete, Juan, Moyano habrá empezado a leer hace veinte minutos.

—Fuiste vos la que se paró a masturbar a ese pobre César.

—¿Qué querés? Se lo merece, es bueno conmigo. Nadie lo mira; él, que fue tan mirado.

—Pero Cara calla —dijo Juan—. Los romanos eran así. La doctora Romero está hecha un elefante. El elefante se da vuelta y contempla mi paquete. Ha olido el coliflor.

—¿Y vas a entrar con eso al aula? —dijo Clara—. Harás ruido con el papel, molestarás a todo el mundo.

—Si pudiera ponerme el coliflor en el ojal, ¿eh? Capricho caracallesco. Te parece hermoso, ¿verdad? Un coliflor como ya no hay más.

—Es pasable. En casa las compran más grandes.

—Tu famosa casa —dijo Juan.

El Lector pausó su final de capítulo. Antes de iniciar el siguiente dio tiempo a las toses, la aparición de pañuelos, el rápido comentario. Como un pianista veterano, concedía unos segundos de relajación, pero no demasiado, no se fuera ese fluido, esa sustancia tensa que pegaba su voz a la gente, su lectura a las atenciones no siempre fáciles.

Inclinándose levemente,

Moïse prenait de l'âge, mais aussi de l'apparence. Les banquiers ses contemporains, qu'il avait dépassés à trente ans en influence, à quarante en fortune... —

—Dejame poner el paquete entre los dos —pidió Juan—. Esta gorda que tengo a la izquierda es muy capaz de aplastarme el coliflor.

—Dámela —dijo Clara, apretando el papel (que crujió, y Andrés Fava dio vuelta la cara y les hizo una mueca). En el por fin silencio, la voz del Lector caía sin esfuerzo de su discreta altura. Clara se acordó de golpe.

—¿Qué hacía?

—¿Quién?

—Abelito en el café.

—No sé. Buscarte, quizá.

—Ah. Pero me busca justamente donde no estoy.

—Por eso —dijo Juan— te busca.

—Cállense —rezongó Andrés—. Llegan ustedes y se va todo al diablo. Me desconcentro, ¿entendés? Me descerebro.

«Abelito», pensó Clara, mirando amistosamente el pescuezo un poco flaco de Andrés, detallando implacable la vulgar permanente que estropeaba a Stella, porque naturalmente Stella estaba sentada al lado de Andrés. «Sí, me busca justamente donde no estoy, donde nunca estuve. Pobre Abelito.»

Stella metía despacio la mano en el bolsillo de Andrés. Despacio Stella metía la mano. Stella, en el bolsillo de Andrés, metía la mano despacio. Nada fácil meter una mano (ajena) en el bolsillo del pantalón de un hombre sentado. Andrés se hacía el sonso y la miraba de reojo. Lo gracioso era que el pañuelo estaba en el otro bolsillo.

—Me hacés cosquillas.

—Dame el pañuelo, voy a estornudar.

—Lloremos juntos, amor, pero no lo tengo.

—Sí tenés un pañuelo.

—Sí tengo un pañuelo, pero no para vos.

—Odioso.

—Resfriada.

—Vos sos el que reclama silencio —le dijo Juan— y ahora armás un lío por un pañuelo. Más respeto por la cultura, che. Dejen oír.

—Eso —dijo un tipo gordo sentado a la derecha de Stella—. Más respeto.

—Seguro —dijo Juan—. Es lo que yo digo, señor: más respeto.

—Eso —dijo el tipo gordo.

Clara escuchaba *Eglantine*:

Eglantine entrait, et redonnait subitement leur réalité, pour les yeux de Moïse ému, au taupé et au Transvaal

y apreciaba en el Lector el arte de leer con un mínimo de gestos. «Yo revolearía las manos en todas direcciones», pensó Clara, «y Juan para leerme una noticia de *Crítica* es capaz de voltear la silla». Por completo distraída, incapaz de concentrarse en *Eglantine* (pensaba leerla por su cuenta, como tantos libros que después no leía), miró de nuevo la espalda de Andrés, el pelo de Stella, la cara indiferente del Lector. Se sorprendió explorando con los dedos el contenido del paquete, andando como un bicho por la fría superficie arrugada de la coliflor. Se llevó los dedos a la nariz: olía débilmente a afrecho húmedo, a tiempo lluvioso en una sala con piano y muebles enfundados, a *Para Ti* guardado.

Juan le permitió que cuidara el paquete y aprovechó la siguiente pausa en la lectura para sentarse a la izquierda de

Andrés. Ahora podían hablar sin que el tipo gordo se molestara, porque el tipo gordo se había puesto a charlar con una señora de aire jubilado y vestido violeta.

—Un día se descubrirá el verdadero contenido de un bolsillo —dijo Juan— y se verá que tenía muy poco que ver con Charles Morgan.

—La introspección de la persona —dijo Andrés—. ¿Qué contás, che?

—Todo sigue igual, hermano. Usted, Stella, preciosa como de habitúdine.

—Usted siempre el mismo —dijo Stella—. Todos los amigos de Andrés son los mismos mentirosos y sinvergüenzas.

—Encanto de chica —dijo Juan a Andrés—. Tenés un tesoro en tu casa, y seguro que no te das cuenta.

—No creas —dijo Andrés—. Soy el más indicado para apreciar los méritos y encantos de Stella. Ya he llenado varios cuadernos de elogios, y la posteridad sabrá un día lo que fue para mí la ciudad con Stella.

—¿Usted escribe, joven? —dijo Juan—. Qué notable, ¿no? Qué promisor.

—¿Y usted, mocito? ¿No escribe? Sería una tristeza, créame.

—Oh, quédese tranquilo, joven. Yo también escribo. Todos, todos escribimos en nuestro inteligente medio. En cuanto a usted, he oído rumores de que lleva una especie de diario que alguna vez me gustaría campanear, si es gustoso.

—Vos te lo habrás buscado —dijo Andrés—. Pero no es un diario, sino un noctuario.

—¿Ustedes oyeron? —dijo Stella—. Parecía una sirena.

—Era una sirena —dijo Clara—. Y capaz de perforar las planchas aisladoras de nuestra santa Casa.

—La mitología acaba por coincidir con la ruda realidad —dijo Andrés—. Personalmente opino que podríamos irnos a charlar a algún sitio donde se puedan emplear a fondo las cuerdas vocales. Stella, adorada mía, vos no te enojarás si interrumpimos tu íntimo coloquio con la literatura.

—Pero si apenas faltan cinco minutos —se quejó Stella, que confundía fácilmente la asistencia con el aprovechamiento.

—Cinco minutos, una perfecta basura —dijo Andrés—. Aparte de que Clara no nos deja escuchar con ese ruido de papeles. Che, es increíble la devoción de la gente por las bellas letras. Una noche en el ringside del Luna Park me encontré a un tipo que entre pelea y pelea se leía dos paginitas de Jaspers.

—Yo no te fastidio con ningún ruido de papeles —dijo Clara—. Es éste, que se compró una legumbre y me la pasa para que se la cuide.

—No quiero que lo machuquen —dijo Juan—. Como te decía antes de que nos interrumpieran tan groseramente, no me desagradaría nada que me dieses a leer tus últimos ensayos. Tengo un elevado concepto de tu prosa, y además acato con humildad mi destino, consistente en leer las vidas y opiniones de los demás. Con Abelito era lo mismo. Y con Clara es peor: me informa por vía oral, de la fábrica al consumidor. Intimidad, date una idea. Su madre tenía cuatro dientes falsos, el hermano junta discos de Sinatra. ¿Para qué venimos a la Casa? Los mejores libros están fuera.

—Las nueve menos cinco —dijo Stella—. Hoy estuve de desatenta...

—No sufras, querida —dijo Andrés—. Cuando se acabe ésta te llevo a oír una de Vicki Baum.

—Malo. No ves que quiero practicar el francés. Me distraigo por culpa de ustedes. Qué cosa.

Clara le posó la mano por el pelo, enternecida. «¿Se hace la idiota o es idiota?», pensó. «Pobre Andrés, pero él la eligió, parece.» Stella tenía un pelo abundante que se dejaba invadir por los dedos y resbalaba suavecito. Le hacía como un halo a través del cual vio Clara al Lector que cerraba el libro y se levantaba. Las sillas se pusieron a crujir y a chirriar como si empezaran por su cuenta los comentarios a la lectura. «Lo que han de saber las pobres», pensó Clara. Un libro tras otro, semanas y semanas. La luz parpadeó dos veces, se apagó, volvió a encenderse: una de las ideas del doctor Menta para desalojar rápidamente la Casa a las nueve de la noche.

Andrés salió al lado de Clara y palpó el paquete.

—Buena hortaliza —dijo—. Vos estás un poco flaca.

—La vela de armas —dijo Clara—. Mañana examen final. ¿Para qué venís aquí, Andrés?

—Oh, en realidad la traigo a Stella para que practique fonética. A mí me da lo mismo estar o no estar. Me debe haber quedado la costumbre de cuando estudiaba en la Facultad, y además siempre se encuentra a algún amigo. Ya ves esta noche, tuve suerte.

—La verdad es que nos vemos tan poco últimamente —dijo Clara—. Qué vida idiota.

—No incurrás en pleonasmos. Pero la Casa es divertida y Stella se imagina que nos hace bien a los dos. Personalmente lo que más me gusta de la Casa son los sándwiches que se comen en la cantina. Los de paté sobre todo.

Clara lo miró de reojo. El habitual, el insólito, la escurridiza cucaracha anteojuda. Y él se rió de golpe, contento.

—¡Pobre, así que estás en capilla! ¿Y por qué perdés el tiempo aquí?

—Es mejor, ya no podemos estudiar más —dijo Juan—. Entrenamiento liviano la víspera de la pelea. Clara va a aprobar, es seguro. Yo no sé. A veces te preguntan cada cosa...

—De verdad —dijo Stella—. Es como en las audiciones del shampú, yo me como las uñas, me dan unos nervios...

(Stella

        «Señorita, ésta va por cincuenta pesos. ¿Acepta?

        » Yo...

        » Muy simpático, señorita. Así me gustan las chicas valientes. Vamos a ver, señorita.

        »¿Quién descubrió el principio de la flotabilidad de los cuerpos?»)

—Hay que apelar a los trucos —dijo Andrés—. A pregunta estúpida respuesta absurda. Los tres tipos de la mesa se quedan pensando si les estás tomando el pelo o si realmente tenés algo en el mate. Como pasa el tiempo, se aburren y te aprueban.

—A vos te parece fácil —dijo Juan—, pero un examen final no es macana. Sobre todo para mí, que pago las culpas de un autodidactismo más bien desorganizado, porque habría que ser idiota para creer que se aprende algo en las santas aulas argentinas.

—Clara debe saber —dijo Stella—. Seguro que estudió muchísimo.

—Todo el programa —dijo Clara, suspirando—. Pero es como un pozo: miro al fondo y no me veo más que a mí, con la cara lavada.

—Tiene un susto padre —explicó Juan—. Pero ella va a aprobar. Che, ¿adónde vas ahora?

—A ver pasar la noche, a tomar un vermú con Stella.

—Y con nosotros.

—Bueno.

—Y hablaremos de máscaras negras —dijo Clara.

—Y de Antonio Berni —dijo Stella, que admiraba a Antonio Berni.

Andrés y Juan se quedaron atrás. Las chicas iban del brazo, mezcladas con la gente que salía de otras salas. Oyeron la voz de Lorenzo Wahrens, que terminaba presuroso la lectura de un capítulo. Muchos oyentes se amontonaban en la puerta de la sala, salían en puntas de pie con aire un poco avergonzado.

—¡Pobre autor! —dijo Andrés—. Mirá cómo rajan antes de que acabe Wahrens.

—Qué querés, viejo, está leyendo *La Nouvelle Héloïse* —dijo Juan.

—De acuerdo, pero ¿vos te explicás esta ansiedad por mandarse mudar? Lo mismo es en el cine; media hora de cola para entrar, y después les falta tiempo para salir disparando... Formas superficiales de la ansiedad, supongo. También supongo que en todas partes será igual. Lo digo porque aquí hay una cantidad de sociólogos improvisados que creen reconocer conductas específicamente argentinas donde sólo hay conductas específicas a secas. Todas las pavadas que se han dicho sobre nuestra sociedad, nuestro escapismo...

—La verdad es que aquí la gente está siempre ansiosa —dijo Juan—. Lo malo es que los motivos de su ansiedad suelen ser tan importantes como la pava del mate (andá a ver si ya hirvió, apurate, seguro que ya hirvió, Dios mío, uno no se puede descuidar ni un minuto...).

—Che, el mate es una cosa importante —dijo Andrés.

—O el miedo a perder el tren, aunque salga uno cada diez minutos. Mirá, una vez me aboné a un ciclo de cuartetos. A mi lado había una señora que en todos los conciertos se iba antes de que empezara el último movimiento del último cuarteto. Como ya éramos amigos, la tercera vez me explicó que si perdía el tren para Lomas de Zamora tendría que esperar veinte minutos en Constitución. Y así cambiaba veinte minutos por el *Assez vif et rythmé* de Ravel.

—Peores cosas se han cambiado por un plato de lentejas —dijo Andrés—. Fijate que de una manera u otra el hombre repite siempre los crímenes básicos. Un día es Ixión y al otro un pequeño Macbeth de oficina. Pensar que después nos atrevemos a solicitar certificado de buena conducta.

—Tal vez por eso yo siempre tengo miedo cuando entro en la policía —dijo Juan—. Nadie tiene el prontuario en blanco, che.

—Andá a saber —dijo Andrés— si las cosas que tomamos por desgracias o enfermedades no son simplemente sanciones. Me imagino que el viejo Freud no decía otra cosa, pero yo pienso ahora en la calvicie, por ejemplo. ¿No te parece que a lo mejor los calvos sucumben a un inconsciente-Dalila, o que los artríticos se dieron vuelta a mirar lo que no debían? Una vez soñé que me castigaban con la pena capital. Entendé que no aludo a la muerte: todo lo contrario. La pena era capital porque consistía en vivir del otro lado del sueño, acordándome todo el tiempo que lo había olvidado, y que el castigo era eso, haberlo olvidado.

—Abel hablaba así a veces —dijo Juan—. Su nombre lo sindicaba como víctima jugosa. Tal vez por eso anda con ganas de dar vuelta los papeles, se hace el malo con los espejos.

Andrés no dijo nada. Empezaron a bajar por Cangallo, sintiendo el calor en la cara.

—Cuidame bien el paquete —pidió Juan, adelantándose—. Mejor dámelo a mí, Clarita; vos, querida mía, sos una calamidad en la calle.

Volvió a ponerse al lado de Andrés. Stella proponía que fuesen a caminar por la recova y a comer algo en una parrilla. Subieron hasta Sarmiento para tomar el 86, pero Clara quiso telefonear a su casa y se quedaron en la esquina esperándola. Andrés miraba estimativamente a Juan.

—Sos un tipo colosal. ¿No tendrías que ir a estudiar un poco?

—Prefiero un litro de semillón y charlar con vos. Fijate que nos vemos muy poco, casi como si fuéramos amigos íntimos.

—Dios nos libre de eso, y te libre a vos de las malas paradojas. ¿No notás una cosa en el aire?

—Neblina, tesoro —dijo Stella—. A esta hora se levanta la neblina.

—Macanas, nena. A esta hora no se levantan más que las putas y los bailarines. Pero como ser neblina, es.

—El centro está húmedo —dijo inútilmente Juan.

—La ropa se pega a la piel —dijo Stella—. Esta mañana cuando me desperté me parecía que las sábanas estaban mojadas.

—*Cuando tú te despiertas*
sangra el despertador.
Cuando tú te despiertas
son las once y cuarenta.
Amor, sábanas húmedas,
cuando tú te despiertas —dijo Andrés—. Te regalo esta letra de bolero para que reconfortes tu corazoncito candombero.

Stella le pellizcó una oreja, lo zamarreó contentísima.

—Cuando yo me despierto —dijo Juan— lo primero que se me ocurre como medida de emergencia es volver a dormirme.

—Lo que llaman cerrar los ojos a la realidad —dijo Andrés—. Ahora fijate en esto, que es importante. Hablás de volver a dormirte y tratás de hacerlo. Pero te equivocás al creer que en esa forma te vas a replegar sobre vos mismo, que te vas a amurallar detrás de lo que te defiende de eso que está enfrente de vos. Dormir no es más que perderse, y cuando tratás de dormirte lo que estás buscando es una segunda fuga.

—Ya sé, una muertecita liviana, sin consecuencias —dijo Juan—. Pero viejo, ése es el gran prestigio del dormir, la perfección del apoliyo. Vacaciones de sí mismo, no ver y no verse. Perfecto, che.

—Puede ser. De todos modos uno se adhiere tan moluscamente a sí mismo que aun medio dormido resulta difícil hacerse la zancadilla. A mí, por ejemplo, me pasa levantarme a las cuatro de la mañana para mear, consecuencia inevitable de quedarme mateando hasta tarde. Cuando me meto de nuevo en la cama noto que el cuerpo, por su sola cuenta (—¡Busca el huequito caliente! —gritó Stella), justito, querida, busca el hueco caliente, su calco, comprendés, su huella viva. Los pies en el rinconcito tibio, el hombre en su nicho abrigado... No hay caso, viejo, no en vano creemos que A es A.

—La única que busca un sitio fresco es la cabeza —dijo Juan—, lo que prueba que es la parte pensante de la persona. Ahí viene Clara, y allá parece que es el 86.

El tranvía colgaba de sí mismo, mujer que anda a tumbos llena de paquetes. A Juan (que fue a parar a un rincón y ligó una ventanilla por uno de esos remolinos ruleteros raros

que ocurren en todos los conflictos de voluntades
y que se resuelven casi siempre aleatoriamente

y que te dejan —pensó Clara— de pie mientras el enorme zanguango se instala alegremente)

a Juan le gustó la niebla en las ventanillas, las luces como tigres rápidos (pero qué bonito, qué bonito) corriendo por los vidrios empapados. Como siempre que se instalaba en un tranvía, lo invadió una renuncia, un abandono satisfactorio. Delegaba en el tranvía, dejaba que un fragmento de ciudad pasara lentamente por él, con curvas, paradas y bruscos arranques. La niebla lo ayudaba a sentirse pasivo, a resbalar cada vez más en un pequeño nirvana de un cuarto de hora, de diez cuadras que los porteños jamás caminan si pueden evitarlo. El árbol Bo del Buda se llamaba 86. Cabalísticamente 86, dos cifras pares, un número divisible por dos: 43. Y en el bolsillo llevaba justamente un atado, pero PROHIBIDO FUMAR, PROHIBIDO ESCUPIR. Debajo del árbol Bo.

«Con tan poca cosa puede un hombre ser feliz», pensó. «Ni siquiera un beso. Con tan poco. La taza de té preparada con su mínima liturgia, un insecto dormido sobre un libro, un perfume viejo. Sí, casi la nada...» Siempre que se aceptara abandonarse a la sombra del árbol Bo, conformarse con ser feliz unas pocas cuadras en un poco tranvía.

Una familia numerosa y activa se largó en la segunda parada, Stella hizo lo necesario para bloquear el acceso a un asiento y dejó que Clara se pusiera del lado de la ventanilla. Las dos se miraron con la sonriente alegría de todo el que consigue ubicarse en un tranvía lleno (tema para moralistas). Trataron de ver algo de la calle, pero la niebla no les dejaba gran cosa.

—Qué horrible es el Colón a oscuras —dijo Clara, frotando el vidrio de la ventanilla.

—Ufa, creí que las viejas no se bajaban nunca —dijo Stella—. Me canso tanto de viajar parada, aunque sean diez cuadras. Pensar que a Andrés le ofrecieron un Morris por cuatro mil pesos hace cinco años y yo le dije que esperara, que después vendrían más baratos de los Estados Unidos.

—Metiste la patita, querida. No hay como tener ideas en este país.

—Todos lo aseguraban.

—Razón de más. Pero Andrés se hubiera hartado del Morris, o ya estarían los dos aplastados por un camión con acoplado. Me lo imagino soltando el volante para hacer un dibujito en la humedad del parabrisas.

—La madre de Andrés dice lo mismo. Pero siempre hay que probar primero.

Clara la miró de reojo. Stella era así, pensamiento-tranvía, itinerario fijo. Imaginar en Andrés un posible Dupin: todas las ideas de Stella sabidas por adelantado. «Qué economía», pensó Clara, divertida. Le gustaba Stella: cómoda de llevar. Lo peor de las de su tipo es que creen poder tomar la iniciativa, pero Stella iba atrás, como la chinita con el mate, cuando más a la par. «De todos modos, Andrés, qué solución lamentable. Tener que tolerar semejante plastra, pobrecito.» Pero a la vez la indignaba la elección de Andrés, aunque Stella acabara siempre por conmoverla.

—Qué oscuro está el centro —dijo Stella—. No me gusta así oscuro. Mirá esa vidriera con los *jodhpurs,* qué raro que tenga tanta luz.

—Bonitas lanas —dijo Clara, interesada—. ¿Y esa campanilla?

—Algún auto que sale de un subterráneo.

—No, debe ser que suben los barrenderos.

Stella se negaba a creerlo y quiso alzar la ventanilla. Les entró un aire caliente, tan blando de niebla que las mojó. En el pasillo, casi al lado de Juan, Andrés les silbó secamente para que bajasen el vidrio.

—Tiene razón, después me resfrío y él se pone furioso —dijo Stella—. Sí, me parece que es la limpieza. ¿Verdad que eran lindas lanas? A vos te gusta muchísimo tejer, ¿verdad?

—Bueno, cuando ando perdida de lecturas, o antes de algún examen.

—Es muy sedante. Como el mate amargo, a mí me repugna. Andrés dice que es tan sedante. Vos lo vieras tomando mate de noche.

—¿Escribe de noche?

—Sí, escribe a la noche. Se pone la campera vieja, me pide que no haga ruido y se ceba su mate.

Uno de los barrenderos se asomó a la puerta delantera (a Clara le sorprendió ver abrirse las hojas de la puerta sin que al parecer nadie las tocara. Siempre era igual cuando el mótorman las abría para decirle algo al guarda; sorpresa, como un desencanto de que no fuera más que él con su facha de topo, sus grandes pies. «Un poco la idea de un telón», pensó, divertida. «Se abre el telón y zas, nada. Esperabas a Edwige Feuillère y te sale un inspector municipal.»), mirando cansino a la gente apretujada en el pasillo. Cuando la cerró, diestramente

primero pasando el cuerpo y la escoba, dejando la puerta a sus espaldas,

y entonces con un rápido voleo de las manos hacia atrás como un prestidigitador (porque ahora la escoba y un portabasura con un

mango estaban apoyados en una de las hojas)

cerrándola con un sonido seco y desabrido, un tarascón de perro flaco.

«Ah, cómo se han de aburrir», pensó Andrés, viendo la cara pálida del barrendero. Sabía que el aburrimiento (el que él concebía) es castigo de perfecciones, pero lo mismo lo afligía proyectar en el barrendero la posibilidad del hastío. Vio en la plataforma (porque era un hombre alto) al otro barrendero que empezaba a trabajar desde ese lado. Se agarró de una manija cuando el tranvía tomaba la curva de 25 de Mayo y pegaba el coletazo habitual. Juan había sacado un libro y estaba leyendo. «Macanudo, escribí para que después te lean en los tranvías.» Estuvo a punto de manotearle el libro, deslizar la mano por la espalda de la señora con los paquetes y arrebatarle el libro antes que se diera cuenta. «En fin, en fin», pensó, menos irritado. «Total, a estas alturas del emputecimiento local un tranvía es la justa sala de lectura. Pero habría que curarse en salud y escribir pensando en eso, en las circunstancias en que seremos leídos. Capítulos para el café, para el tranvía y otros para el fin de semana en que nos perfumamos y elegimos el buen sillón, la buena pipa y la cultura. Está muy bien así.» Vio a Stella y Clara que se levantaban para permitir que el barrendero limpiara el asiento. El barrendero alto se ocupaba del asiento de Clara y Stella, y el barrendero aburrido pasaba ahora la escoba entre los zapatos de Andrés, que los fue levantando primero uno y después el otro, y miró a su turno cómo el muchacho pegado a él hacía lo mismo, y la señora de anteojos ahumados vigilaba temerosa el movimiento del mango de la escoba, y se arrimaba más y más contra un asiento, hasta meter las nalgas en la cara de un señor con aire de jubilado que retrocedía lo más posible contra el respaldo, alzando un poco *La Razón Quinta* pero sin animarse a convertirla del todo en biombo entre su cara y el culo de la señora de anteojos.

—Pero no ve que le digo dos veces que se levante —protestó el barrendero, y Juan cerró el libro un poco azorado y salió del asiento mascullando alguna cosa que Andrés no entendió. La señora de los paquetes suspiraba a la altura de la tetilla derecha de Andrés, y detrás quedaba Juan, tan tomado de sorpresa en la lectura, con un dedo metido en las páginas del libro, furiosísimo.

—Ves, el pobre autor no cuenta con estas diversiones —le dijo Andrés—. La palabra diversión va también en su otro sentido. Fijate, el estilista pausa, modula, escande, ordena, dispone, acomoda el período, y después estás vos leyéndolo y entre dos mitades de proposición se te planta nada menos que un barrendero.

—La puta que lo parió —dijo Juan con muy poco cuidado por la señora de los paquetes.

Andrés guiñó el ojo a las chicas que recobraban su asiento. En el centro del pasillo la confusión era penosa, porque los dos barrenderos venían avanzando en sentido opuesto y los pasajeros, deseosos de cederles el sitio para que pudiesen barrer cómodos, se apretujaban cada vez más. Lo peor era el momento

(ya Juan estaba otra vez sentado, pero para qué

—pensó Andrés, irónico—

si a las tres cuadras se bajarían)

en que uno de los barrenderos se agachaba para —después de abrir con el pie el juntabasuras automático que tenía en la mano izquierda— recoger las pelusas, boletos, diarios, botones, piolines, conglomerados de polvo en la masa de una escupida, cabellos, cáscaras de maní, cajas de fósforos, recibos de certificados postales,

y al hacerlo se doblaba aunque no quisiera (porque el juntabasuras tenía un mango largo pero con toda la gente y la pésima iluminación del tranvía a la altura del suelo había una oscuridad confusa)

tratando de ver mejor, y entonces la gente

era empujada por un lado por el kepí del barrendero, y un kepí tiene mucha fuerza cuando adentro va una cabeza atenta a sus obligaciones, y por el otro

el culo del barrendero que se iba desplazando en línea horizontal en exacta correspondencia con su agachamiento. Y dado que ahora los dos barrenderos estaban a punto de encontrarse en la mitad del pasillo —«Por suerte», pensó Andrés, «me dejaron fuera»— y se agachaban a cada momento para hacer funcionar los juntabasuras, el espacio destinado a los pasajeros se reducía más y más, con manifiestas consecuencias que los pasajeros buscaban evitar deslizándose uno contra otro (y cuando dos botones se rozaban se oía un ruido seco) y murmurando en voz baja o haciendo bromas de disimulo. «Con tal», pensó Juan guardándose el libro en el bolsillo, «que no me hayan machucado el coliflor». No quería mirar atrás, a donde estaba Clara, por miedo de que comprendiera su inquietud. «Ahora voy a llevar yo el paquete.»

—Fijate cómo está 25 de Mayo —le dijo Andrés con una ojeada de sobreentendido—. ¿Te acordás?

—Claro —dijo Juan—. No han dejado ni uno. Gracias si los bares lácteos. Hasta que alguno descubra que la leche es obscena y también los liquide.

—Lo es —dijo Andrés—. Pero no tanto como las fálicas vainillas. Niñas, se bajamo en la esquina.

—Se bajamo —dijo Clara. Le era difícil salir del asiento porque Stella («Pide permiso con voz de novicia en una plaza de toros», pensó. «A la gente de los tranvías hay que dominarla con la voz si no se tienen codos.») Por sobre la cabeza de uno de los barrenderos le pasó el paquete a Juan, y acabó bajando con Stella por atrás. Cuando Juan llegó al estribo el tranvía había arrancado, y se soltó a mitad de la curva de Corrientes. Ahí todo estaba lleno de luces; a dos cuadras del pobre barrio chino liquidado, la ciudad correctísima para familias empezaba alegremente: el bonete rojo del buzón del Jousten, el cafecito de frontera, el blando tobogán que te lleva al Luna Park y te da numerosas peleas por numerosos pesos.

El cronista escuchaba *London Again* y se acordaba de tantas, de tantas cosas amables y queridas y tan loción de lavanda como las melodías de Eric Coates. El Würlitzer, objeto escatológico, amenazaba con sus sambas y sus machichas, por eso el cronista prefería sentarse al lado aunque le partiera los oídos, y darle al Würlitzer más y más monedas para que solamente *London Again* y después un tanguito

*Te acordás Milonguita, vos eras
la pebeta más linda 'e Chiclana*

con las entradas zurdas y de abajo de los fuelles, los piques secos del piano, los cortes exactos, y el cronista contestó con un dedo al saludo lejano de Andrés Fava, que venía con su amiga y otra pareja (pero si eran Juan y Clara) mientras meditaba en el estilo de Juan D'Arienzo, reivindicación de la pianola, del canario, del ruiseñor a cuerda

Y EL EMPERADOR IBA A MORIR (por culpa del ruiseñor, sí señor).

—Cámbieme un peso en monedas de veinte —dijo el cronista. Si ese negro de ojos sucios se le ponía a tiro de Würlitzer, seguro que la iba de chamamés. Tres en la lista impresa, la mar de chacareras y gatos. «Odio el folklore», se afirmó a sí mismo. «Solamente me gusta el folklore ajeno, es decir, el libre y gratuito para mí, no lo que me impone la sangre.» En general las imposiciones de sangre eran vomitantes. «Ahora van a venir a charlar en cuanto acaben el copetín. Si solamente estuviera Andrés, pero la mujer es hórrida. ¿Y qué pongo ahora?» La lista era larga y en dos columnas. Eligió un disco de la Metronome All Star Band: *One O'Clock Jump*. Entonces vinieron Juan y Clara.

Comiendo papas fritas en el mostrador, Andrés y Stella miraron hacia donde el cronista daba su bienvenida y acercaba sillas. Clara se divertía estudiando las entrañas del Würlitzer.

«Moloch de confitería», pensó Andrés. «Sacrificio de monedas al diosecito panzón y estridente. Baal, Melkart, bichos obscenos, pescados de la música. Oh cronista, sufeta lamentable.» Quería mucho al cronista, camarada de noches de box, café tarde, diálogos sobre el amor, ensayos y misceláneas,

el cronista tipo tranquilo con su pisito en Alsina al cuatrocientos y sus hábitos porteños: buen ejemplo de no te metás, de se me importa un cuerno, de

pobre páis, sí que vas bien

pa una prósima elesión (tanguito que silbaban juntos, cuando se veían más; antes de Stella, de la caída en el presente

—«Ojo», pensó Andrés, «no te fíes de las frases. Siempre estábamos caídos en el presente, che»).

—Vení, vieja, vamos a charlar con el cronista.

—Andá, yo termino estas papas que están tan ricas —dijo Stella.

Cuando llegó a la mesa los tres ya estaban instalados y el Würlitzer callado pero peligroso.

—Véanlo al tipo —dijo el cronista apretándole la mano como si tuviera una llave inglesa—. Che, ¿no te da vergüenza saludarme? Hombre perdido, que tu chaleco se te llene de bolsillos y en cada uno tengas un cigarro húmedo y un billete falso y una lapicera esferográfica

horror de este tiempo.

—Por mi parte, que te recontra —dijo Andrés. Se miraban, contentos. Clara y Juan se divertían de sólo verlos.

—¿Y ustedes cuándo cenan? —dijo el cronista.

—Ahora. Pero primero entramos a mojar el hambre. Es una noche especial, sabés, mañana pasan grandes cosas.

—Nunca pasan grandes cosas —dijo el cronista, que sabía ser *blasé* a sus horas.

—Sí que pasan —dijo Andrés—. Sólo que no le pasan a uno. Mañana Clara y Juan rinden el examen final. A las nueve de la noche.

—No veo que sea tan grande —dijo Clara.

—Seguro, porque te pasa a vos. Pero para mí y el cronista es todo un suceso. No cualquiera anda con amigos en capilla, con tipos que van a dar el examen final. Hay que amplificar el suceso para que históricamente se haga grande. Pensá en los titulares: CATÁSTROFE EN EGIPTO: VEINTE MUJERES QUEMADAS VEINTE. La gente lo lee y dice que realmente es una catástrofe horrible. A todo esto han muerto diez mil mujeres en otras diversas partes, y todo el mundo tan pancho. Preguntale al cronista, él sabe de esas cosas.

Pero Juan le mostraba un pedacito de la coliflor al cronista, descubriendo con dos dedos una parte del papel. Clara le quitó el paquete y lo puso encima del Würlitzer, pero el barman hizo furiosas señales y Clara recobró el paquete y se lo puso en la falda. «Las cosas que hago por este idiota. Y él no me llevaría ni una aspirina en el bolsillo si se lo pidiera.» Acarició el paquete, la gran cara llena de ojos debajo del papel. Andrés y el cronista hablaban y hablaban, contentos de haberse encontrado.

—Hoy salí a las ocho —dijo el cronista—. Che, ¿por qué no vamos a comer? Salí a las ocho y me vine a oír *London Again*. Es increíble cómo me gusta.

—Pero es una inmensa porquería —dijo Andrés.

—Está bien, no digo que no. Vos sabés que todos tenemos algún rincón cafre por ahí. Mi cafre sabe inglés, eso es todo. Entonces puse *London Again* y estaba pensando en ponerlo otra vez cuando entraron ustedes. Che, vámonos a comer algo.

—Stella quería una parrillada.

—Todos queremos una parrillada. Y hablar mucho.

—De Abel —dijo incongruentemente Stella.

—Sos perfecta —dijo Juan, nada contento—. Te daremos doble ración de mollejas. Me parece muy bien que el cronista venga con nosotros. Rompe el número par, que es siempre estúpido, y aporta sus cualidades personales.

—Y tal vez pague la cuenta —dijo Andrés, empujando al cronista, que lo miraba tiernamente—. El cronista ha vuelto hace poco de Europa, y trae sabiduría en las palabras. Preparaos a beberla con cada copa de semillón. Además, el cronista lee mis ensayos, o los leía en nuestros buenos tiempos.

—Por mí —dijo el cronista— los seguiría leyendo volontieri, pero vos sos de los que desaparecen por seis meses y no se te ve ni el pelo. ¿Usted lo tiene secuestrado, Estelita?

—Ay, si pudiera —dijo Stella—. Lo que sí él escribe mucho y se la pasa tomando mate. Yo le digo que tanto estudio un día le va a hacer mal.

—Ya ves —dijo Andrés—. Te han hecho el retrato perfecto del anacoreta, con mate y todo.

—¿Y por qué uno no se entera de lo que escribís? —dijo Juan—. En este país uno escribe por lo regular para los amigos, porque los editores están demasiado ocupados con las hojas en la tormenta y los séptimos círculos.

—Mirá, uno va juntando cosas, hay que revisarlas, pasarlas a máquina... Y después de todo, ¿qué necesidad hay de leer tanto? —dijo Andrés, furioso—. Hablan de lo que uno hace como si fuera imprescindible. Sí, llevo un diario. ¿Y qué? Es más bien un noctuario. ¿Y? Haga el favor, che, con todo lo que hay por ahí para leer...

—Sabés muy bien que uno lee a los amigos por otras razones —dijo Clara.

—Bueno, de acuerdo, pero cuando se empieza a juntar gente como en un choque de autos,

pibe, la cosa me huele a funeral, y de esos con discursos y salvas al aire.

—Pero es que nos encantan las capillas —dijo Clara—. ¿Qué idea te hacés de Buenos Aires? Entre nosotros el reparto de papeles es perfecto; vos escribís algo y cinco o seis parientes y amigos lo leen; a la semana siguiente cambia el orden: Juan escribe un cuento, vos y yo lo leemos... Funciona muy bien, no me vas a decir. A veces me río pensando que en la Casa debe haber centenares de capillas que se ignoran entre ellas. Montones de tipos escribiendo para tres, ocho o veinte lectores.

—Tu descripción acaba de darme vuelta el estómago —dijo Andrés.

—Nunca antes de la cena, che —dijo alarmado el cronista—. Vámonos, que tengo un apetito bárbaro.

—La niebla está peor —dijo Clara, olfateando la calle.

—No es niebla, es humo —dijo Stella.

El cronista hizo un gesto dubitativo.

—¿Entonces?

—No se sabe —dijo el cronista—. Esta noche se hablaba de eso en la redacción. Exactamente no se sabe. Estaban haciendo análisis.

Como Juan iba adelante charlando con Stella y el cronista, Andrés tomó del brazo a Clara y los dejó ganar distancia. Clara se dejaba llevar, entornando los ojos.

—¿Tenés miedo del examen? —dijo Andrés.

—No, más bien curiosidad. Por lo regular en la vida se sabe cómo van a ocurrir las cosas. Hasta podés imaginarte con bastante detalle lo que te va a hacer el dentista, lo que vas a comer en casa de tu tía... Pero esto no: te repito que es un pozo, el enigma perfecto.

—Sí, va a ser una mala media hora —dijo Andrés—. A lo mejor voy a acompañarlos mañana. No sé si te gustará ver conocidos ahí. A veces es peor, como en los velorios.

—Pero no, me parece muy bien. En esa forma, nos vaya como nos vaya, acabaremos bebiendo en alguna parte. ¿No sentís calor, y como un mareo? —dijo Clara, confusa, agarrándose del brazo de Andrés—. Qué rara está la calle, esta niebla.

—Pegajoso.

—No puedo luchar contra el calor de esta noche —dijo Clara—. Juan se ríe de mí cuando le digo que me basta pensar la frescura para sentirla. Es cierto, ando siempre con un biombo de clima para mí sola, pero esta noche me falla. Serán los nervios —agregó con humildad.

—¿Y Juan está tranquilo?

—Dice que sí, pero miralo cómo gesticula. Y ha escrito como un loco estas noches. A mitad de una ficha se ponía a escribir versos. Está furioso contra todo, le duele Buenos Aires, yo le duelo, anda mal comido, bostezando.

—Vaya un cuadro.

—Vos sabés que las cosas se las toman particularmente con él —dijo Clara—. No es fácil encontrar la justa sopa para Juan. Le das de tapioca y resulta que le tocaba de estrellitas. Yo misma no le toco algunos días.

—Mientras coincidas de noche... —dijo Andrés con bien escandidas palabras.

—Oh, eso, en el fondo es lo más fácil de todo. Con Juan el problema empieza cuando nos despertamos. Decile que te lea sus poemas de estas semanas, vas a ver. Yo insisto en que vayamos a la calle, lo saco a pasear, me lo llevo por ahí; creo que le hace falta. Anoche me dijo, medio dormido: «La casa se viene abajo». Después se quedó callado, pero yo sé que estaba despierto. Y para qué te cuento esto...

—Para nada, que es como debe contarse. ¿Adónde nos llevan ésos? Ah, al restorán frente al estadio. Poemas, poemas, todo acaba ahí.

—Todo empieza —dijo inteligentemente Clara.

—No quise decir eso. Pero fijate que desde esta noche, y desde todas las noches, no hacemos más que hablar de lo que escribimos y lo que leemos.

—Pero si está muy bien.

—¿Vos creés? ¿Vos creés de veras que tenemos *derecho*?

—Explicate —dijo Clara—. Así no te entiendo.

—La explicación va a ser más literaria que la pregunta —dijo tristemente Andrés—. No sé realmente lo que quiero preguntar. Es un poco una rabia de intelectual contra sus colegas y él mismo. Una sospecha horrible de parasitismo, de innecesidad.

—No hablés como un gaucho resentido —se burló Clara.

—Entendeme bien. No te niego el derecho y la razón de ser del intelectual. Está muy bien la poesía de Juan, mi diario y mis ensayos están muy bien. Pero, fijate, Clara, fijate en esto, en el fondo él y yo y los demás nos pavoneamos demasiado con lo que hacemos. A veces con lo que hacemos, y a veces por el hecho de hacerlo. *Yo escribo*. Dan ganas de contestar con lo más breve y lo más insolente del contragolpe inglés: *So what?*

—Pero es que no podés plantear la cosa así —dijo Clara—. Lo que interesa es saber qué se escribe. El derecho a afirmarlo viene después. Qué sé yo, un Valéry podía decir: *Yo escribo.* ¿A vos te hubiera chocado oírselo decir?

—No —dijo Andrés, mansamente—. Supongo que es eso. Pero todo este hablar, este pasarnos papeles, estas mesas de café donde libros y libros y libros y estrenos y galerías... Mirá, aquí hay un escamoteo, una traición.

—No te falta más que agregar: «traición a la realidad, a la vida, a la acción», y con eso y un botoncito en la solapa estás a punto para largar en cualquier carrera.

—Claro, las palabras. Pero yo buscaba decirte otra cosa. Es la *calidad* de nuestro intelectualismo lo que me preocupa. Le huelo algo húmedo, como este aire del bajo.

—Pero escribís tu diario —dijo Clara, defendiendo a Juan.

—Y el diario huele a niebla. Mirá, lo que estamos haciendo es tragar este aire sucio y fijarlo en el papel. Mi diario es un cazamoscas, una miel asquerosa llena de animalitos muriéndose.

—Ya es algo que lo sepas —dijo Clara, que de chica había querido ser enfermera.

Andrés se encogió de hombros, le apretó el brazo, se sintió vagamente contento. Esa noche tenía el consuelo fácil.

—No estoy de acuerdo —dijo el cronista—. Sí, Stella, yo comería antipasto y le sugiero lo mismo. Aquí sirven un antipasto entomológico, un conjunto fascinante de objetos.

—*The yellow nineties* —dijo Andrés—. Para mí jamón. De manera que no estás de acuerdo.

—No. Creo que aquí somos pocos, que servimos para poco, y que la inteligencia elige sus zonas y entre ellas no está la Argentina.

—Mera deformación profesional —dijo Juan—. Como sos lo que mi suegro llama un hombre de letras, te olvidás de los hombres de números. Aquí la inteligencia opta por la zona científica. Nos pasamos el día negando la posibilidad creadora de los argentinos, sin ver que nuestra vitrina es una de las muchas y que otras gentes pueden estar trabajando y haciendo por su lado. Un buen biólogo se ha de reír en grande oyendo nuestros chillidos. Porque ni siquiera gritamos, esto es un chillido de ratas. Me trae un medio pomelo.

—Querido —dijo el cronista—, ni vos ni yo estamos en la vitrina de enfrente ni conocemos biología para poder opinar con certeza si en ese campo las cosas andan realmente bien. Lo que yo alcanzo a ver no me parece del otro mundo. Pero, dándote el descuento que me pedís con tu objeción, insisto en que éste es un país de observadores a secas, de gentes mironas que dejan confiada a una memoria precaria las imágenes que ven y las palabras que oyen. Cincuenta mil tipos viendo gambetear a Labruna: Argentina. De paso te da la posible proporción entre los inútiles y el creador. Vos me dirás que aquí hay grandes poetas, y es cierto. Yo he dicho que la poesía no es un mérito humano, sino una fatalidad que se padece. Aquí hay un buen montón de hombres atacados de poesía, mientras que te invito a que me recuentes los creadores activos, es decir, los inteligentes.

—Te hacés un triste lío —dijo Juan—. ¿Por qué de golpe ese entusiasmo por la inteligencia? ¿Y qué quiere decir la inteligencia? El argentino, digamos el porteño a quien conozco y convivo y comparto, es siempre un tipo inteligente. La creación nace de la moral, no de la inteligencia.

—Ay —dijo Clara—. Lo que somos es flojos.

—Justo, flojos, sin tensión. Fijate que un rasgo frecuente en el porteño es que tiene ideas brillantes pero inconexas, quiero decir sin contexto, sin causa ni efecto. En cambio, en una mentalidad bien planificada toda idea tiende a aglutinar otras, cerrar el cuadro. Perdoname este vocabulario, pero es más claro que otras metáforas. Lo que quiero decir es que carecemos de espíritu de sistema (aunque ese sistema sea la libertad o para la libertad), y eso es un defecto moral más que otra cosa. Dilapidamos en cohetes sueltos montones de materiales que cualquier profesorcito de Lyon o de Birmingham organizaría coherentemente en unas semanas de ficharse a sí mismo y a los demás.

—En el fondo no andamos tan desparejos —dijo el cronista—. Cuando hablé de inteligencia me refería más a sus productos que a su manifestación gratuita. Ahora que, mirando la cosa más de cerca, se entra en el problema de las causas de este... de este *status*. Pibe, qué frases me mando.

—Si se las dejaran publicar en el diario, ¿eh? —dijo Stella, contentísima, pensando en el flan con crema que iba a comer de postre.

Andrés oía, y miraba a Clara. Sin saber por qué, se encontró pensando en Malaparte. «Todo el mundo sabe cómo son de egoístas los muertos. No hay más que ellos en el mundo, todos los otros no cuentan. Son colosos, envidiosos: todo lo perdonan a los vivos, salvo el estar vivos...» Se preguntó si los muertos discutirían en alguna parte como Juan y el cronista, si entre ellos habría alguno que mirase como él estaba mirando a Clara (y Stella lo miraba a él, divertida sin saber por qué). Por un segundo la posición de todos, estar rodeando la mesa con el mantel y la comida, el reflejo que un cuchillo le tiraba a los ojos, le pareció inconcebible. Ver la cosa, saberla, pero no dar el paso que la fijaría en una referencia mental cualquiera. Hablaban, hablaban, pan y manteca, Clara, Stella, la niebla, la noche, vos sabés que aquí se vive de prestado, los grupos que entraban, un raro crujido de la puerta, el olor ácido de un jugo de pomelo, todo lo perdonan a los vivos, salvo el estar vivos. Respiró hondo, para hacer retroceder una presión de abajo arriba que repentinamente lo angustiaba. Si se pudiera...

Pero no acabó la idea (que no tenía palabras, y podía ser detenida así en la mitad, disuelta en la nada, en esa cosa negra sin negrura de adentro, esa sensación de interior sin espacio) y siguió mirando a Clara, buscando aliviarse en el rostro inmóvil de Clara, que atendía el diálogo.

—Te concedo que no tenemos gran cosa que decir —admitió Juan—, porque en realidad nos pasamos la vida evitando comprometernos individualmente en la aventura humana. Formamos parte de nuestro barro y nuestro río, esos elementos sin historia o cuya historia pertenece a otros. Estamos cansados por adelantado de no tener nada verdadero que nos fatigue por hostigamiento. Somos tan libres en el fondo, vivimos tan poco atados por un pasado o un futuro, que la inefabilidad parece ser nuestra manera más auténtica. Acordate de aquel libro que circulaba en el año treinta, con las «Obras completas de Hipólito Yrigoyen». Lo abrías, y estaba en blanco. Por eso nuestras papelerías son más lindas que nuestras librerías.

—El tipo monta la máquina y es feliz —dijo el cronista, agraviado—. Mirá, si es cierto que no tenemos gran cosa que decir, por lo menos debíamos callarnos o, lo que sería más digno de gentes como nosotros,

víctimas de Ardolafat, el demonio del verbo,

el poderoso, hacer la obra de pura creación, el *ex-nihilo* absoluto. Un poco como Buenos Aires se levanta entre las dos llanuras de agua y pasto.

—Estás equivocado. No hay pura creación sin una moral de creación. No hay moral de creación sin dignidad personal (se puede ser indigno en la vida personal, pero aún el traspaso de esa indignidad a una obra, la crónica de esa indignidad requiere una moral a salvo de compromisos y transacciones y Sociedad Argentina de Escritores y rotograbado del domingo). Hasta para ser un hijo de puta hace falta estar bien plantado. Perdoname que te la siga un poco. Aquí lo que vos llamás pura creación, que sería macanudo como manera de burlar el determinismo y hacer obra aunque no te dieran ladrillos, me parece hasta hoy un escapismo asqueroso. Yo mismo, yo el primero, cronista. Yo escribo poemas, y sé por qué los escribo. Yo traiciono. Y si hablo de furias y de viudeces en mis poemas, es que me estoy viendo con los ojos reventados, me sigo por la calle y me escupo la sombra para que los demás se den cuenta de qué clase de canalla soy.

—Siempre te estás acusando —dijo Stella, afligida—. Comamos primero, y sobre todo no te revolvás la bilis. Todos tenemos un mal concepto de nosotros mismos, porque en el fondo somos mejores que muchos.

—Sorprendente —dijo el cronista, mirándola con elogio.

Clara se encogió de hombros y mordió en la carne jugosa. Tenía el hábito de Juan, su vocabulario, sus cajas de rompecabezas. En la silla, a su lado, el paquete de la coliflor crujía a cada vibración del piso. Por una vitrina se alcanzaba a ver la niebla sobre Bouchard. Por momentos se hacía más espesa, y de golpe se alzaba, como subiendo, se veía la calle con los autos. Clara estaba en la calle, iba por la niebla. Las palabras a su alrededor se hicieron lejanas y más agudas, como de teléfono. Pensó sin miedo en el examen, casi sin expectativa. Andrés la miraba y le sonreía despacito. Ay, había sido dura con él un rato antes. Para defender a Juan tenía siempre que lastimar a otros. Abel, Andrés. Todo lo que se hablaba era absurdo, inocente, peña de estudiantes, eutrapelia.

—La palabra eutrapelia huele a heliotropo —dijo en voz baja a Andrés—. Es una lástima, ¿no te parece?, que tengamos que vivir en una edad tan metafísica. Literariamente hablando, entendeme.

—No te entiendo.

—Ni yo —dijo Stellaojosabiertos.

—Brutitos que son. Oí: éstos, y fijate cómo se desgastan, arman su plataforma sobre la base de si lo que se escribe entraña o no al hombre hombre, al hombre carne y destino. Afrancesados puros, como ves. Pero yo te digo que Malraux es metafísica. Porque atrás de los ochenta kilos de cada tipo estará su destino, pero su destino es su razón de ser, o al vesre, y su razón de ser te lleva a su ser como raíz y kilómetro cero, y eso es metafísica.

—Ay, Clarita —dijo Juan, acariciándole la cara con tristeza.

—En cambio, si eutrapelia huele a heliotropo, esto es concreto, un problema como le gustaba a Mallarmé y a su tiempo.

Ya ves que siempre se acaba citando a Mallarmé, pero aquí es justo. Yo preferiría oírlos

vamos a decir oírnos

hablando de algo tan concreto y tan poco metafísico como la elucidación del porqué la voz eutrapelia me remonta un heliotropo por dentro de la nariz. Filología, analogía, semántica, simbolismo, qué lindas cosas, qué bien viviríamos con ellas. Pero no, Juan tiene que salvarse de esas elegancias, tiene que encontrarse a sí mismo como razón de ser. A eso le llama concretar una obra o las bases de una obra. Yo le llamo arrimarle el fósforo a la cañita voladora

y arriba, z z z —— Clara *dixit*.

—Asombroso —concedió el cronista—. Se pasa al cuarto todo lo que va del siglo. Eutrapelia. ¡Joder!

—Café —dijo Andrés—. No, no quiero flan con crema. No, querida.

—Tomaré el flan con crema —dijo Stella.

«Abel», pensó Clara, fatigada. «Pobre Abelito. Se hubiera quedado duro si me oye perorar. Y mañana... No, Andrés, es tarde para que me mires así. Siempre es tarde, Andrés. Siempre.» El mozo dejó caer un vaso, y el ruido hizo reír a Stella; entonces el mozo le explicó que el vaso se le había resbalado y Stella dejó de reírse y se mostró muy interesada por la explicación.

—Cosas del oficio —decía el mozo, pateando inteligentemente los cachos de vidrio rumbo a un zócalo cercano—. Todos los días se quiebran tres o cuatro. El patrón la va de cabrero, pero qué le va a hacer, son cosas del oficio.

—También hay que darle a ganar al fabricante de los vasos —dijo Stella.

—Comé tu flan —pidió Clara, y miró de reojo a Andrés, que había cerrado los ojos y parecía esperar una descarga o un milagro. Un horrible chillido de diariero los sacudió a todos. El tipo entró a la carrera, anduvo por las mesas, repitió el pregón con menos fuerza. El cronista lo miró irse, hizo un gesto de cansancio.

—Yo lo escribo y él lo vende —dijo—. Cuando ustedes lo leen, la trinidad se perfecciona, el Juggernaut de papel, etcétera. Bueno, rajemos.

«Tan absurdo hablar porque sí», pensó Juan cuando salían, «oírse hablar y saber que nunca se tiene demasiada razón. Ésa es otra, quizá la peor de nuestras cobardías. Los que valemos algo aquí no estamos ya seguros de nada. Hay que ser un animal para tener convicciones».

—Vamos por Leandro Alem hasta Plaza de Mayo —pidió Stella—. Quiero ver lo que pasa.

—Si vemos algo —se quejó el cronista, oliendo la niebla.

Costearon Correos y Telecomunicaciones, sintiéndose pegajosos y sin ganas de hablar. Del Luna Park los alcanzó un súbito clamor, trepando agudo para deshacerse después en una caída fofa, una pérdida.

—Muñeco al suelo fastrás —dijo el cronista—. Juancito, los boxeadores son tan felices, se pegan con tanta alma, son la música de la vida.

—El Apoxiomeno canta —dijo Juan—. Pero nadie canta aquí esta noche. Escuchá esto, cronista, te lo regalo, está fresquito y sin corregir. Creo que se va a llamar *Fauna y flora del río*.

Este río sale del cielo y se acomoda para durar,
estira las sábanas hasta el pescuezo, y duerme
delante de nosotros que vamos y venimos.
El río de la plata es esto que de día
nos empapa de viento y gelatina; y es
la renuncia al levante, porque el mundo

acaba con los farolitos de la Costanera.
Más acá no discutas, lee estas cosas
preferentemente en el café, cielito de monedas,
refugiado del fuera, del otro día hábil,
rondado por los sueños, por la baba del río.
Casi no queda nada; sí, el amor vergonzoso
entrando en los buzones para llorar, o andando
solo por las esquinas (pero lo ven igual)
guardando sus objetos dulces, sus fotos y leontinas
y pañuelitos
guardándolos en la región de la vergüenza,
la zona de bolsillo donde una pequeña noche murmura
entre pelusas y monedas.

Para algunos todo es igual, mas yo
no quiero a Rácing, no me gusta
la aspirina, resiento
la vuelta de los días, me deshago en esperas,
puteo algunas veces, y me dicen
qué le pasa amigo,
viento norte, carajo.
　　—Me gusta —dijo simplemente Andrés,
　　　　　　　(porque se habían quedado callados, rodeando a Juan, que tenía los ojos brillantes y de golpe se pasó
el dorso de la mano por la cara y se dio vuelta para que no lo
vieran).

Al cruzar la playa de estacionamiento del Automóvil Club
vieron los papeles. Un remolino los alzó sobre los coches es-
tacionados, bajaron en un sucio remedo de nevada, colgándose de los picaportes, resbalando en los techos jabonosos de los
Chevrolet y los Pontiac. Toda la playa estaba cubierta de pedazos de diarios, bollos de papel madera, papel marmolado,

sobres, atados de cigarrillos rotos en cinco o diez pedazos, papel de seda, carbónicos viejos, borradores. El remolino los había juntado entre los autos, en el cordón de las aceras, sobre los canteros.

Juan iba adelante, y cuando miró el mar de papeles sucios tuvo ganas de dar un rodeo, bajar hasta la recova y seguir por ahí. Los otros comentaban

se habían puesto a hablar en voz más baja

con eso que queda al final de la sonata o del

trueno, y Juan iba adelante apretando la coliflor y preguntándose cómo pasarían esas horas que faltaban para el examen. El examen se le daba como un término fijo, una boya hacia la cual avanzar. Buena cosa los términos fijos, los exámenes. Ante todo un término fijo es como una marquita de lápiz en la regla graduada: precisa lo que antecede, marca una distancia

aquí un tiempo   un plazo   un

impulso   que a cierta hora cesa

como remontar el reloj calculando que se pare

a las siete y cuarto

y a las siete y diez el reloj empieza a pulsar

despacio, se haragana,

se muelle hasta

las siete y dieciocho   penosísimo

y una diástole   una diástole

nada más que una diástole

una cosa encogida   enfriada sin razón boca

arriba

horario palito, minutero palito, segundo palito.

Vieron, desde Bartolomé Mitre (ya no quedaban papeles), la luz violenta de la Plaza de Mayo. La Casa Rosada crecía en el aire de niebla, asomando a jirones, con luces en los balcones y en las puertas. «Recepción», pensó Juan. «O cambio de gabinete.» Pero esto último era absurdo, no encendían luces extra para tal cosa. Probablemente la iluminación de Plaza de Mayo reverberaba en los edificios cercanos. De lejos venía una música metálica, esa abyección de la música (cualquier música) cuando la echan desde los parlantes en serie, la degradación de algo hermoso, Antinoo atado a un carro de basura, o una alondra en un zapato. «O una alondra en un zapato», repitió Juan.

Clara se puso a su lado y lo miró más arriba de los ojos.

—Dame el paquete si te cansa.

—No, quiero llevarlo yo.

—Bueno.

—No sé para qué vamos a la Plaza de Mayo.

—A Stella le gustaba —dijo Clara—. Parece que siguen con las ceremonias.

El cronista se les agregó. Iba con las manos en los bolsillos del pantalón y como no se soltaba el saco, a los lados se le hacían como dos aletas.

—Todo Buenos Aires viene a ver el hueso —dijo—. Anoche llegó un tren de Tucumán con mil quinientos obreros. Hay baile popular delante de la Municipalidad. Fijate cómo desvían el tráfico en la esquina. Vamos a tener un calor bárbaro.

Subían el repecho por el lado de la Casa de Gobierno. Desde ahí (ahora Andrés y Stella estaban en línea con ellos, y nadie hablaba) se veía refluir la gente hacia el otro lado de la plaza, desplazándose por Rivadavia e Yrigoyen. Pero en el medio la multitud estaba casi inmóvil, oscilando apenas con enormes vaivenes que sólo de lejos se alcanzaban.

—Hicieron el santuario tomando la pirámide como uno de los soportes —explicó el cronista—. Todo el resto es arpillera.

—¿Vos estuviste? —dijo Juan.

—Profesionalmente —dijo el cronista—. Me mandé una nota padre.

—Ergo fuiste el que consagró la peregrinación. No me mirés de reojo, porque es la verdad. Ellos pusieron la lona y tu diario trae la gente, a veinte guitas por engrupido.

—No hablés así —dijo Andrés, muy serio—. La gente no viene sólo por el diario. Ninguna campaña publicitaria puede explicar ciertos furores y ciertos entusiasmos. Me han dicho que los rituales son espontáneos, que a cada rato se inventan nuevos.

—Un ritual no se inventa —dijo el cronista—. O se lo recuerda o se lo descubre. Ya están listos desde la eternidad.

—Vamos a la plaza —pidió Stella—. Aquí no vemos nada.

Una sirena aulló detrás de ellos, obligándolos a darse vuelta. Dos ambulancias corrían por Alem hacia el Sur. Detrás venían motocicletas, y en el fondo una tercera ambulancia.

Cruzaron a la plaza bajo los balcones de la Casa de Gobierno. La niebla no resistía allí el calor de las luces y la gente, la otra niebla oscura y parda al ras del suelo. Miles de hombres y mujeres vestidos igual, de gris topo, azul, habano, a veces verde oscuro. La tierra estaba blanda desde que habían levantado las anchas veredas para despejar la plaza —aunque el cronista afirmaba que nada podía haberse despejado con eso, y pateó furioso el suelo— y había que andar con cuidado, agarrándose a veces del codo o los hombros de alguno que estuviera en un pedazo más firme de esa pista informe en la que lo único sólido parecía ser la Pirámide.

Andrés vio vacilar a Clara y le apretó el brazo. Juan había alzado hasta el pecho el paquete con la coliflor y lo protegía con un amplio arco. Así avanzaron unos metros, tratando de ver mejor en dirección al santuario.

—Vos deberías estar en la cama, juntando fuerzas para mañana —dijo Andrés.

—No podría dormir —dijo Clara—. Mejor estar cansada en los exámenes, tenés mayor fosforescencia. Me gustaría que me preguntaran sobre psicología de las multitudes, les contaría esto y asunto acabado.

—Ahí tenés algo para contarles —dijo Andrés, abriéndole paso para que viera bien. Pero ver bien era faena de codos y empujones y no sea bárbaro parecería que no saben caminar por la calle, decile a tu hermanito que no se adelante tanto, diosmío este chico es propiamente la escomúnica,

no rempujés, negro, que me hacés venir loco;

en un confuso crecer de cuerpos y nucas y pañuelos al cuello, rompiéndose contra una barrera de tipos silenciosos que parecían esperar alguna cosa. Pegada a Andrés, Clara pudo asomarse a una rendija entre dos sacos negros, mirar dentro del círculo mágico,

era un círculo, los tipos se tenían del brazo y rodeaban a la mujer vestida de blanco, una túnica entre delantal de maestra y alegoría de la patria nunca pisoteada por ningún tirano, el pelo muy rubio desmelenado cayéndole hasta los senos. Y en el redil había dos o tres hombres de negro, achinados y enjutos, Clara los vio que oficiaban algo, que servían en la ceremonia con movimientos de pericón desganado. Pensó en Prilidiano Pueyrredón, en el dulce de zapallo, olió el aire jabonoso como para ver mejor. Uno de los tipos de negro se acercaba a la mujer, le puso la mano en el hombro.

—Ella es buena —dijo—. Ella es muy buena.

—Ella es buena —repitieron los otros.

—Ella viene de Lincoln, de Curuzú Cuatiá y de Presidente Roca —dijo el hombre.

—Ella viene —repitieron los otros.

—Ella viene de Formosa, de Covunco, de Nogoyá y de Chapadmalal.

—Ella viene.

—Ella es buena —dijo el hombre.

—Ella es buena.

La mujer no se movía, pero Clara pudo verle las manos pegadas a los muslos; abría y cerraba los dedos como en una histeria que va a saltar de golpe. Le entró miedo, y además el asco de darse cuenta

que cómo había podido, cómo

había podido

y ya no hay marcha atrás, todas velocidades de arranque, las cosas son IRREVERSIBLES como el tiempo que-se-las-lle-va

pero cómo había podido, al final, murmurar con los otros: «Ella es buena». Se había escuchado con el revés del oído, la parte de la verdad que oye la voz en su nacimiento, en la garganta misma

(y de chica le gustaba taparse las orejas y cantar o respirar fuerte; y cuando era bronquitis oír los rales, los silbidos como ranitas o lechuzas, después toser fuerte y toda la orquesta se recomponía poco a poco, temas distintos, preciosos, porque ella era buena)

—Vámonos —pidió, colgándose de Andrés, aterrada.

Él la miró, no dijo nada. Juan y Stella iban cortándose por la derecha, el cronista como a remolque. Los siguieron con esfuerzo porque todo el mundo peleaba por ver a la mujer que era buena, que venía de Chapadmalal. Clara se apretaba a Andrés, iba con los ojos cerrados, respirando a jadeos. «Canté con ellos, recé con ellos. He firmado, he firmado.» Era estúpido, pero algo en ella

un pedazo de ella liberándose por un momento del resto había asumido el ritual, tragado la hostia, consentido.

—Tengo miedo, Andrés —dijo muy bajo.

Él pensaba por encima de eso, pero desde eso.

«Armagedón», pensó. «Oh pálida llanura, oh acabamiento.»

—Tené cuidado con ese petizo de la izquierda que tiene cara de chorro —dijo el cronista codeando a Juan—. Vas por la calle como alelado. Vos y tu paquete. Ojalá que el petizo te lo chorreara. Ya que hay carteristas, que venga un coliflorista. Ah, lo que me gusta

pase, señora

encontrar palabras bonitas. ¿Qué era eso de la eutrapelia? Pero vos sabés

sí joven, el santuario
está AYÍ

que el Dire odia el estilo, lo considera,
bueno, lo considera justamente la eutrapelia del periodismo.
Cree en los *headlines* invadiendo todo el texto, en un estilo *All
American Cables*. ¡No me deja escribir bien, che! Es tétrico.

—Qué entenderás vos por escribir bien —dijo Juan—.
Y además dejate de distraernos con eso. Vinimos a mirar la
cosa y la vamos a mirar. Stella, pasá entre esas dos robustas
paraguayas. Estilizate, nena, que a vos ningún Dire te va a
decir nada.

—Sos un mal amigo —dijo el cronista—. Pero haceme
acordar después. Te explicaré lo que pienso del estilo.

Veían ya las pértigas que sostenían las lonas del santuario. Les quedaba por franquear la parte más difícil, la guardia
pasiva de cientos de mujeres plantadas como postes, apoyadas
unas en otras, compartiendo la espera, el olor espeso, los murmullos. Con un gesto, Andrés señaló hacia un lado en el momento en que estallaba un grito de niño. Se abrieron paso
hasta ver, el chillido los guiaba. Había un banquillo donde
tenían sentado a un pibe de unos ocho años; dos hombres
arrodillados lo sujetaban por los hombros y la cintura. Un
paisano de ojos rasgados y jeta brutal estaba plantado a un
metro del chico, con una aguja de colchonero apuntándole a
la cara. La iba acercando poco a poco, dirigiéndola primero a
la boca, después a un ojo, después a la nariz. El chico se deba-
tía, gritando de terror, y en su pantaloncito claro se veían las
manchas de los orines del miedo. Entonces el paisano se echaba atrás, impasible, y los presentes murmuraban algo que Andrés (el único que había adelantado para ver bien la escena)
no entendió. Una cosa como

En medio de en medio de en medio de en
medio
a menos que fuera
Enemigos enemigos enemigos enemigos

Juan y el cronista, sospechándose algo, tenían del brazo a las mujeres y no las dejaban avanzar.

—Qué hijos de mil putas —dijo Andrés, agarrando a Clara y abriendo la marcha hacia el lado del santuario.

—¡Estás blanco como una hoja! —dijo Stella.

—Aclará qué clase de hoja —dijo Andrés, sin mirarla—. Por lo general las hojas son verdes.

—Filólogo hasta el óbito —dijo el cronista—. Che, oigan la música.

Una cortina de macizas espaldas los detenía a cinco metros del santuario Azul negro azul rojo verde negro

y nada de empujar o me permite señorita o paso a la autoridad

—Todo es tan confuso —murmuró Juan—. Tan sin estilo.

—El estilo ha muerto —dijo Andrés.

—Viva el estilo —dijo el cronista—. Che, oigan la música.

Como oírla la oían, POETA Y ALDEAAAAANO. «Que la parió», pensó el cronista. «Qué razón tiene Juan. Tan sin estilo. ¿Cómo puede concebirse la unión de estas negras cotudas velando el santuario con esa jalea de manzanas Von Suppé? ¿Qué hace la Frigidaire en el almacén del pampa? ¿Qué hacemos aquí nosotros?

—Son los violines más diarreicos que he olido en mi vida —dijo Juan—. Dios mío, esto es una locura. ¿Por qué no les tocan tangos?

—Porque les gusta esto —dijo el cronista—. ¿No ves que la pobre gente ha descubierto la música vía cine? ¿Te creés que esa asquerosidad llamada *Canción inolvidable* no hizo lo suyo? El hueso de Tchaikovsky, che, la pizza y Rachmaninoff.

—Lleguemos de una vez —pidió Clara—. No te creas que voy a aguantar mucho más. Me hundo en la tierra a cada paso, estoy muerta de sed.

—Muerta de sed al pie de la pirámide —dijo el cronista—. Tópico pero delicado.

¡Muerta de sed al pie de la pirámide!

—¡Ecco la imagen misma de la Patria!

—Del Egipto a secas —dijo Andrés—. Señora, si me permite vamos a pasar.

—Por mí pase —dijo la señora—. Nadie le dice que no.

—En efecto, no he oído tal cosa —dijo Andrés.

—¿Cómo dice?

—Nada, señora. *Just a little tune*
*   lockin' at the moon*
*   catapúm catapúm.*

—Nunca faltan graciosos —dijo la señora.

Después de eso les tocó un matrimonio eslavo, que iba en la misma dirección que ellos pero se las arreglaba para dar la impresión de que lo hacía en sentido contrario. Y después —oh sucesiones, oh A, B, C, de las cosas— ocurrió que embocaron mal el santuario y fueron a dar a la pared de arpillera que miraba hacia Rivadavia, siendo que

como en las pilas de discos
las cajas de herramientas
las carpetas de papeles
la entrada estaba del otro lado, del lado de la pirámide

Donde desde lo alto veinte siglos no os contemplan

y se abría sobre el próximo y movido horizonte de la calle Hipólito Yrigoyen.

—Me han jodido el coliflor —decía Juan a Stella, que andaba felicísima—. Es lástima, porque si lo llegás a ver cuando estaba recién comprado, seguro que se te refresca el alma.

—Te podés comprar otro mañana —dijo Stella.

—Claro. Como Cocteau a Orfeo: «Mata a Eurídice. Te sentirás mucho mejor después».

—Bueno —dijo Stella—. Yo, en realidad, lo que quise decir...

—Sí, naturalmente. Ahora que no siempre pasa uno por el mercado del Plata en el momento preciso en que sale a la venta un coliflor así. Fijate que hacen falta miles de factores en perfecta coincidencia. Si mi colectivo me deja en esa esquina dos minutos después, me pierdo la compra. Lo sé porque cuando lo alcé en mis brazos

—Manfloro de mierda —dijo claramente una voz educada entre la gente.

Arrorró mi coli
arrorró mi flor
Sí

realmente lo alcé en mis brazos, y justo entonces una señora se lo quedó mirando con una envidia —— ya ves, miles de factores.

—Che, empujen un poco —dijo el cronista, que venía detrás y resoplaba—. Qué noche, hermanito. Yo estaba en mi café y vienen ustedes y ahora pasa esto. Yo hubiera jurado que se entraba por Rivadavia. Hasta creo que lo puse en mi nota.

Flanquearon el santuario
          REPICANDO TANGOS VAS POR LAS
          VEREEEDAS
y pudieron llegar juntos hasta el terraplencito de la
          —¡Che, Minguito! ¿Adónde estéa?
          —¡Atrás de la Piramídéa!
gloriosa inmarcesible jamás atada al jeep de ningún vencedor de la tierra, columna de los libres sitial de los valientes
Y LOS MONTONEROS
ATARON SUS CABALLOS A LA PIRÁMIDE
          Álzaga, a morir
          Liniers, a morir
          Dorrego, a morir
          Facundo, a morir
          Pobrecito el finadito
          Mistah Kurtz, he dead
          A penny for the old guy
          Pobrecita la pastora
          que ha fallecido en el campo
          Crévons, crévons, qu'un sang impur
          abreuve nos fauteuils
                    PROVINCIAUX

—Sí, tiene que haber sido una buena compra —dijo Stella.

Un perro, casi invisible entre la columnata oscilante de los pantalones y las medias, olió los zapatos de Stella. Andrés y Clara se les habían adelantado y daban ya la vuelta contra una arista de la pirámide. «Han rellenado el terraplén para poner el santuario», pensó Juan. «Cuando todo esto se acabe la plaza va a quedar horrible.» La tierra estaba más blanda en esa parte y él se tambaleó, tuvo que apoyar la mano libre en la pared de la pirámide. Entonces vio a Abel mezclado con la gente a su izquierda, bastante atrás. Sólo lo vio por uno de esos vaivenes de la multitud, como en medio de una conversación múltiple de repente cae un silencio instantáneo,

«Pasa un ángel», dice la abuelita,

un pozo de aire que dura, que hay que romper inventando la primera palabra, el golpe de timón que te saca del agujero. «Otra vez ése», pensó Juan, no queriendo reconocer la inquietud que le venía.

—Por fin —dijo Stella—. ¡Uf, qué calor! Y adentro estará espantoso.

—Creo que sólo dejan entrar por grupos —dijo Juan—. A lo mejor han puesto refrigeración.

Le hubiera gustado decirle a Andrés que acababa de ver a Abelito. Pensó que acaso estaba equivocado. Pero esa cara pálida, ese pelo engomado. Y el mismo traje que tenía en el café, con hombreras puntiagudas. «Pobre Abelito, pensar que voy a tener que romperle la cara apenas se me haga el loco.» La arpillera del santuario tembló como si desde dentro le dieran un aletazo. Ahora todos ellos formaban parte de un grupo que entraría en dos o tres turnos más. Los reflectores se concentraban en ese sector, colgados de altas pértigas mandaban la luz entre la niebla y el humo, marcando en las caras una tiza sucia, sombras amarillentas y cansadas.

—Attenti al piatto —advirtió el cronista, mostrándoles un candidato que surgía entre la gente, más allá de la entrada del santuario. Debían haberlo subido a una mesita o una tarima; apareció bruscamente, payaso blanco bajo las luces. Un silencio caliente lo envolvió, perforado por los gritos y los cantos más lejanos, la indiferencia de los que no lo veían.

—Ahora es el momento de comprender la salida —dijo el candidato con un ataque mecánico y una voz de urraca—. Nos hemos pasado la vida tratando de explicarnos la entrada, los caminos que conducían a la entrada, los requisitos de la entrada, la razón de la entrada, ¡ERA EL DESGLOSAMIENTO DE LA ENTRADA!

«Tened ustedes confianza en mí. Vuelvo del viaje como un nauta que desdeña las brújulas,

porque en lo profundo de su pecho las estrellas de la verdad le mostraban la ruta.»

—Que va a Calcuta —dijo Juan bastante alto.

—Por Dios, callate la boca —dijo Clara pellizcándolo hasta hacerlo saltar.

—Conciudadanos —dijo la urraca—

.ésta es la hora de la salida,

who killed Cock Robin?

ésta es la hora del trabajo,

la comunión con la reliquia ha terminado

para vosotros

(y de golpe se dieron cuenta de que el tipo no hablaba para ellos, sino para la columna que salía del Santuario y se cortaba hacia el lado del Cabildo)

pero se la llevan con ustedes en el corazón

El corazón no tiene

huesos. «Le vendría bien tenerlos», pensó Andrés. «Mal hechos para la vida que nos arman. La piel y los huesos, *poveretti.* Huesos, blindaje, quitina, y adentro la piel, como un forro de casco.»

—¡Y ADEMÁS QUIERO DECIR QUE EN EL ALTAR DE LA PATRIA!

hipo

» » » » » » » (con una voz de bocina) quedan depositados nuestros

Hearts, again?

nuestros humildes

(De ellos será el cielo)

sacrificios

(Aquí te bandeaste: salió la vanidad, esa naricita en punta)

¡¡ynosdaráfuerzasparacontinuaradelantehastaelfinal

VIVAVIVAVIVA!!

—No somos merecedores —dijo el cronista— de una oratoria de tan excelsa alcurnia. Profundidad de conceptos. Como diría el Dire: inconmensurable.

—Había momentos buenos —dijo Clara—. En realidad usted no tiene por qué aplicar Demóstenes al hombre de la Plaza de Mayo. Estilos caducos a necesidades nuevas. Me parece que Malraux ha señalado muy bien que hay una hora en la que las artes prefieren ser tomadas por regresivas antes que seguir copiando módulos desvitalizados, y

es lo que pienso demostrar a fondo en el examen, si me toca la bolilla cuatro, ojalá.

—Está muy bien —dijo admirado el cronista—. Yo tampoco creo en las metopas. Pero el tipo no dijo nada. Claro que peor hubiera sido que nos hiciera creer, técnica ayudando, que había dicho algo.

ENTONCES DE LOS PARLANTES SALIÓ
[UNA PARTITA DE JUAN
SEBASTIÁN BACH, Y EL VIOLÍN SE OÍA
[POR MOMENTOS
ENTRE LOS VIVAS Y LOS COMENTARIOS

—Mirá qué lección de estilo —dijo Andrés, riéndose sin ganas—. No te digo que en tiempos del viejo la gente se arrodillara al oír esta música, y pienso que a nuestro parecer todo tiempo pasado no debería ser mejor. Pero lo que buscamos entender por estilo, eso, esa cosa ubicua, esa afinación perfecta en un violín cuyas cuerdas suenan y deben sonar diferentes, eso no existe más, y solamente nos queda un baúl lleno de cosas mezcladas, y es hora de vestirse y salir para la fiesta.

—No sos muy novedoso —dijo Juan—. Después de *The Waste Land* creo que todo ha quedado dicho. El orador estuvo muy bien. No dijo nada y lo vivaron. Era perfecto. Nosotros, los que deberíamos decir algo, aquí estamos, como ves, hablándonos bajito por miedo a que nos muelan a palos. El orador encaja mucho mejor que nosotros.

—Seguís broncoso —dijo el cronista—. Acordate que después te tengo que explicar mi *begriff* del estilo. ¿A los perros los dejan entrar también?

—No creo —dijo Stella—. Pondrían todo a la miseria.

—Pero es justo —dijo Clara—. Los huesos son para los perros.

—Oh dulce, epigramática, sutil —dijo Juan—. Bueno, creo que esta vez nos va a tocar. Ahora sabremos si la nota del cronista era fiel retrato del Santuario. Pocas veces se tiene oportunidad de cotejar el periodismo con la realidad.

—Bah, no cambié nada más que las cosas importantes —dijo el cronista—. Y me olvidé de hablar de los perros. Es increíble la cantidad que hay cerca del Santuario. Mirá ese foxterrier, ahí, ese lamebotines. No sé por qué, pero no me gustan los perros entre la gente. Se vienen abajo, se contaminan.

—Toman un aire implorante que deprime un poco —dijo Andrés—. Cuidado, corazón, estás metida en el barro hasta el tobillo —cerró los ojos, parpadeó con rabia, la luz le caía sobre la cara como una sémola caliente, y alrededor del Santuario la niebla no alcanzaba a filtrar ese ataque rabioso. Se preguntó si Juan habría visto a Abel, su paso furtivo por el fondo de una fila de obreros acantonados con la alegría de todos los gremios que comparten una CITA DE HONOR.

—Che, oí esto —dijo el cronista, encantado de acordarse—. Me lo contó un fotógrafo amigo. Oílo bien, que como lección de estilo es de primera. Una parejita fue a hacerse fotografiar, y a la semana cayó a ver las pruebas. Lo pensaron y al final eligieron una de las fotos. La chica le dijo al muchacho: «Me parece que vos no estás del todo conforme...». Y el tipo, medio cortado, le contestó: «Sí, la foto es linda, y vos estás muy bien, pero lástima que a mí no se me ve el distintivo y la Birome».

—¡LA SESTA! —chilló un canillita, y se le desbandaron los diarios en un minuto. Ahora estaban delante de las lonas de entrada (una salpicada de algo negro, alquitrán o cola) y otros en las columnas se entretenían con el diario. Un perro aulló cerca, todos se rieron al mismo tiempo, las luces vacilaron, crecieron de nuevo. Los parlantes tocaban una de las Rapsodias Húngaras de ya se sabe. «Es raro que Abel ande aquí», se dijo Andrés mirando a su espalda. «Era él, estoy seguro. Y Juan se lo encontró antes de cenar.»

Ayer lo hicieron como de costumbre, para regresar a la casa en completo estado de ebriedad. A poco de estar en el interior de la habitación, según refieren algunos vecinos, se trabaron en una violenta discusión que no tardó en degenerar en una pelea a puñetazos, durante la cual Pérez se apoderó de una cuchilla con la que atacó a su antagonista, infiriéndole diez feroces puñaladas en distintas partes del cuerpo, que le hicieron caer sin vida.

—Qué bárbaro —dijo la señora—. Mirá, Estercita, las cosas que pasan.

—¿Está en el diario? —dijo Estercita, que era bizca.

—Todo, con pelos y señales. Pobrecito, ya nadie está seguro hoy. Si no fuera por Dios estaríamos todos muertos.

—Oí lo que tocan —dijo Estercita—. El disco que tiene la Cuca. Se lo regaló el hermano del novio, que tiene negocio. Grabado por Costelánes. Divino.

—Sí, clásico —dijo la señora—. Como lo que tocó la del ocho el sábado cuando estábamos de su tía.

—¡Ah, tocaba divino! ¡Qué grandioso! Si yo tendría un combinado me la pasaba oyendo clásico. ¡Qué divino! ¡Oí el violín!

—Es muy grandioso —dijo la señora—. Parece el claro de luna.

—De veras —dijo Estercita—. Es casi igual, solamente que el claro de luna es más romántico.

—Joder —dijo el cronista—. Y ahora adentro, hijos, que es nuestro turno. Agárrense todos del brazo, y ojo que no se les cuele un perro en el bolsillo.

Entraban cuando se oyó a otro orador que despedía a la columna saliente. «Me parece que habla en verso», pensó Andrés. «Pero eso ya es una manía.»

«Los dioses», pensó Juan, y se acordó:

Los dioses van por entre cosas pisoteadas, sosteniendo
los bordes de sus mantos con el gesto del asco.
Entre podridos gatos, entre larvas abiertas, acordeones,
sintiendo en las sandalias la humedad de los trapos corrompidos,
los vómitos del tiempo.

En su desnudo cielo ya no moran, lanzados
fuera de sí por un dolor, un sueño turbio,
andando heridos de pesadilla y légamo, parándose
a recontar sus muertos, las nubes boca abajo,
los perros con la lengua asiria rota.

Yacen sin sueño, amándose con gestos de sonámbulos,
mezclados en yacijas y esponjas, entre besos
oscuros como un llanto,

atisbando envidiosos el abismo
donde ratas erectas se disputan chillando
pedazos de banderas.

—¡Silencio!

—OK, OK —dijo el cronista resentido, y el guardián lo miró fijamente.

—Menos okéi y más respeto, señor. Ésta es la casa de la adoración. Pongasén en fila de a uno, formando cola. Usté lo mismo, joven. Señora, dije formando cola. ¡Silencio!

En la penumbra, tanteando temerosos el suelo blando (como si el recinto de arpillera bastase para dar al suelo una calidad distinta, casi amenazadora), los quince presentes se pusieron en fila. Casi no se veía, pero el guardián apuntaba al suelo con el haz de una linterna. Desde afuera llegaban ladridos

y un lienzo tembló como si un perro enorme

se rascara

voces, una especie de melopea

(«Ahora el hijo de puta canta, encima de perorar en décimas», pensó Andrés furioso, pero sabiendo que su rabia era por Abel y que la transfería al orador; aunque ni siquiera por Abel, por la circunstancia de haber sabido cerca a Abel: más bien

un deseo de tener una razón de enfurecerse

(total, Abel, ¿qué?) y de hacer algo. «Pero ése es el gran problema, oh Arjuna: hacer algo, y por qué.»)

La linterna apuntó al techo y era curioso ver cómo el haz blanco daba en la arpillera perforándola, se veía seguir la luz al otro lado (porque los reflectores de fuera iluminaban el contorno, pero no el Santuario) con una débil columna que copiaba los movimientos de la columna interior. En el punto de intersección de la arpillera, la luz se aplastaba en un disco brillante; al oscilar parecía como si dos reflectores enemigos se buscaran

pero el de fuera era más débil

y en el plano de la arpillera se unieron ferozmente, siguiéndose uno a otro, acoplados, mordiendo la lona. Del haz inferior emanaba un resplandor suficiente para mostrar la figura del guardián, la fila de los asistentes, un cajón negro cuadrado con cuatro patas que lo alzaban hasta un metro sesenta del suelo.

Con tapa de vidrio (en la tapa se reflejaba débilmente la lunita de arpillera, su correr por el techo; era lindísimo).

—Pueden avanzar de uno en fondo —dijo el guardián bajando de golpe la linterna (que corrió como un látigo por el cuerpo de la fila) y enfocando la luz en el interior del cajón—. Cuidado con el suelo, que está refaloso.

Stella fue la primera en pasar, con todo derecho. Juan se divertía (sin divertirse en modo alguno, con una diversión cutánea y para llenar la situación) viéndola pararse al lado,

asomándole la lengua, la cartera
recogida contra el pecho,
en puntas de pie
estremecidísima, lunada por el reflejo
del vidrio, preciosa,
adoratriz sin vocación, osteófora, suplicante
desocupada,
mirona por decreto de natura
VAYA DANDO LA VUELTA, SEÑORITA.

Había un algodón, y el hueso encima. La linterna le sacaba unas chispitas, como de azúcar. Todos lo miraron

DANDO LA VUELTA, NO SE ME DUERMA

y se lo veía muy bien, a pesar de que era casi tan blanco como el algodón, pero contra él parecía casi rosado, con las puntas de un amarillo muy claro

AVISE SI VA A QUEDAR TODA LA NOCHE

Al girar, pasando el cajón, la fila embocaba la salida, un pedazo de arpillera colgando suelto. El cronista, que venía cola, se demoró al lado del hueso estudiándolo despacio. Entonces el guardián le apagó la linterna

SE ACABÓ EL TURNO, CIRCULE

y fue preciso salir y toparse con los otros, detenidos delante del escabel de los oradores. El que les tocaba a ellos era colorado y barrigón, con chaleco cruzado y cadena de oro.

—Ojalá hable bien —dijo Clara—. Cosa de llevarnos la impresión completa.

La cola se había aplastado al salir, y los acorralaba contra el escabel. De arriba cayó un diluvio de luz (a veces los reflectores se movían), clavándolos como bichos en cartón. Lo que hicieron fue agrumarse, Andrés y Stella, Clara y Juan, con el cronista en el medio. Un tambor rodaba a veinte metros, se oían cantos de mujeres, y todos tenían los ojos puestos en el orador que esperaba alguna cosa.

—Pero no hablaré —dijo el orador, alzándose en puntas de pie (era chiquito y cantarín)— y, en cambio —apuntando con un dedito rosa al Santuario—, pido un minuto de silencio —Nadie hablaba —— en homenaje al gran —pausa indecisa— al más grande de los —y nadie hablaba —— al único, único.

—Esto nos tenía que pasar a nosotros —dijo el cronista—. Uno que espera una arenga vibrante y se encuentra con esta plastra.

—Silencio —dijo un señor de corbata negra.

—Silencio —dijo Andrés—. Un minuto justo.

—Por favor, callate —rogó Stella, mirando para todos lados.

El orador se alzó de nuevo en puntas de pie, y agitó los brazos como para espantar mosquitos. «Cuenta los segundos igual que un referí de box», pensó Juan. El orador abría y cerraba la boca, y los asistentes atendían expectantes, pero ya se alzaba el pedazo de lona suelto y empezaban a salir del santuario los del turno siguiente, de modo que el apretujamiento en torno al escabel se hizo mayor y se oyeron rumores de protesta, acallados bruscamente por un terrible revoleo de brazos del orador. «Ahora sería el momento de encajarle una patada al banco y mandar a la mierda a este pedazo de bofe colorado», pensó Juan. Apartó a Stella para tener un claro, y se disponía a hacerse el empujado por los que seguían saliendo del santuario, cuando el orador soltó algo entre alarido y clamoreo, y se quedó rígido, con los ojos casi en blanco, las manos tendidas hacia delante (mientras la cadena de oro se balanceaba en la barriga).

—¡Ah, un minuto! —gritó—. ¿Qué es un minuto cuando todos los siglos no bastarían para callar y humillarse frente a este testimonio

OIGA, ¿PERO USTÉ SE CREE QUE YO TENGO LOS PIES DE CEMENTO ARMADO?

frente al cual, señoras y señores,

—Rajemos —dijo el cronista—. Esto se vuelve discurso, ojo.

la grandeza de los más grandes

SACAME EL CODO DE AHÍ, TE LO PIDO POR LO MÁS SAGRADO

y las potestades que en el curso de la historia se arrogaron la supremacía y la majestad, porque ya es hora de decirlo; los ARGENTINOS

—Salió la palabrita que todo lo arregla —dijo Andrés—. Vamos, ahí hay un claro. Sigan a ese perro lanudo, que sabe lo que hace.

El perro los sacó fuera en un instante, y el cronista se animó a acariciarle una oreja, agradecido. El perro le tiró un tarascón sin resultado.

En el *Bolívar* se sacaron un poco el barro y el cansancio. El mozo, un gallego cejijunto, hablaba de la niebla como de un enemigo personal. Pero la tierra era peor, hubo que rascar a cuchillo los zapatos de Stella, y a Clara le daba vergüenza mirarse las medias. El mozo era estupendo; para él solamente la niebla, esa cosa. Traía los imperiales y los exprimidos de limón, y dale con la niebla.

—Pero si no es niebla —dijo el cronista—. Nadie sabe lo que es. Están averiguando en laboratorio.

—Además está lo del yaguareté —dijo el mozo, que conocía al cronista—. ¿No leyeron? En Colonia Cerrillos, en Entre Ríos. Un yaguareté que tiene asustado a medio mundo. Algo bárbaro.

—Todo felino es feroz —dijo Andrés—. El yaguareté es felino.

—¿Es el yaguareté feroz? —dijo Clara.

—Sí —dijo Stella—. Todos los felinos son feroces.

El cronista y Stella hablaron del hueso. El mozo hacía escapadas hasta el mostrador y otras mesas, y se volvía a charlar con ellos. Como la mesa era larga y estaban

Clara con Juan (pero entre los dos una silla con la coliflor y la cartera de Clara) y Andrés, pegado a Juan, llenando una punta y un lado,

de modo que en la otra punta y comienzo del otro lado charlaban Stella y el cronista (con el mozo metiendo la nariz entre ambos)

y había un ruido alto y tenso, que la niebla traía desde afuera amplificado y a la vez disuelto, ruido solo, no ruido de, y dentro del café siempre las cucharitas haciendo sus campanillas a lo *Lakmé* y el gritar de los gallegos con órdenes precisas ¡SEIS SÁNDWICH SURTIDOS, DOS QUE CONTENGAN ANCHOA!

Andrés no estaba seguro de poder hablar con Juan sin que Clara los oyera. Clara miraba del lado del Cabildo, mole fofa en la niebla, faroles rojizos, balcón con sombras. Un balcón lleno de nieblas y de sombras.

—Me imagino que también lo viste —dijo Andrés.

—¿A Abelito? Claro que lo vi —dijo Juan—. Era bien él. Van dos veces esta noche.

—En la Casa dijiste que lo habías visto. Pero encontrarlo de nuevo aquí ya me da que pensar.

—Vos sabés que está loco —dijo Juan—. Puede ser coincidencia.

—No me lo veo a Abel en la Plaza de Mayo —dijo Andrés—. Si vino era porque nos siguió.

—Dejalo que se divierta.

«No me gusta que se divierta a costa de Clara», iba a decir Andrés.

—Yo que vos me decidiría a liquidar el asunto —dijo Andrés.

«Es triste», pensó Andrés.

«Todo niebla», pensaba Clara. «Vinimos niebla, hablamos niebla, pero ni siquiera es niebla.»

—¿Verdad que no es niebla?

—No —dijo el cronista, dándose vuelta—. No se sabe lo que es. En el diario estaban trabajando en el asunto.

—No importa —dijo Juan—. Está loco. Qué me importa.

—Oí esto —dijo Andrés—. Las almas ardientes son las más abiertas a la ira. No han nacido iguales; son como los cuatro elementos de la naturaleza, el fuego, el agua, el aire y la tierra.

—¿Qué es eso?

—Séneca. Lo leí esta mañana. Pero también Abel.

—¿Abel? Abel no tiene un alma ardiente, pobre. Sus ardores son como su ropa, de fuera. Cambia de ardor y de corbata.

—No estoy tan seguro —dijo Andrés—. El seguimiento, el espionaje, son tareas que exigen constancia.

—O estar aburrido.

—Peor. Todo crece, entonces.

—A lo mejor —dijo Juan, mirando de lleno a Andrés— lo que está haciendo Abelito es estudiar para *boy scout*. Cumple sus trabajos prácticos.

—Está bien —dijo Andrés, levantando los hombros—. Si no te gusta hablar de eso, conforme.

«Sí me gusta», pensó Juan dándose vuelta para sonreír a Clara. «Me gustaría seguir hablando de Abel, defenderme de Abel junto con Andrés.»

—Todos esos pumas y gatos monteses son animales muy contraproducentes —dijo el mozo, yéndose. El cronista asentía, ponderativo, y Stella tenía la piel de gallina con la historia del yaguareté.

—Estoy cansada —dijo Clara, estremeciéndose—. No tengo sueño, no podría dormir. Pero nadie habla conmigo, solita como un personaje de Virginia Woolf, rodeada de luces y voces como un personaje de Virginia Woolf, y tan cansada.

—Vamos a casa —dijo Juan, inquieto—. Nos metemos en un taxi, y los llevamos a Andrés y Stella. Al cronista lo dejamos en el diario.

—Es que no podría dormir, estamos en capilla y soñaré los horrores, mis pesadillas especiales. Vos sabés bien mis pesadillas. Modelos A y B. Modelo A para las vísperas. Modelo B para los *lendemains* —se pasó las puntas de los dedos por la cara, como buscando telarañas—. No, Johnny, no vamos a casa. Vamos a amanecer en la ciudad, a caminar, a cantar viejas canciones.

—Es verdaderamente un personaje de Virginia Woolf —dijo el cronista—. Conmigo no cuenten; tengo de dormir, como decimos en el *foyer* del club.

> (*Il était trois petits enfants*
> *qui s'en allaient glaner aux champs*
> *s'en vinrent un soir chez un boucher:*
> «*Boucher voudrais-tu nous loger?*»
> «*Entrez, entrez, petits enfants,*
> *y' a de la place assurément.*»)

—Tomate otro exprimido cítrico —dijo Andrés—. Así juntás material y causticidad para tus notas. Che, qué bonito es eso que tarareás.

«Qué hermosa es con los ojos cerrados», pensó.

> (*Ils n'étaient pas sitôt entrés,*
> *Que le boucher les a tués,*
> *Les a coupés en petits morceaux,*
> *Mis au saloir comme pourceaux...*)

—Clara —dijo Stella, tocándola—. Y decís que no tenés sueño. Pero esta mujer es loca.

—No duermo —dijo Clara—. Me acordaba... Sí, la canción era también como una pesadilla. Qué horrible la infancia, Stella. ¿No tenías miedo de chica, un miedo incesante? Yo sí, y cómo vuelve cada noche. Sólo esas imágenes de infancia perduran fijas y brillantes. O mejor, la sensación de que eran fijas y brillantes. Todo lo que veo ahora está como el Cabildo, miralo, un cuajo blanquecino entre la niebla.

—Está muy bien lo que decís —aprobó Juan, mirándola.

—A lo mejor eso no es niebla —dijo Andrés, suspirando—. A lo mejor, para seguir la idea de Clara, es simplemente la mayoría de edad.

—Las cosas tenían volumen, terminaban, relucían —dijo Clara—. Ahora lo único que hacemos es saber que tienen todo eso, y ponérselo como un duco al mirarlas. Yo he llegado a imbecilizarme de tal manera que aplasto mis sentidos, no los dejo actuar. Cuando espero a Juan en una esquina, y sabe Dios si el gusano me hace esperar, me ocurre *verlo* dos, tres veces; verlo, sí, con esta cara que tiene, su manera de moverse. Me volvió a ocurrir esta noche.

—Es tan vulgar que cualquiera lo dobla —dijo Andrés.

—No te rías, es bien triste. Es la sucia proyección de los conceptos, la máquina lógica. Un día esperaba una carta de mamá; el cartero las dejaba siempre en una silla del living. Salí y había tres cartas. Desde mi puerta vi la de arriba (mamá escribía en sobres alargados), su letra grande y hermosa. Vi mi nombre, la cé redonda y panzona. Cuando la tuve en la mano, *vi;* no era un sobre apaisado, no era la letra de mamá, la cé era una eme.

—El deseo, linterna mágica —dijo Juan—. Pobre Clara, cómo te gustaría abolir los intermediarios.

—Me gustaría saber quién soy o quién fui. Y ser eso, no esta convención aceptada por vos, por mí, por todo el mundo.

—A mí me pasa lo mismo —dijo Juan—. ¿Por qué te crees que escribo poemas? Hay estados, momentos... Mirá, en la duermevela pasan cosas asombrosas: de golpe uno se siente como una cuña a punto de hacer saltar todos los obstáculos. Cuando te despertás (¿a vos no te pasa, Andrés?) te queda a veces como un saber, un recuerdo. Entonces mirás y ahí está la mesa de luz y encima nada menos que el reloj, y más allá el espejo... Por eso yo suelo andar triste de mañana; por lo menos hasta que almuerzo.

—Paraíso perdido —dijo Clara—. Che, pero todo eso que dijiste a mí me parece que es un sucio aprovechamiento de las ideas platónicas. A lo mejor en algunos sueños uno es capaz de asomarse a las Ideas.

—Ojalá —dijo el cronista—. Pero los sueños están más bien llenos de teléfonos, escaleras, vuelos idiotas y persecuciones nada estimulantes.

—Mirá —dijo Andrés—, yo he sentido a veces algo parecido a lo que dice Juan, pero en vez de ser un resto del mundo de los sueños era algo mucho peor. Es así: una mañana abrí los ojos y vi el sol que asomaba. En ese segundo sentí un horror que era como una convulsión, una especie de rebelión de todo el cuerpo y toda el alma (ustedes perdonen estos términos). Comprendí, *viví* puramente el horror de haber perdido el paraíso, de estar en lo sublunar. El sol todos los días, el sol de nuevo, el sol te guste o no te guste, el sol saldrá a las seis y veintiuno aunque Picasso pinte *Guernica,* aunque Éluard escriba *Capitale de la douleur,* aunque Flagstad cante Brunilda. Hombrecito, a tu sol. Y el sol a sus hombrecitos, día tras día.

—Joder —dijo el cronista—. Cada vez están más complicados.

—Bastante —dijo Stella—. ¿Por qué no nos vamos?

Clara, que miraba la vidriera que daba sobre Bolívar, hizo un gesto de sorpresa.

—Claro, vámonos —dijo Andrés—. *The night is young*, como sin duda han de decir en *London Again.*

—*London Again* no tiene palabras —dijo el cronista, ofendido—. Me parece bien que rajemos, che. Pero ahí está el chino, y de veras que me gustaría preguntárselo.

—¡Conoce un chino! —dijo Stella, *y realmente juntó las manos.*

—Es un chino mental —aclaró el cronista—. Un poco como Andrés, sólo que Andrés tiene china la dialéctica y este chino tiene chinas las formas de la conducta.

Andrés miraba a Clara, la vio buscar nada en la cartera, multiplicar los signos de la ocupación. Le pareció que Clara había palidecido.

—Dame lo dié guitas, negro e'mierda —gritó el diariero de la esquina—. La puta madre que te remil parió, conchudo e'mierda, me cago en tu madre y en la puta que te recontraparió, cabrón hijo de puta.

—*Dixit* —proclamó el cronista, encantado—. Qué animal. Son los seis días en bicicleta de la puteada.

—También en eso somos campeones —dijo Juan—. El incremento de la puteada debe estar en razón inversa de la fuerza de un pueblo.

—No es tan sencillo —dijo Andrés—. Más bien un problema de tensiones. Lo que vos querés decir es que nuestra puteada es hueca, un relleno para cualquier vacío vital. Puteamos por nada, nos damos cuerda, nos tendemos un puentecito sobre eso que se abre a los pies y nos puede tragar. Entonces cruzamos sobre la puteada y el impulso nos dura un rato, hasta la próxima. En cambio el símbolo de Cambronne es formidable y Hugo lo vio bien claro. El tipo puteó en el punto extremo de la tensión, de manera que la puteada le salió como de una ballesta, con todo Waterloo atrás.

—Tomá, tomá lo dié guita —dijo una voz aguda—. Tanto lío que hacés.

—Yo defiendo mis derechos —dijo el diariero.

—Déjenme que les presente al chino —decía el cronista.

—Por otro lado las tensiones existen aquí más que en otros pueblos —siguió Andrés—. Lástima que sean las negativas, las represiones.

—Ya sé, ya vas a salir con lo de siempre —dijo el cronista—. Si nos encamáramos más no seríamos tan secos de vientre, y todo eso.

—No es eso, psicoanalista de café exprés. Lo que insinué es un doble plano de nuestro putear; el inútil como razón, pero que nos estimula, y el necesario, nacido de tensiones trágicas (perdoná) que acaba de envenenarnos. Éste tiene derecho a seguir, en el fondo es la tragedia y ya ves que mi adjetivo se sustantiva ahora macanudamente. ¿Qué es la tragedia? Una inmensa, atronadora puteada contra Zeus. No te creas que la tortura en la cabeza de Esquilo no deja de tener su segunda. Si Pascal le hace el *pari* a Zeus en vez de hacérselo a Tata Dios, estoy seguro que lo parte un rayo.

—Cada vez más neblina —les dijo el mozo que traía un café para Clara—. La de choques que van a haber. Ese señor de ahí parece que los conoce.

—Sí, es Salaver —dijo el cronista—. Che, vení, viejo. Les presento al chino, quiero decir a Juan Salaver. Salaver, un amigo, la señorita, la señorita Stella, un amigo. Sentate, Salaver, y charlamos un poquito antes de irnos. ¿Qué andás haciendo?

—Yo, nada —dijo Salaver—. ¿Y vos qué hacés?

—¿Yo? —dijo el cronista—. Yo escribo *Paludes*.

—Ah —dijo Salaver, que había dado la vuelta a la mesa estirando una mano cereal y más bien sucia—. Está bien.

—¿Usted es periodista? —preguntó Stella, que lo tenía ahora a su derecha.

—Sí, es decir, yo soy notero —dijo Salaver—. Esta noche ando juntando material para una nota sobre

Y EN LA CRUZ DE MIS ANELOS

(el tipo debía tener vegetaciones, venía cantando por Yrigoyen y enfatizó la voz al pasar delante del café)

YENARÉ DE BRUMAS MI ALMA

MORIRÁ EL AZUL DEL CIELO

SOBRE MI DESVELO

VIÉNDOTE PARTIR

—Oh Argentores, oh Sadaic —dijo Juan, estremeciéndose—. Pero fijate que la cosa es simbólica. La niebla llega ya hasta el alma de ese tipo. Claro que él la llama «bruma», pero no todos tenemos su cultura.

—... el espíritu religioso —dijo Salaver.

El cronista lo observaba con cariño, deteniendo su mirada en la calva de Salaver, en sus patillitas en triángulo, y su cara larga. «El chino», pensó. «Qué tipo grande.»

—Bueno, hablemos de Eugenia Grandet —dijo, y le sonrió—. ¿Cuándo te vas a España?

—Si todo marcha bien, dentro de cinco cuadrados —dijo Salaver.

—Quiere decir dentro de cinco meses —tradujo el cronista—. A ver, explicales a los señores.

Salaver sacó la billetera, de ésta un tarjetero, y de dentro del tarjetero un calendario en celuloide que por fuera tenía a una *glamour girl* con anteojos ahumados y una propaganda de la óptica Kirchner, y por dentro (que se doblaba en dos) un excelente encasillamiento de 1950, Año del Libertador General San Martín.

(y en esa fecha, en París, Yehudi Menuhin tocaba las sonatas de Bach para violín solo,

y en Padua estaba Edwin Fischer

y Arletty representaba «Un tramway nommé Désir» (en París)

y en Barracas fallecía la señora Encarnación Robledo de Muñoz

Y alguien, en un hotel, lloraba con la cara entre las manos pensando en las sonatas para violín de Prokofiev,

y un estanciero de Chivilcoy paraba un auto en la confitería de Galarce y Trezza, y ordenaba a su peón: «¡A ver, Pájaro Azul, entrá a comprar alfajores!».

y en Montreal llovía finito)

—Cinco cuadrados —dijo Salaver, y puso el calendario tiempo arriba, entre dos platos con nabos fritos.

—Ah —dijo Clara, distraída—. Claro.

—Bueno, en realidad es bastante claro —aprobó Salaver—. Ustedes saben que mi tía Olga vive en Málaga. Yo deseo encontrarme con mi tía Olga a efectos de concretar unos planes de residencia definitiva en la península.

«Habla en 5.ª edición», pensó Andrés, y se acordó de una frase de Murena, un desconocido camarada de soledad, un

antagonista en veinte cosas pero —— y esto, esto... —— aliado en muchas otras,

> Al contribuir, mediante la perversión de la palabra,
> a que el hombre sea un desaforado espectador de
> circo, la prensa...

«Pero el chino no parece desaforado», pensó Andrés. «Solamente idiota, el pobre.»

—A tal efecto —dijo Salaver— he ordenado el desorden,
y creo que en el quinto cuadrado cabe Málaga. Hacia la derecha, abajo.

—Por el veinticinco o el treinta de agosto —dijo el cronista, mirando los cuadraditos llenos de cifras en rojo y negro.

—Pero no estoy seguro, porque el contraazar se presta a
las peores cosas.

—Explicá lo del contraazar.

—Todo es azar —dijo Salaver—. Todo. Ya lo enseñaban
los filósofos, y está en muchos libros. Entonces hay que irle
en contra, y yo he inventado el contraazar que es un método
de vida. Esto se explica así. Todos vivimos en los cuadrados.
Lo primero que se debe hacer es fabricar un superazar para
que el azar natural se encuentre de entrada en dificultades. Mi
método es pinchar con un alfiler en mi cuadrado, todas las
mañanas, mientras miro el techo. Se verifica la parte pinchada,
si ya la pasamos no vale y se pincha de nuevo. Cuando se
pincha en una parte que no hemos alcanzado, se observa el
signo que convencionalmente designa el período de luz en esta
parte de la tierra, y luego se piensa. Agua.

—Tomá —dijo el cronista, y le pasó su exprimido.

—Entonces se hace el segundo superazar, que es la parte
más delicada. Si caíste en lo que será un (llamado) día, de aquí
a eso llamado dos semanas, te ponés a pensar cómo vas a vivir
ese pedazo del cuadrado. Primero la circunstancia física; si
caerá agua, si el aire se moverá rápido o despacito, si tendrás
que escribir un papel acerca de cómo una cantidad de materias
combustibles se combustionaron en un sitio llamado Buenos

Aires, o si el hombre calificado de Secre te dirá que debés preparar un informe sobre la natalidad. Pongamos que todo eso va a ocurrir. Vos postulás esas ocurrencias. Es el superazar. Entonces —y Salaver se enderezó—, entonces te preparás el contraazar. Hablé de lluvia y viento; cuando llegue ese (llamado) día salís de traje claro, llueva o no; hablé de incendio; ese día llegás al diario y escribís sobre Beethoven, aunque arda Troya o Albion House. Además no importa que no haya incendio y que no te ordenen escribir sobre la natalidad. Vos habías previsto el superazar, y lo hundís con el contraazar.

—Terminante —dijo Juan, encantado.

—¿No les dije que era grande? —dijo el cronista, que no había dicho nada.

—Me parece bien —dijo Andrés—. ¿Pero podrá usted embarcarse para Málaga?

—La cosa es posible —dijo Salaver—. Quinto cuadrado abajo derecha, más o menos fácil.

—¿Ah, sí?

—Los buques salen en días fijos —dijo Salaver—. Es una ventaja: el azar está superado en el aspecto más crudamente práctico del hecho de embarcar, que es el de no quedarse de a pie. Contra todo el resto se arma el superazar y se le faja encima el contraazar.

—Usted —dijo Clara, desganadamente— debería llamarse Salazar.

—En mi apellido hay también un signo que me concierne —dijo Salaver—. Soy un adelantado en el tiempo, mi propio destino me manda a mirar qué pasará.

—Muy interesante —dijo Stella, obsesionada con el calendario—. ¿No nos íbamos?

—Sí, aquí hace calor.

—Adiós —dijo Salaver, levantándose rápidamente—. He tenido muchísimo gusto.

—Adiós —dijeron todos.

Y ABEL ESTABA EN LA VIDRIERA

—Que pague el cronista en castigo por los cuadrados y la tía Olga —dijo Juan—. Admito que el tipo es bastante chino, si por eso entendés lo que entiendo yo.

—Se pagará a la inglesa —dijo Clara, y puso dos pesos en la mesa. «O estoy loca o es Abelito otra vez. Que Juan no lo vea, que Juan———.»

—¡Fuera! —gritó el mozo, pateando a un perrito entre negro y azul que se cortaba hacia un nabito crispado en el suelo. Les dio el vuelto, los saludó cordialísimo, feliz por la patada y el chillido del cuzco.

Las mujeres salieron primero, el cronista terminaba su despedida del mozo, y la mano de Andrés tocó levemente el hombro de Juan que se le adelantaba.

—Sí, yo lo vi también —dijo Juan sin darse vuelta—. Qué le vas a hacer, él es así. Lo estupendo es cómo se hace humo en un segundo.

Andrés esperó al cronista.

—Hacerse humo es una expresión a meditar —dijo—. ¡Si justamente el humo es lo que mejor se ve! Ganarías fama proponiendo desde tu columna que los bomberos agradecidos levanten una estatua al humo.

—Lo haré —dijo el cronista—. Se la podrían encargar a Troiani. Pibe, la niebla se está espesando. Qué noche para caminar. Solamente nosotros... En fin. Hay que acompañar a los del examen.

Dos columnas de mujeres cruzaban hacia la Avenida de Mayo. Iban muy bien formadas, escoltadas por jóvenes con antorchas y focos eléctricos. En la niebla tenían algo de gusano de parque japonés que anduviera suelto, arrastrándose con movimientos lentísimos. Alguien gritó agudamente y Juan pensó

Pero
Abel, ese estúpido, ahí, en las sirenas de las ambulancias por Leandro N. Alem. Pasándose el paquete al brazo izquierdo, apretó contra sí a Clara.

—¿Cómo te sentís, vieja?

—Bien, muy despierta, muy sabia, un poquito triste.

—Clara —dijo Juan en voz baja.

—Sí, ya sé. ¿Por qué te preocupás?

—No me preocupo. Es que me parece absurdo. Andrés también lo vio.

—Pobre Andrés —dijo Clara.

—¿Por qué pobre Andrés?

—Porque ve fantasmas.

—¿Y vos, y yo?

—Sí —dijo Clara—. Abelito está vivo.

Le vino un violento deseo de llorar. Si por lo menos la bolilla cuatro.

El cronista compró el diario y se pusieron a andar por Bolívar hasta Alsina. Caía una agüita caliente, mojadora.

—Esto es grande —dijo el cronista—. Aprobó diputados un proyecto de protección a la fauna silvestre.

Cuando llegaban a Paseo Colón, resbalando un poco en la bajada de Alsina, Andrés abandonó el brazo de Stella que siempre lo obligaba a remolcarla, y se fue quedando atrás, oyendo la voz aguda del cronista y los bordoneos coléricos de Juan, su manera de llevar a Clara como si se la fueran a quitar. Estaba absurdo, con el paquete y Clara, gritándole cosas al cronista, esperando a Stella que se les agregaba, dándose vuelta para mirarlo, para pedirle corroboraciones.

—Qué cansancio —murmuró Andrés—. Qué noche.

La luz de altos focos dibujaba los tobillos de Clara, su rápido andar. Probablemente llovería a la madrugada, con esas lluvias finas y calientes que desalientan. «¡No lo creo!», gritó Juan, parándose en la esquina. La luz bañó el pelo de Clara, la mitad de su rostro, y Andrés se detuvo a mirarlos, vio al cronista que hacía señas de que lo esperaran y corría a la vereda de enfrente desandando camino. Stella y Clara hablaban con

Juan, se habían olvidado de Andrés en la sombra. «También yo soy testigo», pensó. «Darás testimonio... De qué, sino de mí mismo, y aún eso—.»

La mujer salió de un portal y silbó suavemente. Era muy rubia, alta y flaca, con un vestido negro que le marcaba los senos. Silbó de nuevo, parada en la sombra, mirando a Andrés.

—Perdoname que no mueva la cola como un perro bien criado —dijo Andrés—, pero no me gusta que me silben.

—Vení —dijo la mujer—. Vení conmigo, lindo.

Andrés le mostró el grupo de la esquina, Stella que miraba hacia atrás. El cronista volvía con un paquete en la mano.

—Ah —dijo la mujer, cayéndosele la voz—. Me hubieras dicho.

—Qué le vas a hacer. ¿Siempre andás por acá?

—Sí, a veces. Me podés encontrar a la una en el *Afmún*.

—Bueno —dijo Andrés, con un gesto de adiós. La vio retroceder al portal, oscurecerse el rubio del pelo. «Vaya a saber», pensó. «Quién me dice que lo mejor no sería ir a emborracharme con esta pobre, en vez de...»

—¡Vinacho de primera! —gritaba el cronista—. Es la hora de la eutrapelia, viejo, la una de la matina. Andiamo a fare una festicciola en la plaza Colón, y que la poli esté sorda y ciega questa sera.

—¡Andrés! —gritó Stella, viéndolo llegar despacio con las manos en lo más perdido de los bolsillos—. Ratón solitario, venga con su gatita.

—Micifusa —dijo Andrés—. Sos el ángel que me protege de las tentaciones.

—Ah, conque era cierto —dijo Stella—. A Clara le pareció que estabas hablando con... —se detuvo, confusa sin saber por qué. «Está mal que haya nombrado a Clara», pensó, pero su pensamiento no se enunciaba siquiera, se daba

Andrés gatito

rubia vinacho y la festicciola una puta voz Clara voz como si enojada pero insensato gato maragato entonces yo ahora oh esos brazos flacos

él nunca

su calor su olor y adentro

en el amor   y   oh qué delicia

—Bah —dijo Andrés inclinándose rígido (como siempre que se tienen las manos en los bolsillos, juego de bisagra dorsal) y besándola con ruido en el pelo. «A Clara le pareció», pensó, turbado, feliz. «Ella vio que estaba hablando con esa mujer.» Clara caminaba escuchando el silencio interior, ese terciopelo que late en el fondo de los oídos, la resistencia de la noche del cuerpo a las estridencias de la calle y de las luces. Los otros la rodeaban, hablándose por entre su pelo, a través de sus oídos, de su piel. «Deep ribber», pensó, «my soul is on the Jordan». Le venían unos absurdos deseos de estar sola, de estar en los brazos de Juan, de oír a Marian Anderson, de leer una aventura de Poirot, un artículo de César Bruto, de beber agua con limón, de soñar hermosos sueños, los de la primera mañana cuando entornando los ojos se ve que son las seis, delicia de estirar las piernas hasta el fondo, apretarse contra una espalda tibia y pesada, dejarse ir otra vez a lo hondo

y el buzo

pero el anillo y la cruel princesa

entonces el remolino sí una balada

—Estás triste —dijo Andrés. Caminaban por Paseo Colón, envueltos a trechos por jirones de niebla, viendo pasar autos y gentes, cosas ajenas y distraídas.

—No, es que la noche es para pensar —dijo Clara, un poco burlona.

—Perdón —dijo Andrés.

Ella le tocó un brazo con la punta de los dedos.

—No lo dije por vos. Hablame, ya sabés que...

—Sí. Pero no es lo mismo.

—¿Lo mismo qué?

—Lo mismo que querer de veras que te hable.

—No seas tonto. Ah, qué quisquilloso. Juan, Andrés está enojado conmigo.

—Lástima —dijo Juan, adelantándose hasta ellos—. Lo noble del enojo de Andrés está en ser sobre todo metafísico. Cuando se posa en un objeto pierde eficacia. Aquila non capit etcétera.

—Repugnante —dijo Clara—. Me has tratado de mosca.

—En víspera de examen deberías recordar que en boca de Homero se vuelve casi un elogio. ¿Y Luciano, querida? Yo amo las moscas, me apena tanto cuando empieza el invierno y se van muriendo en los cristales, en las cortinas. Las moscas son la música de cámara de la fauna. Tú eres realmente la mosca perruna de la invectiva. ¡Mosca perruna, qué formidable!
—Y acunando la coliflor se reía como un loco

(como un loco que se riera así,
y no es verdad)

y un diariero lo miraba en la esquina de Hipólito Yrigoyen, empezaba a reírse despacito, resistiendo.

—¡Mosca perruna! —aulló Juan, doblándose de risa—. ¡Es inmenso!

—Cómo será cuando beba de este Trapiche viejo —dijo el cronista, escandalizado—. Che, parate y vamos, no seas chiquilín.

Andrés siguió unos pasos solo, después se dio vuelta a mirarlos. Los veía mal entre la niebla. Se acordaba del chico en Plaza de Mayo, la cara ansiosa y colgante de los que asistían al ritual. «¿Estaría ahí por eso?», pensó. «Es capaz, tiene la cara blanca de los que van detrás del horror.» Se pasó los dedos por la cara húmeda.

—Traversemos a la dulce plaza de Cristóforo —mandaba el cronista—. Guarda el bondi. Stelita, su brazo. Sí, es Trapiche viejo, hay que volver a los cultos sencillos, a la eutrapelia.

El alto fantasma de espaldas brotó de golpe con sus pies envueltos por las figuras agitadas, la cruz, los torsos en trabajo. «Otro más de espaldas», pensó Clara. «Otro más mirando el agua de la nostalgia, la inútil senda de la fuga.» Un perro le olía la falda, la miraba con blanda entrega. Le rozó el cuello hirsuto; estaba mojado, como Tomás cuando

Tomás su oso

lo dejaba olvidado en el sereno y de mañana, con el primer sol

«¡Clara, Clara, esta chica! ¡Para eso se le regalan juguetes!»

Y el horror, el remordimiento, Tomás helado, Tomás húmedo, mi Tomás empapado pobrecito toda la noche rodeado de duendes de repollos de lechuzas perdón perdón Tomás yo nunca lo volveré a hacer

—El Ministerio de Guerra parece de cartón —dijo Stella.

—Fina imagen —dijo el cronista.

Era raro, de todos modos, verlo a Andrés tan complicado, tan amigo de crear silencios —con lo incómodo que es eso en Buenos Aires— y hacerse el interesante dos pasos atrás de los otros

y la mujer tenía el pelo rubio; salió del portal bruscamente, escenográfica

o yéndose adelante y esperándolos luego, con aire de monumento. «Como si él esperase algo de mí», pensó Clara, «Como si le debiera algo.»

—Entonces vino y le puso una hormiga en la mano —explicó Stella al cronista—. Es terrible. Nunca se sabe lo que va a hacer. Tan traviesa.

—Los niños —dijo el cronista—. Trágicos.

—¡Oh, son tan ricos!

—Son la muerte —dijo el cronista—. Increíblemente sucios y salvajes. Ustedes los quieren con la piel, con la nariz, con la lengua. Pero si se piensa un poco...

—Todos los hombres son iguales —dijo Stella—. Después tienen un hijo y se babean.

—Yo no me babearía ni con la mejilla apoyada en el pubis de Gail Russell —dijo el cronista—. Che, hay que sentarse en un buen banco y meterle al drogui, de entremientras contemplamos a Colón y vemos el decurso estelar.

—Usted es más sensible de lo que parece —dijo Stella, interesada—. Se hace el irónico pero es bueno.

—Soy un ángel —dijo el cronista—. Por eso no temo que me caiga un niño. ¿Qué te pasa, negro?

Pero Juan miraba más allá, hacia los ligustros recortándose entre la niebla. Sacó el pañuelo, azotó el banco

como Darío al mar
¿o era Jerjes?

y Clara se sentó suspirando de alivio, con Andrés a su derecha y haciendo sitio para Juan. Stella se puso en la punta y el cronista entre ella y Juan. Entonces Andrés se levantó de nuevo y lo mismo Juan, mirando los ligustros.

—Che, descansen un poco —decía el cronista—. Estamos en la plaza más linda, más céntrica, más dilapidada de Buenos Aires. Nadie viene aquí, apenas los amantes y los empleados del ministerio. Una noche vi a un negro besando a un chico como de catorce años. Lo besaba como si quisiera tatuarle el paladar. El chico se resistía un poco, le daba vergüenza ver que yo los palpitaba desde lejos.

—¿Y qué tenías que meterte? —dijo Juan—. No llevés el periodismo hasta el amor.

—Qué cosas dicen —se quejó Stella—. Besando a un chico, qué asqueroso.

—No crea, tenía su gracia —dijo el cronista—. Estaban muy estatuarios, lo que es siempre bien visto en una plaza. A ver, Juan, tu famoso tirabuzón.

—Ya no lo llevo más. Si vos no tenés, estamos fritos.

Pero el cronista tenía uno, sólo que le daba vergüenza sacar el enorme cortaplumas con cachas de hueso amarillento, siete en uno y solingen garantido.

—Hay que beber de la botella. Primero las señoras, y chinchín a Colón vestido de neblina. Stella, no sea tan melindres, haga como Clara que se le ve el pedigrí de una raza bebedora.

—Te va a quitar lo pegajoso de la niebla —dijo Clara, pasándole la botella—. La verdad que podía haber comprado vino blanco.

—No es propio —dijo el cronista—. No es en absoluto pertinente. Como pedirle a Charlie Parker que toque una mazurca. Ahora vos, Juancito. Che, pero si pareces un centinela. ¿Quién vive, Juan?

—Me gustaría saberlo —dijo Juan prendiéndose a la botella—. Creo que a Andrés también le gustaría saberlo. ¿Viste algo, Andrés?

—No sé. Está tan borroso. Creo que sí.

Clara se paró, mirando hacia la estación del Automóvil Club, siguiendo la forma confusa de la calle, las luces de los colectivos A y C alineados en su parada.

—Parece el comienzo de *Hamlet* —dijo el cronista—. ¿O era en *Macbeth*?

—Déjelos —dijo Stella—. A los tres les encanta hacer novelas. ¿Qué es eso que tiene en la cara? Permítame que se lo saque.

—Es una pelusa —dijo el cronista, bastante asombrado—. Es rarísimo que yo tenga una pelusa en la cara.

—El viento —dijo Stella—. Con la humedad se le pegó en la nariz.

Dos señoras y un chico venían por la plaza, y se pararon junto a un cantero para que el niño orinara. En el silencio de la plaza se oía el chorrito sobre el pedregullo.

—Así es como después se resfrían —dijo una de las señoras—. Todo este rato en tu casa y no se le ocurre pis, pero es salir y ya le vienen las ganas.

—Menos mal que es eso solo —dijo la otra señora.

—Tenga usted niños —dijo el cronista, encantado.

—¿Y qué quiere? ¿Que se lo suden? ¿Vos oís esto, Clara? ¿Te das cuenta?

—No sé, estaba en la luna —dijo Clara—. Andrés, ¿para qué preocuparnos tanto? Cualquiera diría que nos va a comer.

—¿Quién? —preguntó el cronista.

—Nadie, Abel —dijo Clara—. Un muchacho.

Andrés se sentó otra vez, fatigado.

—Bueno, ya que lo nombraste podemos hablar del asunto —dijo—. Con ésta van tres veces que lo veo esta noche.

—Y yo dos —dijeron Juan y Clara al mismo tiempo.

—O que nos parece verlo. Esta niebla...

—No es niebla —dijo el cronista—. Me canso de repetirlo. Pero che, ustedes lo ocultan todo. ¿Qué es eso de Abel?

—Nada—dijo Juan, devolviéndole la botella—. Un muchacho que no anda bien del mate últimamente.

—Abelito es un poco raro —dijo Stella—. Pero verlo tres veces... Ni que nos estuviera siguiendo.

—Brillante —dijo Andrés, palmeándola.

—No seas molesto.

—Bueno. No seré molesto. Este banco está húmedo.

—Vámonos a casa —dijo Juan al oído de Clara, pero sin bajar la voz.

—No, no. ¿Por qué te preocupás?

—No lo digo por eso. Tengo miedo que te pesques una, con esta noche. Mañana hay que estar bien.

—Nunca se está bien mañana —dijo el cronista—. Este tipo de frases me salen redondas, y hay que ver lo que le gustan al Dire. Soy lo que él llama aforístico.

—Aforado —dijo Andrés—. ¿Quién hablaba de mañana? Ya estamos en mañana, es esta cosa tapiocosa que nos acosa.

—Qué cosa.

ABEL. ELBA. BAEL. BELA. LEBA
EBLA. ABLE, ELAB. BALE. EBAL.

—El aire está lleno de pelusas —dijo repentinamente Stella—. Me acabo de tragar una.

—Son las palabras que dice la gente y que la niebla preserva y pasea —dijo Juan—. Es una noche...

Una noche, una de aquellas
noches que alegran la vida,

en que el corazón olvida
sus dudas y sus querellas,
en que lucen las estrellas
cual lámparas de un altar,
en que convidando a orar
la luna, como hostia santa,
lentamente se levanta
sobre las olas del mar.

Diez mangos a que no embocan al autor.

—Un español romántico —dijo Andrés—. Además esta noche es el perfecto reverso de tu décima.

—Claro. Lo dije para conjurarla. ¡Salid, estrellas y tú,
        Belazel, azucarito, vente de arriba y muéstranos
        cómo se teje el bejuco y el abejaruco!
Sé muchos conjuros. Sé muchísimos.

EBAL ELAB LEBA

ABLE BAEL

—Campoamor —dijo Andrés.
—No.
—Duque de Rivas.
—No.
—Gabriel y Galán —dijo el cronista.
—No. ¿Alguien más? Núñez de Arce

CERA AREC CREA

ECRA ACRE RACE

—Bueno —dijo Andrés—. Te buscaste un lindo ejemplo.

En la esquina de Leandro Alem y Mitre, apoyado en un portal de la recova, Abel encendió un cigarrillo. Por alguna razón (diferencia térmica, algo así) en la recova no había niebla. La gente que regresaba de Plaza de Mayo andaba como por un túnel de luz, porque los reflectores instalados cada ocho metros (después que se atentó contra el Cardenal Primado, justo delante de la LIBRERÍA DEL SABER) tiraban luz a lo largo del túnel.

Cuando Abelito encendía un cigarrillo la cosa era prolija y minuciosa.

EBAL BAEL

—*Canastas y más canastas*
canastas de María Andrea —cantó un negrito diariero.

Abel hurgó en el bolsillo del chaleco, el inferior derecho. Necesitaba una estampilla. Delicadamente sacó un papelito y lo miró. Boleto rosa, colectivo. Tal vez en el otro bolsillo.

—*La noche que me casé*
no pude dormir ni un rato...

ELAB

—Más de dos horas sin hablar de literatura. Es increíble —dijo Juan, revoleando la botella vacía—. ¿Apagamos un farol?

—El buen porteño —dijo Andrés—. Dale, no te quedes con las ganas.

Pero Juan escondió la botella bajo el banco, un poco avergonzado.

—Se está bien aquí —decía Stella—. Menos calor que en la Plaza.

—Aprovechemos para una encuesta —dijo el cronista—. ¿Cuál fue tu formación, Andrés? No te cabrees, che; yo no puedo dejar de ser un periodista: *humani nihil a me alienum puto*. ¿Te has fijado cómo se cubre uno de ridículo si hace citas en latín?

—O en lo que sea. Por eso el gran sistema es citar en español y no decir que es una cita. Que además es lo que acabo de hacer en este instante.

—Sos grande —dijo el cronista—. Pero de veras, me gustaría buscar a todo el mundo para preguntarle: ¿Cómo se formó usted? ¿Qué leía a los diez años? ¿Qué cine vio a los quince?

—¿Nada más que eso? —dijo Juan, burlonamente—. ¿Nada más que las bellas, bellas artes y letritas?

—Dejá hablar al cronista —dijo Clara—. Es una gran hora, una gran plaza, una gran niebla para hablar de estas cosas.

—Creo que se aprendería bastante sobre la Argentina estudiando la evolución de los tipos de nuestra edad. No que vaya a servir para nada, pero ya sabés que la estadística, pibe... ¡Qué ciencia! —dijo entusiasmado el cronista—. Primero te averiguan cuántos perros murieron aplastados en cinco años y cuántos ríos se desbordaron en el Sudán.

—En el Sudán no hay ríos —dijo Juan.

—Quise decir en el Transvaal. Después cotejan los resultados y de ahí sale una ley sobre la natalidad entre los matrimonios de cantantes italianos.

—La estadística, atención, es la democracia en su estado científico, la determinación de las esencias por los individuos.

—Cómo macaneás —dijo Andrés, riéndose. Clara lo oyó reír y se sorprendió de su sorpresa. «Tan raro», pensó. «Es bueno que se ría.» Le tocó la rodilla, suavemente, y él la miró.

—El cronista quería saber cómo te hiciste una cultura. Sos su primer conejito de ensayo.

—El segundo —dijo el cronista—. El primero soy yo. El estadígrafo debe sacrificarse en aras de la ciencia y llenar la primera ficha de la historia.

—Yo tuve una infancia idiota —dijo Juan—. Pero hablá vos, Andrés.

—No me gusta hablar de mi infancia —dijo Andrés, hosco, y Clara sintió como un violento gusto a cariño, a bayas de algarrobo, una saliva de verano.

Infancia

> qué bien no hablar dejarla en su esquina borrosa
> en su rayuela
> qué bien no traicionar
>> Recinto las sandías de oreja a oreja
>> la siesta
>> caracol caracol saca los cuernos al sol
>> Tata Dios, tata Dios, olores, Carnaval,
>> repeticiones

> yo soy un tarmangani y vos un gomanga-
> ni   oh basta

—... en adelante. Lo que quiero saber es cómo diste el salto. Cuándo terminaste la adolescencia, el período pajolítico, la onicofagia y el culto a las letrinas.

—Dulce cronista, en verdad hablaste —dijo Andrés—. Aquí sí te puedo ayudar. Mirá, no tuve nada de precoz, pero empecé escribiendo con mucho coraje cosas que ahora no me animaría a decir. Cosa curiosa, escribía con un lenguaje mojigato, sin siquiera una puteadita de cuando en vez. Todos se hablaban de *tú* y la acción era siempre *anywhere, out of Buenos Aires.* Es increíble cómo se puede aspirar tanto a la universalidad; me aterraba la idea de hacer algo local; pretendía que mis versos —sí, Juancho, por ese entonces yo me rajaba unos sonetos feroces— y mis cuentos fueran igualmente inteligibles en Upsala que en Zárate. El lenguaje era estúpido, pero lo que yo intentaba decir con él tenía más fuerza que esto que escribo ahora.

—Te equivocás de medio a medio —dijo Juan—. Pero seguí, vamos a ver qué camino anduviste.

Andrés fumaba, resbalado en el banco, con la nuca en el respaldo.

—A veces —dijo— el vapuleado determinismo rebota contra las cuerdas y de vuelta te parte la cara de una piña. Mirame a mí; hasta los veinticinco años, fiebre creadora realmente notable. No te voy a decir que escribía mucho, materialmente hablando; pulía y trabajaba mis cosas con cuidado. Pero llené más páginas entonces que en todo el resto de mi vida, y cuando las releo me doy cuenta de que andaba por buen camino. Metía la pata, escribía montones de basura, pero hoy no me sería posible encontrar la fuerza para contar algunas cosas, o la gracia para dejarme nacer un soneto como los de entonces. Además me gustaba escribir, gozaba haciéndolo. Era el sufrimiento gozoso, como la picazón bien rascada, sangra pero te gusta a la vez.

—¿Y por qué se te acabó el chorro? —dijo el cronista.

—Las influencias, los prejuicios disfrazados de experiencia. Lo malo es que eran necesarios, lo malo es que eran buenos. Y lo bueno es que a la larga resultaron malos. Mirá, no es fácil explicarlo, pero te puedo dar una idea. Tuve un par de amigos que me querían mucho, creo que por eso mismo no elogiaban casi nunca mis cosas y tendían a criticarlas con una sacrificada severidad. No podía esperar bocas abiertas ni en uno ni en otro. Me señalaban todas las patinadas de pluma, todo lo inútil; veían en mí como un deber a corregir. Eso me obligó, por lealtad y agradecimiento, a cerrar las canillas mayores y dejar el chorrito de agua. Ponía la copa debajo y cada tantos días —y noches y noches dándole vueltas, limando sacando moviendo puteando—, empezaba a formarse algo que podía quedar. Además las lecturas; fue la época en que leí por primera vez a Cocteau, tenía diecinueve años y voy y la emboco con *Opium*. Ahora te lo digo en francés, pero entonces no me daba corte, conseguí por poca plata la edición española. No te imaginás lo que fue aquello. De la *Ilíada,* que había sido el primer tirón de lo absoluto, zas me hundo en Cocteau. Algo increíble, semanas de no peinarme, de hacerme llamar idiota por mi hermana y mi madre, meterme en los cafés durante horas para que el ambiente neutro favoreciera mi soledad. Cada frase de Jean, ese filo de vidrio entrándote por la nuca. Todo me parecía mierda líquida al lado de eso. Fijate que no hacía dos años que yo leía a Elinor Glyn, pibe. Que Pierre Loti me había hecho llorar, me cago en su alma japonesa. Y de golpe me meto en ese libro que además es un resumen de toda una vida, pero de una vida allá, me entendés, donde a los diecinueve años ya no sos el pelotudo porteño. Me meto de cabeza y me encuentro con los dibujos, porque además estaba eso, que descubrí la plástica en esos dibujos, la última ingenuidad, la más hermosa; ahora sé que no son para asombrarse tanto, pero esos bichos geométricos, esos marineros, esas locuras del opio, mirá eran noches y noches de estarlos mirando y sufriendo, fumando mi pipa y mirándolos, estudiando y mirándolos, todo el tiempo cerca de ellos, una locura de crustáceo.

—Joder —dijo el cronista.

—Ahí tenés. La severidad formal de ese libro, su dificultad de comprensión no tanto por lo que dice como por lo que alude a cosas que yo no conocía ni remotamente, Rilke, Victor Hugo en serio, Mallarmé, Proust, *El acorazado Potemkin*, Chaplin, Blaise Cendrars, me reveló sin que yo me diera cuenta las dimensiones justas de la severidad. Empecé a tener miedo de escribir gratuitamente; empecé a tirar los papelitos que garabateaba en la plaza San Martín o en La Perla del Once. Entre los dos amigos que te dije y este libro me enfilaron derechito a Mallarmé, quiero decirte a la actitud de Mallarmé. La cosa es que me fui secando, por desconfianza y deseos de tocar lo absoluto. Me puse a hacer poemas herméticos, tanto que ahora mismo no conozco más que cuatro personas que hayan podido aguantar la primera media docena. Empecé a cultivar la circunstancia pura: escribir cuando encontraba una razón absolutamente necesaria. Así escribí un treno cuando se murió D'Annunzio, que yo quería con delirio, por contragolpe, ya ves, y porque a él en el fondo le pasaba lo mismo, solamente que escribía muy poco pero con muchísimas palabras.

—¿Y después? —preguntó el cronista.

Pero Andrés había cerrado los ojos y parecía dormir.

—Después empecé a escribir bien —dijo Juan, rozándole la frente con un dedo—. En fin, fijate que él, como todos nosotros, tiene el color de la luna. Está aquí, pero la luz le viene de tan lejos. Cocteau... Mi luz se llama a veces Novalis y a veces John Keats. Mi luz es el bosque de las Ardenas, un soneto de sir Philip Sidney, una suite para clave de Purcell, un cuadrito de Braque.

—Y yo —dijo Clara, desperezándose desvergonzadamente.

—Y vos, ratoncito. Ay, cronista, sólo los provincianos, a veces muy a veces, se arman una pobre culturita autónoma. Fijate que no digo autóctona porque... Pero en fin, con gran preponderancia local. Hacen bien, cronista, ¿a vos te parece que hacen bien?

—Te contradecís —opinó el cronista—. Es posible especializarse en lo local, pero una cultura es por definición ecuménica. ¿Debo traducir mis términos? Sólo en segunda etapa se puede *valorar* lo propio. Yo entiendo a Roberto Payró *porque* me tengo leído mi Mérimée y mi Addison & Steele. Quedarse en lo inmediato y creer que se tiene bastante, es condición de molusco y de mujer, con perdón de las damas presentes.

—Es tan triste, cronista —dijo Juan, suspirando—. Es tan triste sentirse parásito. Un chico inglés *es* en cierto modo el soneto de Sidney, los parlamentos de Porcia. Un *cockney* es tu *London Again.* Pero yo, que los quiero tanto, que los conozco tanto, yo soy este puñadito de poemas y novelas, yo soy nada más que la cautiva, el gaucho retobado, el cascabel del halcón, Erdosain...

—Me parece mezquino quejarse así —dijo Clara, enderezándose—. No es propio de un hombre que pelea como vos para lograr la poesía que le interesa.

—Todo bien mirado —dijo Juan, amargo—, nada tiene de brillante pertenecer a la cultura pampeana por un maldito azar demográfico.

—En el fondo, ¿qué te importa a qué cultura pertenecés, si te has creado la tuya lo mismo que Andrés y tantos otros? ¿Te molesta la ignorancia y el desamparo de los otros, de esa gente de la Plaza de Mayo?

—Ellos tienen quimeras —dijo el cronista—. Y son de aquí, más que nosotros.

—No me importan ellos —dijo Juan—. Me importan mis roces con ellos. Me importa que un tarado que por ser un tarado es mi jefe en la oficina, se meta los dedos en el chaleco y diga que a Picasso habría que caparlo. Me jode que un ministro diga que el surrealismo es

para pero para qué seguir

para qué

Me jode no poder convivir, entendés. No-po-der-con-vivir. Y esto ya no es un asunto de cultura intelectual, de si Braque o Matisse o los doce tonos o los genes o la archimedusa. Esto es cosa de la piel y de la sangre. Te voy a decir una cosa horrible, cronista. Te voy a decir que cada vez que veo un pelo negro lacio, unos ojos alargados, una piel oscura, una tonada provinciana,

me da asco.

Y cada vez que veo un ejemplar de hortera porteño, me da asco. Y las catitas, me dan asco. Y esos empleados inconfundibles, esos productos de ciudad con su jopo y su elegancia de mierda y sus silbidos por la calle, me dan asco.

—Bueno, ya entendemos —dijo Clara—. No nos va a dejar ni a nosotros.

—No —dijo Juan—. Porque los que son como nosotros me dan lástima.

Andrés escuchaba, cerrados los ojos. «Qué pobres cosas», pensó. «Sólo en las pasiones, en el barro elemental somos iguales a cualquiera. Donde se inicia la pareja, donde arden los valores, el ajuste delicado del hombre con su mundo, su estricta confrontación, ahí nos perdemos...»

La pelusa se desprendió de entre las hojas húmedas que la aprisionaban, dando un salto que la hizo caer en el pedregullo. La bota de un vigilante pisó a su lado, errándole por poco. Una brisa leve la agitó, la hizo girar sobre sus mínimos tentáculos de hebras, polvo, ínfimos trozos de telas y de fibras; al entrar en una columna de aire subió veloz hasta la altura de los faroles de alumbrado. Anduvo de uno a otro, rozando los globos opalinos. Después sus fuerzas declinaron y empezó a bajar.

Con los ojos cerrados, Andrés escuchaba las voces de sus amigos. El cronista recordaba unos versos que Juan había escrito mucho tiempo atrás. Clara los sabía mejor, y los dijo con un acento un poco cansado, pero donde el cansancio parecía nacer de las palabras antes que de la voz. Quizá el poema ilustraba ya entonces, con un lenguaje muy lujoso, lo que Juan acababa de decir. «Se puede vomitar en una palangana de lata o en un vaso de Sèvres», pensó amargamente Andrés.

—Cuánta elegancia —dijo Juan, rompiendo un silencio que duraba—. Todo eso no está mal, pero esas marismas, esas caracolas...

—Es muy hermoso —dijo Clara—. Cada día les tenés más miedo a las palabras.

—Aquí es bueno que alguien les tenga miedo —murmuró Andrés—. Apoyo a Juan.

—Pero corremos el riesgo de la indigencia si seguimos temiendo caer en pedantería. Parecería que cada vez nos vamos despojando más en el orden de la expresión, sin por eso ganar en esencialidad, muy al contrario.

—Si nos pusiéramos previamente de acuerdo sobre los términos de esta discusión encarnizada —sugirió el cronista—. Expresión, por ejemplo, y cosas así.

Pero Clara no quería perder tiempo, porque le gustaba el poema de Juan y encontraba que marismas y caracolas estaban muy bien.

—En todo sentido perdemos terreno —insistió—. Nuestros abuelos llenaban de citas lo que escribían; ahora se lo considera una cursilería. Sin embargo, las citas evitan decir peor lo que otro ya dijo bien, y además muestran siempre una dirección, una preferencia que ayuda a comprender al que las usa.

—*Quoth the raven: Nevermore* —dijo el cronista—. Una cotorra también puede decir *Panta Rhei.*

—No por eso nos engañará —dijo Clara—. El temor a citar, a buscar comparaciones de orden clásico, son formas de este rápido empobrecimiento. Pero insisto en que lo peor es el miedo a las palabras, esa tendencia a acabar en una especie de *basic-Spanish*.

—Mejor es el *basic-Spanish* que el lenguaje de *La guerra gaucha* —dijo el cronista.

—No pierdan el tiempo —dijo Andrés, como entre sueños—. Siempre la misma estúpida confusión entre fines y medios, entre fondo y forma. *La guerra gaucha* es coruscante porque está coruscantemente

balconeame este adverbito

pensada. Lo cual lleva a esta sabia modulación: Dime cómo escribes y te diré qué escribes. Del coruscamiento a la coruscancia, pibe.

—Lo que uno se cultiva con ustedes —decía el cronista mirando a Stella, casi dormida en una punta del banco—. Ahora faltaría solamente una excursión por la música, un toquecito de pintura, dos chorros de psicoanálisis, y después todos a casita que mañana hay que trabajar.

—Mañana —dijo Juan— hay que dar examen.

Andrés se quitó la pelusa que le había caído en la boca.

—Si hablar cada vez menos —murmuró— fuera hablar cada vez más, Juanillo, el poeta debe ser monófono.

—Sí —dijo Juan, irónico—. Y acabar como los monigotes de Hermann Hesse, que se masturban cara al sol con su famoso *OM*.

—Curioso, también a mí me revienta el suizo —dijo Andrés—. Pero mirá, es justo que le reconozcamos mucho de razón a Clara. El idioma de los argentinos sólo es rico en las formas exclamativas, nuestra falsa agresividad resentida, y en los restos que la transmisión oral va dejando de voz en voz en las provincias. Lo primero que asombra es la liquidación de adjetivos que hemos hecho. Cuando oís a una cocinera española describir una paella o una torta, te das cuenta de que usa una adjetivación mucho más rica que uno de nosotros para caracterizar un libro o una experiencia importante.

—Es bueno que nos sustantivemos.

—De acuerdo, ¿pero lo hacemos? No estoy seguro. El pudor del resentido se traduce en la polarización del epíteto. Así ha nacido ese increíble catálogo de

qué animal, cómo tocó Debussy
es un artista bestial

qué bruto el tipo, qué talento tiene esta bestia,
o la aparición de adjetivos mágicos, que funcionan en pequeños círculos, a manera de comodines que reemplazan cómodamente toda una serie de palabras. «Fabuloso» es uno de ellos entre nosotros. Y antes de ése, y todavía dura, estuvo «fenómeno».

—No creo que sean mecanismos específicos de Buenos Aires —dijo Juan—. Pero lo que decís es cierto como signo. Ahora me acuerdo, yo iba hace mucho tiempo de visita a una casa en Villa Urquiza, y allí iba también un porteño de apellido catalán, al que le oí por primera vez eso que acabás de decir. El tipo consideraba muchas cosas como «horribles». Eran las grandes, las que lo entusiasmaban. «Una novela horrible, tiene que leerla hoy mismo...» Yo iba a esa casita a ser feliz y a aprender la técnica de la traducción. Fueron unos años horribles —agregó en voz baja, sonriendo para sí.

—Si el estado de la lengua permite sospechar cómo anda el pueblo que la habla —dijo el cronista—, entonces estamos jodidos. Lengua pastosa, amarillenta y seca. Gran necesidad de limonada Rogé.

—Aquí hay gente que por suerte no tiene pelos en la lengua —dijo Juan—. Creo que yo soy uno, y no me parece que Andrés le tenga miedo a expresarse de la manera más... Mirá, yo diría honesta. Expresarse honestamente, sin caer en la comodidad

porque en el fondo es eso, qué joder,
de un lenguaje sacerdotal, de un *trobar clus* que ya no tiene sentido.

—Sí tiene sentido —dijo Andrés—. Tiene *su* sentido. ¿Por qué le vas a negar a un artista el expresarse con fidelidad a su materia poética o plástica? Me parece bien que hables de honestidad, y que veas en nosotros dos por lo menos un esfuerzo hacia esa honestidad de expresión. Pero aceptá también los otros planos, la posibilidad de un *trobar clus* tan válido como tu lenguaje inmediato y esencial.

—Andrés tiene razón —dijo Clara—. Lo que decide la cosa es que el lenguaje sea uno con su sentido, y eso ocurre aquí pocas veces. Pero los sentidos siguen siendo muchos, y una cosa es un álamo con ruiseñores y otra una polenta con pajaritos. Lo importante es no llamarle ambrosía a la grappa, y viceversa.

—Joder —dijo el cronista—. Si decís eso mañana te corren a patadas por toda la Facultad.

—Está muy bien —sonrió Andrés, mirando a Clara como sorprendido—. Claro que está muy bien. Roberto Arlt entendió mejor que nadie la lección de *Martín Fierro,* y peleó duro para conseguir y validar esa unión del lenguaje con su sentido. Fue de los primeros en ver que lo argentino, como lo nacional de cualquier parte, rebasa los límites que impone el lenguaje culto (que vos llamás sacerdotal), y que solamente la poesía y la novela pueden contenerlo plenamente. Él era novelista y atropelló para el lado de la calle, por donde corre la novela. Dejó pasar los taxis y se coló en los tranvías. Fue guapo, y que nadie se olvide de él.

—La cosa es más complicada —dijo Juan, revolviéndose en el banco—. Acepto que un sentido debe tener su lenguaje, debe ser su lenguaje, etcétera. Te concedo también el pleno derecho a *trobar clus.* Eduardo Lozano me parece tan con derecho a su poesía como yo a la mía o Petit de Murat a sus elegías de patio abierto y velorios atroces. El problema, en el fondo, no es nunca de lenguaje, sino de sentido. ¿Nos interesa de veras salir a la calle? Es decir: ¿vale la pena? Tan pronto contestamos por la afirmativa, sólo un tarado puede pretender expresar la calle con el estilo de *La Nación* o del doctor Rojas. Ya decidido, el novelista inteligente no tiene más que un camino: el que mi mujer ha definido tan bonitamente, el lenguaje que es uno con su sentido. Pero, hay otra gran pregunta: ¿qué es la calle? ¿Representa, contiene más que el salón de Eduardo Wilde o los departamentos con vista al río de Eduardo Mallea?

—No hagas figuras —dijo Clara—. Vos sabés bien que la calle es calle porque el que anda por ella es el hombre, y que en el fondo la calle da lo mismo que el salón, el departamento, o un cálculo integral. Hasta ahora te seguíamos bien pero si te dejás engañar por tus símbolos, ni vos te vas a entender.

—Ah, el hombre —dijo el cronista—. Esta niña acierta siempre.

—Seguro que acierta —dijo Andrés—. Arlt andaba por la calle del hombre, y su novela es la novela del hombre en la calle, es decir, más suelto, menos homo sapiens, menos personaje. Fijate que el término *personaje* casi no cabe a estas criaturas de la novela de la calle. Y fijate que al doctor Fulanón de Tal lo llamamos justicieramente un *personaje*. Sacale el jugo a estas cositas, cronista de mi alma.

—Acepto el café —dijo Juan—. Y vuelvo a lo mío. Este hombre que ya no es un personaje de novela, este argentino que anda por la calle de las novelas que nos interesan y que son tan poquitas,

¿a vos te parece que lo podemos agarrar de pies a cabeza, que lo podemos conocer y ayudarlo a conocerse, y que para eso se precisa hablar de él, hablarlo,

con un lenguaje absoluto y sin freno, un verbo que no respete otra cosa que su propio sentido, que no tenga otra dignidad que la de servir a su hombre novelista y a sus hombres novelescos?

—Sí, creo —dijo Andrés—. Lo creo, carajo si lo creo.

—Amén —dijo el cronista.

Y EL RÍO ESTABA CERCA, INVISIBLE,
CON SUCIEDAD DE BOYAS.

La plaza estaba ya casi vacía; quedaban pocos grupos —uno con gente de blanco llevando una caja larga— y la policía; también, sobre la esquina de Banco Nación, un carro de riego municipal, los peones con botas de goma metiéndose en la plaza para sacar los papeles, las cáscaras de naranja pegadas en el barro, lavando el pavimento y las veredas exteriores. En un Mercury negro dos inspectores vigilaban. Pronto empezaría a aclarar.

—El intendente es un tarado, che —dijo el inspector petiso.

—Y no hablemos del gran cabrón de parques y paseos —dijo el inspector conductor del Mercury—. No lo vas a creer, pero el expediente de mi traslado lo tiene el tipo en un cajón con llave y se hace el burro. Yo sé que lo tiene, pero no me animo.

—Claro

—A decirle

—Seguro

—Porque vos sabés cómo es. En una de ésas le da la viaraza y te pone una tapa que te la voglio dire.

—Ahí adentro no se puede hacer carrera, che.

—Y qué le vas a hacer.

—Bueno, ya cumplimos con esto. ¿Te parece que alcanzará con un carro de riego?

—Y sí —dijo el inspector conductor del Mercury—. Que le den una mano de gato y listo, total mañana la vuelven a empezar.

Del orificio, negro adentro y tembloroso en los bordes, donde una capa rosada vibraba y se contraía, adquiriendo por un segundo la perfecta inmovilidad de la circunferencia, quebrada después por la irrupción del óvalo, la elipse, el torpe triángulo de extremos curvos, fue saliendo una materia de un rosa más claro, agitada en su ciega cabeza, retrocediendo con prontitud de látigo para asomar otra vez, salamandra decapitada, crudo falo informe,

y Abelito pasó dos veces la lengua por la estampilla, la primera para ablandar la goma, la segunda para sentir

porque eso no cambia

Cambian los gobiernos
pasan las repúblicas
pero ese fundamento
esa compuesta afirmación adherente

el gusto de la goma nacional, la dulce náusea de la película endosante y permaneciente, la jalea por detrás de la cara de Bernardino Rivadavia, un triunviro, un hombre de la tierra, un prócer, un refugiado final en una estampilla

que queda como patria de los héroes

Cosa importante es la estampilla
que queda como patria de los héroes
barridos y sonados
ya en la historia

pero qué quiere decir: ya en la historia

Si

la historia es un momento, una mísera palabra,

¿una mísera palabra que resuena altisonante y almafuerte?

(A todo esto Abel pegaba la estampilla conforme a las instrucciones de Correos y Telecomunicaciones. Tal vez

por esa rebelión presente en el porteño

un poquito más hacia el medio de lo debido como para

incomodar a la máquina selladora, forzarla a tantear, a repetir su gran patada de hierro en la pobre cartita azul aplastada por tanta planitud

la escritura plana el sobre plano
la estampilla

(que queda como patria de los héroes)
plana.)

En la de cinco San Martín, en la de diez va Rivadavia
y en el silencio de la noche al ala enorme de la patria.

(Pero no son ellos, nunca son ellos, no caben, qué decreto
podría confiscarles la dimensión que más allá de la estampilla
empieza. Nacer para que un tipo te lama la nuca en la recova,
antes de la madrugada. Nacer para que una máquina selladora
te parta la cara dos millones de veces al día

(cf. estadísticas de Correos. Los de las estampillas de más
arriba de un peso

acomodados

menos biaba

pataditas con guante, tolerables) y ésa es una de las maneras de estar-en-la-historia.)

Lo peor, la disponibilidad: hágase, eríjase, conmemórese,
bautícese, exhúmese, repátriese, transpórtese, mausoléese, es-
tampíllese, discurséese.

Eso.

que queda como patria de los héroes: un hombre hermoso
ignorado en su esbelto adiós,

y tarantachín

      tarantachín

y la gloria inmarcesible y el lábaro y el acendrado culto
de millones de lenguas lamiéndote el pescuezo

y millones de sellos rompiéndote la cara.

Buzón   Abel   adentro   !   mañana
en poder del destinatario

y el sobre a la basura, con su cara, su gloria inmarcesible,
San Martín entre fideos y pedazos de budín de sémola.

II

De pronto recordó. Debía tener tres o cuatro años, lo hacían dormir en una cámara desnuda, en un inmenso lecho, y a los pies crecía un ventanal. Era en verano y el ventanal quedaba abierto. Se acordó hasta de los menores detalles: despertar mirando un cielo lívido, como pegado al marco en vez del vidrio, un cielo gomoso, sucio ——el amanecer. *Y entonces cantó un gallo*, rajando el silencio con un horroroso desgarramiento del aire. Y fue el espanto, la abominable máquina del miedo. Vinieron, lo consolaron, lo tuvieron en brazos, lo...

—Dios mío.

El taxi tomó despacio por Leandro Alem. El edificio del Correo parecía un decorado, ilustración para la historia de Malet. *Herido en una sedición, Licurgo...*

—Por favor, vaya todo lo despacio que pueda —pidió Clara—. Queremos ver salir el sol.

—Bueno, señorita —dijo el chofer—. Va a ser un lindo día.

—Quién sabe —dijo Clara—. El aire está tan raro. Ya se debería ver bien, son las seis y media.

Bostezó, echando la cabeza contra el cuero frío del respaldo. Juan tenía los ojos cerrados.

—Un gallo —murmuró—. Qué hijo de una gran puta.

—¿Y eso, viejo?

—Nada, un recuerdo. En el comienzo era el canto del gallo.

—*O vive lui, chaque fois*
que chante le coq gaulois.

¿Vos te fijaste que el cronista se tiraba el lance de que le regalaras la coliflor?

—No se embroma...

—Total, para qué la quería —dijo Clara—. No se la va a comer él.

—Seguro. Es mío y basta.

Clara le acarició el pelo y refugió la cabeza en su hombro.

—Creo que ahora tengo un poquito de sueño —dijo.

—Yo también. Qué noche.

—Bah —dijo Clara, abriendo los ojos.

—No te muevas —pidió Juan—. Me gusta sentirte el olor del pelo. Oí cómo grita ese tren. Como mi gallo.

—Ah, tu gallo. De veras que grita. Habrá una vaca en la vía —dijo brillantemente Clara—. Es tradicional que las vacas se queden en las vías.

—No hay vacas sueltas en el puerto.

—Puede haberse escapado. Pero el tren no la va a atropellar. Primero que los trenes del puerto son muy lentos. Segundo que el tren grita por la niebla y no por una vaca.

—Niebla, niebla. El cronista... Chofer, tome Corrientes arriba. Despacito despacito.

—¿Vos te fijaste —dijo Clara— que el cronista vio los dos taxis al mismo tiempo? ¡Qué vista!

—Era el más despierto de todos —dijo Juan—. Yo no sé cómo pudimos andar así toda la noche. Esas horas en Plaza de Mayo... Fue estupendo, y después el chino.

—El chino, y después Abelito, y cuando la mujer lo atajó a Andrés.

—Ah, sí, la mujer y Abelito.

Le pasó los dedos por la boca, cosquilleándole la nariz. Clara lo mordió, mojándole los dedos con la lengua.

—Tenés gusto a coliflor cruda —dijo—. Mirá esos vigilantes, ahí.

En Corrientes y Maipú había dos vigilantes y algunos transeúntes mirando el pavimento, como si leyeran una inscripción. El chofer detuvo el coche, y vieron que el pavimento estaba hundido en una extensión de dos o tres metros, justo delante del eslabón Modart. Poca cosa, pero bastante para romperle un eje a un auto.

—Es la Municipalidad —dijo el chofer, acelerando un poco el coche—. Por mi barrio se cayó un poste de alumbrado. De golpe se enterró medio metro y después se ladeó. Malos cimientos, porque la municipalidad no vigila.

—No creo que un camión haya podido hundir así el asfalto —dijo Clara, semidormida—. El cronista lo explicaría tan bien, tan bien.

—Ella es buena —salmodió Juan, dejándose ganar por el sueño—. Ella es muy buena...

Y TENÍA LA CARA BLANCA
BAJO EL CHAMBERGO AZUL

—Ella viene de Formosa, de Covunco...

—Basta —pidió Clara—. Por favor. En el fondo todo eso era horrible.

—Sí, como mi gallo.

Clara se apelotonó contra él.

—Decile que vaya más ligero. Tengo tantísimo sueño.

—Yo —dijo el cronista— he estado pensando.

—Es posible —dijo Stella, que cultivaba el humorismo a sus horas—. Son cosas que pasan.

—Y no creo —continuó el cronista— que todo lo que se ha dicho esta noche sobre nuestra literatura sea exacto.

—Pedile al chofer que suba por Córdoba —murmuró Andrés, que parecía dormir. Y dejá quieta la literatura.

—No, es que es importante, che. Al principio acepté esa teoría de ustedes de que aquí no hacemos obra por blandura. Ahora estoy menos seguro de que sea el motivo. Decime una cosa: vos, ¿por qué escribís?

—Porque me entretengo, como todo el mundo —dijo Andrés.

—Perfecto, es lo que necesitaba. Ni siquiera empleaste el término «divertirme», que hubiera obligado a un rodeo.

—Te advierto —dijo Andrés— que las más de las veces cedo a una necesidad. Hay una tensión que sólo se dispara sobre la página. Es lo que los escritores abnegados llaman «la misión», partiendo de la razonable idea de que toda ballesta tensa incluye una flecha y que la flecha tiene por misión ir a clavarse en alguna parte.

—Pero esa necesidad —dijo inquieto el cronista—, ¿tiene fundamento exterior a vos, digamos
 un imperativo moral
 una propedéutica   una mayéutica algo que te obliga éticamente?

—No señor —dijo Andrés abriendo los ojos—. Eso se lo ponemos después, como el cazador habla de los daños que ocasionan los zorros en las granjas y la conveniencia de exterminarlos. En el fondo escribir es como reírse o fornicar: una suelta de palomas.

—De acuerdo. Pero hay que distinguir entre la literatura digamos «pura», y Dios me perdone el mal uso, y el ensayo con fines docentes. Aquí hay más que entretenimiento; por lo regular el que enseña no se entretiene.

—Esencialmente, sí —dijo Andrés—. Si enseña por vocación, en principio actúa para cumplirse, y a eso le llamo yo entretenimiento. Realizarse es divertirse. ¿O vos creés que no?

—En fin, la cosa es sutil —dijo el cronista, que plagiaba frases de la versión española de *Los tres mosqueteros*.

—Los poetas, por ejemplo, son felicísimos con sus poemas, a pesar de que se considere elegante suponer lo contrario. Los poetas saben muy bien que su obra es su realización, y bien que la saborean. No creas nunca en las historias de poemas escritos con lágrimas; en todo caso son lágrimas recreadas, como las de los lectores. Las lágrimas verdaderas, a base de cloruro de sodio, se lloran por o para uno mismo, no para proporcionar tinta lírica. Acordate de San Agustín cuando se le murió el amigo: «Yo no lloraba por él sino por mí, por lo que había perdido». Y por eso las elegías siempre se escriben mucho después, recreando el dolor y siendo feliz como se es feliz mientras se escucha morir a Isolda o se asiste a la desgracia de Hamlet.

—Príncipe de Dinamarca —dijo Stella.

—Claro que la cosa es sutil, como decís vos. Me imagino que Vallejo pudo llorar mientras escribía sus últimas páginas. O Machado, si querés. Pero en ellos el dolor era su humanidad, estaban como dados al dolor, o tomados por el dolor. Creeme, cronista, sus últimas páginas debieron ser sus mejores momentos, porque delegaban el dolor personal en el histrionismo de alta escuela que supone siempre convertirlo en poesía. Si sufrían en ese momento, sufrían como puede sufrir quizá una estrella o una tormenta. Lo peor era después, cuando cerraban el cuaderno, cuando reingresaban en el sufrimiento personal. Entonces sí sufrían ellos, como perros, como hombres deslomados por su destino. Y la poesía ya no podía hacer nada por ellos, era como un juguete roto, hasta una nueva iluminación y una nueva felicidad.

—Así ha de ser —dijo el cronista—. De paso me explica por qué siempre me han jorobado los escritores agremiados que se proclaman mártires de su labor. ¿Por qué mártires? En el peor de los casos, si realmente sufren al crear, deberían estar satisfechos como los santos, porque ese sufrimiento vendría a ser la prueba de la cuenta, la corroboración.

—Cuando oigo decir de un escritor que sufre como una madre al escribir, me siento inclinado a mandarlo a la mierda

—dijo Andrés—. El lema de un poeta no puede ser sino éste: En mi dolor está mi alegría. Y esto nos trae de nuevo a territorio nacional porque, viejito, aquí no sufrimos lo bastante como para que la alegría creadora rompa los vidrios y corra por los techos. Cuando hablo de sufrimiento, me refiero al de la gran especie, al que suscita un poema como el de Dante. Por el momento nuestra Argentina es un limbito, un entretiempo, un blando acaecer entre dos nadas, como muy bien tiene dicho Juan en alguna parte.

—¿A vos te parece entonces que el sufrimiento debe preceder a la alegría? —dijo sobresaltado el cronista.

—No, porque la causalidad no tiene vigencia más que para lo epidérmico del destino. Decir que quien no llore no reirá es absurdo, porque en lo hondo, en el laboratorio central, no hay ni risa ni llanto, ni dolor ni alegría.

—¿No? —dijo el cronista—. Avisá.

—Hablo siempre del poeta —dijo Andrés—. Sospecho que el poeta es ese hombre para quien, en última instancia, el dolor no es una realidad. Los ingleses han dicho que los poetas aprenden sufriendo lo que enseñarán cantando; pero ese sufrimiento el poeta no lo aceptará nunca como real, y la prueba es que lo metamorfosea, le da otro uso. Y ahí está precisamente lo terrible de un dolor así: padecerlo y saber que no es real, que no tiene potestad sobre el poeta porque el poeta lo prisma y lo rebota poema, y además goza al hacerlo como si estuviera jugando con un gato que le araña las manos. El dolor sólo es real para aquel que lo sufre como una fatalidad o una contingencia, pero dándole derecho de ciudad, admitiéndolo en su alma. En el fondo el poeta no admite jamás el dolor; sufre, pero a la vez es ese otro que lo mira sufrir parado a los pies de la cama y pensando que afuera está el sol.

—Yo me bajo en la esquina —dijo el cronista—. En realidad no conseguí llegar a donde quería. Me refiero a este tema, no a mi domicilio. Aparte de eso estoy de acuerdo con vos.

Pare ahí nomás, en esa puerta tan elegante. Che, fue una noche estupenda. Esa parte con el chino...

—¡Pobre chino! —dijo Stella.

Iban por Córdoba, allí donde la calle se llena de islas con árboles y se avanza pluvialmente y pronto se estará en Ángel Gallardo, los accesos al parque Centenario, el perfume vago de la primera mañana. Para Stella, que miraba la calle con una borrosa atención, sólo tenía consistencia el corte reconocible de las esquinas, ese cartel de farmacia, ahora el plesiosaurio del Museo, el ballenato, los bloques de departamentos, las curvas calles del parque con tímidos automovilistas aprendiendo a manejar en viejísimos cabriolets descascarados.

—Va a hacer un lindo día.

Andrés estaba como dormido, encogidas las piernas, la nuca al borde del respaldo. Sonreía apenas, asintió con un leve movimiento de cabeza sin saber lo que había dicho Stella.

«El milagro de la cercanía», pensaba. «El encuentro, el contacto. Íbamos así, y a ratos la tuve del brazo y a ratos discutimos y a ratos fue mala y olvidada

y pedacito,

pero qué

si estábamos, si era la corroboración, ese instante indecible en que uno sale del yo y dice: «vos». Lo dice, lo es,

ahí está, lo es, oh claridad———»

Trozos de imagen, negarse a que la voz invente sus frases que aíslan. Simplemente recordar, o mejor

seguir, estar todavía allí, alabando

sin palabras el borde el don de esa noche ida

«Y un día ya no», se dijo. «Un día ya no.» Saber desde ahora que un día ni siquiera cabrá verse en la calle, hablar apenas, convivir una misma imagen. Hemos partido el pan, esta noche, y ella me sirvió una copa de vino, y dijo: «Juan, Andrés está enojado conmigo», y jugaba a ser Clara, a creerse esta Clara que puede todavía mirarme y aceptar mi cercanía. Pero habrá un tiempo

　　　　　　　gorriones, montoncitos de polvo brincando
　　　　　　　bañándose
　　　　　　　felicidad de la materia pura,
　　　　　　　vacación de la piedra vuelta pájaro

un día ya no. Sola ella, o yo. De pronto un teléfono: es la muerte. Sí, fue repentino. Oh mi amor mi amor,

　　　　　　　revancha del lenguaje, diluvio de los tropos,

pero sí, horrible, ya no verla más, y saber que irreversiblemente

　　　　　　　tan del lado de la mañana
　　　　　　　y de golpe abajo tan abajo
　　　　　　　so sweet so cold so bare

—Pare en la esquina. Querido, vamos. Ay, qué dormido que estás.

«Nada aquí puede pagar esta certeza», pensó Andrés buscando la billetera. «Sólo el olvido condiciona la felicidad. Toda previsión es horror. Vuela, allegro, paséate por el teclado, desata las brisas y las naranjas. Yo sé, yo sé que el otro tiempo por venir

　　　　　　　es el lento, es el andante terrible
　　　　　　　es lo que era antes de esta fugaz mentira presente indicativo———.»

Pensaba en Clara. Cuando se acostaron (Stella había preparado café con leche y él se bañó largamente, mirando por la entreabierta ventana los plátanos de la calle)

　　　　　　　y fue la paz, el sueño ganándoles las manos,
　　　　　　　la vio otra vez dura y amarga (para él, sólo

para él y quizá para Juan), mintiendo su sereno desafío: «Andrés, ¿para qué preocuparnos tanto? Cualquiera diría que nos va a comer.» Y el cronista preguntó: «¿Quién?». Entonces

Clara dijo: «Nadie, Abel, un muchacho». Un día ——y ya se estaba durmiendo, pero le dolió pensarlo—— un día, acaso: «Nadie, Andrés: un muchacho».

Siendo «nadie» el sujeto de la oración.

Stella, dormida, gimió y se vino contra él, pasándole una mano por la cintura. Andrés se dejaba ir al sueño; blandura, tal vez cortarse el pelo a mediodía ——Ya andaba junto a Stella, no sintió cuando su mano, replicando la de ella, se detuvo en su muslo.

A la tercera tentativa la llave se trancó del todo. Juan puteaba en voz baja. José, el vigilante de la esquina, se divertía de lejos mirándolos.

—¡José! —gritó Clara, agitando el paquete—. ¡No hay peligro que nos roben! ¡Ni nosotros podemos entrar!

José se reía con toda la cara de chinazo adormilado.

—Y pensar —le dijo Clara— que traemos una coliflor preciosa.

—Vos teneme quieto el coliflor —murmuró Juan, rabioso—. A ver si me lo desmigajás justo a diez metros del florero.

—¿Lo vas a poner en un florero?

—Por supuesto, si es que entramos.

—José, dice Juan que tal vez podamos entrar.

—Ya es algo, señora —dijo José, divertidísimo.

—No es la cerradura —rezongó Juan—. Se ha truncado el pestillo, como si la puerta estuviera desnivelada.

Pero la puerta cedió de golpe, y del pasillo salió una vaharada jabonosa y nocturna. Juan abrió, apoyándose con todo el cuerpo, y entonces vieron el desnivel. Todo un lado del piso de mosaico estaba ligeramente hundido, y se llevaba consigo el armazón de la puerta. Clara suspiró, asombrada. Saludaron a José y anduvieron con una brusca sensación de frío hasta el ascensor. No les llevó mucho tiempo descubrir que se había quedado trancado entre dos pisos.

—Mientras no haya un muerto adentro —dijo Clara—. Es tradicional que un muerto alcance a frenar el ascensor entre dos pisos.

—Tené el coliflor —dijo Juan que le había quitado el paquete al entrar—. Subo a ver.

—Total —lo animó Clara— no son más que ocho pisos, y puede que esté entre el quinto y el sexto.

—Seguro —dijo Juan, trepando de a dos—. Pavadita de escalera.

Más tarde durmieron, pero Clara seguía esperando el ascensor con Juan. La casa enorme y el pasillo desde la calle (con José al otro lado, pero tan ineficaz, tan vigilante) se había oscurecido y era más largo (no es fácil probar que la luz no afecta las dimensiones de las cosas) y más negro. La chimenea del ascensor se perdía en la oscuridad

sí, no era de día, no era de día,

donde sin duda Juan estaba maniobrando el ascensor

(¿por qué basta decir *sin duda* para que inmediatamente salte la duda extrema? Fin de capítulo: «Y se separó tiernamente de su esposa, a la que sin duda hallaría sana y salva al regreso de su expedición — ». El buen lector: «Zas, ahora se arma».)

PERO JUAN TARDABA

y la coliflor, ese fruto pesado, ese objeto blanquecino envuelto en sus mantillas verdes, cada vez más pesado —la fatiga, todo es relativo—

o acaso un poquito más grande desde que esperaba la llegada del ascensor

que no venía no venía

respiración qué oscuridad las rejas de la jaula Otis

HABIENDO ESCALERAS EL PROPIETARIO NO SE RESPONSABILIZA POR LOS ACCIDENTES

oh Juan entre el quinto y el sexto
Sister Helen
Between Hell and Heaven
        pero una luz lucecita   y la luz guió a los
pastores al calendario *shepherd's calendar*
        bajando lucecita lucecita
                lamparita del suburbio   no, el
ascensor, ah por fin el ascensor y Juan
                el ascensor envuelto en luz, escurridizo, al
                fin bajando
                y Abel, riéndose
                pero no mirar al piso no mirar
                a los pies de Abel porque
                ahí en el piso

Juan despertó con el grito. Clara temblaba, con las manos contra la cara. Cuando la sacudió un poco y Clara sollozó en sueños pero se fue estirando, ya tranquila, supuso que era mejor dejarla así. Le acarició el pelo, un momento apenas, antes de perderse él mismo en el movimiento de la caricia. Casi en seguida empezó a soñar. El humo entraba por debajo de la puerta, y era natural porque la puerta estaba vencida con el hundimiento y dejaba una rendija bastante ancha del lado de las bisagras. También entraba humo por la rendija de la ventana. Huija rendija la máma y la hija Rancagua Pisagua la chicha con agua
        le sale la guagua debajo 'e la enagua pero era
la coliflor (qué absurdo, pensó Juan ajustándose la robe de chambre) probablemente el humo dañaría a Clara
    a la coliflor que todo humo marchita. Pero la cosa no era seria porque quedaba el gran recurso (se hizo un nudo en la cintura, apretándose como un boxeador compadre) de declarar
    FALSIFICADO EL SUEÑO
    —Usted no puede nada contra mí —dijo, apuntando con dos dedos al humo que aleteaba alrededor de la cama—. Le-

vántate, Brunilda de cero noventicinco—. Pero Clara se tocaba el corazón con aire exánime, y había que discurrir otro medio.

—Lo mejor es que me despierte —dijo brillantemente Juan y se despertó. Estaba sentado en la cama, con las dos manos apretándose el estómago. Por la rendija de la ventana entraba la niebla.

Sin saberlo bien gozó la tranquilidad que le trajo la caricia de Juan; eso había terminado, eso no era nada más que una pesadilla. Por un instante la cara, los dientes de Abel la rondaron esfumándose, y después nada. La galería era de noble hermosura, con brocados y mesas como las del palacio Pitti, deslumbrantes de trocitos de mármol ajustados en una geometría minuciosa. Anduvo mirando retratos de su hermana Teresa, todos ellos con el nombre del pintor a grandes letras pero ilegibles; al mismo tiempo sentía que la llevaban de la mano (sin ver a nadie) y que era preciso llegar *al subsuelo*. Bajo una arcada de aire quebradizo vio al Imperial Ruso; era un hombre de rosa y blanco, era también la arcada, y convenía pasarle al lado sin hablar. Venían escaleras y escaleras, todo tan italiano, caracoles abiertos por donde bajar era un deslizamiento gratísimo, si no fuera por la obligación, saberse llevada. En las paredes del caracol había más cuadros y en uno la firma del pintor era el cuadro mismo, cubría la tela de izquierda abajo a derecha arriba, dejando apenas, en el lugar sobrante, una mano verdosa que sostenía un par de anteojos en la punta de los dedos.

Sonaba como una gotera, cambiando levemente de tono, subiendo, subiendo, bajando, subiendo. Andrés estaba seguro de que era el corazón de Madame Roland: se despertó convencido, alegremente afirmativo. «Qué sueño idiota», pensó sentándose en la cama. Una vez más lo irritó haber cedido al engaño, creer, aceptar que un ruido fuera otra cosa que un ruido. Un minuto antes la alegría de la seguridad, del hombre de fe con su fe; lo avergonzaba esa alegría, haber gozado con la afirmación; en el cuarto en tinieblas se quedó sentado, apoyada la nuca en la cabecera, oyendo respirar a Stella. Alcanzó a tientas el vaso y bebió con gusto: «¿Pero es un vaso de agua? ¿Quién puede asegurar que esta sustancia, suelta en la sombra, continúa su apariencia?». Después se preguntó por qué sus sueños eran tan sonsos, por qué no soñaba las maravillas que le contaban otras gentes. La mujer de un amigo se había soñado muerta, enterrada al modo de *La Extraña Aventura de David Grey*; desde su cristalina profundidad veía los rostros que la lloraban, inclinándose sobre la tumba. Todo ocurría en una gran serenidad y aunque ella hubiese querido gritar, decir que, estaba, no viva, no la de antes,

que estaba ahí, solamente,

y que veía,

la mecánica de la fosa no la dejaba. Entonces vio cómo su madre, llorándola siempre, plantaba un rosal sobre su tumba; desde la vítrea hondura lo observaba todo. Y su madre se fue, pero no la planta; la planta crecía, y su raíz bajó, creciendo, como una espada blanca. La sintió llegar hasta ella, y atravesarle el pecho.

Unos dedos sostenían un par de anteojos. El marco era vetusto, como de yeso carcomido, con vetas verdes y rosadas. Suavemente, de puntillas en el peldaño, Clara le echó el aliento. Ya la reclamaban otra vez, había que llegar al subsuelo. Entró en el comedor de su casa, riéndose.

—Me pasó algo tan curioso —dijo, y su madre alzó los ojos del bordado y la miró.

—Iba al empleo y Andrés me esperaba para venderme el diario. Tenía gorra de diariero y un aire cruel.

—Es raro, porque en general los militares son otra cosa —dijo su madre. A Clara no le gustaba el tono de su voz y se acercó para mirarle los ojos. De chica hacía siempre eso con su madre. «Quiero oírte los ojos», le decía. Por sus ojos supo cuándo su madre iba a morir, mucho antes de la hemiplejía. «Ah, esta mesa», pensó, incomodada, tratando de rodearla, pero la mesa como llena de golfos se ponía entre ella y su madre otra vez sumida en la labor. «¿Por qué piensa que Andrés no puede venderme el diario? Y esa manera de no mirarme, esa zorrería...» Empujaba la mesa con el vientre, con las manos; iba como al salir del río, en una arena de aire, en un agua blanduzca de caoba con centro de mesa de macramé.

Esta vez le gustó sentir el cordón de la bata entre los dedos. Cuidando de no despertar a Clara, que dormía mal y estaba otra vez revolviéndose y gimiendo, caminó hasta la ventana y la cerró. La niebla olía a castañas asadas, a cloro. «Increíble que pueda ser tan densa», pensó Juan. La olía, goloso, un poco extrañado. «A lo mejor el cronista tiene razón y es un fenómeno nuevo», pensó. Apoyando la nariz en el vidrio, se movió hasta que una rendija de la persiana le dejó ver la casa de enfrente, la calle, un vago farol envuelto por un enorme halo. Estaba casi dormido, de pie, apoyada la frente en el vidrio tibio, y miraba la luz de la esquina con ojos entrecerrados. Su infancia en Paraná, un verano húmedo, el parque Urquiza, las barrancas con el frontón de pelota allá abajo. Jugaba a la pelota y bebía chinchibirra, se bañaba en la isla, deslumbrado por el sol y la masa terrible del río, muerto de hambre después del baño, comiendo sándwiches hasta hartarse. Pero era la luz la que ahora recordaba, los focos de las esquinas por las noches: el universo, millares de insectos en una locura de órbitas fulminantes alrededor del foco, vibrando al unísono con una palpitación enceguecedora, zumbando con el movimiento de las alas y el rebotar incesante de los cuerpecitos contra el vidrio caliente. Por el suelo se arrastraban las catangas, y a veces un mamboretá desataba su pesadilla verde; el resto eran cotorritas, cascarudos, toritos, avispas, y a veces, pequeño planeta rubio perdido, una abeja desconcertada, tontísima, que se hacía matar de un manotazo.

«Los cínifes de Uspallata», pensó, volviéndose casi dormido a la cama, dejando caer la bata con un gesto de entrega. Veía la luz cenital, un arroyo de montaña, berros y juncos; oyó un balido lejano, un alto grito de pastor. En el aire, bajo el sol, un huso vibrante de cínifes giraba en millones de puntos luminosos. ¡Malla aérea, especie amenazando concretarse, geometría de cristal vivo, los cínifes! Ocupaban su huso, lo hacían vivo y torbellinado, giraban en él, límite y contenido de su mundo transparente, sin moverse del lugar que ocupaban en el aire. Sentado a poca distancia, veía el huso suspendido en el espacio, como si sólo *ese* espacio fuera el suyo y a su lado o más arriba no cupiera llegar. Nunca supo cuándo cesaba la danza, adónde iban los cínifes y a qué hora se disipaba, en el aire líquido, el fantasma translúcido.

—Pero sí, sí, me vendía los diarios. ¿Por qué no puedo acercarme, mamá?

—Porque tu padre se enojaría.

—Oh, qué ridículo —decía Clara, metida en el pantano a medio cuerpo de la mesa. Y cuando miró para atrás, asombrada al sentirse ceñida, vio que estaba ya en el centro de la mesa, que había conseguido avanzar hasta el medio y que ahora era el centro de mesa, una bailarina de rígido tutú que la paralizaba. «Andrés, Andrés», pensó —— y su voz resonaba como en una cámara vacía, pero su madre siguió bordando sin alzar los ojos. «Andrés, oigamos fanfarrias.» Necesario que oyeran fanfarrias juntos, porque eso sería la señal del pacto, el encuentro. No importaba que su madre hubiera pronunciado la horrible frase. «Una fanfarria y un contrapunto.» Entonces sería perfecto. «O solamente una fanfarria.» Lejanamente oyó resonar fanfarria pero no era fan fan la fanfarlo

fanfan la tulipe
el fan - tan   el fan gogh c'est l'Ophan

«Se precisa ser realmente imbécil», pensó Andrés, resbalando hasta quedar de espaldas. «¡Madame Roland! Hipnos, cuántas gansadas se cometen en tu nombre ——.» Estaba muy despierto, sintiendo que la fatiga le aplastaba la cabeza en la almohada, incapaz de dormirse. Imaginó planes de acción, necesitado de algo que lo apartara de la idea a la que volvía como una mosca. Higiene de vida: suspender la asistencia a la Casa, alejarse de la barra habitual, cultivar relaciones idiotas que lo mantuvieran en la vida por contragolpe. No volver a la Casa. Para qué ir, Stella que se las arreglara sola. Elegirle el Lector y que vaya a instruirse solita. Entretanto ——«Ésa es la cosa», pensó. «El entretanto; la vida es ya como un enorme entretanto. ¡Oh soledad, tanatógeno!» Pero no se trata de estar solo sino de aislarse en plena comunidad, lograr una autoconciencia total: después de eso lo mismo da Florida que la puna de Atacama. Nunca llegaría a conocerse, nunca; ir a la Casa, acercarse a Clara, oír la voz de Clara, vivir con Stella, prórrogas, la dilación que dura toda la vida, el aplazamiento hasta el final del único deber que contaba: *to thine own self be true*. ¿Cómo, sin saberlo antes, sin hacer nada por saberlo? «En mi acción está mi inacción», pensó, sonriendo amargo. «Opto todos los días por no optar.» Empezaba a dormirse, sonriendo todavía. Alcanzó a pensar que no hay problemas, que un problema es siempre una solución vuelta de espaldas. Decidirse, optar... epifenómenos; lo otro, la raíz del viento, oculta en la carne de la culpa. «Una lástima que ése sea el problema; porque el problema no es ése.» ¿Quién lo habría dicho? Riendo, se durmió.

Antes, y porque la visión de miel de los cínifes lo había llenado de ternura y melancolía, Juan se entretuvo en pensar el probable desarrollo del examen. Principiaré por resumir, en sus rasgos generales, las ideas básicas de la metafísica de Whitehead. Cabe decir que la estructura del saber, para Whitehead, se da con la compacta solidez lógica del universo parmenídeo; prueba es que, apenas plantea él la visión analítica del cosmos, la interdependencia casi monstruosa de cada ser con todos los seres se traduce en un juego que...

¿Y se puede saber, joven, qué es eso de «monstruosa»?

—Pues, señor profesor, claro que se puede saber. Whitehead

> White
>
> head   White Horse
> *O sleep sweet embalmer of the night*

En su piecita, muy cerca de las estrellas, dormíase el cronista.

III

—Pero el gobierno lo ha desmentido categóricamente —dijo el señor Funes.

—No creas en las categorías, papá —dijo Clara.

—Y vos no salgas con tus frases neosensibles.

Juan silbó violentamente, sobresaltando al Bebe Funes que limpiaba con genio (si el genio es una larga paciencia) su boquilla con filtro antinicotínico.

—*Che gelida manina* —cantó Juan, tironeando de Clara que miraba enfurruñada a su padre—. *Andiamo in cucina, cara. Ho fame, savee?*

—Esperate un poco. Nosotros vimos todo eso, anoche. Qué gobierno ni qué ocho cuartos.

—Ocho cuartos —dijo el Bebe, soplando la boquilla y mirando a través—. Frase optimista de los tiempos en que había ocho cuartos. Conformate con un ambiente y dos placards, nena.

—La metiste, viejo —le dijo Juan, palmeándolo con afecto—. Te confundiste de acepción. Pero no importa porque lo que dijiste tenía sus momentos notables. Y Clara está en lo cierto, señor suegro. Anoche lo vimos, y nadie puede desmentir que la estación se anuncia llena de extraños presagios y aún más extraños cumplimientos.

Clara sonrió.

—Habrán llegado las criaturas diabólicas —dijo—. *Gilles et Dominique, Dominique et Gilles——*

—Apenas signos —murmuró Juan, alzando la boquilla del Bebe contra la luz que rebotaba en todas las copas de la cristalera—. Nada, en realidad.

—Algunos andan como sonsos —dijo el señor Funes, produciendo la fuerte impresión de que nada tenía que ver con ellos—. Es la psicología de las multitudes, el pánico irracional. Como los cometas. El gobierno hace bien en tranquilizar a la población. Es ridículo dejarse llevar por pavadas. Como cuando la empiezan con la polio no sé cuánto.

—La poliomielitis —dijo el Bebe, muy serio.

—Eso. Total —dijo el señor Funes, convencidísimo— no se gana nada con sembrar el desconcierto, cuantimás que no se sabe lo que pasa.

—Las condiciones son por tanto óptimas —dijo Juan—. Pero comamos, Clara. Decile a la cocinera que se mueva.

—El concierto es a las dos —dijo el señor Funes.

—¿Tan temprano?

—Es en *matinée.*

—Ah. Bueno, yo creo que podemos comer, papá. ¿Le digo a Irma?

Pero Irma entraba con la mayonesa, y los cuatro se sentaron con cierto apuro y desplegaron vivamente las servilletas. El Bebe tenía nicotina en los dedos, se los olió con disgusto y se fue al baño. Juan aprovechó para murmurar una excusa e irse tras de él. El Bebe se lavaba despacio, resoplando. No contento con jabonarse las manos se frotó la cara y resopló el doble.

—Che, decime una cosa: ¿qué es eso del concierto?

—Ah, no sé nada —dijo el Bebe—. A mí dame a Pichuco o a Brunelli, y una mina pa la milonga. Nada de clásico, pibe, nada de clásico. Una sola vez me llevaron al Colón y vi una ópera donde había una cueva y no sé qué más. Dejame de macanas.

—¿Pero qué concierto es?

—¿Y yo qué sé? —dijo el Bebe—. Total, los que van son ustedes.

Juan volvió al comedor. «Increíble que se le ocurra meternos justamente hoy en un concierto», pensó, comiendo mayonesa con un apetito enorme. «Claro que ayer yo le dije que iríamos, pero lo que deberíamos hacer es dormir otro poco, estar frescos para esta tarde.» Clara tenía ojeras, un pliegue de fatiga en la boca, y hablaba en voz baja. «Con tal que no se me asuste», pensó Juan, «como aquella vez en primer año o era en dejame ver no, era en tercero, filosofía de tercero. Le preguntaron quién era Hegel y dijo que un amigo de Copérnico». Se ahogó con el vino, el Bebe que entraba se puso a darle trompadas en el lomo. Le pegaba de veras, divertidísimo.

—Se ríe solo como los locos —dijo Clara, acariciándole una mejilla para sacarle una lágrima que le resbalaba.

—Aunque sea plagiar a Chesterton —murmuró Juan, carraspeando—, conviene que sepas que ningún loco se ríe solo. Lo que se llama reír, entendés. Apenas si a los seres más elevados les es dado el derecho de prescindir del interlocutor y sin embargo reírse; esa risa es divina, porque se crea a sí misma y se complace a sí misma. Una especie de masturbación epiglótica.

—Anoche fue igual —se quejó Clara con la voz de los mimos—. Me dijiste mosca perruna y después te revolcaste cinco minutos. Bebe, ¿cómo está la señora del ocho?

—Mejor, creo. Papá mandó preguntar anoche.

—Casi se muere —dijo el señor Funes—. Son los achaques de la edad. Te quiere mucho a vos, siempre me pregunta. Todos los vecinos me están preguntando siempre por vos.

La sombra de una paloma pasó por el mantel. Irma trajo la carbonada y el teléfono para la niña Clara.

—¿Titina? ¿Cómo sabías que estaba en lo de papá? ¡Ah, claro!

—Titina es un churro inconmensurable —informó el Bebe a Juan—. Ex compañera de colegio de ésta. Algo increíble. Rema y le gusta el drogui.

—Sí ya lo sé —dijo Juan—. Yo cultivaba a tu hermana para tener gancho con Titina. ¿Verdad, Clara?

—Mentira —dijo Clara, tapando el teléfono—. Pero sí, Titina, cuando te venga bien. Yo encantada. Ah, eso... Sí, anoche era raro.

—Dale, ya salió de nuevo —dijo el señor Funes—. Me imagino que medio Buenos Aires está llamando al otro medio para asustarlo con esas macanas. Hasta han dicho que se hundió un buque en el puerto.

—Puede muy bien ser —dijo el Bebe—. En las películas con niebla siempre suena algún paquebote. Che, besuquiala en mi nombre.

Pero Clara había cortado y comía carbonada.

—Poné despacito la radio, Bebe —dijo el señor Funes—. Vamos a ver si hay otro comunicado. Me parece que se está yendo el sol.

—En realidad no ha habido lo que se dice sol —afirmó Juan, mirando irónicamente cómo el Bebe manipulaba la radio—. Es muy raro, en el cielo brumoso, un dosaje tan brillante de luz solar. ¿Ustedes vieron pasar una paloma por el mantel? Una sombra, apenas un segundo.

—Si era una sombra, entonces había sol —dijo el señor Funes—. Poné Radio del Estado, Bebe.

«Tiene miedo», pensó Juan. «Está duro de miedo mi señor suegro.» Y de golpe comprendió lo del concierto, la necesidad de hacer algo, de escapar del acoso de

de qué

LAS C H ICAS NO SON
JUGUETES DE AMOR

—Sacá ese tango —dijo el señor Funes—. ¿Te agrada el queso y dulce, hija?

—Sí, papá —dijo Clara, soñolienta—. Las chicas no son juguetes de amor. ¿Y qué son, entonces?

—Amor de juguete —dijo Juan—. Preciosura, ¿quién sospechó el primero la grandeza de Delacroix?

—Bolilla tres —dijo Clara—. Nadie lo sabe, pero probablemente Delacroix mismo. Y después Baudelaire.

—Muy bien. ¿Y cómo se llama el famoso libro de Tristan Corbière?

—*Les Amours Jaunes*. ¿Y quién habla mal de Émile Faguet en un ensayo sobre Baudelaire?

—Menalcas —dijo Juan, guiñándole el ojo—. ¿Y qué opinás vos del simbolismo?

—A los efectos del examen, opino lo mismo que el doctor Lefumatto.

—Aprobarás, pero te irás secando —dijo Juan—. Don Carlos, creo que su hija va a aprobar, si llega sana y salva al fin del examen.

—¿Qué querés decir con eso?

—Nada, vamos —dijo Juan, sorprendido a medias—. Nadie puede saber si atravesará felizmente el Styx de la bolilla siete. Además, usted me perdonará, pero eso de ir a un concierto antes del examen.

—Quién sabe —murmuró Clara—. A lo mejor nos hace bien. Es inútil seguir estudiando —sonó el teléfono, pegado al plato de Clara, y ella hizo un gesto brusco y volcó una copa de agua—. Hola. Sí. Ah, la señora de Vasto. Muy bien, señora —hacía señas al Bebe para que bajase la radio de donde venía un *allegro* a toda orquesta—. Estamos todos muy bien. Ah, qué pena. ¿Y ya va mejor? Claro, en esta época... No, ¿por qué?

—Ya salió —dijo el señor Funes—. Otra que anda difundiendo especies.

«Duro de miedo», pensó Juan, casi con envidia. «Un palco, un concierto. Realmente encontró la manera física de encajonarse por tres horas. Un palco: el gran refugio, el caracol. Te la debo, pibe.»

A la hora del almuerzo, a la hora de la cena,
usted será feliz si

dio Splend

*and they swam and they swam all over the
dam*

bado por Hugo del Carr

sejo de seguridad de las Naciones Unidas

reunido en

—Qué lástima —dijo el señor Funes—. Ya han pasado las
noticias argentinas. Habrá que esperar el próximo boletín.

—Y que se mejoren todos —terminó Clara, que hablaba
con los ojos cerrados como en realidad se debe hablar por
teléfono. Depositó el manual en la horquilla y se miró la palma
de la mano—. Qué humedad. Se queda una pegada a todo.

Racing le abrió las puertas de oro para que
volara alto. Y Huracán le dio anchura de
cielo para que alcanzara cimas de cóndor.
Y Uzal, sentido perfecto del jugador profesional, se dio todo a la nueva división. Y allí
lo vemos hoy, magnífico, caprichoso, con
sus intervenciones volatineras, inteligente y
vigoroso, listo para ponerle maneas a las
proyecciones de los ribereños porteños.

—Cortá la radio, Bebe —dijo el señor Funes— y vení a
comer la mayonesa. Irma, a las seis baje a comprar los diarios
aunque yo no haya vuelto todavía.

—Sí, señor —dijo Irma—. ¿Compro los tres, señor?

—Los tres. Tu plato, Clara.

—Poco, papá. Papá..., ¿el palco es para cuatro?

—Sí. Dame tu plato, Juan. ¿Querés invitar a alguien?

—Al cronista —dijo Juan—. Ya está: lo invitaremos al cronista. ¡Miren!

Pero la sombra había pasado tan leve y rápida por el mantel que sólo vieron el dedo de Juan señalando grotescamente
la nada.

—Bueno —dijo Clara, cautelosa—. Entonces invitalo al
cronista.

227

—¿Vos tenías otro candidato?

—No, no había pensado en nadie —y le pasó el teléfono. Irma vino a llevar la fuente de mayonesa y dejó una carta al lado de la mano libre de Juan, que se reía de la voz adormilada del cronista. Clara miró el sobre, miró al Bebe, otra vez al sobre. La letra era grande, irregular. Abrió la carta bruscamente.

—Pero pibe, dejame de macanas —decía Juan—. Está bien que el diario te exprima el líquido cefalorraquídeo, pero que se dejen de embromar un poco. ¿Cuándo vas a tener un día de paz?

—¿Te parece poco la vagancia infinita de anoche? —decía el cronista con una vocecita resfriada.

—Vení con nosotros. Un palco, che. Viste mucho.

—No puedo. Y dejá de jorobar con el palco. No te veo a vos en eso. ¿Por qué vas?

—Qué sé yo —dijo Juan—. Como estamos en capilla, es bueno distraerse en algo. ¿Así que no venís?

—No. En el diario están como locos. Casi me suspendieron porque anoche no los llamé cada hora como parece que me habían ordenado.

—¿Y eso?

—Nada, los hongos —dijo el cronista—. Pavaditas que están pasando. Todavía no tienen el análisis de la niebla, pero ya hubo dos comunicados de la policía y una vieja armó un escándalo horrible en Diagonal y Suipacha; de esto hace media hora. Histeria a baldes, querido.

—Lo que te has de divertir —murmuró Juan—. En fin, comprendo que no vengas.

—Me alegro —dijo el cronista—. Anoche, para dormirme, me recité un poema tuyo. Chau.

Juan colgó, riéndose. Sentía la mano de Clara en el bolsillo de su saco, un roce de papel.

—No la leas ahora —dijo Clara, mirando el plato—. No, papá, no quiero carbonada. Dale al Bebe que está flaco.

Juan cerró con llave, bajó la tapa del inodoro, y después de encender un cigarrillo y acomodarse a gusto, se puso a leer la carta. Por la ventana de vidrios esmerilados entraba el resplandor amarillo y violento de los bancos de niebla; desde una radio de otro piso venía la voz de Toti Dal Monte gallineando activamente. Pero el señor Funes, en el comedor, volvía a la radio en busca de noticias, y ayudado por el Bebe removía el dial de punta a punta. Hubiera querido telefonear a *La Prensa,* ese recurso final y sibilino, esa consulta *in extremis* al trípode; pero le daba vergüenza.

Clara pidió permiso por un minuto y se llevó el teléfono al cuarto que había sido de su madre, donde el Bebe desplegaba ahora sus *pin-up girls.* Pensó en Juan leyendo la carta de Abel, porque era seguro que Juan la estaba leyendo en el baño, en el recinto de los secretos, del primer cigarrillo, del primer fantasma al que se abraza gimiendo. Discó el número de Andrés.

—Sombra de los dioses —dijo la voz de Andrés—. Hola.

—Es bonito —lo felicitó Clara—. Está muy bien. ¿Tenés un surtido variado, o repetís siempre lo mismo?

—Es que en realidad me había apretado un dedo al cerrar la puerta —dijo Andrés, un poco confuso—. ¿Y a qué debo tan alto honor?

—Si pudieras oír —dijo Clara—. Hay una urraca chillando en la palmera de casa. Deliciosa.

—El teléfono es para los grandes ruidos, es decir para la insignificancia.

—Sí, y ahora soy yo hablándote —dijo Clara. «Por qué todo lo que verdaderamente importa tengo siempre que decirlo por teléfono», pensó mientras del otro lado se hacía un largo silencio.

—No quise decir eso —dijo por fin Andrés.

—Ni yo creí que me lo decías. Pero es cierto. Salvo que nosotros no nos hablamos casi nunca.

—Bueno, nos andamos viendo por todas partes.

—Sí, es cierto.

—Ahora que está muy bien que hayas llamado —dijo Andrés, y Clara notó el esfuerzo astuto con que generalizaba, evitando el «me», la atribución vanidosa de la llamada. «Tengo que hablarle de esto», pensó, con un raro dolor en las sienes, en la raíz del pelo. «A los santos les ha de quemar así el halo.» Oyó a Andrés que tosía, alejando la boca.

—Hace calor —le oyó decir—. ¿Vos pudiste dormir?

—Mal, a los saltos —dijo Clara, con unas raras ganas de llorar, como si él le hubiera dicho algo extraordinario, inefable—. ¿Y ustedes?

—Más o menos.

—Es el calor.

—Sí, supongo.

—Oíme —dijo Clara, imaginándose a Juan con la carta en la mano, su cara—, papá tiene un palco para un concierto de Jaime no sé cuánto. ¿Querés venir con nosotros tres? Salimos dentro de diez minutos.

El silencio le traía la vacilación manifiesta de Andrés.

—Sombras de los dioses —dijo Clara, sin ningún deseo de burla, nada más que dándole un apoyo. «No se lo puedo decir por teléfono», pensó. «Allá, un minuto en el antepalco. Pero para qué, si...»

—Mirá, Clarita, te agradezco tanto —dijo Andrés.

—Está bien. No hay que ir sin ganas.

—Gracias. Creo que no necesito usar rodeos. Sencillamente no me siento como para música.

«Pero entonces tendría que decírselo ahora», pensó Clara. Oyó al señor Funes que golpeaba en el living con el bastón, llamándolos a la mesa.

—No sé, me hubiera gustado hablar con vos —dijo.

—Yo pensaba ir esta noche a la Facultad.

—Ah. Entonces... ¿Y para qué tenés que ir a la Facultad? —le gritó histérica—. ¿Te gusta ver colgar a la gente? Perdoname.

—Sí, ya sé. El calor —dijo Andrés, con una rara voz de payaso.

—Hasta luego. Perdoname.

—Hasta luego.

Cuando entró Juan, le dijo:

—Lo llamé a Andrés por si quería ir al concierto.

—Difícil que haya agarrado.

—Sí, no quiso. Lástima.

—Sí, lástima —dijo Juan, mirándola—. Supongo que querías hablarle de esto.

—Sí. Sería bueno que él lo supiera. Vos sabés cómo nos quiere.

—Tu padre también nos quiere mucho, y no le vamos a decir nada.

—Es distinto —dijo Clara, sin mirarlo—. Al fin y al cabo no es para tanto. Con no hacer caso. No vamos a denunciarlo, ni nada por el estilo.

Juan se sentó al borde de la cama del Bebe. El bastón del señor Funes venía por el zaguán, entró furioso en la pieza. Dos golpes. Otro. Molière, o poco menos.

—¿Qué diablos hacen aquí?

—Teléfono —dijo Clara, y lo señaló como si fuera un bicho.

—Volvamos al comedor —dijo el señor Funes—. ¿No van a comer el postre?

—Pero si no hay tanto apuro, papá.

—Es la una y media —dijo él—. Cuanto antes salgamos mejor.

Y bueno; irían al concierto; peor era esperar fumando o dando vueltas. Al pasar ante el espejo Juan se vio la cara mojada de sudor. A la altura de la ventana, un chico repetía: «¡Ya vas a ver, vas a ver, vas a ver, vas!».

Clara terminaba su postre, y el Bebe recortaba una figurita de *Life*; en el plato de Juan el queso se extendía como una goma amarilla.

—Doble crema —le dijo al Bebe—. Muy bueno para los examinandos.

—Y eso que viene de la heladera —dijo el señor Funes.

—¿Estás contento con la heladera? —preguntó Clara, distraída, comiendo.

—Ah, perfecta. Nueve pies cúbicos, maravillosa.

—Algo grande —dijo el Bebe—. Dan ganas de meterse adentro.

—Vuelta a Egipto —dijo Clara.

Juan oía, lejanamente. Trajeron la mayonesa y comió un poco, pero el recuerdo de una referencia del cronista lo preocupaba, algo sobre hongos. Pobre cronista.

—Las de seis pies cúbicos no valen nada —le decía el padre al hijo.

—Muy chicas —dijo el Bebe—. Ponés un repollo y una zanahoria y ya no te cabe más nada.

—Y además ésta tiene frío seco.

Clara comía la mayonesa, entornando los ojos y apoyándose la frente en una mano.

—Los del cuatro tienen una a querosene. Asquerosa.

—Una porquería. No me vas a decir que con querosene se puede producir frío.

Suspirando, Juan se levantó para sentarse más lejos, en el sofá que había sido el preferido de su suegra. Se puso a escribir, tristemente, olvidado de Abelito, del examen. Después le pasó el papel a Clara que había venido a sentarse con él. Clara vio que los versos estaban escritos en el sobre de la carta, despegado y extendido como una cruz. En un extremo Juan había dibujado torpemente una heladera.

—Entronización —leyó Clara en voz alta.

Aquí está, ya la trajeron, contempladla: ¡oh
nieve
azucarada, oh tabernáculo!

El día era propicio y mamá fue por flores,
y las hermanas suspiraban, fallecidas.

Aire de espera, acceso al júbilo, ya está! ¡Aleluya!
¡Corazón sin dientes, cubo del más cristal, taracería!
(Pero el padre dispone pausa pura, y persiflora
el silencio con las manos compuestas: sea
contemplación.
                    Estábamos. Osábamos,
apenas ——)
Aquí está, ya la trajeron, nieve tabernáculo.
Mientras nos acompañe viviremos
mientras ella lo quiera viviremos
Hosanna, Westinghouse, hosanna hosanna.

—Vos sos loco —dijo el Bebe.

—Al final no se entiende nada, como siempre —dijo el señor Funes—. ¿No comen carbonada? —llamó a Irma para que trajera cubiertos bien secos, e Irma dijo que era la humedad del día; tomaba muy a pecho las observaciones. Agradeció al Bebe que la defendía con gracia, y secó vigorosamente un plato playo para que el señor Funes se sirviera carbonada.

—Es cruel —murmuró Clara, apoyándose en Juan—. Todo lo que escribís ahora me parece tan cruel.

—Es preciso. Razones de la cólera.

—Pobres de nosotros —dijo Clara, como dormida—. Todo lo que nos falta andar, y tan cansados.

—No son la misma cosa el andar y la fatiga. Si se pudiera aprender a disociarlos.

En voz muy baja (y cómo rabiaba el señor Funes), agregó:

—Necesito una poesía de denuncia, sabés. No una idiotez socialoide, no un curso por correspondencia. Qué me importan los hechos, lo que denuncio es el antecedente del hecho, esto que somos vos y yo y el resto. ¿Crees posible una poesía en esta materia tan corroída y tan rabiosa?

                    —Escuchá el boletín, y en un intervalo yo
                    te telefoneo desde el teatro.

—Sí, papá.

—No sé —dijo Clara—. Es tan raro que la poesía pueda no ser hija de la luz.

—Pero puede serlo, querida —murmuró Juan—. Ella misma sube a su verdadera patria. Ella sabe en qué regiones el canto no es posible y libra la batalla para liberarse.

—Sobre todo estate atento a cualquier cosa. No hay nada peor que el pánico.

—Pero sí, viejo.

—No sé —murmuraba Juan, perdido—. Quisiera llorar toda una noche, y despertarme después a mi verdad. Estoy rondando la casa, y duermo en los caminos.

—Yo soy un pedacito de la verdad —dijo Clara—. Qué bobamente suena, ¿verdad? El radioteatro ha liquidado la ternura.

—¡Mis llaves!

—Irma, las llaves del señor.

—De frente, march —murmuró Juan, levantándose—. Vamos, vieja. ¿Cómo te sentís?

—Hórrida. Daré un buen examen, creo que voy a tener fosforescencia.

—¿Hegel, amigo de Copérnico?

—Dale, reíte de mí. Reíte.

Pero Juan no se reía. «Ahora es la cosa», pensó. «La calle, estas horas que faltan. Qué idiota, amenazarla así. Un anónimo, el muy cretino, con esa letra de vaca que le conocemos de toda la vida.» Y casi sentía lástima de Abelito, pero tendría que hacer algo de todos modos, frenar ese avance hacia ellos: primero la cara

TAN BLANCA

bajo el chambergo azul

y después su letra, la primera acción directa. Ya no era bastante no hacerle caso. «Demos el examen», pensó Juan, sacudiéndose como un perro mojado, «y después lo iré a buscar». Como toda planificación, esto lo puso contento, le ordenó las ideas. *How to Stop Worrying and Start Living*, veinte pesos enc. en tel.

IV

Como tan bien dice César Bruto: Con la cosa de la demolición, Buenos Aires ya no es lo que era antes. *Non sum qualis eram bonae sub regno Cynarae.*

Y así ocurrió que el señor Funes, al ver que el taxi los traía por 9 de Julio sobre la banda que fue Cerrito, se quedó helado contemplando la fachada posterior del Colón, a la que las autoridades acababan de plantarle una marquesina *pour faire pendant.*

—Pero aquí enfrente había un café —dijo.

—Había —asintió Clara.

—Un café donde se juntaban los músicos.

—Ajá.

—Extraordinario —dijo el señor Funes—. Cómo ha cambiado todo en tan poco tiempo.

Miraba al fondo de la avenida, el tráfico confuso, la vaga perspectiva entre los bancos de niebla. El taxi patinó al girar por Tucumán, y Clara tuvo como una náusea en el instante del deslizamiento.

—Morirse debe ser parecido —le dijo a Juan—. Un cambio como de movimiento. En realidad el movimiento del auto es el mismo, pero cuando hace el trompo la calidad cambia: algo blando, irreal, como si no tocara el suelo.

—Lo toca, pero con las ruedas quietas.

—Justamente eso. El que se muere es como la rueda: quieta, y entrando en el nuevo movimiento de su quietud. Papi, son cinco setenta.

—Vamos, tonta —dijo Juan, sacando dinero—. Ya está, don Carlos.

—Me apena que hayan volteado el café —dijo el señor Funes—. Y qué raro parece el Colón con esa parte a la vista, y...

«Obsceno», pensó Juan. «Sí, ciertas fachadas desnudas, de pronto es la pornografía.» Se preguntó si ese tipo de la escalinata no sería

pero claro que era

—En realidad vengo por deber profesional —dijo el cronista, algo confuso.

—¡Pero es estupendo!

—No, qué va a ser. Tenemos un trabajo de mil... —y saludó al señor Funes, a quien no conocía, mientras guiñaba un ojo a Clara—. Che, es emocionante ir a palco. Yo al Colón lo conozco como a la carne de vaca, de todas partes salvo el lomo. Buen chiste.

—Ganadero —dijo Clara, mirando a la gente del *foyer*, las caras blancas, caras grises, caruchas, carotas, caretas, caronas, viendo escotes, carteras (apreciadas con rápido juicio, porque amaba las carteras bonitas), viendo luces y a un señor rengo que subía lentísimo la escalera con esa suave irrealidad que da el silencio de las alfombras, oyendo el cloqueo de los grupos ya compuestos, palcos prefabricados que subían a meterse en su envase: entonces, por primera vez con violencia, con terror, el examen.

Sujetó el brazo de Juan, apretándose tontamente contra él. Oía al cronista explicando al señor Funes que el diario llevaba ya dos boletines extra y que otro saldría a las cuatro.

—El diario quiere pulsar el clima de los distintos sectores de la población.

(y era tan cómico oírlo al cronista autocopiando su jerga de redacción)

y en razón de mi cultura artística, me ha encomendado pegarle una balconeada a este concierto.

—Pero para eso debías irte al paraíso —dijo Juan.

—Vos sabés muy bien que las noticias sobre el paraíso están todas fabricadas en la tierra. Buen chiste.

—Tu diario y sus encuestas me parecen bastante idiotas —dijo Juan.

—Qué querés, a la gente ya no le basta que las cosas ocurran: sólo ocurren realmente en el minuto en que las leen en la quinta o la sexta.

—¿Y usted cree que hay pánico? —preguntó el señor Funes, que lo creía.

—Bueno, pánico es mucha palabra. Lo que hay es extrañeza, y nadie acepta otra cosa que las mentiras, con lo cual los comunicados del gobierno alcanzan un éxito prodigioso.

—*The yellow press meets the yellow nineties* —se burló Juan—. Ojo que están llamando.

El palco era balcón sobre la derecha. En la platea, ya enteramente ocupada, había un conversar presuroso, como agotando las noticias antes de que se apagaran las luces. Sentada junto a Juan, adelante, Clara oyó a su padre interrogar impacientemente al cronista que no parecía nada dispuesto a referirse a su trabajo y a sus noticias.

—Conviene ser discreto —decía—. No se gana nada con lanzar hipótesis que los resultados de los análisis y los peritajes desmentirán.

—¿Análisis? —decía el señor Funes.

—Sí, claro. En el diario estaban analizando la niebla. Todavía no se conocen los resultados.

—¡Analizando la niebla!

—Analizando la niebla, sí señor.

Juan acarició el pelo de Clara, que estaba muy bonita.

—¿Querés que te deje ver la joya de las grandes noches?

—Sí —dijo ella, como recordando de golpe—. Sí, pronto, antes de que se apague.

Juan se quitó los anteojos y los sostuvo delicadamente a la altura del pecho. Inclinándose, Clara miró el reflejo en los cristales: la lucerna, reducida a una doble moneda de oro, brillaba como ojos amarillos, taraceados, menudísimas puntillas de luces.

—Los ojos de Balzac —dijo Juan—. Polvillo de oro, ¿te acordás? Ya no sé quién lo dice.

—Y los ojos de aquel personaje de Felisberto Hernández —dijo Clara—, creo que un acomodador de cine, que echaba luz por los ojos.

—A *dreadful trade*, camarada. Mirá, mirá, se apagan.

Los ojos se esfumaban, sin cerrarse, y en lugar de la luz surgía la forma de la bóveda de la sala, un disco rosado donde las pupilas, opacas ahora pero todavía presentes, parecían mirar su propia contemplación como los ojos de los Bodhisattvas enajenados. Juan gozó del paralelismo descendente de las luces y los murmullos. «Se apagan las voces», pensó, «es válido decir que se callan las luces. Pero en esta sala hay miedo». Tosían en lo alto, restallaban toses secas, molestas. «Pronto se estarán ahogando de calor, ya ahora está desagradable. Como no entre la niebla——»

—¿Quién toca, che? —dijo el cronista—. Ojalá toque algo de Borodin.

—Ya es un progreso, desde que te pescamos con Eric Coates —dijo Juan—. Ahí lo tenés, sabio y antiguo como Homero, y como él precisado de báculo y lazarillo.

—Un caso único de devoción artística —dijo el señor Funes.

Traían al ciego entre dos empleados de librea y peluca. El artista sujetaba con fuerza el violín y avanzaba a pasos breves, que en la escena parecían saltitos de baile. El pianista acompañante entró detrás, corpulento, siguió derecho al piano y se puso a acomodar las partituras mientras el artista quedaba en el sitio justo (tal vez había una marca de tiza en el suelo, para que los empleados no se equivocaran) y saludaba, inclinándose gravemente, después sacudía la cabeza como husmeando a su alrededor, satisfecho de que los empleados se hubieran ido dejándolo solo.

—Qué macana —dijo el cronista entre dos aplausos—. Yo creía que era un pianista.

—Avisá. ¿Vos también? —dijo Juan, rabioso.

—El violín es un instrumento noble —dijo el señor Funes.

«Habla como la peor es nada de Andrés», pensó el cronista. «Ahora va a decir que es el instrumento que más se parece a la voz humana.» Del palco de al lado llegó un susurro: «... la censura. Pero la censura no va a arreglar las cosas». Alguien seguía aplaudiendo, pertinaz; desde las galerías le chistaron. Se hizo un gran silencio, y el violín subió al mentón del artista y se oyeron como frotamientos de insecto mientras afinaba, inclinado un poco hacia el sitio del pianista. «El gran grillo de madera», pensó Juan. «El duro bicho implacable, la llave de los cantos.» Buscó una mano de Clara y sus palmas húmedas se tocaron, con una pequeña angustia local de no más allá de las muñecas.

El pianista se había levantado, y reclamaba el total silencio con una imperturbable inmovilidad.

—El maestro —dijo con fuerte acento balcánico— deberá descansar entre tiempo y tiempo de la sonata a Kreutzer

porque el delicado estado de su salud ——

Ya aplaudían en lo alto, y no se oyó el final.

—¿Pero por qué carajo aplauden? —dijo el cronista al oído de Juan.

—Porque nacieron para eso —dijo Juan—. Unos hacen las cosas y los otros las aplauden, y a eso le llaman cultura musical.

—No te hagás el Zoilo de ceronoventicinco —dijo Clara—. Basta de rabiar contra los demás.

—Silencio —mandó el señor Funes, en quien la emoción era visible. Se sonó fuertemente, tapando a su alrededor el comienzo de la sonata. Clara tenía los ojos cerrados y Juan hubiera querido decirle, vengativo, que era un Giorgione de ceronoventicinco, pero la música lo ganó. Quería pensar, hacerse fuerte en su rápida cólera contra ese carnerismo histérico del aplauso; en vez se abandonó a los ritmos, al sonido un poco seco y como escolar del ciego. Entornando los ojos, vio reducirse la flaca figura del artista a una silueta a la tinta, un muñeco de bruscos sobresaltos, con el pelo blanco agitado por un viento repentino. Tenía algo de chivo emisario, de camino al Gólgota; de sus manos estaban saliendo todos los pecados del mundo; maligno el canto, inútilmente hermoso. Y eso nacía de un mundo de tiniebla, como todas las voces que importan, y caía en una sala falsamente a oscuras, llena de reflejos furtivos, lamparillas de seguridad, tornasol de joyas, murmullos. El grillo chirriaba y todo el teatro dependía falsamente (con una atención montada por el ocio, la afición, el escapismo) del lenguaje casi ridículo en su colérico dialogar con la bocaza del piano, su alternación de voces, sus encuentros y fugas, su irritada materia heterogénea fundida a la fuerza por el herrero de Bonn. «Un ciego tocando a un sordo», pensó Juan. «Que después te vengan a hablar de alegorías.» Los aplausos cayeron como una lluvia de arena, y la luz se encendió de golpe, casi con la última arcada.

—Pero es absurdo —dijo Clara—. Comprendo que esté muy viejo, pero un intervalo entre tiempo y tiempo mata toda unidad.

—Lo sentarán en su rincón y le harán aire con la toalla —dijo el cronista, viendo cómo los empleados de peluca se llevaban al artista. El acompañante se quedó en su lugar, y como la gente seguía aplaudiendo, se puso a saludar, a veces desde el piano, a veces de pie y adelantándose al proscenio.

—Hace de nombre profano de Jehová —dijo Juan, mirando a una pelirroja de la platea que se untaba la boca.

—Te estás aburriendo —le dijo Clara.

—Sí.

—Bueno, lo mismo sería en casa.

—Tal vez peor. La forma más abyecta del hastío es la que lo agarra a uno en piyama. Ya entonces no hay salvación. ¿Fumás, cronista?

Se fueron de ronda, mirando a las mujeres con el tono confortable de los intervalos. Los grupos, en el *foyer* y en el salón de los espejos, tenían un aire más deliberado que otras veces; y no era del concierto que se hablaba.

—Practicá tus observaciones —sugirió Juan—. Te puedo ayudar, diciéndole por ejemplo a esa señora que acaba de caerse la torre de los Ingleses. Vos te vas al paraíso y calculás el tiempo de llegada de la noticia.

—Macana, la cosa es seria —decía el cronista, mirando a las adolescentes—. De aquí tengo que irme a los barrios, no sé si elegir la Boca o Mataderos, que son buenas orejas de Dionisio. Lo malo es que me dura el cansancio de anoche, y la fajina que me espera...

—¿Por qué seguís en el diario?

—Porque no encuentro una cosa mejor.

—Cualquier cosa es mejor que el diario.

—No te creas —dijo el cronista, mirando el suelo—. A veces te ligás un concierto, o sos de los pocos que ven el cadáver de la viuda. ¿A vos te parece que aquí hay pánico?

—No —dijo Juan, mirando los grupos, descubriéndose flaco y despeinado en un espejo—. Son los romanos viendo entrar a los bárbaros, con la diferencia de que no se ve entrar a nadie. Fijate que la ciencia, al mostrarnos que las peores muertes son las invisibles, nos ha curado de muchos miedos físicos. Se puede concebir a un hombre de nuestros días que tiemble ante un ramo de flores, por un miedo metafísico, por aquello de lo bello, primer grado de lo terrible,

y apenas se aflija cuando una fortaleza volante le raja su melinita por la cabeza.

—Qué atrasado —dijo el cronista—. Melinita. Fortaleza volante. Bah.

—Menos mal que me dejás el ramo de flores —dijo Juan. Y se volvieron al palco cuando ya el artista, que había aparecido solo y repentinamente antes de que apagaran las luces, iniciaba el lento. Juan traía mentas para Clara que había atendido mansamente a su padre, empezando a fijarse más y más en las agujas del reloj pulsera.

—¿A qué hora iremos?

—A la salida de aquí —dijo Juan—. Tomamos un café con leche en el bar de Viamonte.

—Empezará tarde, como siempre.

—Sí. No importa.

—Charlaremos con Andrés —dijo Clara—. Me dijo que iba a ir.

La luz de una linterna anduvo por el piso del palco. Juan sintió que le alcanzaban un papel. El acomodador salió, y lo oyeron que tropezaba al entrar en el palco de al lado. Alguien chistó. Clara puso la boca contra la felpa del antepecho y olió fuertemente; la música era hiriente, pero a la vez con algo de bobo, de cansado, de libro de texto para conservatorio. La fértil llanura del Nilo proporcionaba a los egipcios grandes cosechas de trigo, y las épocas de creciente y estiaje del ancho río

y el programa era para el jueves siguiente: 3 conciertos para piano y orquesta, platea dieciocho pesos

«...directamente a casa», dijeron en el palco de al lado. Concluía el movimiento, y cuando saltaban como frituras los primeros aplausos, el ciego alzó el arco conminativamente y se tiró a fondo en el allegro. Hasta el pianista parecía algo azorado; ahora los dos estaban tocando muy bien.

En la sala se creó ese fluido que más tarde desaparece para dar lugar a la palabra «éxito», y casi nadie tosía. Cuando acabó la sonata mucha gente estaba de pie en las plateas, y desde el paraíso bajó un rugido estridente, como si una polilla pudiese rugir, o un rallador. El señor Funes aplaudía por los cuatro, y hasta Clara estaba conmovida y la ceguera del artista se le apareció como una calidad inmediata, era como *su* ceguera, un atisbo del mundo sonoro donde el ciego se movía a pequeños saltos, con su grillo, su pequeño ataúd barnizado, su linda momia cantora, vaticinando. Ahora el artista acababa de saludar, ya con los dos empleados de peluca a su lado, y salía pero deteniéndose a cada metro, girando el busto hacia la sala, hacia el piano, haciendo vagos gestos de contento, rechazando de pronto las manos solícitas de los dos empleados. Un señor de frac vino por la izquierda, dio unas instrucciones a los empleados, y éstos tomaron con más firmeza al artista y se lo fueron llevando, con el señor a la retaguardia y el pianista que había guardado las partituras en una cartera reluciente y andaba sin mirar a nadie.

—Vení a fumar —invitó Juan a Clara, que seguía con la nariz perdida en la felpa.

—Sentí —dijo ella, obligándolo a oler—. Sentí.

—Huele vagamente a podrido y a salicilato.

—Debe ser lo que llaman el olor del tiempo —dijo Clara, con un chucho—. Ah, es fascinante. Qué bien quedaba Beethoven con esta felpa.

—Y nosotros —dijo Juan, bajando la voz—. Nosotros, los del palco.

Afuera se encontraron con Pincho López Morales, técnico en *hot jazz* y poesía de Javier Villaurrutia. Pincho les informó que el artista acababa de sufrir un desfallecimiento y que tal vez se suspendiera el resto del concierto. El cronista se había mezclado con la gente del *foyer,* en la zona inmediata a uno de los guardarropas, y el señor Funes fue en su busca para comentar las noticias. Pincho estaba preocupado por el problema de cómo llenar las dos horas vacías hasta el primer copetín vespertino.

—Salir a la calle con este sol, vos comprendés.

—Si no hay sol —dijo Clara—. Lo inventás para rabiarle encima. No has cambiado, Pincho. Sos el egoísmo con raya al costado.

—Mirá, ex condiscípula querida, yo no le deseo mal al artista pero tampoco es justo que le desacomoden a uno así los programas. Todo es planificación, como bien sabés. Estas dos horas son un agujero en la pared. Si miro por él, ¿qué veré? La calle Libertad, Corrientes, el mundo ancho y ajeno. Por lo menos las paredes sirven para interponer cuadros entre esto y aquello...

—Así es, Pincho, así es.

—Aparte de eso —dijo Pincho— la calle está, cómo decirte, está bastante rara. Mamá quiere que nos vayamos a *Los Olivos*. Casi voy creyendo que tiene razón.

—Técnica de avestruz —dijo Juan—. Claro que yo lo digo porque no tengo una estancia. Sí, Wally, yo creo que Schumann no hizo exactamente música, que su lenguaje del *Davidsbündler* y el *Carnaval* está a las puertas de un arte distinto.

—¿Sí? —dijo Wally López Morales—. Pero los elementos son los mismos.

—Con palabras se hacen la prosa y la poesía, que en nada se parecen. Schumann intencionalizaba

usted me perdonará

su música, la acercaba a una forma enunciativa que no era ya estética

o mejor que no era solamente estética,

y por supuesto tampoco literaria, es decir que no daba gato por liebre. Su música me suena un poco a rito de iniciación. Jamás me ocurre eso con Ravel, digamos, o Chopin.

—Sí, Schumann es extraño —dijo Wally, que era buena interlocutora—. Tal vez la locura...

—¿Quién sabe? Oiga esto, Wally: Schumann sabía que estaba en posesión de un misterio, y con eso no digo que fuera un misterio trascendental; lo que su obra revela es que tenía conciencia oscura de ese saber, pero que a él le era tan desconocido como a los demás. El antisócrates: sólo sé que sé algo, pero no sé qué. Parece haber esperado que su sistema musical lo fuera diciendo, como Artaud lo esperaba de sus poemas. Fíjese que se parecen.

—Pobre Artaud —dijo Wally—. El perfecto calidoscopio: su obra pasa de mano, y en ese instante cambian los cristales (cambia la mano), y ya es otra cosa.

—Quizá —dijo Clara, que estaba entre ellos— las obras que importan no son las que significan, sino las que reflejan. Quiero decir las que permiten nuestro reflejo en ellas. Un poco bastante lo que sugería Valéry.

—De donde se extrae una vanidosa consecuencia —dijo Wally—. Y es que los importantes somos nosotros. Tu idea es el artículo primero del estatuto de un club de lectores. Por mi parte, prefiero hacerme chiquitita y dejar que el libro se me venga encima.

—Serás de las que leen dos libros por día —dijo Clara con alguna burla.

—A veces sí. Con la bibliografía que hay a mano, es bueno que haya un lote de lectores voraces.

—Lo malo —dijo Clara— que el escritor cuenta con otro lector, con el que andará siempre llevándolo en el bolsillo.

—¿Para qué tiran cinco mil ejemplares, entonces? ¿Por qué escriben cinco o diez obras? Como en el *bowling,* cada libro nuevo hace saltar a los demás —dijo las últimas palabras sonriendo, despidiéndose boquilla en alto. Pincho la tomó del brazo y los vieron subir por la escalera lateral, Wally inclinada sobre la balaustrada y haciendo gestos en dirección a la vendedora de golosinas, que Pincho no parecía aprobar.

—Son colosales —dijo Clara—. Tan vivos.

—Tan vivos —murmuró Juan— que antes de mañana estarán en su estancia. Mirá esa gente a la izquierda, no, más allá. La mujer del pelo azulado.

—Está como disimulando algo —dijo Clara—. Un poco como nosotros, como yo —apretaba el brazo de Juan, que la miraba y le sonreía—. Juan, por qué no habrá pasado ya este día. Las tres y cuarto, recién las tres y cuarto.

—Siempre es una hora antes —dijo Juan—. Y te ahorro el otro término de la frase. ¿Es solamente el examen lo que te tiene así?

Ella no le contestó, se volvieron despacio al palco donde el cronista explicaba al señor Funes la intervención a la Lotería

Nacional y los efectos de la huelga de braceros en el norte. Apenas se habían sentado cuando la luz se apagó (de golpe) y un señor con traje cruzado gris perla apareció vivamente en la escena.

—El teatro se hace un deber de desmentir los rumores maliciosos que acaban de circular acerca del estado físico del artista que nos honra con su recital —dijo de un tirón. Sonaron aplausos secos—. El artista está perfectamente bien.

Alguien —— uno solo —— aplaudió dos, tres veces.

—Rogamos al público no prestar oídos a especies infundadas. Dentro de breves minutos dará comienzo la segunda parte del concierto. Muchas gracias.

—Jamás he podido entender por qué se dan las gracias en estas circunstancias —dijo el cronista—. Por otra parte el tipo tuvo un buen colapso.

—Te creemos —dijo Juan—. Estás obligado a saberlo. ¿Qué más sabés?

—Bah, cosas. Me voy dentro de un rato al diario. Si querés, telefoneame a la noche y te paso los últimos chimentos. En el *foyer* vi a Manolo Sáenz de *La Razón*, y me contó una pila de cosas sobre los hongos y la inquietud de la gente en la calle. Pero no estaba verdaderamente preocupado por eso sino porque una señora acababa de contar entretelones de la vida del artista, aparte de eso de que no es ciego y que la bisabuela era negra. Vos fijate los rebusques de la señora en cuestión. Manolo cree que es una mitomaníaca, pero había fichado muy bien los chismes; tiene sangre de notero, mucho más que yo que nací para la contemplación y la música. En fin, tengo para aplacarle la sed al Secre, aunque no es mucho lo que le llevo.

Juan iba a hacerle una pregunta cuando estallaron los aplausos. Los dos empleados de peluca pusieron al artista en su sitio, y él decía algo al oído de uno de los empleados que parecía desconcertado, como si no comprendiese. Entonces el artista se volvió hacia el otro, con igual resultado. Mirándose entre ellos, los empleados lo soltaron de golpe y se fueron, más rápido de lo necesario. El artista titubeó, apartándose un poco, primero hacia atrás, como buscando refugio en el piano, y después caminó hacia el foso de la orquesta mientras un murmullo de prevención y espanto crecía en la platea. El señor Funes estaba de pie, moviendo los brazos y respirando fuerte; en el palco de al lado chillaba una señora, con chillidos secos y agudísimos de rata entrampada. Clara sintió como un vértigo, se tomó con las dos manos del antepecho. La gente se levantaba en todas las localidades, se encendió un juego de luces y se volvió a apagar. El artista alzó el arco como tanteando el aire delante de él, y regresó a su sitio con aire de secreta travesura. Antes de que la gente se callara, ya estaba tocando la Partita en re menor de Bach.

—En fin —murmuró el cronista—. Estuvo a veinte centímetros de convertirse en noticia.

—No seas animal —dijo Juan—. ¿Vos creés que lo hizo a propósito?

—Por supuesto. El individuo es un fronterizo. Lo estupendo es cómo lo están vigilando, fijate a la izquierda.

El señor de traje gris perla era claramente visible detrás de uno de los empleados de peluca. Instalados contra la entornada puerta rosa viejo de la caja acústica, se hacían los indiferentes.

    Allemande

        Courante

            Sarabande

                Gigue

                    Chaconne

—Un poco largo —fue el epitafio del señor Funes—. Y el violín queda medio perdido cuando le falta el piano.

—Sí, claro —dijo el cronista con una voz donde temblaba la cólera—. Es mucho mejor cuando tocan los cuarenta violines juntos en el preludio de *La Traviata*.

Clara miró a su padre, y vio que estaba encantado con el apoyo del cronista. Ella regresaba de Bach con una sensación de desplazamiento, de haber estado viajando vertiginosamente. No encontraba nada que decir, hubiera querido quedarse ahí por horas (y que no siguieran aplaudiendo, que el artista no entrara y saliera escoltado por los dos empleados de peluca). Se alegró cuando la dejaron sola en el intervalo. Metida en el secreto del antepalco, se tapó el rostro con las manos y cerró los ojos. Dormir, Bach, la hermosa zarabanda, dormir, Bach, dormir ——Veía estrellas, puntos rojos; se apretó más los ojos, estremecida. El trac, el miedo. Saque bolilla. Como si eso importara, ahora. Oyó (había pasado un tiempo larguísimo en ella, tal vez había dormitado) un grito lejano, carreras. No era nada, no tenía importancia. Gritaban otra vez. Prestar oídos a especies infundadas. Muchas gracias. Dormir, sacar bolilla. Dormir.

Llevando al señor Funes entre ellos, Juan y el cronista derivaban por los pasillos. Vagamente se había hablado de incursionar en un *Caballeros* (que en el Colón se llama: *Hombres*) y Pincho con Wally estaban devorando mentas

—¡Che, el tipo se compuso! —gritó Pincho encantado al ver a Juan—. ¡Ahora vamos en coche!

—No sé que éste tenga otra manera de andar —le dijo Juan al cronista—. Lindo mundo, donde el horror a lo imprevisto se tapa con tinta de planos. No creo que nadie les gane a los porteños en esta mascarada de montarse programas de vida.

—Sos demasiado taxativo —dijo el cronista—. En el fondo una vida no consiste en otra cosa. Planificar es irle un poco en contra al azar, acordate del chino.

—No hay azar. El azar es el rebote de nuestras debilidades, las fallas del plan de vida.

—¿Ah, sí? Entonces un terremoto que te pesca en la cama y te...

—Pero eso no es el azar —dijo Juan, sorprendido—. Eso es la poesía.

Dejaron paso al señor Funes, y entraron detrás de él a los lavabos. Había muchos hombres aliviándose, fumando y riéndose entre ellos, pero otros se lavaban las manos con gran concentración y esperaban turno para usar el peinecito de nylon sujeto con una cadena cromada a la repisa del lavabo, bajo el espejo.

—Te encantan las fórmulas —decía el cronista un poco resentido—. Si el azar se da como poético, no se sigue que sea la poesía y no el azar.

Pero Juan había reconocido en el mingitorio al lado del suyo a Luisito Steimberg, y seguía atentamente sus pareceres sobre el concierto. También vino Pincho y se puso cerca, encantado de lo bien que iba todo, y el cronista optó por irse a un mingitorio de la pared opuesta y mirar al señor Funes que esperaba en la fila del peine. Hacía cada vez más calor, pero cuando se movían las puertas —más allá, en el cubículo que pudoroso aísla los lavabos del pasillo—, entraba un aire lleno de perfume y talco caliente, perceptible aun en medio de la saturación amoniacal que —— le dijo el señor Funes al señor de pelo crespo que lo seguía en la fila—— era una vergüenza como si el Colón no pudiera usar buenos desodorantes, de esos poderosos que menciona el *Reader's Digest*. El señor crespo repuso con acento alemán que era lo de siempre, lo que no satisfizo al señor Funes que estaba ya a un turno del lavabo. Entonces el cronista oyó a Juan que lo llamaba y lo presentaba a Pincho y a Steimberg, que se interesaron bastante al saber que era periodista. Querían hacerle preguntas y el cronista estaba un poco incómodo, no por las preguntas pero lo aburría preverlas y a la vez prever la mentira o la distorsión de la respuesta; ahora entraba otro grupo de gente, de los excusados salían caballeros (hombres) con la falsa naturalidad del que sale de ahí y va hacia el lavabo (con lo cual aumentaba la cola del lavabo, que cruzaba la sala de extremo a extremo y giraba sobre sí misma), y hubo un momento en que la aglomeración fue grande y se oyó a alguien decirle a otro que los que ya habían meado podrían ir saliendo, porque hay que tener ganas de quedarse estorbando.

—Siempre lo mismo —dijo sorpresivamente el señor Funes—. El gallo chicuelo quiere echarlo al grande. Apenas han entrado y ya quieren ser dueños.

—Ah —dijo el señor crespo—. Es la juventud.

—Es la mala educación —dijo el señor Funes, y se quedó solo delante del lavabo donde su predecesor acababa de enjugar cuidadosamente el peine y depositarlo en la repisa. El señor Funes dio un paso a la izquierda, para quedar frente al espejo, y alargó la mano hacia el peine. El cronista miraba justamente para ese lado (oyendo lejanamente las palmadas de los acomodadores, de manera que había que volver al palco)

y Pincho le decía a Juan que la policía estaba actuando con mentalidad de gallina, con una ineficacia mons-tru-o-sa,

lo que parecía complacer a Steimberg,

y el tirón de la cadenita cromada fue tan vivo e inesperado que el cronista vio solamente volar el peine como un proyectil brillante,

escapándose de la mano del señor Funes, que se quedó como fulminado, y recorriendo un breve trayecto atraído por los dedos del tipo de espaldas que había manoteado la cadena

hasta que el peine quedó en su mano y el tipo dio un paso a la derecha, estorbando visiblemente al señor Funes, sacándolo de delante del espejo,

y agachándose un poco para pasarse el peine con más comodidad

LA CADENITA NO ERA MUY LARGA

—Bueno, esto es el colmo —dijo el cronista, agarrando del brazo a Juan para que mirara.

—Esperá un poco —dijo rápidamente Juan, que había preguntado algo a Steimberg (los empleados de ministerio siempre saben cosas) y no quería perder la respuesta. Al segundo sacudón del cronista dio vuelta la cabeza y en ese mismo momento el señor Funes daba un paso adelante, rojo y engallado, haciéndole perder el equilibrio al tipo del peine, que soltó el peine y se agarró de un rubio con cigarro de hoja.

—¿Qué demonios pasa? —dijo Juan—. Vamos, don Carlos... —lo veía mal, un poco por la interposición de la cola (que se agitaba y deshacía) y también porque Pincho y Steimberg estaban entre él y el lavabo. Quiso pasar, pero ya el cronista se le adelantaba al ver que el tipo del peine, lívido de rabia, devolvía el empellón al señor Funes plantándole una mano abierta en la pechera de la camisa y disparando el brazo como un resorte. El cronista lo tomó por detrás del saco y lo atrajo hacia él, sin saber exactamente para qué, pero el tipo se le soltó con violencia (por segunda vez agarrándose del joven rubio con cigarro de hoja) y dio media vuelta para enfrentarlo, pegando sin querer con un codo en medio de la cara de un hombre bajísimo y gordo que se tambaleó, mareado, soltando un raro chillido. Puteándolo a gritos, el cronista fue hacia el del peine, que tenía un aire entre sabedor y asombrado, y justo entonces se le cruzaron Juan (que de golpe entendía la cosa, o se metía de apurado) y Luisito Steimberg, rompiendo la cola que osciló, ya sacudida en su gregaria consecuencia, y el remolino se agrandó, quedando el pequeño señor con la cara bañada de sangre en medio de un confuso enredarse de brazos y torsos,

siendo el objetivo general llegar a las puertas de salida, y para ello pasar por la parte más estrecha que daba al cubículo de acceso a los lavabos, lo que iba contra el esfuerzo del señor Funes por llegar hasta el peine (que colgaba de la cadenita debajo del nivel del lavabo) y apoderarse de él como una especie (es de suponer) de afirmación en contra del tipo que ahora, a escasa distancia del cronista, pero todavía con Juan y Steimberg entre los dos, miraba al cronista como invitándolo a que pegara primero y diciéndole algo que las agudas imprecaciones del señor bajito ensangrentado ahogaban, aparte del estrépito general y las sacudidas de las dobles puertas ante los empujones de nuevas personas que entraban numerosas a los lavabos. Se vio al señor Funes alzar por fin el peine, y perderlo casi de inmediato porque Pincho, presumiblemente en el deseo de calmar su excitación, le tiró de la cadena arrancándoselo de la mano, y al mismo tiempo otras manos (el cronista, definitivamente separado del tipo agresor veía esas nuevas gentes que entraban en cantidad, rostros conocidos o nunca vistos apeñuscándose en la entrada, forzando el paso)

al mismo tiempo otras manos agarraban desde todas partes la cadenita, tirando con todas sus fuerzas hasta que Pincho gritó de dolor y largó el peine, que al resbalar le abrió dos dedos y lo hizo putear a gritos y plantarle (con la mano sangrante) un bofetón feroz de revés al rubio del cigarro de hoja —caído en un rincón, quemándose despacito como un ojo mirando la enloquecida rotación y movimiento de docenas de pares de zapatos—

al momento en que Juan le gritaba a su suegro que se apartara de la pelea, pero el señor Funes estaba ya con una mano agarrando la cadenita muy cerca del peine, y llegaba un primer acomodador blanco de miedo, alzando los brazos

pero el griterío era un solo clamor llevado por el hueco acústico del lavabo a todos los pisos del teatro, donde cundía la alarma

y el masajista hacía señas al ciego para que no se moviera del canapé, le echaba una manta sobre el torso desnudo y corría a la puerta para oír (y Clara escuchaba un grito desde el palco) aunque nadie podía precisar el sitio de la reyerta, desde que el primer acomodador quedó atrapado por la gente que se metía detrás de él, al punto que las puertas ya no se podían abrir desde afuera y en el cubículo de acceso a los lavabos había una aglomeración espantosa

notándose por un raro fenómeno de acústica

con absoluta claridad los terribles golpes de angustia que los encerrados en las letrinas daban en las puertas tratando en vano de abrirlas contra el mar de espaldas y hombros que oleaba en todas direcciones y tenía a Luisito Steimberg metido como una momia en un mingitorio

encajado de espaldas en un mingitorio como jamás se ha visto a nadie, maldiciendo en yiddish que de golpe le venía a la boca como clavos calientes, pero sin poder salir aunque el cronista (que se preguntó qué diablos, pero no, era un error) trataba de alcanzarle una mano por sobre el señor bajito y sangrante, para extraerlo del hueco

y pensando a la vez si había visto bien entre los que habían entrado últimos, preguntándose aunque en el fondo nada tendría de raro, el mundo es pequeño y si al tipo le gustaba el violín

sin duda él estaba equivocado

ahí iba el señor Funes rechazado por otros, en el aire un trozo de cadena, Pincho chupándose una mano, palidísimo

hombros tapando, Juan como un trompo repartiendo empujones para llegar hasta su suegro, el peine en manos de un morocho pesado, que lo sostenía en alto gritando: «¡Afloje, afloje!» como si en realidad el peine lo tuviera otro, una puerta de letrina abriéndose centímetro a centímetro, del lado donde Luisito Steimberg acababa de desprenderse del mingitorio y se alisaba estúpidamente el saco en las caderas,

abriéndose poco a poco y una cabeza rapada, unos anteojos, verdaderamente una tortuga que sale a ver qué pasa

al revés de las buenas tortugas

con grandes golpes en las otras puertas y una última, feroz sacudida general que hizo volar

el peine por el aire hasta

caer en el lavabo dentro del agua

y allí ya nadie metió la mano había algunos pelos en esa agua aparte de que se hacía la calma, empezando por el tipo agresor que estaba cerca de la salida del cubículo, con los brazos caídos y mirando al vigilante que entraba como un proyectil, rompiendo la coraza del cubículo, terrible, respetable, el fin del asunto.

El cronista (ahora estaba seguro de lo que había imaginado, viendo en el fondo, más allá de la comunicación con el cubículo, algunos que se escapaban)

el cronista suspiró como si saliera de una anestesia. «Es insensato», pensó. Y después: «Por eso sucede».

—Ya verás —le decía Pincho a Juan, que le arreglaba la ropa al señor Funes—. Ahora el artista se va a enojar con este lío. Te juego plata a que no toca la tercera parte y nos friega la matinée.

Juan se reía, alisándole el saco a don Carlos, poniéndole en su sitio las hombreras. Sacó un peine del bolsillo y se lo prestó. Era difícil accionar los brazos.

El cronista oyó la orden del vigilante y le mostró su credencial de periodista. Por un segundo le pareció que el vigilante lo iba a pasar con los demás.

—¿No se acuerda de mí? —le dijo—. El otro día, el caso del chico de la calle Peña.

—Ah, sí, señor. Está bien.

—Yo le aviso a Clara —le dijo el cronista a Juan—. ¿Adónde los lleva, agente?

—A la sala de periodistas. Después se verá.

—Bah, no ha sido nada. No hay que sembrar la alarma. Hasta luego.

«Cómo se manda mudar», pensó Juan, divertido a más no poder pero con un golpe en las costillas que todavía no lo dejaba respirar. «Bueno, esto me liquida el examen.» Guardó con cuidado el peine que le devolvía don Carlos, y echaron a andar entre una doble fila de espectadores que colmaban el pasillo. Ya apagaban las luces en la sala. Wally los miraba con una cara en donde la boca parecía el borde de un silbido.

—Fue increíble —dijo el cronista—. Inútil que intente imaginárselo, Clarita. Fue la apoteosis, el final del cariyú, lo apocalíptico, el quilombo universal.

—¿Pero están bien? —preguntó Clara que se asombraba de su tranquilidad.

—Juan lastimó a varios, y su papá luchó como un león —dijo el cronista con una reverencia—. Todo va bien, aparte de que los han encanastado.

—Bueno, esto nos remata el día —dijo Clara, sin afligirse demasiado.

—¿Usted cree? Hay demasiado jaleo afuera para que se ocupen de esto. Lo atribuirán a la nerviosidad general y en media hora

»Pero me pregunto para qué apagan las luces si no hay concierto.

»Y además —dijo el cronista, acordándose—, pasó una cosa muy rara. Vi a un conocido de ustedes. Ese que los andaba siguiendo anoche.

Hubo una junta presurosa en la Dirección. El señor de traje gris cruzado trajo el informe final:

—Se niega a tocar. Me ha insultado groseramente, y después la empezó con lo del arte y el respeto y todas las jodas del caso.

—No se le puede obligar —dijo el señor Director.

—Sí, che, pero ahora me va a tocar a mí salir de nuevo a hacer el pavo ante el público.

—Vos lo hacés mejor que nadie —dijo el señor Director—. Quiero decir hablarle a esos hijos de puta.

—¿Abel?

—Así creo que lo llaman ustedes.

—Pero usted no lo conoce —dijo Clara, mirándolo sorprendida.

—Señora —dijo el cronista—, yo soy notero, ergo uso los ojos, ergo anoche no necesité mucho para filiar a ese mozo que los tenía sobre ascuas. En los ligustros de la Plaza Colón.

—¿Y ahora estaba en la pelea?

—Como estar, no. Balconeó el final. Creo que el vigilante no le dio tiempo de mojar un poquito. Bueno, ya empezamos ——

El señor de gris hizo señas para que los de la platea acabaran de ocupar sus sitios. Se hablaba fuerte en todas partes, y el aire estaba irrespirable.

—Señoras y señores —dijo el señor—. Lamentamos mucho informar a ustedes que la última parte de este concierto no tendrá lugar. Una ligera indisposición de nuestro gran artista

QUE LLORABA, BOCA ABAJO EN EL CANAPÉ

nos priva del encanto de su arte. Deseo además tranquilizar a las señoras a quienes un incidente sin importancia ha podido preocupar hace unos minutos. Nada ha sucedido de grave,

GEMÍA CON LA CARA ENTRE LAS MANOS Y EL
MASAJISTA CONTEMPLÁNDOLO

al punto que las salidas del teatro están ya
expeditas.

—¿Abelito? —repitió Clara—. Entonces es de veras.

—¿Qué?

—Que está loco —miró involuntariamente hacia la penumbra del antepalco—. Es de no creerlo. ¿Dónde quedó Juan, por favor?

—En la sala de periodistas, con los otros.

—Vamos.

—Sí, pero no nos apuremos. Deje que salgan todos estos, vea cómo están de furiosos.

Habían despedido al señor de gris con tres aplausos y un terrible silbido desde el paraíso, y en la platea se movía la gente desganada, muerta de calor, hablándose a gritos de fila a fila. Entonces Abel ——pero el absurdo tiene grados, quién acepta el *voodoo* en Diagonal y Florida. El palco, ese torreón del que había que salir (y el cronista, lleno de buena voluntad, esperaba con la espalda hacia el antepalco, Lanzarote Galahad Geraint

«No es cierto», pensó Clara, mirándose con desprecio (un ojo, la nariz, media boca, el otro ojo los espejitos esa réplica del alma, ese parcelamiento continuo

que tu mano izquierda no sepa lo que

pero sí, pero si nunca lo sabe   Qué sabe mi lengua de cómo vive mi pie) «Qué horror», y ya no había siquiera pensamiento puro, sin palabras para reflejar ese disgusto central ante las fugas de los radios, esa evasión de sí misma que su centro debía impedir, ordenar, distribuir. Ahora que Juan era otra región de su piel,

encontrarlo y

pero dónde lo tendrían. «Yo le pedí que viniera», y sentir la necesidad de Andrés (porque dónde lo tendrían a Juan)

pobre cronista, pobre Kurwenal

«Le pedí que viniera, y no quiso. Irá ——»

con una última mirada (sin ver) a la escena, donde uno de los empleados con peluca cerraba cuidadosamente la tapa del piano.

Había un inspector de civil, el vigilante que los arrestó, y dos vigilantes más. Afuera se oía el murmullo de los que se marchaban del teatro sin haberse enterado de gran cosa. Pero un grupo de parientes y amigos se amontonaba en la puerta, esperando.

—Pónganse en fila —dijo el inspector.

Estaba de pie detrás de una mesa, con su baluarte ya construido, firme y seguro detrás de su mesa.

—Me hacen el favor de no hablar todos a la vez —dijo—. ¿Quién empezó la pelea?

El señor Funes dio un paso adelante, pero un vigilante le puso la mano en el hombro.

—Déjeme —balbuceó el señor Funes, que se tambaleaba un poco—. He sido yo, señor, en defensa de mis derechos.

—Ah, ¿sí? —dijo el inspector, como distraído.

—El señor es mi suegro —dijo Juan, adelantándose—, y ya puede usted ver que no está en condiciones psi-co-ló-gi-cas de explicar nada.

—Vuelva a la fila —dijo el inspector.

—De acuerdo, pero déjeme a mí explicarle.

—Bueno, hable.

Juan se dio cuenta de que no sabía nada de lo ocurrido. Vagamente ubicaba el peine como presa de guerra, y más tarde, extraña sublimación, como bandera de combate. Sonrió sin querer, y el inspector lo miraba entornando los ojos.

—Yo sé lo que pasó —dijo Luisito Steimberg—. Ese señor del jopo le quitó el peine al señor suegro de este señor.

—¿Usted lo vio?

—Como verlo no, porque en ese momento...

—Es exacto —dijo el señor Funes—. A mí me tocaba peinarme en ese momento.

—Quién sabe —dijo el del jopo, que parecía amargado—. Yo vi el peine en la repisa y lo agarré.

—Mentira —dijo el señor Funes, tratando de salirse de la fila—. Usted no estaba en la cola, y no agarró el peine sino la cadenita.

—Es lo mismo —dijo el del jopo—. Si usted está más cerca de la cadenita, con un tirón atrae el peine.

—Pero el peine me tocaba a mí. Y además ya lo tenía en la mano. Acababa de agarrarlo cuando usted tiró de la cadenita y me lo arrebató.

—Con grave riesgo para las manos del señor —dijo Pincho López Morales—. Vea estos dedos; me los cortó el peine cuando no sé qué gran cabrón me lo arrancó a tirones.

—Atempere su lenguaje —dijo el inspector—, y no hable hasta que le pregunten, lo mismo que usted, y usted.

—Hacen escombro por nada —decía el del jopo, poco tranquilo.

—Cállese. ¿De manera que se lo manotearon?

—Exactamente —dijo el señor Funes, más tranquilo—. Y además me dio un empellón,   sí señor   UN EMPELLÓN que casi me tira de espaldas contra otros señores.

—Macana —dijo el del jopo—. Viera el empujón que me encajó a mí.

—¿Y qué quería? —gritó el señor Funes—. ¿Que le diera las gracias?

—¡Cállense! —gritó el inspector—. ¿Qué pasó después?

—Vea, después la cosa fue confusa —le dijo Pincho—. Me atrevería a describirla como la tendencia de veinte personas a liquidar a diecinueve y quedarse dueñas del peine. Sociológicamente... —y se echó a reír, mirando a Juan que estaba igualmente tentado. «Qué gran loco», pensó Juan. «Ya armó su programa para toda la tarde.»

—A usted —dijo el inspector, avanzando un dedo telescópico— le va a ir mal si se hace el vivo. A ver usted —y apuntó a un mocito de cara asustada que no había dicho nada—. ¿Qué hubo después?

—Un gran revuelo —dijo el interrogado—. Me empujaron de un lado a otro.

—Y usted, claro, como un santo, sin mover un dedo.

—Al principio sí —dijo sorpresivamente el interrogado—. Después hice lo que pude para quedarme con el peine.

—También usted.

—Bueno, el peine iba de mano en mano.

—Como la falsa moneda —murmuró Pincho.

—¿Y cuándo acabaron de pelearse?

—Cuando entré yo, señor —dijo fieramente el vigilante—. Ahí nomás me los traje para este lado.

El inspector miraba al del jopo. Se pasó un pañuelo sucio por la cara. Afuera hubo una pitada de alerta, y la puerta se fue abriendo unos pocos centímetros. Quedó así, como esperando el paso de alguien.

—Vayan sacando los documentos —dijo el inspector mirando el pañuelo, volviendo a pasárselo por la cara. Oyó sin decir nada los murmullos, los pero yo no traje nada, a quién se le ocurre que va a ir a un concierto con la libreta de enrolamiento, puede telefonear a mi casa, es un abuso yo no tengo nada que ver con esto

y afuera está mi esposa esperando

—Cállense —dijo el inspector, pegando con la mano en la mesa—. Vayan dando sus nombres. —Se sentó, con una libreta azul en la mano. El teléfono empezó a llamar acremente, y un vigilante miró al inspector como esperando que lo mandara a atender. Por la puerta entornada venían las conversaciones de los de afuera, el grito agudo de un diariero, otra pitada.

—Atendé vos, Campos —dijo el inspector al vigilante que había hecho el arresto—. ¿Por qué está abierta esa puerta?

—Viene un oficial del Departamento, señor —dijo el vigilante parado junto a la puerta—. Ya iba a entrar pero se quedó con...

—A ver usted —dijo el inspector al señor Funes—. Documentos.

—No tengo —dijo el señor Funes, que jadeaba un poco y tenía empapado el cuello de la camisa—. Si le sirve mi carnet de la Caja de Jubilaciones.

—Ma sí, ma sí —decía el vigilante del teléfono—. Llame después, ahora no hay nadie.

El inspector miró el carnet, al señor Funes, el carnet.

—Estoy a sus órdenes para cualquier cosa —dijo el señor Funes—. He procedido como era mi obligación ante un atropello incalificable. Me pongo a disposición de la justicia.

—Ya lo creo que se pone a disposición —dijo el inspector—. Y cállese.

Juan esquivó al vigilante y sólo la mesa lo separaba del inspector.

—Cállese usted —le dijo—. No tiene derecho a tratar así a este señor.

—Vení acá —decía Pincho a su espalda—. No armés lío.

El inspector se había levantado. El vigilante del teléfono estuvo instantáneamente al lado de Juan, con la mano en la pistolera. Por la puerta entornada entró un oficial enormemente gordo y mulato. Detrás de él los ruidos. «¡Acabenlá!», gritó una voz aguda, pero la puerta se cerró mochando la palabra.

—Esperá un minuto —dijo el inspector en voz baja, clavados los ojos en Juan que sentía frío en el bajo vientre. Se apartó de la mesa para hablar con el oficial que lo esperaba cerca de la puerta.

—Ya sé lo que ocurre —dijo el oficial—. Vuélvase en seguida a Moreno. La cosa está seria.

—Pero esta gente...

—A sus casas, ahora mismo. Aquí no ha pasado nada. Despáchelos.

—Mire que...

—Es orden de arriba, che.

Pincho salió el primero, saludando cortésmente. Juan recogió el carnet de don Carlos, que éste se dejaba sobre la mesa; salió con él y Steimberg. El inspector les daba la espalda, y un vigilante tenía la puerta abierta como peón de breta.

—Por fin —dijo Clara, tratando de sonreír—. ¿Los torturaron?

—Sí, con luces de bengala. Vení, vámonos pronto.

—Qué calor —dijo Pincho, suspirando—. Che, y esta gente amontonada, ni que fuéramos los de Nuremberg. Permiso, señora, permiso.

Cuando vio la luz de la calle, parpadeó confundido.

—Me olvidé que era tan temprano —se quejó—. Wally, imagen de la fidelidad, vámonos a alguna parte fría y oscura.

Steimberg, callado y como temeroso, se fue tras ellos sin despedirse. Juan y el cronista escoltaban al señor Funes y a Clara. Por casualidad había un taxi libre en la esquina de Tucumán y Libertad. Juan miró su reloj.

—Vuélvase usted, don Carlos, y descanse un poco. Clara y yo nos vamos yendo al centro.

—Tienen tiempo —dijo el señor Funes—. Vengan a tomar el chocolate.

—No, no —dijo Clara—. Andá vos, papá, y dormí un poco, tomá bromuro. Mañana...

Pasaba una bomba de incendios que tapó su voz. Juan olía el aire, sorprendido; vio a Luisito Steimberg parado en el refugio de Libertad, esperando un tranvía. No pasaban tranvías, apenas pocos autos.

—Bueno —dijo el señor Funes—. Entonces que les vaya muy bien a los dos.

—Gracias, papá.

—Gracias, don Carlos.

—¿Lo puedo arrimar? —preguntó el señor Funes al cronista.

—No, gracias. Iré caminando un poco con estos chicos.

Un auto policial tocó la sirena, dio vuelta en Tucumán. Creían que iba a pararse en el Colón, pero corrió Libertad arriba. Vieron partir el taxi, al señor Funes que agitaba la mano.

—Pobre viejo —dijo Juan—. Cómo me lo han tenido. Vamos a tomar cerveza, me ahogo. Está muy bien que vengas con nosotros, cronista. Te voy a contar lo del interrogatorio, que fue grande.

—No es noticia —dijo el cronista, escupiendo una pelusa—. Pero lo de la cerveza sí.

No había cerveza en el *Edelweiss,* donde un mozo de pelo blanco pretendió convencerlos de que tomaran sidra. No quisieron protestar porque era sabido que faltaba cerveza en la Capital desde días atrás. Se fueron al *Nobel,* y Juan se lavó un poco de sangre fresca que tenía en la mano izquierda. Al lavarse supo que era sangre ajena.

—Me gustaría escuchar las *Kinderszenen* —le decía Clara al cronista—. Yo era chica y un amigo de la casa las tocaba, de noche, en nuestra sala oscura.

—En la sala, claro.

—Por supuesto. Me crié en una casa con sala, y se hizo todo lo posible para que mi inteligencia amueblara también su sala en mi cabeza. No se ría, mi tío Roque tiene una salita cultural perfecta. Con anécdotas del general Mansilla, admiración por los almanaques, y vagos jabones de olor. Me encanta sentarme en ella y respirar su polvito tan fino.

—A veces te quedás demasiado —dijo Juan, tirándose en la silla—. No creas que el departamento actual no tiene sala. Ha pasado a lo invisible pero su amenaza está ahí, en todo lo que es rosa viejo, radiotelefonía, prospectos de remedios.

—La gran aldea —dijo el cronista como si dijera: «La gran flauta»—. De todos modos creo que tu sala invisible está bastante empobrecida de consolas, macramés y arpas enfundadas.

—No hay que ser demasiado cruel con las salas —dijo Clara—. Eran lo menos fisiológico del gineceo, el único sitio adonde no entraban las pailas de dulce, la siesta sucia, la procreación quieras que no.

—Hace calor —dijo Juan, bebiendo su chop—. Está cada vez más pesado, siento una cosa aquí... —por las ventanas abiertas entraban los pregones del negrito vendiendo los boletines. La voz subía sola en una calle casi vacía, con gente que se apresuraba. Muy lejos (y Clara se acordó de Leandro Alem, por la noche) vino una sirena de ambulancia.

—El segundo boletín de *Crítica* —dijo el cronista—. Las cuatro y media. Puntuales como escoceses. Qué diario, viejo. Y yo que debería estar en la redacción del mío.

—Te tomás el subte con nosotros y llegás en diez minutos.

—Claro. Che, fue todo un concierto.

—Pobre papá —dijo Clara—. Una vez que se le ocurre oír música.

—Bueno, no te creas que no se divirtió —dijo Juan—. Cuando haya descansado, se sentirá muy orgulloso. Vos lo vieras cómo repartía patadas y empujones. Yo creo que éste fue su gran día, su recuerdo de áncora con quince rubíes legítimos.

—No seas malo.

—Pero si está bien —lo defendió el cronista—. Será un lindo recuerdo, su batalla de Hernani. Cada día hacen más falta los recuerdos. ¿Usted se ha fijado cómo la gente olvida?

—Tiene un tizne en la nariz —dijo Clara—. Y no creo que olvidemos más que antes. Lo que hay es que antes se vivía con el buen escapismo del todo tiempo pasado, etc. O al revés, la religión del porvenir y el resto. Ahora... pues es esto: ahora. *No place for memories.*

—Pero usted sabe que el ahora no existe realmente —dijo el cronista.

—¿No?

—Lo que quiere decir el cronista es que lo importante es lo que da sentido al ahora, o sea el antes o el después.

—No he querido decir eso en absoluto —protestó el cronista—, pero encaja bastante bien con la idea general. La gente recuerda menos ahora porque, en cierto sentido, todo recuerdo es una acusación.

—Qué razón tenés —dijo Juan—. Esto que flota en el aire actual, esta conciencia de que somos culpables de algo, de que estamos acusados...

(«Y a veces hasta se corporiza, William Wilson, *je suis hanté, hanté, hanté, hanté, hanté!* Y el pobre Josef K... Y nosotros mismos, sin ir más lejos ——»)

—¿Pero qué derecho tendría el pasado para acusarnos? —dijo Clara, corriendo minuciosamente la ranura de su *rouge.*

—Ninguno —dijo Juan—. No es él quien nos acusa, sino nosotros mismos. Sólo que las piezas del proceso vienen del pasado. Lo que hicimos. Y lo que no hicimos, que es todavía peor. Este desajuste insalvable.

—Mirá, es un asunto del que se habla demasiado y se comprende poco —dijo el cronista—. Se habla de que estamos malográndonos por falta de estilo, porque nos hemos salido del friso y de la regla áurea. ¿Viene de ahí nuestra neurosis?

—Viene de algo mucho peor —dijo Juan, secándose las manos con una servilleta de papel que quedó como una bolita sucia al borde de un plato—. Si por lo menos hubiésemos perdido eso que llamás estilo. Pero no, estamos como los resucitados del Juicio Final en la piedra de Bourges,

¿te acordás de la foto, Clarucha?, con un pie fuera y el otro en el ataúd, esforzándose por salir, pero atrapados todavía por la costumbre de la muerte. Entre dos aguas, como el señor Valdemar; y sufriremos el oprobio mientras este vivir transitorio dure.

—Vas bien —dijo Clara, suspirando—, pero sos tan confuso.

—Confuso es esto que quiero decir. Convencete, cronista. El horror de la existencia lo vio Rimbaud mejor que nadie: «Moi, esclave de mon baptême». Te criás en la estructura cristiana, reducida no más que a un cascarón de tortuga donde te vas estirando y ubicando hasta llenarlo. Pero si sos un conejo y no una tortuga, es evidente que estarás incómodo. Las tortugas, como el gran Dios Pan, han muerto, y la sociedad es una ciega nodriza que insiste en meter conejos en el corsé de las tortugas.

—Buen símil —dijo Clara con la boca llena de imperial ruso.

—Te criás fajado por las grandes ideas fijas, pero un día hacés tu primer descubrimiento personal, y es que esas ideas no parecen ser muy aplicadas en la práctica; y como no sos sonso y te gusta vivir, ocurre que deseás la libertad de acción. Zas, ya te topaste con las ideas, con tu bautismo. No en forma de decretos exteriores

fijate que esto es importante. No en forma de compulsiones prácticas, que son las que desesperan a los rebeldes de pacotilla,

pues aunque estén en esa forma —como que lo están— siempre se las puede burlar más o menos,

sino que te las encontrás *en vos mismo:* tu bautismo, viejo.

—Las furias de Orestes —dijo Clara.

—Sos cristiano —dijo Juan—. Sos el occidente cristiano desde la manera de cortarte las uñas hasta la forma de tus banderas de guerra ——

Atrapado, empieza el jadeo. Imaginate un águila educada entre ovejas, y que un día siente la presencia y la necesidad de sus fuerzas de águila,

o al vesre (porque no se debe ser soberbio),

imaginátelo, y ahí tenés la cosa.

—Está bien —dijo el cronista—. Lo malo es que no tiene arreglo.

—Eso es lo de menos —dijo Clara—. Lo que importa es que sea así, indubitablemente así, limpiamente así. Lo que no es seguro.

—Me parece que sí —dijo Juan—. Por lo menos mi persona me induce a creerlo. Cada gesto auténtico se ve frenado, desanimado por un conformismo de mi naturaleza. A cada minuto, cuando decido: «Mañana ——», surge mi rebelión. ¿Qué es mañana? ¿Y por qué mañana? Entonces el reloj suizo echa a andar, aceitado y perfecto, y el cucú que tengo aquí en la cabeza me canta: «Mañana es un nuevo día, amanecerá nublado con temperatura en sostenido ascenso, el sol sale a las seis veintidós, día de Santa Cecilia. Te levantarás a las ocho, te lavarás ——».

Fijate que eso solo: te levantarás,

te lavarás,

eso solo es tu bautismo, los grilletes, la estructura occidental.

—¿Y te sentís tan mal por eso? —dijo el cronista—. La técnica está en levantarse a las once y frotarte la cara con alcohol.

—Eso es idiota y no engaña a nadie. Mirá, si se nació oveja hay que vivir oveja, y el águila precisa sitio para decolar a fondo. Yo podré tener la forma de la lata en que me han envasado desde que Jesús se convirtió en el tercer ojo de los occidentales; pero una cosa es la lata y otra la sardina. Creo saber cuál es mi lata; ya es bastante para distinguirme de ella.

—De distinguirla a escaparse...

—No sé si es posible escaparme—dijo Juan—. Pero sé que mi deber para conmigo es hacerlo. Aquí los resultados cuentan menos que las acciones.

—Tu deber para contigo —murmuró Clara—. ¿Sólo con vos mismo para realizarte?

—Sólo cuento conmigo, y aun así en pequeña parte —dijo Juan—. De mí tengo que descontar al enemigo, a ese que fue criado para que matara mi parte libre. A ese que debía ser bueno, querer mucho a su papito, y no treparse en las sillas o en los zapatos de las visitas. Cuento con tan poco de mí mismo; pero ese poco vela, está atento. Baudelaire tenía razón, cronista; es Caín, el rebelde, el libre, quien debe cuidarse del blandísimo, del viscoso y bien educado Abel ——

Miró fijamente a Clara.

—A propósito —dijo Clara—. Pero seguí, no te interrumpo. («No es viscoso», pensó con una ternura absurda.)

—Ya está todo dicho —dijo Juan—. Me alegro de no tener un Dios. A mí nadie me va a perdonar; y nada puedo hacer para que el perdón me sea otorgado. Corro sin ventaja, sin el gran recurso del arrepentimiento. De nada me valdría arrepentirme, porque en mí mismo *no hay perdón*. Es posible que tampoco haya arrepentimiento; pero entonces el destino es absolutamente mío; yo sé, al faltar a mi tabla de valores, que lo hago; y sé y supongo por qué lo hago; y mi hecho es *irremisible*. Si me arrepintiera, sería inútil lo mismo; caería en la autocompasión o la casuística; antes me muera cien veces.

—Eso se llama orgullo —dijo el cronista, sumando los *tickets*.

—No, eso se llama ser uno mismo, andar solo y tenerse fe. Porque creo que sólo el que no va a patinar es capaz de prever con tanta claridad su riesgo; y viceversa.

—Pequeño Orestes sartriano —se burló el cronista, con cariño.

—Gracias —dijo Juan—. *Muito obrigado.*

En la esquina de Talcahuano tuvieron que hacer un rodeo y obedecer las confusas órdenes de un capataz municipal que dirigía las maniobras para desviar el tráfico. Algunos barriles, farolas y banderas coloradas le daban a la calle un aire de barricada, complicado por un Chevrolet distraído que acababa de cruzar la línea prohibida y estaba con una rueda delantera dentro del hundimiento y ese aire grotesco de toda máquina arrancada a sus normas. El diálogo entre el chofer y el capataz era de una violencia tal que —según dijo el cronista— parecía muy difícil que se agarraran a patadas. Cosa curiosa, poca gente rodeaba a los agonistas, el espectáculo se perdía en la neblina, baja y maloliente en ese tramo de la ciudad.

—Bueno, podemos subir por Talcahuano hasta Lavalle, y damos la vuelta hasta el subte —dijo el cronista. Caminó adelante, para dejar solos a Juan y Clara, que iban del brazo muy callados.

En la esquina de los Tribunales había una autobomba con toda su dotación, y mucha agua del lado de las escalinatas del palacio sobre la plaza. El cronista le iba a preguntar a un bombero, cuando un «¡Circulen!» padre lo puso otra vez en movimiento. Dos autos con chapa oficial esperaban en la entrada de Lavalle con las puertas abiertas; como un río de hormigas subían y bajaban empleados con pilas de expedientes y carpetas; uno de los autos estaba ya casi lleno. «¿Con la música a otra parte?», pensó el cronista.

—No sé si lo hiciste a propósito —dijo bruscamente Clara—. Cuando lo nombraste me estabas mirando.

—Me di cuenta al nombrarlo —dijo Juan—. Reparé en la coincidencia, y era natural que te mirara, por si vos también habías caído.

—Sí, cómo no caer —dijo Clara—. El cronista me dijo que lo había visto en la pelea.

—¡No! —dijo Juan, parándose.

—Al final, entre los mirones que se colaron últimos. Por eso pudo irse antes de que los pescaran a ustedes.

—Tiene que estar confundido —dijo Juan con algún desgano—. Claro que lo mismo da.

—Sí, pero ya es un poco fuerte —dijo Clara—. Es desagradable tener que andar mirando atrás. En el palco tuve miedo. Ahora estoy con vos, pero puedo volver a tener miedo y no me va a gustar.

—Che, miren eso —les gritó el cronista desde la esquina de Uruguay. Señalaba un enorme carro tumbado, docenas de cajas de huevos desparramados en la dirección de la caída.

—Con lo caros que están —dijo Clara—. Perdonen el reflejo.

Juan callaba, mirando los huevos, la calle, respirando la niebla que de pronto los obligaba a escupir algo como pelusas. En la Martona de la esquina había un negro enorme, plantado en la puerta de Uruguay. Clara se quedó helada porque el negro silbaba uno tras otro los temas de *Petrushka,* los enrollaba en su claro silbido y los iba soltando a la niebla

«Como burbujas con humo», pensó Clara, enternecida. Iba a decírselo a Juan, pero él seguía andando con los ojos bajos

«como si patinara con los ojos», pensó Clara, contentísima del doblete. Un contento amargo, realmente del cuello para arriba. Por el brazo llegaba mejor a Juan, se prendía en él y lo acercaba a su propia respiración tranquila. «Ya falta tan poco», sin querer mirar el reloj. «Más de las cuatro.» Pensó en Andrés, que estaría allá callado y amistoso, con un volumen bajo el brazo (siempre el menos esperado, De Quincey, Sidney Keyes, Roberto Arlt o Dickson Carr,

o *Adán Buenosayres,* que le gustaba tanto, o Tristan l'Hermite, o Colette —— y tan del otro lado, a veces, tan pasado a la orilla de sus autores. Andrés lejano, saludo de tormenta, imagen cineraria, de pronto ráfaga brutal, el incendio de una cólera, una denuncia,

y cómo se podía andar de bien por las calles cuando estaba ahí, un poco adelante o quedándose en un zaguán para estudiar un aldabón o un eco de sus propios pasos ——). Como Juan, que

Sí, como un Juan sin versos, planta verde sin frutos, casi sin flores. «Andrés», pensó apretando los labios contra la niebla. «Cómo te dejé caer.»

—Che, hay un cartel que no me gusta ni medio —dijo el cronista, empezando a cruzar Uruguay—. A ver si nos quedamos sin subte.

El cartel estaba manuscrito (tinta verde) y pegado a una tabla sujeta con alambre a las rejas de la entrada sobre la vereda de Corrientes.

La empresa no se responsabila por la regularidad   de   los convoyes.

—¿Qué empresa? —dijo Juan, furioso—. ¿No son del Estado estas porquerías?

—Esto lo ha escrito un pinche cualquiera.

—Y con un apuro loco —dijo el cronista—. Tinta verde; qué asco.

—Bueno, vamos —dijo Clara—. Alguno nos llevará al centro. Aunque no se responsabilen.

Patinando en la resbaladiza escalera llegaron al largo túnel que conducía al primer subsuelo. Muchísima gente se amontonaba en el bar, y en el aire denso y sucio salía ganando un olor a salchichas calientes. La niebla no llegaba abajo, pero la humedad se condensaba en las paredes, el piso abundaba en charcos y enormes amontonamientos de basura.

—Hace días que aquí no se limpia —dijo el cronista—. Me taparía las narices con el gesto clásico

si ello no me obligara a abrir la boca, lo que es mucho peor. Siempre he creído que el olor es nada más que un sabor deficiente; si se huele por la boca, puede llegarse a sentir el gusto del olor, y vos comprendés que esta jalea ——

—Sos demasiado delicado —dijo Juan—. Se ve que no hiciste la conscripción.

—No la hice —dijo el cronista—, pero voy mucho al fútbol. Che, han cerrado los otros quioscos. Esto sí es noticia; cuando se cierran los quioscos es que la gente pasa de largo, o no pasa.

—¿Te parece? Mirá esa barra cómo lastra.

—Bueno, es inevitable. Yo tengo probado que los gallegos respiran por el idioma

y que si no hablan se mueren de asfixia por silencio.

En cambio, los porteños respiran por el estómago. Cómo comen, mama mía. Los *baby beef,* ¿vos has visto algo parecido?

—Maquinitas de hacer caca. ¿Quién nos definió así?

—Alguien que pasaba delante de ese bar. Che, un momento, retiro todo lo dicho: esa gente no está comiendo.

Miraron, desde lejos, cómo dos muchachas ayudaban a levantarse a una mujer que había resbalado. El cronista tenía razón. La gente del bar hacía paquetes, cumplía un tráfico oscuro con el gordo vendedor de guardapolvo roñoso.

—Están comprando las existencias —dijo Clara, y tuvo miedo

y sintió que la mano de Juan se apretaba en su brazo.

—Qué hijos de una gran puta —dijo el cronista—. ¿Dónde hay un teléfono? Esto es el comienzo del mercado negro.

—Bah, en su diario ya lo sabrán —dijo Clara con amargura—. Su Dire tendrá el *garage* lleno de bolsas de azúcar y papas.

—Que se le pudran —dijo el cronista—. ¿Moneditas, Juan querido?

—Aquí hay dos.

En la boca de la escalera se amontonaban diarios arrugados, un palo de escoba y una tapa de la revista *Cuéntame.* Oyeron un ladrido que subía desde el túnel. Clara se tomó del pasamanos, pero lo soltó con asco; rezumaba, estaba como vivo.

—Tomá, secate. —Juan le dio su pañuelo y la sostuvo del brazo—. Me hiciste acordar a una noche en que entré a mi pieza a oscuras y alcé de la mesa un álbum con la Séptima Sinfonía, subtitulada la apoteosis de la danza. Al agarrarlo en plena oscuridad, siento que se me mueve en la mano. Ya te imaginarás la reacción; la séptima voló a la otra punta del cuarto y yo manoteando como loco la llave de la luz. Cuando me vi la mano todavía tenía pegadas las patas del ciempiés, que se movían. El desagradable artrópodo había estado en el filo del lomo, y era enorme.

—Espero —dijo Clara— que la séptima se te haya hecho cisco.

—No, che. Esas cosas aguantan.

—¿Vos oís ladrar? —dijo el cronista.

«Pensar que me emocionaba con César Franck», pensó Juan. «Que me gustaba el praliné...» Clara pensaba ladrido Beethoven la casa de Castelar, «Turco», Mozart, marcha turca, los cornos de la Quinta

todo eso tenía un sentido   LADRABAN
incomprensible
hondo   (aljibe a la luz de la luna, los sapos) el carbunclo,
palabras hermosas como carbunclo y gema,
un alcance, y era, sí,
visión   quién podía decir de qué   LADRABAN
para qué
visión, alcance en la noche, del
latido sin palabras   la fuente
el vivir desnudo
                    Así ladra el destino a la puerta
vivir, como un
caer inmóvil por la música en la rueda
vertiginosa,
con nombres: fervor, hermoso, quédate, mañana,
morirse, sacrificio, gema, Sandokan

—Tengan cuidado —dijo un guarda. Se dieron con él al pie de la escalera, parecía montar guardia en el codo de salida al andén—. No sería raro que estea rabioso.

—Joder —dijo el cronista—. ¿Ese perro que ladra?

—Sí. Vienen del túnel, éste es el quinto de hoy.

—Pero si ladra no está rabioso —dijo Juan, que se tenía leídas sus vidas noveladas de Pasteur—. El perro hidrófobo es un ser mortecino y de ojos sanguinolentos, que muerde por no llorar.

—Usté haga chiste, pero si le cacha una pata...

—¿El quinto de hoy? —dijo Clara—. ¿Y de dónde vienen?

—No sé, está pasando desde hace unos días. Véalo, ahí anda.

Instintivamente retrocedieron. El perro venía por el andén, flaco y peludo, la cabeza muy gacha; le colgaba una lengua como de trapo. Los pocos pasajeros estaban más allá de la salida de la escalera, y algunos gritaron para llamar la atención del guarda, que agitó un escobillón con rápidos movimientos horizontales. El perro se paró a dos metros del escobillón, gimió y se puso a jadear. Podía muy bien estar rabioso. Desde el fondo del túnel, apagado, vino otro ladrido.

—¿Cómo han podido entrar? —dijo Clara, apretada contra Juan.

—Éstos pasan por todas partes —dijo el guarda, atento al perro—. Ya telefonié diez veces a central para que manden un cana que los balee, pero aquéllos están dormidos. Y después el lío del tráfico, chocó un tren en Agüero, qué vida.

—Han de huir del calor —murmuró Juan—. La niebla, tal vez. Bajan a la oscuridad. ¿Pero por qué ladran, por qué andan así afligidos?

—Pobre perrito —dijo Clara, viendo cómo el bicho se tendía al borde del andén, siempre jadeando, y miraba a uno y otro lado temblando un poco.

—Qué va a estar rabioso —dijo el cronista—. Tiene sed y miedo. Che, mirá allá al fondo, bien al fondo.

En el túnel había dos ojos, casi pegados al suelo, mirándolos. Estuvieron así un segundo, y se vio el bulto blanco de un perro que retrocedía. Empezó a oírse el zumbido del tren viniendo del oeste.

—Pero lo va a hacer pedazos —dijo Clara—. ¿Cómo puede escaparse del tren?

—Hay veredas a los lados. Vamos, ése es el nuestro.

Salieron del hueco de la escalera, pasando al lado del guarda, que seguía vigilando al perro con el escobillón preparado. El tren soltó un seco bufido al emerger en la estación, y avanzó rápido. Clara y Juan miraban al perro, esperando verlo enderezarse asustado, pero el animal se estaba quieto, como ausente, balanceando un poco la cabeza. El guarda tomó impulso y le dio con el escobillón en mitad del cuerpo; calculó muy bien, porque el perro cayó en la vía un segundo antes de que pasara el tren, y su aullido se apagó juntamente con el grito de Clara, tragados por el estrépito de frenos y de fierros.

V

—Fíjese.

El vendedor *López* mostraba entomológicamente un recuadro de la página dos de *La Nación*.

—«Se previene a la población que, a la espera del resultado de los análisis que en estos momentos efectúa el Ministerio de Salud Pública,

    Leía con chasquidos de lengua, desaprobaciones mentales, carrasperas

no se deben utilizar como alimento los hongos aparecidos anoche, en muy pequeña cantidad,

    en esta capital.»

—Dígame, señor, si no es el colmo.

—¿Los hongos, o no poder comerlos? —preguntó Andrés, suspirando.

—Me refiero al tono del comunicado. Hipócrita, señor Fava, lo llamo yo. Hipócrita. Quieren poner una venda en los ojos de la gente. Como si alguien pensara en comerse esas asquerosidades.

Bajó la voz, misterioso. Haciéndole una seña (el viejo vendedor al viejo cliente) se llevó a Andrés detrás de una enorme pila de ediciones Santiago Rueda, Acme, Losada y Emecé. Agachándose, examinó un anaquel bajo y vacío. Luego se enderezó, bufando triunfante, y mientras inspeccionaba a su alrededor con aire inocente, hizo otra seña para que Andrés se agachara a mirar. En el fondo del anaquel fosforescían débilmente dos honguitos plateados. Andrés los miró con interés, eran los primeros que veía.

—Es la inmunda humedad —dijo el vendedor López—. Me podrán venir con todos los cuentos, pero yo sé a qué atenerme. Nunca se vio un calor así, una humedad tan horrible.

—Es cierto —dijo Andrés—. Más pegajoso que Rachmaninoff. Pero no creo que estos hongos...

—Créalo, señor Fava. Es la humedad, convénzase que es la humedad. Yo le digo al señor Gómara que hay que hacer algo aquí adentro. Vea este libro, cómo se arquea, qué aspecto tiene...

Andrés tomó el volumen, titulado *El arco iris;* estaba blando y olía a sebo.

—Nunca creí que un libro pudiera podrirse como un hombre —dijo.

—Bueno, eso... —Un poco escandalizado
            podrirse
                    habiendo palabras tan bonitas
                    que significando lo mismo
            pero esa tendencia de los jóvenes
            a ——
            y para epaté le buryuá nada más

Andrés caminó por el vasto salón de planta baja de *El Ateneo.* «Mis años de estudiante», pensó, secándose la palma de las manos. «Mis dos pesitos, mis billetitos de cinco... Y esto está tan parecido. ¿Qué habré comprado primero? No me acuerdo

pero no acordarse es haber matado, la traición. Yo he estado aquí un día, entré por esa puerta, busqué un vendedor, le pedí un libro

Y ahora no me acuerdo.

Apoyado en una rojiza columna de diccionarios ideológicos de Casares, cerró los ojos. Quería acordarse. Sintió que le venía un mareo, y abrió los ojos otra vez. Silbó suavemente:

It's easy to remember
but so hard to forget ——

Macana, joven Bing Crosby. Pero se acordaba de una de sus visitas: había comprado Esquilo, Sófocles, Teócrito, en los tomitos a un peso de *Prometeo,* editados en Valencia,

no los dirigía Blasco Ibáñez?

y también (otra vez) *El retrato de Dorian Gray* en la Biblioteca Nueva.

Ahora se acordaba de las librerías de lance, de la venta de libros por kilo. Así había comprado O'Neill, *Veinte poemas de amor, Hijos y amantes.* Irse a un café. («Mozo, un café y un cuchillo, por favor.») Abrir los libros, pregustarlos, ser feliz, tan feliz. Los días eran altos, y las desdichas ayudaban tanto a la felicidad.

«El gusto, la fragancia de los cigarrillos», pensó. «Y la sombra de los árboles en las plazas.» Tomó un volumen de una pila, lo dejó. Tenía que secarse las manos a cada momento. Alzando la vista vio a los empleados del primer piso que andaban en torno a la barandilla; parecían insectos, uno silbaba *La canción de Solveig.* «Qué animal», pensó Andrés con ternura. Había entrado al *Ateneo* para comprar el último libro de Ricardo Molinari, en la puerta se quedó un rato viendo pasar a las Ochenta Mujeres. La primera llevaba el raro cartel que algunos diarios comentaban, la referencia a las profecías sibilinas, y la incitación a afiliarse

SIN PERDER UN SOLO DÍA

PUES UN DÍA PUEDE PERDERTE

OH MUJER

HERMANA DE LAS OCHENTA

QUE REZAN REZAN

y su música, esos crótalos de material plástico agitados frenéticamente mientras una locutora argüía con una rara monodia proselitista, oculta en un camión con altoparlantes desde donde arrojaban panfletos.

«Purificación», pensaba Andrés, mirándolas. «Qué miedo tienen, qué presagio adivinan...» La procesión estuvo un rato parada ante Gath y Chaves, y se perdió Florida abajo. Cuando Andrés entró en el *Ateneo* (eran las cuatro de la tarde) otro camión pasó velozmente, repitiendo con voz de camión un boletín oficial donde figuraba el párrafo sobre los hongos.

—Qué calor, Fava —dijo Arturo Planes del otro lado de la pila de libros de la Colección Austral—. Y cómo te va, viejo.

—Ahí vamos, pasándola. Oyendo hablar.

—Se oye más que eso —dijo Arturo tendiéndole una mano grande y roja, chorreando sudor—. Estoy harto de parlantes. Vos no vivís en el centro, creo, pero nosotros, aquí...

—Me imagino. Ser vendedor en la calle Florida

bueno   qué lata

—Y de libros, que es tan aburrido —se quejó Arturo—. Menos mal que en estos días hay más diversión aquí adentro. No lo vas a creer, pero en el primer piso

(se ahogaba de risa, lanzaba miraditas hacia arriba)

che, es grande,

arriba se la han pillado en serio. Creen que es la escomúnica o qué sé yo. Desde anteayer, cuando apretó el viento norte.

—¿Y qué hacen? —dijo Andrés, distraído, acariciando un tomito con relatos de Luis Cernuda, acordándose:

> *¿De qué nos sirvió el verano,*
> *oh ruiseñor en la nieve,*
> *si sólo un orbe tan breve*
> *ciñe al soñador en vano?*

—Se lavan —dijo Arturo, retorciéndose.

El vendedor López pasaba con los brazos llenos de ediciones de Kapelusz, y dos adolescentes tímidas iban tras él como temerosas de perder sus libros. Andrés las miró, remoto. «Todo se va», pensó, «y ellas estarán quietitas estudiando los ríos de Asia, las isobaras

las tristes isotermas». Una de las chicas lo miró, Andrés le sonrió apenas y la vio bajar los ojos, mirarlo otra vez, olvidarlo. Se sintió caer en el olvido de la niña, su imagen deshaciéndose en una nada instantánea. Kapelusz, isotermas, el promedio, Tyrone Power, *I'll be seeing you*, Vicki Baum.

—Che, atendé lo que te digo —se quejó Arturo—. ¿Vos también estás como abombado?

—Por supuesto —dijo Andrés—. ¿De manera que se lavan?

—Sí, en medio de la oficina. Te lo juro por lo más sacrosanto. Mirá, subí a ver, andá sin miedo. Yo no puedo dejar la sección. Andá y después me contás. ¿No querés algún ladrillo de mi sección?

—¿Cuál es tu sección?

—Urbanismo y vialidad —dijo Arturo con algo de vergüenza—. Cosas sobre el hormigón armado y las ciudades funcionales.

—Realmente no está en mi línea —dijo Andrés, dejando el volumen de Cernuda. «El indolente», pensó, acordándose. «Poder urdir una vida de modo que su momento más hermoso culminara en una casa de piedra con la playa a los pies, arena y aguas hasta el fin...» Sonrió al ladrido de un altoparlante en la calle. Una monja, guardiana de una chinita asustada, miraba las pilas de *My first English Book*; el sudor le colgaba del fino bozo negro y a veces, con un movimiento de impaciencia, se espantaba una mosca. Estaban cerrando la doble puerta (el vendedor López y el señor Gómara) para atajar la niebla que ya no dejaba ver la vereda de enfrente.

La escalera estaba vacía. Cruzó entre mesas y estantes, buscando sin entusiasmo lo que tanto divertía a Arturo. Inclinado sobre la barandilla («ahora yo también pareceré un insecto», pensó) le hizo una seña de desconcierto. Enérgico,

Arturo apuntó para el lado de las oficinas. Andrés vio las ventanillas mezquinas, se acordó de un crédito que había pedido una vez para comprar Freud, Giraudoux, García Lorca; todo leído, todo pagado, casi todo olvidado. Los empleados salían con demasiada soltura por la puertecita a la derecha, que daba casi sobre la barandilla, y Andrés tuvo la impresión

Hermana de las ochenta
que rezan

rezan

la voz llegaba ahogada y con una mezcla de bocinas y crepitaciones de la calle,

la impresión de que se retenían prodigiosamente (uno estaba tan pálido, otros rojos y moviéndose continuamente)

como obedeciendo a una imperiosa consigna. «No me van a dejar llegar ahí», pensó Andrés. «Qué lástima no estar con Juan o el cronista.» Un teléfono llamaba a su izquierda, y el empleado pálido

ahora había siete u ocho empleados, unos subiendo la escalera y los demás que salían de las oficinas,

corrió a atender. «Equivocado», oyó Andrés. Apenas había puesto el tubo en la horquilla cuando sonó otra vez.

—No, no. Equivocado —repitió el muchacho pálido, y miró a Andrés con aire suplicante, como si pudiera hacer algo.

—Ahora van a llamar de nuevo —dijo Andrés, y al mismo tiempo el teléfono empezó a sonar.

—Hola. No, no, equivocado. Disque mejor. Bueno, no es el número. No. Llame a la central. No sé.

—Dígale que disque el noventa y seis —dijo Andrés.

—Disque noventa y seis. Bah, ya cortó —se quedó mirándolo como a la espera de algo. Alguien llamaba: «¡Filipelli, Filipelli!» desde la mitad de la escalera, y el vendedor pálido se fue dejando a Andrés delante del teléfono que sonaba de nuevo. Andrés se rió al descolgar el tubo.

—¿Con lo de Menéndez? —dijo una voz fina, un poco urgida.

—No, esto es *El Ateneo.*

—Pero si yo disco el número de...

—Sería mejor que pida por la supervisora —dijo Andrés.

—¿Y cómo se hace?

PUES UN DÍA PUEDE PERDERTE

—Disque noventa y seis, señorita.

—Ah. Noventa y seis. Y entonces ——

OH MUJER

—Entonces pide por la supervisora. Y le dice lo que le ocurre con el número de...

—De Menéndez —dijo la voz—. Gracias, señor.

—Buena suerte, señorita.

—Me hace falta —dijo increíblemente la voz, y se oyó cortar. Andrés retuvo un poco el tubo en la mano, sin pensar, viviendo el teléfono,

esa cosa por donde un segundo algo suyo y algo ajeno
unidos sin estarlo

OH MUJER

oyéndose pero para qué
y quién sería   unidos sin estarlo
un segundo, un roce
la nada, como Clara, como otra vez Clara

SIN PERDER UN SOLO DÍA
HERMANA DE LAS OCHENTA

Puso el tubo en la horquilla. Sentarse un rato en las banquetas de cuero, mirar desde arriba, con el consuelo de mirar desde arriba a los demás, la calva del vendedor López, las manos como cangrejos hervidos de Arturo Planes, los libros

QUE REZAN   REZAN

Pero aprovechó un camino libre hasta la puertecita de las oficinas, ahora que los empleados no parecían ocuparse de los extraños. La puerta oscilaba levemente; por sobre el tabique y los vidrios esmerilados oyó un chapoteo, una tos ahogada, un murmullo colectivo. Entró, con las dos manos en los bolsillos del saco, sin mirar a nadie en especial, dejando apenas paso a un señor gordo de pelo blanco que tropezó con la hoja de la puerta y maldijo (pero no a la puerta, más bien a él mismo), dejándole a Andrés amplio lugar para que se apoyara en unos estantes repletos de biblioratos y mirase la escena, un poco cegado por el amarillo resplandor de los ventanales donde la niebla se había posado borrando los edificios de enfrente. Cuando se habituó a la luz amarilla y pudo detallar la bañadera en el centro (habían corrido los escritorios formando como un pequeño ruedo de circo, un circo de barrio hasta con el aserrín en el suelo)

No se deben utilizar   como alimento
vio a la jefa de créditos al borde de la bañadera, con dos chicas a cada lado, y los hombres (ocho o nueve) algo más atrás y en el extremo más angosto de la

porque era una bañadera de cinc para niños, con su formita de ataúd náutico, su reborde gracioso y su color gris que el agua llenaba de estrellas, blancas, reflejos azules

como en el intervalo de una ceremonia. El fondo de la oficina estaba en penumbra, el resplandor amarillo cubría el circo central (pero ya Andrés había visto a los otros empleados amontonados más allá, el sofá de cuero reventado, y una larga figura tendida en el sofá, como durmiendo o desmayada. Casi nadie hablaba en ese momento, y aunque las mujeres miraron a Andrés y él tuvo la certidumbre de que todos ahí advertían su presencia, las cosas continuaron, empezando porque la jefa de créditos hizo un signo a uno de los hombres, que salió del grupo y

a la espera del resultado de los análisis
(«Cómo escorchan con los análisis», dijo uno de los del fondo)

vino a colocarse al lado de la bañadera, esperando que la jefa de créditos le hiciera una segunda señal, para agacharse despacio y meter una mano en el agua, sacar agua en la palma, agachar la cabeza, lavarse la boca y el mentón con el agua

mientras una de las chicas esperaba con una toalla ya muy mojada y la jefa de créditos decía algo que Andrés no oyó porque andaba cruzando por el lado de los ventanales y acercándose al grupo del fondo donde otros empleados atendían al hombre del sofá. El vendedor López llegaba por el otro lado, agitadísimo, trayendo una esponja de baño empapada en vinagre (olía a vinagre, pero después le pareció a Andrés que podía ser amoníaco, o una mezcla de sales como la que Stella llevaba en su cartera en los días en que

aunque predominaba el vinagre). A su espalda seguía el murmullo, los chapoteos. «Han perdido la cabeza», pensó Andrés, y después pensó que no, que quizá lo que todavía salvaban era la cabeza; técnica de purificación

porque eso era una   OH MUJER

y habilidosa manera de

sí, le pasaban la esponja por los labios, y entonces Andrés abarcó en detalle al desmayado, la extendida figura inerte, el rostro (pero sí, ahora se daba cuenta) visto en tantas conferencias (le habían retirado los anteojos, uno de los empleados los tenía en la mano), las cejas pobladas, las mejillas imberbes, el flaco cuello sobre el cual caía, doblada y ridícula, la corbata azul que le habían desprendido. Sin saber quién era, tuvo el choque del reconocimiento, la fraternidad de los grupos, los equipos, las camadas

«Fraternidad no», se dijo, «más bien seguridad, saber que siempre nos encontraremos con las mismas caras en las librerías, en las sociedades de escritores, en la Casa, en los conciertos. Y éste...». Lo había visto en galerías de cuadros, en cines donde ambos (ahora se daba cuenta del paralelismo) perseguían hasta el final una película de Marcel Carné o de Laurence Olivier. «Estaba en los conciertos de Isaac Stern», pensó, angustiándose de pronto, «estaba en la última exposición de Batlle Planas, en un curso de don Ezequiel, en las clases de Borges en la Cultural ——».

—Se desmayó cerca de la puerta —dijo el vendedor López, reconociéndolo.

—Parece que elegía libros y lo vieron que se caía. Esto lo va a reanimar, y vos, Osvaldo, mejor traé agua y a ver si hay coñac. También con este calor

Pero sabía (y Andrés supo que él sabía, que todos sabían) y que la esponja era un gesto, el vinagre (con amoníaco) un gesto.

—¿No hay un médico? —murmuró, cansado, agarrándose del borde del sofá.

—Pero si no es nada, un vahído. Aquí ha pasado tantas veces.

Andrés miraba el cuerpo, el cabello oscuro, corto y desaliñado, los zapatos sucios, las largas piernas. Una mano (enorme, flaca) descansaba en una rodilla; la otra estaba boca arriba, como pidiendo. Por entre las pestañas salía un reflejo verdoso. «Quién será», pensó. «Y por qué de golpe ——» Cerró los ojos, tambaleándose ligeramente. El vendedor López lo miró con inquietud. Andrés abrió los ojos al sentir la quemadura del amoníaco en la nariz. Respiró fuerte, sonriendo.

—Vamos, no es nada —dijo, rechazando la esponja—. ¿Quién es este hombre?

—No sé —dijo el vendedor López—. Venía seguido pero no tenía cuenta. Parece muy joven, yo a veces lo atendía.

Los otros miraban. Andrés oyó otra vez el chapoteo a su espalda, el murmullo. Antes de irse ——porque realmente él no tenía nada que hacer ahí—— parado a los pies del sofá miró al muerto, abarcándolo entero. Le pareció que la mano palma arriba se cerraba imperceptiblemente; pero era un efecto de luz.

Sentado en un peldaño de la escalera y apoyándose contra la pared, veía los zapatos que subían y bajaban corriendo. Pasó el vendedor Osvaldo con el vaso de agua reclamado. Pasó el joven pálido del teléfono.

No sé qué pensar —murmuró Andrés—. Si se ha muerto en el buen momento, o si hubiera merecido seguir un poco más. ¿Qué derecho tenía de morirse así, justamente ahora? Esto es un escamoteo.

Se sentía irritado, seguía viendo esa cara tan blanca y sin relieve, de pómulos salientes, mentón débil y sienes hundidas. «Escapista», pensó, colérico. «Entre la niebla y las Ochenta Mujeres, escapista. Cobarde.» Y la ternura lo ganaba. Ahora veía mejor la flaca figura en los pasillos del Odeón, se acordaba de un choque involuntario y un cambio de excusas, frente a la boletería de un cine. Siempre solo, o hablando con amigos pero solo. ¿Quién era? Pensó si habría dejado algún libro, alguna música. Sonriendo, dolido, se reprochó esa necesidad de calificación. Todo lo que podía decir, todo lo que valía, era la frase de Marlow al hablar de Lord Jim: *He was one of us.* Y no ayudaba mucho, realmente.

«Bueno», pensó, «ahora se va a podrir. Pasará por todas las etapas de un cadáver correcto» —— y era curioso porque se veía a sí mismo, pensaba en el muerto pero era a él mismo a quien estaba viendo descomponerse. ¿Por qué no? Si de algo se podía tener seguridad era de esa saponificación final; preverla (aunque todo el cuerpo tirara para atrás como un caballo que huele osamenta) era casi una completación moral. Llevar hasta su última instancia el sentimiento de la vida, de haber sido un hombre. «No me acabo con la muerte», pensó, quemándose la boca en el cigarrillo. «Yo he sido mi cuerpo y le debo la lealtad de acompañarlo hasta el final. La imaginación va hasta la puerta y ahí se despide, huéspeda amable. No, salgamos a la calle, hagamos el camino. Si me acabo con la muerte, esto que estoy sintiendo vivir y que es yo, horriblemente sigue noches y noches, hinchándose, creciendo, desgarrándose; reduciéndose —— Lo menos que puedo hacer es prever su destrucción, mirarla desde la vida. Ah, Orcagna, pintor de putrefacciones ——.»

Pasaban gentes a su lado, mirándolo de reojo. Uno iba con un maletín. Ya habrían dado con el médico. «Para qué», pensó Andrés. «Le van a pinchar los brazos y el pecho, le va a meter coramina para mostrar su eficiencia, lo va a sacudir y desnudar y envilecer.» Tenía ganas de volverse, de gritarles que el hombre estaba muerto. Todos lo sabían tan bien, todos esperaban que el desmayo no fuera nada.

—Me estoy poniendo viejo —murmuró Andrés—. Sentimentalizo todo lo que toco.

Desde su escalón veía a la gente comprando libros, a Arturo que se afanaba en su sección. Acababan de abrir las puertas como si hubiera menos niebla, pero no se oían ya los parlantes de la calle. Pasó el vendedor Osvaldo, con el mismo vaso de agua. Andrés vio que el vaso estaba lleno. «Qué raro que no se le haya ocurrido tirarlo en la bañadera.» Le vino la idea horrible de que a lo mejor estaban metiendo al muerto en la bañadera, para que reaccionara. «Pero claro, si ya tiene la forma necesaria.» *Ars moriendi,* pero morir no es un arte. «Ese día en que supe que ya he muerto otras veces ——» tan claro, tan sin solemnidad; no un espectáculo, como los sueños, más bien un pasaje liviano, un pájaro: la muerte repetida,

volvedora.

«Podrirse otra vez, tantas veces como se vuelva. Rescate forzoso de una temporada al sol»

> *The Sunne who goes so many miles in*
> *a minut, the Starres of the Firmament,*
> *which go so many more, goes not so fast,*
> *as my body to the earth*

Donne

«Chantaje del alma, monsergas», pensó Andrés. «Las trompetas resucitarán los cuerpos. ¿No está dicho así? De ellos era todo el sol, todo el espacio. Cada muerte niega el mundo: yo no soy mi muerte, soy el mundo, lo sostengo como una naranja contra el sol. No soy mi muerte: la lanzo al fondo de mí, a lo tan lejano que no tiene situación; es mi límite, como el límite de mi cuerpo no es mi cuerpo —— aunque lo recorte del aire y lo haga ser ——.»

Hubiera jurado que ese chambergo en la sección novelas pero ya no lo veía.

«Morirse es como escribir», pensó Andrés. «Sí, Pascalito, vaya si morimos solos.» Se acordaba de sus primeros cuadernos de ensayos, sus torpes novelas. Todo lo que de ellos hablaba con los camaradas; las ideas, la discusión del planteo, los ambientes. Y después su piecita, el mate amargo, la alta noche; a veces su gato negro sobre las piernas, ajeno pero tan tibio. Solo, frente al cuaderno; sin testigos. Como al morirse, porque los empleados no habían visto morir al desconocido, sólo derrumbarse. Tal vez él en ese momento estaba con otros, pensaba en otros; tal vez su última imagen había sido el lomo de un volumen o el ruido de unos tacos apurados, a su espalda. «Si por lo menos un libro alcanzara la dignidad de una muerte», pensó Andrés, «y a veces viceversa ———». Qué tentación de metáfora, cómo la muerte invitaba a abrazarla con palabras, traerla un poco del lado de la calle, inferirle atributos para negar sus negativas.

                Pero seguramente que sí, ahí estaba
                de nuevo. Vaya coincidencia. Y Arturo
                hablaba con

   «Después de todo, morir no será asunto mío», pensó Andrés, burlándose, apretada la garganta por el recuerdo del hombre allá arriba. «Si algo soy es vida, no te parece. Estoy vivo, soy porque estoy vivo. Entonces no veo cómo puedo dejar de vivir sin dejar de ser lo que soy. Oh razón, oh maravilla. Qué claramente se sigue que

          si al morir no soy yo

             el que se muere es otro. ¿Y qué me importa, entonces? Le puedo tener lástima desde ahora, tenérsela ahora. Es ahora que me duele que ese que fue yo esté muerto. Pobre, tan meritorio. Escribía y todo. Con un futuro tan pluscuamperfecto...» Encendió otro rubio, mirando con sorpresa cómo le temblaban los dedos. Abel estaba delante de los libros de economía, con las manos en los bolsillos

   pero sí pero sí con las dos manos en los bolsillos

   y negaba suavemente algo que debía estar pensando, el chambergo azul se columpiaba sostenidamente. Andrés lo olvidó, la figura tendida en el sofá se alzaba, dura e inútil. Cadáver, horrible estorbo.

«Ese muchacho debería venir a sentarse a mi lado», pensó Andrés. «Dejar al otro en el sofá

si no lo han metido en la bañadera

venirse a este salón y decirme: ‹Se murió; pero a mí, que era su vida, qué más me da›. Y fumaríamos juntos.»

Si no venía, ojo, si no venía,

entonces era grave. «Si no viene es que no basta con pensar en esto; algo atroz impide la escisión. El vivo se va con el muerto. Pero no puede ser, no es justo, no es digno. Acabo de sentir tan claramente que no soy yo el que morirá un día... No puede ser que él, de alguna manera, aire o imagen, o sonido, no esté aquí, no ande libre...»

Bajó la cabeza, cansado. «Pero si no has hecho más que argüir, que fabricarte un doble como otros un alma. El *ka*, viejito; llegás tarde, te repetís...» Y sin embargo había *sabido* que sólo la vida era suya, era él, y que lo otro...

—Entonces es el despojo —murmuró tirando el pucho y pisándolo—. Basta de fantaseo. No le pidas al discurso lo que es del canto. Lindo, ¿no? Las cinco y diez, los chicos, el examen. Arriba, vitalista.

La risotada de Arturo lo esperaba al pie de la escalera.

—¿Te lavaste la cara vos también?

—No, y eso que me hace buena falta —dijo Andrés mirando su pañuelo mojado y sucio—. Me pareció que no correspondía que yo, sólo conectado al *Ateneo* por alguna frecuentación y el diez por ciento de descuento...

—Bah, están locos —dijo Arturo, agitándose—. El idiota de Gómara me quería hacer ir. Son tarados, che.

—Lavarse no está nunca de más —dijo Andrés—. Yo que vos iría. Se ha puesto muy divertido, con un muerto y los primeros auxilios.

—Avisá —dijo Arturo, mirándolo de reojo.

—Andá a ver, si no creés.

—Me estás tomando el pelo —lo miraba sin mirarlo, conteniéndose. De golpe soltó una risa (pero Andrés reconoció la calidad quebradiza, la otra procedencia del sollozo), y se largó escalera arriba. Alzando despacio la cabeza, para darle tiempo a llegar, siguió su carrera; iba pegado a la barandilla y no se desvió al cruzarse con el vendedor López. Apartándose, el vendedor López lo miró correr. Detrás de él venía el médico del maletín.

«Qué curioso», pensó Andrés, divertido. «Cómo se escurre.»
Buscaba a Abelito detrás de los estantes, en el recodo del ascensor, por el lado de la caja. Después se largó a la calle con deseos de andar, de oler el olor amarillo. En la esquina de Corrientes habían instalado un dispensario de emergencia; entre la niebla se veía a los practicantes de blusas blancas y a las enfermeras, el dispensario ocupaba la vereda de Mayorga, su pasaje en diagonal (allí daban inyecciones y repartían volantes contra el peligro de los hongos) pero se extendía hasta el medio de la calle

desde que, luego de los hundimientos en la esquina de Maipú, repetidos desde la mañana y abriéndose en estrella,

el intendente había ordenado en persona el corte del tráfico en esa arteria, así como en Maipú, Esmeralda y Lavalle. Sólo podían entrar las ambulancias corriendo sobre la vereda norte de Corrientes; las hacían venir desde Suipacha, y los camilleros esperaban en la esquina de Bignoli para bajar a los desmayados o intoxicados. Un camión de la policía federal estaba en la acera de Trapiche, con toda su dotación pronta para intervenir en caso de que (por ese exceso de imaginación de los porteños, que tiende a superar la letra de los comunicados) sobreviniera algún pánico en la zona del dispensario.

—Éstos no van a poder llegar a la Facultad —dijo Andrés, que empezaba a proyectar en plena calle su antigua tendencia a hablarse en alta voz. Oyó distraído un altoparlante desde donde se enumeraban sanciones ejemplares contra los comerciantes que cerraban sus tiendas antes de la hora reglamentaria. Bignoli estaba cerrado, y también Ricordi. Una feroz trifulca de cuzcos divertía a los vigilantes del piquete. Aunque en pleno día, la zona que rodeaba al dispensario estaba iluminada con reflectores instalados en techos y balcones. A intervalos regulares se oía una pitada. Las ambulancias (debía haber muchas) se anunciaban desde lejos con aullidos cortos y continuados. La gente ya no parecía escucharlas, pero era curioso que hubiese semejante multitud en la calle y en las esquinas, y que la policía la dejara estacionarse, molestando a los que trabajaban en el dispensario. Una columna (o más bien grupos compactos, moviéndose en el mismo sentido) subía por Florida, pasando frente al dispensario, y continuaba

    pero al cruzar Corrientes la luz saltaba en los rostros sucios, los pelos apelmazados, los chicos tragando maní y Cocacola, la ropa ajada por la niebla, el calor que se hacía más fuerte en la aglomeración

    subiendo hacia Lavalle, perdiéndose otra vez en la oscuridad amarilla de la bruma. Andrés se deslizó pegado a la línea de edificación, tratando de ver por las mirillas de la lona que limitaba el dispensario. Nadie le dijo nada cuando se asomó, aprovechando un espacio abierto, al lugar más o menos protegido donde iban poniendo las camillas con los intoxicados. La luz caía desde arriba como sobre una pista de circo, todo tenía un aire circense desde la blusa blanca con enormes lunares de sangre del médico que se inclinaba sobre el cuerpo de un muchacho, mientras dos enfermeras le bajaban a tirones el pantalón para que pudiera inyectarle algo en la nalga. El chico gemía con los ojos cerrados, como si tuviera miedo o vergüenza. Una de las enfermeras se rió, le hizo una caricia burlona en la mejilla. En lo alto, contra el reflector, revoloteaban los insectos del verano adelantándose a la noche; una mariposa de alas cenicientas se puso a andar, temblorosa, por la manga de Andrés. Andrés la acarició como si también fuera la mejilla del niño. Entraban con dos accidentados, y del lado del pasillo de Mayorga llegaron practicantes y una enfermera. Una de las enfermeras miró a Andrés, que no se movía. En la camilla de la derecha se agitaba una mujer anciana, la mariposa voló de la manga de Andrés y cayó sobre el pelo de la mujer.

—Andá a descansar —dijo uno de los médicos recién llegados al que había dado la inyección al muchacho—. Hay café caliente.

—Bueno, fijate a ver qué tiene ésa.

Pasó al lado de Andrés. Se reconocieron sin sorpresa.

—Qué haces, pibe —dijo el médico—. ¿No te sentís bien?

—No, se me ocurrió mirar nomás.

—Bueno, no hay mucho que ver. Vení a tomar café. Che, hace un siglo que no nos veíamos.

—Desde la peña del sótano —dijo Andrés—. Desde hace tanto

(y por una rara, imperseguible asociación mental, se acordó del viejo disco de Kulemkampf tocando una Siciliana de Von Paradis; pero ellos no tocaban ese disco en la peña del sótano. Más bien Louis Armstrong y *Petrushka*, o *La Création du monde*).

—Ya veo que andás atareado —dijo por decir algo, esperando poder zafarse de ese vano, inútil

como tantos otros

catalizador de recuerdos.

—Nos tienen locos —dijo el médico—. Esta tarde me tengo vistos cerca de cuatrocientos culos, algunos no del todo malos. Vení por acá.

Se metieron en otro cuadro, casi a oscuras, donde los parientes esperaban que les devolvieran a los enfermos. El médico se abrió paso a empujones, pero Andrés vio que no procedía con mala voluntad, más bien buscaba disimularse a sí mismo que estaba harto y deshecho. Se guarecieron en un espacio de apenas tres metros cuadrados. Un soldado atendía una cocina de campaña, y puso mala cara cuando el médico le pidió café.

—Tendrá que esperar. Ese desgraciado de Romero...

—¿Qué pasa?

—Se mandó mudar. Se cagó de miedo y se rajó. Me plantó con todo.

—Vamos bien —dijo el médico, eligiendo un cigarrillo—. Todavía el tipo es un pobre gaucho que no entiende —bajó la voz, mirando intensamente a Andrés— pero si yo te dijera que acaba de salir un avión y que... —se detuvo, mirando al soldado—. Bah, para qué calentarse.

—¿Desde cuándo andás en esto?

—Dos días que no duermo. La cosa estaba mal en Liniers y en la Boca. Pero desde anoche... —tragaba humo hasta no poder inhalar más, y lo iba dejando salir como un quejido—. Qué vida, pibe.

Lo miraba con indiferencia, en realidad hablándose a sí mismo, usando a Andrés como un espejo cómodo. Andrés le sonrió, contento de que el otro no se echara en el charco confidencial. Las moscas les andaban por las manos, y las dejaban estar. «Esbelta juventud», pensó débilmente. «Horror de estos encuentros. Banquetes de egresados, bodas de plata, pergaminos, te acordás de aquellos tiempos, viejo ——» Se estremeció, desviando la vista. El médico hablaba con el soldado, que le mostraba una mancha sobre el dorso de la mano. Andrés retrocedió, callado, y por una abertura de la lona se tiró a la calle. Lloviznaba.

—Pero tenés el pantalón todo mojado —dijo Stella—. ¿Es agua?

—Peor: vino —dijo Andrés, y se dejó caer en una silla.

—¡Vino! ¿Cómo te podés haber manchado así de vino? Toda la pierna izquierda.

—San Martín y Tucumán, nena —dijo Andrés—. Mozo, caña seca. Traiga la botella.

—Creí que no llegabas nunca —dijo Stella—. ¿Qué te pasó?

—Contame primero por qué milagro pudiste llegar vos.

—Ningún milagro —dijo Stella—. El 99.

—¿Todavía andan?

—Sí, pero una señora dijo que era el último, y que el guarda se lo había oído decir a un inspector.

—En fin —dijo Andrés—. La cosa es que pudiste llegar —se bebió dos vasos de caña, y encima uno de agua. Estaba estúpidamente contento. Estiró la mano y rozó el pelo de Stella. Una pelusa se le quedó en los dedos, y tuvo que usar la otra mano para desprenderla. Stella esperaba todavía su relato.

—Bueno, para tu práctica de inglés, te voy a recitar esta muestra de William Blake —dijo Andrés, felicísimo—. *Sund'ring, dark' ning, thund' ring! Rent away with a terrible crash...*

—Traducímelo —pidió Stella.

—No vale la pena —le sonrió Andrés—. *No light from the fires, all was darkness in the flames of Eternal fury.* Lo que equivale a decir que la esquina de la Caja Ferroviaria era un pandemonio riguroso. En mala hora se me dio por salirme de Florida. Todo iba tan bien por Florida.

—Pero el vino —empezó Stella.

—Un camión de vino. Rompió el eje en un pozo. Pedazos del pavimento que se hunden, querida

Y en el sofá, bajo la luz amarilla
     bajo los parlantes QUE REZAN REZAN
     también esa piel tan blanca, pronta a
     hundirse, a

—Y te salpicó —dijo Stella.

—Me salpicaron. El camión se rompió hace rato. Parece que pusieron un vigilante para cuidarlo. Digo «parece» porque ya no estaba cuando pasé. Lo que había era un montón de gente divirtiéndose una barbaridad. Ponían las botellas vacías en la entrada de la Caja Ferroviaria, y bailaban en los pedazos sanos del pavimento. Para eso tienen una radio que le han sacado a un pobre tipo que andaba como alma en pena pidiendo que se la devolvieran. En el momento que llegué habían conseguido sintonizar una estación uruguaya y bailaban, creo, un tango de Pedro Maffia. No sé si estás enterada de que las radios de aquí no pasan más que boletines.

—Sí, estuve escuchando antes de salir —dijo Stella—. ¿Pero cómo te manchaste?

—Cometí la indiscreción de interponerme en la trayectoria de un vómito —dijo Andrés—. Tal vez a la pobre muchacha no le gustaba el tango de Pedro Maffia. Por suerte había una canilla abierta en la Caja. Me saqué el pantalón y lavé bastante bien la parte afectada. Lo retorcí y me lo puse de nuevo. De paso te señalo que a mi victimaria se la llevaban con los pies para adelante, y que ya quedaba muy poco vino disponible.

Se pasó la mano por la frente y estudió las gotas de sudor antes de secarlas con una servilleta de papel.

El «Florida» estaba casi vacío. Café de estudiantes, le gustaba a Andrés por hábito, por no saber soltarse del todo de ese pasado vespertino, los grupos sin otro objeto que no tenerlo, grescas verbales, el amor rápido, café, cuadros, Clara y Juan, las noches. Cada día más lejos de todo eso

pero al barrilete que se aleja —y se sonreía, cruel— le pesa más el hilo, su historia y su sostén,

y otra caña seca, y papas fritas (que estaban húmedas aparte de no ser papas).

—Yo vine tan bien, no me pasó nada —dijo Stella—. Eso sí, en la esquina de la Facultad estaban con unos camiones, creo que apuntalaban la pared del Instituto.

—Son las seis y media —dijo Andrés—. Ya casi no se ve, afuera.

—La gente se ha ido a su casa —dijo Stella—. En la puerta de la Facultad estaba el bedel. Lo saludé al pasar y no me conoció. Adentro se oía gente, pero me parece que no había mucha.

—Vámonos allá —dijo Andrés—, así no nos desencontramos con los chicos.

Pero se quedaron todavía un poco más. Un muchacho, en una mesa junto a la pared, revisaba papeles, tomaba notas. A veces se pasaba los dedos por el pelo suelto, se agitaba inquieto, después retornaba a la tarea. «Ése sigue», pensó Andrés. «Cuando se ven cosas así es para pensar que después de todo —— Pero a lo mejor es un diálogo para radioteatro.» Se sentía fofo, ablandándose como las papas fritas. «Deberíamos aprender el arte de la esponja; llena de agua, pero separándola, conformándola, aparte de ella ——» Stella lo esperaba, muy mona con su blusa de seda azul, las finas piernas de dorado vello. Al pasar cerca del lector, Andrés resistió la tentación de detenerse y hablarle. «Quizá está tan solo como yo», se dijo, articulando cada palabra en su garganta seca. «Moral del escritor: *noli me tangere*. Así se llega, pero así se muere. Como ——» y ya no había palabras

sólo visión sofá de cuero largas piernas rígidas

mano   arriba

(y los anteojos —se acordó— bailando en los dedos de uno de los empleados,

los cristales por donde ya las cosas no pasarían para que sensibles células las entreviesen

sospechaba que eso ahí fuera   MUNDO

el mundo, el mundo, el mundo).

—Es increíble —murmuró

ya estaba al lado de Stella, en la puerta

—esto soy yo

que sigue en el humo

copiándose rehaciéndose salvándose

¡Oh unidad final, acceso! («Pero ya tengo demostrado que no es así», se dijo, admonitorio. «Brillantemente he visto que nada tengo que ver con ese que va a morir. Yo sigo, yo soy. ¿Palabras? Aquí, esto que toco. Respirá fuerte. Esto ahora. Yo, todavía, siempre. Qué me puede la nada.»

—Stella, corazón —dijo Andrés—. Estamos a salvo de la nada.

—¿De la nada?

—Sí, Stella. A salvo, y no lo sabíamos. Yo no lo sabía bien y ahora empiezo a vivirlo. A salvo, a salvo. Stella, la nada es para los demás. Para ese que está muerto en una librería. Para ése, que ya no la puede negar. Pero tampoco es la nada puesto que él ya no es. Irrenunciablemente no somos la nada, no tenemos que ver con ella. No se mezcla con nosotros. Cuando cedemos como lo que somos, entonces ella avanza, pero no es nosotros. Inútil buscar palabras. Si dejamos de cantar parece que el silencio cae sobre la música, pero es mentira, Stella. Tampoco hay silencio. Solamente hay o no hay música. No aceptes nunca la idea del silencio. Atenti a ese taxi.

Cruzaron a la farmacia de San Martín y Viamonte, guiándose por unas luces vagas en el cordón de la vereda, dos faroles rojos señalando un hundimiento. Lo que creían un taxi era un coche negro con chapa oficial, lleno de policías custodiando a alguien que no pudieron ver.

—Tené cuidado con las ideas —murmuró Andrés, y Stella se dio cuenta de que no era a ella a quien se lo decía.

—Documentos —pidió el policía plantado en la puerta.

A mitad de los escalones, Andrés y Stella se quedaron mirándolo.

—No se puede entrar sin documentos.

—¿Por qué? —dijo Andrés.

—Tengo la orden y basta —dijo el vigilante.

Stella sacó su libreta cívica, y Andrés tuvo que revolver en la billetera hasta dar con la cédula de identidad. Cuando levantó los ojos, Clara lo estaba mirando desde la vereda. Juan y el cronista venían más atrás, enredados en una discusión.

—Hola —dijo Andrés, sosteniendo la cédula con dos dedos.

—Hola —dijo Clara.

—Hola —repitió Stella, subiendo los peldaños. Ofreció la libreta al vigilante, y pasó.

Clara se puso al lado de Andrés. Callados, subieron juntos los peldaños. El vigilante les tomó los documentos y los dejó pasar.

VI

Esto lo habían venido charlando Juan y el cronista desde
la salida del subte en la estación terminal, porque
las bocas de Florida estaban clausuradas y se decía (Clara se lo oyó a un conscripto) que usaban
la estación como hospital de emergencia, bajando
a los intoxicados después de atenderlos en el dispensario de la esquina
y no estaban muy de acuerdo sobre la Casa y la Facultad.
Lo seguro era que había odio entre ambas, que cierta vez un
Lector de la Casa había definido la Facultad diciendo: «Se
distingue por su maciza escalera», y que un decano de la agraviada había inventado para la Casa el título de «*His Master's
Voice*».
Al cronista le parecía que
pero cuando vieron a Andrés en la puerta se pusieron tan
contentos que no se discutió más («tema baladí», dijo el cronista) y en el vestíbulo desde donde remontaba la
maciza escalera
se juntaron los cinco a charlar, esperando la oportunidad
de apoderarse del banco pegado a la caja de la

y miraron con alguna sorpresa una mesa donde los dos bedeles se sentaban ocupando el centro del reducido espacio, con lo cual el tráfico de estudiantes se hacía lento y complicado.

—Primera vez que veo a los bedeles tan importantes —dijo Juan, golpeándose las mangas del saco como si así fueran a perder la humedad que las arrugaba—. Miralos, están olímpicos.

—Siempre han sido muy majestuosos —dijo Clara, apoyándose en Juan como si no diera más—. Pero lo de la mesa es un poco exagerado. Vamos a sentarnos en la escalera, en cualquier parte.

—¿Se puede entrar en las aulas? —preguntó Juan a los bedeles.

—No.

—¿Por qué?

—Están cerradas con llave.

—¿Y no nos puede abrir una?

—No.

—¿Por qué?

—No tengo las llaves.

—¿Quién las tiene?

El bedel miró al otro bedel; mientras Andrés daba un paso atrás y se apoderaba del extremo del banco. Tocó el hombro de Clara, esperó que se sentara. El cronista vino a ponerse al lado de ellos, y los estudiantes que ocupaban el resto del banco se apretaron para dejarles sitio. «Solamente a mí se me ocurre salir con este traje», dijo uno como hablando para sí. «El tuyo es macanudo, una pluma.» Clara escuchaba, perdida la voluntad en el desfallecimiento de la fatiga, el arribo, lo inmediato. «Pero le gusta que yo me empilche», oyó decir al estudiante del otro extremo. Andrés la estaba mirando, contra ella pero replegado, en un violento esfuerzo para no imponerle su contacto.

—Estás deshecha —le dijo. Sonaba a observación clínica.

—Sí, no puedo más. Ha sido un día...

—¿Ha sido? —dijo Andrés—. No sé, en cierto modo me da la impresión de que apenas empieza. Todo está tan en suspenso.

—No hablés como en los cuentos de fantasmas —dijo el cronista—. Pibe, si me pudiera sacar los zapatos. Si estuviera en la redacción ya me los habría sacado. Yo en realidad debería estar en la redacción.

Después explicó que había venido hasta la Facultad para acompañarlos, pero que no pensaba quedarse al examen porque sin duda su ausencia sería comentada en el diario.

—¿Vos creés? —dijo Juan, que se había sentado en el suelo frente a ellos.

—Para decirte la verdad —dijo el cronista— tengo la impresión de que a esta hora no se les importa un corno si uno está o no está en el diario. Qué bonita es su blusa, Stella.

—Es vistosa —dijo Stella—. Y sobre todo liviana. Veo que tiene buen gusto.

—La estrangulada de la calle Rincón tenía una blusa igual —dijo el cronista, mirando las piernas de la estudiante que empezaba a subir la escalera. Oyó el chillido («realmente una rata», pensó) del bedel gordo, las piernas se le inmovilizaban, la orden de bajar inmediatamente.

—Pero si tengo que hacer una averiguación arriba —dijo la estudianta.

—¡Baje en seguida! ¡No se puede subir!

—¿Por qué no se puede? —dijo Juan—. Si me da la gana subo ahora mismo. ¿Quiere que la acompañe?

—No, no —dijo la estudianta, pálida—. Prefiero me quedaré aquí

—Hace bien —dijo un estudiante—. Capaz que después no la dejan rendir.

Juan lo miró. Los bedeles se habían puesto a alinear planillas verdes con casilleros, líneas punteadas, números de orden y llamadas al pie. «Hijo de una gran planilla», pensó Juan mirando al estudiante que consultaba unos apuntes a mimeógrafo. «Hasta cuando ———.» La puerta que daba a la galería continua crujió penosamente.

—Mi madre, sopla viento —dijo el cronista—. No puede ser.

Con la bocanada de aire vino el olor, dulce y bajo, apenas perceptible al principio. Cola hervida, papel mojado, humedad, guiso recalentado, «aquellos olores de la escuela primaria», pensó Andrés, estremeciéndose, «ese jabón misterioso que flotaba en el aire de las aulas, en los patios. Nunca más encontrado, inolvidable. ¿Era el olor, o era la manera de oler? Algunos sonidos, colores de la infancia, sustancias tan próximas a la cara, a la ansiedad ——». Esto era un olor compuesto, cansado, un resumen moviéndose en el aire que entornaba las puertas. Hasta las voces, apagadas por el maderamen y la humedad, parecían parte del olor. Se dieron cuenta de que habían estado sintiéndolo desde que entraron, y que la bocanada de aire caliente no hacía más que condensar esa dulzona repugnancia continua.

—Te la debo, pibe —decía el cronista—. Un concierto así no ocurre todos los días. Lo que no te puedo describir es la cara del papá de Clara cuando se armó el jaleo. En el fondo era estupendo y estábamos como en familia. Lástima que faltabas vos. Hasta el tipo de anoche se dio una vuelta por allá. Y no te digo nada de éste, la de piñas que repartía, y las que cobró.

—La verdad que tengo una costilla dolorida —dijo Juan—. ¿No te parece, cronista, que ahora me toca a mí aprovechar un poco el banco?

—Naturalmente. Me sentaré en el suelo y oiré reverente vuestra conversación de universitarios. Lástima que Clarita se duerme.

—Lástima —dijo Clara—. Pero inevitablemente lástima.

—¿Por qué no la hiciste descansar?

—Desde que es mayor de edad tiende a manejarse sola —dijo Juan.

—No está como para un examen, como no sea clínico.

—No creas —dijo Clara, cerrando los ojos—. Tengo bastante fosforescencia. Sé todas las tablas hasta la del ocho. Sé

todos los problemas. *Une paysanne, zanne zanne zanne* ——
canturreaba, balanceando la cabeza.

—No creíamos que la cosa iba a ser tan complicada —dijo
Juan—. Yo mismo estoy acabado. Fijate que mi suegro nos
llevaba al concierto como a un descanso mental. Y después el
viaje en el Lacroze, el asalto de la gente en Carlos Pellegrini.
Oímos que había un incendio en la manzana del Trust Joyero,
por lo menos se hablaba del humo, de tipos que no aguantaban
el calor.

—Y a la salida de la estación se nos tranca el subte —dijo
el cronista—. A los cien metros. Mirá, no nos podíamos mover
y el calor era tan brutal que algunas mujeres gritaban. Delante de mí

pero para qué te joderé con estos cuentos.

—Dale —dijo Andrés—. Yo después te cuento uno mío.

—Una mujer se puso a llorar. Che, era algo de no creerlo.
La tenían tan apretada que no podía zafar los brazos, y lloraba
mirándome, las lágrimas le chorreaban por la cara, y no te digo
el sudor, deshaciéndole la máscara, inventándole unas estalac-
titas de rímel, una cosa horrible. Inmóvil, te das cuenta. Llorando. Yo no podía dejar de mirarla y ella no podía dejar de
llorar. En un calabozo debe ser lo mismo, o en un hospital.
Pero por lo menos te podés dar vuelta del lado de la pared para
no ver, o para que no te vean.

—Veinte minutos así —dijo Juan—. No te lo deseo, viejo.
Al rato todos sentimos la tierra. No sé cómo explicártelo, en
un túnel de subte no te preocupa la profundidad porque el
movimiento la anula. Pero de golpe esa quietud que dura, ese
ahogo. Entonces mirás el techo del coche y sabés que arriba
está la tierra, metros y metros. Yo haría un pésimo minero,
viejo: geofobia, si me permitís calificarlo así.

—Linda palabra —dijo Andrés—. Se estira como un chi-
clet; da para mucho.

«Silencio» (era la voz de uno de los bedeles).
«No dejan trabajar.»

—¿Me lo dice a mí? —preguntó Andrés.

—Se lo digo a todos —dijo el bedel—. Caramba, cómo están de cosquillosos. ¿No ve que estamos haciendo las planillas?

—Para decirle la verdad —dijo Andrés— las planillas casi no me dejan verlos a ustedes.

—No le digas más nada —lo atajó el cronista. Sacó un carnet y lo puso bajo la nariz del bedel que tenía más cerca—. ¿Ve esto? Como sigan compadreando les voy a sacar un suelto en el diario que los va a hacer saltar a los dos —guiñó un ojo a Juan—. Yo tengo mucha influencia, che, y no permito abusos.

—Nadie abusa —dijo el bedel—. Pero hablen más despacio. Comprenda nuestra responsabilidad, señor.

—Absolutamente ninguna —dijo Juan—. Ustedes no tienen nada que ver con nosotros. Que venga el Secretario, o un profesor.

—Che, no hagan lío —dijo el estudiante de los apuntes—. Primero demos el examen y después hay tiempo de protestar.

—¿Vos sos Juárez, verdad? —le dijo Juan, levantándose.

—No, soy Migueletti.

«La técnica de este jodido para sacarle el nombre», pensó el cronista.

—Ah, sos Migueletti. Y das examen con nosotros, creo.

—Sí, salvo que se suspenda. Me parece que no hay profesores en la casa.

—Ah, estás enteradísimo de si hay profesores en la casa o si no hay profesores en la casa.

—Che, acabala —dijo Migueletti—. Si no te gusta, ¿para qué venís a dar examen? Quedate en la calle, che.

Andrés agarró del brazo a Juan y lo trajo junto a Clara. «El tipo le contestó bien», pensó con una cólera fría. «Estamos siempre donde no deberíamos.» Juan miraba con ganas del lado de Migueletti, pero Clara lo hizo sentarse, lo retó en voz tan baja que los otros no la oyeron. Unas chicas que se habían reído del diálogo dieron la vuelta a la mesa y se acercaron. Dos parecían gemelas, la otra era pelirroja y al cronista le gustó en seguida.

—El tipo es un idiota —dijo una de las gemelas en voz baja—, pero tiene razón en eso de que no hay profesores. Ya es la hora, y ni uno. ¿Ustedes qué hora tienen?

—Siete y cuarenta —dijo el cronista—. ¿Ustedes son de las que deslumbrarán a la mesa?

—Ay, sí —dijo la pelirroja—. Yo creo que todos los que estamos aquí damos el mismo examen. No hay más que esa mesa.

—Si es que hay —dijo la otra gemela, sonándose y mirando disimuladamente en el pañuelo. La puerta de la galería chilló de nuevo, pero con el olor vino un empleado de contaduría, vestido de azul eléctrico. Los miró vagamente y se perdió en un prolongado murmullo con los bedeles. La luz se apagó en la galería, volvió a encenderse, oscilaba, perdía brillo.

—¿Hay examen? —preguntó la pelirroja.

El empleado alzó las manos como si lo hubieran asaltado, y las hizo girar como si estuviera limpiando un vidrio. Luego se alejó a paso vivo, lo vieron entrar en la antesala del decanato. Se encendió una luz, pero el empleado retrocedió y cerró la puerta tras de él.

—Me ahogo aquí —dijo Clara—. Me voy a caminar por la galería.

—No la van a dejar —dijo la pelirroja.

Andrés miró a Juan, que escribía algo en su libreta. Fue con Clara hasta la puerta y la mantuvo entornada para que pasara. Caminaron en silencio por la galería, y cuando Andrés tocó la puerta de un aula pudo ver que estaba con llave.

—Aquí huele peor —dijo—. Es cada vez más insoportable, pero de todas maneras deberíamos estar adaptándonos paralelamente. Parece raro que cada vez moleste más.

—Bien puede suceder, aunque sea muy raro, que no nos adaptemos a algunas cosas —dijo Clara—. ¿Me das el brazo, Andrés?

Como si el hacerlo le llevara delicadamente la vida, sostuvo a Clara que vacilaba al moverse.

—Estás helada —dijo—. No te sentís bien.

—Nervios. Esto que no se acaba.

Andrés ponía toda su fuerza para que ella no advirtiera el temblor de su mano. Recordó el paseo de la noche, y que recién después, al estar lejos de ella, había medido
al igual que delicadamente frustrado
como un movimiento de sonata, que asoma y crece al salir del concierto, bajo los árboles de una plaza,
      cuando ya ni el sonido puede alterar su hermosura
Pero el brazo estaba ahí, lo sentía en su mano. El sonido, sustancia necesaria, carne para la idea inalcanzable.

—Todo dura demasiado —dijo Clara—. Tan difícil que una cosa coincida con nosotros. Anoche caminé demasiado, soñé demasiado, y hoy comí demasiado, estuve demasiado en el concierto, me afligí demasiado en el subte, cuando tiraron al perro, cuando ——.

—Así que tiraron un perro.

—Fue infame. Lo estoy viendo todavía.

—Sí, son las cosas que seguimos viendo —dijo Andrés—. Somos tan blandos. No sé si sabés que las placas sensibles se hacen con gelatina.

—Hoy quisiera no ser yo —dijo Clara—. Cuando pienso que anoche vivía tan feliz imaginándome que estaba furiosa. Esperándolo a Juan en la Casa, haciéndome un drama porque llegaba media hora tarde.

—Mirá —dijo Andrés, con una leve presión de la mano—. Mirá ahí —en el recodo adonde habían llegado, dos individuos descolgaban un retrato. Uno lo desprendió del gancho, alcanzándolo al otro que le sostenía la escalera con el pie. Ya habían bajado otros dos cuadros y los iban apilando en un rincón.

—Mudanza —dijo Clara—. Qué idiotas.

—No, no se mudan. Quieren mudar a los demás. Empiezan con los más indefensos.

—¿De quién hablás? —dijo Clara, mirándolo.

—Creo que de nosotros —dijo Andrés—. De los retratos colgados en las paredes. Una vez pensé en lo que sentiría una música hermosa si le fuera dada una conciencia. No es imposible pensarlo, ¿verdad?

—Es lindo —dijo Clara—. Lástima que ya se ha escrito algo sobre eso en una revista que no debés leer, y que se titula *Narraciones Terroríficas*.

—¿Sí? —dijo Andrés—. Contámelo.

—Era tan idiota —sonrió Clara—. Lo único bello estaba en la idea central: Puede concebirse una dimensión (en otro planeta, por ejemplo) donde lo que aquí llamamos música sea una forma de vida.

—Bueno, me dedicaré a colaborar en la revista —dijo Andrés.

—Seré tu lectora asidua. ¿Y qué ocurriría si la música tuviera conciencia?

—Nada, se me dio por imaginar el horror de una música bella que se siente vivida por una boca indigna, silbada por un mediocre cualquiera. Mozart, por ejemplo, tocado por ese Migueletti. Y lo pensé al darme cuenta

lo vengo viendo desde hace tanto, pero hoy ———

al sentir cómo los valores, esos retratos si querés, están inermes en las manos de los tipos que los apilan en un rincón. Que ni siquiera los destruyen; simplemente los arrumban.

—Nadie se deja arrumbar si no es arrumbable —dijo Clara, divirtiéndose en hacer rodar las erres—. Eso es lo horrible. Por lo menos vos te sentís acorralado, no sabés bien por quién ni contra qué. Pero pensá en la gente que ya no cuelga de su ganchito, y sigue posando de retrato sin darse cuenta de que la han tirado a un rincón.

—Como alguien que en plena noche se pusiera una máscara, un disfraz, y se quedara así, solo y a oscuras.

—No sé —dijo Clara—. Yo solamente puedo decirte que me siento acosada. No te creas que solamente por Abel. Es otra cosa. Desde anoche, cuando noté que los zapatos se me hundían en la tierra

——— Es tan difícil de explicar, Andrés. Es mucho peor que dar que no dar examen.

—Por lo menos ustedes tienen un examen —dijo Andrés soltándole el brazo y caminando delante de ella, hacia las galerías abiertas.

—¿Pero, y después? —le llegó la voz de Clara.

—Después tendrás que descubrirlo vos misma —dijo él, y se dio vuelta y la enfrentó, hostil. Clara lo miraba, prolongando la pregunta. Resbaló en la humedad, Andrés la sostuvo. Ahora la tocaba con ambas manos, fijándola en el espacio, frente a él. Clara tenía un brillo de humedad en la piel de las mejillas, en la nariz, y lo miraba, esperando más. «Qué darte que ya no tengas», pensó Andrés. «Si por lo menos pudieras salvarte, vos y Juan...» Vio, creyó ver horriblemente el cráneo de Clara bajo su rostro y su pelo; como si un viento negro saliera de ella y lo golpeara en la boca.

—Estás tan triste —dijo Clara—. Sos tan tonto, mi pobre Andrés.

El cráneo hablaba. La muerte futura vivía bajo este humo, este hedor de la ciudad. Andrés midió (cerrando los ojos, negando la imagen) la extremidad de su camino. Sin saber por qué se quitó los anteojos y los sostuvo en el aire. Nada estaba formulado, solamente veía (con la mirada que no precisa imágenes, la mirada que había contemplado el cráneo de Clara) una decisión, un paso,

borrosamente un gesto a cumplir.

—Las dos cosas —dijo, volviendo a ponerse los anteojos—. Triste y tonto. Tonto porque triste, pero no al revés. Mi tontería es tener una especie particularmente inútil e inoperante de lucidez. Y sobre todo, creeme, porque me falta lo que a Juan le sobra, el entusiasmo.

—A veces —dijo ella, bajando la cabeza— me parece tan niño al lado de vos.

—Es un hermoso elogio —dijo Andrés, rozándole el pelo con los dedos.

—Lo merecés —dijo Clara.

—No, no hablo de mí.

—Ah.

—Y que vale también para vos. Ahora es tu víspera, tu capilla. Mañana habrás rendido, nos volveremos a encontrar en los cafés o en los conciertos, y de esto quedará

> «Pero es mentira», pensó, «estoy mintiendo como —— »

en fin, un pasaje entre tantos otros.

—Vos sabés muy bien que no es así —dijo Clara—. ¿Qué necesidad tenés de usar palabras conmigo?

—Me incomoda la exageración —dijo Andrés—. Incurrimos en la costumbre idiota de problematizar cualquier cosa. No solamente lo personal, también lo que nos rodea, un día como hoy, una presencia repetida — Abel, si querés. No caigas en eso, Clara, vos que estás a salvo de tanta torpeza.

—Casi me estás aconsejando que cierre los ojos —dijo Clara—. Es un viejo consejo en este país.

—Lo que te pido es que no te rindas —dijo Andrés—. Lo que te pido es que sigas siempre en la buena víspera del examen.

Volvieron, mirando al pasar cómo los obreros habían terminado de apilar los retratos. Del subsuelo, por el hueco del ascensor y la escalera, subía un rumor confuso. Un bulto negro cruzó veloz las baldosas, se lanzó escalera abajo sin que tuvieran tiempo de ver

parecía una rata

aunque bajar así una escalera, a esa velocidad, probablemente un gato cachorro

pero ese deslizarse pegado a las baldosas, tal vez confundidos porque las luces oscilaron, disminuyendo más y más, y sólo del pasillo dando a las galerías exteriores entraba un resplandor blanquecino, pero antes de que se habituaran a reconocer las formas se encendió una luz mortecina, reducida al mínimo.

—Era una rata —dijo Clara, con infinito asco.

—Puede ser —dijo Andrés—. Volvamos, si querés.

—No, no quiero. Me molesta toda esa gente. No sé, esperaba hablar con vos, pero en realidad no nos hemos dicho nada.

—Hay tan poco que decirse, si de decir se trata.

—Tenés razón. Siempre es como si las palabras y su tiempo estuvieran desajustadas,

perdoname que sea ingeniosa

como si lo que debiera decirte ya no fuese oportuno, o lo será un día en que vos o yo faltaremos, y nada podrá ser dicho.

—Suena bonito —dijo Andrés, sin ironía—. Lo que ocurre, entre otras cosas, es que el descrédito de las palabras nos desnuda cada vez más. ¿Qué se puede *decir* delante de un Picasso? Nos hemos acercado tanto a las fuentes que las crónicas del viaje están caducas. Ya no creemos en lo que decimos, si es algo que nos toca más abajo del cuello.

—Lo malo —dijo Clara— es que tampoco hemos aprendido a prescindir. Si por lo menos supiéramos mirarnos, vernos——.

—Hubo un momento —dijo Andrés—. Pero entonces no lo supimos. No éramos capaces de saber qué esperaba de nosotros el destino, es decir, nosotros mismos. Ahora es tan fácil corregir las erratas en el papel, pero el tiempo ya leyó el original. Hablando de ser ingenioso, ¿qué te parece el símil?

—Malo —dijo Clara—. Pero tan cierto, si es que lo entiendo. Vos ves, lo de Abel es un poco eso también. ¿Qué busca? Lo que pudo encontrar cuando no lo buscaba.

—¿A vos? —dijo Andrés.

—No sé, realmente. Supongo que sí, pero como en las pesadillas. No hay ninguna razón, Andrés: ninguna razón ahora.

—No son razones las que lo mueven —dijo Andrés.

—Mirá —dijo Clara, y le dio a leer la carta. Tuvieron que ponerse debajo de un foco, la luz era cada vez más débil; como si los oídos se aguzaran por compensación, desde el fondo de la galería les llegó una carcajada (¿no estaba abierta la puerta? Sí, de par en par, y se veía la espalda del cronista, la mesa de los bedeles) y un ruido de papeles arrugados. Clara mezclaba confusamente el olor

en esa parte olía como a algodón mojado con las formas, los sacos, las cabezas y las blusas blancas contra el maderamen y las paredes. Tomó sin mirar el pliego que Andrés le devolvía, lo guardó en un bolsillo.

—Supongo —dijo Andrés— que Juan anda con un revólver.

—No —dijo Clara—. Piensa que es una amenaza de loco.

—Por eso mismo. Bueno, me alegro de haberme echado la pistola al bolsillo. Se me ocurrió

(mentira)

no sé por qué, eso de creer que cuando las cosas no van bien —

—Me parece tan absurdo —dijo Clara—. En tus bolsillos no me imagino más que libros y tabaco.

—Ya ves —dijo él—. Ya ves si es absurdo.

«Armas», pensó Clara. «En este plano en que vivimos él y yo —— Qué curioso el valor de algunos gestos, la vuelta atrás, al apoyo primario. De un revólver al agua bendita hay tan poco ——»

—Debías tener exorcismos, algo más eficaz —le dijo—. Abel no está en tu camino, y aunque estuviera, ¿qué podrías contra él?

—No llevo la pistola por Abel —dijo Andrés—. Pero siempre puedo pasársela a Juan si llega el caso. Creo que tenés razón, y que no podría hacer nada para defenderte.

—Nadie podría —dijo Clara—. Por lo menos con una pistola.

—Hacés bastante bien en no creer en defensas —dijo Andrés—. Pero al menos no te olvides de los ataques.

—Bah —dijo Clara, casi con dulzura—. Todo esto... —le mostró los cuadros apilados, el fondo de niebla, las baldosas por donde el bulto negro había corrido—. No creo que pudiera olvidarme. Todo está contra nosotros, Andrés.

Juan les hacía señas, y se oía chistar (el cronista). Mirando el suelo, Clara se puso a andar por la galería.

—Es inútil, y no te servirá de nada —murmuró, con una voz que a Andrés le pareció antigua, la de cuando ella no le hablaba con esa voz—. Pero quiero que sepas que lamento tanto.

—Clara —dijo Andrés.

—Sabés bien cómo lo quiero. No estoy arrepentida de haberme ido con él. En el fondo lo que me duele es que vos y él no sean uno o que yo no pueda ser dos.

—Por favor —dijo Andrés—. Está tan bien así. No digas más nada.

—No, no está tan bien así —dijo Clara—. No está bien. Solamente está, como siempre.

—No lo lamentes —dijo Andrés.

—No es eso, no es precisamente eso. Lo que duele es estar segura de haber hecho lo justo, y en ese mismo sentimiento, de golpe,

el asco de la justicia, saber que nada es justo cuando hay más de dos.

—No lo lamentes —repitió Andrés—. Sobre todo no lo lamentes.

—Dejame por lo menos que lo haga por mí —dijo Clara.

—No te lo puedo impedir —dijo él—. Que sientas eso es más de lo que pude desear cuando ——

—Ahora por lo menos sabés que lo siento así —dijo Clara—. Nunca dije más la verdad que ahora.

Estaban junto a la puerta, envueltos por el griterío y la visión de ropas y movimientos.

—Te agradezco —dijo Andrés—. Pero no te rindas a la bondad. Mirá, tener lástima cuando no se ha hecho mal,

esa flojera horrible   como condenarse, sabés

perder el derecho de elegir cada mañana tu traje y tu silbido y tu libro para leer,

no, nunca eso. Los ojos están delante de la cara, mi querida, y no es culpa tuya si soy un poco tu sombra, tu eco,

si el barco no puede andar sin hender   fijate qué bonito

—Sos bueno —dijo Clara, y le sonrió.

—Y otra cosa —dijo Andrés—. Yo creo que realmente era una rata.

Los bedeles doblaron las planillas y uno se fue al decanato llevándolas como si

pero todos sabían de sobra que el decanato estaba

—Increíble cómo prolifera la cultura —dijo el cronista haciendo sitio para que una de las gemelas descansara en el banco—. Ya somos más de treinta.

—Y qué *spuzza* —dijo la pelirroja. (Se apagaron las luces Se encendieron)

—Las nueve menos cuarto —dijo Juan como si fuera muy importante, y perdiéndose otra vez en su cuaderno.

—El estro lo domina —dijo el cronista—. Ay, Andrés, yo realmente debería irme a la redacción. No creo que sea demasiado difícil llegar con

> Se oía una serie de explosiones hacia el oeste, algodonosas y bajas, curioso que el ruido llegara como por la tierra, del mismo modo que la rata un poco antes cuando

—Ya que estás quedate y acompañame mientras éstos dan su famoso examen —dijo Andrés.

—Los van a aplazar —dijo el cronista—. Fijate cómo no estudian. En cambio, ahí tenés al joven Migueletti fagocitando copias mimeografiadas

> me meo grafiadas

> (A oscuras. La pelirroja olía a jabón de pino, a fósforos.)

—Fiat lux de tocador —le dijo el cronista, oliéndole el cuello—. Compañera, tiene usted la piel fragantísima. No se separe de mí mientras el aire nos siga trayendo el mefitismo.

—El mefi qué —dijo la pelirroja, como si no le gustara preguntar.

—El manfutismo —dijo Andrés—. Eso es lo que trae el aire. Pero Clara solía andar con colonia en ese bolso tan pituco.

—Aprovechadores —dijo Clara, buscando el frasco. «Sí, era una rata», pensó. «Bajaba arrastrándose, ahora andará por el subsuelo y ahí hay gente, los oí ——»

Estaban amontonados, no pudiendo alejarse del decanato
pero todos sabían que el decanato
y sólo las mellizas se fueron a la galería a repasar los apuntes, buscando los sitios con algo de luz.

—Buena colonia —decía el cronista, rociándose el pelo—. Verdadera mirra de Arabia.

La luz volvía poco a poco. Juan se metió el cuaderno en el bolsillo del saco y señaló la puerta del decanato.

—Ahí va —dijo—. Se larga.

Salieron los bedeles y entre ellos un individuo bajo y moreno, con las manos a la espalda (devanaba el aire con los pulgares) como protegiéndose entre los bedeles
que pasaron con altisonantes «¡permiso!» y el joven Migueletti saludando al profesor y el profesor no saludando al joven Migueletti
hasta que los tres llegaron a la galería y cerraron de un golpe la puerta.

—El menudo sicofante debe andar en los proemios de la integración de la mesa —dijo Juan—. No puede tardar más.

—Cómo mata la espera —dijo Stella, sacándose una pelusa de la boca—. Me parece que me quedé dormida. Qué banco tan duro.

—Pobre —dijo Andrés, acariciándola—. Realmente no tenías por qué haber venido.

—¿Por qué no? Si vos venías, yo también.

La miró sonriendo, sin decirle nada. Crujió la puerta y reaparecieron los bedeles, que miraron de costado al grupo de Juan y se pusieron a llenar unos talonarios. Para llenar cada talonario consultaban distintas libretas con tapas de hule, la guía telefónica y un libro de tapas azules con un escudo dorado a fuego. Uno de los empleados que había descolgado los cuadros de la galería vino a decirles algo, y el bedel más gordo hizo gestos de ignorancia e involucró con un redondo mariposeo de la mano a todos los estudiantes.

—Ahí viene de nuevo el prof —dijo el cronista—. Qué manera curiosa de deslizarse que tiene el

¿cómo lo llamaste, Juan? Ah, el menudo sicofante. Che, pero el tipo está verde.

—Verde nilo —dijo Clara—. Éste ha visto un fantasma.

«La rata», pensó. «Se ha encontrado con la rata.» Lo vieron rebasar el grupo de estudiantes (se jugaba a los naipes en un ángulo, usando una carpeta como tapete) y entrar en el decanato. Estaba a oscuras y el profesor retrocedió, gritando a los bedeles que encendieran. El más gordo ni levantó los ojos, pero el otro fue hasta la puerta con un gesto de ira, entró seguido del profesor.

—Y nada, no le funciona el voltaje —dijo Juan. Se quitó el saco, metiéndolo entre dos barrotes de la escalera, se arremangó. Estaba empapado, y Clara se puso a rociarlo con colonia. Otros estudiantes imitaron a Juan y el cronista hizo notar a la pelirroja que ganaría en comodidad si se quitaba la blusa, señalándole, en caso contrario, los peligros de la combustión espontánea. Después le habló de los híbridos psíquicos, despertando de inmediato su interés. Nadie vio salir al profesor del decanato, de pronto estuvo al lado de la mesa de los bedeles, escoltado por el bedel menos gordo que traía montones de rollos de cartulina. Para que no se le cayeran los había metido en una papelera de alambre tejido.

—Parece un ramo de calas —dijo Andrés a Clara—. Mirá qué brillante simplificación de formas. Percatate de cómo la burocracia imita al arte.

—Sumamente logrado, gran entonación y elegante juego plástico —dijo Clara, mirando a Andrés con sí, era gratitud, voluntad de alcanzarle un afecto, de estar cerca pero tan lejana en su fatiga, entornada y vencida

—No uses ese vocabulario —le dijo Juan—. A menos que estés hablando para *La Voz del Bedel,* que así debería llamarse la revista de esta Facultad. ¿Pero qué pasa, che? —gritó, encaramándose al banco.

Los bedeles repararon en Juan (rabiosos), pero el profesor siguió dando instrucciones en voz baja, mirando temeroso hacia la galería donde la luz acababa de apagarse definitivamente. Una de las mellizas se había sentado en el suelo, a los pies del cronista, y la otra le pidió a Clara el frasco de colonia. «Ésta se desmaya», pensó el cronista. «Como no empiecen a vomitar.» Le habló en voz baja a Andrés, que se puso a empujar a los estudiantes más próximos, y éstos a los de la periferia

si en realidad se podía hablar de periferia en una masa donde la superficie de la mesa marcaba como un pozo, un accidente desagradable en la configuración general de

para que la chica descompuesta tuviese algo más de aire.

—No, no va a vomitar —le dijo Andrés al cronista—. ¿Tanto te preocupa?

—Che, el vómito es una cosa que no puedo soportar en los demás.

—Supongo —dijo Andrés— que la causa está en que es una reversión. Al vómito se asocia la culpa luciferina, la titanomaquia. Fíjate que la mitología de la rebelión es un vómito cósmico. Cuando vomitamos lo comido cumplimos un acto orgánico que coincide oscuramente con la más secreta ambición humana, la de decirle a la naturaleza que se vaya al cuerno con su asado de tira y su lechuga.

—Sos grande —dijo el cronista.

—Te voy a confiar un gran secreto —dijo Andrés—. El pecado no fue que Eva comiera la manzana; el pecado fue que la vomitó.

—¡Bájese del banco! —gritó el bedel más gordo a Juan.

—No me da la gana —dijo Juan—. Che, Andrés, vos te das cuenta estos tipos.

—Vos campaneá lo que se oye en la calle —dijo el cronista forzando la voz porque todos los estudiantes estaban excitados y pululaban y se movían y el aire fofo escamoteó las palabras

> aunque a lo que el cronista aludía era una sirena de ambulancia (o carro de incendio) seguida de pitadas estridentes hacia el lado del bajo

—Bah, eso es la circunstancia —dijo Juan—. Son los bárbaros que entran. Y, claro, las luces se apagan. *Blackout!*

Nadie se movió, pero en la oscuridad el calor era más espeso y todos notaron (y anotaron) que se olía con más intensidad el rezumar del aire. La melliza se quejaba débilmente en el suelo. En la sombra su cabeza pesaba enormemente en la mano de Clara, arrodillada a su lado y sosteniendo un pañuelo con colonia. El rumoreo crecía, gritos, medio en broma pero cada vez más fuertes. Un chicotazo, una queja

la reputa madre que te parió, cornudo

Pibe, el que te pisó fue otro   Un fósforo

la risa llena de cosquillas de la pelirroja cuando el cronista le anduvo por la blusa y le besó la nuca, apretándola contra él y sintiendo subir la vaharada de olor caliente de su pelo, de su piel

> fósforos
> los peregrinos de
> Emaús

¡Drácula! No jodan, che, que hay mujeres.

La melliza del suelo lloraba. Andrés temió que en el revuelo la pisotearan y se plantó delante, con los brazos tendidos. La risa de Juan venía de arriba, y cuando alguien encendió un fósforo lo vieron encaramado en la mitad de la escalera, con el pelo revuelto y la camisa abierta. El decanato se iluminó de golpe, lejos golpeaban una puerta, tres, cuatro veces. La luz se reflejó débilmente en el grupo más próximo, dejando entrever la mesa de los bedeles, los rollos de cartulina en la papelera. Llamaba el teléfono en el decanato y el bedel más gordo pasó entre gritos y maldiciones. Cuando calló el teléfono se hizo un gran silencio, pero al unísono se oyó llorar a la melliza en el suelo y una carcajada de Juan en la escalera. La voz del bedel llegaba ahogada, pero llegaba

> Sí Señor
>
> hola   Sí Señor
>
> no Señor
>
> creo que sí   Señor
>
> me parece
>
> hola
>
> es un suponer   Señor
>
> entonces
>
> como usted diga   Señor
>
> sí Señor

—¡*La voz del bedel!* —gritó Juan como un pájaro. Una rayita naranja se marcó en lo alto, creció, se detuvo, oscilante,

la luz

—Me siento mejor —dijo la melliza—. Me hizo bien la colonia, gracias.

La luz

ahora mismo Señor

la luz entre la niebla   no era humo   el vapor de los cuerpos pero consistente   —Es humo —dijo el cronista, mirando a la pelirroja que se arreglaba y se reía—. El techo está lleno de humo.

Los jugadores echaban otra vez las cartas, se oyeron tres chicotazos en sucesión y el grito de desafío de uno de ellos, los murmullos de gata contenta de la melliza del suelo que ahora se enderezaba apoyándose en su hermana y en Clara. Nadie esperaba que el bedel volviera tan pronto

nadie esperaba al bedel ni el otro bedel, que miró las luces y se rascó la cabeza

—El mar humano —decía Juan desde la barandilla—. Andrés, tu occipucio está ralo. Tenés caspa, cronista. Pero Clara, ah qué hermosa se te ve, cómo te idolampreo!

—Basta —dijo Clara—. Vení a estarte quieto.

—Te incubadoro —dijo Juan a gritos—. ¡Te piramayo! ¡Te florimundio, te reconsidero!

—Es increíble —dijo una de las mellizas—. Las nueve y media. Andá a hablarle a mamá, Coca.

—¿De dónde? Con el vigilante en la puerta, y después la calle, yo...

—Bueno, voy yo.

—No. Vamos juntas.

—Bueno.

«Con diálogos así se escriben libros notables», pensó el cronista mirando a Juan, que bajaba, parándose en cada escalón para estudiar la escena, con todo el aire del que juega a no ver lo que está viendo. Y el bedel de vuelta, murmurando agitadamente cosas en la oreja del otro. Pocos se afligieron cuando una chica delgada, con grandes ojos de ardilla, se desmayó de golpe al lado de la mesa y pegó con una mano entre las planillas, arrastrándolas en su caída. Llegar hasta ahí, ese medio metro de sudor y rabia, tarea inútil; Clara se sentó en el banco, al lado de Andrés, que estaba dormido.

—Todos tenemos sueño —dijo Clara—. Esto es...

—Y el humo. Mirá el suelo, ese pedazo debajo de la mesa.

—No lo veo —dijo Clara—. Imposible verlo.

Stella sonrió, contenta. La casualidad le había tendido un claro por entre pantalones y faldas; veía muy bien el pedazo de piso debajo de la mesa. Realmente lo veía muy bien.

—Mirá, se la llevan al decanato —informó Juan—. Es injusto, en ese sitio puede pasar del desmayo al síncope. Bueno, Clarita, creo que la cosa se acaba. Mirá bien

y le mostraba la mesa con un dedo que temblaba y que varios siguieron con la vista, hasta Andrés, que abría los ojos volviendo de un vertiginoso andar. «La cercanía», pensó, «la tan ansiada». Miraba el perfil de Clara, su hombro liviano. «Ahora inventar necesariamente la distancia, esa materia nauseabunda...»

— ¡Che, es increíble!

— ¡Es una cachada!

«Todo sigue», pensó Andrés, casi sorprendido. «Esa mano estuvo en la mía, con un gesto que se viene repitiendo desde ———»

— ¡Están locos, che, esto es un quilombo!

— ¿Y qué te interesa? ¡Agarrá que hay pa todos!

«——— agua pura. Curioso, la belleza que amamos está en el reverso de los triunfos. Esto es tan hermoso. Morir así, concluido. Buscar la muerte porque no se tiene nada parece tan raro... Aquel muerto tenía algo, por lo menos se quebró en plena acción, sin desearlo...»

El cronista se reía tanto que Andrés lo miró, y hasta Juan dejó de señalar la mesa para observarlo. «Está loco», pensó. «Vive de mañana.» Y el cronista (que sacaba su risa de lo que estaba viendo en la mesa) y la pelirroja con los brazos tendidos, manoteando para alcanzar uno de los rollos que los bedeles repartían,

— ¡Dejame de embromar, esto no puede ser!

y el estudiante Migueletti ya tenía el suyo, ahora la pelirroja consiguió su rollo y se puso a abrirlo, teniéndolo en alto

«Es mejor estar aquí», pensaba Andrés. «Quién sabe cómo acabaremos la noche. Volver es siempre refugiarse en los huecos sabidos. Tal vez nos esperan espacios nuevos ahí afuera ———» El estallido de risa de Juan lo hizo pararse. Espacios nuevos. Eso era un espacio nuevo, un tiempo más: las nueve y media

(¿no lo había dicho una de las

pero ya no estaban pobrecitas se iban a quedar sin diploma)

— Mirá bien, mirá bien —Juan lloraba de risa en la escalera—. ¡Cronista, cronista, esto tenés que contarlo! ¡Esto es por fin la perfección, el séptimo día!

Pero el cronista le tenía el rollo a la pelirroja y le insinuaba una cena en *La Corneta del Cazador*.

Clara miró al bedel que

porque ya había huecos, los estudiantes se iban

y cuando el bedel le alcanzaba el rollo se dio vuelta y se quedó frente a Juan, que la miraba

después de saltar al suelo

y Andrés, que le sonrió, pensando: «Pobres chicos, lo toman bastante mal», porque Clara tenía los ojos llenos de lágrimas, lloraba ya con los ojos abiertos y mirando a Juan, a Andrés, la caja de la de la escalera, de espaldas al bedel que le alcanzaba su diploma

el espacio para el nombre en blanco pero abajo tan bonitas tan tinta china

y los sellos rotundos

y el aire de estallido final de sinfonía que todo buen diploma ostenta

UNIVERSIDAD DE BUENOS AIRES

Por cuanto

y aquí pagarle diez pesos a una maestra con buena letra inglesa

Por cuanto («Me agarro uno», pensó el cronista, retorciéndose. «Me lo cuelgo en el escritorio, me lo llevo a la redacción ——»)

Juan apretó contra él a Clara. Por sobre el hombro de su mujer miró a los bedeles completando su labor, apurándose porque la luz volvía a bajar. Se oía un crujido delicado, una sustancia quebradiza separándose poco a poco de otra. Una de las planchas inferiores de la mesa se estaba despegando, enchapada de cedro a prueba de. Pero esta humedad era mayor que la prevista cuando —— Crujido finísimo, un diálogo de insectos secos y ágiles discutiendo en un punto del espacio. Juan veía mal (y lo irritaba ver mal, y se pasó el dorso de la mano por los ojos como un chico), pero oía claramente el debate diminuto en el despegamiento de la mesa. Aceptaron (y Clara seguía llorando) que Andrés se pusiera entre ambos y los agarrara del brazo para llevárselos, con Stella detrás preguntando por qué no esperaban su turno, el cronista alabándole el peinado y lo fresca que estaba, una verdadera rosa a esa tardía hora del crepúsculo nocturno. La puerta del decanato estaba abierta, la luz encendida. Se veían muy bien los muebles, una perchera, un paragüero, el retrato de San Martín; y el vigilante de la entrada era ahora el vigilante de la salida.

relatividad de las cosas

y no les impidió salir, al contrario, pero estaba como asombrado y les miraba las manos, los bolsillos, verdaderamente un poco asombrado de verlos irse así con las manos vacías.

VII

— ¡Qué te pasa, cara 'e torta,
pico largo y nariz corta!

Era un chico pecoso, gritando irritado. El otro chico estaba más allá, cerca de la librería *Letras.* Gritó a su vez algo que
no le entendieron.

— ¡Pico largo y nariz corta!
A mitad de la escalinata, Andrés miró hacia el lado del
río. Era raro que las casas no dejaran ver el río; confusamente recordaba una imagen donde ya no había obstáculos entre
la ciudad en descenso y la orilla. La niebla ahogaba el farol
de Viamonte y Reconquista cuando anduvieron en silencio
camino del bajo, sin razón para alejarse, solamente seguros
de que ya no tenía sentido permanecer ahí. Del centro bajaba una niebla más espesa, mezclada con algo que olía a ropa
quemada. Stella gritó cuando pasaban bajo el farol y un cascarudo le cayó en el cuello, pinchándola con patitas aguzadas.
Juan se lo quitó y lo estuvo mirando, mientras el cascarudo
remaba tontamente en el aire; después lo soltó, con un envión
suave del brazo. Nadie hablaba, pero Andrés oyó (sin querer

mirar) el llanto ahogado de Clara, que luchaba por contenerse.

—Mirá —dijo Juan, y señaló el cartelito colgando bajo el cable del tranvía. No era fácil leerlo, Andrés hizo pantalla con las manos.

INICIE Y BAJE DESPACIO
LA PENDIENTE

—Uno no sabe —dijo Juan— si es una prevención o un estímulo.

—No está mal —dijo Andrés—. Pero yo tengo hambre.

—Yo también —dijo Clara, sonándose a lo chiquilina—. Me comería al cronista, me comería a Andrés...

—La mantis religiosa —dijo Juan—. ¿Te gusta el almacénbar *Suizo?*

—No. Yo aspiro a comer en lugares elegantes donde hay una servilleta para cada uno, como dice César Bruto —se agarró del brazo de Andrés, que la dejó apoyarse, parado en la esquina—. En realidad lo que tengo es sed. Ahí adentro... Pero vos comprendés que eso ———

—No, no lo comprendo, solamente lo compruebo —dijo Andrés—. Pobres chicos, no se lo merecían.

—¿Quién sabe, che —dijo Juan, empujándolos para que

INICIE Y BAJE DESPACIO

—Eso —dijo el cronista, suspirando—. Y con este calor, oí los truenos allá en el sur   si son truenos

—Ya los analizarán en tu laboratorio —dijo Juan—. Realmente no estoy seguro de no merecerme esto. Llegamos tarde a la boda y la torta estaba podrida.

—Yo sabía el programa —murmuró puerilmente Clara.

—Si no se trata de eso, vieja. Vos comprendés de sobra que no se trata de un saber. Mirá, vámonos todos al *First and Last* y chupamos hasta la caída del día, como diría un poeta que conozco. Pero mirá eso, Andrés,

Del bar de la esquina salía
con la vieja costumbre del cuello levantado (¿contra qué?,
¿la niebla?)

                         Y las explosiones, lejos
agobiado, como sucio

                Luces rápidas, autos en Leandro Alem.

—El profesor —murmuró Andrés—. Qué carajo estaba
haciendo en ese café cuando ustedes... Mejor que no nos vea.

LA PENDIENTE

—No hay caso —dijo Juan—. Buenas noches, doctor.

—Buenas noches, joven —dijo el doctor, y amplió el saludo hasta Clara con una lenta inclinación de la cabeza. Al sonreír alzaba la mitad de la boca, el resto quedaba como de cartón piedra. Vieron que tenía la cara cubierta de sudor, se secaba las palmas de las manos contra el pantalón.

—Qué noche —dijo, mirando atentamente a Andrés y luego al cronista—. Parece que hubiera cosas en el aire que uno tragara y que ——

—Hay pelusas —dijo el cronista—. Y unos honguitos voladores que tenemos estudiados en mi diario.

—¿Honguitos? —dijo el doctor.

—Sí, los trimartinos eutrapelios —dijo el cronista.

—Ah. Los comunicados del gobierno...

—Mire —dijo Andrés, y le señaló el cielo del oeste donde temblaban bandas rojizas, como reflectores entre las nubes—. Eso no está, que yo sepa, en los comunicados del gobierno.

—Es que... —iba a decir algo más, pero se contuvo, y les pareció que se doblaba, se hacía más pequeño. «Sus cursos sobre los hititas», pensó Clara, mirándolo con odio. «Sus bibliografías de ocho páginas. El muy cobarde...» Entonces el doctor tomó el brazo de Juan, se acercó, reclamando atención.

—He pasado toda la tarde ahí —y señalaba el bar *Suizo*—. Me esperaban a las siete, el decano y... Pero desde mi mesa, ahí, ¿la ven?

se abarca el frente de la Facultad, claro que asomando un
poco el cuerpo, y puedo decirles

«Muerto», pensó Andrés

porque es rigurosamente

cierto

que el auto del decano no llegó en toda la tarde. Y cuando
fue de noche, y esa niebla

(moviendo la mano como una espátula en el aire, repasando la sustancia amarilla)

entonces me dio tanto miedo de

      Ustedes que son jóvenes deben comprender que

Juan lo rechazó suavemente. El doctor quería seguir hablando, hizo señas de que debían escucharlo, pero él tomó a Clara del brazo y caminaron pendiente abajo. Andrés se quedó atrás, con una palabra al cronista para que dejara a Juan y Clara alejarse un poco, a Stella que los seguía.

—Déjalos un momento solos. Están tan desesperados.

—Tenés razón —dijo el cronista—. Pibe, esto ——

El doctor los seguía, murmurando y torciéndose las manos. El cronista se dio vuelta y lo miró.

—Vaya a hacerse revisar el metabolismo —le dijo gentilmente.

—Yo... —dijo el doctor, pero se detuvo y la niebla se lo fue comiendo como un ácido.

Se prendieron con ganas a un cigarrillo, parándose a encenderlo frente a una casa de departamentos con jardincito que olía a pasto, a trébol pisado. Era de no creerlo, se metieron en el jardín andando por las lajas húmedas. El cronista cortó una hoja y se la puso en la boca. Fumaba y mordía la hoja. Cuando salieron, Juan les hizo señas desde la esquina.

—Parece un fantasma —dijo el cronista—. Che, esta niebla deforma las imágenes. Primera vez que...

Andrés le tiró un manotón para sacarle un bicho volador que le colgaba del pelo. Miraron hacia Reconquista, pero el doctor se había ido.

—Estará en su mesa del *Suizo* —dijo el cronista—, desde donde se abarca el frente de la Facultad. Y el auto del decano, fijate ——

—Basta, por favor —dijo Andrés—. Por lo menos nos acercamos a esas plantas, a esa sombra. No volvás sobre ese vomitado.

—Juan nos está llamando.

—Vamos, ya estarán más tranquilos. ¿Oís ese piano?

—Es un piso alto —murmuró el cronista, husmeando el aire—. Qué bueno que alguien todavía... Un tanguito, che, nada menos que *La Mariposa*.

Alcanzaron a Stella, que los esperaba callada y como soñolienta.

—*No es que yo esté arrepentido*
de haberte querido tanto —cantó el cronista—. El tango, Andrés, y no los comunicados oficiales. Me animo a escribirte la historia de mil novecientos a hoy con nada más que los tangos.

—Sería divertido —dijo Andrés, que no lo escuchaba.

—*Si para tu bien te fuiste*
para tu bien
te tengo que perdonar   Farmacia «Soria»

—Decidido trasladarnos corporativamente al *First and Last* —dijo Juan, recostado en la vidriera donde Clara miraba perfumes y talcos—. Nada de cenar, che; drogui y especiales de jamón crudo.

—Y después... —dijo Stella, vivamente

(«Después nos vamos a casa.»)

—Después nada —la interrumpió Andrés—. Olvidate de esa palabra por un rato, y mirá los bomberos qué gauchitos.

Oyeron las sirenas, el resto fue un rodar y un color confuso. Cerca del río el calor era todavía más húmedo, y lloviznaba suavemente.

—Vos explicame cómo puede llover y haber niebla al mismo tiempo —dijo Juan—. ¿El agua pasa a través de la niebla? ¿O sucede en dos espacios distintos?

—Se hace el interesante —dijo Clara, cruzando la calle—. No le den explicaciones. Mejor sería... —se quedó callada, mirando desde la puerta el interior del café de la esquina. Andrés, que venía detrás, los vio casi al mismo tiempo. El más joven había estado cerca de ellos en el vestíbulo de la Facultad; el otro era uno de los jugadores de cartas, y había discutido bastante con los bedeles. Sentados en una mesa del medio del salón, tenían desplegados los diplomas

y los estaban mirando

con la botella de grapa entre los diplomas y las papas fritas

(un buen ventilador a paletas trabajaba el aire, les movía

los cabellos,   satisfactorio)

Juan se plantó en la puerta y puso las manos como megáfono.

—¡Guachos de mierda!

Andrés y el cronista lo pescaron del brazo y lo hicieron bajar

Inicie y baje despacio

mientras Stella se reía, asustada, y Clara iba adelante fría y muda, como indiferente. Los estudiantes ni se asomaron a la puerta.

—Parece mentira, ñato —se quejaba el cronista—. ¿No te parece bastante lío para encima ponerte a putear en un café como ése? ¿Vos te creés que yo estoy para que me rompan el ánima?

—*Va bene* —dijo Juan—. Vos tenés razón. Todo bien organizado. Para ver piñas, quince pesos *ring-side* y lo pasás estupendo viendo pegarse a otros.

—Che, pibe —decía el cronista quejoso, esperando la opinión de Clara y de Andrés, pero nadie habló cuando salieron a la recova y se dieron de golpe con los tipos que venían corriendo desde Córdoba. Silbatos (desde Córdoba o tal vez más arriba) y uno de los tipos, viniendo por fuera de la recova, en el filo de la calzada, cruzó Viamonte como un látigo y al pasar al lado de Clara le jadeó algo como: «Sálvese si puede», o tal vez: «Salga, que muerde», tropezando vaciló, apoyado en un pie, se fue a la carrera y atrás venían otros bultos como arreados por los pitos de los vigilantes. El cronista dio la orden de pegarse a la pared de la recova hasta ver mejor, y se juntaron en la sombra (no había ninguna luz en esa cuadra, el café de la esquina cerrado y el quiosco de cigarrillos) mirando la fuga de los hombres.

—Alguna manifestación —dijo el cronista—. Los están cascando.

—No me parece —dijo Clara—. A esta distancia ya no tendrían por qué disparar en esa forma. Tienen miedo, pero no de los cosacos.

—Mirá ésos en la recova, traen a un lastimado —dijo Andrés.

—Y cómo —dijo el cronista, que había visto los brazos del herido colgando por entre las piernas de los portadores que venían callados y muy lentamente al abrigo de la recova, y se detuvieron al lado de ellos obedeciendo a una orden de un hombre alto con campera gris y boina. «Lindo regalo», pensó el cronista cuando le depositaron al herido casi a los pies, entre murmullos desconfiados y discusiones bisbiseadas de si

<blockquote>mejor a Plaza Mayo y ahí se
dispersamo</blockquote>

Tan joven   acabala, no supiste que se quemó el
ma qué se va a quemar, paviolo
te lo digo yo

—Ponele mi saco de almohada —dijo un muchacho rubio, que temblaba de (quizá) excitación—. A mí me parece que... —miró a Andrés, desconfiado, después a Clara. El herido respiraba a grandes boqueos de aire, y sus labios húmedos estaban llenos de pelusas y baba; le habían apoyado la espalda contra la pared y alguien le metió el saco doblado bajo la nuca. Los otros se miraban más entre ellos que al herido. Entonces el herido gritó, un grito seco y corto, casi un ladrido, y alzando una mano se apretó el vientre. En la oscuridad no se podía ver mucho. Andrés notó que las piernas del hombre se perdían por momentos en el vapor amarillo pegado al suelo. Solamente su cabeza, los bucles negros saliendo de la niebla.

—¿Qué pasó? —dijo el cronista a uno que tenía al lado.

—¿Qué quiere que pase? —dijo el otro—. Íbamos al Parque Retiro, y ——

—*Siamo fregati* —dijo otro, empujándolo—. *Andiamo via súbito, Enzo.*

—Ma sí, esperá un poco. Total ahora ——

Pero Andrés ya había visto el retroceso furtivo, cómo uno a uno se metían en la niebla. El cronista urgió al que estaba a su lado para que le siguiera explicando, y de golpe no lo vio más, había girado en dirección a una columna de la recova, se lo tragó la oscuridad. No quedaban más que el herido y el muchacho rubio que se había quitado el saco. Otros pasaban en grupos, o corriendo aislados por el medio de la calle entre los pocos autos que bajaban de Retiro

y el cronista notó que ya ningún vehículo remontaba la calle. «Pálido rezongo», las palabras le venían mecánicamente. «Pálido rezongo. Pálido.» Repetía, pálido, pálido

hasta quitarle todo sentido a la palabra, hasta desnudarla de lo accesorio y descubrir su sonido, su forma, pálido, su nada sonora, pálido, el hueco donde habitaba eso otro realmente qué sin color lo contrario de arrebolado negativo de otra cosa que a su vez

—Se está muriendo.

La voz de Andrés. Ladrido, quejido, el tipo de boina perdiéndose en la recova. «La farmacia Soria», ¿Clara?

Camiones

—Che, Carlitos, ¡Carlitos! —decía el rubio, agachado, mirando la cara pasta gris del herido—. ¡Carlitos!

Andrés y Juan se llevaron a Clara al borde de la vereda, y Stella volvió desde la esquina donde se había puesto para no ver, y se agarró del brazo de Andrés.

—Ustedes quédense aquí o sigan abajo —dijo Andrés—. Me cruzo a esa parrilla y telefoneo a la Asistencia.

—Voy con vos y traigo agua —dijo el cronista. Pálido rezongo.

—Apurate —dijo Juan—. El tipo lo deja solo.

Cuando cruzaban la calle, el muchacho rubio corrió, subiendo Viamonte, y Clara se tapó la cara gritando algo que no entendieron y volvió junto al herido, aunque Juan quería impedírselo. Stella la tenía de un brazo, y se vio arrastrada a la sombra con Clara y Juan, junto al hombre ya ladeado en el suelo, ya silencioso.

—¡Pero no ves que le quitó otra vez el saco! —gritaba Clara—. ¡Le quitó ——!

—Esperá —dijo Juan, deteniéndola—. Dejame a mí.

Pero ella gemía, debatiéndose, y se agachó hasta quedar con la cara al nivel de la del herido. Con un grito se enderezó, se echó atrás. Stella huía sin comprender, buscando la mayor claridad de la esquina. Juan palmeó a Clara con fuerza, sacudiéndole los hombros, y se agachó a su vez en la oscuridad. El cronista venía corriendo con un vaso de agua.

—Los teléfonos no andan —dijo—. Tomá, dale que...

—Está muerto —dijo Juan—. Te aconsejo que no lo mirés. Dale el agua a Clara. Sí, a Clara, ñato.

—Bueno —dijo el cronista—. Tome, Clara —y agregó el polvo mágico—. Esto le va a hacer bien.

Llevando a las mujeres del brazo alcanzaron a Andrés en la vereda de la parrilla, y cruzaron Leandro Alem sin ver más que dos autos y unas pocas gentes en los refugios. Andrés les dijo que la parrilla no funcionaba y que habían querido saquearla al anochecer. El dueño, un guapo de Colt en la mano, esperaba novedades chupando barbera y comiendo codeguín. Tipo macanudo. El teléfono muerto.

—Y yo qué hago con este vaso —dijo el cronista cuando Clara se lo pasó. Quedaban unas gotas, las bebió despacio, mirando por el fondo un cielo rojizo y bajo. Vio un avión a la altura del Correo, alejándose pesadamente.

—Quién se irá ahí —murmuró Juan—. Los aviones son un robo, siempre. Apoyate mejor, vieja, así —Clara cedía, andaba como dormida, y Andrés vino por el otro lado y lo ayudó a sostenerla, mirando al cronista para que se ocupara de Stella, que espiaba hacia atrás, muerta de miedo.

—Yo realmente no entiendo —dijo Stella. El cronista se encogió de hombros, y cuando tomaron por la angosta vereda de tablones junto a la empalizada de las obras sobre la manzana de la izquierda, puso delicadamente el vaso en el suelo, contra los tablones.

Con todo ese whisky   con toda esa grappa
con toda esa caña *First and Last,*   galponcito
trompa   al   viento, espoleado   de río,   sucio de
nada,   de no pasar nada,   sucio   de   hueco,
de   licores cayendo en las bocas ajenas.
First and Last: todo lo que ocurre les ocurre a otros
              parroquianos (pero aquí se dice *clientes*)
              de manera que galponcito sin razón, local
de hombres del río, que no le dejan ni la sed, lo usan   y se
              nota y se van

—Moral de las tabernas —dijo Andrés estirando la piernas—. En su vacío está mi pleno, y viceversa.

—Oscuro cual el ábrego —dijo el cronista—. Definición aplicable a la ruleta, a los cines, a objetos varios.

—A nosotros —dijo Juan, secándose la cara—. Chupadores de vida ajena para activar la nuestra. ¿Hablo con vos? No, no hablo con vos. Te quito un hablar y me lo guardo. Te quito esa sonrisa, esa mirada.

—Le quitó el saco —dijo Clara, suspirando—. Perdónenme, estoy bastante cansada. Uno no debería...

«Quitar», pensó Andrés. Veía otra vez el *Ateneo,* el par de anteojos balanceándose en la mano del vendedor. «Sí, menos lo que uno quisiera perder. Eso, a remache.» Sonrió, burlándose. Sentimental.

—Hablando de quitarse el saco —decía el cronista, y fue a traer una silla donde colgar el suyo. Andrés y Juan lo imitaron con ese alivio del cansancio que da toda alteración de la vestimenta. Porque, como dijo Juan, la ropa forma ya parte de la psiquis y siente por su cuenta y cuanto antes la colgués más te vale. Les traían botellas de cerveza

no está demasiado helada porque ——
(algo sobre la electricidad)

y grandes sándwiches de salame y jamón crudo. Se habían ubicado a la derecha, contra la pared, bastante solos, como si la penumbra ahuyentase a la clientela. Un muchacho achinado los miraba desde el mostrador, a veces daba vuelta la cabeza para ver la hora en un viejo reloj de pared entre la lista de precios y un extractor de aire (que no andaba).

—Aquí —dijo el cronista— vine con una chica la noche que murió Roosevelt. Como lloraba muchísimo, le hice ahogar las penas con grapa catamarqueña. Creo que me guardó un poco de rencor.

—Aquí hemos venido tantas veces —dijo Clara—. Tan lejos del centro y a dos pasos; nos gustaba por eso. Andrés, acordate aquella noche de la huelga.

—Pobre Juan —dijo Andrés—. Qué piña le habían pegado.

—¿Y vos? Te costó un traje nuevo. Beba, Stella, por favor. No se me queden así deprimidas.

—Miro a ese señor —dijo Stella, apuntando tímida a un cliente sentado en una mesa del centro, debajo de uno de los ventiladores a paletas (que no andaba), sudando, igual al presidente Agustín P. Justo, pero con un ojo inflamado, rojo, y un toscano en la boca. Otros cuatro toscanos le asomaban como una estacada del bolsillo del pañuelo (sin pañuelo).

—El equipo completo —dijo Juan—. Mirale el anillo, tipo trimotor. Anteojos y pelado, corbata negra. Perfecto. Ahora se levantará y vendrá a vendernos un corte de casimir.

—Pero toma café —dijo el cronista—. Es un escándalo, che, porque lo que el tipo tendría que tomar es hesperidina. ¡Mozo!

—Mande —dijo el mozo, mirando la puerta por donde entraban tres tipos corriendo. Uno se dio vuelta y miró a la calle, los otros se orientaban dentro, como deslumbrados, hasta elegir una mesa en un rincón. El tercero hizo un ademán en el aire, y fue a reunírseles; tenía la cara llena de tiznes, y el pelo pegado en las sienes sudor brillantina

—Más sándwiches —dijo el cronista—. Y esos ventiladores...

—No andan —dijo el mozo—. ¿Más sándwiches? No sé si queda jamón, voy a ver. Pucha digo, otros más.

Entraban dos parejas.

—¿Y qué más quieren? —dijo el cronista—. Salvo que anden con ganas de mandarse mudar. Beba, Clara, usted está más blanca que Grock.

—Soy una idiota —dijo Clara—. Animula   vagula blandula. Pero fue tan ——

—Está bien —dijo Juan, sonriéndole—. Todo esto es ligeramente inmundo, y vos te has portado muy bien. Si a veces no aflojaras un poco. Mirá esa niña de la blusa amarilla, qué jabón se trae. Che, el tipo la está amenazando.

—Claro —dijo Andrés—. Histeria, palabra helénica. ¿No sería bueno que vos te llevaras a Clara de aquí? De Buenos Aires, quiero decir.

—Sistema Pincho —dijo Juan, amargo—. ¿Para qué? Esto no puede durar más de ——. —hizo un gesto pueril, se quedó mirando al fumador del toscano. Un buen llanto a solas. Un buen llanto con la cara debajo de las sábanas. Una ducha, un —— Veía al tipo de la mesa en el pequeño compartimento lateral, su rodilla buscando la de la mujer. La mujer se reía como una rata. «También tiene miedo», pensó Juan, y exploró en los ojos de Andrés algo que lo sorprendía. Después pensó absurdamente que le hubiera gustado tener la coliflor. No hablaron por un rato, pero oír las explosiones distantes era casi peor. Y el halo de bruma en las lamparillas, el extractor de aire parado, el retrato del Presidente al lado de la lista de los precios, Old Smuggler, caña Ombú, Amaro Pagliotti.

—Es increíble —dijo de golpe el cronista—. ¿Vos ves al tipo del toscano? Está como si nada. Yo tendría que hacerle una nota.

—Hacela —dijo Juan—. Así te divertís. Contrastando con la sensación de intranquilidad ocasionada por elementos perturbadores

porque ése debe ser tu estilo

nos complacemos en dar a conocer a nuestros lectores el perfil del hombre sensato, que en su mesita del *First and Last...*

—Joder —dijo el cronista—. Si mis notas fueran así, ya sería famoso.

—Perseverá —dijo Juan—. Acordate de Bernardo Palissy. Stella se agitó al oír el nombre, pero no dijo nada

Tesoro de la Juventud

esperando quizá que Juan siguiera. Pero Juan miraba a Clara, que comía aplicadamente su sándwich, y se puso a imitarla, juntando su cabeza con la de ella y masticando a la par, haciendo sonreír a Andrés, que los miraba.

—Vos sabrás —dijo Andrés, como no dándole importancia—. Pero los dos se debían ir de aquí.

—¿Por qué precisamente nosotros? —dijo Clara—. ¿Y qué se gana con irse? Decile tu hermoso *cachet* ontológico, Juan. Irse, quedarse...

—Oí —dijo Juan—. *Irse, quedarse,*
            juego del ser.
            Apenas es
            —después— el antes.

—Yo te hablo del mapa, no del alma —murmuró Andrés—. No me vengás con trucos isabelinos.

—El mapa —repitió Juan—. Ya no hay más mapas, querido.

«Y sin embargo sabíamos los temas ———» Lo pensó doblando la cabeza, concentrándose en la visión del pan y las lengüitas de jamón crudo que colgaban entre sus dedos. Esa cara... Le arrancó el saco, el mismo que se lo había puesto como apoyo —— Trataba de tragar, hizo un ademán para alcanzar su vaso; tal vez mezclando el bocado con cerveza — Pero el gusto era horrible, curioso que si primero sándwich y después cerveza y después sándwich, todo tan pasable. Pero (como abrasarse con una cucharada de guiso, y beber vino para disimular; la mezcla en la boca, un asco que ——)

Juan le echó el pelo atrás, soplándole en la frente. Le sonreía.

—Sana sana culito de rana —dijo—. Si no sana hoy sanará mañana.

Clara dejó el sándwich en el plato y puso la cara en el pecho de Juan, que la envolvió con un brazo, sustrayéndola a lo de fuera.

—Vení a tomar aire —dijo Andrés al cronista—. Vos quedate, Stella.

Afuera quedaba un poco de luz que parecía bajar de lo alto. El puerto se perdía en la niebla, de donde iba saliendo gente; cruzaban camino de la recova o se juntaban en la esquina (había un grupo hablando en voz baja). Un hombre, del lado que llevaba a la plaza por Bouchard, encendía con parsimonia un cigarrillo. El cronista lo miró un rato, sin prestar atención. Sobre la cara y las manos se les iba pegando una película de humedad, gomosa. Se sentían sucios.

—Mirá —dijo Andrés—. Hay que sacarlos de algún modo.

—Está bien —dijo el cronista—. Vos decí.

—Decir, decir... Mirá ese bicho.

Una mariposa buscaba la entrada
da al bar

—Ajá.

—La pobre se hace pedazos y tiene la puerta abierta en las narices. Es increíble cómo las mariposas están siempre al servicio de la filosofía práctica.

—Toda mi simpatía está con la mariposa —dijo el cronista.

—Los dos están emperrados —dijo Andrés—. Yo mismo no sé por qué tengo que convencerlos.

—Claro.

—Al fin y al cabo vos y yo nos vamos a quedar. Y Stella también. ¿Qué nos va a pasar?

—Nada. Aquí no pasa nunca nada.

—Pero ellos es distinto. No sé, me parece.

—Es —dijo el cronista, aplastando un bicho que le corría por el zapato y que reventó con un ruido alegre y seco. Mirando hacia el fondo de la calle (allá en el suelo, contra la empalizada, había dejado el vaso) vio fosforescencias vagas (comidas por la niebla, pero entre jirones amarillos se veían las luces azuladas) en los tablones que servían de vereda.

—Mirá la luz mala —dijo—. Humedad, podrido, el resultado es siempre un azul precioso.

—El cielo es la panza del pasado muerto —dijo la voz de Juan. Vino hasta ellos, que caminaban despacio—. Bellas cosas se dicen esta noche...

Andrés iba a contestarle cuando oyeron dos silbidos, un grito ronco del lado del centro, y a lo lejos por Viamonte creció un resplandor rojizo que tiñó la niebla y el aire hasta donde alcanzaban a ver.

—*Ca chaufle* —dijo el cronista, y silbó suave. El grupo, en la esquina, se disolvía en medio de carreras y frases entrecortadas. Quedaron unos pocos, el tipo que fumaba tranquilo en la esquina de Bouchard y un perro negro y sucio ladrando al aire.

—Dejame que yo le hable —dijo Andrés al cronista—. Vení, Juan, caminemos un poco.

—Bueno —dijo Juan, mirando al cronista que se volvía al bar—. Mejor que aquél se quede con las chicas. ¿Oíste unos gritos, recién?

—Mirá allá —dijo Andrés. Desde la esquina se veía el resplandor cada vez más intenso—. Lo curioso es que no parecen incendios.

—La niebla —dijo Juan—. Ya empieza a fastidiar de veras. Cómo disparan esos...

Un camión lleno de gente entraba en la zona del puerto, dio una vuelta en la playa más allá del bar, buscando orientarse, partió hacia el río. Los faros tajeaban la niebla.

—Eso —dijo Andrés— es exactamente lo que tenés que hacer vos ahora.

—Che, otra vez...

—Claro que otra vez. Llevátela ahora, sin pensar más.

—Ponés lindas condiciones —dijo Juan—. Sin pensar más. Justo, justo.

—Por favor —dijo Andrés—. Si todo se va a quedar en las palabras...

—Está bien, perdoná. De la intención no dudo. Pero es absurdo. Muy fácil hablar de irme con ella, pero primero no veo por qué ——

—Si algo se ve es eso —dijo Andrés—. No hagás una cuestión de amor propio.

—Pero vos te vas a quedar —dijo Juan, parándose.

—Qué sé yo. La llevaré a Stella a lo de la madre, en Caseros. No te creas que me voy a quedar clavado en el centro.

—Caseros —dijo Juan—. Personalmente no me parece que ya nadie pueda llegar a Caseros.

Andrés se encogió de hombros. No se le había ocurrido pensar en él, en lo que haría. Tenía una decisión en suspenso, algo que hacer cuando le diera la gana de hacerlo, todo decidido pero libre. Había mentido al voleo, apurado por la acusación amistosa de Juan, que lo miraba esperando.

—Puede ser —dijo Andrés—. Pero yo te pido que te vayas con ella ahora. Te lo pido.

—¿Por qué? —dijo Juan, con una petulancia menuda, de chico enfermo.

—No tengo razones, tengo miedo. Clara —— vos ves cómo está.

—También, con el programita que nos hemos mandado.

—Llevátela en seguida —dijo Andrés.

Como Stella tenía hambre, le pidieron otro sándwich.

—Por favor, comelo en seguida y vámonos —dijo Clara—.
¿Usted no siente que esto arde?

—Las chapas de cinc —dijo el cronista—. Pero a esta hora
ya debería estar aflojando la canícula. Bueno, esto comienza a
ponerse concurrido. Qué caras, Dios mío. No me extrañaría
(y en ese momento pensó, sorprendido, en
la espalda del hombre que había visto afuera encendiendo el
cigarrillo)
que entrara ese famoso profesor de ustedes.

—No creo—dijo Clara—. Ya estará medio podrido en su
mesa del *Suizo*.

—Esperando el auto del decano —dijo Stella, y el cronista la felicitó con entusiasmo, la ayudó a librarse de la mariposa gigante que se empeñaba en andarle por la cara. De los que
entraban había algunos en camisa, la mayoría marineros. Uno
ya estaba borracho, se fue a una mesa

Sometimes I wonder why I spend
a lonely night
dreaming of a song ———

—Bella voz —decía el cronista, en su quinto vaso de cerveza—. Realmente canta lo que bebe. ¿Decía, m'hijo?

Un hombre flaco, con un saco de piyama azul, se inclinó
sobre él.

—Disculpen —dijo, mirando a todos lados—. Sería cosa
de unos cien pesos.

—¿Ah, sí? —dijo el cronista—. Muy barato.

—Ahora es fácil porque es de noche —dijo el hombre—.
El río está muy retirado. Chupado completamente.

—Ah.

—La cosa es llegar al canal. Yo conozco el camino, vea,
(«ahora va a decir: como la palma de la mano», pensó Clara)
como la palma de la mano. La cosa es llegar al canal.

—Por cien pesos —dijo el cronista, que empezaba a entender.

—Para cuatro. Ahora mismo.

—Che, Calimano —llamó una voz del fondo—. Vení pacá.

—Ya voy —dijo Calimano—. ¿Y, qué le parece?

—Lo que yo quiero saber —dijo el cronista— es si usted me vio   cara de prófugo.

Calimano sonreía, y se quedó esperando, aunque del fondo volvían a llamar.

—Bueno, yo estoy ahí —dijo por fin—. Usté pienseló y me chifulea.

—Le chifuleo —dijo el cronista, abriendo otra botella—. Está caliente esta cerveza. Beban, chicas.

—No, no quiero. —Clara vio que Calimano, desde su mesa del fondo, los miraba esperando.

(«Pero es que yo lo conozco», se dijo el cronista. «Cuando encendió el cigarrillo —— pero claro...»)

y a veces se torcía para hablar con otros dos, entre tragos de

—— posible, por la forma de la botella y los vasos —— semillón.

—Bueno —dijo el cronista, sirviéndose cerveza—. Esto se repite más que el tema del cuerno de Sigfrido. Eh, Juan, oí un poco.

—Bebé y dejame en paz —dijo Juan ganando su silla sin mirar a Clara, que alzó los ojos y se quedó observando el rostro de Andrés, el tic que de pronto le hacía alzar la ceja derecha. Guiño al revés, tan raro. Tenía una película de hollín en el pelo, sobre la frente; Clara sopló y el hollín fue a caer en otra mesa, junto a un plato. Mariposa de carbón, la noche llena —— Le pasó por el recuerdo una frase de la novena sinfonía de Brückner. La palabra ocelote. El dorado... un poema de Juan: el dorado ocelote.

—Recitame el marcopolo, Juan —pidió—. Cuando estoy cansada me gusta el marcopolo.

—No quiero. Che, es bueno que nos vayamos.

—¿Adónde? —dijo Andrés—. ¿No viste, calle arriba?

—Recitame el marcopolo —decía Clara, y Stella hizo de eco: «Recitá el marcopolo».

—Es un chantaje —murmuró Juan, mirando furioso a Andrés—. Vos, y éstas, y el marcopolo, y...

—Y cien pesos —dijo el cronista—. Ese señor de allá se llama Calimano y por cien pesos te ofrece un bote.

—¿Qué decís? —gritó Andrés.

—Justo justo lo que oíste. Es la primera de dos noticias. La otra es más bien una repetición, y no corre prisa. ¡Che, qué nervios!

Pero Andrés cruzaba el bar (y tiró el vaso del cronista al levantarse, por suerte vacío; el cronista lo llenó en seguida)

(«yo quisiera oír el marcopolo»)

Sí, Juan, recitalo

—¿Adónde va aquél?

—Calimano —dijo el cronista—. En el fondo, para vos y Clara sería lo mejor.

—Dale —dijo Juan, y buscó otro cigarrillo.

—Yo... —dijo Clara mirando a Andrés inclinado sobre la mesa del fondo, su cuerpo flaco marcándose contra la pared de tablas, arriba el falso telón de varieté (¿pero era falso?) y también la puerta del W.C., la mano señalando la dirección, bruma azulada del humo y la niebla entrando por el agujero del extractor parado. Un individuo vino a la carrera y le dijo algo al muchacho del mostrador. Cuando salía de nuevo, golpeándose contra una silla, el *barman* le gritó: «¡Esperate!», lo vio pasar la puerta, y con un salto

(«dorado ocelote, realmente»)

brincó sobre el mostrador y se fue detrás del otro, corriendo en puntas de pie.

—Quién me traerá más cerveza —se quejó el cronista—. El mozo no debe tener autonomía, aparte de que me parece que se las ha tomado por la puerta del fondo. ¿Pero esto va a quedar abandonado? La que se va a armar cuando se aviven los *marinai*.

Juan le sonrió, más tranquilo. «El verdadero fin de un día», pensó. «Cada noche vemos irse a la gente, nos despedimos de otros, colgamos ropas en los armarios —— Todo sin pensar, sin gravedad, total mañana se empieza otra vez. Ahora, esos dos no van a volver. Este bar no se va a abrir mañana para nosotros.»

—Queremos el marcopolo —dijo Stella—. Debe ser tan bonito.

—Mandate el marcopolo —pidió el cronista—. Así rompemos la monotonía, que debe ser lo único que falta por romper.

—No me voy a acordar —dijo Juan—. Un poema idiota, escrito para otro tiempo.

—Por eso —dijo Clara, y le puso la cara en el hombro—. Por eso, Juan.

—Bueno, bueno, lo diré —murmuró Juan—. Esto pasó cuando me gustaban las palabras, el caviar poético. Vení, Andrés, agregate al público. Taillefer cruza otra vez los campos de Hastings, y en vez de la batalla nos regala una albada o un madrigal de albaricoques

¿ves?, todo vuelve, las palabras *dont je fus dupe* —— Sí, vieja, nos merecemos el marcopolo, y es así que

Marco Polo recuerda:

¡Tu mínimo país inhóspito y violento!
Allí árboles enanos enarbolan su hastío
mientras los topos cavan y cavan el camino
y ardidas musarañas remontan por el cielo.

Si llegué a la frontera de tu evasiva tierra,
¡cuántas aduanas verdes, cuántos líquidos sellos
Mis alforjas guardaban medallas y amuletos
para tus aduaneros comedores de menta.

Tu idioma —el de los hombres miradores de nubes—
se alzaba en la barcaza al soplo de la noche,

y el puñal del peligro y el dorado ocelote
y esperarte sin tregua más allá de las cumbres.

Las puertas de obsidiana se curvaban de tiempo
¡y estabas en el tiempo detrás de la obsidiana!
Con mi nombre —ese glauco gongo de antigua gracia—
tiré sobre las puertas el pergamino abierto.

Trece noches de rojas abluciones —insectos
con patas de cristal, enceguecidas músicas—,
¡Oh el calor bajo el cielo, las albercas con luna,
y tú más bella nunca por demorada y lejos!

Tus siervos descifraron la ruta de mi nombre,
vi entornarse las puertas para mi solo paso.
Por meses y caminos se perdieron mis rastros:
volvió la caravana con anillos de bronce.

Yo recuerdo y recuerdo la lunada terraza,
la seda que me diste y el tambor de tus noches.
Volvió la caravana con anillos de bronce—
¡Yo tuve una galera con velas de esmeralda!

—Notable —dijo el cronista—. Poema en radiante tecnicolor.

—Cállese —dijo Clara—. Es mío, me gusta, y además viene de otros días. Es como un clip para mí; un anillito para
acordarse.

—Realmente suena a otro mundo —dijo Juan—. Total,
Clara, tan pocos años...

Corazón calidoscópico,
una tierrita, y ya te cambias!

—Tenía razón —dijo Andrés, inclinándose hacia el cronista, que miraba fijamente su vaso—. El tipo me repitió la oferta.

—Sí, pero éstos no quieren irse.

—Claro que no queremos —dijo Juan, pensando extrañamente en el departamento, en el florero con la coliflor, solo en
la casa, la coliflor en el departamento solo.

—Pues hacen tan mal —dijo el cronista—. Entre otras cosas porque ahí afuera está el tipo que los anda siguiendo.

—¿Cómo? —dijo Juan, y se enderezó   manotón de
Andrés   vuelta a la silla,   Clara   una mano
agarrándole el saco   Abel

—Estate quieto —dijo Andrés—. Con salir corriendo no
veo que vayas a hacer mucho.

—Es raro, pero recién me di cuenta hace un momento —le
decía el cronista a Stella—. Es la cerveza caliente

este asco orinado por un orangután de paño lenci, por una
mujer llena de falsas esperanzas

esta cerveza que me anda por adentro de la cara.

—Ya se ve que estás bastante hecho —dijo Andrés—. Pero
lo viste, ¿no?

—Cigarrillo —dijo el cronista—. Bouchard.

—Dejame salir un momento —dijo Juan, muy tranquilo—.
Nada más que para ver. Vos no sabés lo que me gustaría hablar
con Abelito.

—Con el que hay que hablar es con Calimano —dijo Andrés—. Por favor, Clara, por lo menos comprendé vos que
——. Stella soltó un chillido, la mariposa (u otra mariposa) le
colgaba del pelo. Un marinero, en el fondo, repitió el chillido,
y otro lo imitó. Una de las mujeres que habían entrado un
momento antes se dio vuelta veloz, miró la mesa, tenía una
mano alzada como para protegerse del grito.

—Un pobre lepidóptero —decía el cronista—. Aquí está,
vea qué panza más sedosa.

—Horrible —decía Stella—. Tiene como letras en las
alas.

—Propaganda —dijo el cronista—. Eslóganes asquerosos.
Mirá, Johnny, mirá la que se arma. Vámonos de aquí, esto se
pone tupido.

Alguien, afuera, debió tirar una piedra que cayó en las chapas del techo con un golpe hueco. En el fondo gritaron, después una risa chillona, cuando un marinero medio borracho

So I dream in vain
but in my heart it always will remain

con los brazos llenos de botellas sacadas confusamente de la estantería detrás del mostrador

my stardust melody   whoopee

y una (grapa) se le cayó abriéndose en una flor blanca, llenando el aire de un olor dulce tapando el tabaco la niebla

the memory of love's   refrain

«Para qué más», pensó Andrés, soltándolo. «Hacé tu juego, viejo. Hora de que cada sapo busque su pozo.»

—Ya que has decidido dejar en paz mi saco —dijo Juan— no te opondrás a que salga a ver si está Abelito.

—Hay gestos y gestos —dijo Andrés, cansadamente—. Los auténticos y los otros. Tu mejor gesto ahora se llama Calimano.

—Pero no queremos irnos —dijo Clara, mirándolo con dulzura.

—Quedarse es Abel —dijo Andrés—. Ah, chicos, qué sentido tiene que se queden. Esa piedra del techo no era para éste, ni para Stella ni para mí. Se las tiraron a ustedes —había tal baraúnda en el local que tuvo que alzar la voz—. Este calor... Mirá tus manos, Clara. Tocate la cara. Otro aire que éste se precisa para secarte la piel.

—No es que yo quiera quedarme —dijo Clara—. Solamente que no veo por qué tenemos que irnos.

—Vamos los tres afuera —murmuró Andrés—. Puede ser que ahí lo vean.

—¿A Abelito? —dijo Juan, levantándose.

—Puede —dijo Andrés—. Quedate con el cronista, Stella, el tipo se está durmiendo.

—Avisá —dijo el cronista, que cabeceaba—. *I am Ozymandias, king of kings.* Lo que traducido... Bueno, una columna en cuerpo...

—Muchas columnas —dijo Juan— para Ozymandias. Dormí, cronista, que la gentil Stella vela tu mona.

—Yo —dijo el cronista— no duermo.

Andrés retrocedió, dejando que Clara y Juan se adelantaran. Puso su billetera en manos de Stella, pero luego se la quitó para sacar un par de billetes.

—Mejor que...

Stella lo miraba, apretó la billetera y la puso en el bolso.

—Andá tranquilo —dijo—. Yo me arreglo.

—Puede ser que tarde un rato —dijo Andrés—. Pero esto es mejor que lo haga solo. Si no te sentís a gusto aquí, o ésos te fastidian, dejalo al cronista que duerma y ——

—Andá tranquilo —dijo Stella.

—Pero si no, esperame un rato —le rozó la mejilla con el dorso de la mano, se fue a la puerta y desde ahí se dio vuelta y silbó con dos dedos en la boca, para llamar a Calimano. Atrás había un revuelo de sillas, malambo sin música y botellas rotas. Calimano se zafó del montón y vino despacio, pisando con fuerza.

—Quédese aquí —dijo Andrés, y le puso un billete en la mano—. Cuando silbe de nuevo, salga a juntarse con nosotros.

—Usté manda —dijo Calimano—. Dentremientras me enchufo un pineral que es bueno para no sudar.

Juan miró la esquina de Bouchard, entre la niebla y el resplandor creciente era difícil reconocer las siluetas o los edificios. De golpe se daban cuenta de que adentro estaba más fresco que en la calle, que no había esa reverberación, ese vibrar del aire, el olor a goma chamuscada y a pasto húmedo

ni en el suelo ese porque por momentos se sentía

Algunos grupos pasaban sin hablar, respirando fuerte. Casi no había individuos, eran parejas o grupos de cinco o seis que venían por Viamonte abajo hacia el puerto. De golpe alguno se desviaba para meterse en el *First and Last.* Ni huellas de Abel.

—Como dice Paul Gilson —murmuró Juan,

Abel et Caïn
tout le monde a bel et bien
disparu

—Mirá —murmuró Clara, tomándose de él—. Mirá allá.

¿A pesar de la niebla llamas? (O solamente un reflejo en la atmósfera, de pero buscar explicaciones) y los tablones de la construcción como moviéndose en la bruma, enteramente azules, fosforescentes ——

—Bonito —dijo Juan—. Mirá, ahora vienen corriendo.

—Pronto no vendrá ya nadie —dijo Andrés—. Ahí hablan de hundimientos en Leandro Alem, mirá ésos.

Un muchacho sosteniendo a una mujer vestida de rojo, dijo algo de

casi se   la   traga   (y la espalda   roja de la mujer   como una bandera que llevan a hombros) y de las cañerías rotas   también el gas

—Y la ciudad parece así, dormida —recitó Juan—, una pradera nocturnal, florida

por un millón de blancas margaritas.

Escrito a los catorce años en un cuaderno de tapas verdes. Qué me decís, Clarita.

Ella miraba el cielo donde todo transcurría en planos bajos, tocando la tierra. «Al menos un pájaro, una gaviota», pensó. «Y no hay luna esta noche ——» Vio que Andrés se alejaba, como dejándolos solos. En la esquina de Bouchard prendió un cigarrillo, el fósforo mostró su perfil inclinado ávidamente sobre las manos juntas.

—*Tout le monde a bel* —dijo Juan—. *A bel et bien disparu.* Qué lejos está el marcopolo, vieja.

—Y el examen —dijo Clara con un hilo de voz—. Mirá allá, eso que crece.

—Sí, y del lado de Córdoba, fijate.

—Como una música que va buscando su tónica. Aprendé.

—Como un guante que encuentra dedo a dedo su mano. Tomá.

Se abrazaron apretados, confusos, casi la noche.

—Sudo —dijo Juan—. Luego soy. Yo escribía poemas.

—Yo estudiaba y estudiaba —dijo Clara—. Y maté a un hombre que fuma y fuma.

—¿Andrés? —dijo Juan—. ¿Abel?

—Abel está vivo. Abel anda por ahí.

—No sé —dijo Juan—. Yo creo que Abel es como la ciudad, algo que *a bel et bien disparu.* ¿Andrés, entonces?

—Sí —dijo Clara—. Yo lo maté, pero no lo sabíamos.

—Matar no es materia de conocimiento. Mirá allá, del lado de la plaza.

—Sí —dijo Clara—. El árbol que crece sobre la lomita, un ombú.

—No podés verlo.

—Pero la luz sube desde ahí. Era un ombú pequeño y alegre. ¿Qué quiere?

—Nada —dijo el hombre que estaba a punto de chocarlos. Giró, vagamente anduvo unos pasos hacia la calle, terció para el lado del *First and Last,* acabó yéndose por el costado. Tenía subido el cuello del saco como si hiciera

—Ahora está más cerca —dijo Juan, mostrando hacia Leandro Alem.

—Sí —dijo Clara—. Yo creo que no falta mucho para

—Y allá, donde cavan los cimientos.

—Sí, también.

—Pobre cronista —dijo Juan—. Cómo dormía.

—Es muy bueno el cronista.

—Pobre. Y Andrés ——

—Pobre Andrés —dijo Clara—. Pobrecito.

Calimano oyó el chiflido, puso su vaso en el mostrador y salió rápido. Como Andrés miraba hacia el centro, le vio la cara alumbrada por un resplandor rojizo. Más atrás, cerca de la esquina, el bulto de Clara y Juan abrazados tenía algo de tronco de árbol podado, de cosa mocha y abatida.

—Listo —dijo Andrés—. Prepárese que nos vamos —caminó hasta la esquina, sin apurarse, paladeando un sabor que acababa de nacer en su boca, un tizne tragado con el aire. «Gusto cinerario», pensó. «Las bellísimas palabras, la paloma sobre el arca. El último sonido de la tierra será una palabra —— probablemente un pronombre personal.»

—Andando —dijo, haciendo una blanda cuña de su cuerpo, tomándolos del brazo sin que ellos resistieran.

—Vamos —dijo Juan—. Qué más da.

—Cuidado con ese cable —dijo Andrés—. Mi maestra me enseñaba que la electricidad es un fluido pernicioso.

—¿Adónde vamos? —dijo Clara, y su brazo pesaba hacia atrás—. Primero explicame por qué ——

—Simplemente vamos —dijo Andrés—. Es bastante, etcétera.

—A mí no me basta. Estábamos muy bien en el bar, y

—Caminá, vieja —dijo Juan—. No te hagás la Ivich, que ese coche no corre en nuestras pistas.

«Saber ser cruel a tiempo», pensó Andrés. «Me moriré sin haber aprendido la técnica.» Silbó a Calimano, que se puso a andar delante. Juan se soltó de Andrés y dando la vuelta tomó el otro brazo de Clara. De espaldas al centro, la niebla los enfrentaba como un telón de cine cuando ya han soltado la película pero antes del primer letrero corre una sustancia pulverulenta con rápidas centellas, crepitaciones del espacio. La ancha calle estaba vacía, y la garita de vigilancia de la zona aduanera

Los baldíos a la derecha, con las vías del tren metidas en el pasto (pero Calimano seguía sin mirar a los lados)

—Me acuerdo del escorpión —dijo Clara—. Como ven, no pienso hacer ninguna escena. Comprendo que me arrastran, todo me parece idiota,

y en fin

me acuerdo del escorpión.

—Hablá —dijo Juan, inclinándose para besarla en el pelo—. Hace tanto bien a veces. Acordate del escorpión.

—Del escorpión —dijo Clara—. Alguien decía cosas del escorpión, de su destino. De su destino de ser un escorpión, y cómo era necesario que cumpliera su destino de ser un escorpión.

—Paráfrasis del destino de Judas, que lo es del de Satán —dijo Juan—. Retrocediendo, acabás por ver que hasta Dios... Pero hace tanto calor para

—Me quedo en el escorpión —dijo Clara—. Y yo pienso: ¿es necesario, es realmente necesario que el escorpión sepa que es un escorpión?

—Sí —dijo Andrés—. Para que serlo tenga un sentido.

—Pero sólo para él —dijo Juan.

—Bueno, es lo que interesa. El resto, contingencia o causalidad puras.

—Yo lo pregunto —dijo Clara— porque estoy pensando en Abelito y me gustaría saber si es necesario que haga esto que está haciendo.

—No te agités por Abelito —dijo Juan—. A Abelito le gusta que piensen en él, y por ahí se busca la entrada.

«No lo encontré», pensó con una rebeldía súbita, un deseo de pararse, dar la vuelta, volver al centro. Cruzaban la primera playa de maniobras, resbalando en los adoquines. A pesar de la niebla se veían las cosas con suficiente
los edificios de ladrillo a la derecha
Chambergo azul
pero eso puede decirse
y los primeros diques, el canal
del cielo, chambergo
Calimano que se había parado y los esperaba
azul de Buenos Aires

—El río —dijo Calimano— se ha ido por la mierda.

—Ah —dijo Juan—. Entonces...

—Bueno, es cosa de ir a buscarlo, claro que ——

—Vamos andando —le cortó Andrés—. Siga adelante nomás.

—Mirá la placita del chocolate —dijo Juan—. ¿Te acordás?

—Sí —dijo Clara—. La fea placita del chocolate.

—Los pesos que me hacías gastar en golosinas.

—Para embellecer la placita, horrible avaro. Ya se sabe que es tan   tan fea.

—Tiene un aire de isla saliendo de la niebla —dijo Andrés—. La verdad que nunca comí chocolate en esta placita.

—Ah, te perdiste algo hermoso —dijo Clara.

—Claro que me lo perdí —dijo Andrés, y se maldijo por la sensiblería. «Al borde mismo y no soy capaz de hacerme duro. Cada cosa que es Juan, cada palabra Juan,

como si no debiera ser así, como si el escorpión ——» Pasaban bordeando la placita. «Pastito para que caminen, ludión para su mano que juega ——»

—Contábamos los buques —murmuró Clara—. Yo sabía todos los nombres.

—No me vayas a llorar —dijo Juan, hosco.

—No, no. Ahí está uno de los bancos...

—Uno de los dos —dijo Juan—. Y los viejos bichos árboles.

—Desde el banco veíamos los buques de ese dique. Me acuerdo del *Duquesa,* del *Toba* —— Vos sabías muchos más, pero yo me los acordaba más tiempo.

—Cosa linda mirar los barcos —dijo Juan—. Nos íbamos en todos.

—Barato, pero lindo —dijo Clara—. Era fácil odiar a Buenos Aires cuando al final estaba ahí, como siempre ——

—¡Guarda los pies! —gritó Calimano—. ¡El adoquinado!

—Vení, demos la vuelta —dijo Andrés—. Como no pongan un farol rojo aquí...

—Nadie lo va a poner —dijo Juan—, porque además nadie lo va a ver. Estamos hablando de la placita como si la viéramos, y no es así.

—Yo la veo —murmuró Clara.

—No, vieja. La recordás.

> (Y una luz en el frente giratorio —¿o en la garita?— azulada)

Después, sin hablar, cruzaron lentamente la segunda explanada que llevaba a la costanera. Calimano iba tanteando los adoquines, asustado por el primer pozo, desconfiando hasta de sus ojos. «Que se acabe», pensaba Andrés, mirando a veces para atrás donde la niebla parecía menos espesa por los sonidos, la lumbre en lo alto, el calor como un frente que los empujaba. «Creo que si ahora estuviera en la escalinata de la Facultad vería el río——» Clara y Juan iban tropezando, sin hablar. Una o dos veces Clara dijo: «Suena a Honegger», pero no se explicó. Y Juan mascullaba versos sueltos, inventaba cosas, se divertía en su pequeño infierno portátil. Del río venía un olor bajo y gomoso, no ya de humedad; como paja podrida, aliento amoniacal mezclado con barro. «Saque la lengua», pensó Juan. «A ver río saque la lengua

Pero si soy lengua
si esto
mi lengua Ah qué sucia cómo no
me agrada
usted río ahora mismo

(¿Y *mañana*?)

Pero si vivo en la cama si yo

—Attenti al piatto —dijo Calimano—. Me parece que el clú tiene que andar cerca.

—Mirá —dijo Clara, buscando la mano de Andrés—. Ahora resulta que vamos al club.

—La vida es un club —dijo Juan—, pero de segunda división. Cuán bello me sale. Andrés...

Pero Andrés, que había hurtado su mano a la presión de Clara, se hizo a un lado para hablar con Calimano. «Ni al uno ni al otro», pensó. «Ya queda poco. Si se me largan a——» Y no sabía más.

—Ahí se ve la garita —gritó Calimano—. Con tal que no me haya fanado el bote. Mi madre, el río se ha ido por la mierda.

—Esto —dijo Juan— es más bien al revés. O va a ser.

—Apurate —murmuró Clara—. Por favor, vamos rápido. Ahí...

Pero no había nada, Andrés, que se tiró atrás con la mano prendida en la pistola, no vio más que las luces lejanas, como bengalas entre los barcos. Entonces recordó que en los diques no habían visto ningún barco. La niebla —— Pero era más que eso; estaba seguro de que en el puerto no quedaba ningún barco. «Mi pobrecita, el miedo viene», pensó. «Primera vez que dice: Apurate ——» Y su alegría de verlos decididos subía como un árbol —— Palabras.

—Pasen pronto —decía Calimano—. Ecco la garita.

Juan descifró las palabras de la entrada, Asociación Argentina de Pesca. Bonitos, bagres, domingos, yates —— Todo abierto, desguarnecido, el edificio a oscuras, abajo el limo del lecho, una blanda caricatura del río —— Se dio vuelta, ahora que se había quedado último. Buenos Aires —— Si todavía

—Vení —dijo la voz de Clara—. Vení, Juan, apurate.

Se juntó con ella, y Andrés bajó la cara para no ofenderlo con su mirada. Casi corrían por el muelle, Calimano se movía como un gato y los incitaba a correr. La niebla se estaba levantando en el río, vieron titilar una boya del canal. «Solos», pensó Andrés. «No es posible que seamos los únicos ——» Pero no lo pensaba como increíble, era sólo su razonar que no se convencía.

—Ahí empieza el agua —dijo Calimano, y les señaló una franja como de chocolate—. Menos mal que me la palpité y puse el bote en la punta. Más de cuatro se van a quedar colgados esta noche —inclinándose en la barandilla, rezongó en voz baja. Andrés miraba también, con un repentino miedo de que —— Pero Juan y Clara estaban como ajenos, parados en el medio del muelle, mirándose.

—Mosca perruna —dijo Juan dulcemente.

Andrés se les acercó.

—Hay que bajar por esa escalera —dijo, y les tendió las dos manos—. Chau, bichos. Calimano está esperando.

—¿Y vos? —dijo Clara, casi con el tono (pero esto lo pensó Andrés, si es que lo pensó) con que se dice: «Pero no, no se vaya tan temprano». Y es sincero pero no necesario, no es lo que a veces se quisiera oír.

—Bueno, yo me vuelvo a buscar a Stella —dijo Andrés—. El viaje está pago, Juan. No le des más plata.

—Gracias —dijo Juan, que le apretaba la mano hasta hacerle doler—. Nada que yo pueda decirte ——

—No, nada. Váyanse.

—Es increíble que vos te quedes —murmuró Juan—. *¿Por qué nosotros?*

—En realidad yo también me voy —dijo Andrés, sonriendo—. Pequeña diferencia de horas. No te aflijas, y llevate a Clara. Vamos, ahí está la escalera.

Juan hizo un gesto. Después metió la mano en el bolsillo y sacó un cuaderno arrugado.

—Son cosas que escribí estos días —dijo—. Mejor guardámelo.

—Claro —dijo Andrés—. Y ahora apurate.

—Andrés —dijo Clara.

—Sí, Clara.

—Gracias.

—De nada —dijo Andrés deliberadamente. «Gracias», tan fácil y absolvente. Dale las gracias y quedás en paz. Viéndola poner el pie, tanteando en el primer peldaño, se preguntó con una crueldad deliberada si Abel no la buscaría por algún otro «Gracias». Tan injusto, tan estúpido. «Acabo de malograr su última imagen», pensó, ya solo en el muelle. Oía hablar, abajo, un chapoteo de remos. La voz de Juan le gritó algo. Pero en vez de inclinarse sobre la barandilla dio la vuelta y se puso a desandar camino, mirando de frente la cortina roja de niebla que parecía hervir en el fondo.

A la altura del puente giratorio vio un perro negro y flaco. Se acercó a acariciarlo, y el animal se hizo a un lado mostrándole los dientes. La placita del chocolate estaba ahí, redondel negro en el gris azulado de los adoquines. Andrés se fue hacia la plaza, antes de entrar encendió un cigarrillo y miró si el perro andaba todavía por ahí. Curioso el gran silencio de la placita, el fragor lejano de la ciudad lo ahondaba todavía más. «Juan tenía razón», pensó mientras sacaba la pistola, «esto no existe ya, queda solamente el recuerdo que guarda Clara». Cuando estuvo en el centro, andando despacio, y vio la silueta pegada a un tronco, pensó que también ella formaba parte del recuerdo de Clara.

—Salud —dijo Abel—. A buena hora te encuentro.

—Qué le vas a hacer —dijo Andrés—. Uno no puede saber que lo andan buscando.

—No era a vos —dijo Abel—. Lo sabés muy bien.

—Lo mismo da.

—Pero vos sos el que los ayudó a irse.

—Si te parece —dijo Andrés, fumando.

—Sí, vos, hijo de mil putas.

—Con una basta —dijo Andrés—. No amplifiques.

Vio el movimiento de Abel, lo sintió que se le venía encima. Bajó el seguro de la pistola y la levantó. «Desde aquí miraba los barcos», alcanzó a pensar, y lo demás fue silencio, tan enorme que lo golpeó como un estallido.

VIII

Stella verificó que el cronista dormía a gusto, y luego de aco-
modarle la cabeza para que estuviera cómodo, salió del bar con
la alegría de moverse después de un largo entumecimiento. En
Leandro Alem compró *El Mundo* que empezaban a vocear, y
esperó el 99 que venía ya bajando Viamonte. Bien instalada
junto a la ventanilla, dio toda la vuelta por el centro sin mirar
la calle, porque estaba interesada en la lectura del diario; recién
cuando el 99 se puso a traquetear más allá de Pueyrredón, la
ganó el sueño y descansó un rato, con la cara apoyada en la
ventanilla. El tranvía iba casi lleno, y el murmullo la ayudaba a
dormir.

Caminó vivamente la cuadra y media que le quedaba,
pensando en el café que se iba a preparar en seguida. Lo
bebió en la cama, preguntándose si Andrés llegaría a tiempo
para dormir unas horas. Tuvo el tiempo justo de poner la
taza en la mesa de luz, y el cansancio se la llevó como un
vientecito.

Eran las diez pasadas cuando despertó, la cama llena de
sol. La pieza estaba hermosísima con toda esa luz. Era realmente como un cuadrito, una pintura. Qué amor.

Stella se levantó reposada y contenta. Andrés llegaría directamente a almorzar, y a perderse después entre sus papeles y sus libros.

Bueno, un puchero no estaría nada mal. Afuera charlaban las vecinas. Sobre la mesa había quedado una hoja escrita, de esas cosas que escribía Andrés y que era necesario guardarle en el cajón del escritorio.

Stella cambió el agua del canario y le puso alpiste. Había encendido la radio y escuchaba un bolero muy hermoso, con letra apasionada, de los que no le gustaban a Andrés. Pero ya habría tiempo de apagar la radio cuando viniera Andrés.

21 de septiembre de 1950

Diario de Andrés Fava

Me revientan estos mocos mentales. También los japoneses se suenan en papeles. «Diario de vida», vida de diario. Pobre alma, acabarás hablando *journalese.* Ya lo hacés a ratos.

Un tanguito alentador:

«Seguí no te parés,
Sabé disimular —»

Y este verso de Eduardo Lozano:

Mi corazón, copia de musgo.

Lo que se da en llamar «clásico» es siempre cierto producto logrado con el sacrificio de la verdad a la belleza.

Esperando un ómnibus en Chacarita. Tormenta, cielo bajo sobre el cementerio. Cumpliendo la cola me quedo largo rato mirando la copa de los árboles que preceden el peristilo. Una

línea continua de copas (el cielo gris la ahonda y purifica), on-
dulando graciosa como al borde de las nubes. En lo alto del
peristilo el ángel enorme se cierne entre los perfiles de árbol;
parece como si apoyara el pie sobre las hojas. Un segundo de
belleza perfecta, luego gritos, trepar al ómnibus, córranse más
atrás, de quince o de diez, la vida. Adiós, hermosos, un día
descansaré ceñido por ese encaje delicado que me protegerá
por siempre de los ómnibus.

(La tierna idiotez de algunas frases. Suspiros verbales.)

Sólo me interesan los primitivos y mis contemporáneos, Simone Martini y Gischia, Guillaume de Machault y Alban Berg.
Del siglo XVI al XIX tengo la impresión de que el arte no está
bastante vivo ni bastante muerto.

Rimbaud, poeta «ambulatorio». Fatiga: estímulo para que la
revelación salte y se instale. El ocio engendra ocio, etcétera.
Ayer volvía en el 168, apretándome entre tipos y olores. De
pronto la visitación, la felicidad lancinante. *Tener el poema sin
palabras*, enteramente formulado y esperando; saberlo. Sin
tema, sin palabras, *y saberlo*. Un verso solo purísimo:

La santidad, como una golondrina.

Pero tan pocas veces — Desde la tarde en que oí ese verso (y
otros dos a la mañana siguiente), una sorda opacidad, un sentirme repleto de materia viva, ocupada en sí misma, rumia satisfecha. Vegeto, voy y regreso, me refugio en la lectura. Eliot,
Chandler, Colette, Priestley, Connolly...

Oigo una vez más *Henry V* en la grabación de Laurence
Olivier. Siempre es tiempo de morir, pero estas láminas con su
espiral fuera del tiempo guardan una instancia de eternidad.
No está en la palabra, no son exactamente Will o Larry, o la

felicidad que agrega Walton con su música. Lo eterno alcanza forma en la acción del hombre. Fue preciso todo eso, y que una vocación lanzara a Olivier, y que tras él Inglaterra, el cine, el momento, la guerra, el clima

that did affright the air at Agincourt —

Y de pronto, como en la concepción, o en el encuentro de dos palabras que se incendian en poesía, lo eterno: una actitud, un gesto, *and he babbled o'er green fields*, y el Condestable, y ese chico murmurando: *some crying, some swearing, some calling for a surgeon* — Todo se encontró; los siete colores para dar la blancura que los aniquila en perfección, en *uncoloured color, Eternity.*

Cuando no se es un intelectual, la inconsistencia y la pobreza de las ideas hace temer que todo lo escrito (salvo un poema, quizá un cuento) resulte inútil y ridículo. Ideas, es decir establecimiento de relaciones, cabezas de puente, puentes. Rodeado de libros, me inclino sobre una flor que dejaron en mi mesa. Su ciega pupila translúcida me mira; creo que si de verdad me mirara no me vería.

Tal vez este diario sea ocupación de argentino; como el café —diario oral de vida—, las mujeres en cadena, los negocios fáciles y la tristeza mansa. Qué difícil parece aquí una construcción coherente, un orden y un estilo. Además, para escribir un diario *hay que merecerlo.* Como Gide, o T. E. Lawrence. Un diario, fina puntilla que hace el hervor sobre la flor del almíbar. *Espumar*, sí, pero no en pailas vacías. Si hubiera vivido bien, si hubiera muerto bien, si esto por donde me muevo fuera sólido y no la jalea autocompasiva que me encanta comer, entonces sí; entonces poner en palabras las cosas que quedaban por decir, las espumitas, los *surplus* de guerra.

Along the Santa Fe *trail* —Canta Bing Crosby y me vuelve la sorpresa de toda palabra española metida en una construcción inglesa o francesa. De pronto, en el instante puro, descubrimiento de la palabra en toda su virginidad; pero ya se borra, ya es la cosa que conozco (o sea que no conozco, que sólo uso).

Encuentro a un amigo malhumorado y nervioso por un problema de trabajo que lo hostiga. Desde fuera, desde el borde de su escritorio, me es cómodo medir el absurdo de esa preocupación por algo que ni siquiera lo alcanza como persona (vive vicariamente un problema ajeno: fatalidad de buen empleado, del gestor honesto). Me pregunto si le ocurre reparar de pronto en el absurdo, por comparación con lo cósmico, si da a veces un paso atrás para que el enorme monstruo contra sus ojos sea de nuevo la mosca posada en el aire. Técnicas, no más que eso. Baruch Spinoza, qué cochino. Cuando alguien murió, un impasible me dijo:

—En casos así no me dejo ganar; me refugio en seguida en la metafísica.

—Se ve que el muerto no era tu amante —le contesté.

Si se pudiera... Siempre admiré en Laforgue ese sentido exacto, aniquilante, de la *proporción universal.* Único poeta francés que mira planetariamente la realidad. Frente a un tren perdido, un traje manchado, conservar la conciencia de la totalidad, que reduce el incidente a menos que a nada. Pero se ve que el muerto no era tu amante. Ay, Andrés, te empieza a doler la cabeza o el hígado, y esa insignificancia te tapa *il sole e l'altre stelle.* Te matan una vida como las que te han matado, y a la mierda el universo. El ego se planta solo, un ojo devorando el mundo — sin verlo.

Clara y Juan se acuerdan a veces de Abelito, pero yo me olvido más fácil ahora que lo encuentro tan poco. En cambio me viene a la memoria

decir «me viene» está tan bien, porque el tipo abre la puerta y se presenta,

otro Abel que vi un par de veces en Mendoza y que me dio miedo. Creo que escribo para tener, del lado hedónico, el miedo exquisito; entonces lo estropeaba una sensación de peligro y de rechazo. Toqué el timbre (buscaba pensión, vi un anuncio, era una casa de altos en la Avenida San Martín hacia el norte, en esa parte que se pone bonita con las alamedas y los comercios sirios) y me abrió la puerta un ser que no había nacido para abrir puertas. Tenía un piyama azul y la cara más pálida que haya visto jamás, un *pierrot* espantoso plantado contra la oscuridad del zaguán. Ojos dilatados, claros (pero ya no recuerdo el color, o nunca lo vi) mirándome con una blanda intensidad, lamiéndome la cara en un silencio que yo culpablemente hacía durar. Después hablé del anuncio, y el ser se hizo a un lado para dejarme entrar y dijo: «Suba». La voz era los ojos, como si un alga pudiera hablar: con lo inhumano del papagayo, pero a la vez conteniendo al ser; una voz de testigo que dice la palabra reveladora. Subí, seguro de que no me quedaría en la casa. Arriba había una mujer vieja en el justo corredor para su acento francés y sus manos llenas de anillos. Fui llevado a mi posible habitación, ella hablaba y el ser nos seguía, mirándome; ahora recuerdo su cuerpo gracioso, el arco azul que dibujaba el piyama en el hueco de la puerta: descanso de danzarín.

La mujer se interrumpió para mandar secamente: «Andate, Abel». El ser desapareció deslizándose de costado, mirándome hasta perderse. Debió mostrar lo que sentía porque la mujer bajó la voz para decirme: «Abel le arreglará la pieza, y usted todos los meses le da una propina. No hay que hacerle caso porque es un poco enfermo —». (No creo que dijera «enfermo» pero olvido la palabra, hay una censura que la borra en medio de este recuerdo tan claro.)

Quedé en contestar esa misma tarde, me despedí. Al bajar, Abel apareció a mi lado. Se deslizaba un peldaño antes o después que yo, *mirándome*. Era horrible cómo me desnudaba. En la puerta le dije: «Buenas tardes», pero no me contestó. (Años después, viendo a Barrault mimar Pierrot, sentí de nuevo el peso atroz de ese silencio. Pero Abel era amenaza, una ciénaga en el aire, esperando.)

Pasó un tiempo, yo vivía en otra pensión. Una noche regresaba muy tarde, demorando el momento de dormir; hacía calor, luna, las calles estaban fragantes. A mitad de una cuadra casi a oscuras, oí reír, cantar y vociferar al mismo tiempo, un agolpamiento de palabras y chillidos histéricos, rápidos parloteos que se cortaban para recomenzar al instante. Brincando y pirueteando vi venir a Abel, blanquísimo de *palm beach* bajo la luna, la cara un antifaz blanco con agujeros de sombra. Estaba desatado, volcado, el absolutamente invertido Abel corriendo su amok por la ciudad. Un grupo de gente debió reírse de él cuando pasaba; entonces se soltó, venía proclamándose, enloquecido y suelto, quizá dopado; ni me vio al pasar, daba saltitos felices y canturreaba, se reía brincando, por fin inició una canción y dio vuelta en la esquina.

No lo vi nunca más, tal vez por eso me acuerdo tan bien.

La función incalculable de ciertos libros en una vida todavía porosa, atenta, expectante. Pienso en la *Anthologie des Poètes de la* NRF que compré en 1939 (quizá antes) y fue en seguida un eje de veleta, una delegación de lo desconocido reclamando y mordiendo noche y día. Deslumbramiento de los poemas insospechados, prestigio de nombres que no adherían aún a una biografía, a un retrato (Jouve, Saint-John Perse; y después, en 1945, ver una foto de Perse, esa cara de tendero jovial, como la cara de Rouault que acabo de conocer en un *film*...). También la antología de Kra, leída en 1935, mal entendida porque entonces mi francés tan lamentable. Doble magia, la locura: Rimbaud, Anne, Anne, *fuis sur ton âne*; me veo copiando *La Comédie de la Soif* antes de devolver el libro, y todo Mallarmé, el misterio absoluto con de pronto la delicia: *un sens trop précis rature ta vague littérature* — Y los otros, pronto aislados de tanto poema sin resonancia: Valéry, Apollinaire, Carco (y éste después, enteramente hallado con *Jésus-la-Caille* y *La Bohème et Mon Cœur*). Noches de plazas, de capuchinos, de ardientes nadas; el llanto con Léon-Paul Fargue: *Et peut-être qu'un jour, pour de nouveaux amis...* El amor mirando desde una tacita de café; el precio de un silencio, la vuelta a casa por arboledas y gatos. Reverdy, que nadie quería en mi grupo, y Michaux, y el exquisito Supervielle — Me basta recordar el volumen, las grandes letras N.R.F., y de ahí salta Perse, salta Jouve. Y cuando digo Kra (con el naranja de la tapa) entonces Rimbaud, fulgurante y rabioso, Cendrars y Laforgue —después en los dos tomos amarillos del Mercure, después Laforgue payaso dulcísimo fabricando cosquillas, gimiendo, gato entre las piernas que acaricia, araña suave, se hace un ovillo y entonces te traen el diario y ella se ha muerto, pero de todas maneras mañana la temperatura seguirá en paulatino ascenso.

Definición del misterio: La jaula estaba vacía y con la puerta abierta, y cuando vinieron a mirar había en el fondo una rosa, con el tallo en el cubito de agua, y se veía que acababan de cortarla.

Ciertas caricias, ciertos roces — Colette para decirlos, y también Rosamond Lehmann cuando son más furtivos y distantes. Y los gestos... *For such gestures, one falls hopelessly in love for a lifetime...* ¿No era así, Rose Macaulay?

Ciertas caricias, la extremidad apenas material de un dedo rozando la nuca, donde vive la especie más dulce de cosquilla.

La vuelta al pago. — La antigüedad griega o la obsesión del retorno. Las grandes tragedias estallan *a la vuelta*: Odiseo, Agamenón, Edipo.

> *Quand ce jeune homme revin chez lui*
> *Et digue don don, et digue dondon —*

Lo bíblico, en vez, es tragedia de ida: Moisés, José — y Jesús, el que se va, el que no cierra con llave al marcharse.

La alegría la guardan para la vuelta, para el hijo pródigo, Abraham e Isaac, David —

Escribir: sucedáneo, sublimación, sustitución... Ya es casi lugar común, lo sabemos de sobra, es decir lo olvidamos. ¿No sería tiempo de analizar mejor esta verdad brillante de la psicología? La verdad es siempre un sistema válido de relaciones. Parece que las relaciones del escritor con sus hormonas, sus complejos y sus trabas, están bien comprendidas en esa verdad que nos da una bonita fórmula: Literatura=Vía sustitutiva. Pero esta verdad puede haber pasado ya, no porque no lo fuera, sino porque las relaciones del escritor con sí mismo y su circunstancia pueden estar modificándose.

Se dice —y uno sonríe—: «El lenguaje me impide expresar lo que pienso, lo que siento». Más cierto sería decir: «Lo que pienso, lo que siento me impiden llegar al lenguaje». Entre mi pensar y yo, ¿se opone el lenguaje? No. Es mi pensar el que se cruza entre mi lenguaje y yo.

Ergo no hay otra salida que izar el lenguaje hasta que alcance autonomía total. En los grandes poetas, las palabras no llevan consigo el pensamiento; son el pensamiento. Que, claro, ya no es pensamiento sino verbo.

Leído, ya a destiempo, *The Time Machine*. Oh pequeña Weena, animalito humano, única cosa viva en un relato insoportable. Escribir músicas menudas, juegos y rondas para Weena. Sentir que se la lleva en brazos cuando, a solas, se cruza titubeando un aposento a oscuras.

Como el pobre tambor, que favorece los golpes con su elástico rechazo.

Una cosa es acariciarle el pelo, y otra encontrarlo en la sopa. (Oído al cronista.)

Unilateralidad, monovía del hombre. Se siente que vivir significa proyectarse en un sentido (y el tiempo es objetivación de esa línea única). No se puede sino avanzar por una galería donde las ventanas o las detenciones son lo incidental en el hecho que importa: la marcha hacia un extremo que (desde que la galería somos nosotros mismos) nos va alejando más y más de la partida, de las etapas intermedias — Es oscuro y no sé decirlo: sentir que mi vida y yo somos dos cosas, y que si fuera posible quitarse la vida como la chaqueta, colgarla por un rato de una silla, cabría saltar planos, escapar a la proyección uniforme y continua. Después ponérsela de nuevo, o buscarse otra. Es tan *aburrido* que sólo tengamos una vida, o que la vida tenga una sola manera de suceder. Por más que se la llene de sucesos, se la embellezca con un destino bien proyectado y cumplido, *el molde es uno*: quince años, veinticinco, cuarenta — la galería. Llevamos la vida como los ojos, puesta de modo tal que nos *conforma*; los ojos ven el futuro del espacio, como la vida es siempre la delantera del tiempo.

Hilozoísmo, ansiedad del hombre por vivir cangrejo, vivir piedra, ver-desde-una-palmera. Por eso el poeta se *enajena*.

Lo que subleva es saber que repito una misma galería, un modelo único desde siempre. Que no hay individuos sino en el accidente; en lo que verdaderamente cuenta, nos merecemos la guía del teléfono, así apareados, así columbarios simétricos, la misma cosa,

la misma galería.

Esto no es misantropía. Ni regateos al vivir, bella cosa. Es mi parte de ser universal. ¿Panteísmo? Panantropismo. Pero no porque quiera serlo todo, vivir-mundo; lo que deseo es que el mundo sea yo, que no haya límites para mi asomo vivo. ¿Argos, todo ojos?

Todos los ojos, Argos.

Otra definición del terrible señor: «El hombre es el animal que hace inventarios».

La propiedad, inventario *grandeur nature*. Tengo diez hectáreas, un caballo tordillo, una nubecita en forma de corazón.

Viene un día en que el recuerdo es más fuerte. Tengo, sí, un caballo tordillo, pero tuve a Refucilo, tuve a Mangangá, tuve un potrillo que era sangre de alba, tuve la Prenda, azúcar de galope...

Hasta las nubes: aquí están, mías. Las nubes sobre el Llanquihue, una tarde de enero del 42; la gran nube pizarra que me aplastó en Tilcara, llenando el río de fangos amarillos; los nimbos sexuales, nieve de espaldas y delirio frío sobre el agua teñida de añil que es el cielo a mediodía en Mendoza la pulida; las nubes de una canción con que jugaba Juan hace años; y las que puse en cuatro líneas para golosina de Pampa, mi perra muerta:

Has de estar acostada junto a un lecho vacío.
Segura de que el amo te alcanzará una noche.
Te comerás al paso las nubes más pequeñas,
golosa del azúcar que ya no puedo darte.

Sí, Jean-Paul: el hombre es la suma de sus actos. Pero el tuyo
es un enfoque dinámico de esta melancólica integración: el
hombre es la suma de su inventario. (Por eso *The Great Lover*
de Brooke, por eso Proust, Rosamond Lehmann, Colette, abe-
jas libando tiempo —¿no es cierto que sí?)

Perezoso bosquejo de inventario: tuve *Pélleas*, tuve una pequeña mandolina de juguete que me cabía en la mano y que
me dio alguien que murió inocentemente; tuve un gato a la
edad en que poco nos separa del silencio secreto de los animales, de su saber inambicioso. Tuve colecciones de estampillas,
de recortes, de cuentos; tuve una noche en el alto Paraná, boca
arriba en la cubierta de un barquito sucio, devorado de estrellas; tuve *A Farewell to Arms*, a Helen Hayes; y una noche en
que sufría, frente a un ventanal abierto, tuve la caricia de una
mano que vino por la sombra, sin que me fuera dado saber
quién de los que me acompañaban se unió tan puramente a mi
dolor. Tuve — (Cuánto mejor esta constancia que todos los
pajeros: «No tuve...»).

Leído *Demian*. Curioso cómo hay ciertas repulsiones previas a la lectura, corroboradas casi siempre cuando se cede a la solicitación de terceros. ¿Me parecerán Bernanos, Pritchett, Orwell, Plisnier, tan desagradables como este Hermann Hesse? *Demian* pudo ser exactamente todo lo que no es. Apuntes inmediatos a la lectura: 1.° Presumible talento narrativo del autor —no olvidar que lo leo en español— al servicio de un relato estúpido, *inverosímil* (con esa inverosimilitud última, que no tiene nada que ver con el ilogismo ni la exageración ni la fantasía). Sinclair es cualquiera de nosotros cruzando la charca de la adolescencia: con los mismos chapoteos usuales. Pero Demian —su famoso «guía»— resulta la criatura más estúpida *genre superman* que haya dado la novela alemana (cierto que Hesse es ciudadano suizo). En cuanto a Eva, monstruo inenarrable, objeto fetiche entrando y saliendo sin que se sepa nunca *what's cooking...* Madre e hijo explican demasiado la confusión mental de Hesse. Elementos de este *cocktail*: el *om*, Abraxas (¡otro!), la magia, diversas demostraciones telepáticas, volitivas, etcétera, mezcladas con una sensiblería de modista (llantos, vahídos, borracheras simbólicas, sin contar el fantoche máximo después de Demian: Pistorius). 2.° La tesis (to thy own self be true) cabía en menos páginas, sin contar que es más vieja que Demian —en quien supongo una especie de Ashaverus vergonzante. El hecho paralelo, la educación sentimental y moral de Sinclair, no está mal contada. Pero, hijo mío, después de Rimbaud, de Radiguet, hasta de Alain Fournier... 3.° Lo de superman a la u. s. a. es deplorable. El pasaje en que Sinclair baja al jardín de Demian y lo encuentra entrenándose para pelear con un japonés, es de un ridículo digno de una película de Alan Ladd. (En el capítulo siguiente Hesse no olvida informarnos que el japonés cobró.)

Y ahora, en serio: ¿qué es Demian? Novela perceptiblemente homosexual, ¿por qué esos disfraces esotéricos, esa no-Beatrice, no-Eva, no-nada (nonada)? Sabemos bien lo que Sinclair quería y necesitaba, lo que obtiene en la última página: que Demian lo bese en la boca. Dios mío, cómo respetaría este libro si hubiese visto en su autor la valentía que alza en flor perfecta La muerte en Venecia. Pero no, había que sacar a relucir el pajarraco alegórico, Abraxas y esas mujeres insensatas. Maniquizar al pobre Demian, figurín. Escribir con guantes de goma (y bordados, además, con los peores bordados retóricos del siglo xix). Me pregunto si este libro repugnante tendrá un mejor equilibrio, alguna virtud secreta, en su original alemán. La verdad es que entre nosotros suena como el texto de La flauta mágica cantado con la música de Manon Lescaut.

Sidney Bechet es acentuadamente *corny*. Me gusta como me gustan los calidoscopios y los cuadros de Utrillo.

Suave digresión existencial.

Cuando entro en «neura», mido a cada hora mi precariedad, mi inutilidad. Asco del trabajo. ¿Es posible que me *divierta* trabajar? Máscara del abismo, etcétera... Fluctúo; súbitas pulsaciones de felicidad, vuelta al cuidado, y esto dos o tres veces al día.

Mi médico me da entonces excelentes drogas. A los quince días, si no he olvidado, por lo menos no siento el vacío. Sé que soy el mismo, pero lo sé como la tabla del siete. Mi médico me declara curado. Ignora el pobre que lo que ha hecho es *enfermarme*. Enfermar, *enfermer*. Algodonado en mi carapacho vitamínico, juego a no tener miedo, a estar contento, a sobrevivir.

Un amigo de Mendoza me cuenta cosas de X. Cuando Y murió en un manicomio, X fue a identificar el cadáver. Lo llevaron al frigorífico de la morgue; abrían los compartimentos y sólo se veían plantas de pies, una al lado de otra como lomos de libros humanos. Un loco supo que buscaban a Y. «Lo conozco», dijo. Rápidamente escogió un par de pies, y de un tirón extrajo el cadáver.

Cuando salían, X vio pasar a un loco sucio y harapiento. Llevaba una paloma contra el pecho, y continuamente la acariciaba. Ya no era un hombre, era una caricia a una paloma. Y como esto duraba todo el tiempo, la paloma tenía el plumaje sucio y estropeado, ya idéntica a su caricia.

Más sobre el supuesto «sufrimiento» del escritor. Si en verdad tienes que sufrir, que no sea por lo que escribes sino por cómo.

Lo que me convendría estudiar es si cuando creo haber encontrado el buen camino, lo que ocurre es que he perdido todos los demás.

Si pudiera proponerme los temas en contra, los que no prefiero —*genre* Bovary *v*. Flaubert—. Pero cedo a las diez páginas, la cosa no anda. Necesito esta cercanía de lo vivido, esta crónica. Aunque no relate nada que me toque como persona, preciso de la posesión total del tema: pertenezco a la ominosa especie de los que escriben cuando pueden.

La idiotez de decir: «Dispongo de poco tiempo —», cuando es el tiempo el que dispone poco o mucho de ti.

Esos tipos que cuando llama el teléfono descuelgan el tubo y gritan: «¿Con quién querés hablar, ñato?»

Malraux, *Le Musée imaginaire*:

«*... un style est ce par quoi un système de formes organisées qui se refusent à l'imitation, peut exister en face des choses comme une autre Création*».

Las aftas mentales. Cada vez que la lengua de la asociación las toca, duelen.

Vi a Clara, desde lejos, iba con un libro en la mano y parecía contenta.

Vuelta de esa felicidad que entonces, cuando éramos camaradas en la Facultad — No, nada vuelve como era. Si pienso que soy feliz como entonces,

pero entonces no se pensaba en términos de comparación; se era feliz con la intensidad de serlo, de nada más que serlo. Ni siquiera se sabía nada. O sí, pero como se sabe que hace calor o llueve.

No me puedo negar a la sensación de que si el sueño prescinde de la lógica de vigilia, o la altera, ese orden no pertenece a la realidad, es sólo una clasificación diurna. Quizá soñamos noúmeno, y recaemos en el fenómeno al despertar. El mundo espera a su descubridor.

(Un hombre donde a la vez Kant y Lautréamont, acaso —.)

Conversación de los poetas.

El lector es el puente, el que los presenta y oye su diálogo. «*La penultième*» hace de las suyas en obras tan alejadas y tan dispares.

Marechal:

Con el número dos nace la pena.

Y desde tan otro lado, César Vallejo:

¡Con cuántos doses ¡ay! estás tan solo!

Cuando me hablan de Giono, yo sí.
¡Angélicas criaturas de la Y. M. C. A.! He aquí que voy a comer y me encuentro a la entrada esta inscripción (las renuevan semanalmente):

Pasaré por este mundo una sola vez. Si hay alguna palabra bondadosa que yo pueda pronunciar, si hay alguna buena acción que yo pueda realizar, diga yo esa palabra, haga yo esa acción AHORA, pues no pasaré más por aquí.

Adiós apetito, adiós tortillita plana y pastel gran cebollín. El *memento* está muy bien, hay que sentarse cerca y meditar releyéndolo (ha sido impreso estilo consultorio de oculista). ¿Por qué esa manita que se cierra en mi estómago? Nada es nuevo ahí, las dos menciones más importantes del «pensamiento» son tópicas: Me moriré, *for good and ever.*

Si puedo ser bueno, séalo ahora.

¿Pero puedo ser bueno si me voy a morir? La certeza de la muerte, ¿no desmiente, no deshace toda moral? Ser bueno es siempre *olvidarse de algo*, creer que la fiesta va a durar.

Esto no es cinismo, puesto que no ser bueno comprende numerosos estados sin llegar necesariamente a la maldad. Lo que quiero decir es que la certeza de la muerte no ayuda, como quisiera la Y. M. C. A., a que yo te abrace y te diga cosas excelentes. Quien realmente sabe su muerte no está para jodas.

(Claro que todo esto, visto desde el ángulo de una religión — Pero las religiones falsean el problema desde el vamos, porque su razón de ser es *alterar* la muerte. Por lo menos el cartelito que leo alude bien claro a la muerte, a eso-que-ocurre-en-una-cama.)

La máquina literaria. Cómo vuelve el deseo de una creación absoluta, sin error posible, el acuerdo de una idea con su juicio, de un sentimiento con su imagen, de una voluntad con su proyección y su praxis. Lo literario resulta de combinar heterogeneidades en potencia con heterogeneidades en acto. Una sola de las operaciones es ya tarea más allá del hombre. Por eso, tal vez, el escritor continúa.

La poesía quiere ser metafísica y a veces lo logra con Lamartine o Valéry. La poesía inglesa lo es sin quererlo, surge en el plano metafísico que es su cielo y su gracia.

Donde Mallarmé arriba con el último extenuante golpe de ala, Shelley está plantado naturalmente como una copa de árbol. Nada hay de taxativo en esta diferenciación que me entretengo en señalar. En esencia los logros no son distintos; pero el poema francés sale de la fragua como el diamante del lapidario; el verso inglés brilla con esa nada de esfuerzo que admiramos en el pez, en el tenista que devuelve un tiro sin casi moverse.

Middleton Murry se mata queriendo explicar a Keats por sus versos y su correspondencia. El error de siempre, insalvable; olvidar que esos son despojos de la gran tormenta silenciosa, del huracán sin viento que se cumple *en los intervalos.*

Joyce pudo no haber escrito *A Portrait of the Artist* — Ya estaba ahí *Une Saison en Enfer* que lo contenía en su enérgica virtualidad.

Tal vez no se ha dicho que el camino de Stephen es el mismo —sólo que desandado— del de San Agustín.

Joyce no escribe *bien*; ése es el mérito y la eficacia de un libro que intenta fijar una etapa donde hay más balbuceo que palabra, más sentimiento que expresión. Muy bien Graham Greene en *The Ministry of Fear*: «Mi hermano tiene las ideas pero yo las siento». Sólo que Joyce, en vez de la casi definición discursiva, se vale de su propia magnífica torpeza narrativa y nos da un libro donde lo sentido excede lo dicho, proporción infrecuente en el gremio.

Torpeza narrativa: cuando él *quiere*. Pero entender que los pasajes torpes (Stephen y Cranly, Stephen y Temple) son los verdaderamente grandes. Releo ya sin placer los aliñados discursos del jesuita. Ese infierno está demasiado bien.

Es evidente que primero somos *oneness* y recién después —oh inteligencia, perra magnífica— viene la parcelación. Del todo a las partes, como le gustaba al viejo Parménides, cuya es la *Gestalt*.

Ars Poetica.— Error casi inevitable en el teorizador de poética: ir acercándose a una concepción cada vez más ideal del acto poético, concebirlo como empresa suprema, efusión de lo sublime, ápice, etcétera. Tal Bremond, Valéry, Shelley.

El poeta, así encarado, parece un ser milagroso que llega al poema en un estado extrahumano y excepcional. No lo creamos imposible. Pero reconozcamos su infrecuencia, el hecho cierto de que un gran poeta ni siquiera necesita esa puesta en escena metafísica, racional o emotiva.

Por eso sigue siendo admirable el ponciopilatismo de Rimbaud: *Si le cuivre s'éveille clairon, C'EST PAS MA FAUTE.*

Leído *Sartor Resartus*. Ya no se aguanta lata semejante. No hay un solo pasaje —ni siquiera el zarandeado de los símbolos y el silencio— que guarde frescura o sentido. Esa abyecta adoración de la obra humana —

Lo que cabe al hombre es hacer, y despreciar lo hecho como aliento para la nueva obra. Por el camino de Carlyle se llega a la idolatría beata del Progreso.

¿Dónde está el pesimismo de Carlyle? No es puteando al modo manfrediano que se afirma un pesimismo (ni siquiera un nihilismo). Detrás del «eterno No», este inglés mediocre esconde una pueril esperanza teleológica, un finalismo sin garantía alguna.

Sartre, Marx, individuo y sociedad.

Abominan del «individualismo reaccionario» de Sartre. Les parece horrible que uno de sus héroes «vare en una silla» en vez de irse a pelear a España. Continúan ciegos a toda salvación por vía del hombre, encaramados en el capital... humano. Por la especie se irá al hombre, su credo. Pero no, imbéciles, sólo por y desde el hombre. La especie no existe, es un concepto cómodo para designar individuos asociados.

Aclarar la noción «individuo». Como primera cosa a notar, esto absoluto: si en verdad pudiera concebirse el «individuo al estado puro» (Du Bos), su conciencia lo *obligaría* —para no traicionarse como hombre— a rehuir toda participación en un progreso que no fuese el suyo.

Dar algo de uno a los demás (poesía, TNT, besos) es reconocer la integración del yo en el tú. Toda abnegación, en ese sentido, es ser menos-hombre, menos-yo. Depender de... Desde un criterio rígidamente humano individual, el ser-en-tú (Gabriel Marcel) admite esta desvalorización.

Los factores adventicios, proxenetas...

a) Órdenes materiales: *besoin*, *wants*.

b) El sentimiento cobarde (¡si se pudiera hacer el bien a otro para uno mismo!)

Y por vía de agentes no-humanos, el individuo se rinde gustosamente al blando colchón sociedad. Por eso toda teoría comunista es *indigna* en el fondo.

Los vocabularios. Si en el «Shorthorn Grill» pedís «una plana», el mozo se queda atónito. A media cuadra, en el comedor de la Y.M.C.A., te traen en seguida una tortilla.

Un recuerdo de lejana escapatoria nocturna, con camaradas de la escuela normal. Calor, tormenta. Éramos cinco o seis, llenábamos los tranvías con el nombre de Pirandello, *Emperor Jones, Petrushka*. Era 1935. En la Costanera andábamos sin rumbo preciso, gozadores del caminar, la presencia mutua, la broma, la ternura. Nos metimos en Puerto Nuevo, llegamos a un sitio donde el río crecido chapoteaba al alcance de la mano. Entonces (pero esto tendría que contarlo Malaparte, que lo magnificaría carusianamente) alguien soltó una exclamación, y en la noche nos inclinamos sobre la escollera. El río estaba blancuzco y espeso, y olía. Cosas como palos, como zapatillas blancas, se movían ahí abajo. El ictiólogo del grupo (porque teníamos un ictiólogo, palabra) dijo: «Son pescados muertos». Era más que eso, era el vómito del río, una deyección monstruosa que subía hacia la tierra, se pegaba a la orilla... Más adentro, el agua tornaba a su café con leche acostumbrado; la muerte era este rechazo, esta cesión a la tierra, franja fétida y dulzona de pescados muertos panza arriba que se agolpaban en la noche al asalto de Buenos Aires.

«Qué noche para un suicida», dijo el humorista. Yo pensé que tal vez los suicidas eran los peces. Peces de orilla, de tierra, contagiados de ciudad, bagrecitos de la recova que se mataban por no alcanzarla (o de vuelta de alcanzarla, pero esto ya es tango y no sé, *honest injun*, si lo pensé esa noche).

Pienso en un monje de la decadencia romana, perdido en alguna provincia fronteriza, solo, con perros e imágenes, y que hubiera dejado testimonio escrito de los rumores que le llegaban después de años, de ríos, de hombres. «Se supo que un rey poderoso, jefe de hordas, descendió las colinas que llevan a los dulces valles del centro.» Tal vez, años más tarde: «Dícese que las aguas de un río fueron desviadas para sepultar al caudillo; y luego devueltas a su lecho natural, que lo ocultaron para siempre a los sacrilegios y a la curiosidad profana —».

He sido un poco ese monje, y puedo imaginarlo tan claramente. Desde esta torre austral he escuchado las voces del tiempo. Empiezan a ordenarse, a tomar altura, a situarse en profundidad. Hecha la papirola, se la ve moverse imperceptiblemente sobre la mesa; la cosa vive, tiene una voluntad; el cisne ordena sus alas, el elefante ajusta su trompa y el ritmo de sus patas: la papirola se prepara para su menuda eternidad de *bibelot*. También el ramo de flores; me ha ocurrido preparar delicadamente un ramo, lo que Oscar Wilde llama *subtle symphonic arrangement of exotic flowers*, y ver operarse luego misteriosas transformaciones, desplazamientos, antipatías y pasiones de esa larga muerte silenciosa.

He oído cosas, tantas. Como diría —lamentándose— Juan, las he solamente oído. Argentina, enorme oreja boca arriba. *All America Cables*. Comprendo el prestigio mágico de los nombres que anuncian a los mensajeros: Reuters, Havas, United Press. Como en *Alice*, el *footman* es un pez, viene del agua oceánica con rumores de lo que pasa en los sitios donde las noticias importan e implican. Me acuerdo: «Lucharemos en cada calle, en cada casa...». Me acuerdo: «Acaba de morir Paul Valéry —». Me acuerdo: «El negro pulverizó al ario puro...». Me acuerdo: «Agonizante, ataron a Laval al poste...». Me acuerdo (yo iba en un tren, sentado en un asiento a la izquierda; abrí el diario y): «Descendió en Inglaterra Rudolf Hess».

De chico sólo veo el deporte, la hazaña, los crímenes. Siempre títulos en letra grande. Por radio —a galena, con teléfonos—, Firpo *knock out*. Pero al otro día *La Nación*, magnífica de pudor: *Jack Dempsey retuvo el campeonato mundial de todos los pesos*. Y años después (el andén de la estación, *El Mundo*): *Perdió pero hizo una gran pelea* (Justo Suárez v. Billy Petrolle). Más atrás, más atrás... Saint-Martin, un aviador (unos versos de Fernández Moreno (?) en *Caras y Caretas* (?): «La sombra de Saint-Martin / flotaba sobre las aguas»), De Pinedo, Jim Mollison. Johnny Weissmuller, las memorias de Joe Choynski en *La Nación*, las fotos de Bob Fitzsimmons el de la piel atigrada y el golpe al plexo en tirabuzón. Yo le explicaba a mi madre: «Fijate que pegaba torciendo el brazo, de manera que...». ¡Lindbergh!

(Vagamente veo títulos, oigo charlas: el Ruhr, la hulla...)

Pensar que este cuadro lo tienen aquí, hoy, gentes que luego votan (pero esto lo pienso en nombre de Juan, poeta socialista aristocrático).

Si recordé (o inventé) al monje, era por otras razones. Hay un día en que la oreja alcanza su educación, en que la caracola aprende a distinguir los rumores. Es muy triste no tener otro destino personal que de no tenerlo, pero en la emergencia se puede ser al menos una buena oreja, una oreja que entienda lo tonal y los atonalismos de su tiempo. Si el Teseo de Cuverville dice: *Viví*, el monje murmura en Buenos Aires *Oí*. Incluso hay un día en que se aprende a escuchar, en que se desdeñan rumores.

Treinta años en este tiempo son un largo concierto. No lamento mis treinta años de audición, creo que han contenido más, en todo sentido, que los treinta años precedentes. Nací en el primer mes de la primera guerra, en una ciudad ocupada por las fuerzas de Von Kluck. Cuando empecé a oír bien lo que llegaba a Buenos Aires, era el fin del cine mudo, Mussolini, Romain Rolland, el hundimiento del Mafalda, Cocteau, Milosz, el 6 de septiembre, Uriburu, la Legión Cívica, Hitler, *Soy un fugitivo*, Federico, Michaux, *Sur*, Klemperer, el ensanche de Corrientes (vago recuerdo de sus cines «realistas» en larguísimos zaguanes, con películas borrosas donde sátiros de flequillo y cuello duro corrían a pobres señoritas estúpidas por habitaciones absolutamente *bric-à-brac*), el subte Lacroze, prodigio de las escaleras mecánicas, expedición descubridora con los camaradas de cuarto año, el tramo Canning Dorrego, el vértigo de la panza del Maldonado... El *Graf Zeppelin*, Gene Tunney, Gertrude Ederle, Ramón Novarro, Tito Schipa, Lily Pons, el príncipe de Gales, Roura...

Y después, no sé, las lecturas, el amor, el fin de la escuela, la música (Stravinsky, la noche inolvidable de la *Sinfonía de los Salmos*), las plazas, los cafés —

Pero esto es ya contacto, convivencia. Yo empiezo verdaderamente en este punto. Empiezo frente a *Don Segundo Sombra*, llorando; frente al deslumbramiento —era en 1937— de un número de *Nosotros* y ahí, como si nada, los sonetos de *La muerte en la llanura*:

Cómo te ha de ahogar el aire helado
sobre la boca cana, dolor mío
dormido —

La oreja seguía oyendo, pero la voz era ahora viento, suavidad
de pluma que acaricia, cercanía.

A propósito de la libertad y del ser libre:

Se dice: «Heifetz hace lo que quiere con su violín». ¿No será el violín el que hace lo que quiere con Heifetz?

Esto es un piano, dado e inmutable. El chico que quiere ser pianista tiene manos torpes (pero torpe significa siempre disponibilidad, kilómetro cero de innúmeros caminos; ser torpe es ser libre); manos plásticas, la antítesis del teclado que se ríe de ellas con todos sus dientes.

Gradus ad Parnassum, Czerny, arpegios —la técnica. Pero el piano no cambia, se limita a conformar al hombre, a hacer de él un pianista, un hombre-piano, un servidor con librea negra que corre el mundo. Las manos libres se transforman en manos hábiles *para*... (Un martillo, un papel de armar tabaco —problemas de otro mundo; la mano del pianista es cada vez más del piano y cada vez menos del hombre.)

Todo esto no es una defensa del torpe y del libre inútil (inútil libre) pero me interesa como esponja lavaprejuicios. Ojo con supuestas libertades, Andrés, que no son sino la perfección de la entrega.

Veo así el concierto: el violín se hace llevar por Heifetz, y reposa en el mentón y la mano del criado. Ajustándose estrictamente a la voluntad del señor, el criado cumple los movimientos necesarios para que el violín suene. La poca libertad que le queda a Heifetz, mecánicamente atado a su tirano, se le diluye en la peor servidumbre a los tiranos muertos, las tres B, el italiano misterioso, la jota de Falla, la fuente de Aretusa tusa caricatusa.

Un *mot* digno de recuerdo, que habría dicho Norah Borges en un almuerzo muy formal, al aparecer en la mesa la enorme fuente de puchero:

—¡Qué líííndo! ¡Parece basura!

La anécdota, el *mot*, ilumina con un destello breve más intenso que toda descripción. La crítica francesa e inglesa lo sabe, y desde el siglo XVII es tarea importante la fijación de estas frases-clave. Si frecuentara escritores, anotaría toda ocurrencia que me pareciera significativa —no el mero juego de ingenio; y haría obra de bien para los pobres biógrafos de 1995. Aquí estamos tan abandonados; ¿cómo se reconstituirá un día el *entourage* de un Molinari? Hace años se practicaba por lo menos el reportaje, que ayudaba a fijar elementos anecdóticos; hoy, sin diarios, sin revistas, sin deseo de conocernos: No dejamos más que libros y cartas, es decir lo pensado; hasta las fotos que nos guardan un perfil, un mentón, nos las hacemos sacar por Saderman.

Si los pintores retrataran más a los escritores (o entre ellos) tendríamos el *mot* plástico. Sergio Sergi dice más de Daniel Devoto y de Alberto Dáneo que las posibles biografías futuras. A mí me dijo —y su frase es su retrato—: «No sirve, tiene una cara blanda; lo que lo expresa son sus manos».

(Un chiste del oso Sergio al dedicar un dibujo: s.s.s. s.s.)

En *Correo Literario*, Ulyses Petit de Murat escribió una historia del grupo *Martín Fierro*; supo ver la necesidad del recuerdo personal para colmar el debido homenaje, y sus referencias a Borges están teñidas con la sustancia que luego defenderá a los biógrafos de la mentira, la asepsia o la reconstrucción conjetural. Ahí encontré el estupendo *mot* de Borges, agarrando de la solapa a Petit de Murat que le daba la razón en algo, y diciéndole:

—¿Y quién sos vos, mocoso, para no discutirme?

(Cito de memoria.)

El hecho, como siempre, antecede la explicación que por otra parte no hace más que rodearlo, nombrarlo y tranquilizar nuestra central de conceptos. Antes de entender con suficiente claridad dialéctica la irrupción de la poesía en cualquier género verbal contemporáneo, y por ende la liquidación de los «géneros» como tales, sentía yo su oscuro trabajo presente en mi prosa, en lo que hasta entonces había sido una prosa. Escribí una novela donde, sin demasiado esfuerzo, logré decir bien y claro un repertorio de ideas y un juego de sensaciones y de sentimientos. Después, entreteniéndome con algunos relatos, advertí las primeras señales de podredumbre de esa prosa; temor al período «redondo», al final de capítulo en *«fortissimo»*. Toda proposición que contiene un entero desarrollo de su objeto, es como un capítulo pequeñito, y ergo debe acabar «redonda»; un discurso —y mi prosa era siempre discurso, como esta que escribo ahora sin esfuerzo, porque su contenido es rigurosamente transmisible— se compone de docenas de proposiciones cada una de las cuales tiene su progresión, su peripecia, su nudo y su cataplum final, ese orden *artístico* que gana la emoción y mueve al aplauso, gesto consistente en golpear las manos para ver si se atrapa en ella el no sé qué provocador del entusiasmo.

Cuando advertí que ya no podía escribir como antes, que el lenguaje se me daba vuelta, que los *ritmos* se exigían distintos, y que en suma lo que yo escribía ahora (porque no me negué ni un minuto a esa solicitación de adentro) valía menos como *significación* que como *objeto*, tuve la primera sospecha del fenómeno contemporáneo. Fue entonces cuando leí *Ulysses*, con sudamericano atraso. Y que verifiqué lo que ocurría, al dar casualmente con *La muerte de Virgilio*.

(Mate amargo. Distracción. *Somebody loves me* — dulce voz de Dinah Shore. Es que me aburre explicar. Haraganería. Y ésta es otra prueba de lo que quiero decir. Explicar es siempre significar un hecho, un objeto, un sistema de ideas, una convicción, una comprobación. Justamente lo que he dejado atrás. Ahora siento que nada interesa en cuanto explicación; apenas si interesa la explicación porque nos devuelve el y al hecho, objeto, etcétera. Horror de las mediatizaciones. Una cadena: Fulano ama un libro sobre Cézanne porque le gusta Cézanne, a quien le gustaba la pintura. ¡Qué lejos de la pintura se queda Fulano! O esto: hay un horror sagrado, Keats hace *Hyperion* porque *Hyperion* es su horror sagrado. Middleton Murry se ocupa de Keats porque lo atrae *Hyperion*; yo leo a Middleton Murry porque me gusta Keats. Pero hay un horror sagrado, y no es Middleton Murry.)

Como decía, lo primero que noté fueron los cambios de ritmo verbal. Adiós la prosodia. Empezó despacio, comas que no caían en su sitio. Siempre me había gustado el punto y coma: de golpe asco, imposibilidad de usarlo. Me acuerdo que al corregir exámenes escritos de alumnos de un Nacional, me molestaba su incapacidad para advertir el momento en que una estructura verbal acaba, y cómo la puntuación intermedia (coma, dos puntos, punto y coma, guiones) ayuda a desconectar conectando, muestra que de una habitación hay que pasar a la otra. Me irritaban cosas como: «Juana de Arco se encaminó a Orléans, las tropas inglesas habían conquistado gran parte del suelo...». Ese curioso desconocimiento de la función del punto y coma tan útil, tan claro. De pronto advertí la necesidad de dejar imbricarse las cláusulas, cabalgarse entre sí por sobre el débil puente de la coma, o directamente libres sueltas. Que la prosa fuera como el oleaje. En cadenas adjetivas, exigencia de libertad: «De pronto sola harta enfurecida prudentísima, oh pobre mujer». Y esto surgiendo de las ruinas de mi pulcritud pasada, doliéndome alegremente. Sensación de libertad, de juego limpio, de no convencimiento retórico, de *mostración* y no ya de *descripción*.

—Usted, que escribía tan bien... —me decía una señora.

Etapas: luego de acabar con el orden de la puntuación (yo no, eso se acaba solo), necesidad de sustituir cada vez más el atrapamiento de una «idea», su conceptuación, por la materia en su forma dada —lo que se mal llama «en bruto»—. Pero esto rompía la horizontalidad de la escritura (que es espacialización de desarrollo temporal). Cuando, en un Carnaval, se me ocurrió escribir un relato y a vuelamáquina, el impulso de expresar los bloques de materia (y esto era ya sumisión total a la mecánica —!— de la poesía, a la forma en que ésta irrumpe y se da) me condujo

a esto

a deshacer la horizontalidad *sucesiva*

(no es nuevo, ya lo sé; pero me es nuevo)

y de un salto desparramar, salpicar en el papel lo que, realmente, era un coletazo de ola, una vivencia global.

O sea lo que entendió Mallarmé, lo que hicieron Guillaume y Pierre Reverdy. Pero yo *narraba*. Por eso los pentagramas siguen marcando el camino. Salto cuando hace falta, y si todo es, en suma, poema, mi poema cuenta, es decir muestra una cara, un acto, va por la calle, dice voces, diálogos, manifiesta pensamientos, sin atarse a nada que lo vuelva *reflejo*, instrumento, operación simbólica de puesta en escena.

Ay, el lenguaje es nuestro pecado original. *Moi, esclave de mon langage.* Siempre, en sí, reflejo e instrumento. Pero la libertad, ganada con la podredumbre de mi excelente prosa antigua, está en que me pone lo más cerca posible de la materia a expresar, la materia física o ficticia que quiero (o estoy obligado a) expresar. Para esto me libro del lenguaje *adecuado* (que no es tal sino adecuante) y acepto, provoco, invento y pruebo un decir que —yo quietito en el medio— es un *decirse* de lo que me envuelve, me interesa y me nace. Ahí estás, recuerdo de una noche en Congreso, de un adolescente llorando en un banco. Estás, eres. Bueno, ahora te toca porque yo lo quiero, o porque acepto que tú lo quieras: ven, *dícete.* Ésta es una mano, ésta es una hoja de papel. Pasa a través de mí como una luz por un vitral: hazte palabra, sé aquí. No importa el orden de los elementos, no importa si eres en realidad el vitral y la palabra te iluminará, haciéndote ser, o si eres la luz pura y mi palabra (tuya, sí, pero mía) será poco a poco el vitral que te dé un sentido para siempre.

Para los otros, que es el milagro.

Leo, en Apollinaire, esto que le va tan bien a mi niñez: *«Je ne sais pourquoi je l'avais appelé Maldino. Je forgeais des noms pour toutes les choses qui me frappaient. Une fois, je vis un poisson sur la table de la cuisine. J'y pensais longtemps, me le désignant du nom de Bionoulor».*

Giovanni Moroni

Ya sospechaba, de niño, que ponerle nombre a una cosa era apropiármela. No bastaba eso, necesité siempre cambiar periódicamente los nombres de quienes me rodeaban, porque así rechazaba el conformismo, la lenta sustitución de un ser por un nombre. Un día empezaba a sentir que ya el nombre no andaba bien, no era la cosa mentada. La cosa estaba ahí, nueva y brillante, pero el nombre se había gastado como un traje. Al darle entonces una nueva denominación, me probaba oscuramente que lo importante era lo otro, esa razón para mi nombre. Y durante semanas la cosa o el animal o la persona se me aparecían hermosísimos bajo la luz de su nuevo signo.

A un gato que quise tanto lo seguí con cuatro nombres por su breve vida (se envenenó con el cianuro que abuela ponía en los hormigueros); uno era el común, el que le daban todos, y los otros secretos, para el diálogo a solas. A un perro que el clan llamaba *Míster* yo le llamé *Mistirto*, y era importante porque entonces había leído *Nostradamus* de Michel Zévaco y el personaje de Myrtô me rondaba. Así pude objetivarlo mágicamente, y *Mistirto* era mucho más que un perro.

Y vos has de acordarte, lejanísima, del hermoso animal de blanca piel que encontré para llamarte, y que te gustaba imitar con la caricia, con el recato, con el claro impudor.

Frase:

—Me cuesta creerlo. Es como si me dijeran que el marfil proviene de un animal.

Antipoema para hacer rabiar.
Los egipcios embalsamaban a sus madres
con lágrimas de pez y *passe-partout* de lino
para llevarlas a los hipogeos
en un tranvía reservado, que
es una máquina eminentemente
egipcia.

Pavadas que se dicen: «Si tuviera fuerza suficiente, no permitiría esto o aquello».

Es posible, si la fuerza te fuera dada *ahora*, milagrosamente. Pero si hubieras crecido envuelto en tu fuerza, esclavo de tu fuerza, estarías del lado de los que pegan.

Levanto el tubo para discar un número. Antes de poder hacerlo, una voz me habla. El diálogo es poco más o menos éste:

—Hola. —Hola. —¿Con quién quiere hablar, señor? —¿Con quién quiere hablar *usted*? —Vea, yo no he tenido tiempo de marcar un número cuando lo he oído a usted. —Ah, están ligadas las líneas. —Corte por favor.

Después, cuando no es más que silencio, me pregunto *quién* es ese hombre. *Dónde* está, cómo es la habitación desde donde me habló. Nos cruzamos por tres segundos, y conocimos nuestras voces. Y no teníamos nada que decirnos, hablábamos *con un error.*

De pronto lo siento tan cerca.

Tema para la más cruel, la más cierta de las novelas: se quiso a alguien, sin esperanza pero disfrutando de la felicidad de contemplar su joven perfección. Pasan años de ausencia, y se regresa. Entonces aquella criatura asoma, con la sonrisa de la amistad. Es ella, pero ha cambiado. Ahora está fija en su límite, en su personalidad definida. El contemplador —que creía seguir queriéndola— descubre que sólo ama el eco de su antiguo ser que ella no recuerda, que dilapidó por la vida.

Crueldad de esa confrontación, de esa comparación terrible.

Ya Morgan, en *Portrait in a Mirror* —Pero Nigel y Clara alcanzan por lo menos a abrazarse, aunque busquen sus otros fantasmas. Aquí no habría sino juegos de imágenes en espejos paralelos.

O esa maravillosa plasmación que de lo inalcanzable hace David Lichirne en *L'après-midi d'un faune*, bailando en otro plano que el de las ninfas, separado de ellas por una fina, inviolable pared de aire.

Vagus quidam, como decía Petrarca de un discípulo. Leo a Suetonio, a Tácito, a Ellery Queen —

Frase de semisueño: *Con un lejano sonido de menopausia y edredones —*

Todo en ese hombre era menudo y provisorio. Tenía una vida *decauville.*

Cuidarse del realismo al escribir. Eludir la fauna del zoológico, convocar a unicornios y tritones, y darles *realidad.* La literatura, como lo dice Malraux de la plástica, debe tender a una creación independiente, donde el mundo cotidiano tenga la influencia que el escritor le tolere, y nada más.

Clara podría decir, como Judith en *Dusty Answer*: «Yo no puedo vivir entre cosas feas...».

Sin darse cuenta del todo, el contorno de su vida se va cerrando sobre ella y sobre Juan. Se sorprenderían si se los dijera, se saben tan porteños, es decir tan su medio —

Lo que no han visto todavía es que ellos siguen, pero el medio, poco a poco, les va siendo retirado. Como una mudanza imperceptible, una casa que perdiera uno a uno sus muebles, sus cortinas, sus cuadros, mientras la vida de los moradores continúa sin variación posible.

No estaría mal un relato que mostrara esta desposesión paulatina; cómo la gente, sin darse cuenta, va quedándose sin sillas, sin libros, sin discos, sin imágenes, sin sábanas —

Petit hommage à Radiguet:
Escribía novelas donde los supuestos grandes problemas humanos eran ignorados. Opinaba que el futuro habrá de ser de los patanes y que ya nadie escribirá para minorías. Se apre-

suraba, entonces, a conquistar un buen puesto en el olvido del porvenir; lo consideraba su deber.

Terrible país de los sueños, donde la ley es un calidoscopio. Toda una noche me habita el rostro, el cuerpo, la ternura de alguien a quien quiero, a quien encuentro en la calle o tanto sitio de común aprecio. También retorna en el sueño siguiente; durante semanas gobierna mi dormir con la misma fría petulancia de su vida.

Luego cesa. He pensado tantas veces su imagen mientras andaba por la calle, al entrar a un café, frente a poemas que un día nos gustaron a ambos. Toco con estas manos una misma región diurna; nada cambia en esta celebración continua de un desaliento. Pero entonces, bruscamente, falta. Sueño una noche entera episodios prodigiosos donde su presencia sería necesaria, hasta forzosa. No está. Aún soñando me doy cuenta. Sé al despertar que por semanas no volveré a ver su imagen; el calidoscopio ha dado una pequeña vuelta, y otras leyes rigen este mundo en el que sólo persiste un elemento común: mi ojo que mira, que mira.

Un *Journal* como el de Gide, enteramente de vigilia, sin rastros de sueño. Ay, este cuaderno es la jaula de los monstruos; y afuera está Buenos Aires.

Flowers have all exquisite figures (Bacon)
Extraigo esta deliciosa cita de mi *Webster's*. Vale la pena leer los veintitrés parágrafos consagrados a *figure*. Poco puede alentar la imaginación como un buen diccionario. Es uno el que pone la consecuencia, no hay temor ni sospecha de que le estén «trabajando el ánimo» —expresión estúpida.

Un cielo bajo, blanco, translúcido, tan contra mí que si muevo la cabeza lo siento en el pelo, en las orejas. No es el cielo, es la sábana de mi cama de verano. Tengo diez años y viajo por dentro de mi cama.

Secreta delicia del encuentro con mi cuerpo, su geografía bajo la luz lechosa, bajo el calor fragante. Tapado por la sábana, ovillándome poco a poco para avanzar con precaución de *amateur* hacia lo más central y escondido; aceptando esa realidad enteramente mía (y no creándola, es mentira que el niño cree su mundo en cuanto crear supone conciencia de creación; el niño crea su mundo como el árbol su copa). Entonces desgajarse de las pequeñas miserias de la convalecencia, el recuerdo o la previsión de las medicinas, las faltas a la escuela, el vago horror de todo lo debido y todo lo amenazado. Solo, en su reino pequeñito y claro, bajo su velario petulante, el niño accedía al viaje perfecto, a las aventuras de fina bitácora y estrelladas derrotas.

Había allí un espacio hostil pero extrañamente conciliado, donde los peligros no amenazaban de verdad aunque su presencia requiriera la lucha, el cálculo de ojo sagaz, el pronto manotón a la circunstancia. Dos guerreros iban con el niño y le adelantaban batidas y chasques; sus manos crecían en el paisaje interior, manchado de sombras musgosas (¡mi piyama verde!), de pronto independientes de las tareas formales, de ser nada más que manos. Arañas, tiendas de campaña, gordos lansquenetes, caballitos de microscopio, las dos iban y venían deliciosamente, y el niño inventaba guerras para su doble ejército: batallas de manos que duraban horas (horas de cielo de sábana, porque allí tenía yo mi tiempo, mi luz y mi voluntad). O no guerreaban, simplemente Burke, Stanley, el pálido Shakleton —siempre pensé pálido a Shakleton y enorme a Nansen—, y mi cuerpo servil, quieto y torpe, de Níger, de Victoria Nyanza, de Spitzberg; golfo y caleta, se perdía en la penumbra más allá de las rodillas, jungla para un último esfuerzo, arqueado hasta llegar, sofocándome, a la *terra incognita* de mi mundo, al istmo blanquecino de mis tobillos flaquitos.

Mitología de la cama, con sus *Jabberwockies* y sus selenitas. Sin saberlo bien, tenía yo la sospecha de que mi sábana me salvaba de una realidad igualmente llena de delicias pero amenazada de pronto por torpezas, por deberes penosos, por vergüenzas, por la servidumbre atroz de la infancia en manos del cariño y la educación. Como un enorme párpado claro, me bastaba cerrar la sábana sobre tanta desollada sensibilidad para sentirme libre, camino de un soñar más hermoso que el sueño porque admitía ser inventado y dirigido. Ahora sospecho que mis juegos eran oníricos, que lo mejor de sus luces, sus hallazgos y sus peripecias eran dados por la misma invención que ilumina los sueños merecedores de recuerdo. (Ya hombre, cuando soñé la historia del Banto —que he contado por ahí—, el escenario de trópico y selva tenía las mismas calidades un poco líquidas de vegetación de pecera que me daban mi piyama, mis ojos entornados, la luz entre rosada y gris de la sábana, y el calor era ese calor del cuerpo que huele a franela, a treinta y siete cuatro y a Vick Vaporub, a los muchos remedios para el asma y la bronquitis, y el Banto —un bicho, un insecto soñado— era como una de mis manos, de esas cosas que andaban por mi mundo y me traían noticias y recuentos.)

Después de doce años, reincido en un concierto de Brailowsky. Con alguna tristeza —no demasiada— verifico que la música lo ha abandonado, y que sólo el piano le es fiel.

Llegaba a Chacarita para tomar el subte cuando vi morir un perrito blanco. El auto esquivó las ruedas delanteras pero lo atrapó con una de las otras. En ese segundo (en que el hecho puro, desnudo, se da con tal calidad onírica que la gente dice: «Parecía un sueño») los elementos del suceso se disociaron extrañamente. Alcancé por separado la visión y el ruido, como aprehensiones que no estuvieran vinculadas. El ruido fue como un pelotazo contra una pared, un *plop* seco y fuerte; la visión fue un *ralenti* prodigioso: el perro quedó de costado, con dos patas en alto y la boca abierta para un grito que no alcanzó a lanzar. Lentamente (eso no acababa) se fue torciendo hasta descansar de lado en el suelo. Creo que estaba muerto desde el principio, aunque le restara vida orgánica para rato; su inexpresividad lo probaba, ese movimiento lento que era sólo efecto de la gravedad, un resto del choque demorándose en su cuerpo.

17 de agosto.

Un siglo de la muerte de San Martín, el misterioso. Nadie supo ni sabe quién andaba bajo ese nombre. Iba por la vereda nocturna de la acción, y cuando lo vemos es apenas al pasar por las esquinas, cuando enciende su cigarro bajo un farol. Va con el poncho hasta los ojos, apenas lo baja un instante; tal vez, si le arrancáramos el poncho, ya no estuviera él adentro.

Me acuerdo: estaba de espaldas, sudando, deshecho. Gemía despacio, con sacudidas bruscas que me exasperaban por un exceso de piedad, una piedad que acababa en cólera al verlo tan vencido, tan sordamente entregado.

Le lavé la cara con algodón y alcohol, lo enderecé, refrescándole las muñecas y los dedos, dándole masaje en los brazos. Ahora gemía menos, me miraba con cariño, un poco avergonzado, el pelo cayéndole por la frente. Lo peiné, lo hice instalarse cómodamente entre las almohadas. Olía a sudor y a ácido, a un comienzo de suciedad, como cera rancia. Cuando le traía café con leche y empezaba a dárselo a cucharaditas, la sangre le saltó de la nariz, un chorro incontenible. Tuve que echarle la cabeza hacia atrás, taponarlo con algodón; y los dolores volvían, y estaba como exasperado y espantado.

Después, aprovechando que tuve que irme dos días de Buenos Aires, entró en lo peor de su enfermedad y tuve el tiempo justo de verlo morirse una noche de salvaje luna blanca sobre el patio.

Me recuento esto porque cada día tengo más asco de nuestras amistades condicionadas. No creo que muchas resistieran una semana de convivencia física, de llevar trapos mojados, de enjugar vómitos.

Alguien me dice: «Me resultan inaceptables las amistades intelectuales». Sé muy bien lo que busca expresar. Quiere amigos, no colegas. Pero aun así, qué distancia a la amistad. En Buenos Aires yo no podría (porque sé que no *debo*) llegar de sopetón a la casa de mi mejor amigo; hay que telefonear primero, ceremoniosamente. Además no se debe buscar dos días seguidos al mismo amigo —por eso tenemos tres o cuatro y los turnamos, y nos turnamos—; probablemente la segunda visita sería aburrida. Cambiando apenas un dicho italiano: *L'amico è come il pesce: dopo tre giorni, puzza.*

La segunda visita es aburrida porque la primera sirvió y sobró para la ejecución de la función amistosa: *viz,* para intercambiar todas las informaciones y pareceres canjeables, agotar juntos un espectáculo o una música, y gozar del cariño viéndose. Como baterías descargadas, hay que esperar cuatro o cinco días a que la tensión retorne. «¡Pero qué ganas de verte!» Aquí llamamos discreción al montaje habilidoso de la indiferencia. Me asombra advertir que mi mejor amigo me quiere en el fondo sin saber por qué; por lo irracional del cariño, y por los fragmentos personales que le confío. Lo peor es que evitamos con elegancia, deportivamente y con una gran belleza, esas mostraciones de piel viva que cabe englobar en la atroz palabra confidencias. Pensar que ciertas cosas capitales en la vida de mi mejor amigo, las sé por terceros. Y aquí se roza el terreno de la especialización: no es raro que a otro (nada íntimo, por lo regular) le contemos sin temor lo que al amigo se calla. Hay un estante para sombreros y otro para calzoncillos.

No creo en los que tutean a los diez minutos y se tupacamarutean una mujer a las dos horas. No creo en las confidencias, en la sexualidad verbal entre copas. Tuve pruebas de que vale menos que nuestra hidalga técnica del compartimento estanco.

Sólo duele verificar, en plena compañía, tanta isla insalvable.

(De tarde) Releído lo anterior. En el fondo, *too sexy.*

Y también (o por eso) este *heilt du bist so schön* que se me hace cada día más *du was,* este Peter Pan de teatro de títeres, esta vuelta, como en los sueños cíclicos, a la misma casa (¡pero ya no es, entiéndelo, la misma!) y a los mismos seres (ni el rostro les queda, gran imbécil, ahora se peinan de otro modo, hablan con palabras llenas de cínica seguridad, cada uno en su *métier,* bien al día, en su día).

Es insensato, *es así.* Con *innuendos,* matices apenas apresables. Persisto en retener mi primera juventud, cuyo contenido me bastaba entonces y me desconsuela ahora por contragolpe; y a la vez, en tanta cosa, estoy con mi actualidad ahora, en mi irrenunciable edad: avanzo con mi generación, la comparto y soy ella en su derrota —monstruosa derrota de la generación del treinta y cinco; me entiendo bien con sus especiales fetiches y sus palabras-clave.

(Y mientras eso ocurre, no estoy con ella. Estoy sentado en Plaza Once —no en Plaza Miserere— y leo a Panait Istrati, no a Jean Genet a quien estoy leyendo.)

Peor todavía. Siempre ocurre en un momento dado que una generación se pone a la par de su precedente. Si en 1935 no hubiera osado acercarme a Martínez Estrada, en 1947 caminé a su lado y pude ser un interlocutor no demasiado indigno. Hoy mi generación come, habla y escribe en los mismos círculos que Mallea, Borges, Victoria y Molinari. Mañana, los chicos que salen esta tarde del Nacional cambiándose golpes, entusiasmo y ternuras de cachorros, llegarán a nosotros de igual a igual.

En mi banco de Plaza Once yo pensaba en ésos que he nombrado. Era 1936. Yo pensaba en ellos, lejanos y maestros. Pensaba en Molinari, en Borges.

Ahora me gustaría estar en mi banco de Plaza Once y pensar en ellos.

Música para esta idiota manera de ser: *Gonna start my sentimental journey* — (quejumbroso, y pronunciando *seniménal*).

Supongo que la razón —entre otras— está en que no pude superar la maravilla de los años que giran en torno a 1936. Cuando salí de ellos, era la planicie del sur, después la del oeste; me dejé ir a la rutina, al cultivo nocturno del recuerdo. Envuelto en tabaco, en caña seca, en mate amargo, seguía oyendo día a día la sonata en la de César Franck, seguía leyendo: «*Jadis si je me souviens bien* —»

Et je me souvenais.

Martínez Estrada hace una lectura sobre Balzac, y en la sala de la Sociedad Científica Argentina ocurre este ejemplar fenómeno: el lector está frente a su público, pero un sistema de parlantes proyecta su voz desde el fondo de la sala, de manera que nos llega por la nuca. Entre la cara del lector y nuestros ojos se interpone un micrófono que la desfigura, y la pantalla horizontal de una lámpara.

Pero como el cine y el disco nos han habituado a estas descomposiciones de un hombre en sus elementos, nos quedamos tranquilos ante ese monstruoso divorcio, que proyecta sobre nosotros la imagen de un rostro desfigurado, hablando sin que se le oiga; y una voz viniendo por separado, desde la dirección contraria, *sound track* que (sospecha gratuita pero alarmante) a lo mejor no es la voz del lector, sino un doblaje.

Hacerle decir a un personaje de cuento o novela:

—*En general* me distraigo del vacío escribiendo lo que deseo perpetuable; no sé de otra acción ni de otra integración. Sospecho que soy (que tantos somos) la conciencia culpable del vacío, el *étonement* de la nada. O que creo el vacío, lo voy generando en torno de mí

(y es un vacío tonto e inane que sólo vale para mí)

De un modo u otro, voy contra él, cierro contra sus aspas de aire. Pero sé que lo quiere así, y que me sostendrá contra él hasta un día en que ya no le sirva, en que mis fuerzas cedan.

Puedo prever ese día, como bien lo ha previsto Cyril Connolly: el síntoma será tan claro,

éste: cuando la desesperanza sea tal que ya no empuje a la creación.

Por la ventana abierta entrará el viento del espacio, para nadie.

En el orden de las obligaciones, del trabajo, me hace bien estar sometido a ganar un sueldo (jamás decir, ni por distracción: «ganarme la vida»); la fatiga de ese trabajo impersonal lanza con más ganas a las lecturas, a un concierto, a una persecución ardiente.

Lo que verdaderamente me frustra (hombre pequeño, honguito temeroso) es el trabajo del amor, de los cariños, de los lazos con mi gente. No pierdo libertad porque trabajo, sino porque trabajo para conservar el círculo, la *family reunion*, el goce de las amistades. No sé romper los lazos; lo que es peor, veo claramente que debería romperlos (o tener por lo menos la seguridad de que puedo hacerlo esta noche o la semana que viene); atisbo en mí la semilla de los que deben estar solos para dar algo, pero continúo en Buenos Aires, rodeado de gentes que me quieren bien —con lo que eso, cuando el cariño no lo ha *elegido* uno, significa...

Es fácil decir: si lo que en suma soy capaz de dar es una obra verbal, un libro o dos, nada importan las circunstancias.

Es fácil pensar que en el momento en que Mallarmé pesaba las palabras con delicados movimientos mentales para significar *la famille des iridées*, los trenes de legumbres hacían temblar su mesa de la rue de Rome.

Pero lo que importa es verificar diariamente cómo el círculo impone su ley, provoca las reacciones, pule las aristas, contagia los vocabularios, erosiona los picos salientes, unifica los credos; cómo lo que se llama «el grupo», «la barra», o «nuestro equipo» (equipo de *Sur*, equipo del *Colegio Libre*...) resuelve malignamente problemas

siendo que el problema es mi toro, no el toro del grupo, la novillada cobarde,

y faculta deslizamientos amables en la vida

(andá velo a Pancho para que te hagan rebaja en *Albion House*)

y encauza destinos cerriles en bretes bien lubricados

(tenés que leer a Greene; hay que ir al Cine Club; conviene que seas vos el que haga la nota sobre el libro de Monona...)

y mamá, tan enferma,

y el seguro de la Mutualidad, y

Horreur de ma bêtise. Es eso, tú el desasido lo sabías. Dónde se queda mi torito, como diría Juan que anda a mi lado —y eso ya es malo para los dos en esta cólera antigregaria

<blockquote>
Si querer no fuera quedarse,
si querer no fuese heliotrópico,
si querer no fuese mimético,
si quedarse no fuera parecerse
(o parecerse en la diferencia),
si parecerse no fuera perderse
o no fuera olvidar-se
</blockquote>

Basta. Me sale un León Felipe mezclado con un *If* antikiplingo.

Antikiplingo tilingo, para hoy, noche de domingo.

Y este whisky me lo bebo por ti, Cyril Connolly, Palinu-
ro, *mon semblable*
mon
   con
   frère.

Un miedo tan enorme a ganar la lotería, que compra número
tras número para alejar la suerte.

Delante de algunas gentes hay que hacerse el idiota para que
no lo tomen a uno por idiota.

   Lista de ideas recibidas que circulan en mi familia:
No hablar cuando se come pescado.
No tomar vino después de la sandía.
El caldo es siempre muy nutritivo.
No se debe dormir bajo la luna.
El único tuco bueno es el que se hace en casa.
Antes una sirvienta costaba veinte pesos mensuales y era
fiel. Ahora —etcétera.
Nunca bañarse después de comer, salvo inmediatamente y
con agua caliente.
Los yanquis son seres anormales y enfermizos porque sólo
comen alimentos en latas.
   Arte:
Los artistas, ya se sabe la vida que llevan, etcétera.
—¡Un caballo violeta! (Exclamación tipo.)
—Pero ese cuadro, ¿qué representa?
Esta foto es preciosa, tanto por el parecido como porque
es igual a un cuadro.
   (Viceversa.)

La ópera italiana es hermosa porque tiene melodía, en cambio la wagneriana puro ruido y gritos.

Esta película es un drama, porque termina mal; esta otra es una comedia dramática, porque termina bien.

Charles Laughton y Peter Lorre son asquerosos.

Política:

Los gobiernos deben ser fuertes.

Pobres los reyes, que van perdiendo uno a uno sus tronos.

Niños:

Los niños deben dormir con las manos debajo de la almohada.

Los niños hablan cuando las gallinas mean. (Frase de mi bisabuela.)

Los niños no dirán jamás que una cosa no les gusta.

No se dice vomitar, sino lanzar. (Variante en casa de tía: devolver.)

Vocabulario: popó, pipí, pitito, pepé, pajarito. (Fijarse que cuando el adolescente monta su vocabulario criollo correspondiente, la «p» queda como letra dominante. Lindo tema de tesis.)

Se debe comer siempre sopa, porque es el mejor alimento, etcétera.

Mucha zanahoria, porque zanahoria y zapallo desarrollan las pantorrillas.

Los niños no beberán jamás vino. (En Año Nuevo, que se mamen.)

El que fuma de chico, tuberculoso de grande.

Hablando de Drieu, Victoria cita esta frase: «Jamás admitiré que los círculos más amplios oculten los pequeños...». Alude a los sistemas mentales, a los credos; el Tao no le ocultará el tratado de Versalles.

Pienso esto en el orden de la vida personal, pienso en el demasiado famoso «*To see the world in a grain of sand*». Tal vez lo que importe sea ver el grano de arena *como un grano de arena*; adquirir una apreciación de lo pequeño, de lo menor, de lo —si se quiere— innecesario. Es fácil amar una abeja cuando se la piensa recipiente de Dios, su criatura; ya no es tan fácil amarla sólo como abeja, grano de la arena del aire.

Le digo a un camarada: «¿Tú concibes que a mi edad me pueda seguir emocionando un disquito donde hay dieciséis compases que guardan el gran corazón de un hombre que murió y se llamaba Bix?». Me dice: «No».

Le propongo: «Oye esta meditación de Coleman Hawkins». La oye, *poli et bienveillant*; la música le resbala por la piel, lo *veo*. Después, con cualquier pretexto, habla de Chabrier, de los grandes bonetes. Yo sé que tiene razón. Nada más que razón.

Lo peor no es este caso, pura eutrapelia. Lo peor es ver cómo las grandes ideas —democracia, moral, etcétera; fascismo, poderío, etcétera— no sólo condicionan la circunstancia inmediata del hombre, sino que lo inducen a escamotearla, a sacrificar el pequeño círculo al grande. Cuando se piensa en la Música, malo para las pobres músicas.

Me dirás (estoy escribiendo a lo Horacio): «Por las músicas se asciende a la Música». Razón de más para no olvidar que la escalera es una suma de peldaños.

Puedes decirme algo más grave: «El arribo a la cumbre *exige* el abandono del valle». Pero oye, andinista: si te privas del solaz del valle, de su tierna frescura, ¿con qué subirás a tu cima? Y además, cuando se está en la cima, ¿qué queda por mirar sino el valle?

Porque el cielo, al rato, es una lata. Hay que volver la vista al valle. Si de algo sirve el valle es para estimular el ascenso a la cima; si de algo sirve la cima, es para *escoger*, ahora que todo está ahí a la vista, lo que verdaderamente importa del valle. Y no te olvides de G. K.: «Sólo una cosa es necesaria: todo».

Mi amigo dice: «Lo pequeño, el grano de arena... cuánta vaguedad de términos». Entonces aclaremos, siempre desde la cima: tú tienes (o deberías tener) tu pequeño, y yo lo mío. Ya que de música se habló, lo que a ti o a mí nos guste del *folk* —no completo la palabra porque está apestada—, los dignos músicos menores, los productos de una hora feliz, la improvisación guardada por la cera, el timbre de una voz, el recuerdo de un *chanty* oído en la toldilla, entre estrellas. Y así en los demás órdenes.

Mejor que yo lo dijo Rupert Brooke en *The Great Lover.* Creo con él: es hombre aquel capaz de labrar, al lado del sonante catálogo de las naves, un menudo inventario de élitros, de pausas, de miradas, de un *negro spiritual* silbado andando por un arroyo, de sabores, de frases Colette o Nathalia Crane; de nombres, de gestos, de versos sueltos,

y el azul de unas cejas puras

y todo lo que segundo a segundo sostiene la vida. No te olvides, nadador, que la gran ola que te lleva corre sobre la oculta espalda de las arenas.

Balzac —me recuerda Martínez Estrada en su curso— trabajaba de catorce a dieciocho horas diarias. Feliz de él, en quien la supuesta infelicidad del escritor mártir (blah blah) aguantaba semejantes tirones.

Estoy tan seguro de que era felicísimo escribiendo así; que su vida estaba para eso, y que las excursiones sólo representaban algo así como cambiarle el agua a la pecera, preparar los ojos y el corazón a la incursión donde Rastignac lo esperaba impaciente.

Envidio esa capacidad de trabajo que arruina la salud de Balzac, pero que a la vez la prueba. Nunca soy tan feliz ahora como cuando me quedo solo ante mi cuaderno. Por qué, entonces, a las dos horas de estar escribiendo, empiezan las hiperestesias, las taquicardias, la claustrofobia, la náusea. Verse obligado a dejar todo —pero quisiera completar un capítulo, me divierto tanto—, telefonear a un amigo, abrir mi puerta, aceptar la irrupción de la comida, la crónica, la radio.

Es tentador explicar esto por un desdoblamiento. Sé cuánto sufro escribiendo, corroborando a cada frase lo imperfecto y vano de la anterior; ese cotejo horrible con la Idea que espera (bah, soy yo quien espera) su actualización. Y sin embargo mi sufrimiento es este gozo continuo de volver a la tarea. ¿Por qué acaba venciéndome? Es decir: ¿por qué el pulso, ese manómetro del motorcito, reacciona a lo negativo y no al profundo goce de mi trabajo? Neurosis cardíaca que juega sus malas pasadas —y no sólo en el trabajo; deteniendo la fiesta como el marinero de collar de albatros, para decir: «Sos demasiado feliz, vení aquí a padecer un poco». Stella me aconseja: «Andá a ver un psicoanalista». Así estamos ahora, en el desconcierto total que esta civilización sin cultura crea en tantos pobres seres: cuando falla el Genio hay que ir al psicoanalista. Mirá, Stella, la cosa es sutil y maligna, en el trabajo sufre la inteligencia, la parte del artista, pero la central que importa está gozosa porque le obedezco, porque nada escribo que no nazca antes de una necesidad que de un interés. Esta absurda fatiga orgánica sólo prueba mi incapacidad de conductor, las interferencias y las censuras del plano mental. Mi prosa es un recuento de muertos, heridos y sobrevivientes de esa batalla

where ignorant armies clash by night

como dice Matthew Arnold; batalla de elementos contra categorías, de cosas contra sus presuntos nombres, de sombras y objetos que resbalan huyendo de la boca veraz de sus conceptos. Y yo pago el pato.

Lo cierto es irse. Quedarse es ya la mentira, la construcción, las paredes que parcelan el espacio sin anularlo.

De pronto, parado en medio de una habitación, descubrimiento de que sólo estoy en ella porque *quiero*. Bastaría avanzar la mano en el espacio, nada más que un poco. Y por ese hueco esencial resbalar a la nada.

En *Men Like Gods*, Wells entrevió esa zona del aire (pero en realidad es una zona del hombre) por la cual se puede pasar a otro mundo. Su vitalidad a carne cruda lo llevaba a inventarse un *ersatz* de cielo, cumplir la vieja ilusión del cielo a cargo del hombre. No supo —no quiso saber— que el hueco espera en todas partes, pero que no lleva a ninguna.

A veces pienso que morir es escamotearse un poco al vacío. La verdadera aniquilación debería ocurrir en vida, así: estiro despacio la mano, toco el vacío, y por ahí me voy. Morir, en cambio, es como pasar a una nada pasiva.

Matarse, término medio: fabricar el hueco.

El gesto humano por excelencia es quedarse. *Soy, ergo me quedo*, y viceversa. Cuando digo «humano» no lo digo afirmativamente. El verdadero gesto humano, el legítimo, no puede ser sino esto: *Me vinieron* al mundo, donde nada tengo ni hago que no sea una baja reacción contra mi origen involuntario. Ergo — Y aquí es donde hay que ir estirando la mano, probando el espacio como prueba el pez una malla de pescador.

La idea más triste: que el hueco no esté en el espacio sino en el tiempo.

El «consuelo»: ten la mano disponible a cada minuto.

Me basta querer una cosa para que una pesadilla me muestre su mono, su remedo ofensivo. Quiero tanto a los gatos; es bastante para soñar —todavía vivo la imagen— la transformación en mis brazos de un gato de ojos verdes, su cara súbitamente cruel, su tamaño que crece, el ataque horrible a mis manos, el salto a los ojos. Curioso que pensé (lo sentía morderme la nuca, y era ya todo el horror de la pesadilla): «Se debe sentir esto al ser muerto por una (pantera) (tigre)».

Sensación muy clara de censura, al despertar. Lo del gato continuó y cerró un episodio instantáneamente olvidado. El lazo que queda colgando es éste: estaba en una como cabina telefónica, y una mujer me pasó el gato por debajo de la puerta.

Geist des Volkes. Una frase idiota popular entre nosotros, cuando se quiere ironizar a costa de la tontería o el cinismo ajenos: «Che, ¿vos sos o te hacés?». Recuerdo el origen; en un espectáculo radioteatral del Cine París (1931 o 32) Paco Busto la decía varias veces. La frase era: «Dígame: ¿usted es o se hace... el zonzo?». La pausa daba lo cómico, el sentido fecal de «hacerse», etcétera.

Curioso que ahora venga Sartre a mostrarnos que el hombre no es, sino que se hace. Con toda seriedad podríamos responder a nuestro gracioso: «La verdad, che, que no soy; me hago, nomás —».

Lo admirable en la «carrera» de un escritor como Gide, es el desarrollo progresivo, armonioso, de las partes que un día integrarán frondosamente el árbol dado al viento. Las contradicciones, la búsqueda, la rebelión y los encuentros de los primeros libros; las «etapas», las fijaciones, la organización de sistemas sensitivos, intelectuales y morales en torno de nociones y vivencias *proved upon the pulses* como decía Keats. Ir advirtiendo, al leer cronológicamente su obra, cómo el convertirse en un escritor (doy a la palabra todo su sentido humano) es menos escribir ciertas cosas que resignarse y decidirse a no escribir muchas otras. Cómo no se puede volver sobre Michel, sobre Ménalque, sobre Alissa; cómo, después de Lafcadio, debe llegarle el turno a Édouard (doy a estos nombres su valor de centros vitales e intelectuales). Y además, ¡qué sentido vegetal del tiempo! En el *Journal* vemos muchas veces a Gide sospechando una muerte temprana; pero su daimón sabía desde el comienzo que no sería así, que el árbol alcanzaría su copa total en su debido tiempo. Entonces no hay prisa, no hay improvisación, no hay manotones como los que hacen tan angustiosa la carrera de un Byron o de un Balzac. Gide escribe a los veinte años lo que debe escribirse a esa edad y solamente a esa edad; de sus cuarenta nace la justa fragancia del fruto; sus sesenta son hondos, estilizados, lujosos; su muerte le llega como la última página del libro que los contiene a todos; previsible, necesaria, casi cómoda.

Sin poder saberlo, pero con una cenestesia segura, Gide dispone de su vida y distribuye en ella, a distancias armónicas, los productos de esa cultura —cultivo— que son sus libros. Su pensar, su sentir, su estilo (que los une) y su vida están regidos por una divina proporción. La regla áurea, en Gide, consiste en que nace de sí misma, como la forma del árbol; su búsqueda atormentada tiene el valor pascaliano de ser ya un encuentro, de partir hacia lo que íntimamente ya se es, para *merecer serlo*.

Escritor ambulatorio. Como lo estudió Rivière en Rimbaud, todo paseo al aire y al sol me excita los sentidos —*par les sens on va à la page*. Al rato de andar empiezo a *comunicarme*; el árbol es por fin un árbol, y la cara de una mujer o de un chico resplandecen con un sentido que la rápida aplicación de la etiqueta «transeúnte» me ocultaba antes.

Almuerzo en un bodegón de Paraguay al cuatrocientos: «Buen Amigo», como el lindo tango de Julio De Caro. Desde mi mesa veo la calle, una señora que hace el inventario de su cartera —con qué minucia, un pie de punta para que el muslo le sirva de apoyo—, los chicos que vuelven de la escuela. Siento una momentánea plenitud, absorbo la escena que abarca la ventana. En un equilibrio perfecto, la escena y yo dulcemente no participamos.

Luego, sorda, irrumpe la insatisfacción de pensar que malgasto este minuto insalvable de mi insalvable vida mirando un rincón oscuro y vulgar de la ciudad. Otros ojos mirarán en este instante las flechas de Chartres, los sauces de Uspallata, los azules de Lorenzo Monaco, el rostro de Rosamond Lehmann.

Argos, con sus mil ojos, desesperado mito del hombre: Sospecha jamás probada de que acaso somos un solo ser; de que también yo estoy viendo (como en *El Zahir*) todo lo que amo, pero separado de mi visión por la culpa, por los orígenes.

Argos, deseo humano de verlo todo a la vez, aquí, ahora.

Coro para «Las Ranas» 1950:

—Kodak kodak kodak coca coca coca cola cola cola kodak coca kodak cola kodak coca kodak cola...

Un sueño para el que no hay, no sólo palabras, litera-lidad, sino valores, ángulos de agarre, posición. Lo que queda por decir es un miserable residuo, esto: Una plaza vagamente «colonial» la noche

                          como siempre, notaciones
                          abstractas de una totalidad

calor

                          sin nombre, un puro ser
                          presente

silencio

En el suelo —de lajas o baldosas— un trazo serpentino, como el que podría dejar una babosa gigante, haciendo bucles, arabescos.

Recorría el trazo

pero a la vez ya lo había recorrido, porque *eso era mi escritura*, algo que había escrito en el suelo

noción de que debía ser importante, que contaba.

Entonces, algo como decisión de leer lo escrito (previamente

—pero no había previamente, todo fue a la vez—

había solamente mirado supongo sin leer)

Y cuando iba a leer

veía en el suelo que mi escritura ya no era más que una cinta húmeda formada por condensación, gotitas de agua, nada inteligible.

No me afligí; era otra cosa, un sentimiento que no existe de este lado.

Reflexión matinal: siempre me gustó escribir y dibujar en los vidrios empañados. Materia tan tersa, al dibujar la luz de fuera se alegra del trazo y penetra de lleno.

Al cabo de un rato, el dibujo se chorrea, se reduce a un informe montón de lágrimas. Las caras se pudren, se desprenden a pedazos.

Corolario: lo que pasó con el retrato de Dorian fue que Basil lo había pintado con el dedo en un vidrio empañado, y se olvidó de advertírselo al modelo,

quizá creyéndolo obvio porque
también Dorian estaba pintado así, pobrecito.

Con el Músico, a casa de Mimí. Cena convencional, diálogo que es siempre una *sustitución*. La angustia insoportable de todo silencio que exceda de un segundo, que amenace prolongarse. Es que si durara, nos *miraríamos*. (Los tan sabidos rostros que un día, en un instante más puro, vemos repentinamente como son, y que retroceden instantáneamente a su expresión —la que le ponemos.)

El Músico juega después con el piano, y Mimí canta Schumann, también *lieder* de Mahler, y *Le promenoir des deux amants*; una alta lámpara los ilumina. Desde la penumbra, en un semisueño que sólo incluye su imagen dorada y pulcra, los escucho. Ahora son verdaderamente ellos ahora, cuando no son ellos sino la música. Tensos, pero con esa soltura de la tensión que forma cuerpo con el lujo y la entrega, entran en el juego como si siempre fuera la primera vez. Descubren, discrepan, avanzan, y la música parece estarlos usando para mirarse; en la voz de Mimí la sospecho posada, feliz de ser felicidad; y el pianista ataca y el piano responde, pero el orden naciendo de sus manos es —cómo decirlo— paralelo a la ejecución, análogo por distinto; el pianista toca y la música es.

La lámpara los envuelve, les protege su alegría. Juegan, *ils jouent*. Veo la mano derecha de Mimí que la ayuda en el piano a establecer la melodía (leen algo por primera vez). La mano procede con un tanteo sutil, una previsión de los campos inmediatos. Miro su meñique, ligeramente alzado mientras los otros dedos tejen figuras; luego cae, exacto, en un re natural. La mano sube, surgen otras geometrías, y el meñique está como ajeno, hasta suspenderse de pronto en la posición anterior, repetir la nota, retirarse...

Y todo ocurre sin que Mimí (con su atención en la voz, en los ojos) lo sepa. Sólo yo veo urdirse esos ritmos en el espacio.

Sólo yo asisto al ordenamiento de su cuerpo en un modo que no es el suyo, siéndolo tanto. Sí, el artista es el que *cede*; y la calidad de su cesión da la medida de su arte. Tantos modos de posar un dedo en un teclado, y sólo uno donde el signo musical y el atento abandono del intérprete coincidan para crear el campo que ya no es ellos, que los usa: *lieder*, poema, cuadro.

(No confundo creador e intérprete; hablo de esa instancia ocasional y maravillosa donde ya no hay diferencias.)

El placer de viajar no nace tanto del ingreso en lo desconocido como del rechazo de la circunstancia habitual, lo que excede lo geográfico y forma ya parte de nosotros, como el aire sumido en la copa del árbol tiene su olor y su color y es el vaciado impalpable de su forma.

Se habla a veces de los «testigos», del acecho cotidiano que un viaje suprime. Es una forma de aludir a lo que Sartre llama «la mirada»; pero creo que hay todavía algo peor. Mi ambiente de vida me causa repentinamente horror porque es mi petrificación irreparable, la constancia de que soy *esto* y no A o B. Viajar es inventar el futuro espacial. En vez, si me quedo, anulo incluso el futuro temporal para reemplazarlo por un futuro de caja de fósforos, de *week-ends*, de nuevas *detective stories*, de el jueves Olga y el domingo cine. Yo sé cuántas camisas tengo en el armario. Esa pared de mi oficina es una vértebra. La sopa, después la sopa. Después este sillón azul.

(Un tango:

Y siempre igual, teléfono ocupado...
—¡Mozo, traiga un cortado
y diga cuánto es!)

El viaje no es una solución. No caer en la imbecilidad de creerlo. Vale —y tanto— como reproblematización. Quien se dé una vuelta y vuelva, y haya tenido abiertos los ojos, conocerá mejor la forma de su jaula, los ángulos y los pasos que preparan las evasiones.

¿Por qué seguimos leyendo con gusto a Mansilla, Payró y Eduardo Wilde? Por la misma razón que defenderá de olvido a *Adán Buenosayres*: el humor. (Virtud que, en el caso de *Adán*, restaña tantas malas babas.) Los libros argentinos son de un aburrimiento de mesa de escoba de quince. Brahms mereció nacer en Buenos Aires. La literatura provinciana es de un hastío infinito, porque el provinciano guarda el humor (y cuánto tiene, en el café, en el club, en la política) para la mera vida personal, y escribe *serio*, es decir muerto.

Teoría del epígrafe.

El epígrafe aparece casi siempre durante o después de escrito el libro o el poema. Pocas veces lleva a escribirlo. Pero influye siempre, marca el libro desde fuera con un toque de espada en el hombro. Toda mi vida lamentaré haber sido indigno de escribir un libro para esta frase de *Le Grand Écart*: «*Il était de la race des diamants, qui coupe la race des vitres*».

Guiándose por la fantasía y el humor se podría hacer una bella antología de epígrafes disponibles, puntos de partida para algún otro, alguna vez, en alguna parte. Hoy encontré éste, en *L'Invitée* de Simone de Beauvoir:

Le reste du temps, il était volontiers solitaire: il allait au cinéma, il lisait, il se baladait dans Paris en caressant de petits rêves modestes et têtus.

Y este otro: «*Ce n'était pas gai d'être jeune en ces temps-ci*».

Abrir un libro abandonado por años y encontrar notas marginales escritas con lápiz verde (en casa de mamá) o tinta negra (tiempo de estudiante). Darme cuenta de que pensé una cosa y la escribí, y ahora frente al mismo texto, no la pienso o pienso otra. Disponibilidad de la inteligencia. A una causa dada, que en sí no varía, efectos opuestos, colaterales o meramente análogos. ¿Realmente fui yo quien escribía eso? ¿Qué relación especialísima me ataba ese día al libro? El color de la sala de mamá, *mi robe de chambre*, ¿qué pesan en esta reflexión que ya no comparto, que apenas acepto como posible —ajenamente?

Tuve en las manos un vaso de cerámica, de un verde oscuro y brillante que en el recuerdo se ha vuelto más fragancia que color. Delicia pura de los dedos tocando un objeto hermoso, encuentro exacto de la realidad con el deseo. Toda belleza se me da doblada de reconocimiento. Puede sorprenderme la forma, el sustentáculo; pero reconozco lo bello como algo *que me era ya.* Un deseo sin forma acaba de descubrirlo y apartarlo: porque su forma es ésa, y entonces lo sé.

Endopatía — Cierto que uno se proyecta; también, que al proyectarse uno *vuelve.*

Buen día, Platón, buen día.

Esa halitosis del alma que revelan ciertas frases, sin razón alguna en sí, nada más que en la entonación, el modo de insertarlas, el gesto que las acompaña.

Lo contrario de la realidad es la realidad.

Si no le creemos al razonar (que busca y alcanza *su* verdad, no siempre la nuestra), la piel nos lleva a creerla, a aceptar su confusa y continua aseveración. *I feel it in my bones*: entonces ya no se duda. Lo que me dice mi plexo

pero es que su irrebatible fuerza viene de que no me lo *dice*: me da la cosa misma, entra en ese orden que es yo. Puedo negarme lo que pienso; si me niego una angustia, una revelación fulminante que me baña de maravilla o espanto, caigo en la mala fe.

Todo esto porque hace un rato, al bajar la escalinata de los Tribunales que da a la plaza Lavalle, sentí de pronto que ya había muerto. No creo en la inmortalidad, y lo lamento de veras (un poco como lamento que Claudel me induzca al vómito, o que los trajes estén caros); pero de improviso me alcanzó la certidumbre de que, en alguna forma, en algún estado, pasé ya por la muerte.

Un estado análogo pudo ser la remota base de la creencia en la inmortalidad. Hoy no es tan fácil aceptar y montar las consecuencias; creo en el estado, en la autenticidad de mi experiencia (que aquí incluye las dos acepciones de la palabra); pero no puedo lealmente inferir de ella una convicción. Solamente sé que ya he muerto antes; no más que eso. ¿Qué garantía tengo para el futuro? Tal vez se reviva dos veces, o veintiocho. A lo mejor estoy en mi última vida. ¿Con qué derecho postularme inmortal cuando lo único que sé es que vengo de una muerte?

Larga charla con Juan acerca del idioma argentino. A él le parece que es mejor hablar de *lenguaje*, en cuanto evita toda suposición cismática, que sería una idiotez. «Pero vos sabés de sobra que las idioteces son siempre peligrosamente verosímiles», me dice, «y por eso conviene partir de una terminología bien ajustada». Después, con muchos ejemplos que se le van ocurriendo y que proceden casi siempre de sus poemas, me explica su itinerario lingüístico, que por lo demás hace puesta con el mío. A los dos nos parece que sólo prejuicios visuales nos mantienen todavía del lado de «gal*l*ina» y «*v*erano», pero que la dictadura visual no cederá en nuestro tiempo lo que el oído ha renunciado desde —supongo— los tiempos del virrey Vértiz.

—En realidad no importa gran cosa —dice Juan— en tanto que nos concedamos plena libertad expresiva al modo oral, aunque las grafías sigan de frac. —Y en seguida maldice a los novelistas porteños que se emperran en el *tú*.

—Son como el podrido ballet clásico —dice—. Siguen con el tutú.

—Bueno, fijate que nosotros mezclamos *vos* y *tú* al charlar —le digo.

—Claro, y está bien. A veces digo «qué querés» y a veces me sale «qué quieres». Eso forma cuerpo con la rítmica del lenguaje, y si acaso traduce una última indecisión, una frontera, no veo por qué tenemos que negarla al escribir. Lo que importa es no tener un hierático y un demótico y caer en la monstruosidad de narrar lo demótico con el hierático. Es casi pueril tener que andar repitiendo cosas elementales —y se enoja visiblemente—. Pero las sórdidas maniobras que se hacen aquí con el lenguaje dan la medida de lo que ocurre por debajo. Como en todo lo que nos pasa esto tiene raíces éticas, viejo.

Le hago notar que el problema muestra muchas caras, y que una es la leucemia que va poniendo cada vez más anémico el lenguaje que hablamos. Hay tendencia a reírse de las tentativas de transfusión de sangre que refleja, por ejemplo, un libro como *La guerra gaucha*. «Pero fijate —le digo a Juan— que don Leopoldo parece haberse dado cuenta de lo que estaba pasando, y que intentó una especie de gran feria de la palabra, al estilo de DOSCIENTOS VOCABLOS DOSCIENTOS, para ver si nos metía por las narices, a grandes glissandos de trombón a vara y luces de bengala, montones de palabras desplazadas.

—Es un asunto de miedo —dice Juan—. Te habrás fijado el horror que le tenemos a la menor sospecha de pedantería. Una vez que en un soneto escribí, hablando del sol: *Rey, albípena luz, plectro candente!* — vos vieras las cosas que tuve que oír. Aquí aceptamos «luz de plumas blancas», pero lo otro, maní.

—Admitirás que la palabreja es ligeramente gongo-rina.

—Claro que lo admito. Pero en un soneto, pibe... (Se ve que le sigue gustando.)

—En lo del miedo tenés razón —le digo—. Nos hemos inventado una sustitución de lenguaje, una especie de sistema de referencias no tanto a los objetos mentados, sino a los signos primitivos. Con bastante frecuencia hay que levantar la primera capa de palabras para atender a la segunda; en esta peligrosa operación suele ocurrir que el correlato objetivo se diluye o pierde importancia. Leemos ensayos acerca de un ensayo sobre algo; es terrible lo lejos que va quedando el algo...

—El miedo se alía a la pereza —dice Juan—. Ya es lugar común advertir que estamos escribiendo de prestado. A las ciencias les sacamos toda clase de formas verbales rigurosas, que manejamos con la esperanza de atrapar los datos cada vez más evasivos que nos interesan. La pereza inventa monstruos: las imágenes. Como no sabemos o despreciamos o tememos usar la palabra española que mienta un objeto, lo cercamos con una imagen.

—¿De manera que vos estarías por un idioma más rico?

—Mirá, no hay idiomas ricos o pobres —dice Juan— sino que hay necesidades expresivas mayores o menores. *La guerra gaucha* es un triste globo pintarrajeado, porque responde formalmente a una fabulación *ex nihilo*; vos fijate que los himnos a los dioses son siempre muy taraceados. Creo que no deberíamos tener miedo a emplear todas las cosas albípenas que se nos ocurran, en cuanto el vocablo acuda al llamado, ¿no te parece? de una necesidad expresiva.

—Pero si nos hemos ido olvidando tanta palabra. Los diccionarios son columbarios, catacumbas.

—No está de más visitar los diccionarios —dice Juan mirándome de reojo—. Parece que no, pero hay montones de cosas que viven virtualmente, a la espera de su signo. Un buen día te encontrás con que la palabra, que habías mirado distraído en una enorme columna alfabética, se te presenta en el momento justo y te saca de apuros.

—Sos demasiado nominalista —le digo—. Ves ideas y palabras como tornillos y tuercas.

—Ya apareció la mecánica. Pero no, che, al contrario, yo creo que por la palabra se va a la idea, y que en general nuestro triste lenguaje tan mal aprendido y tan peor practicado, nos manea el pensamiento.

—Pues yo no —le contesto—. Escribo siempre con la idea un poco adelante de la palabra. Mi problema es el mismo de aquel chico a quien Roger Fry le preguntó cómo dibujaba. El chico dijo: *First I think, then I draw a line around my think.*

—La línea ya estaba —dice Juan, petulante—. El chico y vos no hacen más que pasarle el lápiz por encima.

Corolario nocturno sobre una parte de este diálogo.

«Mais nous voici en train de rendre compte d'une étude de Maurice Blanchot sur un texte de Heidegger, qui lui-même rend compte d'un poème de Hölderlin...» (Jean-Jacques Salomon, reseñando un libro de Blanchot en *Les Temps Modernes*).

Esta literatura de espejos nace a la fascinación con De Quincey y Mallarmé. Aquí, nadie ha medido mejor que Borges esta toma de distancia que el espíritu organiza para conjeturar sus argucias en un plano donde los elementos estén más próximos de él que de la realidad bruta. La invención de un objeto mental es siempre decepcionante: un Quangle-Wangle no reemplaza a un tigre. Por eso se prefiere *recibir* a ese tigre que ha pasado por dos o tres libros, que es Shere Khan, que en un soneto de las *Neue Gedichte* aloja y pierde en su torvo corazón la imagen del que lo mira, y que nos llega como *tigredad* pura.

(De chico me maravillaba el pasaje de *Les Mariés de la Tour Eiffel* donde un tigrecito del tamaño de un terrón de azúcar echa a pasear por un pastel de boda. Alguien explica: «Es un espejismo; el tigre existe y se pasea, *grandeur nature*, del otro lado del mar».)

Nunca pude escribir bien el relato que mostraría esta imbricación de la literatura y lo objetivo, y a la vez el voluntario desgajarse de aquélla, que *en el fondo odia el realismo*. La idea es la de un hombre sentado en un sofá verde junto a un ventanal sobre el parque, leyendo una novela donde una mujer encuentra furtivamente a su amante, conviene en la necesidad de asesinar al marido para quedar libres, y sube las escaleras que la llevarán a la habitación donde el marido, sentado en un sofá verde, junto a un ventanal, lee una novela...

(S. W. tiene una versión de este relato, pero debería quemarlo.)

De los grados del querer. — Hay cosas que uno quiere en el recuerdo, pero no puede ya actualizar, tolerar en presencia. Me emociona el recuerdo de *Old Black Joe*, me basta silbarlo para deplorar su insanable estupidez. Por eso no releeré jamás mis Julio Verne; a veces, solamente, me atrevo a mirar uno o dos grabados de Roux, los chicos de *Dos años de vacaciones* o la urca de Isaac Hackabut en *Héctor Servadac*.

Querer en el recuerdo — No hay exactamente un recuerdo, sino emociones y sentimientos que en el recuerdo persisten adheridos a su materia deseada y servida. Especial tonalidad de este querer: lo que lo hace tan penetrante es que vale como un sentimiento vivo y actual aplicándose a una materia parecida. *Sentir* hoy lo que entonces *fue* — (Desajuste terrible y maravilloso entre la capacidad de amor del niño y el mínimo valor de lo que ama. Un gato, una figurita, una caricia, un final de cuento, una bola de vidrio... Casi inefable darse cuenta que pasamos indiferentes ante la vitrina donde brillan las esferas multicolores, mientras en nuestro recuerdo duerme vivo el amor por una esfera que ya no existe.)

Thank God I never was sent to school
To be Flogd into following the Style of a Fool.

William Blake

Frase a deslizar, para sorpresa, delicia o escándalo (según el lector) en cualquier nota sobre las influencias: «La obra más lograda de Marc Allegret es una novela, *Les Faux-Monnayeurs*».

De cuando en cuando leer un libro de metafísica pura. Heimsoeth, Scheler, Heidegger. Como la cura de azufre termado. Limpia, fija y da. No da; quita, que es lo necesario.

Influencia del cine en los sueños. Advierto que en una pesadilla de hace dos horas había un encuadre de cine; lo que es más, tuve conciencia mientras la soñaba. Poco recuerdo; el sueño es pesadilla cuando un mínimo de situaciones se carga de un simbolismo tan enorme que cada mutación es un nuevo choque emocional que no puede sostenerse por mucho tiempo. El recuento posterior es siempre decepcionante (notar que una pesadilla puede ser precedida de un largo sueño, que recordaremos en detalle; pero aunque, wagnerianamente, ya rondaban ahí los temas del horror, sólo al final saltan en toda la orquesta. La pesadilla pura no puede durar mucho, nos mataría).

De esto recuerdo una habitación —es decir: sé que lo era—, y una camilla o mesa de morgue donde había un cadáver. Alguien, gordo, grande, había estado ocupado ahí (¿autopsia?) y cuando yo miraba —aquí el cine, porque yo miraba desde lo alto, como la cámara que filma moviéndose horizontalmente mientras toma de arriba abajo— no podía ver nada pues iban cubriendo el cuerpo con un terciopelo negro a medida que mi mirada se movía de la cabeza a los pies. Con un ritmo perfecto, casi como si mis ojos fueran emitiendo el terciopelo un instante más pronto que la mirada misma.

Entonces parece que fui a ponerme más lejos, y en ese instante me sentí proyectado en el aire (sin que nadie me agarrara, pero con la seguridad de que era el mismo individuo gordo) y sentí —creo que era sensación visual y plástica a la vez— que mi itinerario en el aire terminaba en la mesa de mármol, me sentí como una alfombra que desenrollan, un tronco sólido que de pronto pasa a ser una lámina de dos dimensiones. Impresión confusa de que «pero entonces claro, yo soy ese (cadáver)» y el horror. Desperté en el acto mismo de quedar tendido en la mesa.

Todo esto podría filmarlo, lo primero como lo he descrito, lo segundo con un rápido sucederse de mirada, sombras y movimiento. (Mandarle una carta a Lumitón.)

Si, como enseña Eliot, una emoción sólo puede transmitirse a través de un sistema significativo y correlativo que la recree en el lector, me gustaría escribir una novela que comunicara la cólera. No, ay, una cólera objetivada, en acción. Aquí las razones de la cólera son de tan baja estofa que triunfan por inanidad del contendiente. Lo viscoso encoleriza mejor que la arista; genera una cólera de baja tonalidad, una rabia hipotensa que se alimenta de discursos oficiales y chismes de palacio, que se desahoga en tacitas de café, recuentos amargos, comparanzas con el tiempo pasado (que fue mejor).

Por eso la novela que imagino debería traducir esta cólera en sordina, sin que nada en apariencia la indicara. Que el lector supiera (cuando de las situaciones se desgajara por analogía, mi triste, vana rabia subecuatorial) que ése es el tema y la razón de ser del relato. Y que el novelista, que como lo cree Sartre, ha elegido un modo secundario de acción, está en su libro haciéndole señas para incitarlo a que su cólera sea, si es posible, más eficaz que la suya.

Escribir la novela de la nada. Que todo juegue de modo tal que el lector colija que el horrible tema de la obra es el no tenerlo.

Mostrar la más secreta (aunque hoy ya aparezca en público) de las sospechas humanas: la de su inutilidad intrínseca, inherente.

Insinuar que la religión del trabajo (en sus valores más altos: el arte, el poema) es también *deporte.* Trompear las hipocresías.

Imposibilidad física de escuchar Chopin. Asco, revulsión.

No caer en el error de aplicar al músico razones de ese asco que sólo hoy —y para mí— tienen validez.

Pero tampoco inventarme un contacto donde no lo hay, y sostener hipócritamente la coartada de la intemporalidad del arte. El arte es intemporalísimo, pero yo no. Si en mi tiempo caben Perotin o Guillaume de Machault y no hay sitio para Schubert, es que mi temporalidad se afirma como el centro de la rueda, y tira los radios de la analogía, busca lo suyo fuera del tiempo, pero

ojo

desde el tiempo: éste.

Que mi tiempo sea yo, o yo mi tiempo, constituye otro problema. La solución en el próximo avatar.

(Corolario para lunes de *Wagneriana*: Si al lado mío hay un señor cuyo tiempo abarca a Chopin, ello no significa que su tiempo tenga algo que ver con el mío. Coexistir no es coincidir.)

Julien Benda, o Epicteto en el quilombo.

Como si en sueños se alcanzara a veces la pureza necesaria para atrapar esencias, ciertas fábulas soñadas dejan al despertar la ansiedad maravillada del que retorna del mar, de una cima, de las sustancias originales. Paula ha soñado con la vuelta al primer día —que ocurrirá en el último, en lo que llaman el día del Juicio. Primero vio al personaje de una historia mía, en la escalinata de la Facultad de Filosofía y Letras, pero ya no había allí facultad ni escalinata, sólo la llanura con el río al fondo; en el Juicio Final todo estaba vuelto a lo que de verdad era, y la verdad de los hombres había cedido ante la planicie pampeana, el agua y la tierra encontrándose otra vez sin otro límite que el suyo. Quedaba la tierra, libre del atuendo histórico, de las manufacturas.

En el otro sueño, Paula oyó a una amiga muerta que le hablaba por teléfono. Estaba contenta, le narraba muchísimas y alegres cosas. Trastornada, interrogó después a su hermano: «¿Cómo es posible? Tú sabes cómo estaba ella de angustiada antes de morir; y ahora, hablarme con esa alegría...».

«Pero ahora es el Juicio Final», le respondían, «y ella vuelve a lo que era de verdad».

Habitada por palabras, por incidencias, por enteros capítulos, esta conciencia es un corredor y un ojo en su extremo mirando pasar bichos y sonidos, un desfile monótono de letras de tango, versos sueltos y pedacitos de caras y borradores.

Hay versos que me caminan por todos lados, se marchan un tiempo y retornan con más ganas. Son cosas presentes que hay que llevar en la mano, en el tafilete del sombrero, en la división más pequeña de la billetera, mezcladas con estampillas y fotomatones; son como el animalito de Michaux que comía las cerraduras; hay que llevarlas en la mano y de cuando en cuando dejarlas que coman algo, aunque sea las palabras que las forman.

Desde anoche me camina un verso de Patrick Waldberg:

y nada más, el resto lo pongo yo, o solamente lo oigo ir y venir. Es un buen bicho, como un grillo o una vaquita de San Antonio; un insecto acariciable.

En un diario de vida no se cuentan las muertes.

Un buen epígrafe para la novela que me gustaría escribir:

«Descúbrense entre las mismas ruinas y en las demoliciones que se hacen osamentas de cadáveres en bastante porción, y muchas de las calaveras, conservando todavía el cabello, pedazos de vasijas de aquellas que eran de su uso, y entre estas cosas una gran red rota y consumida por partes, que a lo que se reconoce serviría para pescar, cuyo hilo es de pita, siendo estas cosas lo único que ha quedado después de las muchas piezas de alguna curiosidad, y de otras de valor que han sacado los que han tenido la ocupación de deshacer los edificios, cuyo embeleso aún no ha cesado, exercitándose en él de tiempo en tiempo algunos que se aplican a continuar la demolición.»

Antonio de Ulloa, *Noticias americanas*,
Entretenimiento xx

Estoicismo sobre el papel. — Quisiera que el gesto de la muerte no irrumpiese de fuera, no se amplificara desmesuradamente; que entre llevarme el tenedor o la pistola a la boca no hubiera casi diferencia cualitativa. Si matarse es una ventana, no salir golpeando la puerta. Si vivir fue *not a bang but a whimper*, disponer el cese de actividades con la misma sencillez que apaga el velador para admitir una noche más. El punto final es pequeñito, y casi no se lo ve en la página escrita; se le advierte luego por contraste, cuando después de él comienza el blanco.

Toda Stoa es una técnica, una habituación. Andar sin intención preconcebida, pero seguro

(ya sin pensarlo, como el pianista está seguro de lo que hará veinte compases adelante)

de que en cualquier momento, sin razón de hecho, el gesto se cumplirá sencillamente, a mitad de un cigarrillo, después de un último diálogo, o una despedida, o un concierto.

No batalla —librada ya hace tanto— sino saldo de cuentas, que nadie exige premioso, que podríamos prorrogar. O batalla (para no sentirme desde ya tan entregado) pero como la del ópalo que evoca Fargue, donde *le jour et la nuit luttent avec douceur.*

Para la antología de epígrafes:

«*C'est une de ces âmes tendres qui ne connaissant pas la manière de tuer le chagrin, se laissent toujours tuer par lui.*»

Balzac, *Gobseck*

«*La grande fatigue de l'existence, n'est peut-être en somme que cet énorme mal qu'on se donne pour demeurer vingt ans, quarante ans, davantage, raisonnable, pour ne pas être simplement, profondement soi-même, c'est-à-dire immonde, atroce, absurde.*»

Céline, *Voyage au bout de la nuit*

Encuentro con un Salaver, que el cronista llama el chino. Absurda y fatigosa demostración de su lucha contra el azar. En suma consiste en postular un orden dado de futuro, fijándolo por la sola elección. Contra eso Salaver aplica luego su magia especial.

Conversación vana, individuo débil y casi divagante. Pero no puedo evitar la sensación de que su presencia anoche era menos casual de lo que parece. En todo lo que dijo, y sin saberlo él, había una noticia, un consejo, algo que se me escapa —

Advertir
        (escribo para no pensar más que en esto que me propongo)

                              calor
que el creador es responsable del futuro. Al revés del chino, que quisiera congelar el porvenir para frustrarlo con un esquema libre y personal, el pintor o el músico agregan un elemento más, activo y viviente, a la palpitación virtual del

futuro. Al pintar, de entre todas las posibilidades se escoge una que entra desde ese instante en el futuro. Donde mejor se lo ve es en las obras un tiempo desconocidas o subestimadas (lo gótico, por ejemplo) que de pronto estallan en toda su fuerza actual. Cuando miro una imagen de Chartres, estoy viendo el futuro de esa estatua; está tan mal hablar del arte antiguo. Y la figurilla de Gudea con el plano entre las manos, no tiene cinco mil años de edad; está cinco mil años delante de su edad.

No, no es bastante parapetarse detrás de la bien organizada, de la que te saca de apuros, de tu máquina de hacer ideas. Disociación atroz, eso piensa

    y yo   el calor   Gudea, figurilla,   interesantes deducciones.

    ¿Y la niebla, Andrés?

La niebla rodea la casa. Es mediodía, acabo de hablar por teléfono con Clara que me buscaba para un concierto. Cuando le dije no, miraba la niebla amontonada en la ventana; hace tanto calor que no se puede tener la casa cerrada, pero abrirla es sentirse envuelto por ese sucio polvo de lana tibia.

    Trucos: continuar, sustitutivamente, una descripción que reemplace lo otro. Ni siquiera aquí puedo — Bah, la letra lleva consigo su destino de ser leída; hasta lamento haberle dado anoche mi cuaderno a Juan, extraño esta hoja suelta, este papel donde la pluma avanza con leves crepitaciones,

                imitación tela,

         y es seguro que cuando me lo devuelva pegaré esta hoja, o la copiaré escolarmente,

    si hay tiempo, cosa que

    Necesidad de irme a la calle. Libre, absolutamente libre fuera de mí mismo. Le dije que no quería andar con ellos, aunque a la tarde, y esto otro lo dije porque, ahora lo veo tan bien, me estaba disimulando mi necesidad de verla otra vez con el pretexto de la abnegación, de ir a acompañarla en el examen.

Las telas más internas de la canallería. Las virtudes, el anverso que pasa por reverso. En fin, iré,

tirarme a la calle, como una necesidad de acceder al centro de la niebla, ser la niebla mirándose oliéndose esto que se destruye

(pobre cronista viejo, lleno de esperanzas de explicación — Tener tiempo para hablar del cronista; pero ya otro disimulo).

Salir, con la disponibilidad total en el bolsillo. Stella (que no existe) canta en la cocina, almuerzo, estás sudando, esa corbata te va bonita, el orden, el orden.

¿Qué es esto, Andrés? Tú tan cuidadoso, tan peripuesto, tan peripato. ¿La niebla, Andrés, la niebla?

Debí aceptar su voz, lo que quería decirme detrás de las palabras. No hice nunca justicia al delicado pudor de Clara, su miedo de pesar demasiado en el brazo que la lleva. Le impuse mi desgano, mi no querer ir, pero se trataba de otra cosa,

ni siquiera esa estupidez de Abelito,

reclamaba de mí una cercanía que ya anoche —

¿La niebla, Andrés? Mira cómo se deforma ese árbol, cómo la voz de Stella llega acolchada y turbia desde el comedor. Si me imagino cosas, si detrás está Clara   tan su nombre,

el limpio matador que no erra el golpe, porque no odia ni desprecia

porque simplemente la espada

como simplemente esta torpe esponja anhelosa   yo

Bah, un baño y afuera. Se acaba el papel, y aunque

LOS PREMIOS

¿Qué hace un autor con la gente vulgar, absolutamente vulgar, cómo ponerla ante sus lectores y cómo volverla interesante? Es imposible dejarla siempre fuera de la ficción, pues la gente vulgar es en todos los momentos la llave y el punto esencial en la cadena de asuntos humanos; si la suprimimos se pierde toda probabilidad de verdad.

DOSTOIEVSKY, *El idiota*, IV, 1

Prólogo

I

«La marquesa salió a las cinco», pensó Carlos López. «¿Dónde diablos he leído eso?»

Era en el *London* de Perú y Avenida; eran las cinco y diez. ¿La marquesa salió a las cinco? López movió la cabeza para desechar el recuerdo incompleto, y probó su Quilmes Cristal. No estaba bastante fría.

—Cuando a uno lo sacan de sus hábitos es como el pescado fuera del agua —dijo el doctor Restelli, mirando su vaso—. Estoy muy acostumbrado al mate dulce de las cuatro, sabe. Fíjese en esa dama que sale del subte, no sé si la alcanzará a ver, hay tantos transeúntes. Ahí va, me refiero a la rubia. ¿Encontraremos viajeras tan rubias y livianas en nuestro amable crucero?

—Dudoso —dijo López—. Las mujeres más lindas viajan siempre en otro barco, es fatal.

—Ah, juventud escéptica —dijo el doctor Restelli—. Yo he pasado la edad de las locuras, aunque naturalmente sé tirarme una cana al aire de cuando en cuando. Sin embargo conservo todo mi optimismo, y así como en mi equipaje he acondicionado tres botellas de grapa catamarqueña, del mismo modo estoy casi seguro de que gozaremos de la compañía de hermosas muchachas.

—Ya veremos, si es que viajamos —dijo López—. Hablando de mujeres, ahí entra una digna de que usted gire la cabeza unos setenta grados del lado de Florida. Así... stop. La que habla con el tipo de pelo suelto. Tienen todo el aire de los que se van a embarcar con nosotros, aunque maldito si sé cuál es el aire de los que se van a embarcar con nosotros. Si nos tomáramos otra cerveza.

El doctor Restelli aprobó, apreciativo. López se dijo que con el cuello duro y la corbata de seda azul con pintas moradas le recordaba extraordinariamente a una tortuga. Usaba unos quevedos que comprometían la disciplina en el colegio nacional donde enseñaba Historia Argentina (y López Castellano), favoreciendo con su presencia y su docencia diversos apodos que iban desde «Gato Negro» hasta «Galerita». «¿Y a mí qué apodos me habrán puesto?», pensó López hipócritamente; estaba seguro de que los muchachos se conformaban con López-el-de-la-guía o algo por el estilo.

—Hermosa criatura —opinó el doctor Restelli—. No estaría nada mal que se sumara al crucero. Será la perspectiva del aire salado y las noches en los trópicos, pero debo confesar que me siento notablemente estimulado. A su salud, colega y amigo.

—A la suya, doctor y coagraciado —dijo López, dándole un bajón sensible a su medio litro.

El doctor Restelli apreciaba (con reservas) a su colega y amigo. En las reuniones de concepto solía discrepar de las fantasiosas calificaciones que proponía López, empeñado en defender a vagos inamovibles y a otros menos vagos pero amigos de copiarse en las pruebas escritas o leer el diario en mitad de Vilcapugio (con lo jodido que era explicar honrosamente esas palizas que le encajaban los godos a Belgrano). Pero aparte de un poco bohemio, López se conducía como un excelente colega, siempre dispuesto a reconocer que los discursos de 9 de Julio tenía que pronunciarlos el doctor Restelli, quien acababa rindiéndose modestamente a las solicitaciones del doctor Guglielmetti y a la presión tan cordial como inmerecida de la sala de profesores. Después de todo era una suerte que López hubiera acertado en la Lotería Turística, y no el negro Gómez o la profesora de inglés de tercer año. Con López era posible entenderse, aunque a veces le daba por un liberalismo excesivo, casi un izquierdismo reprobable, y eso no podía consentirlo él a nadie. Pero en cambio le gustaban las muchachas y las carreras.

—*Justo a los catorce abriles te entregaste a la farra y las delicias del gotán* —canturreó López—. ¿Por qué compró un billete, doctor?

—Tuve que ceder a las insinuaciones de la señora de Rébora, compañero. Usted sabe lo que es esa señora cuando se empeña. ¿A usted lo fastidió también mucho? Claro que ahora le estamos bien agradecidos, justo es decirlo.

—A mí me escorchó el alma durante cerca de ocho recreos —dijo López—. Imposible profundizar en la sección hípica con semejante moscardón. Y lo curioso es que no entiendo cuál era su interés. Una lotería como cualquiera, en principio.

—Ah, eso no. Perdone usted. Jugada especial, por completo diferente.

—¿Pero por qué vendía billetes madame Rébora?

—Se supone —dijo misteriosamente el doctor Restelli— que la venta de esa tirada se destinaba a cierto público, digámoslo así, escogido. Probablemente el Estado apeló, como en ocasiones históricas, al concurso benévolo de nuestras damas. Tampoco era cosa de que los ganadores tuvieran que alternar con personas de, digámoslo así, baja estofa.

—Digámoslo así —convino López—. Pero usted olvida que los ganadores tienen derecho a meter en el baile hasta tres miembros de la familia.

—Mi querido colega, si mi difunta esposa y mi hija, la esposa de ese mozo Robirosa, pudieran acompañarme...

—Claro, claro —dijo López—. Usted es distinto. Pero vea, para qué vamos a andar con vueltas: si yo me volviera loco y la invitara a venir a mi hermana, por ejemplo, ya vería cómo baja la estofa, para emplear sus propias palabras.

—No creo que su señorita hermana...

—Ella tampoco lo creería —dijo López—. Pero le aseguro que es de las que dicen: «¿Lo qué?» y piensan que «vomitar» es una mala palabra.

—En realidad el término es un poco fuerte. Yo prefiero «arrojar».

—Ella, en cambio, es proclive a «devolver» o «lanzar». ¿Y qué me dice de nuestro alumno?

El doctor Restelli pasó de la cerveza al más evidente fastidio. Jamás podría comprender cómo la señora de Rébora, cargante pero nada tonta, y que para colmo ostentaba un apellido de cierto abolengo, había podido dejarse arrastrar por la manía de vender el talonario, rebajándose a ofrecer números a los alumnos de los cursos superiores. Como triste resultado de una racha de suerte sólo vista en algunas crónicas, quizá apócrifas, del Casino de Montecarlo, además de López y de él habíase ganado el premio el alumno Felipe Trejo, el peor de la división y autor más que presumible de ciertos sordos ruidos que oír se dejaban en la clase de Historia Argentina.

—Créame, López, a ese sabandija no deberían autorizarlo a embarcarse. Es menor de edad, entre otras cosas.

—No sólo se embarca sino que se trae a la familia —dijo López—. Lo supe por un amigo periodista que anduvo reporteando a los pocos ganadores que encontró a tiro.

Pobre Restelli, pobre venerable Gato Negro. La sombra del Nacional lo seguiría a lo largo del viaje, si es que viajaban, y la risa metálica del alumno Felipe Trejo le estropearía las tentativas de flirt, el cortejo de Neptuno, el helado de chocolate y el ejercicio de salvataje siempre tan divertido. «Si supiera que he tomado cerveza con Trejo y su barra en Plaza Once, y que gracias a ellos sé lo de Galerita y lo de Gato Negro... El pobre se hace una idea tan estatuaria del profesorado.»

—Eso puede ser un buen síntoma —dijo esperanzado el doctor Restelli—. La familia morigera. ¿Usted no cree? Claro, cómo no va a creer.

—Observe —dijo López— esas mellizas o poco menos que vienen del lado de Perú. Ahí están cruzando la Avenida. ¿Las sitúa?

—No sé —dijo el doctor Restelli—. ¿Una de blanco y otra de verde?

—Exacto. Sobre todo la de blanco.

—Está muy bien. Sí, la de blanco. Hum, buenas pantorrillas. Quizá un poquito apurada al caminar. ¿No vendrán a la reunión?

—No, doctor, es evidente que están pasando de largo.

—Una lástima. Le diré que yo tuve una amiga así, una vez. Muy parecida.

—¿A la de blanco?

—No, a la de verde. Siempre me acordaré de que... Pero a usted no le va a interesar. ¿Sí? Entonces otra cervecita, total falta media hora para la reunión. Mire, esta chica pertenecía a una familia de prosapia y sabía que yo era casado. Sin embargo abreviaré diciendo que se arrojó en mis brazos. Unas noches, amigo mío...

—Nunca he dudado de su Kama Sutra —dijo López—. Más cerveza, Roberto.

—Los señores tienen una sed fenómena —dijo Roberto—. Se ve que hay humedad. Está en el diario.

—Si está en el diario, santa palabra —dijo López—. Ya empiezo a sospechar quiénes serán nuestros compañeros de viaje. Tienen la misma cara que nosotros, entre divertidos y desconfiados. Mire un poco, doctor, ya irá descubriendo.

—¿Por qué desconfiados? —dijo el doctor Restelli—. Esos rumores son especies infundadas. Verá usted que zarparemos

445

exactamente como se describe al dorso del billete. La Lotería cuenta con el aval del Estado, no es una tómbola cualquiera. Se ha vendido en los mejores círculos y sería peregrino suponer una irregularidad.

—Admiro su confianza en el orden burocrático —dijo López—. Se ve que corresponde al orden interno de su persona, por decirlo así. Yo en cambio soy como valija de turco y nunca estoy seguro de nada. No precisamente que desconfíe de la Lotería, aunque más de una vez me he preguntado si no va a acabar como cuando el *Gelria*.

—El *Gelria* era cosa de agencias, probablemente judías —dijo el doctor Restelli—. Hasta el nombre, pensándolo bien... No es que yo sea antisemita, le hago notar enfáticamente, pero hace años que vengo notando la infiltración de esa raza tan meritoria, si usted quiere, por otros conceptos. A su salud.

—A la suya —dijo López, aguantando las ganas de reírse. La marquesa, ¿realmente saldría a las cinco? Por la puerta de la Avenida de Mayo entraba y se iba la gente de siempre. López aprovechó una meditación probablemente etnográfica de su interlocutor para mirar en detalle. Casi todas las mesas estaban ocupadas pero sólo en unas pocas imperaba el aire de los presumibles viajeros. Un grupo de chicas salía con la habitual confusión, tropezones, risas y miradas a los posibles censores o admiradores. Entró una señora armada de varios niños, que se encaminó al saloncito de manteles tranquilizadores donde otras señoras y parejas apacibles consumían refrescos, masas, o a lo sumo algún cívico. Entró un muchacho (pero sí, ése sí) con una chica muy mona (pero ojalá que sí) y se sentaron cerca. Estaban nerviosos, se miraban con una falsa naturalidad que las manos, enredadas en carteras y cigarrillos, desmentían por su cuenta. Afuera la Avenida de Mayo insistía en el desorden de siempre. Voceaban la quinta edición, un altoparlante encarecía alguna cosa. Había la luz rabiosa del verano a las cinco y media (hora falsa, como tantas otras adelantadas o retrasadas) y una mezcla de olor a nafta, a asfalto caliente, a agua de colonia y aserrín mojado. López se extrañó de que en algún momento la Lotería Turística se le hubiera antojado irrazonable. Sólo una larga costumbre porteña —por no decir más, por no ponerse metafísico— podía aceptar como razonable el espectáculo que lo rodeaba y lo incluía. La más caótica hipótesis del caos no resistía la presencia de ese entrevero a treinta y tres grados a la sombra, esas direcciones, marchas y contramarchas, sombreros y portafolios, vigilantes y *Razón quinta*, colectivos y cerveza, todo metido en cada fracción de tiempo y cambiando vertiginosamente a la fracción siguiente. Ahora la mujer de pollera roja y el hombre de saco a cuadros se cruzaban a dos baldosas de distancia en el momento en que el doctor Restelli se llevaba a la boca el medio litro, y la chica lindísima (seguro que era) sacaba un lápiz de *rouge*. Ahora los dos transeúntes se daban la espalda, el vaso bajaba lentamente, y el lápiz escribía la curva palabra de siempre. A quién, a quién le podía parecer rara la Lotería.

II

—Dos cafés —pidió Lucio.

—Y un vaso de agua, por favor —dijo Nora.

—Siempre traen agua con el café —dijo Lucio.

—Es cierto.

—Aparte de que nunca la tomás.

—Hoy tengo sed —dijo Nora.

—Sí, hace calor aquí —dijo Lucio, cambiando de tono. Se inclinó sobre la mesa—. Tenés cara de cansada.

—También, con el equipaje y las diligencias...

—Las diligencias, cuando se habla de equipaje, suena raro —dijo Lucio.

—Sí.

—Estás cansada, verdad.

—Sí.

—Esta noche dormirás bien.

—Espero —dijo Nora. Como siempre, Lucio decía las cosas más inocentes con un tono que ella había aprendido a entender. Probablemente no dormiría bien esa noche puesto que sería su primera noche con Lucio. Su segunda primera noche.

—Monona —dijo Lucio, acariciándole una mano—. Monona monina.

Nora se acordó del hotel de Belgrano, de la primera noche con Lucio, pero no era acordarse, más bien olvidarse un poco menos.

—Bobeta —dijo Nora. El *rouge* de repuesto, ¿estaría en el neceser?

—Buen café —dijo Lucio—. ¿Vos creés que en tu casa no se habrán dado cuenta? No es que me importe, pero para evitar líos.

—Mamá cree que voy al cine con Mocha.

—Mañana armarán un lío de mil diablos.

—Ya no pueden hacer nada —dijo Nora—. Pensar que me festejaron el cumpleaños... Voy a pensar en papá, sobre todo. Papá no es malo, pero mamá hace lo que quiere de él y con los otros.

—Se siente cada vez más calor aquí adentro.

—Estás nervioso —dijo Nora.

—No, pero me gustaría que nos embarcáramos de una vez. ¿No te parece raro que nos hagan venir aquí antes? Supongo que nos llevarán al puerto en auto.

—¿Quiénes serán los otros? —dijo Nora—. ¿Esa señora de negro, vos creés?

—No, qué va a viajar esa señora. A lo mejor esos dos que hablan en aquella mesa.

—Tiene que haber muchos más, por lo menos veinte.

—Estás un poco pálida —dijo Lucio.

—Es el calor.

—Menos mal que descansaremos hasta quedar rotos —dijo Lucio—. Me gustaría que nos dieran una buena cabina.

—Con agua caliente —dijo Nora.

—Sí, y con ventilador y ojo de buey. Una cabina exterior.

—¿Por qué decís cabina y no camarote?

—No sé. Camarote... En realidad es más bonito cabina. Camarote parece una cama barata o algo así. ¿Te dije que los muchachos de la oficina querían venir a despedirnos?

—¿A despedirnos? —dijo Nora—. ¿Pero cómo? ¿Entonces están enterados?

—Bueno, a despedirme —dijo Lucio—. Enterados no están. Con el único que hablé fue con Medrano, en el club. Es de confianza. Pensá que él también viaja, de manera que valía más decírselo antes.

—Mirá que tocarle a él también —dijo Nora—. ¿No es increíble?

—La señora de Apelbaum nos ofreció el mismo entero. Parece que el resto se fraccionó por el lado de la Boca, no sé. ¿Por qué sos tan linda?

—Cosas —dijo Nora, dejando que Lucio le tomara la mano y la apretara. Como siempre que él le hablaba de cerca, indagadoramente, Nora se replegaba cortésmente, sin ceder más que un poco para no afligirlo. Lucio miró su boca que sonreía, dejando el lugar exacto para unos dientes muy blancos y pequeños (más adentro había uno con oro). Si les dieran una buena cabina esa noche, si esa noche Nora descansara bien. Había tanto que borrar (pero no había nada, lo que había que borrar era esa nada insensata en que ella se empeñaba). Vio a Medrano que entraba por la puerta de Florida, mezclado con unos tipos de aire compadre y una señora de blusa con encaje. Casi aliviado levantó el brazo. Medrano lo reconoció y vino hacia ellos.

III

El Anglo no está tan mal en la canícula. De Loria a Perú hay diez minutos para refrescarse y echarle un vistazo a *Crítica*. El problema había sido mandarse mudar sin que Bettina preguntara demasiado, pero Medrano inventó una reunión de egresados del año 35, una cena en Loprete precedida de un vermut en cualquier parte. Llevaba ya tanto inventado desde el sorteo de la Lotería, que la última y casi menesterosa mentira no valía la pena ni de nombrarse.

Bettina se había quedado en la cama, desnuda y con el ventilador en la mesa de luz, leyendo a Proust en traducción de Menasché. Toda la mañana habían hecho el amor, con intervalos para dormir y beber whisky o Coca Cola. Después de comer un pollo frío habían discutido el valor de la obra de Marcel Aymé, los poemas de Emilio Ballagas y la cotización de las águilas mexicanas. A las cuatro Medrano se metió en la ducha y Bettina abrió el tomo de Proust (habían hecho el amor una vez más). En el subte, observando con interés compasivo a un colegial que se esforzaba por parecer un crápula, Medrano trazó una raya mental al pie de las actividades del día y las encontró buenas. Ya podía empezar el sábado.

Miraba *Crítica* pero pensaba todavía en Bettina, un poco asombrado de estar pensando todavía en Bettina. La carta de despedida (le gustaba calificarla de carta póstuma) había sido escrita la noche anterior, mientras Bettina dormía con un pie fuera de la sábana y el pelo en los ojos. Todo quedaba explicado (salvo, claro, todo lo que a ella se le ocurriría pensar en contra), las cuestiones personales favorablemente liquidadas. Con Susana Daneri había roto en la misma forma, sin siquiera irse del país como ahora; cada vez que se encontraba con Susana (en las exposiciones de pintura sobre todo, inevitabilidades de Buenos Aires) ella le sonreía como a un viejo amigo y no insinuaba ni rencor ni nostalgia. Se imaginó entrando en Pizarro y dándose de narices con Bettina, sonriente y amistosa. Aunque sólo fuera sonriente. Pero lo más probable era que Bettina se volviera a Rauch, donde la esperaban con total inocencia su impecable familia y dos cátedras de idioma nacional.

—Doctor Livingstone, I suppose —dijo Medrano.

—Te presento a Gabriel Medrano —dijo Lucio—. Siéntese, che, y tome algo.

Estrechó la mano un poco tímida de Nora y pidió un Martini seco. Nora lo encontró más viejo de lo que había esperado en un amigo de Lucio. Debía tener por lo menos cuarenta años, pero le quedaba tan bien el traje de seda italiana, la camisa blanca. Lucio no aprendería nunca a vestirse así aunque tuviera plata.

—Qué le parece toda esta gente —decía Lucio—. Estuvimos tratando de adivinar quiénes son los que viajan. Creo que salió una lista en los diarios, pero no la tengo.

—La lista era por suerte muy imperfecta —dijo Medrano—. Aparte de mi persona, omitieron a otros dos o tres que querían editar publicidad o catástrofes familiares.

—Además están los acompañantes.

—Ah, sí —dijo Medrano, y pensó en Bettina dormida—. Bueno, por lo pronto veo ahí a Carlos López con un señor de aire patricio. ¿No los conocen?

—No.

—López iba al club hasta hace tres años, yo lo conozco de entonces. Debió ser un poco antes de que entrara usted. Voy a averiguar si es de la partida.

López era de la partida, se saludaron muy contentos de encontrarse otra vez y en esas circunstancias. López presentó al doctor Restelli, quien dijo que Medrano le resultaba cara conocida. Medrano aprovechó que la mesa contigua se había vaciado para llamar a Nora y Lucio. Todo esto llevó su tiempo porque en el *London* no es fácil levantarse y cambiar de sitio sin provocar notoria iracundia en el personal de servicio. López llamó a Roberto y Roberto rezongó, pero ayudó a la mudanza y se embolsó un peso sin dar las gracias. Los jóvenes de aire compadre empezaban a hacerse oír, y reclamaban una segunda cerveza. No era fácil conversar a esa hora en que todo el mundo tenía sed y se metía en el *London* como con calzador, sacrificando la última bocanada de oxígeno por la dudosa compensación de un medio litro o un Indian Tonic. Ya no había demasiada diferencia entre el bar y la calle; por la avenida bajaba y subía ahora una muchedumbre compacta con paquetes y diarios y portafolios, sobre todo portafolios de tantos colores y tamaños.

—En suma —dijo el doctor Restelli—, si he comprendido bien todos los presentes tendremos el gusto de convivir este ameno crucero.

—Tendremos —dijo Medrano—. Pero temo, sin embargo, que parte de ese popular simposio ahí a la izquierda se incorpore a la convivencia.

—¿Usté cree, che? —dijo López, bastante inquieto.

—Tienen unas pintas de reos que no me gustan nada —dijo Lucio—. En una cancha de fútbol uno confraterniza, pero en un barco...

—Quién sabe —dijo Nora, que se creyó llamada a dar el toque moderno—. Puede que sean muy simpáticos.

—Por lo pronto —dijo López— una doncella de aire modesto parece querer incorporarse al grupo. Sí, así es. Acompañada de una señora de negro vestida, que respira un aire virtuoso.

—Son madre e hija —dijo Nora, infalible para esas cosas—. Dios mío, qué ropa se han puesto.

—Esto acaba con la duda —dijo López—. Son de la partida y serán también de la llegada, si es que partimos y llegamos.

—La democracia... —dijo el doctor Restelli, pero su voz se perdió en un clamoreo procedente de la boca del subte. Los jóvenes de aire compadre parecieron reconocer los signos tribales, pues dos de ellos los contestaron en seguida, el uno con un alarido a una octava más alta y el otro metiéndose dos dedos en la boca y emitiendo un silbido horripilante.

—... de contactos desgraciadamente subalternos —concluyó el doctor Restelli.

—Exacto —dijo cortésmente Medrano—. Por lo demás uno se pregunta por qué se embarca.

—¿Perdón?

—Sí, qué necesidad hay de embarcarse.

—Bueno —dijo López— supongo que siempre puede ser más divertido que quedarse en tierra. Personalmente me gusta haberme ganado un viaje por diez pesos. No se olvide que lo de la licencia automática con goce de sueldo ya es un premio considerable. No se puede perder una cosa así.

—Reconozco que no es de despreciar —dijo Medrano—. Por mi parte el premio me ha servido para cerrar el consultorio y no ver incisivos cariados por un tiempo. Pero admitirán que toda esta historia... Dos o tres veces he tenido como la impresión de que esto va a terminar de una manera... Bueno, elijan ustedes el adjetivo, que es siempre la parte más elegible de la oración.

Nora miró a Lucio.

—A mí me parece que exagera —dijo Lucio—. Si uno fuera a rechazar los premios por miedo a una estafa...

—No creo que Medrano piense en una estafa —dijo López—. Más bien algo que está en el aire, una especie de tomada de pelo pero en un plano por así decirlo sublime. Observen que acaba de ingresar una señora cuya vestimenta... En fin, de fija que también ella. Y allá, doctor, acaba de instalarse nuestro alumno Trejo rodeado de su amante familia. Este café empieza a tomar un aire cada vez más transoceánico.

—Nunca entenderé cómo la señora de Rébora pudo venderles números a los alumnos, y en especial a ése —dijo el doctor Restelli.

—Hace cada vez más calor —dijo Nora—. Por favor pedíme un refresco.

—A bordo estaremos bien, vas a ver —dijo Lucio, agitando el brazo para atraer a Roberto que andaba ocupado con la creciente mesa de los jóvenes entusiastas, donde se hacían pedidos tan extravagantes como capuchinos, submarinos, sándwiches de chorizo y botellas de cerveza negra, artículos ignorados en el establecimiento o por lo menos insólitos a esa hora.

—Sí, supongo que hará más fresco —dijo Nora mirando con recelo a Medrano. Seguía inquieta por lo que había dicho, o era más bien una manera de fijar la inquietud en algo conversable y comunicable. Le dolía un poco el vientre, a lo mejor tendría que ir al baño. Qué desagradable tener que levantarse delante de todos esos señores. Pero tal vez pudiera aguantar. Sí, podría. Era más bien un dolor muscular. ¿Cómo sería el camarote? Con dos camas muy pequeñas, una arriba de otra. A ella le gustaría la de arriba, pero Lucio se pondría el piyama y también se treparía a la cama de arriba.

—¿Ya ha viajado por mar, Nora? —preguntó Medrano. Parecía muy de él llamarla en seguida por su nombre. Se veía que no era tímido con las mujeres. No, no había viajado, salvo una excursión por el delta, pero eso, claro... ¿Y él sí había viajado? Sí, un poco, en su juventud (como si fuera viejo). A Europa y a Estados Unidos, congresos odontológicos y turismo. El franco a diez centavos, imagínese.

—Aquí por suerte estará todo pago —dijo Nora, y hubiera querido tragarse la lengua. Medrano la miraba con simpatía, protegiéndola de entrada. También López la miraba con simpatía, pero además se le notaba una admiración de porteño que no se pierde una. Si toda la gente era tan simpática como ellos dos, el viaje iba a valer la pena. Nora sorbió un poco de granadina y estornudó. Medrano y López seguían sonriendo, protegiéndola, y Lucio la miraba casi como queriendo defenderla de tanta simpatía. Una paloma blanca se posó por un instante en la barandilla de la boca del subte. Rodeada de toda esa gente que subía y bajaba la Avenida, permanecía indiferente y lejana. Echó a volar con la misma aparente falta de motivo con que había bajado. Por la puerta de la esquina entró una mujer con un niño de la mano. «Más niños —pensó López—. Y éste seguro que viaja, si viajamos. Ya van a dar las seis, hora de las definiciones. Siempre ocurre algo a las seis.»

IV

—Aquí debe haber helados ricos —dijo Jorge.

—¿Te parece? —dijo Claudia, mirando a su hijo con el aire de las conspiraciones.

—Claro que me parece. De limón y chocolate.

—Es una mezcla horrible, pero si te gusta...

Las sillas del *London* eran particularmente incómodas, pretendían sostener el cuerpo en una vertical implacable. Claudia estaba cansada de preparar las valijas, a última hora había descubierto que faltaba una cantidad de cosas, y Persio había tenido que correr a comprarlas (por suerte el pobre no había tenido mucho trabajo con su propio equipaje, que parecía como para ir a un picnic) mientras ella terminaba de cerrar el departamento, escribía una de esas cartas de último minuto para las que faltan de golpe todas las ideas y hasta los sentimientos... Pero ahora descansaría hasta cansarse. Hacía tiempo que necesitaba descansar. «Hace tiempo que necesitaba cansarme para después descansar», se corrigió, jugando desganadamente con las palabras. Persio no tardaría en aparecer, a última hora se había acordado de algo que le faltaba cerrar en su misteriosa pieza de Chacarita donde juntaba libros de ocultismo y probables manuscritos que no serían publicados. Pobre Persio, a él sí que le hacía falta el descanso, era una suerte que las autoridades hubieran permitido a Claudia (con ayuda de un golpe de teléfono del doctor León Lewbaum al ingeniero Fulano de Tal) que presentara a Persio como un pariente lejano y lo embarcara casi de contrabando. Pero si alguien merecía aprovechar la Lotería era Persio, inacabable corrector de pruebas en Kraft, pensionista de vagos establecimientos del oeste de la ciudad, andador noctámbulo del puerto y las calles de Flores. «Aprovechará mejor que yo este viaje insensato —pensó Claudia, mirándose las uñas—. Pobre Persio.»

El café la hizo sentirse mejor. De manera que se iba de viaje con su libro, llevándose de paso a un antiguo amigo convertido en falso pariente. Se iba porque había ganado el premio, porque a Jorge le sentaría bien el aire de mar, porque a Persio le sentaría todavía mejor. Volvía a pensar las frases, repetía: de manera que... Tomaba un sorbo de café, distrayéndose y recomenzaba. No le era fácil entrar en lo que estaba sucediendo, lo que iba a empezar a suceder. Entre irse por tres meses o por toda la vida no había demasiada diferencia. ¿Qué más daba? No era feliz, no era desdichada, esos extremos que resisten a los cambios violentos. Su marido seguiría pagando la pensión de Jorge en cualquier parte del mundo. Para ella estaba su renta, la bolsa negra siempre servicial llegado el caso, los cheques del viajero.

—¿Todos éstos vienen con nosotros? —dijo Jorge, regresando poco a poco del helado.

—No. Podríamos adivinar, si querés. Yo digo que va esa señora de rosa.

—¿Te parece, che? Es muy fea.

—Bueno, no la llevamos. Ahora vos.

—Esos señores de la mesa de allá, con esa señorita.

—Puede muy bien ser. Parecen simpáticos. ¿Trajiste un pañuelo?

—Sí, mamá. Mamá, ¿el barco es grande?

—Supongo. Es un barco especial, parece.

—¿Nadie lo ha visto?

—Tal vez, pero no es un barco conocido.

—Será feo, entonces —dijo melancólicamente Jorge—. A los lindos se los conoce de lejos. ¡Persio, Persio! Mamá, ahí está Persio.

—Persio puntual —dijo Claudia—. Es para creer que la Lotería está corrompiendo las costumbres.

—¡Persio, aquí! ¿Qué me trajiste, Persio?

—Noticias del astro —dijo Persio, y Jorge lo miró feliz, y esperó.

V

El alumno Felipe Trejo se interesaba mucho por el ambiente de la mesa de al lado.

—Vos te das cuenta —le dijo al padre, que se secaba el sudor con la mayor elegancia posible—. Seguro que parte de estos puntos suben con nosotros.

—¿No podés hablar bien, Felipe? —se quejó la señora de Trejo—. Este chico, cuándo aprenderá modales.

La Beba Trejo discutía problemas de maquillaje con un espejito de Eibar que usaba de paso como periscopio.

—Bueno, esos cosos —consintió Felipe—. ¿Vos te das cuenta? Pero si son del Abasto.

—No creo que viajen todos —dijo la señora de Trejo—. Probablemente esa pareja que preside la mesa y la señora que debe ser la madre de la chica.

—Son vulgarísimos —dijo la Beba.

—Son vulgarísimos —remedó Felipe.

—No seas estúpido.

—Mírenla, la duquesa de Windsor. La misma cara, además.

—Vamos, chicos —dijo la señora de Trejo.

Felipe tenía la gozosa conciencia de su repentina importancia, y la usaba con cautela para no quemarla. A su hermana, sobre todo, había que meterla en vereda y cobrarse todas las que le había hecho antes de sacarse el premio.

—En las otras mesas hay gente que parece bien —dijo la señora de Trejo.

—Gente bien vestida —dijo el señor Trejo.

«Son mis invitados —pensó Felipe y hubiera gritado de alegría—. El viejo, la vieja y esta mierda. Hago lo que quiero, ahora.» Se dio vuelta hacia los de la otra mesa y esperó que alguno lo mirara.

—¿Por casualidad ustedes hacen el viaje? —preguntó a un morocho de camisa a rayas.

—Yo no, mocito —dijo el morocho—. El joven aquí con la mamá, y la señorita con la mamá también.

—¡Ah! Ustedes los vinieron a despedir.

—Eso. ¿Usted viaja?

—Sí, con la familia.

—Tiene suerte, joven.

—Qué le va a hacer —dijo Felipe—. A lo mejor usted se liga la que viene.

—Claro. Es así.

—Seguro.

VI

—Además te traigo novedades del octopato —dijo Persio. Jorge se puso de codos en la mesa.

—¿Lo encontraste debajo de la cama o en la bañadera? —preguntó.

—Trepado en la máquina de escribir —dijo Persio—. Qué te creés que hacía.

—Escribía a máquina.

—Qué chico inteligente —dijo Persio a Claudia—. Claro que escribía a máquina. Aquí tengo el papel, te voy a leer una parte. Dice: «Se va de viaje y me deja como una madeja vieja. Lo esperará a cada rato el pobrecito octopato.» Firmado: «El octopato, con un cariño y un reproche».

—Pobre octopato —dijo Jorge—. ¿Qué va a comer mientras vos no estés?

—Fósforos, minas de lápiz, telegramas y una lata de sardinas.

—No la va a poder abrir —dijo Claudia.

—Oh, sí, el octopato sabe —dijo Jorge—: ¿Y el astro, Persio?

—En el astro —dijo Persio— parece que ha llovido.

—Si ha llovido —calculó Jorge— los hormigombres van a tener que subirse a las balsas. ¿Será como el diluvio o un poco menos?

Persio no estaba muy seguro, pero de todas maneras los hormigombres eran capaces de salir del paso.

—No has traído el telescopio —dijo Jorge—. ¿Cómo vamos a hacer a bordo para ver al astro?

—Telepatía astral —dijo Persio, guiñando el ojo—. Claudia, usted está cansada.

—Esa señora de blanco —dijo Claudia— contestaría que es la humedad. Bueno, Persio, aquí estamos. ¿Qué va a pasar?

—Ah, eso... No he tenido mucho tiempo para estudiar la cuestión, pero ya estoy preparando el frente.

—¿El frente?

—El frente de ataque. A una cosa, a un hecho, hay que atacarlo de muchas maneras. La gente elige casi siempre una sola manera y sólo consigue resultados a medias. Yo preparo siempre mi frente y después sincretizo los resultados.

—Comprendo —dijo Claudia con un tono que la desmentía.

—Hay que trabajar en *push-pull* —dijo Persio—. No sé si me explico. Algunas cosas están como en el camino y hay que empujarlas para ver lo que pasa más allá. Las mujeres, por ejemplo, con perdón del niño. Pero a otras hay que agarrarlas por la manija y tirar. Ese mozo Dalí sabe lo que hace (a lo mejor no lo sabe, pero es lo mismo) cuando pinta un cuerpo lleno de cajones. A mí me parece que muchas cosas tienen manija. Fíjese por ejemplo en las imágenes poéticas. Si uno las mira desde fuera, no ve más que el sentido abierto, aunque a veces sea muy hermético. ¿Usted se queda satisfecha con el sentido abierto? No señor. Hay que tirar de la manija, caerse dentro del cajón. Tirar es apropiarse, apropincuarse, propasarse.

—Ah —dijo Claudia, haciendo una seña discreta a Jorge para que se sonara.

—Aquí, por ejemplo, los elementos significativos pululan. Cada mesa, cada corbata. Veo como un proyecto de orden en este terrible desorden. Me pregunto qué va a resultar.

—También yo. Pero es divertido.

—Lo divertido es siempre un espectáculo: no lo analicemos porque asomará el artificio obsceno. Conste que no estoy en contra de la diversión, pero cada vez que me divierto cierro primero el laboratorio y tiro los ácidos y los álcalis. Es decir que me someto, cedo a lo aparencial. Usted sabe muy bien qué dramático es el humorismo.

—Recitale a Persio el verso sobre Garrick —dijo Claudia a Jorge—. Ya verá qué buen ejemplo de su teoría.

—*Viendo a Garrick, actor de la Inglaterra...* —declamó Jorge a gritos. Persio escuchó atentamente y después aplaudió. Desde otras mesas también aplaudieron y Jorge se puso colorado.

—*Quod erat demonstrandum* —dijo Persio—. Claro que yo aludía a un plano más óntico, al hecho de que toda diversión es como una conciencia de máscara que acaba por animarse y suplanta el rostro real. ¿Por qué se ríe el hombre? No hay nada de qué reírse, como no sea de la risa en sí. Fíjese que los chicos que ríen mucho acaban llorando.

—Son unos sonsos —dijo Jorge—. ¿Querés que te recite el del buzo y la perla?

—En la cubierta, mejor dicho el sollado, bajo la asistencia de las estrellas podrás recitarme lo que quieras —dijo Persio—. Ahora quisiera entender un poco más este planteo semigastronómico que nos circunda. ¿Y esos bandoneones, qué significan?

—La madona —dijo Jorge abriendo la boca.

VII

Un Lincoln negro, un traje negro, una corbata negra. El resto, borroso. De don Galo Porriño lo que más se veía era el chofer de imponentes espaldas y la silla de ruedas donde la goma luchaba con el cromo. Mucha gente se detuvo para ver cómo el chofer y la enfermera sacaban a Don Galo y lo bajaban a la vereda. En las caras se advertía una lástima mitigada por la evidente fortuna del valetudinario caballero. A eso se sumaba que Don Galo parecía un pollo de los de cogote pelado, con un modo tan revirado de mirar que daba ganas de cantarle la Internacional en plena cara, cosa que jamás nadie había hecho —según afirmó Medrano— a pesar de ser la Argentina un país libre y la música un arte fomentado en los mejores círculos.

—Me había olvidado que Don Galo también ganó un premio. ¿Cómo no iba a ganar un premio don Galo? Eso sí, en mi vida imaginé que el viejo haría el viaje. Es simplemente increíble.

—¿Es un señor que usted conoce? —preguntó Nora.

—El que en Junín no conozca a Don Galo Porriño merece ser lapidado en la hermosa plaza de anchas veredas —dijo Medrano—. Los azares de mi profesión me llevaron a padecer un consultorio en esa progresista ciudad hasta hace unos cinco años, época fasta en que pude bajar a Buenos Aires. Don Galo fue uno de los primeros prohombres que conocí por allá.

—Parece un caballero respetable —dijo el doctor Restelli—. La verdad es que con ese auto resulta un tanto raro que...

—Con este auto —dijo López— se puede echar al capitán al agua y usar el barco como cenicero.

—Con ese auto —dijo Medrano— se puede ir muy lejos. Como ustedes ven, hasta Junín y hasta el *London*. Uno de mis defectos es la chismografía, aunque aduciré en mi descargo que sólo me interesan ciertas formas superiores del chisme como por ejemplo la historia. ¿Qué diré de Don Galo? (Así empiezan ciertos escritores que saben muy bien lo que van a decir.) Diré que debería llamarse Gayo, por lo que verán muy pronto. Junín cuenta con la gran tienda «Oro y azul», nombre predestinado; pero si ustedes han incurrido en turismo bonaerense, cosa que prefiero dudar, sabrán que en Veinticinco de Mayo hay otra tienda «Oro y azul», y que prácticamente en todas las cabezas de partido de la vasta provincia hay oros y azules en las esquinas más estratégicas. En resumen, millones de pesos en el bolsillo de Don Galo, laborioso gallego que supongo llegó al país como casi todos sus congéneres y trabajó con la eficacia que los caracteriza en nuestras pampas proclives a la siesta. Don Galo vive en un palacio de Palermo, paralítico y casi sin familia. Una bien montada burocracia cuida de la cadena oro y azul: intendentes, ojos y oídos del rey, vigilan, perfeccionan, informan y sancionan. Mas he aquí... ¿No los aburro?

—Oh, no —dijo Nora, que-bebía-sus-palabras.

—Pues bien —siguió irónicamente Medrano, cuidando su ejercicio de estilo que, estaba seguro, sólo López apreciaba a fondo—, he aquí que hace cinco años se cumplieron las bodas de diamante de Don Galo con el comercio de paños, el arte sartorio y sus derivados. Los gerentes locales se enteraron oficiosamente de que el patrón esperaba un homenaje de sus empleados, y que tenía la intención de pasar revista a todas sus tiendas. Yo era por aquel entonces muy amigo de Peña, el gerente de la sucursal de Junín, que andaba preocupado con la visita de Don Galo. Peña se enteró de que la visita era eminentemente técnica y que Don Galo venía dispuesto a mirar hasta la última docena de botones. Resultado de informes secretos, probablemente. Como todos los gerentes estaban igualmente inquietos, empezó una especie de carrera armamentista entre las filiales. En el club había para reírse con los cuentos de Peña sobre cómo había sobornado a dos viajantes de comercio para que le trajeran noticias de lo que preparaban los de 9 de Julio o los de Pehuajó. Por su parte hacía lo posible, y en la tienda se trabajaba hasta horas inverosímiles y los empleados andaban furiosos y asustados al mismo tiempo.

«Don Galo empezó su gira de autohomenaje por Lobos, creo, visitó tres o cuatro de sus tiendas, y un sábado con mucho sol apareció en Junín. Por ese entonces tenía un Buick azul, pero Peña había mandado preparar un auto abierto, de esos que ya hubiera querido Alejandro para entrar en Persépolis. Don Galo quedó bastante impresionado cuando Peña y una comitiva lo esperaron a la entrada del pueblo y lo invitaron a pasar al auto abierto. El cortejo entró majestuosamente por la avenida principal; yo, que no me pierdo esas cosas, me había situado en el cordón de la vereda, a poca distancia de la tienda. Cuando el auto se acercó, los empleados, estratégicamente distribuidos, empezaron a aplaudir. Las chicas tiraban flores blancas y los hombres (muchos alquilados) agitaban banderitas con la insignia oro y azul. De lado a lado de la calle había una especie de arco de triunfo que decía: BIENVENIDO, DON GALO. A Peña esta familiaridad le había costado una noche de insomnio, pero al viejo le gustó el coraje de sus súbditos. El auto se paró delante de la tienda, arreciaron los aplausos (ustedes perdonan estas palabras necesarias pero odiosas) y Don Galo, como un tití en el borde del asiento, movía de cuando en cuando la mano derecha para devolver los saludos. Les advierto que hubiera podido saludar con las dos, pero ya me había dado cuenta yo de los puntos que calzaba el personaje, y que Peña no había exagerado. El señor feudal visitaba a sus siervos, requería y sopesaba el homenaje con un aire entre amable y desconfiado. Yo me rompía la cabeza tratando de recordar dónde había visto ya una escena como ésa. No la escena misma, porque en sí era igual a cualquier recepción oficial, con banderitas y carteles y ramos de flores. Era lo que encubría (y para mí revelaba) la escena, algo que abarcaba a los aterrados horteras, al pobre Peña, al aire entre aburrido y ávido de la cara de Don Galo. Cuando Peña se subió a un banquillo para leer el discurso de bienvenida (en el que confieso que una buena parte era mía porque de cosas así están hechas las diversiones que uno tiene en los pueblos), Don Galo se encrespó en su asiento, moviendo la cabeza afirmativamente de cuando en cuando y recibiendo con fría cortesía las atronadoras salvas de aplausos que los empleados colocaban exactamente donde Peña les había indicado la noche anterior. En el momento mismo en que llegaba al punto más emocionante (habíamos descrito en detalle los afanes de Don Galo, *self made man*, autodidacto, etcétera), vi que el homenajeado hacía un signo al gorila de chofer que ven ustedes ahí. El gorila bajó del auto y le habló a uno del cordón de la vereda, que se puso rojo y le habló al de al lado, que vaciló y se puso a mirar en todas direcciones como esperando una aparición salvadora... Comprendí que me acercaba a la solución, que iba a saber por qué todo eso me era tan familiar. "Ha pedido el orinal de plata —pensé—. Gayo Trimalción. Madre mía, el mundo se repite como puede..." Pero no era un orinal, claro, apenas un vaso de agua, un vaso bien pensado para aplastar a Peña, romperle el *pathos* del discurso y recobrar la ventaja que había perdido con el truco del auto abierto...

Nora no había entendido el final pero se le contagió la risa de López. Ahora Roberto acababa de instalar trabajosamente a Don Galo cerca de una ventana, y le traía una naranjada. El chofer se había retirado y esperaba en la puerta, charlando con la enfermera. La silla de Don Galo molestaba enormemente a todo el mundo, pero a Don Galo esto parecía hacerle mucho bien. López estaba fascinado.

—No puede ser —repitió—. ¿Con esa salud y toda esa plata se va a embarcar nada más que porque es gratis?

—No tan gratis —dijo Medrano—. El número les costó diez pesos, che.

—En la vejez de los hombres de acción suelen darse esos caprichos de adolescentes —dijo el doctor Restelli—. Yo mismo, fortuna aparte, me pregunto si realmente debería...

—Ahí vienen unos tipos con bandoneones —dijo Lucio—. ¿Será por nosotros?

VIII

Se veía que era un café para pitucos, con esas sillas de ministro y los mozos que ponían cara de resfriados apenas se les pedía un medio litro bien tiré y con poca espuma. No había ambiente, eso era lo malo.

Atilio Presutti, mejor conocido por el Pelusa, se metió la mano derecha en el pelo de apretados rizos color zanahoria y la sacó por la nuca después de un trabajoso recorrido. Después se atusó el bigote castaño y miró satisfecho su cara pecosa en el espejo de la pared. No contento con lo anterior, sacó un peine azul del bolsillo superior del saco y se peinó con gran ayuda de golpes secos que daba con la mano libre para marcar el jopo. Contagiados por su acicalamiento, dos de sus amigos procedieron a refrescarse la peinada.

—Es un café para pitucos —repitió el Pelusa—. A quién se le ocurre hacer la despedida en este sitio.

—El helado es bueno —dijo la Nelly, sacudiendo la solapa del Pelusa para hacer caer la caspa—. ¿Por qué te pusiste el traje azul, Atilio? De verlo me muero de calor, te juro.

—Si lo dejo en la valija se me arruga todo —dijo el Pelusa—. Yo me sacaría el saco pero me da no sé qué aquí. Pensar que los podríamos haber reunido en lo del Ñato que es más familiar.

—Cállese, Atilio —dijo la madre de la Nelly—. No me hable de despedidas después de lo del domingo. Ay, Dios mío, cada vez que me acuerdo...

—Pero si no fue nada, Doña Pepa —dijo el Pelusa.

La señora de Presutti miró severamente a su hijo.

—¿Cómo que no fue nada? —dijo—. Ah, Doña Pepa, estos hijos... ¿No fue nada, no? Y tu padre en la cama con la paleta sacada y el tobillo recalcado.

—¿Y eso qué tiene? —dijo el Pelusa—. El viejo es más fuerte que una locomotora.

—¿Pero qué pasó? —preguntó uno de los amigos.

—¿Cómo, vos no estabas el domingo?

—¿No te acordás que no estaba? Me tenía que estrenar para la pelea. Cuando uno se estrena, nada de fiestas. Te avisé, acordate.

—Ahora me acuerdo —dijo el Pelusa—. La que te perdiste, Rusito.

—¿Hubo un accidente, hubo?

—Fue grande —dijo el Pelusa—. El viejo se cayó de la azotea al patio y casi se mata. Uy Dios, qué lío.

—Un accidente, sabe —dijo la señora de Presutti—. Contale, Atilio. A mí me hace impresión nada más que de acordarme.

—Pobre Doña Pepa —dijo la Nelly.

—Pobre —dijo la madre de la Nelly.

—Pero si no fue nada —dijo el Pelusa—. Resulta que la barra se juntó para despedirnos a la Nelly y a mí. La vieja aquí hizo una raviolada fenómena y los muchachos trajeron la cerveza y las masitas. Estábamos lo más bien en la azotea, entre el más chico y yo pusimos el toldo y trajimos la vitrola. No faltaba nada. ¿Cuántos seríamos? Por lo menos treinta.

—Más —dijo la Nelly—. Yo conté casi cuarenta. El estofado apenas alcanzó, me acuerdo.

—Bueno, todos estábamos lo más bien, no como aquí que parece una mueblería. El viejo se había puesto en la cabecera y lo tenía al lado a Don Rapa el del astillero. Vos sabés cómo le gusta el drogui a mi viejo. Mirá, mirá la cara que pone la vieja. ¿No es verdad, decime? ¿Qué tiene de malo? Yo lo que sé es que cuando sirvieron las bananas todos estábamos bastante curdas, pero el viejo era el peor. Cómo cantaba, mama mía. Justo entonces se le ocurre brindar por el viaje, se levanta con el medio litro en la mano, y cuando va a empezar a hablar le agarra un ataque de tos, se echa así para atrás y se cae propio al patio. Qué impresión que me hizo el ruido, pobre viejo. Parecía una bolsa de maíz, te juro.

—Pobre Don Pipo —dijo el Rusito, mientras la señora de Presutti sacaba un pañuelito de la cartera.

—¿Ve, Atilio? Ya la hizo llorar a su mamá —dijo la madre de la Nelly—. No llore, Doña Rosita. Total no fue nada.

—Pero claro —dijo el Pelusa—. Che, qué lío que se armó. Todos bajamos abajo, yo estaba seguro que el viejo se había roto la cabeza. Las mujeres lloraban, era un plato. Yo le dije a la Nelly que cortara la vitrola y Doña Pepa aquí la tuvo que atender a la vieja que le había dado el ataque. Pobre vieja, cómo se retorcía.

—¿Y Don Pipo? —preguntó el Rusito, ávido de sangre.

—El viejo es un fenómeno —dijo el Pelusa—. Yo cuando lo vi en las baldosas y que no se movía, pensé: «Te quedaste huérfano de padre». El más chico fue a llamar a la Asistencia y entre tanto le sacamos la camiseta al viejo para ver si respiraba. Lo primero que hizo al abrir los ojos fue meterse la mano en el bolsillo para ver si no le habían afanado la cartera. El viejo es así. Después dijo que le dolía la espalda pero que no era nada. Para mí que quería seguir la farra. ¿Te acordás, vieja, cuando te trajimos para que vieras que no le pasaba nada? Qué plato, en vez de calmarse le dio el ataque el doble de fuerte.

—La impresión —dijo la madre de Nelly—. Una vez, en mi casa...

—Total, cuando cayó la ambulancia ya el viejo estaba sentado en el suelo y todos nos reíamos como locos. Lástima que los dos practicantes no quisieron saber nada de dejarlo en casa. A la final se lo llevaron, pobre viejo, pero eso sí, yo aproveché que uno me pidió que le firmara no sé qué papel, y me hice revisar de este oído que a veces lo tengo tapado.

—Fenómeno —dijo el Rusito, impresionado—. Mirá lo que me perdí. Lástima que justo ese día me tenía que estrenar.

Otro de los amigos, metido en un enorme cuello duro, se levantó de golpe.

—¡Manyá quiénes vienen! ¡Pibe, qué fenómeno!

Solemnes, brillante el pelo, impecables los trajes a cuadros, los bandoneonistas de la típica de Asdrúbal Crésida se abrían paso entre las mesas cada vez más concurridas. Tras de ellos entró un joven vestido de gris perla y camisa negra, que sujetaba su corbata color crema con un alfiler en forma de escudo futbolístico.

—Mi hermano —dijo el Pelusa, aunque nadie ignoraba ese importante detalle—. Te das cuenta, nos vino a dar una sorpresa.

El conocido intérprete Humberto Roland llegó a la mesa y dio efusivamente la mano a todo el mundo salvo a su madre.

—Fenómeno, pibe —dijo el Pelusa—. ¿Te hiciste reemplazar en la radio?

—Pretexté un dolor de muelas —dijo Humberto Roland—. Única forma de que esos sujetos no me descuenten. Aquí los compañeros de la orquesta también han querido despedirlos.

Conminado, Roberto agregó otra mesa y cuatro sillas, el artista pidió un mazagrán, y los instrumentistas coincidieron en la cerveza.

IX

Paula y Raúl entraron por la puerta de Florida y se sentaron a una mesa del lado de la ventana. Paula miró apenas el interior del café, pero a Raúl lo divertía el juego de adivinar entre tantos sudorosos porteños a los probables compañeros de viaje.

—Si no tuviera la convocatoria en el bolsillo creería que es una broma de algún amigo —dijo Raúl—. ¿No te parece increíble?

—Por el momento me parece más bien caluroso —dijo Paula—. Pero admito que la carta vale el viaje.

Raúl desplegó un papel color crema y sintetizó:

—A las 18 en este café. El equipaje será recogido a domicilio por la mañana. Se ruega no concurrir acompañado. El resto corre por cuenta de la Dirección de Fomento. Como lotería, hay que reconocer que se las trae. ¿Por qué en este café, decime un poco?

—Hace rato que he renunciado a entender este asunto —dijo Paula— como no sea que te sacaste un premio y me invitaste, descalificándome para siempre del *Quién es quién* en la Argentina.

—Al contrario, este viaje enigmático te dará gran prestigio. Podés hablar de un retiro espiritual, decir que estás trabajando en una monografía sobre Dylan Thomas, poeta de turno en las confiterías literarias. Por mi parte considero que el mayor encanto de toda locura está en que siempre acaba mal.

—Sí, a veces eso puede ser un encanto —dijo Paula—. *Le besoin de la fatalité*, que le dicen.

—En el peor de los casos será un crucero como cualquier otro, sólo que no se sabe muy bien adónde. Duración, de tres a cuatro meses. Confieso que esto último me decidió. ¿Adónde son capaces de llevarnos con tanto tiempo? ¿A la China, por ejemplo?

—¿A cuál de las dos?

—A las dos, para hacer honor a la tradicional neutralidad argentina.

—Ojalá, pero ya verás que nos llevan a Génova y de allí en autocar por toda Europa hasta dejarnos hechos pedazos.

—Lo dudo —dijo Raúl—. Si fuera así lo habrían afichado clamorosamente. Andá a saber qué lío se les ha armado a la hora de embarcarnos.

—De todos modos —dijo Paula— algo se hablaba del itinerario.

—Absolutamente aleatorio. Vagos términos contractuales que ya no recuerdo, insinuaciones destinadas a despertar nuestro instinto de aventura y de azar. En resumen, un grato viaje, condicionado por las circunstancias mundiales. Es decir que no nos van a llevar a Argelia ni a Vladivostok ni a Las Vegas. La gran astucia fue lo de las licencias automáticas. ¿Qué burócrata resiste? Y el talonario de cheques del viajero, eso también cuenta. Dólares, fijate un poco, dólares.

—Y de poder invitarme a mí.

—Por supuesto. Para ver si el aire salado y los puertos exóticos curan de mal de amores.

—Siempre será mejor que el gardenal —dijo Paula mirándolo. Raúl la miró a su vez. Se quedaron un momento así, inmóviles, casi desafiantes.

—Vamos —dijo Raúl— dejate de tonterías ahora. Me lo prometiste.

—Claro —dijo Paula.

—Siempre decís «claro» cuando todo está más que oscuro.

—Fijate que dije: siempre será mejor que el gardenal.

—De acuerdo, *on laisse tomber*.

—Claro —repitió Paula—. No te enojes, bonito. Te estoy agradeciendo, creéme. Me sacás de un pantano al invitarme, aunque perezca mi escasa reputación. De veras, Raúl, creo que el viaje me servirá de algo. Sobre todo si nos metemos en un lío absurdo. Lo que nos vamos a reír.

—Siempre será otra cosa —dijo Raúl—. Estoy un poco harto de proyectar chalets para gente como tu familia o la mía. Comprendo que esta solución es bastante idiota y que no es solución sino mero aplazamiento. Al final volveremos y todo será como antes. Pero a lo mejor es ligeramente menos o más que como antes.

—Nunca entenderé por qué no aprovechaste para viajar con un amigo, con alguien más cercano que yo.

—Quizá por eso, milady. Para que la cercanía no me siguiera atando a la gran capital del sud. Aparte que eso de cercanía, vos sabés...

—Creo —dijo Paula mirándolo en los ojos— que sos un gran tipo.

—Gracias. No es cierto, pero vos le das una apariencia de realidad.

—Yo creo también que el viaje va a ser muy divertido.

—Muy.

Paula respiró profundamente. De pronto, así, algo como la felicidad.

—¿Vos trajiste píldoras para el mareo? —preguntó.

Pero Raúl miraba hacia una congregación de estrepitosos jóvenes.

—Madre mía —dijo—. Hay uno que parece que va a cantar.

A

Aprovechando el diálogo materno-filial Persio piensa y observa en torno, y a cada presencia aplica el logos o del logos extrae el hilo, del meollo la fina pista sutil con vistas al espectáculo que deberá —así él quisiera— abrirle el portillo hacia la síntesis. Desiste sin esfuerzo Persio de las figuras adyacentes a la secuencia central, calcula y concentra la baza significativa, cala y hostiga la circunstancia ambiente, separa y analiza, aparta y pone en la balanza. Lo que ve adquiere el relieve que daría una fiebre fría, una alucinación sin tigres ni coleópteros, un ardor que persigue su presa sin saltos de mono ni cisnes de ecolalia. Ya han quedado fuera del café las comparsas que asisten a la partida (pero de juego se habla ahora) sin saber de su parada. A Persio le va gustando aislar en la platina la breve constelación de los que quedan, de los que han de viajar de veras. No sabe más que ellos de las leyes del juego, pero siente que están naciendo ahí mismo de cada uno de los jugadores, como en un tablero infinito entre adversarios mudos, para alfiles y caballos como delfines y sátiros juguetones. Cada jugada una naumaquia, cada paso un río de palabras o de lágrimas, cada casilla un grano de arena, un mar de sangre, una comedia de ardillas o un fracaso de juglares que ruedan por un prado de cascabeles y aplausos.

Así un municipal concierto de buenas intenciones encaminadas a la beneficencia y quizá (sin saberlo con certeza) a una oscura ciencia en la que talla la suerte, el destino de los agraciados, ha hecho posible este congreso en el London, *este pequeño ejército del que Persio sospecha las cabezas de fila, los furrieles, los tránsfugas y quizá los héroes, atisba las distancias de acuario a mirador, los hielos de tiempo que separan una mirada de varón de una sonrisa vestida de* rouge, *la incalculable lejanía de los destinos que de pronto se vuelven gavilla en una cita, la mezcla casi pavorosa de seres solos que se encuentran de pronto viniendo desde taxis y estaciones y amantes y bufetes,*

que son ya un solo cuerpo que aún no se reconoce, no sabe que
es el extraño pretexto de una confusa saga que quizás en vano
se cuente o no se cuente.

X

—Y así —dijo Persio suspirando— somos de pronto, a lo mejor, una sola cosa que nadie ve, o que alguien ve o que alguien no ve.

—Usted sale como de debajo del agua —dijo Claudia— y quiere que yo comprenda. Deme primero las ideas intermedias. ¿O su frente de ataque es inevitablemente hermético?

—No, qué va a ser —dijo Persio—. Sólo que es más fácil ver que contar lo que se ha visto. Yo le agradezco una barbaridad que me haya dado la ocasión de este viaje, Claudia. Con usted y Jorge me voy a sentir tan bien. Todo el día en la cubierta haciendo gimnasia y cantando, si es que está permitido.

—¿Nunca anduviste en barco? —preguntó Jorge.

—No, pero he leído las novelas de Conrad y de Pío Baroja, autores que ya admirarás dentro de unos años. ¿No le parece, Claudia, como si al emprender una actividad cualquiera renunciáramos a algo de lo que somos para integrarnos en una máquina casi siempre desconocida, un ciempiés en el que seremos apenas un anillo y un par de pedos, en el sentido locomotor del término?

—¡Dijo pedo! —gritó entusiasmado Jorge.

—Lo dijo, pero no es lo que te figurás. Yo creo, Persio, que sin eso que usted llama renuncia no seríamos gran cosa. Demasiado pasivos somos ya, demasiado aceptamos el destino. Unos estilistas, a lo sumo, o como esos santones con un nido de pájaros en la cabeza.

—Mi observación no era axiológica y mucho menos normativa —dijo Persio con su aire más petulante—. En realidad lo que hago es recaer en el unanimismo pasado de moda, pero le busco la vuelta por otro lado. Es bien sabido que un grupo es más y a la vez menos que la suma de sus componentes. Lo que me gustaría averiguar, si pudiera colocarme dentro y fuera de este grupo —y creo que se puede— es si el ciempiés humano responde a algo más que al azar en su constitución y su disolución; si es una figura, en un sentido mágico, y si esa figura es capaz de moverse bajo ciertas circunstancias en planos más esenciales que los de sus miembros aislados. Uf.

—¿Más esenciales? —dijo Claudia—. Veamos primero ese vocabulario sospechoso.

—Cuando miramos una constelación —dijo Persio— tenemos algo así como una seguridad de que el acorde, el ritmo que une sus estrellas, y que ponemos nosotros, claro, pero que ponemos porque también allí pasa algo que determina ese acorde, es más hondo, más sustancial que la presencia aislada de sus estrellas. ¿No ha notado que las estrellas sueltas, las pobres que no alcanzan a integrarse en una constelación, parecen insignificantes al lado de esa escritura indescifrable? No sólo las razones astrológicas y mnemotécnicas explican la sacralización de las constelaciones. El hombre debe haber sentido desde un principio que cada una de ellas era como un clan, una sociedad, una raza: algo activamente diferente, quizá hasta antagónico. Algunas noches yo he vivido la guerra de las estrellas, su juego insoportable de tensiones. Y eso que en la azotea de la pensión no se ve muy bien, siempre hay humo en el aire.

—¿Vos mirabas las estrellas con un telescopio, Persio?

—Oh, no —dijo Persio—. Sabés, ciertas cosas hay que mirarlas con los ojos desnudos. No es que me oponga a la ciencia, pero pienso que sólo una visión poética puede abarcar el sentido de las figuras que escriben y conciertan los ángeles. Esta noche, aquí en este pobre café, puede haber una de esas figuras.

—¿Dónde está la figura, Persio? —dijo Jorge, mirando para todos lados.

—Empieza con la lotería —dijo Persio muy serio—. Un juego de bolillas ha elegido a unos cuantos hombres y mujeres entre varios cientos de miles. A su vez los ganadores han elegido sus acompañantes, cosa que por mi parte agradezco mucho. Fíjese, Claudia, nada hay de pragmático ni de funcional en la ordenación de la figura. No somos la gran rosa de la catedral gótica sino la instantánea y efímera petrificación de la rosa del calidoscopio. Pero antes de ceder y deshojarse ante una nueva rotación caprichosa, ¿qué juegos se jugarán entre nosotros, cómo se combinarán los colores fríos y los cálidos, los lunáticos y los mercuriales, los humores y los temperamentos?

—¿De qué calidoscopio estás hablando, Persio? —dijo Jorge.

Se oyó a alguien que cantaba un tango.

XI

Tanto la madre como el padre y la hermana del alumno Felipe Trejo opinaron que no estaría mal pedir un té con masas. Vaya a saber a qué hora se cenaría a bordo, y además no era bueno subir con el estómago vacío (a los helados no se les puede llamar comida, es algo que se derrite). A bordo convendría comer cosas secas al principio, y acostarse boca arriba. Lo peor para el mareo era la sugestión. Tía Felisa se mareaba de sólo ir al puerto, o en el cine cuando pasaban una de submarinos. Felipe escuchaba con un infinito aburrimiento las frases que se sabía de memoria. Ahora su madre diría que cuando era joven se había mareado en el Delta. Ahora el señor Trejo le haría notar que él le había aconsejado ese día que no comiera tanto melón. Ahora la señora de Trejo diría que el melón no había tenido la culpa porque lo había comido con sal y el melón con sal no hace daño. Ahora le hubiera gustado saber de qué hablaban en la mesa de Gato Negro y López; seguro que del Nacional, de qué iban a hablar los profesores. En realidad, hubiera tenido que ir a saludar a los profesores pero para qué, ya se los encontraría a bordo. López no le molestaba, al contrario, era un tipo macanudo, pero Gato Negro, justamente esa secatura venir a ligarse un premio.

Inevitablemente volvió a pensar en la Negrita, que se había quedado en casa con una cara no muy triste pero un poco triste. No por él, claro. Lo que le dolía a la muy atorranta era no poder viajar con los patrones. En el fondo él había sido un idiota, total si exigía que viniera la Negrita su madre hubiera tenido que aflojar. O la Negrita o nadie. «Pero, Felipe...» «¿Y qué? ¿No te viene bien tener la mucama a bordo?» Pero ahí se hubieran dado cuenta de sus intenciones. Capaces de hacerle la porquería de que no era mayor de edad, aviso al juez y minga de crucero. Se preguntó si realmente los viejos hubieran sacrificado el viaje por eso. Seguro que no. Bah, al fin y al cabo qué le importaba la Negrita. Hasta el final no había querido que él subiera a su pieza por más que la toqueteaba en el pasillo y le hablaba de regalarle un reloj pulsera en cuanto le sacara plata al viejo. Chinita desgraciada, y pensar que con esas piernas... Felipe empezó a sentir ese dulce ablandamiento del cuerpo que anunciaba un fenómeno enteramente opuesto, y se sentó derecho en la silla. Eligió la masa con más chocolate, un décimo de segundo antes que la Beba.

—El grosero de siempre. Angurriento.

—Acabala, dama de las camelias.

—Chicos... —dijo la señora de Trejo.

A bordo quién sabe si había pibas para trabajarse. Se acordó —sin ganas pero inevitablemente— de Ordóñez, el capo de la barra de quinto año, sus consejos en un banco del Congreso una noche de verano. «Apilate firme, pibe, ya sos grande para hacerte la paja.» A su negativa desdeñosa pero un poco azorada, Ordóñez había contestado con una palmada en la rodilla. «Andá, andá, no te hagás el machito conmigo. Te llevo dos años y sé. A tu edad es pura María Muñeca, che. ¿Qué tiene de malo? Pero ahora que ya vas a las milongas no te podés conformar con eso. Mirá, la primera que te dé calce te la llevás a remar al Tigre, ahí se puede coger en todas partes. Si no tenés guita me avisás, yo le digo a mi hermano el contador que te deje el bulín una tarde. Siempre en la cama es mejor, te imaginás...» Y una serie de recuerdos, de detalles, de consejos de amigo. Con toda su vergüenza y su rabia, Felipe le había estado agradecido a Ordóñez. Qué diferencia con Alfieri, por ejemplo. Claro que Alfieri...

—Aquí parece que va a haber música —dijo la señora de Trejo.

—Qué chabacano —dijo la Beba—. No deberían permitir.

Cediendo a los gentiles pedidos de parientes y amigos, el popular cantor Humberto Roland se había puesto de pie mientras el Pelusa y el Rusito ayudaban con gran reparto de empujones y argumentos a que los tres bandoneonistas pudieran instalarse cómodos y desenfundar los instrumentos. Se oían risas y algunos chistidos, y la gente se agolpaba en las ventanas que daban a la Avenida. Un vigilante miraba desde Florida con evidente desconcierto.

—¡Fenómeno, fenómeno! —gritaba el Rusito—. ¡Che Pelusa, qué grande que es tu hermano!

El Pelusa se había instalado otra vez al lado de la Nelly y hacía gestos para que se callara la gente.

—¡Che, a ver si atienden un poco! Mama mía, este local es propiamente la escomúnica.

Humberto Roland tosió y se alisó el pelo.

—Tendrán que perdonar que no pudimos venir con la sección rítmica —dijo—. Se hará lo que se pueda.

—Eso, pibe, eso.

—En despedida a mi querido hermano y a su simpática novia, les voy a cantar el tango de Visca y Cadícamo, *Muñeca brava*.

—¡Fenómeno! —dijo el Rusito.

Los bandoneones culebrearon la introducción y Humberto Roland, luego de colocar la mano izquierda en el bolsillo del pantalón y proyectar la derecha en el aire, cantó:

Che madám que parlás en francés
y tirás ventolín a dos manos,
que cenás con champán bien frapé
y en el tango enredás tu ilusión...

Era perceptible en el *London* una repentina cuanto sorprendente inversión acústica, pues al quedar la mesa del Pelusa sumida en cadavérico silencio, las charlas de los alrededores se volvían más conspicuas. El Pelusa y el Rusito pasearon miradas furibundas, mientras Humberto Roland engolaba la voz.

Tenés un camba que te acamala
y veinte abriles que son diqueros...

Carlos López se sintió perfectamente feliz, y se lo hizo saber a Medrano. El doctor Restelli estaba visiblemente molesto —según dijo— por el cariz que tomaban los acontecimientos.

—Soltura envidiable de esa gente —dijo López—. Hay casi una perfección en la forma en que actúan dentro de sus posibilidades, sin la menor sospecha de que el mundo sigue más allá de los tangos y de Racing.

—Miren a Don Galo —dijo Medrano—. El viejo se está asustando, me parece.

Don Galo había pasado de la estupefacción a las señas conminatorias al chofer que entró corriendo, escuchó a su amo y volvió a salir. Lo vieron que hablaba con el vigilante que asistía a la escena desde la ventana de Florida. También vieron el gesto del vigilante, consistente en juntar los cinco dedos de la mano vuelta hacia arriba, e imprimirles un movimiento de vaivén vertical.

—Seguro —comentó Medrano—. ¿Qué tiene de malo, al fin y al cabo?

Te llaman todos muñeca brava
porque a los giles mareás sin grupo...

Paula y Raúl gozaban enormemente de la escena, mucho más que Lucio y Nora, visiblemente desconcertados. Una helada prescindencia contraía a la familia de Felipe, quien observaba fascinado las fulgurantes marchas y contramarchas de los dedos de los bandoneonistas. Más allá Jorge entraba en su segundo helado, y Claudia y Persio andaban perdidos en su charla metafísica. Por sobre todos ellos, por encima de la indiferencia o el regocijo de los habitués del *London*, Humberto Roland llegaba al desenlace melancólico de tanta gloria porteña:

Pa mí sos siempre la que no supo
guardar un cacho de amor y juventú...

Entre gritos, aplausos y golpes de cucharitas en la mesa, el Pelusa se levantó conmovido y abrazó estrechamente a su hermano. Después dio la mano a los tres bandoneonistas, se golpeó el pecho y sacó un enorme pañuelo para sonarse. Humberto Roland agradeció los aplausos con aire condescendiente, y la Nelly y las señoritas iniciaron el semicoro laudatorio que el cantor escuchó con una sonrisa incansable. Entonces un niño muy poco visible hasta ese momento soltó una especie de bramido, resultante de haberse atragantado con una masa de crema, y en la mesa hubo gran revuelo, rematado con un clamor universal tendiente a que Roberto trajera un vaso de agua.

—Estuviste grande —decía el Pelusa, enternecido.

—Como siempre, nomás —contestaba Humberto Roland.

—Qué sentimiento que tiene —opinó la madre de la Nelly.

—Siempre fue así —dijo la señora de Presutti—. A él que no le hablaran de estudiar ni nada. El arte solamente.

—Como yo —decía el Rusito—. Qué estudiar ni que ocho cuartos. Meta piñas nomás.

La Nelly acabó de sacar los pedazos de masa de la garganta del niño. La gente agolpada en las ventanas empezaba a retirarse, y el doctor Restelli se pasó el dedo por el cuello almidonado y mostró visible alivio.

—Bueno —dijo López—. Parece que ya es la hora.

Dos caballeros vestidos de azul oscuro acababan de situarse en el centro del café. Uno de ellos golpeó secamente las manos y el otro hizo un gesto para reclamar silencio. Con una voz que hubiera podido prescindir de esa precaución, dijo:

—Se ruega a los señores clientes que no hayan sido citados por escrito, así como a los señores que han venido a despedir a los citados, que se retiren del lugar.

—¿Lo qué? —preguntó la Nelly.

—Que se tenemo de ir —dijo uno de los amigos del Pelusa—. Vos te das cuenta, justo cuando los estábamo divirtiendo más.

Pasada la sorpresa, empezaban a oírse exclamaciones y protestas de los parroquianos. El hombre que había hablado levantó una mano con la palma hacia delante y dijo:

—Soy inspector de la Dirección de Fomento, y cumplo órdenes superiores. Ruego a las personas citadas que permanezcan en su lugar, y a los demás que salgan lo antes posible.

—Mirá —dijo Lucio a Nora—. Hay un cordón de vigilantes en la Avenida. Esto más parece un allanamiento que otra cosa.

El personal del *London*, tan sorprendido como los clientes, no daba abasto para cobrar de golpe todas las consumiciones, y había extraordinarias complicaciones de vueltos, devoluciones de masas y otros detalles técnicos. En la mesa del Pelusa se oía llorar a gritos. La señora de Presutti y la madre de la Nelly pasaban por el duro trance de despedirse de los parientes que quedaban en tierra. La Nelly consolaba a su madre y a su futura suegra, el Pelusa volvió a abrazar a Humberto Roland, y cambió palmadas en la espalda con toda la barra.

—¡Felicidad, felicidad! —gritaban los muchachos—. ¡Escribí, Pelusa!

—¡Te mando una postal, pibe!

—¡No te olvidés de la barra, che!

—¡Qué me voy a olvidar! ¡Felicidad, eh!

—¡Viva Boca! —gritaba el Rusito, mirando desafiante a los de las otras mesas.

Dos caballeros de aire patricio se habían acercado al inspector de Fomento y lo miraban como si acabara de caer de otro planeta.

—Usted obedecerá a las órdenes que quiera —dijo uno de ellos— pero en mi vida he visto un atropello semejante.

—Sigan, sigan —dijo el inspector sin mirarlos.

—Soy el doctor Lastra —dijo el doctor Lastra— y conozco tan bien como usted mis derechos y obligaciones. Este café es público, y nadie puede hacerme salir sin una orden escrita.

El inspector sacó un papel y se lo mostró.

—¿Y qué? —dijo el otro caballero—. No es más que un atropello legalizado. ¿Acaso estamos en estado de sitio?

—Haga constar su protesta por la vía que corresponda —dijo el inspector—. Che Viñas, hacé salir a esas señoras del saloncito. A ver si se van a estar empolvando hasta mañana.

En la Avenida había tanta gente forcejeando con el cordón policial para ver lo que pasaba, que el tráfico acabó por interrumpirse. Los parroquianos iban saliendo con caras de asombro y escándalo por el lado de Florida, donde era menor la aglomeración. El llamado Viñas y el inspector de Fomento recorrieron las mesas pidiendo que se les mostrara la convocatoria y se identificara a los acompañantes. Un vigilante recostado en el mostrador charlaba con los mozos y el cajero, que tenían orden de no moverse de donde estaban. Casi vacío, el *London* tomaba un aire de ocho de la mañana que la caída de la noche y estrépito en la calle desmentían extrañamente.

—Bueno —dijo el inspector—. Ya pueden bajar las metálicas.

B

Por qué razón ha de ser así una tela de araña o un cuadro de Picasso, es decir, por qué el cuadro no ha de explicar la tela y la araña no ha de fijar la razón del cuadro. Ser así, ¿qué quiere decir? De la más pequeña partícula de tiza, lo que se vea en ella será con arreglo a la nube que pasa por la ventana o la esperanza del contemplador. Las cosas pesan más si se las mira, ocho y ocho son dieciséis y el que cuenta. Entonces ser así puede apenas valer así o anunciar así o engañar así. En esa forma un conjunto de gentes que han de embarcarse no ofrece garantía ni de embarque en cuanto cabe suponer que las circunstancias pueden variar y no habrá embarque, o pueden no variar y habrá embarque, en cuyo caso la tela de araña o el cuadro de Picasso o el conjunto de gente embarcada cristalizarán y ya no podrá pensarse de esta última que es un conjunto de gentes que han de embarcarse. En todos los casos la tentativa tan retórica y tan triste de querer que algo por fin sea y se aquiete, verá correr por las mesas del London *las gotas inapresables del mercurio, maravilla de infancia.*

Lo que acerca a una cosa, lo que induce y encamina a una cosa. El otro lado de una cosa, el misterio que la trajo (sí, parece como si la trajera, se siente que no es posible decir: «que la llevó») a ser lo que es. Todo historiador camina por una galería de formas de Hans Arp a las que no puede dar la vuelta, teniendo que contentarse con verlas de frente, a ambos lados de la galería, ver las formas de Hans Arp como si fueran telas colgadas de las paredes. El historiador conoce muy bien las causas de la batalla de Zama, es exacto que las conoce, sólo que las causas que conoce son otras formas de Hans Arp en otras galerías, y las causas de esas causas o los efectos de las causas de esas causas están brillantemente iluminadas de frente como las formas de Hans Arp en cada galería. Entonces lo que acerca a una cosa, su otro lado quizá verde o blando, el otro lado de los efectos y el otro lado de las causas, otra óptica y otro tacto po-

drían tal vez soltar delicadamente las cintas rosa o celeste de los antifaces, dejar caer el rostro, la fecha, las circunstancias de la galería (brillantemente iluminada) y escarbar con un palito de paciencia a lo largo de una considerable poesía.

De esa manera y sin que la socorrida analogía aporte al presente en que estamos y estaremos sus vistosas alternancias, es posible que al nivel del suelo sea el London, que a diez metros de altura sea un torpe tablero de damas con las piezas mal ajustadas a las casillas y faltando a todo concierto de claroscuro y convención estatuida, que a veinte centímetros sea el rostro rubicundo de Atilio Presutti, que a tres milímetros sea una brillante superficie de níquel (¿un botón, un espejo?), que a cincuenta metros coincida con el guitarrero pintado por Picasso en 1918 y que fue de Apollinaire. Si la distancia que hace de una cosa lo que es se mide por nuestra seguridad de estar sabiendo la cosa tal cual es, de poco valdría seguir esta escritura, afanarse alegremente por urdir su fábrica. Mucho menos cabría confiar en explicarse las razones de la convocatoria, suficientemente concretada en cartas con membrete oficial y firma rubricada. El desarrollo en el tiempo (inevitable punto de vista, aberrante causación) sólo se concibe por obra de un empobrecedor encasillamiento eleático en antes, ahora y después, a veces encubierto de duración gálica o de influencia extratemporal de vaga justificación hipnótica. El mero ahora de lo que está pasando (la policía ha bajado las metálicas) refleja y triza el tiempo en incontables facetas; de algunas de ellas se podrá quizá remontar al rayo hialino, volver atrás, y así en la vida de Paula Lavalle estará de nuevo un jardín de Acassuso, o Gabriel Medrano entornará la puerta de vidrios de colores de su infancia en Lomas de Zamora. Nada más que eso, y eso es menos que nada en la selva de hojas causales que han traído a esta convocación. La historia del mundo brilla en cualquier botón de bronce del uniforme de cualquiera de los vigilantes que disuelven la aglomeración. En el mismo instante en que el interés se concentra en ese botón (el segundo contando desde del cuello)

las relaciones que lo abarcan y lo traen a ser esa cosa que es, son
como aspiradas hacia el horror de una vastedad frente a la que
ni siquiera caer de boca contra el suelo tiene sentido. El vórtice
que desde el botón amenaza absorber al que lo mira, si osa
algo más que mirarlo, es la entrevisión abrumadora del juego
mortal de espejos que sube de los efectos a las causas. Cuando
los malos lectores de novelas insinúan la conveniencia de la
verosimilitud, asumen sin remedio la actitud del idiota que
después de veinte días de viaje a bordo de la motonave Claude
Bernard, *pregunta, señalando la proa:* «C'est-par-là-qu'on-va-
en-avant?».

XII

Cuando salieron era casi de noche, y rojizos nubarrones de
calor se aplastaban contra el cielo del centro. Con gran defe-
rencia el inspector comisionó a dos vigilantes para que ayuda-
ran al chofer a transportar a Don Galo hasta un autocar que
esperaba más lejos, cerca de los fondos del Cabildo. La distancia y el cruce de la calle complicaron inexplicablemente el traslado de Don Galo, obligando de paso a que otro vigilante
cortara el tránsito en la esquina de Bolívar. Contra lo que Medrano y López habían creído, no quedaban demasiados curiosos en la calle, la gente miraba un momento el raro espectáculo
del *London* con las metálicas bajas, cambiaba algún comentario
y seguía viaje.

—¿Por qué diablos no arrimaron el autocar al café? —preguntó Raúl a uno de los vigilantes.

—Órdenes, señor —dijo el vigilante.

Las presentaciones recíprocas, promovidas por el amable
inspector y continuadas espontáneamente por los viajeros entre azorados y divertidos, les permitían ya formar un grupo
compacto que siguió como un cortejo la silla de ruedas de Don
Galo. El autocar debía pertenecer al ejército, aunque no se veía

ninguna inscripción sobre la reluciente pintura negra. Tenía ventanillas muy estrechas, y la introducción de Don Galo resultó particularmente complicada por la confusión del momento y la buena voluntad de todo el mundo y en especial del Pelusa, que se afanaba en el estribo dando órdenes y contraórdenes al taciturno chófer. Tan pronto como Don Galo quedó instalado en el primer asiento y la silla se plegó como un acordeón gigante entre las manos del chofer, los viajeros subieron y se instalaron casi a ciegas en el tenebroso vehículo. Lucio y Nora, que habían cruzado la Avenida estrechamente tomados del brazo, buscaron un asiento del fondo y se quedaron muy quietos, mirando con algún recelo a los demás pasajeros y a los policías dispersos en la calle. Ya Medrano y López habían iniciado la charla con Raúl y Paula, y el doctor Restelli cambiaba los comentarios de rigor con Persio. Claudia y Jorge se divertían mucho, cada uno a su modo; los demás estaban demasiado ocupados en hablarse a gritos para fijarse en lo que ocurría.

El ruido de las metálicas del *London*, que Roberto y el resto del personal volvían a levantar, le llegó a López como un acorde final, un cierre de algo que definitivamente quedaba atrás. Medrano, a su lado, encendía otro cigarrillo y miraba las ilegibles pizarras de *La Prensa*. Entonces sonó una bocina y el autocar arrancó muy despacio. En el acongojado grupo del Pelusa se opinaba que las despedidas son siempre dolorosas porque unos se van pero otros se quedan, pero que mientras hubiera salud, a lo que se hacía observar que los viajes son siempre la misma cosa, la alegría de unos y la pena de los demás, porque están los que se van pero hay que pensar también en los que se quedan. El mundo está mal organizado, siempre es igual, para unos todo y para otros nada.

—¿Qué le pareció el discurso del inspector? —preguntó Medrano.

—Bueno, pasó algo que me pasa muchas veces —dijo López—. Mientras el tipo daba las explicaciones me parecieron inobjetables, y llegué a sentirme perfectamente cómodo en esta situación. Ahora ya no me parecen tan convincentes.

—Hay una especie de lujo de detalles que me divierte —dijo Medrano—. Hubiera sido mucho más sencillo citarnos en la aduana o en el muelle, ¿no le parece? Pero se diría que eso priva de un secreto placer a alguien que a lo mejor está mirándonos desde una de esas oficinas de la Municipalidad. Como ciertas partidas de ajedrez, en las que por puro lujo se complican los movimientos.

—A veces —dijo López— se los complica para enmascararlos. En todo esto hay como un fracaso escondido, un poco como si estuvieran a punto de escamotearnos el viaje, o realmente no supieran qué hacer con nosotros.

—Sería una lástima —dijo Medrano, acordándose de Bettina—. No me gustaría nada quedarme de a pie a último momento.

Por el Bajo, donde era ya de noche, se iban acercando a la dársena norte. El inspector tomó un micrófono y se dirigió a los pasajeros con el aire de un cicerone de Cook. Raúl y Paula, sentados adelante, notaron que el chofer conducía muy despacio para dar tiempo a que el inspector se explayara.

—Te habrás fijado en algunos compañeros —dijo Raúl al oído de Paula—. El país está bastante bien representado. La surgencia y la decadencia en sus formas más conspicuas... Me pregunto qué diablos hacemos aquí.

—Yo creo que me voy a divertir —dijo Paula—. Oí esas explicaciones que está dando nuestro Virgilio. La palabra «dificultades» aparece a cada momento.

—Por diez pesos que costaba el número —dijo Raúl— no creo que se puedan pretender facilidades. ¿Qué me decís de la madre con el niño? Me gusta su cara, tiene algo fino en los pómulos y la boca.

—El más memorable es el inválido. Tiene algo de garrapata.

—El chico que viaja con la familia, ¿qué te parece?

—En todo caso, la familia que viaja con el chico.

—La familia es más borrosa que él —dijo Raúl.

—Todo es según el color del cristal con que se mira —recitó Paula.

El inspector hacía-especial-hincapié en la necesidad de conservar en todo trance la ecuanimidad-que-caracteriza-a-las-personas-cultas, y no alterarse por pequeños detalles y dificultades («y dificultades») de organización.

—Pero si todo está muy bien —dijo el doctor Restelli a Persio—. Todo muy correcto, ¿no le parece?

—Ligeramente confuso, diría yo por decir algo.

—No, nada de eso. Supongo que las autoridades habrán tenido sus razones para organizar las cosas tal como lo han hecho. Personalmente yo hubiera cambiado algunos detalles, no se lo ocultaré, y sobre todo la lista definitiva de pasajeros teniendo en cuenta que no todas las personas presentes están verdaderamente a la altura de las demás. Hay un jovencito, lo verá usted en uno de los asientos del otro lado...

—Todavía no nos conocemos —dijo Persio—. A lo mejor no nos conoceremos nunca.

—Usted puede ser que no los conozca, señor. Por mi parte, mis funciones docentes...

—Bueno —dijo Persio, con un majestuoso movimiento de la mano—. En los naufragios los peores malandras suelen resultar fenomenales. Vea lo que pasó cuando lo del *Andrea Doria*.

—No recuerdo —dijo el doctor Restelli, un tanto amoscado.

—Se dio el caso de un monje que salvó a un marinero. Ya ve que nunca se puede saber. ¿No le parece bastante afligente lo que ha dicho el inspector?

—Todavía está hablando. Quizá deberíamos atender.

—Lo malo es que repite siempre la misma cosa —dijo Persio—. Y ya estamos por entrar en los muelles.

A Jorge le interesaba de golpe el destino de su pelota de goma y del balero con chinches doradas. ¿En qué valija los habían guardado? ¿Y la novela de Davy Crockett?

—Encontraremos todo en la cabina —dijo Claudia.

—Qué lindo, una cabina para los dos. ¿Vos te mareás, mamá?

—No. Casi nadie se va a marear, salvo Persio, me temo, y también algunas de esas señoras y señoritas de la mesa donde cantaban tangos. Es fatal, sabés.

Felipe Trejo barajaba una lista imaginaria de escalas («a menos que inconvenientes insalvables obliguen a modificaciones de última hora», estaba diciendo el inspector). El señor y la señora de Trejo miraban hacia la calle, siguiendo cada farol de alumbrado como si no fueran a verlos más, como si la pérdida les resultara abrumadora.

—Siempre es triste irse de la patria —dijo el señor Trejo.

—¿Qué tiene? —dijo la Beba—. Total volvemos.

—Eso, querida —dijo la señora de Trejo—. Siempre se vuelve al rincón donde empezó la existencia, como dicen en esa poesía.

Felipe elegía nombres como si fueran frutas, los daba vuelta en la boca, los apretaba poco a poco: Río, Dakar, Ciudad del Cabo, Yokohama. «Nadie de la barra va a ver tantas cosas juntas —pensó—. Les voy a mandar postales con vistas...» Cerró los ojos, se estiró en el asiento. El inspector aludía a la necesidad ineludible de guardar ciertas precauciones.

—Debo señalar a ustedes la necesidad ineludible de guardar ciertas precauciones —dijo el inspector—. La Dirección ha cuidado todos los detalles, pero las dificultades de último momento obligarán quizás a modificar ciertos aspectos del viaje.

El cloqueo por completo inesperado de Don Galo Porriño se alzó en el doble silencio de la pausa del inspector y un punto muerto del autocar:

—¿En qué barco nos embarcamos? Porque eso de no saber en qué barco nos embarcamos...

XIII

«Ésa es la pregunta —pensó Paula—. Exactamente la triste pregunta que puede estropear el juego. Ahora contestarán: "En el...".»

—Señor Porriño —dijo el inspector— el barco constituye precisamente una de las dificultades técnicas a que venía aludiendo. Hace una hora, cuando tuve el placer de reunirme con ustedes, la Dirección acababa de tomar un acuerdo al respecto, pero en el interín pueden haberse producido derivaciones insospechadas, de resultas de las cuales se modifique la situación. Creo, pues, más oportuno que esperemos unos pocos minutos, y así saldremos definitivamente de dudas.

—Cabina individual —dijo secamente Don Galo—, con baño privado. Es lo convenido.

—Convenido —dijo amablemente el inspector— no es precisamente el término, pero no creo, señor Porriño, que se planteen dificultades en ese sentido.

«No es como un sueño, sería demasiado fácil —pensó Paula—. Raúl diría que es más bien como un dibujo, un dibujo...»

—¿Un dibujo cómo? —preguntó.

—¿Cómo un dibujo cómo? —dijo Raúl.

—Vos dirías que todo esto es más bien como un dibujo...

—Anamórfico, burra. Sí, es un poco eso. De modo que ni siquiera se sabe en qué buque nos meten.

Se echaron a reír porque a ninguno de los dos les importaba. No era el caso del doctor Restelli, conmovido por primera vez en sus convicciones sobre el orden estatal. A López y a Medrano la intervención de Don Galo les había dado ganas de fumarse otro Fontanares. También ellos se divertían enormemente.

—Parece el tren fantasma —dijo Jorge, que comprendía muy bien lo que estaba ocurriendo—. Te metés adentro y pasan toda clase de cosas, te anda una araña peluda por la cara, hay esqueletos que bailan...

—Vivimos quejándonos de que nunca ocurre nada interesante —dijo Claudia—. Pero cuando ocurre (y sólo una cosa así puede ser interesante) la mayoría se inquieta. No sé lo que piensan ustedes, por mi parte los trenes fantasmas me divierten mucho más que el Ferrocarril General Roca.

—Por supuesto —dijo Medrano—. En el fondo lo que inquieta a Don Galo y a unos cuantos más es que estamos viviendo una especie de suspensión del futuro. Por eso están preocupados y preguntan el nombre del barco. ¿Qué quiere decir el nombre? Una garantía para eso que todavía se llama mañana, ese monstruo con la cara tapada que se niega a dejarse ver y dominar.

—Entre tanto —dijo López— empiezan a dibujarse poco a poco las siluetas ominosas de un barquito de guerra y un carguero de colores claros. Probablemente sueco, como todos los barcos con la cara limpia.

—Está bien hablar de suspensión del futuro —dijo Claudia—. Pero esto es también una aventura, muy vulgar pero siempre una aventura, y en ese caso el futuro se convierte en el valor más importante. Si este momento tiene un sabor especial para nosotros se debe a que el futuro le sirve de condimento, y perdónenme la metáfora culinaria.

—Lo que pasa es que no a todos les gustan las salsas picantes —dijo Medrano—. Quizás haya dos maneras radicalmente opuestas de intensificar la sensación de presente. En este caso la Dirección opta por suprimir toda referencia concreta al futuro, fabrica un misterio negativo. Los previsores se asustan, claro. A mí en cambio se me hace más agudo este presente absurdo, lo saboreo minuto a minuto.

—Yo también —dijo Claudia—. En parte porque no creo que haya futuro. Lo que nos ocultan no es nada más que las causas del presente. A lo mejor ellos mismos no saben cuánta magia nos traen con sus burocráticos misterios.

—Por supuesto que no lo saben —dijo López—. Magia, vamos... Lo que debe haber es un lío fenomenal de intereses y de expedientes y de jerarquías, como siempre.

—No importa —dijo Claudia—. Mientras nos sirva para divertirnos como esta noche.

El autocar se había detenido junto a uno de los galpones de la Aduana. El puerto estaba a oscuras, ya que no podía considerarse como luz la de uno que otro farol, y los cigarrillos de los oficiales de policía que esperaban junto a un portón entornado. Las cosas se perdían en la sombra unos pocos metros más allá, y el olor espeso del puerto en verano se aplastó en la cara de los que empezaban a bajar, disimulando la perplejidad o el regocijo. Ya don Galo se instalaba en su silla, el chófer la hacía rodar hacia el portón donde el inspector encaminaba al grupo. No era por casualidad, pensó Raúl, que todos marchaban formando un grupo compacto. Había como una falta de garantías en quedarse atrás.

Uno de los oficiales se adelantó, cortés.

—Buenas noches, señores.

El inspector sacaba unas tarjetas del bolsillo y las entregaba a otro oficial. Brilló una linterna eléctrica, coincidiendo con un lejano toque de bocina y la tos de alguien a quien no se alcanzaba a ver.

—Por aquí, si se molestan —dijo el oficial.

La linterna empezó a arrastrar un ojo amarillo por el piso de cemento lleno de briznas de paja, sunchos rotos, y uno que otro papel arrugado. Las pocas voces que hablaban crecieron de golpe reverberando en el enorme galpón vacío. El ojo amarillo contorneó el largo banco de la aduana y se detuvo para mostrar el paso a los que se acercaban cautelosos. Se oyó la voz del Pelusa que decía: «Qué espamento que hacen, decime si no parece una de Boris Karloff». Cuando Felipe Trejo encendió un cigarrillo (su madre lo contemplaba estupefacta al verlo fumar en su presencia por primera vez) la luz del fósforo hizo bambolearse por un segundo toda la escena, la procesión insegura que se encaminaba hacia el portón del fondo donde apenas se recortaba la oscura luz de la noche. Colgada del brazo de Lucio, Nora cerró los ojos y no quiso abrirlos hasta que estuvieron del otro lado, bajo un cielo sin estrellas pero donde el aire olía a abierto. Fueron los primeros en ver el buque, y cuando Nora excitada se volvía para avisar a los otros, los policías y el inspector rodearon el grupo, se apagó la linterna y en su lugar quedó el débil resplandor de un farol que iluminaba el nacimiento de una planchada de madera. Las palmadas del inspector sonaron secamente, y del fondo del galpón vinieron otras palmadas más secas y mecánicas, como una burla temerosa.

—Les agradezco mucho su espíritu de cooperación —dijo el inspector—, y sólo me resta desearles un agradable crucero. Los oficiales del buque se harán cargo de ustedes en el puente y los acompañarán a sus respectivas cabinas. El barco saldrá dentro de una hora.

A Medrano le pareció de golpe que la pasividad y la ironía ya habían durado bastante, y se destacó del grupo. Como siempre en esos casos, le daban ganas de reírse, pero se contuvo. También como siempre, sentía el sordo placer de contemplarse a sí mismo en el momento en que iba a intervenir en cualquier cosa.

—Dígame, inspector, ¿se sabe cómo se llama este barco?

El inspector inclinó deferentemente la cabeza. Tenía una tonsura que aún en la penumbra le recortaba claramente la coronilla.

—Sí, señor —dijo—. El oficial acaba de informarme, pues le telefonearon desde el centro para que nos trajera hasta aquí. El barco se llama *Malcolm*, y pertenece a la Magenta Star.

—Un carguero, por la línea —dijo López.

—Barco mixto, señor. Los mejores, créame. Un ambiente perfectamente preparado para recibir a un grupo reducido de pasajeros selectos, como es precisamente el caso. Yo tengo mi experiencia en esto, aunque haya pasado la mayor parte de mi carrera en las dependencias impositivas.

—Estarán perfectamente —dijo un oficial de policía—. He subido a bordo y les puedo asegurar. Hubo la huelga de tripulantes, pero ya todo se va arreglando. Ustedes saben lo que es el comunismo, vuelta a vuelta el personal se insubordina, pero por suerte estamos en un país donde hay orden y autoridad, créame. Por más gringos que sean acaban por comprender y se dejan de macanas.

—Suban, señores, por favor —dijo el inspector, haciéndose a un lado—. He tenido el mayor gusto de conocerlos, y lamento no tener la suerte de poder acompañarlos.

Soltó una risita que a Medrano le pareció forzada. El grupo se apelotonó al pie de la planchada, algunos saludaron al inspector y a los oficiales, y el Pelusa volvió a ayudar al transporte de Don Galo que daba la impresión de haberse adormecido. Las señoras se tomaron angustiadas del pasamanos, el resto subió rápidamente y sin hablar. Cuando a Raúl se le ocurrió mirar hacia atrás (llegaba ya al sollado) vio en la sombra al inspector y a los oficiales que hablaban en voz baja. Todo en sordina, como siempre, la luz, las voces, los galpones, hasta el chapoteo del río contra el casco y el muelle. Y tampoco había mucha luz en el puente del *Malcolm*.

C

Ahora Persio una vez más va a pensar, va a esgrimir el pensamiento como un gladio corto y seco, apuntándolo contra la sorda conmoción que llega hasta la cabina como una lucha sobre incontables pedazos de fieltro, una cabalgata en un bosque de alcornoques. Imposible saber en qué momento la enorme langosta ha empezado a mover la biela mayor, el volante donde la velocidad dormida días y días se endereza irritada, frotándose los ojos, y repasa sus alas, su cola, sus ramas de ataque contra el aire y el mar, su sirena bronca, su bitácora rutinaria y voluble. Sin salir de la cabina Persio ya sabe cómo es el barco, se sitúa en ese momento azimutal en que dos remolcadores sucios y empecinados van a atraer metro a metro la gran madre de cobre y hierro, despegándola de su tangente de piedra costanera, arrancándola a la imantación del dique. *Abriendo vagamente una valija negra, admirando el armario donde todo cabe tan bien, los vasos de cristal tallado sujetos atinadamente a la pared, la mesa de escribir con su cartapacio de cuero de color claro, se siente como el corazón del barco, el cogollo donde los latidos progresivamente acelerados llegan con una última, aminorada oscilación. Tiende Persio a ver el barco como si estuviera instalado en el puente de mando, en la ventanilla central desde donde, ya capitán, domina la proa, los mástiles de vanguardia, la curva tajante que despierta las efímeras espumas. Curiosamente la visión de la proa se le ofrece con la misma innaturalidad que si descolgara una pintura y, sosteniéndola horizontalmente en las palmas de las manos, viera alejarse del primer plano las líneas y los volúmenes de la parte superior, cambiar todas las relaciones pensadas verticalmente por el artífice, organizarse otro orden igualmente posible y aceptable. Lo que más ve Persio desde el puente de mando (pero está en su cabina, es como si soñara o solamente contemplara el puente de mando en una pantalla de radar) equivale a una oscuridad verdosa con luces amarillentas a babor y a estribor, con un farol blanco en lo que podría ser un fantasma de bauprés (no puede ser que el Malcolm, ese carguero modernísimo, orgullo de la Magenta Star, tenga un bauprés). Desde la ventanilla de grueso cristal violáceo que lo protege del viento fluvial (¡todo será barro alrededor, todo será Río de la Plata, vaya nombre, con bagres y acaso dorados, dorados en la plata del río de la Plata, incoherencia de engarces, pésima joyería!). Persio empieza a entender la forma de la proa y la cubierta, la ve cada vez mejor y le recuerda alguna cosa, por ejemplo un cuadro cubista pero, naturalmente, acostada la tela sobre las palmas de las manos, mirando lo de abajo como si fuese lo de adelante y lo de arriba como si fuese lo de atrás. Así es que Persio ve formas irregulares a babor y a estribor, más allá vagas sombras quizás azuladas como en el guitarrero de Picasso, y en el centro* del puente dos palos que sostienen sus cabos como un sucio y humillado menester, dos palos que en su recuerdo del cuadro son más bien dos círculos, uno negro y otro verde claro con rayas negras que es la boca de la guitarra, como si en el cuadro se pudieran plantar dos palos teniéndolo acostado sobre la mano, y hacer de él una proa de barco, el Malcolm a la salida de Buenos Aires, algo que oscila en una especie de sartén fluvial aceitosa, y por momentos cruje.

Ahora Persio una vez más va a pensar, sólo que contrariamente a la costumbre de todo desconcertado, no pensará en concertar lo que lo rodea, los faroles amarillos y blancos, los mástiles, las boyas, sino que pensará un desconcierto todavía más grande, abrirá en cruz los brazos del pensar y rechazará hasta profundamente dentro del río todo lo que se ahoga en formas dadas, en camarote pasillo escotilla cubierta derrota mañana crucero. No cree Persio que lo que está ocurriendo sea racionalizable: no lo quiere así. Siente la perfecta disponibilidad de las piezas de un puzzle fluvial, de la cara de Claudia a los zapatos de Atilio Presutti, del garçon de cabine que merodea (puede ser) por el corredor de su camarote. Una vez más siente Persio que en esa hora de iniciación lo que cada viajero llama mañana puede instaurarse sobre bases decididas esta noche. Su única ansiedad es lo magno de la elección posible: ¿guiarse por las estrellas, por el compás, por la cibernética, por la casualidad, por los principios de la lógica, por las razones oscuras, por las tablas del piso, por el estado de la vesícula biliar, por el sexo, por el carácter, por los pálpitos, por la teología cristiana, por el Zend Avesta, por la jalea real, por una guía de ferrocarriles portugueses, por un soneto, por La Semana Financiera, por la forma del mentón de don Galo Porriño, por una bula, por la cábala, por la necromancia, por Bonjour Tristesse, o simplemente ajustando la conducta marítima a las alentadoras instrucciones que contiene todo paquete de pastillas Valda?

Persio retrocede con horror ante el riesgo de forzar una realidad cualquiera, y su titubeo continuo es el del insecto cromófilo que recorre la superficie de un cuadro en actitud resueltamente anticamaleónica. El insecto atraído por el azul avanzará contorneando las partes centrales de la guitarra donde imperan los amarillos sucios y el verde oliva, se mantendrá en el borde, como si nadara al lado del barco, y al llegar a la altura del orificio central por el puente de estribor, encontrará la zona azul interrumpida por vastas superficies verdes. Su titubeo, su búsqueda de un puente hacia otra región azul, serán comparables a las vacilaciones de Persio, temeroso siempre de incurrir en secretas transgresiones. Envidia Persio a quienes sólo se plantean egocéntricamente la libertad como problema, pues para él la acción de abrir la puerta de la cabina se compone de su acción y de la puerta indisolublemente amalgamadas, en la medida en que su acción de abrir la puerta contiene una finalidad que puede ser equivocada y lesionar un eslabón de un orden que no alcanza a entender suficientemente. Para decirlo con más claridad, Persio es un insecto cromófilo y a la vez ciego, y la obligación o imperativo de recorrer solamente las zonas azules del cuadro se ven trabados por una permanente y abominable incertidumbre. Se deleita Persio en estas dudas que él llama arte o poesía, y cree de su deber considerar cada situación con la mayor latitud posible, no sólo como situación, sino desde todos sus desdoblamientos imaginables, empezando por su formulación verbal en la que tiene una confianza probablemente ingenua, hasta sus proyecciones que él llama mágicas o dialécticas según ande de pálpitos o de hígado.

Probablemente el blando hamacarse del Malcolm, y las fatigas del día acabarán venciendo a Persio, que se acostará encantado en la perfecta cama de madera de cedro y jugará a conocer y a probar los diversos artefactos mecánicos y eléctricos que contribuyen a la comodidad de los señores pasajeros. Pero por el momento se le ha ocurrido una elección previa y de carácter un tanto experimental, apenas atisbada unos segundos antes cuando decidió plantearse el problema. No hay duda de que Persio sacará de su portafolios lápices y papeles, una guía *ferroviaria, y que pasará un buen rato trabajando con todo eso, olvidado del viaje y del barco precisamente porque se habrá propuesto dar un paso más hacia la apariencia y entrar en sus proemios de realidad posible o alcanzable, a la hora en que los otros a bordo habrán aceptado ya esa apariencia al calificarla y fijarla como extraordinaria y casi irreal, medidas del ser que bastan para darse de narices y seguir convencido de que no ha sido otra cosa que un mero estornudo alérgico.*

XIV

—*Eksta vorbeden? You two married? Êtes-vous ensemble?*
—*Ensemble plutôt que mariés* —dijo Raúl—. *Tenez, voici nos passeports.*

El oficial era un hombre de pequeña estatura y modales resbaladizos. Tildó los nombres de Paula y de Raúl e hizo una seña a un marinero de cara muy roja.

—Acompañará a ustedes a su cabina —dijo textualmente, y se inclinó antes de pasar al siguiente pasajero.

Mientras se alejaban tras del marinero, oyeron hablar al unísono a la familia Trejo. A Paula le gustó en seguida el olor del barco y la forma en que los pasillos ahogaban los sonidos. Resultaba difícil imaginar que a pocos metros de ahí estaba el sucio muelle, que el inspector y los policías aún no se habrían marchado.

—Y más allá empieza Buenos Aires —dijo—. ¿No parece increíble?

—Incluso parece increíble que digas «empieza». Muy rápido te has situado en tu nueva circunstancia. Para mí el puerto fue siempre donde la ciudad se acaba. Y ahora más que nunca, como cada vez que me he embarcado y ya van algunas.

—Empieza —repitió Paula—. Las cosas no acaban tan fácilmente. Me encanta este olor a desinfectante a la lavanda, a matamoscas, a nube mortífera contra las polillas. De chica me gustaba meter la cara en el armario de tía Carmela; todo era negro y misterioso, y olía un poco así.

—*This way, please* —dijo el marinero.

Abrió una cabina y les entregó una llave luego de encender las luces. Se fue antes de que pudieran ofrecerle una propina o darle las gracias.

—Qué bonito, pero qué bonito —dijo Paula—. Y qué alegre.

—Ahora sí parece increíble que ahí al lado estén los galpones del puerto —dijo Raúl, contando las valijas apiladas sobre la alfombra. No faltaba nada, y se dedicaron a colgar ropa y distribuir toda clase de cosas, algunas bastante insólitas. Paula se apropió de la cama del fondo, debajo del ojo de buey. Recostándose con un suspiro de contento, miró a Raúl que encendía la pipa mientras continuaba distribuyendo cepillos de dientes, pasta dentífrica, libros y latas de tabaco. Sería curioso verlo acostarse a Raúl en la otra cama. Por primera vez dormirían los dos en una misma habitación después de haber convivido en miles de salas, salones, calles, cafés, trenes, autos, playas y bosques. Por primera vez lo vería en piyama (ya estaba prolijamente colocado sobre la cama). Le pidió un cigarrillo y él se lo encendió, sentándose a su lado y mirándola con aire entre divertido y escéptico.

—*Pas mal, hein?* —dijo Raúl.

—*Pas mal du tout, mon chou* —dijo Paula.

—Estás muy bonita, así relajada.

—Que te recontra —dijo Paula, y soltaron la carcajada.

—¿Si diéramos una vuelta exploratoria? —dijo Raúl.

—Hm. Me gusta más quedarme aquí. Si subimos al puente veremos las luces de Buenos Aires como en la cinta de Gardel.

—¿Qué tenés contra las luces de Buenos Aires? —dijo Raúl—. Yo subo.

—Bueno. Yo sigo arreglando este florido burdel, porque lo que vos llamás arreglar... Qué bonita cabina, nunca pensé que nos iban a dar semejante hermosura.

—Sí, por suerte no se parece a la primera de los barcos italianos. La ventaja de este carguero es que tiende a la austeridad. El roble y el fresno reflejan siempre una tendencia protestante.

—No está probado que sea un barco protestante, aunque en realidad debés tener razón. Me gusta el olor de tu pipa.

—Tené cuidado —dijo Raúl.

—¿Por qué cuidado?

—No sé, el olor de la pipa, supongo.

—¿El joven habla en enigmas, si se puede saber?

—El joven va a seguir ordenando sus cosas —dijo Raúl—. Si te dejo sola con mi valija, voy a encontrar un *soutien-gorge* entre mis pañuelos.

Fue hasta la mesa, ordenó libros y cuadernos. Probaba las luces, estudiaba todas las posibilidades de iluminación. Le encantó descubrir que las lámparas de cabecera podían graduarse en todas las formas posibles. Suecos inteligentes, si eran suecos. La lectura constituía una de las esperanzas del viaje, la lectura en la cama sin nada más que hacer.

—A esta hora —dijo Paula— mi delicado hermano Rodolfo estará deplorando en el círculo familiar mi conducta disipada. Niña de buena familia sale de viaje con rumbo incierto. Rehúsa indicar hora partida para evitar despedidas.

—Sería bueno saber lo que pensaría si supiera que compartís el camarote con un arquitecto.

—Que usa piyamas azules y cultiva nostalgias imposibles y esperanzas todavía más problemáticas, pobre ángel.

—No siempre imposibles, no siempre nostalgias —dijo Raúl—. Sabés, en general el aire salino y yodado me trae suerte. Breve, efímera como uno de los pájaros que irás descubriendo y que acompañan al barco un rato, a veces un día, pero acaban siempre perdiéndose. Nunca me importó que la dicha durara poco, Paulita; el paso de la dicha a la costumbre es una de las mejores armas de la muerte.

—Mi hermano no te creería —dijo Paula—. Mi hermano me creería gravemente expuesta a tus intenciones de sátiro. Mi hermano...

—Por lo que pudiera ser —dijo Raúl—, por la posibilidad de un espejismo, de un error a causa de la oscuridad, de un sueño que se continúa despierto, por la influencia del aire salado, tené cuidado y no te destapes demasiado. Una mujer con las sábanas hasta el cuello se asegura contra incendios.

—Creo —dijo Paula— que si te diera el espejismo yo te recibiría con ese tomo de Shakespeare de aguzados cantos.

—Los cantos de Shakespeare merecen extrañas calificaciones —dijo Raúl, abriendo la puerta. Exactamente en el marco se recortó la imagen de perfil de Carlos López, que en ese momento levantaba la pierna derecha para dar otro paso. Su brusca aparición le dio a Raúl la impresión de una de esas instantáneas de un caballo en movimiento.

—Hola —dijo López, parándose en seco—. ¿Tiene buena cabina?

—Muy buena. Eche un vistazo.

López echó un vistazo y parpadeó al ver a Paula tirada en la cama del fondo.

—Hola —dijo Paula—. Entre, si hay algún sitio donde poner los pies.

López dijo que la cabina era muy parecida a la suya, aparte del tamaño. Informó también que la señora de Presutti acababa de tropezar con él a la salida del camarote y le había permitido contemplar un rostro donde el color verde alcanzaba proporciones cadavéricas.

—¿Ya está mareada? —dijo Raúl—. Vos tené cuidado, Paulita. Qué dejarán esas señoras para cuando empecemos a ver el behemoth y otros prodigios acuáticos. La elefantiasis, supongo. ¿Damos una vuelta? Usted se llama López, creo. Yo soy Raúl Costa, y esa lánguida odalisca responde al patricio nombre de Paula Lavalle.

—Otra que patricio —dijo Paula—. Mi nombre parece un seudónimo de actriz de cine, hasta por lo de Lavalle. Paula Lavalle al setecientos. Raúl, antes de subir a ver el río color de león decime dónde está mi bolso verde.

—Probablemente debajo del saco rojo, o escondido en la valija gris —dijo Raúl—. La paleta es tan variada... ¿Vamos, López?

—Vamos —dijo López—. Hasta luego, señorita.

Paula escuchó el «señorita» con un oído porteño habituado a todos los matices de la palabra.

—Llámeme Paula nomás —dijo con el tono exacto para que López supiera que había entendido, y se diera cuenta de que ahora le tomaba un poco el pelo.

Raúl, en la puerta, suspiró mirándolos. Conocía tan bien la voz de Paula, ciertas maneras de decir ciertas cosas que tenía cierta Paula.

—*So soon* —dijo como para sí—. *So, so soon.*

López lo miró. Salieron juntos.

Paula se sentó al borde de la cama. De golpe la cabina le parecía muy pequeña, muy encerrada. Buscó un ventilador y acabó descubriendo el sistema de aire acondicionado. Lo hizo funcionar, distraída, probó uno de los sillones, luego el otro, ordenó vagamente algunos cepillos en una repisa. Decidió que se sentía bien, que estaba contenta. Eran cosas que ahora tenía que decidir para afirmarlas. El espejo le confirmó su sonrisa cuando se puso a explorar el cuarto de baño pintado de verde claro, y por un momento miró con simpatía a la muchacha pelirroja, de ojos un poco almendrados, que le devolvía cumplidamente su buena disposición. Revisó en detalle los dispositivos higiénicos, admiró las innovaciones que probaban el ingenio de la Magenta Star. El olor del jabón de pino que sacaba de un neceser junto con un paquete de algodón y dos peines, era todavía el olor del jardín antes de empezar poco a poco a ser el recuerdo del olor del jardín. ¿Por qué el cuarto de baño del *Malcolm* tenía que oler a jardín? El jabón de pino era agradable en su mano, todo jabón nuevo tiene algo prestigioso, algo de intacto y frágil que lo encarece. Su espuma es diferente, se deslíe imperceptiblemente, dura días y días y entre tanto los pinares envuelven el baño, hay pinos en el espejo y en las repisas, en el pelo y las piernas de la que ahora, de golpe, ha decidido desnudarse y probar la espléndida ducha que le ofrece tan amablemente la Magenta Star.

Sin molestarse en cerrar la puerta de comunicación, Paula se quitó lentamente el corpiño. Le gustaban sus senos, le gustaba todo su cuerpo que crecía en el espejo. El agua salía tan caliente que se vio obligada a estudiar en detalle el reluciente mezclador antes de entrar en la casi absurda piscina en miniatura, y correr la tela de plástico que la circundó como una muralla de juguete. El olor a pino se mezclaba con la tibieza del aire, y Paula se jabonó con las dos manos y después con una esponja de goma roja, paseando despacio la espuma por su cuerpo, metiéndola entre los muslos, bajo los brazos, pegándola a su boca, jugando a la vez con el placer del imperceptible balanceo que una que otra vez la obligaba, por puro juego, a tomarse de las canillas y a decir una amable mala palabra para su secreto placer. Interregno del baño, paréntesis de la seca y vestida existencia. Así desnuda se libraba del tiempo, volvía a ser el cuerpo eterno (¿y cómo no, entonces, el alma eterna?) ofrecido al jabón de pino y al agua de la ducha, exactamente como siempre, confirmando la permanencia en el juego mismo de las diferencias de lugar, de temperatura, de perfumes. En el momento en que se envolviera en la toalla amarilla que colgaba al alcance de la mano, más allá de la muralla de plástico, reingresaría en su tedio de mujer vestida, como si cada prenda de ropa la fuera atando a la historia, devolviéndole cada año de vida, cada ciclo del recuerdo, pegándole el futuro a la cara como una máscara de barro. López (si ese hombre joven, de aire tan porteño, era López) parecía simpático. Llamarse López era una lástima como cualquier otra; cierto que su «hasta luego, señorita» había sido una tomada de pelo, pero mucho peor le hubiera resultado a ella un «señora». Quién, a bordo del *Malcolm*, podría creer que no se acostaba con Raúl. No había que pedirle a la gente que creyera cosas así. Pensó otra vez en su hermano Rodolfo, tan abogado él, tan doctor Cronin, tan corbata con pintas rojas. «Infeliz, pobre infeliz que no sabrá nunca lo que es caer de veras, tirarse en la mitad de la vida como desde el trampolín más alto. El pobre con su horario de Tribunales, su jeta de hombre decente.» Empezó a cepillarse rabiosamente el pelo, desnuda frente al espejo, envuelta en la alegría del vapor que una hélice discreta se bebía poco a poco desde el techo.

XV

El pasillo era estrecho. López y Raúl lo recorrieron sin una idea precisa de la dirección, hasta llegar a una puerta Stone cerrada. Se quedaron mirando con alguna sorpresa las planchas de acero pintadas de gris y el mecanismo de cierre automático.

—Curioso —dijo Raúl—. Hubiera jurado que hace un rato pasamos por aquí con Paula.

—Vaya engranajes —dijo López—. Puerta para caso de incendio, o algo así. ¿Qué idioma se habla a bordo?

El marinero de guardia junto a la puerta los observaba con el aire del que no entiende o no quiere entender. Le hicieron gestos indicadores de que querían seguir adelante. La respuesta fue una seña muy clara de que debían desandar camino. Obedecieron, pasaron otra vez frente a la cabina de Raúl, y el pasillo los llevó a una escalerilla exterior que bajaba a la cubierta de proa. Se oía hablar y reír en la sombra, y Buenos Aires estaba ya lejos, como incendiado. Paso a paso, porque en el puente se adivinaban bancos, rollos de cuerdas y cabrestantes, se acercaron a la borda.

—Curioso ver la ciudad desde el río —dijo Raúl—. Su unidad, su borde completo. Uno está siempre tan metido en ella, tan olvidado de su verdadera forma.

—Sí, es muy distinta, pero el calor nos sigue lo mismo —dijo López—. El olor a barro que sube hasta las recovas.

—El río siempre me ha dado un poco de miedo, supongo que su fondo barroso tiene la culpa, el agua sucia que parece disimular lo que hay más abajo. Las historias de ahogados, quizá, que tan espantosas me parecían de chico. Sin embargo no es desagradable bañarse en el río, o pescar.

—Es muy chico este barco —dijo López, que empezaba a reconocer las formas—. Raro que esa puerta de hierro estuviese cerrada. Parece que tampoco por aquí se puede pasar.

Vieron que el alto mamparo corría de un lado a otro del puente. Había dos puertas detrás de las escalerillas por las que se subía a los corredores de las cabinas, pero López, preocupado sin saber por qué, descubrió en seguida que estaban cerradas con llave. Arriba, en el puente de mando, las amplias ventanas dejaban escapar una luz violácea. Se veía apenas la silueta de un oficial, inmóvil. Más arriba el arco del radar giraba perezoso.

A Raúl le dieron ganas de volverse a la cabina y charlar con Paula. López fumaba, con las manos en los bolsillos. Pasó un bulto seguido de una silueta corpulenta: don Galo Porriño exploraba el puente. Oyeron toser, como si alguien buscara el pretexto para entrar en conversación, y Felipe Trejo acabó por reunírseles, muy ocupado en encender un cigarrillo.

—Hola —dijo—. ¿Ustedes tienen buenos camarotes?

—No están mal —dijo López—. ¿Y ustedes?

A Felipe le fastidió que de entrada lo asimilaran a su familia.

—Yo estoy con mi viejo —dijo—. Mamá y mi hermana tienen el camarote del al lado. Hay baño y todo. Miren, allá se ven luces, debe ser Berisso o Quilmes. A lo mejor es La Plata.

—¿Le gusta viajar? —preguntó Raúl, golpeando su pipa—. ¿O es la primera gran aventura?

A Felipe volvió a fastidiarlo el recorte inevitable que hacían de su persona. Estuvo por no contestar o decir que ya habían viajado mucho, pero López debía estar bien enterado de los antecedentes de su alumno. Contestó vagamente que a cualquiera le gustaba darse una vuelta en barco.

—Sí, siempre es mejor que el Nacional —dijo López amistosamente—. Hay quien sostiene que los viajes instruyen a los jóvenes. Ya veremos si es cierto.

Felipe rió, cada vez más incómodo. Estaba seguro de que a solas con Raúl o cualquier otro pasajero hubiera podido charlar a gusto. Pero estaba escrito, entre el viejo, la hermana y los dos profesores, sobre todo Gato Negro, le iban a hacer la vida imposible. Por un instante fantaseó sobre un desembarco clandestino, irse por ahí, cortarse solo. «Eso —pensó—. Cortarse solo es lo que importa.» Y sin embargo no lamentaba haberse acercado a los dos hombres. Buenos Aires ahí, con todas esas luces, le pesaba y lo exaltaba a la vez; hubiera querido cantar, treparse a un mástil, correr por la cubierta, que ya fuera la mañana siguiente, que ya fuera una escala, tipos raros, hembras, una pileta de natación. Tenía miedo y alegría, y empezaba el sueño de las nueve de la noche que todavía le costaba disimular en los cafés o las plazas.

Oyeron reír a Nora que bajaba la escalerilla con Lucio. La lumbre de los cigarrillos los guió hasta ellos. También Nora y Lucio tenían una espléndida cabina, también Nora tenía sueño (que no fuera el mareo, por favor) y hubiera preferido que Lucio no hablara tanto de la cabina en común. Pensó que muy bien podían haberles dado dos cabinas, al fin y al cabo todavía eran novios. «Pero nos vamos a casar», se dijo apurada. Nadie sabía lo del hotel de Belgrano (salvo Juanita Eisen, su amiga del alma) y además esa noche... Probablemente iban a pasar por casados entre los de a bordo; pero las listas de nombres, las charlas... Qué divino estaba Buenos Aires iluminado, las luces del Kavanagh y del Comega. Le hacían acordar a la foto de un almanaque de la Pan American que había colgado en su dormitorio, solamente que era de Río y no de Buenos Aires.

Raúl entreveía la cara de Felipe cada vez que alguien aspiraba el humo del cigarrillo. Habían quedado un poco de lado y Felipe prefería hablar con un desconocido, sobre todo alguien tan joven como Raúl que no debía tener ni veinticinco años. Le gustaba de golpe la pipa de Raúl, su saco de sport, su aire un poco pituco. «Pero seguro que no es nada cajetilla —pensó—. Tiene vento, eso es seguro. Cuando yo tenga billetes como él...»

—Ya huele a río abierto —dijo Raúl—. Un olor bastante horrible pero lleno de promesas. Ahora, poco a poco, vamos a ir sintiendo lo que es pasar de la vida de la ciudad a la de alta mar. Como una desinfección general.

—¿Ah, sí? —dijo Felipe que no entendía lo de desinfección.

—Hasta que lentamente descubramos las nuevas formas del hastío. Pero para usted será diferente, es su primer viaje y todo le va a parecer tan... Bueno, usted mismo irá poniendo los adjetivos.

—Ah, sí —dijo Felipe—. Claro, va a ser estupendo. Todo el día de vago...

—Eso depende —dijo Raúl—. ¿Le gusta leer?

—Seguro —dijo Felipe, que incursionaba una que otra vez en la colección *Rastros*—. ¿Usted cree que hay pileta?

—No sé. En un carguero es difícil. Improvisarán una especie de batea con una jaula de madera y lonas, como en la tercera de los buques grandes.

—No diga —dijo Felipe—. ¿Con lonas? Qué fenómeno.

Raúl volvió a encender la pipa. «Una vez más —pensó—. Una vez más la tortura florida, la estatua perfecta de donde brota el balbuceo estúpido. Y escuchar, perdonando como un imbécil, hasta convencerse de que no es tan terrible, que todos los jóvenes son así, que no se pueden pedir milagros... Habría que ser el anti-Pigmalión, el petrificador. ¿Pero y después, después?

»Las ilusiones, como siempre. Creer que las aladas palabras, los libros que se prestan con tanto fervor, con párrafos subrayados, con explicaciones...» Pensó en Beto Lacierva, su sonrisa vanidosa de los últimos tiempos, los encuentros absurdos en el parque Lezama, la conversación en el banco, el brusco final, Beto guardando el dinero que había solicitado como si fuera suyo, las palabras inocentemente perversas y vulgares.

—¿Vio al viejito de la silla? —decía Felipe—. Un caso, eh. Linda pipa esa.

—No es mala —dijo Raúl—. Tira bien.

—A lo mejor me compro una —dijo Felipe, y enrojeció. Justo lo que no tenía que decir, el otro lo iba a tomar por un chiquilín.

—Ya va a encontrar todo lo que quiera en los puertos —dijo Raúl—. De todos modos, si quiere probar le paso una mía. Siempre ando con dos o tres.

—¿De veras?

—Claro, a veces a uno le gusta cambiar. Aquí a bordo deben vender buen tabaco, pero también tengo, si quiere.

—Gracias —dijo Felipe, cortado. Sentía como una bocanada de felicidad, un deseo de decirle a Raúl que le gustaba charlar con él. A lo mejor iban a poder hablar de mujeres, total él parecía mayor, muchos le daban diecinueve o veinte años. Sin muchas ganas se acordó de la Negrita, a esa hora ya estaría en la cama, capaz que lloraba como una sonsa al sentirse sola y teniendo que obedecer a tía Susana que era mandona como el diablo. Era raro pensar en la Negrita justo cuando estaba hablando con un hombre tan cajetilla. Se hubiera reído de él, seguro. «Tendrá cada mina», pensó.

Raúl contestó al saludo de López, que se iba a dormir, le deseó un buen sueño a Felipe y subió despacio la escalerilla. Nora y Lucio venían tras él, y no se veía la silla de Don Galo. ¿Cómo habría hecho el chofer para bajar a Don Galo hasta el puente? En el pasillo se topó con Medrano, que bajaba por una escalera interna tapizada de rojo.

—¿Ya descubrió el bar? —dijo Medrano—. Está aquí arriba, al lado del comedor. Por desgracia he visto un piano en una salita, pero siempre queda el recurso de cortarle las cuerdas uno de estos días.

—O desafinarlo para que cualquier cosa que toquen suene a música de Krének.

—Hombre, hombre —dijo Medrano—. Se ganaría usted las iras de mi amigo Juan Carlos Paz.

—Nos reconciliaríamos —dijo Raúl— gracias a mi modesta discoteca de música dodecafónica.

Medrano lo miró.

—Bueno —dijo—, esto va a estar mejor de lo que creía. Casi nunca se puede iniciar una relación de viaje en estos términos.

—Lo mismo digo. Hasta ahora mis diálogos han sido de orden más bien meteorológico, con una digresión sobre el arte de fumar. Pues me voy a conocer esos salones de arriba, donde quizás haya café.

—Lo hay, y excelente. Hasta mañana.

—Hasta mañana —dijo Raúl.

Medrano buscó su cabina, que daba al pasillo de babor. Las valijas estaban todavía sin abrir, pero él se quitó el saco y se puso a fumar paseando de un lado a otro, sin ganas de nada. A lo mejor eso era la felicidad. En el minúsculo escritorio habían dejado un sobre a su nombre. Dentro encontró una tarjeta de bienvenida de la Magenta Star, el horario de comidas, detalles prácticos para la vida de a bordo, y una lista de los pasajeros con indicación de sus respectivas cabinas. Así supo que de su lado estaban López, los Trejo, Don Galo y Claudia Freire con su hijo Jorge, que ocupaban las cabinas impares. Encontró también una esquela en la que se advertía a los señores pasajeros, en francés y en inglés, que por razones técnicas permanecerían cerradas las puertas de comunicación con las cámaras de popa, rogándoseles que no trataran de franquear los límites fijados por la oficialidad del barco.

—Caray —murmuró Medrano—. Es para no creerlo.

Pero, ¿por qué no? Si el *London*, si el inspector, si Don Galo, si el autocar negro, si el embarque poco menos que clandestino, ¿por qué no creer que los señores pasajeros deberían abstenerse de pasar a popa? Casi más raro era que en una docena de premiados hubiese dos profesores y un alumno del mismo colegio. Y todavía más raro que en un pasillo de barco se pudiera mencionar a Krének, así como si nada.

—Va a estar bueno —dijo Medrano.

El *Malcolm* cabeceó dos o tres veces, suavemente. Medrano empezó a ocuparse sin ganas de su equipaje. Pensó con simpatía en Raúl Costa, pasó revista a los otros. Todo bien mirado el grupo no era tan malo; las diferencias se manifestaban con suficiente claridad como para que desde el comienzo se formaran dos asociaciones cordiales, en una de las cuales brillaría el pelirrojo de los tangos mientras que la otra tendría patronos al estilo de Krének. Al margen, sin entrar pero atento a todo, Don Galo giraría sobre sus cuatro ruedas, especie de supervisor socarrón y sarcástico. No sería nada difícil que naciera una relación pasable entre Don Galo y el doctor Restelli. El adolescente del negro mechón sobre la frente oscilaría entre la muchachada fácil tan bien representada por Atilio Presutti y por Lucio, y el prestigio de los hombres más hechos. La joven pareja tímida tomaría mucho sol, sacaría muchas fotos, se quedaría hasta tarde para contar las estrellas. En el bar se hablaría de artes y letras, y el viaje alcanzaría quizá para las empresas amorosas, los resfríos y las falsas amistades que se acaban en la aduana entre cambios de tarjetas y palmadas afectuosas.

A esa hora Bettina sabría que él ya no estaba en Buenos Aires. Las líneas de despedida que le había dejado junto al teléfono cerrarían sin énfasis un viaje amoroso iniciado en Junín y cumplido después de un variado periplo porteño con digresiones serranas y marplatenses. A esa hora Bettina estaría diciendo: «Me alegro», y verdaderamente se alegraría antes de ponerse a llorar. Mañana —ya dos mañanas diferentes, pero sin embargo el mismo— telefonearía a María Helena para contarle la partida de Gabriel; esa tarde tomaría el té en el *Águila* con Chola o Denise, y su relato empezaría a fijarse, a desechar las variantes de la cólera o la pura fantasía, adquiriría su texto definitivo en el que Gabriel no saldría mal parado porque en el fondo Bettina estaría contenta de que él se hubiera marchado por un tiempo o para siempre. Una tarde recibiría su primera carta de ultramar, y quizá la contestaría al poste restante que él indicara. «¿Pero adónde vamos a ir?», pensó, colgando pantalones y sacos. Por lo pronto, hasta la popa del barco les estaba vedada. No era demasiado estimulante saberse reducido a una zona tan pequeña, aunque sólo fuera por el momento. Se acordó de su primer viaje, la tercera clase con marineros vigilando en los pasillos la sacrosanta tranquilidad de los pasajeros de segunda y de primera, el sistema de castas económicas, tanta cosa que lo había divertido y exasperado. Después había viajado en primera y conocido otras exasperaciones todavía peores... «Pero ninguna como la puerta cerrada», pensó, amontonando las valijas vacías. Se le ocurrió que para Bettina su partida iba a ser al principio un poco como una puerta cerrada en la que se arrancaría las uñas, luchando por quebrar esa barrera de aire y de nada («paradero desconocido», «no, no hay carta», «una semana, quince días, un mes...»). Encendió otro cigarrillo, fastidiado. «Joder con el barquito —pensó—. No es para eso que he subido a bordo.» Decidió probar la ducha, por hacer algo.

XVI

—Mirá —dijo Nora—. Con este gancho se puede dejar entornada la puerta.

Lucio probó el mecanismo y lo admiró debidamente. En el otro extremo de la cabina Nora abría una valija de plástico rojo y sacaba su neceser. Apoyado en la puerta la miró trabajar, aplicada y eficiente.

—¿Te sentís bien?

—Oh, sí —dijo Nora, como sorprendida—. ¿Por qué no abrís tus valijas y acomodás todo? Yo elegí ese armario para mí.

Lucio abrió sin ganas una valija. «*Yo elegí ese armario para mí*», pensó. Aparte, siempre aparte, todavía eligiendo por su cuenta como si estuviera sola. Miraba trabajar a Nora, sus manos hábiles ordenando blusas y pares de medias en los estantes. Nora entró en el baño, puso frascos y cepillos en la repisa del lavabo, hizo funcionar las luces.

—¿Te gusta la cabina? —preguntó Lucio.

—Es preciosa —dijo Nora—. Mucho más linda de lo que me había imaginado, y eso que me la había imaginado, no sé cómo decirlo, más lujosa.

—Como las que se ven en el cine, a lo mejor.

—Sí, pero en cambio ésta es más...

—Más íntima —dijo Lucio, acercándose.

—Sí —dijo Nora, inmóvil y mirándolo con los ojos muy abiertos. Reconocía esa manera de mirar de Lucio, la boca que temblaba un poco como si él estuviera murmurando algo. Sintió su mano caliente en la espalda, pero antes de que pudiera abrazarla giró en redondo y se evadió.

—Vamos —dijo—. ¿No ves todo lo que falta? Y esa puerta...

Lucio bajó los ojos.

Puso en su lugar el cepillo de dientes, apagó la luz del baño. El barco se mecía apenas, los ruidos de a bordo empezaban a situarse poco a poco en la zona sin sorpresas de la memoria. La cabina ronroneaba discretamente, si se apoyaba la mano en un mueble se la sentía vibrar como una suave corriente eléctrica. La portilla abierta dejaba entrar el aire húmedo del río.

Lucio se había demorado en el baño para que Nora pudiera acostarse antes. El arreglo del camarote les había llevado más de media hora, después ella se había encerrado en el baño, y reaparecido con una *robe de chambre* bajo la cual se preveía un camisón rosa. Pero en vez de acostarse había abierto un neceser con la clara intención de limarse las uñas. Entonces Lucio se había quitado la camisa, los zapatos y las medias, y llevando un piyama se había metido a su vez en el baño. El agua era deliciosa y Nora había dejado una fragancia de colonia y jabón Palmolive.

Cuando volvió, las luces de la cabina estaban apagadas salvo las de dos lamparillas en la cabecera de las camas. Nora leía *El Hogar*. Lucio apagó la luz de su cama y vino a sentarse junto a Nora que cerró la revista y se bajó las mangas del camisón hasta las muñecas, con un gesto que pretendía ser distraído.

—¿Te gusta esto? —preguntó Lucio.

—Sí —dijo Nora—. Es tan distinto.

Él le quitó suavemente la revista y tomándole la cara con las dos manos la besó en la nariz, en el pelo, en los labios. Nora cerraba los ojos, mantenía una sonrisa tensa y como ajena que devolvió a Lucio a la noche en el hotel de Belgrano, la agotadora persecución inútil. La besó ahincadamente en la boca, haciéndole daño, sin soltarle la cabeza que ella echaba hacia atrás. Enderezándose arrancó la sábana, sus manos corrían ahora por el nylon rosa del camisón, buscaban la piel. «No, no», oía su voz sofocada, sus piernas ya estaban desnudas hasta los muslos, «no, no, así no», suplicaba la voz. Echándose sobre ella la apretó entre los brazos y la besó profundamente en la boca entreabierta. Nora miraba hacia arriba, en dirección de la lamparilla sobre la cama, pero él no la apagaría, la otra vez había sido lo mismo, y después en la oscuridad ella se había defendido mejor, y el llanto, ese insoportable plañido como si la estuviera lastimando. Bruscamente se echó a un lado y tiró del camisón, acercó la cara a los muslos apretados, al vientre que las manos de Nora querían hurtar a sus labios. «Por favor —murmuró Lucio—. Por favor, por favor.» Pero a la vez le arrancaba el camisón, obligándola a enderezarse, a dejar que el frío nylon rosa remontara hasta la garganta y bruscamente se perdiera en la sombra fuera de la cama. Nora se había apelotonado levantando las rodillas y volviéndose hasta quedar casi de lado. Lucio se incorporó de un salto, desnudo volvió a tenderse contra ella y le pasó las manos por la cintura, abrazándola desde atrás y mordiéndola en el cuello con un beso que sus manos sostenían y prolongaban en los senos y los muslos, tocando profundamente como si sólo ahora empezara a desnudarla de verdad. Nora alargó la mano y pudo apagar la luz. «Esperá, esperá por favor un momento, por favor. No, no, así no, esperá todavía un poco.» Pero él no iba a esperar, lo sentía contra su espalda y a la presión de las manos y los brazos que la ceñían y la acariciaban se agregaba la otra presencia, el contacto quemante y duro de eso que aquella noche en el hotel de Belgrano ella había rehuido mirar, conocer, eso que Juanita Eisen le había descrito (pero no podía decirse que fuera una descripción) hasta aterrarla, eso que podía lastimarla y arrancarle gritos, indefensa en los brazos del varón, crucificada en él por la boca, las manos, las rodillas y eso que era sangre y desgarramiento, eso siempre presente y terrible en los diálogos de confesionario, en la vida de las santas y los santos, eso terrible como un marlo de maíz, pobre Temple Drake (sí, Juanita Eisen había dicho), el horror de un marlo de maíz entrando brutalmente ahí donde apenas los dedos podían andar sin hacer daño. Ahora ese calor en la espalda, esa presión ansiosa mientras Lucio jadeaba contra su oído y se apretaba más y más, forzándola con las manos a entreabrir las piernas, y de pronto algo como un breve fuego líquido entre los muslos, un gemido convulso y un apagado alivio provisorio porque tampoco esta vez él había podido, lo sentía vencido aplastándose contra su espalda, quemándole la nuca con un jadeo en el que se deslizaban palabras sueltas, una mezcla de reproche y ternura, una sucia tristeza de palabras.

Lucio encendió la luz. Había pasado un largo silencio.

—Date vuelta —dijo—. Por favor date vuelta.

—Sí —dijo Nora—. Tapémonos, querés.

Lucio se incorporó, buscó la sábana y la tendió sobre ellos. Nora se volvió con un solo movimiento y se apretó contra él.

—Decime por qué —quiso saber Lucio—. Por qué de nuevo...

—Tuve miedo —dijo Nora, cerrando los ojos.

—¿De qué? ¿Cómo creés que te puedo hacer mal? ¿Tan bruto me creés?

—No, no es eso.

Lucio corría poco a poco la sábana mientras acariciaba el rostro de Nora. Esperó a que abriera los ojos para decirle: «Mirame, mirame ahora». Ella fijaba los ojos en su pecho, en sus hombros, pero Lucio sabía que también veía más abajo, de pronto se incorporó y la besó, apretándose contra sus labios para no dejarla evadirse. Sentía crisparse su boca, rehuir débilmente el beso, entonces la dejó apenas un instante y volvió a besarla, le tocó las encías con la lengua, la sintió ceder poco a poco, entró a lo hondo de la boca, despacio la llamó hacia él. Su mano buscaba suavemente el acceso profundo, la certidumbre. La oyó gemir, pero después no oyó más o solamente oyó su propio grito, las quejas se iban apagando bajo ese grito, las manos cesaban de luchar y rechazarlo, todo se replegó en sí mismo y descendió lentamente al silencio y al sueño, uno de los dos alcanzó a apagar la luz, las bocas volvieron a encontrarse, Lucio sintió un sabor salado en las mejillas de Nora, siguió buscando sus lágrimas con los labios, bebiéndolas mientras le acariciaba el pelo y la oía respirar cada vez más despacio, con un sollozo apagado cada tanto, ya al borde del sueño. Buscando una posición más cómoda se apartó un poco, miró la oscuridad donde el ojo de buey se recortaba apenas. Bueno, esta vez... No pensaba, era una tranquilidad total que apenas necesitaba pensamiento. Sí, esta vez pagaba por las otras. Sintió en los labios resecos el gusto de las lágrimas de Nora. Contante y sonante, pago en el mostrador. Las palabras nacían una tras otra, rechazando la ternura de las manos, el gusto salado en los labios. «Llorá, monona», una palabra, otra, precisas: la vuelta a la razón. «Llorá nomás, monona, ya era hora de que aprendieras. A mí no me ibas a tener esperando toda la noche.»

Nora se agitó, movió un brazo. Lucio le acarició el pelo y la besó en la nariz. Más atrás las palabras corrían libres, con la revancha al frente, con el llorá nomás casi desdeñoso, ajeno ya a la mano que seguía, sola y por su cuenta, acariciando como al descuido el pelo de Nora.

XVII

Claudia sabía de sobra que Jorge no se dormiría sin alguna noticia o algún hallazgo fuera de lo común. Su mejor sedante era enterarse de que había un ciempiés en la bañadera o que Robinson Crusoe *realmente* había existido. A falta de otra invención, le ofreció un prospecto medicinal que acababa de aparecer en una de las valijas.

—Está escrito en una lengua misteriosa —dijo—. ¿No serán noticias del astro?

Jorge se instaló en su cama y se puso a leer aplicadamente el prospecto, que lo dejó deslumbrado.

—Oí esta parte, mamá —dijo—. Berolase Roche es el éster pirofosfórico de la aneurina, cofermento que interviene en la fosforilación de los glúcidos y asegura en el organismo la descarboxilación del ácido pirúvico, metabolito común a la degradación de los glúcidos, lípidos y prótidos.

—Increíble —dijo Claudia—. ¿Te alcanza con una almohada o querés dos?

—Me alcanza. Mamá, ¿qué será el metabolito? Tenemos que preguntarle a Persio. Seguro que esto tiene que venir del astro. Me parece que los lípidos y los prótidos deben ser los enemigos de los hormigombres.

—Muy probable —dijo Claudia, apagando la luz.

—Chau, mamá. Mamá, qué lindo barco.

—Claro que es lindo. Dormí bien.

La cabina era la última de la serie que daba al pasillo de babor. Aparte de que le gustaba el número trece, a Claudia le agradó descubir frente a la puerta la escalera que llevaba al bar y al comedor. En el bar se encontró con Medrano, que reincidía en el coñac después de una última y vana tentativa de ordenar la ropa de sus valijas. El barman saludó a Claudia en un español un poco almidonado, y le ofreció la lista decorada con la insignia de la Magenta Star.

—Los sándwiches son buenos —dijo Medrano—. A falta de cena...

—El *maître* invita a ustedes a consumir libremente todo lo que deseen —dijo el barman que ya se lo había anunciado con las mismas palabras a Medrano—. Por desgracia embarcaron a última hora y no se pudo ofrecerles la cena.

—Curioso —dijo Claudia—. En cambio tuvieron tiempo para preparar las cabinas y distribuirnos muy cómodamente.

El barman hizo un gesto y esperó las órdenes. Le pidieron cerveza, coñac y sándwiches.

—Sí, todo es curioso —dijo Medrano—. Por ejemplo, el bullicioso conglomerado que parece presidir el joven pelirrojo no se ha hecho ver por aquí. A priori uno pensaría que ese tipo de gente tiene más apetito que nosotros, los linfáticos, si me perdona que la incluya en el gremio.

—Estarán mareados, los pobres —dijo Claudia.

—¿Su hijo ya duerme?

—Sí, después de comerse medio kilo de galletitas Terrabusi. Me pareció mejor que se acostara en seguida.

—Me gusta su chico —dijo Medrano—. Es un lindo pibe, con una cara sensible.

—Demasiado sensible a veces, pero se defiende con un gran sentido del humor y notables condiciones para el fútbol y el mecano. Dígame, ¿usted cree realmente que todo esto...?

Medrano la miró.

—Mejor hábleme de su chico —dijo—. ¿Qué le puedo contestar? Hace un rato descubrí que no se puede pasar a popa. No nos dieron de cenar, pero en cambio las cabinas son prodigiosas.

—Sí, como suspenso no se puede pedir más —dijo Claudia.

Medrano le ofreció cigarrillos, y ella sintió que le agradaba ese hombre de cara flaca y ojos grises, vestido con un cuidadoso desaliño que le iba muy bien. Los sillones eran cómodos, el ronroneo de las máquinas ayudaba a no pensar, a solamente abandonarse al descanso. Medrano tenía razón: ¿para qué preguntar? Si todo se acababa de golpe lamentaría no haber aprovechado mejor esas horas absurdas y felices. Otra vez la calle Juan Bautista Alberdi, la escuela para Jorge, las novelas en cadena oyendo roncar los ómnibus, la no vida de un Buenos Aires sin futuro para ella, el tiempo plácido y húmedo, el noticioso de Radio El Mundo.

Medrano recordaba con una sonrisa los episodios en el *London*. Claudia deseó saber más de él, pero tuvo la impresión de que no era hombre confidencial. El barman trajo otro coñac, a lo lejos se oía una sirena.

—El miedo es padre de cosas muy raras —dijo Medrano—. A esta hora varios pasajeros deben empezar a sentirse inquietos. Nos divertiremos, verá.

—Ríase de mí —dijo Claudia— pero hacía rato que no me sentía tan contenta y tan tranquila. Me gusta mucho más el *Malcolm*, o como se llame, que un viaje en el *Augustus*.

—¿La novedad un poco romántica? —dijo Medrano, mirándola de reojo.

—La novedad a secas, que ya es bastante en un mundo donde la gente prefiere casi siempre la repetición, como los niños. ¿No leyó el último aviso de Aerolíneas Argentinas?

—Quizá, no sé.

—Recomiendan sus aviones diciendo que en ellos nos sentiremos como en nuestra propia casa. «Usted está en lo suyo», o algo así. No concibo nada más horrible que subir a un avión y sentirme otra vez en mi casa.

—Cebarán mate dulce, supongo. Habrá asado de tira y spaghettis al compás rezongón de los fuelles.

—Todo lo cual es perfecto en Buenos Aires, y siempre que uno se sienta capaz de sustituirlo en cualquier momento por otras cosas. Ahí está la palabra justa: disponibilidad. Este viaje puede ser una especie de *test*.

—Sospecho que para unos cuantos va a resultar difícil. Pero hablando de avisos de líneas aéreas, recuerdo con especial inquina uno de no sé qué compañía norteamericana, donde se subrayaba que el pasajero sería tratado de manera por demás especial. «Usted se sentirá un personaje importante» o algo así. Cuando pienso en los colegas que tengo por ahí, que palidecen a la sola idea de que alguien les diga «señor» en vez de «doctor»... Sí, esa línea debe tener abundante clientela.

—Teoría del personaje —dijo Claudia—. ¿Se habrá escrito ya eso?

—Demasiados intereses creados, me temo. Pero usted me estaba explicando por qué le gusta el viaje.

—Bueno, al fin y al cabo todos o casi todos acabaremos por ser buenos amigos, y no tiene sentido andar escamoteando el curriculum vitae —dijo Claudia—. La verdad es que soy un perfecto fracaso que no se resigna a mantenerse fiel a su rótulo.

—Lo cual me hace dudar desde ya del fracaso.

—Oh, probablemente porque es la única razón de que yo haga todavía cosas tales como comprar una rifa y ganarla. Vale la pena estar viva por Jorge. Por él y por unas pocas cosas más. Ciertas músicas a las que se vuelve, ciertos libros... Todo el resto está podrido y enterrado.

Medrano miró atentamente su cigarrillo.

—Yo no sé gran cosa de la vida conyugal —dijo—, pero en su caso no parece demasiado satisfactoria.

—Me divorcié hace dos años —dijo Claudia—. Por razones tan numerosas como poco fundamentales. Ni adulterio, ni crueldad mental, ni alcoholismo. Mi ex marido se llama León Lewbaum, el nombre le dirá alguna cosa.

—Cancerólogo o neurólogo, creo.

—Neurólogo. Me divorcié de él antes de tener que ingresar en su lista de pacientes. Es un hombre extraordinario, puedo decirlo con más seguridad que nunca ahora que pienso en él de una manera que podríamos llamar póstuma. Me refiero a mí misma, a esto que va quedando de mí y que no es mucho.

—Y sin embargo se divorció de él.

—Sí, me divorcié de él, quizá para salvar lo que todavía me quedaba de identidad. Sabe usted, un día empecé a descubrir que me gustaba salir a la hora en que él entraba, leer a Eliot cuando él decidía ir a un concierto, jugar con Jorge en vez de...

—Ah —dijo Medrano, mirándola—. Y usted se quedó con Jorge.

—Sí, todo se arregló perfectamente. León nos visita cada tantos días y Jorge lo quiere a su manera. Yo vivo a mi gusto, y aquí estoy.

—Pero usted habló de fracaso.

—¿Fracaso? En realidad el fracaso fue casarme con León. Eso no se arregla divorciándose, ni siquiera teniendo un hijo como Jorge. Es anterior a todo, es el absurdo que me inició en esta vida.

—¿Por qué, si no es demasiado preguntar?

—Oh, la pregunta no es nueva, yo misma me la repito desde que empecé a conocerme un poco. Dispongo de una serie de respuestas: para los días de sol, para las noches de tormenta... Una surtida colección de máscaras y detrás, creo, un agujero negro.

—Si bebiéramos otro coñac —dijo Medrano, llamando al barman—. Es curioso, tengo la impresión de que la institución del matrimonio no tiene ningún representante entre nosotros. López y yo solteros, creo que Costa también, el doctor Restelli viudo, hay una o dos chicas casaderas... ¡Ah, Don Galo! ¿Usted se llama Claudia, verdad? Yo soy Gabriel Medrano, y mi biografía carece de todo interés. A su salud y a la de Jorge.

—Salud, Medrano, y hablemos de usted.

—¿Por interés, por cortesía? Discúlpeme, uno dice cosas que son meros reflejos condicionados. Pero la voy a decepcionar, empezando porque soy dentista y luego porque me paso la vida sin hacer nada útil, cultivando unos pocos amigos, admirando a unas pocas mujeres, y levantando con eso un castillo de naipes que se me derrumba cada dos por tres. Plaf, todo al suelo. Pero recomienzo, sabe usted, recomienzo.

La miró y se echó a reír.

—Me gusta hablar con usted —dijo—. Madre de Jorge, el leoncito.

—Decimos grandes pavadas los dos —dijo Claudia y se rió a su vez—. Siempre las máscaras, claro.

—Oh, las máscaras. Uno tiende siempre a pensar en el rostro que esconden, pero en realidad lo que cuenta es la máscara, que sea ésa y no otra. Dime qué máscara usas y te diré qué cara tienes.

—La última —dijo Claudia— se llama *Malcolm*, y creo que la compartimos unos cuantos. Escuche, quiero que conozca a Persio. ¿Podríamos mandarlo buscar a su camarote? Persio es un ser admirable, un mago de verdad; a veces le tengo casi miedo, pero es como un cordero, sólo que ya sabemos cuántos símbolos puede esconder un cordero.

—¿Es el hombre bajito y calvo que estaba con ustedes en el *London*? Me hizo pensar en una foto de Max Jacob que guardo en casa. Y hablando de Roma...

—Bastará una limonada para restablecer el nivel de los humores —dijo Persio—. Y quizá un sándwich de queso.

—Qué mezcla abominable —dijo Claudia.

La mano de Persio había resbalado como un pez por la de Medrano. Persio estaba vestido de blanco y se había puesto zapatillas también blancas. «Todo comprado a última hora y en cualquier parte», pensó Medrano, mirándolo con simpatía.

—El viaje se anuncia con signos desconcertantes —dijo Persio olfateando el aire—. El río ahí afuera parece dulce de leche La Martona. En cuanto a mi camarote, algo sublime.

¿Para qué describirlo? Reluciente y lleno de cosas enigmáticas, con botones y carteles.

—¿Le gusta viajar? —preguntó Medrano.

—Bueno, es lo que hago todo el tiempo.

—Se refiere al subte Lacroze —dijo Claudia.

—No, no, yo viajo en el infraespacio y el hiperespacio —dijo Persio—. Son dos palabras idiotas que no significan gran cosa, pero yo viajo. Por lo menos mi cuerpo astral cumple derroteros vertiginosos. Yo entre tanto estoy en lo de Kraft, meta corregir galeras. Vea, este crucero me va a ser útil para las observaciones estelares, las sentencias astrales. ¿Usted sabe lo que pensaba Paracelso? Que el firmamento es una farmacopea. ¿Lindo, no? Ahora voy a tener las constelaciones al alcance de la mano. Jorge dice que las estrellas se ven mejor en el mar que en tierra, sobre todo en Chacarita donde resido.

—Pasa de Paracelso a Jorge sin hacer distingos —rió Claudia.

—Jorge sabe cosas, o sea que es portavoz de un saber que después olvidará. Cuando hacemos juegos mágicos, las grandes Provocaciones, él encuentra siempre más que yo. La única diferencia es que después se distrae, como un mono o un tulipán. Si pudiera retenerlo un poco más sobre lo que atisba... Pero la actividad es una ley de la niñez, como decía probablemente Fechner. El problema, claro, es Argos. Siempre.

—¿Argos? —dijo Claudia.

—Sí, el polifacético, el diez-mil-ojos, el simultáneo. ¡Eso, el simultáneo! —exclamó entusiasmado Persio—. Cuando pretendo anexarme la visión de Jorge, ¿no delato la nostalgia más horrible de la raza? Ver por otros ojos, ser mis ojos y los suyos, Claudia, tan bonitos, y los de este señor, tan expresivos. Todos los ojos, porque eso mata el tiempo, lo liquida del todo. Chau, afuera. Raje de aquí.

Hizo un gesto como para espantar una mosca.

—¿Se dan cuenta? Si yo viera simultáneamente todo lo que ven los ojos de la raza, los cuatro mil millones de ojos de la raza, la realidad dejaría de ser sucesiva, se petrificaría en una visión absoluta en la que el yo desaparecería aniquilado. Pero esa aniquilación ¡qué llamarada triunfal, qué Respuesta! Imposible concebir el espacio a partir de ese instante, y mucho menos el tiempo que es la misma cosa en forma sucesiva.

—Pero si usted sobreviviera a semejante ojeada —dijo Medrano— empezaría a sentir otra vez el tiempo. Vertiginosamente multiplicado por el número de visiones parciales, pero siempre el tiempo.

—Oh, no serían parciales —dijo Persio alzando las cejas—. La idea es abarcar lo cósmico en una síntesis total, sólo posible partiendo de un análisis igualmente total. Comprende usted, la historia humana es la triste resultante de que cada uno mire por su cuenta. El tiempo nace en los ojos, es sabido.

Sacó un folleto del bolsillo y lo consultó ansiosamente. Medrano, que encendía un cigarrillo, vio asomarse a la puerta al chofer de Don Galo, que observó un momento la escena y se acercó al barman.

—Con un poco de imaginación se puede tener una remota idea de Argos —decía Persio volviendo las hojas del folleto—. Yo por ejemplo me ejercito con cosas como ésta. No sirve para nada, puesto que sólo imagino, pero me despierta al sentimiento cósmico, me arranca a la torpeza sublunar.

La tapa del folleto decía *Guía oficial dos caminhos de ferro de Portugal*. Persio agitó la guía como un gonfalón.

—Si quieren les hago un ejercicio —propuso—. Otra vez ustedes pueden usar un álbum de fotos, un atlas, una guía telefónica, pero esto sirve sobre todo para desplegarse en la simultaneidad, huir de este sitio y por un momento... Mejor les voy diciendo. Hora oficial, veintidós y treinta. Ya se sabe que no es la hora astronómica, ya se sabe que estamos cuatro horas atrasados con relación a Portugal. Pero no se trata de establecer un horóscopo, simplemente vamos a imaginar que allá minuto más minuto menos son las dieciocho y treinta. Hora hermosa en Portugal, supongo, con todos esos azulejos que brillan.

Abrió resueltamente la guía y la estudió en la página treinta.

—La gran línea del norte, ¿estamos? Fíjense bien: en este mismo momento el tren 125 corre entre las estaciones de Mealhada y Aguim. El tren 324 va a arrancar de la estación Torres Novas, falta exactamente un minuto, en realidad mucho menos. El 326 está entrando en Sonzelas, y en la línea de Vendas Novas, el 2721 acaba de salir de Quinta Grande. ¿Ustedes van viendo, no? Aquí está el ramal de Lousã, donde el tren 629 está justamente detenido en la estación de ese nombre antes de salir para Prilhão-Casais... Pero ya han pasado treinta segundos, es decir que apenas hemos podido imaginar cinco o seis trenes, y sin embargo hay muchos más, en la línea del este el 4111 corre de Monte Redondo a Guia, el 4373 está detenido en Leiria, el 4121 va a entrar en Paúl. ¿Y la línea del oeste? El 4026 salió de Martingança y cruza Pataias, el 4028 está parado en Coimbra, pero pasan los segundos, y aquí en la línea de Figueira, el 4735 llegó ahora a Verride, el 1429 va a partir de Pampilhosa, ya toca el pito, sale... y el 1432 entró en Casal... ¿Sigo, sigo?

—No, Persio —dijo Claudia, enternecida—. Tómese su limonada.

—Pero ustedes captaron, ¿verdad? El ejercicio...

—Oh, sí —dijo Medrano—. Me sentí un poco como si desde muy arriba pudiese ver casi al mismo tiempo todos los trenes de Portugal. ¿No era ése el sentido del ejercicio?

—Se trata de imaginar que uno ve —dijo Persio, cerrando los ojos—. Borrar las palabras, ver solamente cómo en este momento, en nada más que un pedacito insignificante del globo, montones inabarcables de trenes cumplen exactamente sus horarios. Y después, poco a poco, imaginar los trenes de España, de Italia, todos los trenes que en este momento, las dieciocho y treinta y dos, están en algún sitio, llegan a algún sitio, se van de algún sitio.

—Me marea —dijo Claudia—. Ah, no, Persio, no esta primera noche y con este magnífico coñac.

—Bueno, el ejercicio sirve para otras cosas —concedió Persio—. Finalidades mágicas sobre todo. ¿Han pensado en los dibujos? Si en este mapa de Portugal marcamos todos los puntos donde hay un tren a las dieciocho y treinta, puede ser interesante ver qué dibujo sale de ahí. Variar de cuarto de hora en cuarto de hora, para apreciar por comparación o superposición cómo el dibujo se altera, se perfecciona o malogra. He obtenido curiosos resultados en mis ratos libres en Kraft; no estoy lejos de pensar que un día veré nacer un dibujo que coincida exactamente con alguna obra famosa, una guitarra de Picasso, por ejemplo, o una frutera de Pettoruti. Si eso ocurre tendré una cifra, un módulo. Así empezaré a abrazar la creación desde su verdadera base analógica, romperé el tiempo-espacio que es un invento plagado de defectos.

—¿El mundo es mágico, entonces? —preguntó Medrano.

—Vea, hasta la magia está contagiada de prejuicios occidentales —dijo Persio con amargura—. Antes de llegar a una formulación de la realidad cósmica se precisaría estar jubilado y tener más tiempo para estudiar la farmacopea sideral y palpar la materia sutil. Qué quiere con el horario de siete horas.

—Ojalá el viaje le sirva para estudiar —dijo Claudia, levantándose—. Empiezo a sentir un delicioso cansancio de turista. Será hasta mañana.

Un rato después Medrano se volvió más contento a su cabina y encontró energías para abrir las valijas. «Coimbra», pensaba, fumando el último cigarrillo. «Lewbaum el neurólogo.» Todo se mezclaba tan fácilmente; quizá también fuera posible extraer un dibujo significativo de esos encuentros y esos recuerdos donde ahora entraba Bettina que lo miraba entre sorprendida y agraviada, como si el acto de encender la luz del cuarto de baño fuese una ofensa imperdonable. «Oh, dejame en paz» pensó Medrano, abriendo la ducha.

XVIII

Raúl encendió la luz de la cabecera de su cama y apagó el fósforo que lo había guiado. Paula dormía, vuelta hacia él. A la
débil luz del velador su pelo rojizo parecía sangre en la almohada.

«Qué bonita está —pensó, desnudándose sin apuro—. Cómo se le afloja la cara, huyen esas arrugas penosas del entrece-
jo siempre hosco, hasta cuando se ríe. Y su boca, ahora parece
un ángel de Botticelli, algo tan joven, tan virgen...» Sonrió,
burlón. «*Thou still unravish'd bride of quietness*», se recitó.
«Ravish'd y archiravish'd, pobrecita.» Pobrecita Paula, demasiado pronto castigada por su propia rebeldía insuficiente, en
un Buenos Aires que solamente le había dado tipos como Rubio, el primero (si era el primero, pero sí, porque Paula no le
mentía) o como Lucho Neira, el último, sin contar los X y Z
y los chicos de las playas, y las aventuras de fin de semana o
de asiento trasero de Mercury o De Soto. Poniéndose el piyama azul, se acercó descalzo a la cama de Paula; lo conmovía
un poco verla dormir aunque no fuese la primera vez que la
veía, pero ahora Paula y él entraban en un ciclo íntimo y casi
secreto que duraría semanas o meses, si duraba, y esa primera
imagen de ella confiadamente dormida a su lado lo enternecía
un poco. La infelicidad cotidiana de Paula le había sido insoportable en los últimos meses. Sus llamadas telefónicas a las
tres de la madrugada, sus recaídas en las drogas y los paseos
sin rumbo, su latente proyecto de suicidio, sus repentinas ti-
ranías («vení en seguida o me tiro a la calle»), sus accesos de
alegría por un poema que le salía a gusto, sus llantos desesperados que arruinaban corbatas y chaquetas. Las noches en que
Paula llegaba de improviso a su departamento, irritándolo hasta el insulto porque estaba harto de pedirle que telefoneara
antes; su manera de mirarlo todo, de preguntar: «¿Estás solo?»,
como si temiera que hubiese alguien debajo de la cama o del
sofá, y en seguida la risa o el llanto, la confidencia interminable

entre whisky y cigarrillos. Sin vedarse por eso intercalar críticas todavía más irritantes por lo justas: «A quién se le ocurre colgar ahí esa porquería», «¿no te das cuenta de que en esa repisa sobra un jarrón?», o sus repentinos accesos de moralina, su catequesis absurda, el odio a los amigos, su probable intromisión en la historia de Beto Lacierva que quizás explicaba la brusca ruptura y la fuga de Beto. Pero a la vez Paula la espléndida, la fiel y querida Paula, camarada de tantas noches exaltantes, de luchas políticas en la universidad, de amores y odios literarios. Pobre pequeña Paula, hija de su padre cacique político, hija de su familia pretenciosa y despótica, atada como un perrito a la primera comunión, al colegio de monjas, a mi párroco y mi tío, a *La Nación* y al Colón (su hermana Coca hubiese dicho «a Colón»), y de golpe la calle como un grito, el acto absurdo e irrevocable que la había segregado de los Lavalle para siempre y para nada, el acto inicial de su derrumbe minucioso. Pobre Paulita, cómo había podido ser tan tonta a la hora de las decisiones. Por lo demás (Raúl la miraba meneando la cabeza) las decisiones no habían sido nunca radicales. Paula comía aún el pan de los Lavalle, familia patricia capaz de echar tierra sobre el escándalo y pagarle un buen departamento a la oveja negra. Otra razón para la neurosis, las crisis de rebeldía, los planes de entrar en la Cruz Roja o irse al extranjero, todo eso debatido en la comodidad de un living y un dormitorio, servicios centrales e incinerador de basuras. Pobre Paulita. Pero era tan grato verla dormir profundamente (¿será Luminal, será Embutal?, pensó Raúl) y saber que estaría allí toda la noche respirando cerca de él que se volvía ahora a su cama, apagaba la luz y encendía un cigarrillo ocultando el fósforo entre las manos.

En el camarote 5, a babor, el señor Trejo duerme y ronca exactamente como en la cama conyugal de la calle Acoyte. Felipe está todavía levantado aunque no puede más de cansancio; se ha dado una ducha, mira en el espejo su mentón donde asoma una barba incipiente, se peina minuciosamente por el placer de verse, de sentirse vivo en plena aventura. Entra en la cabina, se pone un piyama de hilo y se instala en un sillón a fumar un Camel, después de ajustar la luz orientable que se proyecta sobre el número de *El Gráfico* que hojea sin apuro. Si el viejo no roncara, pero sería pedir mucho. No se resigna a la idea de no tener una cabina para él solo; si por casualidad se le diera un programa, va a ser un lío. Con lo fácil que resultaría si el viejo durmiera en otra parte. Vagamente recuerda películas y novelas donde los pasajeros viven grandes dramas de amor en sus camarotes. «Por qué los habré invitado», se dice Felipe y piensa en la Negrita que estará desvistiéndose en el altillo, rodeada de revistas radiotelefónicas y postales de James Dean y Ángel Magaña. Hojea *El Gráfico*, se demora en las fotos de una pelea de box, se imagina vencedor en un ring internacional, firmando autógrafos, noqueando al campeón. «Mañana estaremos afuera», piensa bruscamente, y bosteza. El sillón es estupendo pero ya el Camel le quema los dedos, tiene cada vez más sueño. Apaga la luz, enciende el velador de la cama, se desliza saboreando cada centímetro de sábana, el colchón a la vez firme y mullido. Se le ocurre que ahora Raúl también se estará acostando después de fumar una última pipa, pero en vez de un viejo que ronca tendrá en la cabina a esa pelirroja tan preciosa. Ya se habrá acomodado contra ella, seguro que están los dos desnudos y gozando. Para Felipe la palabra gozar está llena de todo lo que los ensayos solitarios, las lecturas y las confidencias de los amigos del colegio pueden evocar y proponer. Apagando la luz, se vuelve poco a poco hasta quedar de lado, y estira los brazos en la sombra para envolver el cuerpo de la Negrita, de la pelirroja, un compuesto en el que entra también la hermana menor de un amigo y su prima Lolita, un calidoscopio que acaricia suavemente hasta que sus manos rozan la almohada, la ciñen, la arrancan de debajo de su cabeza, la tienden contra su cuerpo que se pega, convulso, mientras la boca muerde en la tela insípida y tibia. Gozar, gozar, sin saber cómo se ha arrancado el piyama y está desnudo contra la almohada, se endereza y cae boca abajo, empujando con los riñones, haciéndose daño, sin llegar al goce, recorrido solamente por una crispación que lo desespera y lo encona. Muerde la almohada, la aprieta contra las piernas, acercándola y rechazándola, y por fin cede a la costumbre, al camino más fácil, se deja caer de espaldas y su mano inicia la carrera rítmica, la vaina cuya presión gradúa, retarda o acelera sabiamente, otra vez es la Negrita, encima de él como le ha mostrado Ordóñez en unas fotos francesas, la Negrita que suspira sofocadamente, ahogando sus gemidos para que no se despierte el señor Trejo.

—En fin —dijo Carlos López, apagando la luz—. Contra todo lo que me temía, esta barbaridad acuática se ha puesto en marcha.

Su cigarrillo hizo dibujos en la sombra, después una claridad lechosa recortó el ojo de buey. Se estaba bien en la cama, el levísimo rolido invitaba a dormirse sin más trámite. Pero López pensó primero en lo bueno que había sido encontrarse a Medrano entre los compañeros de viaje, en la historia de Don Galo, en la pelirroja amiga de Costa, en el desconcertante comportamiento del inspector. Después volvió a pensar en su breve visita a la cabina de Raúl, el cambio de púas con la chica de ojos verdes. Menuda amiga se echaba Costa. Si no lo hubiera visto... Pero sí lo había visto y no tenía nada de raro, un hombre y una mujer compartiendo la cabina número 10. Curioso, si la hubiera encontrado con Medrano, por ejemplo, le hubiera parecido perfectamente natural. En cambio Costa, no sabía bien por qué... Era absurdo, pero era. Se acordó que el Costals de Montherlant se había llamado Costa en un principio; se acordó de un tal Costa, antiguo condiscípulo. ¿Por qué seguía dándole vueltas a la idea? Algo no encajaba ahí. La voz de Paula al hablarle había sido una voz al margen de la presunta situación. Claro que hay mujeres que no pueden con el genio. Y Costa en la puerta de la cabina, sonriendo. Tan simpáticos los dos. Tan distintos. Por ahí andaba la cosa, una pareja tan disímil. No se sentía el nexo, ese mimetismo progresivo del juego amoroso o amistoso en que aun las oposiciones más abiertas giran dentro de algo que las enlaza y las sitúa.

—Me estoy haciendo ilusiones —dijo López en voz alta—. De todos modos serán macanudos compañeros de viaje. Y quién sabe, quién sabe.

El cigarrillo voló como un cocuyo y se perdió en el río.

D

Furtivo, un poco temeroso pero excitado e incontenible, exactamente a medianoche y en la oscuridad de la proa se instala Persio pronto a velar. El hermoso cielo austral lo atrae por momentos, alza la calva cabeza y mira los racimos resplandecientes, pero también quiere Persio establecer y ahincar un contacto con la nave que lo lleva, y para eso ha esperado el sueño que iguala a los hombres, se ha impuesto la vigilia celosa que ha de comunicarlo con la sustancia fluida de la noche. De pie junto a un presumible rollo de cables (en principio no hay serpientes en los barcos), sintiendo en la frente el aire húmedo del estuario, compulsa en voz baja los elementos de juicio reunidos a partir del London, *establece minuciosas nomenclaturas donde lo heterogéneo de incluir tres bandoneones y un refrescado de Cinzano junto con la forma del mamparo de proa y el vaivén aceitado del radar, se resuelve para él en una paulatina geometría, un lento aproximarse a las razones de esa situación que comparte con el resto del pasaje. Nada tiende en Persio a la formulación taxativa, y sin embargo una ansiedad continua lo posee frente a los vulgares problemas de su circunstancia. Está seguro de que un orden apenas aprehensible por la analogía rige el caos de bolsillo donde un cantor despide a su hermano*

y una silla de ruedas remata en un manubrio cromado; como
la oscura certidumbre de que existe un punto central donde
cada elemento discordante puede llegar a ser visto como un
rayo de la rueda. La ingenuidad de Persio no es tan grande
para ignorar que la descomposición de lo fenoménico debería
preceder a toda tentativa arquitectónica, pero a la vez ama el
calidoscopio incalculable de la vida, saborea con delectación la
presencia en sus pies de unas flamantes zapatillas marca Pirelli,
escucha enternecido el crujir de una cuaderna y el blando cha-
poteo del río en la quilla. Incapaz de renunciar a lo concreto
para instalarse por fin en la dimensión desde donde las cosas
pasan a ser casos y el repertorio sensorial cede a una vertigino-
sa equiparación de vibraciones y tensiones de la energía, opta
por una humilde labor astrológica, un tradicional acercamien-
to por vía de la imagen hermética, los tarots y el favorecimien-
to del azar esclarecedor. Confía Persio en algo como un genio
desembotellado que lo oriente en el ovillo de los hechos, y se-
mejante a la proa del Malcolm que corta en dos el río y la noche
y el tiempo, avanza tranquilo en su meditación que desecha lo
trivial —el inspector, por ejemplo, o las extrañas prohibiciones
que rigen a bordo— para concentrarse en los elementos ten-
dientes a una mayor coherencia. Hace un rato que sus ojos
exploran el puente de mando, se detienen en la ancha ventani-
lla vacía que deja pasar una luz violeta. Quienquiera sea que
dirige el barco ha de estar en el fondo de la cabina translúcida,
lejos de los cristales que fosforecen en la leve bruma del río.
Persio siente como un espanto que sube peldaño a peldaño, vi-
siones de barcas fatales sin timonel corren por su memoria,
lecturas recientes lo proveen de visiones donde la siniestra re-
gión del noroeste (y Tuculca con un caduceo verde en la mano,
amenazante) se mezclan con Arthur Gordon Pym y la barca
de Erik en el lago subterráneo de la Ópera, vaya mescolanza.
Pero a la vez teme Persio, no sabe por qué, el momento previ-
sible en que se recortará en la ventanilla la silueta del piloto.
Hasta ahora las cosas han acontecido en una especie de amable

delirio, cifrable e inteligible a poco de machihembrar los ele-
mentos sueltos; pero algo le dice (y ese algo podría ser precisa-
mente la explicación inconsciente de todo lo ocurrido) que en
el curso de la noche va a instaurarse un orden, una causalidad
inquietante desencadenada y encadenada a la vez por la piedra
angular que de un momento a otro se asentará en el corona-
miento del arco. Y así Persio tiembla y retrocede cuando exac-
tamente en ese momento una silueta se recorta en el puente de
mando, un torso negro se inscribe inmóvil, de pie e inmóvil
contra el cristal. Arriba los astros giran levemente, ha bastado
la llegada del capitán para que el barco varíe su derrota, ahora
el palo mayor deja de acariciar a Sirio, oscila hacia la Osa Me-
nor, la pincha y la hostiga hasta alejarla. «Tenemos capitán
—piensa Persio estremecido—, tenemos capitán.» Y es como si
en el desorden del pensamiento rápido y fluctuante de su sangre,
coagulara lentamente la ley, madre del futuro, la ley comienzo
de una ruta inexorable.

PRIMER DÍA

*... le ciel et la mer s'ajustent ensemble pour
former une espèce de guitare...*
AUDIBERTI, *Quoat-Quoat*

XIX

Las actividades nocturnas de Atilio Presutti culminaron en una mudanza: tuvo que sacar una cama de su cabina, con la hosca cooperación de un camarero casi mudo, y trasladarla a la cabina de al lado que compartirían su madre, la madre de la Nelly y la Nelly misma. La instalación se vio complicada por la forma y el tamaño de la cabina, y doña Rosita habló varias veces de dejar las cosas como antes e irse a dormir con su hijo, pero el Pelusa se agarró la cabeza y dijo que a la final tres mujeres juntas era otra cosa que una madre con su hijo, y que en el camarote no había biombos ni otras separaciones. Por fin lograron meter la cama entre la puerta del baño y la de entrada, y el Pelusa reapareció con un cajoncito de duraznos que le había regalado el Rusito. Aunque todos tenían hambre no se animaron a tocar el timbre y preguntar si se cenaría; comieron duraznos, y la madre de la Nelly extrajo un botellón de guindado y un chocolate Dolca. En paz, el Pelusa volvió a su cabina y se tiró a dormir como un tronco.

Cuando despertó eran las siete y un sol neblinoso se colaba en la cabina. Sentado en la cama y rascándose por encima de la camiseta, admiró con luz natural el lujo y el tamaño de su camarote. «Qué suerte que la vieja es una señora, así tiene que dormir con las otras», pensó satisfecho al calcular la independencia y la importancia que le daba el camarote privado. Camarote número cuatro, del señor Atilio Presutti. ¿Subimos arriba a ver lo que pasa? El barco parecía que estaba parado, a lo mejor ya llegamos a Montevideo. Uy Dió qué cuarto de baño, qué inodoro, mama mía. ¡Con papel color rosa, esto es grande! Esta tarde o mañana tengo que estrenar la ducha, debe ser fenómena. Pero mirá este lavatorio, parece la pileta de Sportivo Barracas, aquí te podés lavar el pescuezo sin chorrear nada, qué agua más tibia que sale...

El Pelusa se enjabonó enérgicamente la cara y las orejas, cuidando de no mojarse la camiseta. Después se puso el piyama nuevo a rayas, las zapatillas de básket y se retocó la peinada antes de salir; en el apuro se olvidó de lavarse los dientes y eso que doña Rosita le había comprado un cepillo nuevo.

Pasó ante las puertas de los camarotes de estribor. Los puntos estarían roncando todavía, seguro que era el primero en salir a la cubierta de proa. Pero allí se encontró con el chiquilín que viajaba con la madre y que lo miró amistosamente.

—Buen día —dijo Jorge—. Les gané a todos, vio.

—Qué tal, pibe —condescendió el Pelusa. Se acercó a la borda y se sujetó con las dos manos.

—Sandió —dijo—. ¡Pero estamos anclados delante de Quilmes!

—¿Eso es Quilmes, con esos tanques y esos fierros? —preguntó Jorge—. ¿Ahí fabrican la cerveza?

—¡Pero vos te das cuenta! —repetía el Pelusa—. Y yo que ya creía que estábamos en Montevideo y que a lo mejor se podía bajar y todo, yo que no conozco...

—¿Quilmes debe estar bastante cerca de Buenos Aires, no?

—¡Pero claro, te tomás el bondi y llegás en dos patadas! Capaz que la barra del Japonés me está manyando desde la orilla, son todos de por ahí... ¿Pero qué clase de viaje es éste, decime un poco?

Jorge lo examinó con ojos sagaces.

—Hace una hora que estamos anclados —dijo—. Yo subí a las seis, no tenía más sueño. ¿Sabe que aquí nunca se ve a nadie? Pasaron dos marineros apurados por alguna cosa de la maniobra, pero creo que no me entendieron cuando les hablé. Seguro que eran lípidos.

—¿Lo qué?

—Lípidos. Son unos tipos muy raros, no hablan nada. A menos que sean prótidos, debe ser fácil confundirlos.

El Pelusa miró a Jorge de reojo. Iba a preguntarle algo cuando la Nelly y su madre aparecieron en la escalerilla, las dos de pantalones y sandalias de fantasía, anteojos de sol y pañuelos en la cabeza.

—¡Ay, Atilio, qué barco tan divino! —dijo la Nelly—. ¡To-do brilla que da gusto, y el aire, qué aire!

—¡Qué aire! —dijo Doña Pepa—. Y usted qué madruga-dor, Atilio.

Atilio se acercó y la Nelly le presentó la mejilla, en la que él depositó un beso. Inmediatamente tendió el brazo y les se-ñaló la costa.

—Pero eso yo lo conozco —dijo la madre de la Nelly.

—¡Berisso! —dijo la Nelly.

—Quilmes —dijo el Pelusa, lúgubre—. Digamén qué ca-tegoría de crucero es éste.

—Yo me pensaba que ya estaríamos mar afuera y que el barco no se movía nada —dijo la madre de la Nelly—. Vaya a saber si no tienen algo roto y lo tienen que componer.

—A lo mejor vinieron a cargar nafta —dijo la Nelly.

—Estos barcos cargan fuel-oil —dijo Jorge.

—Bueno, eso —dijo la Nelly—. ¿Y este nene aquí solo? ¿Tu mamita está abajo, querido?

—Sí —dijo Jorge, mirándola de través—. Está contando las arañas.

—¿Las qué, nene?

—La colección de arañas. Siempre que hacemos estos viajes las llevamos con nosotros. Anoche se nos escaparon cinco, pero creo que mamá ya encontró tres.

La madre de la Nelly y la Nelly abrieron la boca. Jorge se agachó para esquivar el manotazo entre amistoso y pesado del Pelusa.

—¿Pero no se dan cuenta que el pibe las está cargando? —dijo el Pelusa—. Subamos arriba a ver si nos dan la leche, que tengo un ragú que me muero.

—Parece que el desayuno en estos barcos sabe ser muy surtido —dijo la madre de la Nelly con aire displicente—. He leído que ofrecen hasta jugo de naranja. ¿Te acordás, nena, de aquella película? Esa donde trabajaba la muchacha... que el padre era algo de un diario y no la quería dejar salir con Gary Cooper.

—Pero no, mamá, no era ésa.

—Sí, no te acordás que era en colores y que ella cantaba por la noche ese bolero en inglés... Pero claro, entonces no era con Gary Cooper. Esa del accidente en el tren, te acordás.

—Pero no, mamá —decía la Nelly—. Qué cosa, siempre se está confundiendo.

—Servían jugo de frutas —insistió doña Pepa.

La Nelly se colgó del brazo de su novio para subir hasta el bar, y en el camino le preguntó en voz baja si le gustaba con pantalones, a lo que Atilio respondió emitiendo una especie de bramido sofocado y apretándole el brazo hasta machucárselo.

—Pensar —dijo el Pelusa hablándole al oído— que ya podrías ser mi esposa si no sería por tu papá.

—Ay, Atilio —dijo la Nelly.

—Tendríamos el camarote para los dos y todo.

—¿Vos creés que yo no pienso de noche? Quiero decir, que ya podríamos estar casados.

—Y ahora hay que esperar hasta que tu viejo largue la casita.

—Y sí. Vos sabés cómo es mi papá.

—Una mula —dijo el Pelusa respetuosamente—. Menos mal que podemos estar juntos todo el viaje, jugar a las cartas y de noche salir a la cubierta, viste, ahí donde hay unos rollos de soga... Fenómeno para que no nos vean. Tengo un ragú, tengo...

—El aire del río es muy estimulante —dijo la Nelly—. ¿Qué me decís de mamá con pantalones?

—Le quedan bien —dijo el Pelusa, que jamás había visto nada más parecido a un buzón—. Mi vieja no se quiere poner esas cosas, ella es a la antigua, cuantimás que el viejo en una de ésas la empieza a las patadas. Vos sabés cómo es.

—En tu casa son muy impulsivos —dijo la Nelly—. Andá a llamar a tu mamá y subimos. Mirá esas puertas, qué limpieza.

—Oí cómo chamuyan en el bar —dijo el Pelusa—. Parece que a la hora del completo pan y manteca todos se constituyen. Vamos juntos a buscar a la vieja, no me gusta que subás sola.

—Pero Atilio, no soy una nena.

—Hay cada tiburón en este barco —dijo el Pelusa—. Vos venís conmigo y se acabó.

XX

El bar estaba preparado para el desayuno. Había seis mesas tendidas y el barman colocaba en su sitio la última servilleta de papel floreado cuando López y el doctor Restelli entraron casi al mismo tiempo. Eligieron mesa, y en seguida se les agregó Don Galo, que parecía darse por presentado aunque todavía no había hablado con nadie, y que despidió al chofer con un seco chasquido de los dedos. López, admirado de que el chofer fuera capaz de subir la escalera con Don Galo y la silla de ruedas (convertida para la ocasión en una especie de canasta que se sostenía en el aire, y en eso estaba la hazaña) preguntó si la salud era buena.

—Pasable —dijo Don Galo con un acento gallego en nada deteriorado por cincuenta años de comercio en la Argentina—. Demasiada humedad ambiente, aparte de que anoche no se cenó.

El doctor Restelli, de blanco vestido y con gorra, entendía que la organización era un tanto deficiente si bien las circunstancias atenuaban la responsabilidad de las autoridades.

—Nada, hombre, nada —dijo Don Galo—. Positivamente intolerable, como siempre que la burocracia pretende suplantar la iniciativa privada. Si este viaje hubiera sido organizado por Exprinter, tengan ustedes la seguridad de que nos hubiéramos ahorrado no pocos contratiempos.

López se divertía. Hábil en provocar discusiones, insinuó que también las agencias solían dar gato por liebre, y que de todos modos la Lotería Turística era una invención oficial.

—Pero por supuesto, por supuesto —apoyó el doctor Restelli—. El señor Porriño, que tal creo es su apellido, no debería olvidar que el mérito inicial recae en la inteligente visión de nuestras autoridades, y que...

—Contradicción —cortó Don Galo secamente—. Jamás he conocido autoridades que tuviesen visión de alguna cosa. Vea usted, en el ramo de tiendas no hay decreto del gobierno que no sea un desacierto. Sin ir más lejos, las medidas sobre importación de telas. ¿Qué me dicen ustedes de eso? Naturalmente: una barbaridad. En la Cámara de Tiendas, de la que soy presidente honorario desde hace tres lustros, mi opinión fue expresada en forma de dos cartas abiertas y una presentación ante el Ministerio de Comercio. ¿Resultados, señores? Ninguno. Eso es el gobierno.

—Permítame usted —el doctor Restelli tomaba el aire de gallo que solazaba tanto a López—. Lejos de mí defender en su totalidad la obra gubernativa, pero un profesor de historia tiene, por decir así, cierto sentido comparativo, y puedo asegurarle que el gobierno actual, y en general la mayoría de los gobiernos, representan la moderación y el equilibrio frente a fuerzas privadas muy respetables, no lo discuto, pero que suelen pretender para sí lo que no puede concedérseles sin menoscabo del orden nacional. Esto no sólo vale para las fuerzas vivas, señor mío, sino también para los partidos políticos, la moral de la población y el régimen edilicio. Lo que hay que evitar a toda costa es la anarquía, aun en sus formas más larvadas.

El barman empezó a servir café con leche. Mientras lo hacía escuchaba con sumo interés el diálogo y movía los labios como si repitiera las palabras sobresalientes.

—A mí un té con mucho limón —ordenó Don Galo sin mirarlo—. Sí, sí, todo el mundo habla en seguida de anarquía, cuando está claro que la verdadera anarquía es la oficial, disimulada con leyes y ordenanzas. Ya verán ustedes que este viaje va a ser un asco, un verdadero asco.

—¿Por qué se embarcó, entonces? —preguntó López como al descuido.

Don Galo se sobresaltó visiblemente.

—Pero hombre, son dos cosas distintas. ¿Por qué no había de embarcarme si gané la lotería? Y luego que los defectos se van descubriendo sobre el terreno.

—Dadas sus ideas los defectos debían ser previstos, ¿no le parece?

—Hombre, sí. ¿Pero y si por casualidad las cosas salen bien?

—O sea que usted reconoce que la iniciativa oficial puede ser acertada en ciertas cosas —dijo el doctor Restelli—. Personalmente trato de mostrarme comprensivo y ponerme en el papel del gobernante. («Eso es lo que quisieras, diputado fracasado», pensó López con más simpatía que malicia.) El timón del Estado es cosa seria, mi estimado contertulio, y afortunadamente está en buenas manos. Quizá no suficientemente enérgicas, pero bien intencionadas.

—Ahí está —dijo Don Galo, untando con vigor una tostada—. Ya salió el gobierno fuerte. No, señor, lo que se necesita es un comercio intensivo, un movimiento más amplio de capitales, oportunidades para todo el mundo, dentro de ciertos límites, se comprende.

—No son cosas incompatibles —dijo el doctor Restelli—. Pero es necesario que haya una autoridad vigilante y con amplios poderes. Admito y soy paladín de la democracia en la Argentina, pero la confusión de la libertad con el libertinaje encuentra en mí un adversario decidido.

—Quién habla de libertinaje —dijo Don Galo—. En cuestiones de moral, yo soy tan rigorista como cualquiera, coño.

—No usaba el término en ese sentido, pero puesto que lo toma en su acepción corriente, me alegro de que coincidamos en este terreno.

—Y en el dulce de frutilla, que está muy bueno —dijo López, seriamente aburrido—. No sé si han advertido que estamos anclados desde hace rato.

—Alguna avería —dijo Don Galo, satisfecho—. ¡Usted! ¡Un vaso de agua!

Saludaron cortésmente el progresivo ingreso de doña Pepa y el resto de la familia Presutti, que se instaló con locuaces comentarios en una mesa donde abundaba la manteca. El Pelusa se aproximó a ellos como para permitirles una visión más completa de su piyama.

—Buenas, qué tal —dijo—. ¿Vieron lo que pasa? Estamos enfrente de Quilmes, estamos.

—¡De Quilmes! —exclamó el doctor Restelli—. ¡Nada de eso, joven, debe ser la Banda Oriental!

—Yo conozco los gasómetros —aseguró el Pelusa—. Mi novia ahí no me dejará mentir. Se ven las casas y las fábricas, le digo que es Quilmes.

—¿Y por qué no? —dijo López—. Tenemos el prejuicio de que nuestra primera escala marítima debe ser Montevideo, pero si vamos con otro rumbo, por ejemplo al sur...

—¿Al sur? —dijo Don Galo—. ¿Y qué vamos a hacer nosotros al sur?

—Ah, eso... Supongo que ahora lo sabremos. ¿Usted conoce el itinerario? —preguntó López al barman.

El barman tuvo que admitir que no lo conocía. Mejor dicho, lo había conocido hasta el día anterior, y era un viaje a Liverpool con ocho o nueve escalas rutinarias. Pero después habían comenzado las negociaciones con tierra y ahora él estaba en la mayor ignorancia. Cortó su exposición para atender el urgente pedido de más leche en el café que le hacía el Pelusa, y López se volvió con aire perplejo a los otros.

—Habrá que buscar a un oficial —dijo—. Ya deben tener establecido un itinerario.

Jorge, que había simpatizado con López, se les acercó velozmente.

—Ahí vienen otros —anunció—. Pero los de a bordo... invisibles. ¿Me puedo sentar con ustedes? Café con leche y pan con dulce, por favor. Ahí vienen, qué les dije.

Medrano y Felipe aparecieron con aire entre sorprendido y soñoliento. Detrás subieron Raúl y Paula. Mientras cambiaban saludos entraron Claudia y el resto de la familia Trejo. Sólo faltaban Lucio y Nora, sin contar a Persio porque Persio nunca daba la impresión de faltar en ninguna parte. El bar se llenó de ruidos de sillas, comentarios y humo de cigarrillos. La mayoría de los pasajeros empezaba a verse de veras por primera vez. Medrano, que había invitado a Claudia a compartir su mesa, la encontró más joven de lo que había supuesto por la noche. Paula era evidentemente menor, pero había como un peso en sus párpados, un repentino tic que le contraía un lado de la cara; en ese momento parecía de la misma edad que Claudia. La noticia de que estaban frente a Quilmes había llegado a todas las mesas, provocando risas o comentarios irónicos. Medrano, con la sensación de un *anticlímax* particularmente ridículo, vio a Raúl Costa que se acercaba a un ojo de buey y hablaba con Felipe; acabaron sentándose a la mesa en que ya estaba Paula, mientras López saboreaba malignamente el visible desagrado con que la familia Trejo asistía a la secesión.

El chofer reapareció para llevarse a Don Galo, y el Pelusa corrió inmediatamente a ayudarlo. «Qué buen muchacho —pensó López—. ¿Cómo explicarle que el piyama tiene que dejarlo en la cabina?» Se lo dijo a Medrano en voz baja, de mesa a mesa.

—Ése es el lío de siempre, che —dijo Medrano—. Uno no puede ofenderse por la ignorancia o la grosería de esa gente cuando en el fondo ni usted ni yo hemos hecho nunca nada para ayudar a suprimirla. Preferimos organizarnos de manera de tener un trato mínimo con ellos, pero cuando las circunstancias nos obligan a convivir...

—Estamos perdidos —dijo López—. Yo, por lo menos. Me siento superacomplejado frente a tanto piyama, tanto *Maribel* y tanta inocencia.

—Oportunidad que ellos explotan inconscientemente para desalojarnos, puesto que también los molestamos. Cada vez que escupen en la cubierta en vez de hacerlo en el mar es como si nos metieran un tiro entre los ojos.

—O cuando ponen la radio a todo lo que da, después hablan a gritos para entenderse, dejan de oír bien la radio y la suben todavía más, etcétera, ad infinitum.

—Sobre todo —dijo Medrano— cuando sacan a relucir el tesoro tradicional de los lugares comunes y las ideas recibidas. A su manera son extraordinarios, como un boxeador en el ring o un trapecista, pero uno no se ve viajando todo el tiempo con atletas y acróbatas.

—No se pongan melancólicos —dijo Claudia, ofreciéndoles cigarrillos— y sobre todo no afichen tan pronto sus prejuicios burgueses. ¿Qué opinan del eslabón intermedio, o sea de la familia del estudiante? Ahí tienen a unas buenas personas más desdichadas que nosotros, porque no se entienden ni con el grupo del pelirrojo ni con nuestra mesa. Aspiran a esto último, claro, pero nosotros retrocedemos aterrados.

Los aludidos debatían en voz baja, con repentinas sibilancias e interjecciones, la descortés conducta del hijo y hermano.

La señora de Trejo no estaba dispuesta a permitir que ese mocoso aprovechara su situación para emanciparse a los dieciséis años y medio, y si su PADRE no le hablaba con energía... Pero el señor Trejo no dejaría de hacerlo, podía estar tranquila. Por su parte la Beba era la imagen misma del desdén y la reprobación.

—Bueno —dijo Felipe—. Tanto navegar toda la noche... Esta mañana apenas miré por la ventana, zas, veo unas chimeneas. Casi me acuesto de nuevo.

—Eso le enseñará a no madrugar —dijo Paula, bostezando—. Y vos, querido, que sea la última vez que me despertás. Tengo una honorable filiación de lirones tanto por el lado de los Lavalle como de los Ojeda, y necesito mantener bien pulidos los blasones.

—Perfecto —dijo Raúl—. Lo hice por tu salud, pero ya se sabe que esas iniciativas son siempre mal recibidas.

Felipe escuchó perplejo. Un poco tarde, ya, para ponerse de acuerdo en cuestiones de apoliyo. Se aplicó atentamente a la tarea de comer un huevo duro, mirando de reojo hacia la mesa de la familia. Paula lo observaba entre dos nubes de humo. Ni mejor ni peor que los otros; parecía como si la edad los uniformara, los hiciera indistintamente tozudos, crueles y deliciosos. «Va a sufrir», se dijo, pero no pensaba en él.

—Sí, será lo mejor —dijo López—. Mirá, Jorgito, si ya acabaste andá a ver si encontrás alguno de a bordo por ahí, y le pedís que suba un momento.

—¿Un oficial, o un lípido cualquiera?

—Mejor un oficial. ¿Quiénes son los lípidos?

—Ni idea —dijo Jorge—. Pero seguro que son enemigos. Chau.

Medrano hizo una seña al barman, replegado en el mostrador. El barman se acercó con pocas ganas.

—¿Quién es el capitán?

Para sorpresa de López, el doctor Restelli y Medrano, el barman no lo sabía.

—Es así —explicó como apenado—. Hasta ayer era el capitán Lovatt; pero anoche oí decir... Ha habido cambios, sobre todo porque ahora van a viajar ustedes, y...

—¿Cómo cambios?

—Sí, arreglos. Ahora creo que no vamos a Liverpool. Anoche oí... —se interrumpió mirando en torno—. Mejor será que hablen con el *maître*, a lo mejor él sabe algo. Va a venir de un momento a otro.

Medrano y López se consultaron con la mirada, y lo dejaron irse. Parecía como si no quedara más que admirar la costa de Quilmes y charlar. Jorge volvió con la noticia de que no había oficiales a la vista, y que los dos marineros que pintaban un cabrestante no entendían el español.

XXI

—Colguémosla aquí —dijo Lucio—. Con el ventilador se va a secar en un momento y después la ponemos de nuevo.

Nora acabó de retorcer la parte de la sábana que había estado lavando.

—¿Sabes qué hora es? Las nueve y media, y estamos anclados en alguna parte.

—Siempre me levanto a esa hora —dijo Nora—. Tengo hambre.

—Yo también. Pero seguro que ya sirvieron el desayuno. A bordo el horario es muy distinto.

Se miraron. Lucio se acercó y abrazó suavemente a Nora. Ella puso la cabeza en su hombro y cerró los ojos.

—¿Te sentís bien? —dijo él.

—Sí, Lucio.

—¿Verdad que me querés un poquito?

—Un poquito.

—¿Y que estás contenta?

—Hm.

—¿No estás contenta?

—Hm.

—Hm —dijo Lucio, y la besó en el pelo.

El barman los miró reprobatoriamente, pero se apresuró a despejar la mesa que ya había abandonado la familia Trejo. Lucio esperó que Nora estuviese sentada, y se acercó a Medrano que lo puso al corriente de lo que sucedía. Cuando se lo dijo, Nora se resistió a creerlo. En general las mujeres se mostraban más escandalizadas, como si cada una hubiera trazado un itinerario previo, cruelmente desmentido desde un comienzo. En la cubierta, Paula y Claudia miraban desconcertadas el fabril espectáculo de la costa.

—Pensar que desde allí uno podría volverse en colectivo a casa —dijo Paula.

—Empiezo a creer que no sería mala idea —rió Claudia—. Pero esto tiene un lado cómico que me divierte. Ahora sólo falta que encallemos en la isla Maciel, por ejemplo.

—Y Raúl que nos imaginaba en las islas Marquesas antes de un mes.

—Y Jorge que se apresta a pisar las tierras de su amado capitán Hatteras.

—Qué lindo chico tiene usted —dijo Paula—. Ya somos grandes amigos.

—Me alegro, porque Jorge no es fácil. Si alguien no le cae bien... Sale a mí, me temo. ¿Está contenta de hacer este viaje?

—Bueno, contenta no es precisamente la palabra —dijo Paula, parpadeando como si le hubiese entrado arena—. Más bien esperanzada. Creo que necesito cambiar un poco de vida, lo mismo que Raúl, y por eso decidimos embarcarnos. Supongo que a casi todos les pasará lo mismo.

—Pero usted no viaja por primera vez.

—No, estuve en Europa hace seis años, y la verdad es que me fue muy mal.

—Puede ocurrir —dijo Claudia—. Europa no ha de ser solamente los Uffizi y la Place de la Concorde. Para mí lo es, por el momento, quizá porque vivo en un mundo de literatura. Pero quizá la cuota de desencanto sea mayor de la que una supone desde aquí.

—No es eso, por lo menos en mi caso —dijo Paula—. Para serle franca, soy completamente incapaz de representar de veras el personaje que me ha tocado en suerte. Me he criado en una continua ilusión de realizaciones personales y he fracasado siempre. Aquí, frente a Quilmes, con este río color caca de chico, se puede inventar un buen capítulo de justificaciones. Pero viene el día en que uno entra en la escala de los arquetipos, se mide con las columnas griegas, por ejemplo... y se hunde todavía más abajo. Me asombra —agregó, sacando los cigarrillos— que ciertos viajes no acaben en un tiro en la cabeza.

Claudia aceptó el cigarrillo, vio acercarse a la familia Trejo y a Persio que la saludaba con vivos gestos desde la proa. El sol empezaba a molestar.

—Ahora comprendo —dijo Claudia— por qué Jorge simpatiza con usted, aparte de que a mi chico le fascinan los ojos verdes. Aunque ya no está de moda hacer citas, acuérdese de la frase de un personaje de Malraux: la vida no vale nada, pero nada vale una vida.

—Me gustaría saber cómo acaba ese personaje —dijo Paula, y Claudia sintió que su voz había cambiado. Le apoyó la mano en el brazo.

—No me acuerdo —dijo—. Quizá con un tiro en la cabeza. Pero probablemente disparado por otro.

Medrano miró su reloj.

—La verdad, esto empieza a ponerse pesado —dijo—. Puesto que hemos quedado más o menos solos, ¿qué le parece si delegamos en alguien para que perfore el muro del silencio?

López y Felipe asintieron, pero Raúl propuso que salieran juntos en busca de un oficial. En la proa no había más que dos marineros rubios, que menearon la cabeza y soltaron una que otra frase en algo que podía ser noruego o finlandés. Recorrieron el pasillo de estribor sin encontrar a nadie. La puerta de la cabina de Medrano estaba entornada, y un camarero los saludó en trabajoso español. Era mejor que viesen al *maître*, que estaría preparando el comedor para el almuerzo. No, no se podía pasar a la popa, no podía decirles por qué. El capitán Lovatt, sí. ¿Ya no era más el capitán Lovatt? Hasta ayer era el capitán Lovatt. Otra cosa: rogaba a los señores que cerraran con llave sus cabinas. Si tenían objetos de valor...

—Vamos a buscar al famoso *maître* —dijo López, aburrido.

Volvieron al bar, sin muchas ganas, y se encontraron con Lucio y Atilio Presutti que debatían el problema del fondeo del *Malcolm*. Del bar se pasaba a una sala de lectura en la que lucía ominoso un piano escandinavo, y al comedor cuyas proporciones merecieron un silbido admirativo de Raúl. El *maître* (tenía que ser el *maître* porque tenía una sonrisa de *maître* y daba órdenes a un mozo que lo miraba con cara taciturna) distribuía flores y servilletas. Lucio y López se adelantaron, y el *maître* alzó unas cejas canosas y los saludó con cierta indiferencia que no excluía la amabilidad.

—Vea usted —dijo López—, estos señores y yo estamos un tanto sorprendidos. Son las diez de la mañana y todavía no tenemos la menor noticia sobre el viaje que vamos a hacer.

—Oh, las noticias sobre el viaje —dijo el *maître*—. Creo que van a entregarles un folleto o un boletín. Yo mismo no estoy muy al tanto.

—Aquí nadie está al tanto —dijo Lucio con un tono más alto del necesario—. ¿Le parece de buena educación tenernos en... en Babia? —terminó enrojeciendo y buscando en vano la manera de seguir.

—Señor, presento a ustedes mis excusas. No creí que en el curso de esta mañana... Estamos bastante atareados —agregó—.

El almuerzo se servirá a las once en punto, y la cena a las veinte. El té se servirá en el bar a las diecisiete. Los señores que deseen comer en sus cabinas...

—Hablando de deseos —dijo Raúl—, me gustaría saber por qué no se puede pasar a popa..

—*Technical reasons* —dijo rápidamente el *maître*, y tradujo en seguida la frase.

—¿Está averiado el *Malcolm*?

—Oh, no.

—¿Por qué anclamos toda la mañana en el río?

—Zarparemos en seguida, señor.

—¿Para dónde?

—No lo sé, señor. Supongo que lo anunciarán en el boletín.

—¿Se puede hablar con un oficial?

—Me han advertido que un oficial vendrá a la hora del almuerzo para saludar a ustedes.

—¿No se puede radiotelegrafiar? —dijo Lucio, por decir algo práctico.

—¿Adónde, señor? —preguntó el *maître*.

—¿Cómo adónde? A casa, don —dijo el Pelusa—. Para ver cómo está la familia. Yo tengo a mi prima con el apéndice.

—Pobre chica —simpatizó Raúl—. En fin, esperemos que el oráculo se presente junto con los *hors d'oeuvres*. Por mi parte me voy a admirar la ribera quilmeña, patria de Victorio Cámpolo y otros próceres.

—Es curioso —le dijo Medrano a Raúl mientras salían no demasiado garifos—. Tengo todo el tiempo la sensación de que nos hemos metido en un lío padre. Divertido, por lo demás, pero no sé hasta qué punto. ¿A usted cómo le suena?

—*Not with a bang but a whimper* —dijo Raúl.

—¿Sabe inglés? —le preguntó Felipe mientras bajaban al puente.

—Sí, claro —lo miró y sonrió—. Bueno, dije «claro» porque casi toda la gente con quien vivo lo sabe. Usted lo estudia en el Nacional, supongo.

—Un poco —dijo Felipe, que iba invariablemente a examen. Tenía ganas de recordarle a Raúl su ofrecimiento de una pipa, pero le daba vergüenza. No demasiada, más bien era cuestión de esperar la oportunidad. Raúl hablaba de las ventajas del inglés, sin insistir demasiado y escuchándose con una especie de lástima burlona. «La inevitable fase histriónica —pensó—, la búsqueda sinuosa y sagaz, el primer round de estudio...»

—Empieza a hacer calor —dijo mecánicamente—. La tradicional humedad del Plata.

—Ah, sí. Pero esa camisa que tiene debe ser formidable —Felipe se animó a tocar la tela con dos dedos—. Nylon, seguro.

—No, apenas poplín de seda.

—Parecía nylon. Tenemos un prof que lleva todas camisas de nylon, se las trae de Nueva York. Lo llaman «El bacán».

—¿Por qué le gusta el nylon?

—Porque... bueno, se usa mucho, y tanta propaganda en las revistas. Lástima que en Buenos Aires cuesta demasiado.

—Pero *a usted*, ¿por qué le gusta?

—Porque se plancha solo —dijo Felipe—. Uno lava la camisa, la cuelga y ya está. «El bacán» nos explicó.

Raúl lo miró bien de frente, mientras sacaba los cigarrillos.

—Veo que tiene sentido práctico, Felipe. Pero cualquiera diría que usted mismo tiene que lavarse y plancharse la ropa.

Felipe se puso visiblemente rojo y aceptó presuroso el cigarrillo.

—No me tome el pelo —dijo, desviando la mirada—. Pero el nylon, para los viajes...

Raúl asintió, ayudándolo a pasar el mal trago. El nylon, claro.

XXII

Un bote tripulado por un hombre y un chico se acercaba al *Malcolm* por estribor. Paula y Claudia saludaron con la mano, y el bote se acercó.

—¿Por qué están fondeados acá? —preguntó el hombre—. ¿Se rompió algo?

—Misterio —dijo Paula—. O huelga.

—Qué va a ser huelga, señorita, seguro que se rompió algo.

Claudia abrió su cartera y exhibió dos billetes de diez pesos.

—Háganos un favor —dijo—. Vaya hasta la popa y fíjese qué pasa de ese lado. Sí, la popa. Mire si hay oficiales o si están reparando algo.

El bote se alejó sin que el hombre, evidentemente desconcertado, atinara a hacer comentarios. El chico, que cuidaba una línea de fondo, empezó a recogerla presuroso.

—Qué buena idea —dijo Paula—. Pero qué insensato suena todo esto, ¿no? Mandar una especie de espía es absurdo.

—Quizá no sea más absurdo que acertar cinco cifras dentro de las combinaciones posibles. Hay una cierta proporción en este absurdo, aunque a lo mejor me estoy contagiando de Persio.

Mientras explicaba a Paula quién era Persio, no se sorprendió demasiado al comprobar que el bote se alejaba del *Malcolm* sin que el lanchero mirara hacia atrás.

—Fracaso de las *astuzie femminili* —dijo Claudia—. Ojalá los caballeros consigan noticias. ¿Ustedes dos están cómodos en su cabina?

—Sí, muy bien —dijo Paula—. Para ser un barco chico las cabinas son perfectas. El pobre Raúl empezará a lamentar muy pronto haberme embarcado con él, porque es el orden en persona mientras que yo... ¿Usted no cree que dejar las cosas tiradas por ahí es una delicia?

—No, pero yo tengo que manejar una casa y un chico. A veces... Pero no, creo que prefiero encontrar las enaguas en el cajón de las enaguas, etcétera.

—Raúl le besaría la mano si la oyera —rió Paula—. Esta mañana creo que empecé lavándome los dientes con su cepillo. Y el pobre que necesita reposo.

—Para eso cuenta con el barco, que es casi demasiado tranquilo.

—No sé, ya lo veo inquieto, le da rabia esa historia de popa prohibida. Pero de veras, Claudia, Raúl lo va a pasar muy mal conmigo.

Claudia sintió que detrás de esa insistencia había como un deseo de agregar algo más. No le interesaba demasiado pero le gustaba Paula, su manera de parpadear, sus bruscos cambios de posición.

—Supongo que ya estará bastante acostumbrado a que usted le use su cepillo de dientes.

—No, precisamente el cepillo no. Los libros que le pierdo, las tazas de café que le vuelco en la alfombra... pero el cepillo de dientes no, hasta esta mañana.

Claudia sonrió, sin decir nada. Paula vaciló, hizo un gesto como para espantar un bicho.

—Quizá sea mejor que se lo diga desde ahora. Raúl y yo somos simplemente muy amigos.

—Es un muchacho muy simpático —dijo Claudia.

—Como nadie o casi nadie lo creerá a bordo, me gustaría que por lo menos usted estuviera enterada.

—Gracias, Paula.

—Soy yo quien tiene que dar las gracias por encontrar a alguien como usted.

—Sí, a veces ocurre que... También yo, alguna vez, he sentido la necesidad de agradecer una mera presencia, un gesto, un silencio. O saber que una puede empezar a hablar, decir algo que no diría a nadie, y que de pronto es tan fácil.

—Como ofrecer una flor —dijo Paula, y apoyó apenas la mano en el brazo de Claudia—. Pero no soy de fiar —agregó retirando la mano—. Soy capaz de maldades infinitas, incurablemente perversa conmigo misma y con los demás. El pobre Raúl me aguanta hasta un punto... No puede imaginarse lo bueno y comprensivo que es, quizá porque yo no existo realmente para él; quiero decir que sólo existo en el plano de los

549

sentimientos intelectuales, por decir así. Si por un improbable azar un día nos acostáramos juntos, creo que empezaría a detestarme a la mañana siguiente. Y no sería el primero.

Claudia se puso de espalda a la borda para evitar el sol ya demasiado fuerte.

—¿No me dice nada? —preguntó hoscamente Paula.

—No, nada.

—Bueno, a lo mejor es preferible. ¿Por qué tengo que traerle problemas?

Claudia notó el tono despechado, la irritación.

—Se me ocurre —dijo— que si yo hubiera hecho una pregunta o un comentario usted hubiera desconfiado de mí. Con la perfecta y feroz desconfianza de una mujer hacia otra. ¿No le da miedo hacer confidencias?

—Oh, las confidencias... Esto no era ninguna confidencia —Paula aplastó el cigarrillo apenas encendido—. No hacía más que mostrarle el pasaporte, tengo horror de que me estimen por lo que no soy, que una persona como usted simpatice por un sucio malentendido.

—Y por eso Raúl, y su perversidad, y los amores malogrados... —Claudia se echó a reír y de pronto se inclinó y besó a Paula en la mejilla—. Qué tonta, qué grandísima boba.

Paula bajó la cabeza.

—Soy mucho peor que eso —dijo—. Pero no se fíe, no se fíe.

Si bien a la Nelly le parecía demasiado audaz esa blusa naranja, Doña Rosita era más indulgente con la juventud de este tiempo. La madre de la Nelly aportaba una opinión intermedia: la blusa estaba bien, pero el color era chillón. Cuando se trató de saber la opinión de Atilio, éste dijo atinadamente que la misma blusa en una mujer que no fuera pelirroja apenas llamaría la atención, pero que de todas maneras él no permitiría jamás que su novia se destapara los hombros en esa forma.

Como el sol les daba ya en la coronilla, se refugiaron en el sector que los dos marineros acababan de cubrir con lonas. Instalados en reposeras de varios colores, se sintieron todos muy contentos. En realidad lo único que faltaba era el mate, culpa de Doña Rosita que no había querido traer el termo y la galleta con virola de plata obsequiada por el padre de la Nelly a don Curzio Presutti. Lamentando en el fondo su decisión, doña Rosita hizo observar que no es fino tomar mate en la cubierta de primera, a lo que contestó Doña Pepa que se podían haber reunido en el camarote. El Pelusa sugirió que subieran al bar a beberse una cerveza o una sangría, pero las damas alabaron la comodidad de los asientos y la vista del río. Don Galo, cuyo descendimiento por la escalerilla era seguido cada vez con ojos de terror por las señoras, reapareció entonces para intervenir en la plática y agradecer al Pelusa la ayuda que prestaba al chofer para tan delicadas operaciones. Las señoras y el Pelusa dijeron a coro que no faltaba más, y Doña Pepa preguntó a Don Galo si había viajado mucho. Pues sí, algo de mundo conocía, sobre todo la región de Lugo y la provincia de Buenos Aires. También había viajado hasta el Paraguay en un barco de Mihanovich, un viaje terrible en el año veintiocho, un calor, pero un calor...

—¿Y siempre...? —insinuó la Nelly, señalando vagamente la silla y el chófer.

—Qué va, hija mía, qué va. En ese entonces era yo más fuerte que Paulino Uzcudún. Una vez en Pehuajó, hubo un incendio en la tienda...

El Pelusa hizo una seña a la Nelly, que se inclinó para que él pudiera hablarle al oído.

—Qué plato la bronca que se va a agarrar la vieja —informó—. En un descuido me guardé el mate en la valija y dos kilos de yerba Salus. Esta tarde lo subimos aquí y todos se van a quedar con la boca abierta.

—¡Pero Atilio! —dijo la Nelly, que seguía admirando a la distancia la blusa de Paula—. Sos uno, vos...

—Qué va a hacer —dijo el Pelusa, satisfecho de la vida.

La blusa naranja atrajo también a López, que bajaba a la cubierta después de completar el arreglo de sus cosas. Paula leía, sentada al sol, y él se acodó en la borda y esperó que levantara los ojos.

—Hola —dijo Paula—. ¿Qué tal, profesor?

—*Horresco referens* —murmuró López—. No me llame profesor o la tiro por la borda con libro y todo.

—El libro es de Françoise Sagan, y por lo menos él no merece que lo tiren. Veo que el aire fluvial le despierta reminiscencias piráticas. Andar por la plancha o algo así, ¿no?

—¿Usted ha leído novelas de piratas? Buena señal, muy buena señal. Sé por experiencia que las mujeres más interesantes son siempre las que de chicas incursionaron en lecturas masculinas. ¿Stevenson, por ejemplo?

—Sí, pero mi erudición bucanera viene de que mi padre guardaba como curiosidad una colección del *Tit-Bits* donde salía la gran novela titulada *El tesoro de la isla de la Luna Negra*.

—¡Ah, pero yo también la he leído! Los piratas tenían nombres deslumbrantes, como Senaquerib Edén y Maracaibo Smith.

—¿A que no se acuerda cómo se llamaba el espadachín que muere batiéndose por la buena causa?

—Claro que me acuerdo: Christopher Dawn.

—Somos almas gemelas —dijo Paula, tendiéndole la mano—. ¡Viva la bandera negra! La palabra profesor queda borrada para siempre.

López fue a buscar una silla, luego de asegurarse de que Paula preferiría seguir charlando a la lectura de *Un certain sourire*. Ágil y pronto (no era pequeño, pero daba a veces la impresión de serlo, en parte porque usaba sacos sin hombreras y pantalones angostos, y porque se movía con suma rapidez) volvió con una reposera que chorreaba verdes y blancos. Se instaló con manifiesta voluptuosidad al lado de Paula y la contempló un rato sin decir nada.

—*Soleil, soleil, faute éclatante* —dijo ella, sosteniendo su mirada—. ¿Qué divinidad protectora, Max Factor o Helena Rubinstein, me salvarían de este escrutinio crudelísimo?

—El escrutinio —observó López— arroja las siguientes cifras: belleza extraordinaria, levemente contrariada por una exposición excesiva a los dry Martinis y al aire helado de las *boîtes* del Barrio Norte.

—*Right you are.*

—Tratamiento: sol en cantidades moderadas y piratería *ad libitum*. Esto último me lo dicta mi experiencia de taumaturgo, pues sé de sobra que no podría quitarle los vicios de golpe. Cuando se ha saboreado la sal de los abordajes, cuando se ha pasado a cuchillo un centenar de tripulaciones...

—Claro, quedan las cicatrices, como en el tango.

—En su caso se reducen a una excesiva fotofobia, causada sin duda por la vida de murciélago que lleva y el exceso de lectura. Me ha llegado además el horrendo rumor de que escribe poemas y cuentos.

—Raúl —murmuró Paula—. Delator maldito. Lo voy a hacer caminar por la plancha, desnudo y untado de alquitrán.

—Pobre Raúl —dijo López—. Pobre, afortunado Raúl.

—La fortuna de Raúl es siempre precaria —dijo Paula—. Especulaciones muy arriesgadas, venda el mercurio, compre el petróleo, liquide a lo que le den, pánico a las doce y caviar a medianoche. Y no está mal así.

—Sí, siempre es mejor que un sueldo en el Ministerio de Educación. Por mi parte no sólo no tengo acciones sino que casi no las cometo. Vivo en inacciones, y eso...

—La fauna bonaerensis se parece bastante entre sí, querido Jamaica John. Será por eso que hemos abordado con tanto entusiasmo este *Malcolm*, y también por eso que ya lo hemos contagiado de inmovilismo y de no te metás.

—La diferencia es que yo hablaba tomándome el pelo, mientras que usted parece lanzada a una autocrítica digna de las de Moscú.

—No, por favor. Ya he hablado bastante de mí con Claudia. Basta por hoy.

—Simpática, Claudia.

—Muy simpática. La verdad es que hay un grupo de gentes interesantes.

—Y otro bastante pintoresco. Vamos a ver qué alianzas, qué cismas y qué deserciones ocurren con el tiempo. Allá veo a Don Galo charlando con la familia Presutti. Don Galo será el observador neutral, irá de una a otra mesa en su raro vehículo. ¿No es curiosa una silla de ruedas en un barco, un medio de transporte sobre otro?

—Hay cosas más raras —dijo Paula—. Una vez cuando volvía de Europa, el capitán del *Charles Tellier* me hizo una confesión íntima: el maduro caballero admiraba las motonetas y tenía la suya a bordo. En Buenos Aires paseaba entusiastamente en su Vespa. Pero me interesa su visión estratégica y táctica de todos nosotros. Siga.

—El problema son los Trejo —dijo López—. El chico andará de nuestro lado, es seguro. («*Tu parles*», pensó Paula.) El resto será recibido cortésmente pero no se pasará de ahí. Por lo menos en el caso de usted y de mí. Ya los he oído hablar y me basta. Son del estilo: «¿Gusta de una masita de crema? Es hecha en casa». Me pregunto si el doctor Restelli no engranará por el lado más conservador de su persona. Sí, es candidato a jugar al siete y medio con ellos. La chica, pobre, tendrá que someterse a la horrible humillación de jugar con Jorge. Sin duda esperaba encontrar a alguien de su edad, pero como la popa no nos reserve alguna sorpresa... Por lo que respecta a usted y a mí, anticipo una alianza ofensiva y defensiva, coincidencia absoluta en la piscina, si hay piscina en alguna parte, y supercoincidencia en los almuerzos, tés y cenas. A menos que Raúl...

—No se preocupe por Raúl, oh avatar de Von Clausewitz.

—Bueno, si yo fuera Raúl —dijo López— no me entusiasmaría oírle decir eso. En mi calidad de Carlos López considero la alianza como cada vez más indisoluble.

—Empiezo a creer —dijo desganadamente Paula— que Raúl hubiera hecho mejor en pedir dos cabinas.

López la miró un momento. Se sintió turbado a pesar suyo.

—Ya sé que estas cosas no ocurren en la Argentina, y quizá en ninguna parte —dijo Paula—. Precisamente por eso lo hacemos Raúl y yo. No pretendo que me crea.

—Pero si le creo —dijo López, que no le creía en absoluto—. ¿Qué tiene que ver?

Un gongo sonó afelpadamente en el pasillo, y repitió su llamado desde lo alto de la escalerilla.

—Si es así —dijo López livianamente—, ¿me acepta en su mesa?

—De pirata a pirata, con mucho gusto.

Se detuvieron al pie de la escalerilla de babor. Enérgico y eficiente, Atilio ayudaba al chofer a subir a Don Galo que movía afablemente la cabeza. Los otros lo siguieron en silencio. Ya estaban arriba cuando López se acordó.

—Dígame: ¿usted ha visto a alguien en el puente de mando?

Paula se quedó mirándolo.

—Ahora que lo pienso, no. Claro que estar anclado frente a Quilmes no creo que requiera el ojo de águila de ningún argonauta.

—De acuerdo —convino López—, pero es raro de todos modos. ¿Qué hubiera pensado Senaquerib Edén?

XXIII

Hors d'oeuvres variés
Potage Impératrice
Poulet à l'estragon
Salade tricolore
Fromages
Coupe Melba
Gateaux, petits fours

Fruits
Café, infusions
Liqueurs

En la mesa 1, la Beba Trejo se las arregla para quedar de frente al resto de los comensales, que en esa forma podrán apreciar su blusa nueva y su pulsera de topacios sintéticos,

la señora de Trejo considera que los vasos tallados son tan elegantes,

el señor Trejo consulta los bolsillos del chaleco para cerciorarse de que trajo el Promecol y la tableta de Alka Seltzer,

Felipe mira lúgubremente las mesas contiguas, donde se sentiría mucho más contento.

En la mesa 2, Raúl dice a Paula que los cubiertos de pescado le recuerdan unos nuevos diseños italianos que ha visto en una revista,

Paula lo escucha distraída y opta por el atún en aceite y las aceitunas,

Carlos López se siente misteriosamente exaltado y su mediocre apetito crece con los camarones a la vinagreta y el apio con mayonesa.

En la mesa 3, Jorge describe un círculo con el dedo sobre la bandeja de *hors d'oeuvres*, y su orden ecuménica merece la sonriente aprobación de Claudia,

Persio lee atento la etiqueta del vino, observa su color y lo husmea largo rato antes de llenar su copa hasta el borde,

Medrano mira al *maître*, que mira servir al mozo, que mira su bandeja,

Claudia prepara pan con manteca para su hijo y piensa en la siesta que va a dormir, precedida de una novela de Bioy Casares.

En la mesa 4, la madre de la Nelly informa que a ella la sopa de verdura le repite, por lo cual prefiere un caldo con fideos finos,

Doña Pepa tiene la sensación de estar un poco mareada y eso que no se puede decir que el barco se mueva, la Nelly mira a la Beba Trejo, a Claudia y a Paula, y piensa que la gente de posición siempre está vestida de una manera tan diferente,

el Pelusa se maravilla de que los panes sean tan pequeños y tan individuales, pero cuando parte uno se decepciona porque son pura costra y no tienen nada de miga.

En la mesa 5, el doctor Restelli llena las copas de sus contertulios y opina con galanura sobre los méritos del borgoña y el Côtes du Rhône,

Don Galo chasquea los labios y recuerda al mozo que su chofer comerá en la cabina y que es hombre de rotundas apetencias,

Nora está afligida por tener que sentarse con los dos señores mayores, y se pregunta si Lucio no podrá arreglar algo con el *maître* para que los cambien,

Lucio deja que le llenen el plato de sardinas y atún, y es el primero en percibir una leve vibración en la mesa, seguida de la progresiva desaparición de la chimenea roja que cortaba en dos la circunferencia del ojo de buey.

La alegría fue general, Jorge saltó de la silla para ir a ver la maniobra, y el optimismo del doctor Restelli se dibujó como un halo en torno a su sonriente fisonomía, sin que por eso cejara la mueca de reservado escepticismo de Don Galo. Sólo Medrano y López, que se habían consultado con una mirada, siguieron esperando la llegada del oficial. A una pregunta en voz baja de López, el *maître* alzó las manos con un gesto de desaliento y dijo que trataría de enviar a un camarero para que insistiera. ¿Cómo que trataría de enviar? Sí, porque hasta nueva orden las comunicaciones con la popa eran lerdas. ¿Y por qué? Al parecer, por cuestiones técnicas. ¿Era la primera vez que ocurría eso en el *Malcolm*? En cierto modo, sí. ¿Qué significaba exactamente en cierto modo? Era una manera de decir.

López aguantó con esfuerzo su porteño deseo de decirle: «Vea, amigo, váyase al carajo», y aceptó en cambio que le sirvieran una rebanada de hediondo y delicioso Robiola.

—Nada que hacerle —dijo a Medrano—. Esto vamos a tener que arreglarlo nosotros mismos, che.

—No sin antes café y coñac —dijo Medrano—. Reunámonos en mi cabina y avísele a Costa. —Se volvió a Persio que hablaba volublemente con Claudia—. ¿Cómo ve las cosas, amigo?

—Como verlas, no las veo —dijo Persio—. He tomado tanto sol que me siento luminoso por dentro. Estoy más para ser contemplado que para contemplar. Toda la mañana pensé en la editorial, en mi oficina, y por más que hice no logré concretarlas, realizarlas. ¿Cómo es posible que dieciséis años de trabajo diario se conviertan en un espejismo, nada más que porque el río me rodea, y el sol me recalienta el cráneo? Habría que analizar muy cuidadosamente el lado metafísico de esta experiencia.

—Eso —dijo Claudia— se llama sencillamente vacaciones pagas.

La voz de Atilio Presutti se alzó sobre las demás para celebrar con entusiasmo la llegada de una copa Melba. En ese mismo instante la Beba Trejo rechazaba la suya con una mueca de elegante desdén que sólo ella sabía cuánto le costaba. Mirando a Paula, a la Nelly y a Claudia que saboreaban el helado, se sintió martirizadamente superior; pero su triunfo supremo era aplastar a Jorge, ese gusano de pantalón corto que la había tuteado de entrada y que tragaba el helado con el ojo fijo en la bandeja del mozo donde quedaban otras dos copas llenas.

La señora de Trejo se sobresaltó.

—¡Cómo, nena! ¿No te gusta el helado?

—No, gracias —dijo la Beba, resistiendo la mirada omnisciente y divertida de su hermano.

—Pero qué tonta es esta chica —dijo la señora de Trejo—. Ya que no lo querés vos...

Colocaba la copa frente a su no pequeño busto, cuando la diestra mano del *maître* se la arrebató.

—Ya está un poco derretido, señora. Sírvase éste.

La señora se ruborizó violentamente para felicidad de sus hijos y esposo.

Sentado al borde de su cama, Medrano balanceó un pie siguiendo el casi imperceptible rolido. El aroma de la pipa de Raúl le recordaba las veladas en el Club de Residentes Extranjeros y las charlas con míster Scott, su profesor de inglés. Ahora que lo pensaba, se había ido de Buenos Aires sin avisar a los amigos del club. Tal vez Scott les diría, tal vez no, según el humor del momento. A esa hora ya Bettina habría telefoneado al club, con una voz cuidadosamente distraída. «Volverá a llamar mañana y preguntará por Willie o por Márquez Cey —pensó—. Los pobres no van a saber qué decirle, realmente se me ha ido la mano.» ¿Por qué, al fin y al cabo, mandarse mudar con tanto secreto, callándose lo del premio? Ya se le había ocurrido la noche anterior, antes de dormirse, que en su juego había gato y ratón, que la crueldad andaba de por medio. «Es casi más una venganza que un abandono —se dijo—. ¿Pero por qué, si es tan buena chica, a menos que sea justamente por eso?» También había pensado que en los últimos tiempos no veía más que los defectos de Bettina: era un síntoma demasiado común, demasiado vulgar. El club, por ejemplo, Bettina no quería entender. «Pero vos no sos un residente extranjero (con un tono casi patriótico). Con todos los clubes que hay en Buenos Aires, te metés en uno de gringos...» Era triste pensar que por frases así no la volvería a ver nunca más. En fin, en fin.

—No hagamos una cuestión de hidalguía ofendida —dijo bruscamente López—. Sería una lástima estropear desde el vamos algo divertido. Por otro lado no podemos quedarnos de brazos cruzados. Para mí empieza a resultar una postura incómoda, y Dios sabe si estoy sorprendido.

—De acuerdo —dijo Raúl—. El puño de hierro en el guante de pecarí. Propongo que nos abramos amistosamente paso hasta el sanctasanctórum, uilizando en lo posible esa manera falsamente untuosa que los yanquis achacan a los japoneses.

—Vamos yendo —dijo López—. Gracias por la caña, che, es de la buena.

Medrano les ofreció otro trago, y salieron.

La cabina quedaba casi al lado de la puerta Stone que interrumpía el pasillo de babor. Raúl se puso a examinar la puerta con mirada profesional, y accionó una palanca pintada de verde.

—Nada que hacer. Esto se abre a presión de vapor y se comanda desde alguna otra parte. Han inutilizado la palanca de emergencia.

La puerta del pasillo de estribor resistió a su vez todos los esfuerzos. Un penetrante silbido los hizo volverse con cierto sobresalto. El Pelusa los saludaba entre entusiasta y azorado.

—¿Ustedes también? Yo hace rato que me tiré el lance, pero estas puertas son propiamente la escomúnica. ¿Qué me estarán combinando los paparulos esos? No es cosa de hacer, ¿no le parece?

—Seguro —dijo López—. ¿Y no encontró otra puerta?

—Todo está condenado —dijo solemnemente Jorge, que había aparecido como un duende.

—Qué puerta ni puerta —decía el Pelusa—. En la cubierta hay dos pero están cerradas con llave. Si no hay algún sótano o algo así que podamos encontrar...

—¿Están preparando una expedición contra los lípidos? —preguntó Jorge.

—Bueno, sí —dijo López—. ¿Viste alguno?

—Solamente los dos finlandeses, pero los de este lado no son lípidos, che. Deben ser glúcidos o prótidos.

—Qué cosas dice este purrete —se maravilló el Pelusa—. Desde hoy que la tiene con los lípedos.

—Lípidos —corrigió Jorge.

Sin saber por qué, a Medrano le inquietaba que Jorge siguiera explorando con ellos.

—Mirá, te vamos a confiar una tarea delicada —le dijo—. Andate a la cubierta y vigilá bien las dos puertas. A lo mejor los lípidos se aparecen por ahí. Si notás la menor señal de alarma, silbás tres veces. ¿Sabés silbar fuerte?

—Un poco —dijo avergonzado Jorge—. Tengo los dientes separados.

—¿No sabés silbar? —dijo el Pelusa, ansioso por mostrarse—. Mirá, hacé así.

Juntó el pulgar y el índice, se los metió en la boca y emitió un silbido que les rajó los oídos. Jorge juntó los dedos, pero lo pensó mejor, hizo un gesto de asentimiento dirigido a Medrano y se fue a la carrera.

—Bueno, sigamos explorando —dijo López—. Quizá sería mejor separarnos, y el que encuentre un pasaje avisa en seguida a los demás.

—Fenómeno —dijo el Pelusa—. Parece que estaríamos jugando al vigilante y ladrón.

Medrano se volvió a buscar cigarrillos a la cabina. Raúl vio a Felipe en el extremo del pasillo. Estrenaba unos *blue-jeans* y una camisa a cuadros que lo recortaban cinematográficamente contra la puerta del fondo. Le explicó en lo que andaban, y se fueron juntos hasta el pasaje central que comunicaba ambos pasillos.

—¿Pero qué buscamos? —preguntó Felipe, desconcertado.

—Qué sé yo —dijo Raúl—. Llegar a la popa, por ejemplo.

—Debe ser igual que esto, más o menos.

—Tal vez. Pero como no se puede ir, eso la cambia mucho.

—¿Usted cree? —dijo Felipe—. Seguro que es por algún desperfecto. Esta tarde abrirán las puertas.

—Entonces sí será igual que la proa.

—Ah, claro —dijo Felipe, que entendía cada vez menos—. Bueno, si es por divertirse está bien, a lo mejor encontramos un pasadizo para llegar allá antes que los otros.

Raúl se preguntó por qué López y Medrano eran los únicos que sentían lo mismo que él. Los demás sólo veían un juego. «También para mí es un juego, al fin y al cabo —pensó—. ¿Dónde está la diferencia? Hay una diferencia, eso es seguro.»

Llegaban ya al pasillo de babor cuando Raúl descubrió la puerta. Era muy angosta, pintada de blanco como las paredes del pasaje, y el picaporte empotrado escapaba casi a la vista en la penumbra del lugar. Sin mucha esperanza lo apretó, y lo sintió ceder. La puerta entornada dejó ver una escalerilla que descendía hasta perderse en la sombra. Felipe tragó aire excitadamente. En el pasillo de estribor se oía charlar a López y a Atilio.

—¿Les avisamos? —preguntó Raúl, mirando de soslayo a Felipe.

—Mejor que no. Vamos solos.

Raúl empezó a bajar y Felipe cerró la puerta a sus espaldas. La escalerilla daba a un pasadizo apenas iluminado por una lámpara violeta. No había puertas a los lados, se oía con fuerza el ruido de las máquinas. Caminaron sigilosamente hasta llegar a una puerta Stone cerrada. A ambos lados había puertas parecidas a la que acababan de descubrir en el pasaje.

—¿Izquierda o derecha? —dijo Raúl—. Elegí vos.

A Felipe le cayó raro el tuteo. Señaló la izquierda, sin animarse a devolver el tratamiento a Raúl. Probó lentamente el picaporte, y la puerta se abrió sobre un compartimento en penumbra que olía a encerrado. A los lados vieron armarios de metal y estantes pintados de blanco. Había herramientas, cajas, una brújula antigua, latas con clavos y tornillos, pedazos de cola de carpintero y recortes de metal. Mientras Felipe se acercaba al ojo de buey y lo frotaba con un trapo, Raúl levantó la tapa de un cajoncito de hojalata y volvió a bajarla en seguida. Ahora entraba más luz y se estaban acostumbrando a esa difusa claridad de acuario.

—Pañol de avíos —dijo burlonamente Raúl—. Hasta ahora no nos lucimos.

—Falta la otra puerta. —Felipe había sacado cigarrillos y le ofreció uno—. ¿No le parece misterioso este barco? Ni siquiera sabemos adónde nos lleva. Me hace acordar de una cinta que vi hace mucho. Trabajaba John Garfield. Se embarcaban en un buque que no tenía ni marineros, y al final resultaba que era el barco de la muerte. Un globo así, pero uno estaba a cuatro manos en el cine.

—Sí, es una pieza de Sutton Vane —dijo Raúl. Se sentó en una mesa de carpintero, y exhaló el humo por la nariz—. A vos te ha de encantar el cine, eh.

—Y, claro.

—¿Vas mucho?

—Bastante. Tengo un amigo que vive cerca de casa y siempre vamos al Roca o a los del centro. Los sábados a la noche es divertido.

—¿Vos creés? Ah, claro, el centro está más animado, se puede levantar programa.

—Seguro —dijo Felipe—. Usted debe hacer bastante vida nocturna.

—Un poco, sí. Ahora no tanto.

—Ah, claro, cuando uno se casa...

Raúl lo miraba, sonriendo y fumando.

—Te equivocás, no estoy casado.

Saboreó el rubor que Felipe trataba de disimular tosiendo.

—Bueno, yo quise decir que...

—Ya sé lo que quisiste decir. En realidad a vos te joroba un poco tener que venir con tus papás y tu hermana, ¿no?

Felipe desvió la mirada, incómodo.

—Qué va a hacer —dijo—. Ellos creen que todavía soy muy joven, y como yo tenía derecho a traerlos, entonces...

—Yo también creo que vos sos muy joven —dijo Raúl—. Pero me hubiese gustado más que vinieras solo. O como he venido yo —agregó—. Eso hubiera sido lo mejor porque en este barco... En fin, no sé lo que pensás vos.

Felipe tampoco lo sabía, y se miró las manos y después los zapatos. «Se siente como desnudo —pensó Raúl—, a caballo entre dos tiempos, dos estados, igualito que su hermana.» Estiró el brazo y palmeó a Felipe en la cabeza. Lo vio que se echaba atrás, sorprendido y humillado.

—Pero por lo menos ya tenés un amigo —dijo Raúl—. Eso es algo, ¿no?

Paladeó como si fuera vino la lenta, tímida, fervorosa sonrisa que nacía de esa boca apretada y petulante. Suspirando, bajó de la mesa y trató en vano de abrir los armarios.

—Bueno, creo que deberíamos seguir adelante. ¿No oís voces?

Entreabrieron la puerta. Las voces venían de la cámara de la derecha, donde hablaban en una lengua desconocida.

—Los lípidos —dijo Raúl, y Felipe lo miró asombrado—. Es un término que les aplica Jorge a los marineros de este lado. ¿Y?

—Vamos, si quiere.

Raúl abrió de golpe la puerta.

El viento, que en un principio había soplado de popa, giró hasta topar de frente al *Malcolm* que salía al mar abierto. Las señoras optaron por abandonar la cubierta, pero Lucio, Persio y Jorge se instalaron en el extremo de la proa y allí, aferrados al bauprés como decía imaginativamente Jorge, asistieron a la lenta sustitución de las aguas fluviales por un oleaje verde y crecido. Para Lucio aquello no era una novedad, conocía bastante bien el delta y el agua es la misma en todas partes. Le gustaba, claro, pero seguía distraído los comentarios y las explicaciones de Persio, volviendo inevitablemente a Nora que había preferido (¿pero por qué había preferido?) quedarse con la Beba Trejo en la sala de lectura, hojeando revistas y folletos de turismo. En su memoria se repetían las palabras confusas de Nora al despertarse, la ducha que habían tomado juntos a pesar de sus protestas, Nora desnuda bajo el agua y él que había querido jabonarle la espalda y besarla, tibia y huyente. Pero Nora había seguido negándose a mirarlo desnudo y de frente, hurtaba el rostro y se volvía en busca del jabón o del peine, hasta que él se había visto precisado a ceñirse precipitadamente una toalla y meter la cara bajo una canilla de agua fría.

—Los imbornales me parece que son como unas canaletas —decía Persio.

Jorge bebía las explicaciones, preguntaba y bebía, admiraba (a su manera y confianzudamente) a Persio mago, a Persio todolosabe. También le gustaba Lucio, porque al igual que Medrano y López no le decían pibe o purrete, ni hablaban de «la criatura» como la gorda, la madre de la Beba, esa otra idiota que se creía una mujer grande. Pero por el momento lo único importante era el océano, porque eso era el océano, ésa era el agua salada, y debajo estaban los acantopterigios y otros peces marinos, y también verían medusas y algas como en las novelas de Julio Verne, y a lo mejor un fuego de San Telmo.

—¿Vos vivías antes en San Telmo, verdad Persio?

—Sí, pero me mudé porque había ratas en la cocina.

—¿Cuántos nudos creés que hacemos, che?

Persio calculaba que unos quince. Soltaba poco a poco palabras preciosas que había aprendido en los libros y que ahora encantaban a Jorge: latitudes, derrotas, gobernalle, círculo de reflexión, navegación de altura. Lamentaba la desaparición de los barcos de vela, pues sus lecturas le hubieran permitido hablar horas y horas de arboladuras, gavias y contrafoques. Se acordaba de frases enteras, sin saber de dónde provenían: «Era una bitácora grande, con caperuza de cristal y dos lámparas de cobre a los lados para iluminar la rosa de noche».

Se cruzaron con algunos barcos, el *Haghios Nicolaus*, el *Pan*, el *Falcon*. Un hidroavión los sobrevoló un momento como si los observara. Después el horizonte se abrió, teñido ya del amarillo y celeste del atardecer, y quedaron solos, se sintieron solos por primera vez. No había costa, ni boyas, ni barcas, ni siquiera gaviotas o un oleaje que agitara los brazos. Centro de la inmensa rueda verde, el *Malcolm* avanzaba hacia el sur.

—Hola —dijo Raúl—. ¿Por aquí se puede subir a popa?

De los dos marineros, uno mantuvo una expresión indiferente, como si no hubiera comprendido. El otro, un hombre de anchas espaldas y abdomen acentuado, dio un paso atrás y abrió la boca.

—*Hasdala* —dijo—. No popa.

—¿Por qué no popa?

—No popa por aquí.

—¿Por dónde entonces?

—No popa.

—El tipo no chamuya mucho —murmuró Felipe—. Qué urso, madre mía. Mire la serpiente que tiene tatuada en el brazo.

—Qué querés —dijo Raúl—. Son lípidos, nomás.

El marinero más pequeño había retrocedido hasta el fondo de la cámara donde había otra puerta. Apoyó las espaldas, sonriendo bonachonamente.

—Oficial —dijo Raúl—. Quiero hablar con un oficial.

El marinero dotado del uso de la palabra levantó las manos con las palmas hacia adelante. Miraba a Felipe, que hundió los puños en los bolsillos del *blue-jeans* y adoptó un aire aguerrido.

—Avisar oficial —dijo el lípido—. Orf avisar.

Orf asintió desde el fondo, pero Raúl no estaba satisfecho. Miró en detalle la cámara, más amplia que la de babor. Había dos mesas, sillas y bancos, una litera con las sábanas revueltas, dos mapas de fondos marinos sujetos con chinches doradas. En un rincón vio un banco con un gramófono a cuerda. Sobre un pedazo de alfombra rotosa dormía un gato negro. Aquello era una mezcla de pañol y camarote donde los dos marineros (en camiseta a rayas y mugrientos pantalones blancos) encajaban sólo a medias. Pero tampoco podía ser la cámara de un oficial, a menos que los maquinistas... «¿Pero qué sé yo cómo viven los maquinistas? —se dijo Raúl—. Novelas de Conrad y Stevenson, vaya bibliografía para un barco de esta época...»

—Bueno, vaya a llamar al oficial.

—*Hasdala* —dijo el marinero locuaz—. Volver proa.

—No. Oficial.

—Orf avisar oficial.

—Ahora.

Tratando de que no lo oyeran, Felipe preguntó a Raúl si no sería mejor volverse a buscar a los otros. Lo inquietaba un poco esa especie de detención de la escena, como si ninguno de los presentes tuviera demasiadas ganas de tomar la iniciativa en un sentido o en otro. El enorme marinero del tatuaje lo seguía mirando inexpresivamente, y Felipe tenía una incómoda conciencia de ser mirado y no estar a la altura de esos ojos fijos, más bien cordiales y curiosos, pero tan intensos que no podía hacerles frente. Raúl, obstinado, insistía ante Orf que escuchaba en silencio, apoyado en la puerta, haciendo de tanto en tanto un gesto de ignorancia.

—Bueno —dijo Raúl, encogiéndose de hombros— creo que tenés razón, va a ser mejor que nos volvamos.

Felipe salió el primero. Desde la puerta, Raúl clavó los ojos en el marinero tatuado.

—¡Oficial! —gritó, y cerró la puerta. Felipe ya había empezado a desandar camino pero Raúl se quedó un momento pegado a la puerta. En la cámara se alzaba la voz de Orf, una voz chillona que parecía burlarse. El otro estalló en carcajadas que hacían vibrar el aire. Apretando los labios, Raúl abrió rápidamente la puerta de la izquierda y volvió a salir llevando bajo el brazo la caja de hojalata cuya tapa había levantado un rato antes. Corrió por el pasadizo hasta reunirse con Felipe al pie de la escalera.

—Apurate —dijo, trepando de a dos los peldaños.

Felipe se volvió sorprendido, creyendo que los seguían. Vio la caja y enarcó las cejas. Pero Raúl le puso la mano en la espalda y lo forzó a que siguiera subiendo. Felipe recordó vagamente que Raúl había empezado a tutearlo precisamente en esa escalera.

XXIV

Una hora después el barman recorrió las cabinas y la cubierta para avisar a los pasajeros que un oficial los esperaba en la sala de lectura. Parte de las señoras estaban ya bajo los efectos del mareo; Don Galo, Persio y el doctor Restelli descansaban en sus cabinas, y sólo Claudia y Paula acompañaron a los hombres, enterados ya de la expedición de Raúl y Felipe. El oficial era enjuto y caviloso, se llevaba con frecuencia la mano al pelo gris cortado *à la brosse*, y se expresaba en un castellano difícil pero raras veces equivocado. Medrano lo sospechó danés u holandés, sin mayores razones.

El oficial les deseó la bienvenida en nombre de la Magenta Star y del capitán del *Malcolm*, imposibilitado por el momento para hacerlo en persona. Lamentó que un inesperado recargo de actividades hubiera impedido una reunión más temprana, y se mostró comprensivo de la ligera inquietud que hubieran podido experimentar los señores pasajeros. Ya estaban tomadas todas las medidas para que el crucero fuese sumamente agradable; los viajeros dispondrían de una piscina, un solárium, un gimnasio y sala de juegos, dos mesas de ping-pong, un juego de sapo y música grabada. El *maître* se encargaría de recoger las sugestiones que pudieran for-mu-lar-se, y los oficiales quedaban por su-pues-to a disposición de los viajeros.

—Algunas señoras ya están bastante mareadas —dijo Claudia rompiendo el incómodo silencio que siguió al discurso—. ¿Hay médico a bordo?

El oficial entendía que el médico no tardaría en presentar sus respetos a sanos y enfermos. Medrano, que había esperado el momento, se adelantó.

—Muy bien, muchas gracias —dijo—. Queda un par de cosas que nos gustaría aclarar. La primera es si usted ha venido por su propia voluntad o porque uno de estos señores insistió en reclamar la presencia de un oficial. La segunda es muy sencilla: ¿Por qué no se puede pasar a popa?

—¡Eso! —gritó el Pelusa, que tenía la cara ligeramente verde pero que se defendía del mareo como un hombre.

—Señores —dijo el oficial—, esta visita debió realizarse antes, pero no fue posible por las mismas razones que obligan a... a suspender momentáneamente la comunicación con la popa. Observen que poco hay allí para ver —agregó rápidamente—. La tripulación, la carga... Aquí estarán muy confortables.

—¿Y cuáles son esas razones? —preguntó Medrano.

—Lamento que mis órdenes...

—¿Órdenes? No estamos en guerra —dijo López—. No navegamos acechados por submarinos ni transportan ustedes armas atómicas o algo por el estilo. ¿O las transportan?

—Oh, no. Qué idea —dijo el oficial.

—¿Sabe el gobierno argentino que hemos sido embarcados en estas condiciones? —siguió López, riéndose por dentro de la pregunta.

—Bueno, las negociaciones se realizaron a último momento, y los aspectos técnicos quedaron exclusivamente a nuestro cargo. La Magenta Star —agregó con reservado orgullo— tiene una tradición de buen trato a sus pasajeros.

Medrano sabía que el diálogo empezaría a girar en redondo, pisándose la cola.

—¿Cómo se llama el capitán? —preguntó.

—Smith —dijo el oficial—. Capitán Smith.

—Como yo —dijo López, y Raúl y Medrano se rieron. Pero el oficial entendió que lo desmentían y frunció el ceño.

—Antes se llamaba Lovatt —dijo Raúl—. Ah, otra cosa: ¿Puedo enviar un cable a Buenos Aires?

El oficial pensó antes de contestar. Desgraciadamente la instalación inalámbrica del *Malcolm* no admitía mensajes ordinarios. Cuando hicieran escala en Punta Arenas, el correo... Pero por la forma en que terminó la frase daba la impresión de creer que para ese entonces Raúl no necesitaría telegrafiar a nadie.

—Son circunstancias de momento —agregó el oficial, invitándolos con el gesto a que simpatizaran con dichas circunstancias.

—Vea —dijo López, cada vez más fastidiado—. Aquí somos un grupo de gente sin el menor interés en malograr un buen crucero. Pero personalmente me resultan intolerables los métodos que está empleando su capitán o quien sea. ¿Por qué no se nos dice la causa de que nos hayan encerrado (sí, no ponga esa cara de agravio) en la proa del barco?

—Y otra cosa —dijo Lucio—. ¿Adónde nos llevan después de Punta Arenas? Es una escala muy rara, Punta Arenas.

—Oh, al Japón. Muy agradable crucero por el Pacífico.

—¡Mama mía, al Japón! —dijo el Pelusa estupefacto—. ¿Entonces no vamos a Copacabana?

—Dejemos el itinerario para después —dijo Raúl—. Quiero saber por qué no podemos pasar a la popa, por qué tengo que andar como una rata buscando un paso, y tropezarme con sus marineros que no me dejan seguir.

—Señores, señores... —mirando en redondo, el oficial parecía buscar a alguien que no se hubiera plegado a la creciente rebelión—. Comprendan que nuestro punto de vista...

—De una vez por todas, ¿cuál es el motivo? —dijo secamente Medrano.

Después de un silencio en el que claramente se oyó cómo alguien dejaba caer una cucharita en el bar, los flacos hombros del oficial se alzaron con perceptible desánimo.

—En fin, señores, yo hubiera preferido callar puesto que empiezan ustedes un bien ganado viaje de placer. Todavía estamos a tiempo... Sí, ya veo. Pues bien, es muy sencillo: hay dos casos de tifus entre nuestros hombres.

El primero en reaccionar fue Medrano, y lo hizo con una fría violencia que sorprendió a todo el mundo. Pero apenas había empezado a decirle al oficial que ya no estaban en la época de las sangrías y las fumigaciones, cuando aquél levantó los brazos con un gesto de cansado fastidio.

—Perdone, usted, me expresé mal. Debí decir que se trata de tifus 224. Sin duda no estarán muy al tanto, y precisamente ése es nuestro problema. Poco se sabe del 224. El médico conoce el tratamiento más moderno y lo está aplicando, pero opina que por el momento se necesita una especie de... barrera sanitaria.

—Pero dígame un poco —estalló Paula—. ¿Cómo pudimos zarpar anoche de Buenos Aires? ¿Todavía no estaban enterados de sus doscientos y pico?

—Sí que estaban —dijo López—. Se vio en seguida que no nos dejaban ir a popa.

—¿Y entonces? ¿Cómo la sanidad del puerto los dejó salir? ¿Y cómo los dejó entrar, ya que estamos?

El oficial miró hacia el techo. Parecía cada vez más cansado.

—No me obliguen a decir más de lo que me permiten mis órdenes, señores. Esta situación es sólo temporaria, y no dudo que dentro de pocos días los enfermos habrán pasado la fase... contagiosa. Por el momento...

—Por el momento —dijo López— nos cabe el pleno derecho de suponer que estamos en manos de una banda de aprovechadores... Sí, che, lo que ha oído. Aceptaron un buen negocio de última hora, callándose la boca sobre lo que ocurría a bordo. Su capitán Smith debe ser un perfecto negrero, y se lo puede ir diciendo de mi parte.

El oficial retrocedió un paso, tragando con dificultad.

—El capitán Smith —dijo— es uno de los dos enfermos. El más grave.

Salió antes de que nadie encontrara la primera palabra de una réplica.

Agarrándose de las barandillas con las dos manos, Atilio volvió a cubierta y se tiró en la reposera instalada junto a las de la Nelly, su madre y Doña Rosita, que gemían alternadamente. El mareo las atacaba con diferente gravedad, pues como ya había explicado Doña Rosita a la señora de Trejo, igualmente enferma, a ella le daba el almareo seco mientras que la Nelly y su madre no hacían más que devolver.

—Yo les dije que no me bebieran tanta soda, ahora tienen la blandura en el estómago. Usted se siente mal, ¿verdad? Se ve en seguida, pobre. Yo por suerte con el almareo seco casi no devuelvo, viene a ser más bien una descompostura. Pobre la Nelly, mírela cómo sufre. Yo el primer día solamente como cosas secas, así me queda todo adentro. Me acuerdo cuando fuimos al recreo *La Dorita* con la lancha, yo era la única que casi no devolvía a la vuelta. Los demás, pobres... Ay, mire a Doña Pepa, qué mal que está.

Armado de baldes y aserrín, uno de los marineros finlandeses velaba por la limpieza de la maltratada cubierta. Con un quejido entre rabioso y desencantado, el Pelusa se agarraba la cara con las manos.

—No es que estea mareado —le dijo a la Nelly que lo miraba con un resto de conciencia—. Seguro que me cayó mal el helado, cuantimás que me mandé dos seguidos a bodega... ¿Vos cómo te sentís?

—Mal, Atilio, muy mal... Mirala a mamá, pobre. ¿No la podía ver el médico?

—Ma qué médico, mama mía —suspiró el Pelusa—. Si te cuento las novedades... Mejor no te digo, capaz que te descomponés de nuevo.

—¿Pero qué pasa, Atilio? A mí sí decime. ¿Por qué se mueve tanto este barco?

—Las mareas —dijo el Pelusa—. El pelado nos estuvo explicando todo lo del mar. Uy, qué manera de ladearse, mirá, mirá, parece que ese bloque de agua se nos viene encima... ¿Querés que te traiga el perfume para el pañuelo?

—No, no, pero decime lo que pasa.

—Qué va a pasar —dijo el Pelusa, luchando con una rara pelota de tenis que le subía por la garganta—. Tenemos la peste bubónica, tenemos.

XXV

Después de un silencio quebrado por una carcajada de Paula y frases desconcertadas o furiosas que no se dirigían a nadie en particular, Raúl se dedicó a pedir a Medrano, López y Lucio que lo acompañaran un momento a su cabina. Felipe, que preveía el coñac y la charla entre hombres, notó que Raúl no le hacía la menor indicación de que se les agregara. Esperó todavía un momento, incrédulo, pero Raúl fue el primero en salir del salón. Incapaz de articular palabra, sintiéndose como si de golpe se le hubieran caído los pantalones delante de todo el mundo, se quedó solo con Paula, Claudia y Jorge, que hablaban de irse a cubierta. Antes de que pudieran hacer el menor comentario se lanzó afuera y corrió a meterse en su cabina, donde por suerte no estaba su padre. Tan grande era su despecho y su desconcierto que por un momento se quedó apoyado contra la puerta, frotándose vagamente los ojos. «¿Pero qué se cree ése? —alcanzó a pensar—. ¿Pero qué se piensa ése?» No le cabía duda de que la reunión se hacía para discutir un plan de acción, y a él lo dejaban fuera. Encendió un cigarrillo y lo tiró en seguida. Encendió otro, le dio asco y lo aplastó con el zapato. Tanta charla, tanta amistad, y ahora... Pero cuando habían empezado a bajar la escalera y Raúl le había preguntado si había que avisar a los otros, en seguida había aceptado su negativa, como si le gustara correr con él la aventura. Y después la charla en la cabina vacía, y por qué carajo lo había tuteado si al final lo largaba como un trapo y se iba a encerrar con los otros. Por qué le había dicho que ahora contaba con un amigo, por qué le había prometido una pipa... Sintió que se ahogaba, dejó de ver el pedazo de cama que estaba mirando y en su lugar quedó un confuso rodar de rayas y líneas pegajosas que salían de sus ojos y le caían por la cara. Enfurecido se pasó las dos manos por las mejillas, entró en el cuarto de baño y metió la cabeza en el lavabo lleno de agua fría. Después fue a sentarse a los pies de la cama, donde la señora de Trejo había colocado algunos pañuelos y un piyama limpio. Tomó un pañuelo y lo miró fijamente, murmurando insultos y quejas confundidos. Mezclándose con su rencor nacía poco a poco una historia de sacrificio en la que él los salvaría a todos, no sabía de qué los salvaría, y con un cuchillo en el corazón caería a los pies de Paula y de Raúl, escucharía sus palabras de dolor y arrepentimiento, Raúl le tomaría la mano y se la apretaría desesperado, Paula lo besaría en la frente... Los muy desgraciados, lo besarían en la frente pidiéndole perdón, pero él callaría como callan los dioses y moriría como mueren los hombres, frase leída en alguna parte y que le había impresionado mucho en su momento. Pero antes de morir como mueren los hombres ya les iba a dar que hablar a esa manga de pillados. Por lo pronto el más absoluto desdén, una indiferencia glacial. Buenos días, buenas noches, y se acabó. Ya vendrían a buscarlo, a confiarle sus inquietudes, y entonces sería la hora de la revancha. ¿Ah, ustedes piensan eso? No estoy de acuerdo. Yo tengo mi propia opinión, pero eso es cosa mía. No, ¿por qué tengo que decirla? ¿Acaso ustedes confiaron en mí hasta ahora, y eso que fui el primero en descubrir el pasaje de abajo? Uno hace lo que puede por ayudar y ése es el resultado. ¿Y si nos hubiera ocurrido algo allá abajo? Ríanse todo lo que quieran, yo no pienso mover un dedo por nadie. Claro que entonces seguirían investigando por su cuenta, y eso era casi lo único divertido a bordo de ese barco de porquería. También él, qué diablos, podía dedicarse a investigar por su lado. Pensó en los dos marineros de la cámara de la derecha, en el tatuaje. El llamado Orf parecía más accesible, y si lo encontraba solo... Se vio saliendo a la popa, descubriendo el primero las cubiertas y las escotillas de popa. Ah, pero la peste esa, supercontagiosa y nadie estaba vacunado a bordo. Un cuchillo en el corazón o la peste doscientos y pico, al fin y al cabo... Entornó los ojos para sentir el roce de la mano de Paula en la frente. «Pobrecito, pobrecito», murmuraba Paula, acariciándolo. Felipe resbaló hasta quedar tendido en su cama, mirando hacia la pared. Pobrecito, tan valiente. Soy yo, Felipe, soy

Raúl. ¿Por qué hiciste eso? Toda esa sangre, pobrecito. No, no sufro nada. No son las heridas las que me duelen, Raúl. Y Paula diría: «No hable, pobrecito, espere que le quitemos la camisa», y él tendría los ojos profundamente cerrados como ahora, y sin embargo vería a Paula y a Raúl llorando sobre él, sentiría sus manos como ahora sentía ya su propia mano que se abría deliciosamente paso entre sus ropas.

—Portate como un ángel —dijo Raúl— y andá a hacer de Florencia Nightingale para las pobres señoras mareadas, aparte de que también vos tenés la cara pasablemente verde.

—Mentira —dijo Paula—. Yo no veo por qué me echan de mi cabina.

—Porque —explicó Raúl— tenemos que celebrar un consejo de guerra. Andate como una buena hormiguita y repartí Dramamina a los necesitados. Entren, amigos, y siéntense donde puedan, empezando por las camas.

López entró el último, después de ver cómo Paula se alejaba con aire aburrido, llevando en la mano el frasco de pastillas que Raúl le había dado como argumento todopoderoso. Ya olía a Paula en la cabina, lo sintió apenas hubo cerrado la puerta, por sobre el humo del tabaco de pipa y la suave fragancia de las maderas le venía un olor de colonia, de pelo mojado, quizá de maquillaje. Se acordó de cuando había visto a Paula recostada en la cama del fondo y en vez de sentarse allí, al lado de Lucio ya instalado, se quedó en pie junto a la puerta y se cruzó de brazos.

Medrano y Raúl alababan la instalación eléctrica de las cabinas, los accesorios de último modelo provistos por la Magenta Star. Pero apenas se hubo cerrado la puerta y todos lo miraron con alguna curiosidad, Raúl abandonó su actitud despreocupada y abrió el armario para sacar la caja de hojalata. La puso sobre la mesa y se sentó en uno de los sillones repiqueteando con los dedos sobre la tapa de la caja.

—Yo creo —dijo— que en lo que va del día se ha discutido de sobra la situación en que estamos. De todas maneras no conozco en detalle el punto de vista de ustedes, y creo que deberíamos aprovechar que estamos juntos y a solas. Puesto que tengo el uso de la palabra, como dicen en las cámaras, empezaré por mi propia opinión. Ya saben que el chico Trejo y yo sostuvimos un diálogo muy aleccionante con dos de los habitantes de las profundidades. De resultas de ese diálogo, así como de la instructiva conferencia que acabamos de padecer con el oficial, extraigo la impresión de que a la tomadura de pelo bastante evidente, se suma algo más serio. En una palabra, no creo que haya ninguna tomadura de pelo, sino que somos víctimas de una especie de estafa. Nada que se parezca a las estafas comunes, por supuesto; algo más... metafísico, si me permiten la mala palabra.

—¿Por qué mala palabra? —dijo Medrano—. Ya salió el intelectual porteño, temeroso de las grandes palabras.

—Entendámonos —dijo López—. ¿Por qué metafísico?

—Porque si he pescado el rumbo del amigo Costa, las razones inmediatas de esta cuarentena, verdaderas o falsas, encubren alguna otra cosa que se nos escapa, precisamente porque es de un orden más..., bueno, la palabra en cuestión.

Lucio los miraba sorprendido, y por un momento se preguntó si no se habrían confabulado para burlarse de él. Lo irritaba no tener la menor idea de lo que querían decir, y acabó tosiendo y adoptando un aire de atención inteligente. López, que había notado su gesto, alzó amablemente la mano.

—Vamos a fabricarnos un pequeño plan de clase, como diríamos el doctor Restelli y yo en nuestra ilustre sala de profesores. Propongo meter bajo llave las imaginaciones extremas, y encarar el asunto de la manera más positiva posible. En ese sentido suscribo lo de la tomadura de pelo y la posible estafa, porque dudo que el discurso del oficial haya convencido a nadie. Creo que el misterio, por llamarse así, sigue tan en pie como al principio.

—En fin, está la cuestión del tifus —dijo Lucio.

—¿Usted cree en eso?

—¿Por qué no?

—A mí me suena a falso de punta a punta —dijo López—, aunque no podría explicar por qué. Por más irregular que haya sido nuestro embarque en Buenos Aires, el *Malcolm* estaba amarrado en la dársena norte, y cuesta creer que un barco en el que hay dos casos de esa enfermedad tan temible haya podido burlar en esa forma a las autoridades portuarias.

—Bueno, eso es materia de discusión —dijo Medrano—. Creo que nuestra salud mental saldrá ganando si por el momento lo dejamos de lado. Lamento ser tan escéptico, pero creo que las tales autoridades estaban metidas en un brete ayer a las seis de la tarde, y que se zafaron de la mejor manera posible, o sea sin escrúpulos ni rodeos. Ya sé que eso no explica la etapa anterior, la entrada del *Malcolm* en el puerto con semejante peste a bordo. Pero también en ese caso se puede pensar en algún arreglo turbio.

—La enfermedad pudo declararse a bordo después de haber amarrado en la dársena —dijo Lucio—. Esas cosas latentes, verdad.

—Sí, es posible. Y la Magenta Star no quiso perder el negocio que se le presentaba a último minuto. ¿Por qué no? Pero no nos lleva a ninguna parte. Partamos de la base de ya estamos a bordo y lejos de la costa. ¿Qué vamos a hacer?

—Bueno, la pregunta hay que desdoblarla previamente —dijo López—. ¿Debemos hacer algo? En ese caso, pongámonos de acuerdo.

—El oficial explicó lo del tifus —dijo Lucio, algo confuso—. A lo mejor nos conviene quedarnos tranquilos, por lo menos unos días. El viaje va a ser tan largo... ¿No es formidable que nos lleven al Japón?

—El oficial —dijo Raúl— puede haber mentido.

—¡Cómo mentido! ¿Entonces... no hay tifus?

—Querido, a mí lo del tifus me suena a camelo. Como López, no puedo dar razón alguna. *I feel it in my bones*, como decimos los ingleses.

—Coincido con los dos —dijo Medrano—. Quizás haya alguien enfermo del otro lado, pero eso no explica la conducta del capitán (salvo que realmente sea uno de los enfermos) y de los oficiales. Se diría que desde que subimos a bordo estaban preguntándose cómo debían manejarnos, y que se les pasó todo este tiempo en discusiones. Si hubieran empezado por ser más corteses, casi no habríamos sospechado.

—Sí, aquí entra ahora el amor propio —dijo López—. Estamos resentidos contra esta falta de cortesía, y quizás exageramos. De todos modos no oculto que aparte de una cuestión de bronca personal, hay algo en esa idea de las puertas cerradas que me joroba. Es como si esto no fuera un viaje, realmente.

Lucio, cada vez más sorprendido por esas reacciones que sólo débilmente compartía, bajó la cabeza asintiendo. Si se la iban a tomar tan en serio, entonces todo se iría al tacho. Un viaje de placer, qué diablos... ¿Por qué estaban tan quisquillosos? Puerta más o menos... Cuando les pusieran la piscina en la cubierta y se organizaran juegos y diversiones, ¿qué importaba la popa? Hay barcos en los que nunca se puede ir a la popa (o a la proa) y no por eso la gente se pone nerviosa.

—Si supiéramos que realmente es un misterio —dijo López, sentándose al borde de la cama de Raúl—, pero también puede tratarse de terquedad, de descortesía, o simplemente que el capitán nos considera como un cargamento rigurosamente estibado en un sector del barco. Y ahí es donde la idea empieza a darme ahí donde ustedes se imaginan.

—Y si llegáramos a la conclusión de que se trata de eso —dijo Raúl—, ¿qué deberíamos hacer?

—Abrirnos paso —dijo secamente Medrano.

—Ah. Bueno, ya tenemos una opinión, que apoyo. Veo que López también, y que usted...

—Yo también, claro —dijo precipitadamente Lucio—. Pero antes hay que tener la seguridad de que no nos encierran de este lado por puro capricho.

—El mejor sistema sería insistir en telegrafiar a Buenos Aires. La explicación del oficial me pareció absurda, porque cualquier equipo radiotelegráfico de un barco sirve precisamente para eso. Insistamos, y de lo que resulte se deducirá la verdad sobre las intenciones de los... de los lípidos.

López y Medrano se echaron a reír.

—Ajustemos nuestro vocabulario —dijo Medrano—. Jorge entiende que los lípidos son los marineros de la popa. Los oficiales, según le oí decir en la mesa, son los glúcidos. Señores, es con los glúcidos con quienes tenemos que enfrentarnos.

—Mueran los glúcidos —dijo López—. Y yo que me pasé la mañana hablando de novelas de piratas... En fin, supongamos que se niegan a enviar nuestro mensaje a Buenos Aires, lo que es más que seguro si han jugado sucio y tienen miedo de que se les estropee el negocio. En ese caso no veo cuál puede ser el próximo movimiento.

—Yo sí —dijo Medrano—. Yo lo veo bastante claro, che. Será cuestión de echarles alguna puerta abajo y darse una vuelta por el otro lado.

—Pero si las cosas se ponen feas... —dijo Lucio—. Ya se sabe que a bordo las leyes son distintas, hay otra... disciplina. No entiendo nada de eso, pero me parece que uno no puede extralimitarse sin pensarlo bien.

—Como extralimitarse, la demostración que nos están haciendo los glúcidos me parece bastante elocuente —dijo Raúl—. Si mañana se le antoja al capitán Smith (y a la vez se le ocurrió un complicado juego de palabras donde intervenía la princesa Pocahontas y de ahí el descaro) que vamos a pasarnos el viaje dentro de las cabinas, estaría casi en su derecho.

—Eso es hablar como Espartaco —dijo López—. Si uno les da un dedo se toman todo el brazo; así diría el amigo Presutti, cuya sensible ausencia deploro en estas circunstancias.

—Estuve por hacerlo venir también a él —dijo Raúl—, pero la verdad es que es tan bruto que lo pensé mejor. Más tarde le podemos presentar un resumen de las conclusiones y enrolarlo en la causa redentora. Es un excelente muchacho, y los glúcidos y lípidos le caen como un pisotón en el juanete.

—En resumen —dijo Medrano—, creo entender que, *primo*, estamos bastante de acuerdo en que lo del tifus no resulta convincente y que, *secundo*, debemos insistir en que caigan las murallas opresoras y se nos permita mirar el barco por donde nos dé la gana.

—Exacto. Método: Telegrama a la capital. Probable resultado: Negativa. Acción subsiguiente: Una puerta abajo.

—Todo parece bastante fácil —dijo López—. Salvo lo de la puerta. Lo de la puerta no les va a gustar ni medio.

—Claro que no les va a gustar —dijo Lucio—. Pueden llevarnos de vuelta a Buenos Aires, y eso sería una macana me parece.

—Lo reconozco —dijo Medrano que miraba a Lucio con cierta irritante simpatía—. Volver a encontrarnos en Perú y Avenida pasado mañana por la mañana sería más bien ridículo. Pero, amigo, da la casualidad de que en Perú y Avenida no hay puertas Stone.

Raúl hizo un gesto, se pasó la mano por la frente como para alejar una idea que le molestaba, pero como los otros habían callado no pudo menos de hablar.

—Ya ven, esto confirma cada vez más mi sensación de hace un rato. Salvo Lucio, cuyo deseo de ver las geishas y escuchar el sonido del koto me parece perfectamente justificado, los demás preferiríamos sacrificar alegremente el Imperio del Sol Naciente por un café porteño donde las puertas estuvieran bien abiertas a la calle. ¿Hay proporción entre ambas cosas? De hecho, no. Ni la más remota proporción. Lucio está en lo cierto cuando habla de quedarnos tranquilos, puesto que la recompensa de esa pasividad será muy alta, con kimonos y Fujiyama. *And yet, and yet...*

—Sí, la palabrita de hace un rato —dijo Medrano.

—Exacto, la palabrita. No se trata de puertas, querido Lucio, ni de glúcidos. Probablemente la popa será un inmundo lugar que huele a brea y a fardos de lana. Lo que se vea desde allí será lo mismo que si lo miramos desde la proa: el mar, el mar, siempre recomenzado. *And yet...*

—En fin —dijo Medrano—, parecería como si hubiera acuerdo de mayoría. ¿También usted? Bueno, entonces hay unanimidad. Queda por resolver si vamos a hablar de esto con los demás. Por el momento, aparte de Restelli y Presutti, me parece mejor hacer las cosas por nuestra cuenta. Como se dice en circunstancias parecidas, no hay por qué alarmar a las señoras y a los niños.

—Probablemente no habrá ninguna causa de alarma —dijo López—. Pero me gustaría saber cómo nos vamos a arreglar para abrirnos paso si se llega a esa situación.

—Ah, eso es muy sencillo —dijo Raúl—. Ya que le gusta jugar a los piratas, tome.

Levantó la tapa de la caja. Dentro había dos revólveres treinta y ocho y una automática treinta y dos, además de cinco cajas de balas procedentes de Rotterdam.

XXVI

—*Hasdala* —dijo uno de los marineros, levantando un enorme tablón sin aparente esfuerzo. El otro marinero asintió con un seco: «Sa!», y apoyó un clavo en el extremo del tablón. La jaula para la piscina estaba casi terminada y la construcción, tan sencilla como sólida, se alzaba en mitad de la cubierta. Mientras uno de los marineros clavaba el último tablón de sostén, el otro desplegó una lona encerada en el interior y empezó a sujetarla a los bordes por medio de unas correas con hebillas.

—Y a eso le llaman una pileta —se quejó el Pelusa—. Carpetee un poco esa porquería, si parece para bañar chanchos. ¿Usté qué opina, Don Persio?

—Detesto los baños al aire libre —dijo Persio—, sobre todo cuando hay la posibilidad de tragar caspa ajena.

—Sí, pero es lindo, qué quiere. ¿Usted nunca fue a la pileta de Sportivo Barracas? Le ponen desinfectante y tiene medidas olímpicas.

—¿Medidas olímpicas? ¿Y qué es eso?

—Y... las medidas para los juegos olímpicos, qué va a ser. La medida olímpica, está en todos los diarios. En cambio míreme un poco esta construcción, pura tabla y un toldo adentro. El Emilio, que fue a Europa hace dos años, contó que en la tercera del barco de él había una pileta toda verde de mármol. Si yo sabía esto no venía, le juro.

Persio miraba el Atlántico. Habían perdido de vista la costa y el *Malcolm* navegaba en un mar repentinamente calmo, de un azul metálico que parecía casi negro en los bordes de las olas. Sólo dos gaviotas seguían al barco, empecinadamente suspendidas sobre el mástil.

—Qué animal comilón la gaviota —dijo el Pelusa—. Son capaces de tragar clavos. Me gusta cuando ven algún pescado y se tiran en picada. Pobre pescado, qué picotazo que le encajan... ¿Le parece que en este viaje veremos alguna bandada de tuninas?

—¿Toninas? Sí, probablemente.

—El Emilio contó que en su barco se veían todo el tiempo bandadas de tuninas y esos pescados voladores. Pero nosotros...

—No se desanime —le dijo Persio afectuosamente—. El viaje apenas ha empezado, y el primer día, con el mareo y la novedad... Pero después le va a gustar.

—Bueno, a mí me gusta. Uno aprende cosas, ¿no le parece? Como en la conscripción... También, con la vida de perro que le daban adentro, la tumba y los ejercicios... Me acuerdo una vez, me dieron un guiso que lo mejor que tenía era una mosca... Pero a la larga uno se sabe coser un botón y no le hace asco a cualquier porquería que haiga en la comida. Esto tiene que ser igual, ¿no le parece?

—Supongo que sí —convino Persio, siguiendo con interés la maniobra de los finlandeses para conectar una manguera con la piscina. Un agua admirablemente verde empezaba a crecer en el fondo de la lona, o por lo menos así lo proclamaba Jorge, encaramado en los tablones a la espera de poder tirarse. Un tanto repuestas del mareo, las señoras se acercaron a inspeccionar los trabajos y a tomar posiciones estratégicas para cuando los bañistas empezaran a reunirse. No tuvieron que esperar mucho a Paula, que bajó lentamente la escalerilla para que todo el mundo agotara en detalle y definitivamente su bikini rojo. Detrás venía Felipe con un slip verde y una toalla de esponja sobre los hombros. Precedidos por Jorge, que anunciaba a gritos la excelente temperatura del agua, se metieron en la piscina y chapotearon un rato en la modesta medida en que aquélla lo permitía. Paula enseñó a Jorge la manera de sentarse en el fondo tapándose la nariz, y Felipe, todavía ceñudo pero incapaz de resistir al placer del agua y los gritos, se encaramó sobre la jaula para tirarse desde allí entre los sustos y las admoniciones de las señoras. Al rato se les agregaron la Nelly y el Pelusa, aunque este último persistía en sus comentarios despectivos. Minuciosamente envainada en una malla enteriza donde ocurrían extraños rombos azules y morados, la Nelly preguntó a Felipe si la Beba no se bañaba, a lo que Felipe respondió que su hermana estaba todavía bajo los efectos de uno de sus ataques, por lo cual sería raro que viniese.

—¿Le dan ataques? —preguntó consternada la Nelly.

—Ataques de romanticismo —dijo Felipe, frunciendo la nariz—. Es loca, la pobre.

—¡Oh, me hizo asustar! Tan simpática su hermanita, pobre.

—Ya la irá conociendo. ¿Qué me dice del viaje? —preguntó Felipe al Pelusa—. ¿Quién habrá sido el cráneo que lo organizó? Si lo encuentro le canto las cuarenta, créame.

—Y me lo va a decir a mí —dijo el Pelusa, procurando disimular el acto de sonarse con dos dedos—. Qué pileta, mama mía. No somos más que tres o cuatro y ya estamos como sardina en lata. Vení, Nelly que te enseño a nadar debajo del agua. Pero no tengás miedo, sonsa, dejá que te enseñe, así te parecés a la Esther Williams.

Los finlandeses habían instalado un tablón horizontal en uno de los bordes de la jaula, y Paula se sentó a tomar sol. Felipe se zambulló una vez más, resopló como lo había visto hacer en los torneos, y se trepó al lado de ella.

—Su... ¿Raúl no viene a bañarse?

—Mi... Qué sé yo —dijo burlonamente Paula—. Todavía debe estar conspirando con sus flamantes amigos, gracias a lo cual han dejado la cabina apestando a tabaco negro. Usted no estaba, me parece.

Felipe la miró de reojo. No, no había estado, después de almorzar le gustaba tirarse un rato en la cama a leer. Ah, ¿y qué leía? Bueno, ahora estaba leyendo un número de *Selecciones*. Vaya, excelente lectura para un joven estudiante. Sí, no estaba mal, traía las obras más famosas sintetizadas.

—Sintetizadas —dijo Paula, mirando el mar—. Claro, es más cómodo.

—Claro —dijo Felipe, cada vez más seguro de que algo no andaba bien—. Con la vida moderna uno no tiene tiempo de leer novelas largas.

—Pero a usted en realidad no le interesan demasiado los libros —dijo Paula, renunciando a la broma y mirándolo con simpatía. Había algo de conmovedor en Felipe, era demasiado adolescente, demasiado todo: hermoso, tonto, absurdo. Sólo callado alcanzaba un cierto equilibrio, su cara aceptaba su edad, sus manos de uñas comidas colgaban por cualquier lado con perfecta indiferencia. Pero si hablaba, si quería mentir (y hablar a los dieciséis años era mentir) la gracia se venía al suelo y no quedaba más que una torpe pretensión de suficiencia, igualmente conmovedora pero irritante, un espejo turbio donde Paula se retroveía en sus tiempos de liceo, las primeras tentativas de liberación, el humillado final de tantas cosas que hubieran debido ser bellas. Le daba lástima Felipe, hubiera querido acariciarle la cabeza y decirle cualquier cosa que le devolviera el aplomo. Él explicaba ahora que sí le gustaba leer, pero que los estudios... ¿Cómo? ¿No se lee cuando se estudia? Sí, claro que se lee, pero solamente los libros de texto o los apuntes. No lo que se llama un libro, como una novela de Somerset Maugham o de Erico Verissimo. Eso sí, él no era como algunos compañeros del nacional que ya andaban con anteojos por todo lo que leían. Primero de todo, la vida. ¿La vida? ¿Qué vida? Bueno, la vida, salir, ver las cosas, viajar como ahora, conocer a la gente... El profesor Peralta siempre les decía que lo único importante era la experiencia.

—Ah, la experiencia —dijo Paula—. Claro que tiene su importancia. ¿Y su profesor López también les habla de la experiencia?

—No, qué va a hablar. Y eso que si quisiera... Se ve que es punto bravo, pero no es de los que se andan dando corte. Con López nos divertimos mucho. Hay que estudiarle, eso sí, pero cuando está contento con los muchachos es capaz de pasarse media hora charlando de los partidos del domingo.

—No me diga —dijo Paula.

—Pero claro, López es macanudo. No se la piya en serio como Peralta.

—Quién lo hubiera dicho —dijo Paula.

—Créame que es la verdad. ¿Usted se pensaba que era como Gato Negro?

—¿Gato Negro?

—Cuello Duro, bah.

—Ah, el otro profesor.

—Sí, Sumelli.

—No, no me lo pensaba —dijo Paula.

—Ah, bueno —dijo Felipe—. Qué va a comparar. López es okey, todos los muchachos están de acuerdo. Hasta yo le estudio a veces, palabra. Me gustaría poder ser amigo de él, pero claro...

—Aquí tendrá oportunidad —dijo Paula—. Hay varias personas que vale la pena tratar. Medrano, por ejemplo.

—Seguro, pero es diferente de López. Y también su... Raúl, digo —bajó la cabeza, y una gota de agua le resbaló por la nariz—. Todos son simpáticos —dijo confusamente— aunque, claro, son mucho mayores. Hasta Raúl, y eso que es muy joven.

—No lo crea tan joven —dijo Paula—. Por momentos se vuelve terriblemente viejo, porque sabe demasiadas cosas y está cansado de eso que su profesor Peralta llama la experiencia. Otras veces es casi demasiado joven, y hace las tonterías más perfectas. —Vio el desconcierto en los ojos de Felipe, y calló—. «Un poco más y caigo en el proxenetismo», pensó, divertida. «Dejarlos que dancen solos su danza. Pobre Nelly, parece una actriz del cine mudo, y al novio le sobra el traje de baño por todas partes... ¿Por qué no se afeitarán las axilas esos dos?»

Como si fuera la cosa más natural del mundo, Medrano se inclinó sobre la caja, eligió un revólver y se lo puso en el bolsillo trasero del pantalón después de comprobar que estaba cargado y que el tambor giraba con facilidad. López iba a hacer lo mismo, pero pensó en Lucio y se detuvo a medio camino. Lucio estiró la mano y la retiró, sacudiendo la cabeza.

—Cada vez entiendo menos —dijo—. ¿Para qué queremos esto?

—No hay por qué aceptarlo —dijo López, liquidados sus escrúpulos. Tomó el segundo revólver, y ofreció la pistola a Raúl que lo miraba con una sonrisa divertida.

—Soy chapado a la antigua —dijo López—. Nunca me gustaron las automáticas, tienen algo de canalla. Probablemente las películas de cowboys explican mi cariño por el revólver. Yo soy anterior a las de gángsters, che. ¿Se acuerdan de William S. Hart?... Es raro, hoy es día de rememoraciones. Primero los piratas y ahora los vaqueros. Me quedo con esta caja de balas, si me permite.

Paula golpeó dos veces y entró, conminándolos amablemente a que se marcharan porque quería ponerse el traje de baño. Miró con alguna sorpresa la caja de hojalata que Raúl acababa de cerrar, pero no dijo nada. Salieron al pasillo y Medrano y López se fueron a sus cabinas para guardar las armas; los dos se sentían vagamente ridículos con esos bultos en los bolsillos del pantalón, sin contar las cajas de balas. Raúl les propuso encontrarse un cuarto de hora más tarde en el bar, y volvió a meterse en la cabina. Paula, que cantaba en el baño, lo oyó abrir un cajón del armario.

—¿Qué significa ese arsenal?

—Ah, te diste cuenta de que no eran marrons glacés —dijo Raúl.

—Esa lata no la trajiste vos a bordo, que yo sepa.

—No, es botín de guerra. De una guerra más bien fría por el momento.

—¿Y ustedes tienen intenciones de jugar a los hombres malos?

—No sin antes agotar los recursos diplomáticos, carísima. Aunque no hace falta que te lo diga, te agradeceré que no menciones estos aprestos bélicos ante las damas y los chicos. Probablemente todo terminará de una manera irrisoria, y guardaremos las armas como recuerdo del *Malcolm*. Por el momento estamos bastante dispuestos a conocer la popa, por las buenas o como sea.

—*Mon triste coeur bave à la poupe, mon coeur couvert de caporal* —salmodió Paula, reapareciendo con su bikini. Raúl silbó admirativamente.

—Cualquiera creería que es la primera vez que me ves vestida de aire —dijo Paula, mirándose en el espejo del armario—. ¿No te cambiás, vos?

—Más tarde, ahora tenemos que iniciar las hostilidades contra los glúcidos. Qué piernas tan esbeltas te has traído en este viaje.

—Me lo han dicho, sí. Si te puedo servir de modelo, estás autorizado a dibujarme todo lo que quieras. Pero supongo que habrás elegido otros.

—Por favor dejá de lado los áspides —dijo Raúl—. ¿Todavía no te hace ningún efecto el yodo del mar? A mí por lo menos dejame en paz, Paula.

—Está bien, *sweet prince*. Hasta luego —abrió la puerta y se volvió—. No hagan tonterías —agregó—. Maldito lo que me importa, pero ustedes tres son lo único soportable a bordo. Si me los estropean... ¿Me dejás ser tu madrina de guerra?

—Por supuesto, siempre que me mandés paquetes con chocolate y revistas. ¿Te dije que estás preciosa con ese traje de baño? Sí, te lo dije. Les vas a hacer subir la presión a los dos finlandeses, y por lo menos a uno de mis amigos.

—Hablando de áspides... —dijo Paula. Volvió a entrar en la cabina—. Decime un poco, ¿vos te has creído el asunto del tifus? No, me imagino. Pero si no creemos en eso es todavía peor, porque entonces no se entiende nada.

—Se parece a lo que pensaba yo de chico cuando me daba por sentirme ateo —dijo Raúl—. Las dificultades empezaban a partir de ese momento. Supongo que lo del tifus encubre algún sórdido negocio, a lo mejor llevan chanchos a Punta Arenas o bandoneones a Tokio, cosas muy desagradables de ver como se sabe. Tengo una serie de hipótesis parecidas, a cuál más siniestra.

—¿Y si no hubiera nada en la popa? ¿Si fuera solamente una arbitrariedad del capitán Smith?

—Todos hemos pensado en eso, querida. Yo, por ejemplo, cuando me robé esa caja. Te repito, la cosa es mucho peor si en la popa no pasa nada. Pongo toda mi esperanza en encontrar una compañía de liliputienses, un cargamento de queso Limburger o simplemente una cubierta invadida por las ratas.

—Debe ser el yodo —dijo Paula, cerrando la puerta.

Sacrificando sin lástima las esperanzas del señor Trejo y del doctor Restelli, que confiaban en él para reanimar una conversación venida a menos, Medrano se acercó a Claudia que prefería el bar y el café a los juegos de la cubierta. Pidió cerveza e hizo un resumen de lo que acababan de decidir, sin mencionar la caja de hojalata. Le costaba hablar en serio porque constantemente tenía la impresión de que relataba una invención, algo que rozaba la realidad sin comprometer al narrador o al oyente. Mientras apuntaba las razones que los movían a querer abrirse paso, se sentía casi solidario con los del otro lado, como si, trepado a lo más alto de un mástil, pudiera apreciar el juego en su totalidad.

—Es tan ridículo, si se piensa un poco. Deberíamos dejar que Jorge nos capitaneara, para que las cosas se cumplieran de acuerdo con sus ideas, probablemente mucho más ajustadas a la realidad que las nuestras.

—Quién sabe —dijo Claudia—. Jorge también se da cuenta de que pasa algo raro. Me lo dijo hace un momento: «Estamos en el zoológico, pero los visitantes no somos nosotros», algo así. Lo entendí muy bien porque todo el tiempo tengo la misma impresión. Y sin embargo, ¿hacemos bien en rebelarnos? No hablo por temor, más bien es miedo de echar abajo algún tabique del que dependía quizás el decorado de la pieza.

—Una pieza... Sí, puede ser. Yo lo veo más bien como un juego muy especial con los del otro lado. A mediodía ellos han hecho un movimiento y ahora esperan, con el reloj en marcha, que contestemos. Juegan las blancas y...

—Volvemos a la noción de juego. Supongo que forma parte de la concepción actual de la vida, sin ilusiones y sin trascendencia. Uno se conforma con ser un buen alfil o una buena torre, correr en diagonal o enrocar para que se salve el rey. Después de todo el *Malcolm* no me parece demasiado diferente de Buenos Aires, por lo menos de mi vida en Buenos Aires. Cada vez más funcionalizada y plastificada. Cada vez más aparatos eléctricos en la cocina y más libros en la biblioteca.

—Para ser como el *Malcolm* debería haber en su casa una pizca de misterio.

—Lo hay, se llama Jorge. Qué más misterio que un presente sin nada de presente, futuro absoluto. Algo perdido de antemano y que yo conduzco, ayudo y aliento como si fuera a ser mío para siempre. Pensar que una chiquilla cualquiera me lo quitará dentro de unos años, una chiquilla que a esta hora lee una aventura de Inosito o aprende a hacer punto cruz.

—No lo dice con pena, me parece.

—No, la pena es demasiado tangible, demasiado presente y real para aplicarse a esto. Miro a Jorge desde un doble plano, el de hoy en que me hace muy feliz, y el otro, situado ya en lo más remoto, donde hay una vieja sentada en un sofá, rodeada de una casa sola.

Medrano asintió en silencio. De día se notaban las finas arrugas que empezaban a bordear los ojos de Claudia, pero el cansancio de su rostro no era un cansancio artificial como el de la chica de Raúl Costa. Hacía pensar en un resumen, un precio bien pagado, una ceniza leve. Le gustaba la voz grave de Claudia, su manera de decir «yo» sin énfasis y a la vez con una resonancia que le hacía desear la repetición de la palabra, esperarla con un placer anticipado.

—Demasiado lúcida —le dijo—. Eso cuesta muy caro. Cuántas mujeres viven el presente sin pensar que un día perderán a sus hijos. A sus hijos y a tantas otras cosas, como yo y como todos. Los bordes del tablero se van llenando de peones y caballos comidos, pero vivir es tener los ojos clavados en las piezas que siguen en juego.

—Sí, y armarse una tranquilidad precaria con materiales casi siempre prefabricados. El arte, por ejemplo, o los viajes... Lo bueno es que aun con eso puede alcanzarse una felicidad extraordinaria, una especie de falsa instalación definitiva en la existencia, que satisface y contenta a muchas gentes fuera de lo común. Pero yo... No sé, es cosa de estos últimos años. Me siento menos contenta cuando estoy contenta, empieza a dolerme un poco la alegría, y Dios sabe si soy capaz de alegría.

—La verdad, a mí no me ha ocurrido eso —dijo Medrano, pensativo—, pero me parece que soy capaz de entenderlo. Es un poco lo de la gota de acíbar en la miel. Por el momento, si alguna vez he sospechado el sabor del acíbar, ha servido para multiplicarme la dulzura.

—Persio sería capaz de insinuar que en algún otro plano la miel puede ser una de las formas más amargas del acíbar. Pero sin saltar al hiperespacio, como dice él con tanta fruición, yo creo que mi inquietud de estos tiempos... Oh, no es una inquietud interesante, ni metafísica; pero sí como una señal muy débil... Me he sentido injustificadamente ansiosa, un poco extraña a mí misma, sin razones aparentes. Precisamente la falta de razones me preocupa en vez de tranquilizarme, porque, sabe usted, tengo una especie de fe en mi instinto.

—¿Y este viaje es una defensa contra esa inquietud?

—Bueno, defensa es una palabra muy solemne. No estoy tan amenazada como eso, y por suerte me creo muy lejos del destino habitual de las argentinas una vez que tienen hijos. No me he resignado a organizar lo que llaman un hogar, y probablemente tengo buena parte de culpa en la destrucción del mío. Mi marido no quiso comprender jamás que no mostrara entusiasmo por un nuevo modelo de heladera o unas vacaciones en Mar del Plata. No debí casarme, eso es todo, pero había otras razones para hacerlo, entre otras mis padres, su cándida esperanza en mí... Ya han muerto, estoy libre para mostrar la cara que tengo realmente.

—Pero usted no me da la impresión de ser lo que llaman una emancipada —dijo Medrano—. Ni siquiera una rebelde, en el sentido burgués del término. Tampoco, gracias a Dios, una patricia mendocina o una socia del Club de Madres. Curioso, no consigo ubicarla y hasta creo que no lo lamento. La esposa y la madre clásicas...

—Ya sé, los hombres retroceden aterrados ante las mujeres demasiado clásicas —dijo Claudia—. Pero eso es siempre antes de casarse con ellas.

—Si por clásicas se entiende el almuerzo a las doce y cuarto, la ceniza en el cenicero y los sábados por la noche al Gran Rex, creo que mi retroceso sería igualmente violento antes y después del connubio, lo cual y de paso hace imposible este último. No crea que cultivo el tipo bohemio ni cosa parecida. Yo también tengo un clavito especial para colgar las corbatas. Es otra cosa más profunda, la sospecha de que una mujer... clásica, está también perdida como mujer. La madre de los Gracos es famosa por sus hijos, no por ella misma; la historia sería todavía más triste de lo que es si todas sus heroínas se reclutaran entre esa especie. No, usted me desconcierta porque tiene una serenidad y un equilibrio que no van de acuerdo con lo que me ha dicho. Por suerte, créame, porque esos equilibrios suelen traducirse en la más perfecta monotonía, máxime en un crucero al Japón.

—Oh, el Japón. Con qué aire de escepticismo lo dice.

—Tampoco creo que usted esté muy segura de llegar allá. Dígame la verdad, si es de buen tono a esta hora: ¿por qué se embarcó en el *Malcolm*?

Claudia se miró las manos y pensó un momento.

—No hace mucho, alguien me estuvo hablando —dijo—. Alguien muy desesperado, y que no ve en su vida más que un precario aplazamiento, cancelable en cualquier momento. A esa persona le doy yo una impresión de fuerza y de salud mental, al punto que se confía y me confiesa toda su debilidad. No quisiera que esa persona se enterara de lo que le voy a decir, porque la suma de dos debilidades puede ser una fuerza atroz y desencadenar catástrofes. Sabe usted, me parezco mucho a esa persona; creo que he llegado a un límite donde las cosas más tangibles empiezan a perder sentido, a desdibujarse, a ceder. Creo... creo que todavía estoy enamorada de León.

—Ah.

—Y al mismo tiempo sé que no puedo tolerarlo, que me repele el mero sonido de su voz cada vez que viene a ver a Jorge y juega con él. ¿Se comprende una cosa así, se puede querer a un hombre cuya sola presencia basta para convertir cada minuto en media hora?

—Qué sé yo —dijo bruscamente Medrano—. Personalmente, mis complicaciones son mucho más sencillas. Qué sé yo si se puede querer así a alguien.

Claudia lo miró y desvió los ojos. El tono hosco con que él había hablado le era familiar, era el tono de los hombres irritados por las sutilezas que no podían comprender y, sobre todo, aceptar. «Se limitará a clasificarme como una histérica —pensó sin lástima—. Probablemente tiene razón, sin contar que es ridículo decirle estas cosas.» Le pidió un cigarrillo, esperó a que él le hubiera ofrecido fuego.

—Toda esta charla es bastante inútil —dijo—. Cuando empecé a leer novelas, y conste que me ocurrió en plena infancia, tuve desde un comienzo la sensación de que los diálogos entre las gentes eran casi siempre ridículos. Por una razón muy especial, y es que la menor circunstancia los hubiera impedido o frustrado. Por ejemplo, si yo hubiera estado en mi cabina o usted hubiera decidido irse a la cubierta en vez de venir a beber cerveza. ¿Por qué darle importancia a un cambio de palabras que ocurre por la más absurda de las casualidades?

—Lo malo es esto —dijo Medrano— es que puede hacerse fácilmente extensible a todos los actos de la vida, e incluso al amor, que hasta ahora me sigue pareciendo el más grave y el más fatal. Aceptar su punto de vista significa trivializar la existencia, lanzarla al puro juego del absurdo.

—Por qué no —dijo Claudia—. Persio diría que lo que llamamos absurdo es nuestra ignorancia.

Se levantó al ver entrar a López y a Raúl, que acababan de encontrarse en la escalera. Mientras Claudia se ponía a hojear una revista, los tres sortearon con algún trabajo las ganas de hablar del señor Trejo y el doctor Restelli, y convocaron al barman en un ángulo del mostrador. López se encargó de capitanear las operaciones, y el barman resultó más accesible de lo que suponían. ¿La popa? En fin, el teléfono estaba incomunicado por el momento y el *maître* establecía personalmente el enlace con los oficiales. Sí, el *maître* había sido vacunado, y probablemente lo sometían a una desinfección especial antes de que regresara de allá, a menos que realmente no llegara hasta la zona peligrosa y la comunicación se hiciera oralmente pero a cierta distancia. Todo eso él se lo imaginaba solamente.

—Además —agregó inesperadamente el barman— desde mañana habrá servicio de peluquería de nueve a doce.

—De acuerdo, pero ahora lo que queremos es telegrafiar a Buenos Aires.

—Pero el oficial dijo... El oficial dijo, señores. ¿Cómo quieren que yo? Hace poco que estoy a bordo de este buque —añadió plañideramente el barman—. Me embarqué en Santos hace dos semanas.

—Dejemos la autobiografía —dijo Raúl—. Simplemente usted nos indica el camino por donde se puede ir hasta la popa, o por lo menos nos lleva hasta algún oficial.

—Yo lo siento mucho, señores, pero mis órdenes... Soy nuevo aquí —vio la cara de Medrano y López, tragó rápidamente saliva—. Lo más que puedo hacer es mostrarles un camino que lleva allá, pero las puertas están cerradas, y...

—Conozco un camino que no lleva a ninguna parte —dijo Raúl—. Vamos a ver si es ése.

Frotándose las manos (pero las tenía perfectamente secas) en un repasador con la insignia de la Magenta Star, el barman abandonó sin ganas el mostrador y los precedió en la escalerilla. Se detuvo frente a una puerta opuesta a la de la cabina del doctor Restelli, y la abrió con una yale. Vieron un camarote muy sencillo y pulcro, en el que se destacaban una enorme fotografía de Víctor Manuel III y un gorro de carnaval colgado de una percha. El barman los invitó a entrar, poniendo una cara de perro terranova, y cerró inmediatamente la puerta. Al lado de la litera había una puertecita que pasaba casi inadvertida entre los paneles de cedro.

—Mi cabina —dijo el barman, describiendo un semicírculo con una mano fofa—. El *maître* tiene otra del lado de babor. ¿Realmente ustedes...? Sí, ésta es la llave, pero yo insisto en que no se debería... El oficial dijo...

—Abra nomás, amigo —mandó López— y vuélvase a darles cerveza a los sedientos ancianos. No me parece necesario que les hable de esto.

—Oh, no, yo no digo nada.

La llave giró dos veces y la puertecita se abrió sobre una escalera. «De muchas maneras se baja aquí a la gehenna —pensó Raúl—. Mientras esto no acabe también en un gigante tatuado, Caronte con serpientes en los brazos...» Siguió a los otros por un pasillo tenebroso. «Pobre Felipe, debe estar mordiéndose los puños. Pero es demasiado chico para esto...» Sabía que estaba mintiendo, que sólo una sabrosa perversidad lo llevaba a quitarle a Felipe el placer de la aventura. «Le confiaremos alguna misión para resarcirlo», pensó, un poco arrepentido.

Se detuvieron al llegar a un codo del pasillo. Había tres puertas, una de ellas entornada. Medrano la abrió de par en par y vieron un depósito de cajones vacíos, maderas y rollos de alambre. El pañol no llevaba a ninguna parte. Raúl se dio cuenta de golpe que Lucio no se les había agregado en el bar.

De las otras dos puertas, una estaba cerrada y la segunda daba a un nuevo pasillo, mejor iluminado. Tres hachas con los mangos pintados de rojo colgaban de las paredes, y el pasadizo terminaba en una puerta donde se leía: GED OTTAMA, y con letra más chica: P. PICKFORD. Entraron en una cámara bastante grande, llena de armarios metálicos y bancos de tres patas. Un hombre se levantó sorprendido al verlos aparecer, y retrocedió un paso. López le habló en español sin resultado. Probó en francés. Raúl, suspirando, le soltó una pregunta en inglés.

—Ah, pasajeros —dijo el hombre, que vestía un pantalón azul claro y una camisa roja de mangas cortas—. Pero por aquí no se puede seguir.

—Disculpe la intrusión —dijo Raúl—. Buscamos la cabina del radiotelegrafista. Es un asunto urgente.

—No se pasa por aquí. Tienen que... —miró rápidamente la puerta que tenía a la izquierda. Medrano llegó un segundo antes que él. Con las dos manos en los bolsillos, le sonrió amistosamente.

—*Sorry* —dijo—. Ya ve que tenemos que pasar. Haga de cuenta que no nos ha visto.

Respirando agitadamente, el hombre retrocedió hasta chocar casi con López. Atravesaron la puerta y la cerraron rápidamente. Ahora la cosa empezaba a ponerse interesante.

El *Malcolm* parecía componerse principalmente de pasillos, cosa que a López le daba un poco de claustrofobia. Llegaban a un primer codo, sin encontrar ninguna puerta, cuando oyeron un timbre que tal vez fuera de alarma. Sonó durante cinco segundos, dejándolos medio sordos.

—Se va a armar una gorda —dijo López, cada vez más excitado—. A ver si ahora inundan los pasillos estos finlandeses del carajo.

Pasado el codo encontraron una puerta entornada, y Raúl no pudo dejar de pensar que la disciplina debía ser más que arbitraria a bordo. Cuando López abría a empujones oyeron un maullido colérico. Un gato blanco se replegó, ofendido, y empezó a lamerse una pata. La cámara estaba vacía, pero el lujo de sus puertas se elevaba a tres, dos cerradas y otra que se abrió con dificultad. Raúl, que se había quedado atrás para acariciar al gato, que era una gata, percibió un olor a encierro, a sentina. «Pero esto no es muy profundo —pensó—. Debe estar a la altura de la cubierta de proa, o apenas más abajo.» Los ojos azules de la gata blanca lo seguían con una vacua intensidad, y Raúl se agachó para acariciarla otra vez antes de seguir a los otros. A la distancia oyó sonar el timbre. Medrano y López lo esperaban en un pañol donde se acumulaban cajas de bizcochos con nombres ingleses y alemanes.

—No quisiera equivocarme —dijo Raúl— pero tengo la impresión de que hemos vuelto casi al punto de partida. Detrás de esa puerta... —vio que tenía un pestillo de seguridad y lo hizo girar—. Exacto, por desgracia.

Era una de las dos puertas cerradas por fuera que habían visto al final del pasillo de entrada. El olor a encierro y la penumbra los acosó desagradablemente. Ninguno de los tres se sentía con ganas de volver en busca del tipo de la camisa roja.

—En realidad, lo único que nos falta es encontrarnos con el minotauro —dijo Raúl.

Tanteó la otra puerta cerrada, miró la tercera que los llevaría otra vez al depósito de cajones vacíos. A lo lejos oyeron maullar a la gata blanca. Encogiéndose de hombros, reanudaron el camino en busca de la puerta marcada GED OTTAMA.

El hombre no se había movido de allí, pero daba la impresión de haber tenido tiempo de sobra para prepararse a un nuevo encuentro.

—*Sorry*, por ahí no se va al puente de mando. La cabina del radiotelegrafista está arriba.

—Notable información —dijo Raúl, cuyo inglés más fluido le daba la capitanía en esa etapa—. ¿Y por dónde se va a la cabina de radio?

—Por arriba, siguiendo el pasillo hasta... Ah, es verdad, las puertas están cerradas.

—¿Usted no puede llevarnos por otro lado? Queremos hablar con algún oficial, ya que el capitán está enfermo.

El hombre miró sorprendido a Raúl. «Ahora va a decir que no sabía que el capitán estaba enfermo», pensó Medrano, con ganas de volverse al bar a beber coñac. Pero el hombre se limitó a plegar los labios con un gesto de desaliento.

—Mis órdenes son de atender esta zona —dijo—. Si me necesitan arriba me avisarán. No puedo acompañarlos, lo siento mucho.

—¿No quiere abrir las puertas, aunque no venga con nosotros?

—Pero, señor, si no tengo las llaves. Mi zona es ésta, ya le he dicho.

Raúl consultó a sus amigos. A los tres les parecía el techo más bajo y el olor a encierro más opresivo. Saludando con la cabeza al hombre de la camisa roja, desandaron camino en silencio, y no hablaron hasta volver al bar y pedir bebidas. Un sol admirable entraba por las portillas, rebotando en el azul brillante del océano. Saboreando el primer trago, Medrano lamentó haber perdido todo ese tiempo en las profundidades del barco. «Haciendo de Jonás como un imbécil, para que al final me sigan tomando el pelo», pensó. Tenía ganas de charlar con Claudia, de asomarse a cubierta, de tirarse en su cama a leer y a fumar. «Realmente, ¿por qué nos tomamos esto tan en serio?» López y Raúl miraban hacia afuera, y los dos tenían la cara del que se asoma a la superficie después de una larga inmersión en un pozo, en un cine, en un libro que no se puede dejar hasta el final.

XXVII

Al atardecer el sol se puso rojo y sopló una brisa fresca que ahuyentó a los bañistas y provocó la desbandada de las señoras, en general bastante repuestas del mareo. El señor Trejo y el doctor Restelli habían discutido en detalle la situación a bordo, y llegado a la conclusión de que las cosas estaban bastante bien siempre que el tifus no pasara de la popa. Don Galo era de la misma opinión, quizás en su optimismo influía el hecho de que los tres amigos —pues ya se sentían bastante próximos— hubieran llevado sus asientos hasta la parte más adelantada de la proa, donde el aire que respiraban no podía estar contaminado. En un momento en que el señor Trejo fue a su cabina a buscar unos anteojos de sol, encontró a Felipe que se duchaba antes de reingresar en sus *blue-jeans*. Sospechando que podía saber algo sobre la extraña conducta de los más jóvenes (pues no se le había escapado el aire de conspiración que tenían en el bar, y su salida corporativa), lo interrogó amablemente y se enteró casi en seguida de su expedición a las profundidades del buque. Demasiado astuto para incurrir en prohibiciones y otros ukases paternales, dejó a su hijo contemplándose en el espejo y volvió a la proa para poner al corriente a sus amigos. Por lo cual López, que se les acercó media hora más tarde con cara de aburrido, fue recibido de manera más bien circunspecta, haciéndosele notar que en un buque, como en cualquier otra parte, los principios de la consulta democrática deben regir en todo momento, aunque la fogosidad de los hombres jóvenes pueda excusar, etcétera. Mirando la línea perfecta del horizonte, López escuchó sin pestañear la homilía agridulce del doctor Restelli, a quien apreciaba demasiado para mandarlo ipso facto al cuerno. Contestó que se habían limitado a unos paseos de reconocimiento, por cuanto la situación distaba de haberse aclarado con la visita y las explicaciones del oficial, y que si bien no habían tenido el menor éxito, el fracaso los estimulaba a seguir considerando como sospechosa la truculenta historia de la epidemia.

—Aquí Don Galo se encrespó como un gallo de riña, al que se parecía extraordinariamente en muchos momentos, y sostuvo que sólo la fantasía más descabellada podía hacer nacer dudas sobre la clara y correcta explicación dada por el oficial. Por su parte, se apresuraba a señalar que si López y sus amigos continuaban estorbando la labor del comandante y sembrando una evidente indisciplina a bordo, las consecuencias no dejarían de resultar enojosas para todos, razón por la cual se adelantaba a expresar su discrepancia. Algo parecido opinaba el señor Trejo, pero como no tenía la menor confianza con López (y no podía disimular la molesta sensación de ser en cierto modo un advenedizo a bordo), se limitó a señalar que todos debían mostrarse unidos como buenos amigos, y consultarse previamente antes de adoptar una determinación que pudiera afectar la situación de los demás.

—Miren —dijo López—, de hecho no hemos sacado nada en limpio, y además nos hemos aburrido como locos, perdiendo entre otras cosas un baño en la piscina. Se lo digo por si les sirve de algún consuelo —agregó riéndose.

Le parecía absurdo iniciar una controversia con los viejos, sin contar que el atardecer y el sol poniente invitaban al silencio. Avanzó hasta quedar suspendido sobre el tajamar, mirando el juego de la espuma que se teñía de rojo y de violeta. La tarde era extraordinariamente serena y la brisa parecía flotar en torno al *Malcolm*, acariciándolo apenas. Muy lejos, a babor, se veía un penacho de humo. López se acordó con indiferencia de su casa —que era la casa de su hermana y su cuñado, y en donde él tenía un departamento aparte—; a esa hora Ruth estaría entrando al patio cubierto los sillones de paja que sacaban de tarde al jardín, Gómara hablaría de política con su colega Carpio que defendía un vago comunismo mechado de poemas de autores chinos traducidos al inglés y de ahí al español por la editorial Lautaro, y los chicos de Ruth acatarían melancólicos la orden de ir a bañarse. Todo eso era ayer, todo eso estaba sucediendo ahí un poco más allá de ese horizonte plateado y purpúreo. «Parece ya otro mundo», pensó, pero probablemente una semana más tarde los recuerdos ganarían fuerza cuando el presente perdiera la novedad. Hacía quince años que vivía en casa de Ruth, diez años que era profesor. Quince, diez años, y ahora un día de mar, una cabeza pelirroja (pero en realidad la cabeza pelirroja no tenía nada que ver) bastaban para que ese pasaje ya importante de su vida, ese largo tercio de su vida se deshilachara y se volviera una imagen de sueño. Quizá Paula estuviera en el bar, pero también podía ser que estuviera en su cabina y con Raúl, a la hora en que es tan hermoso hacer el amor mientras afuera cae la noche. Hacer el amor en un barco rolando suavemente, en una cabina donde cada objeto, cada olor y cada luz son un signo de distancia, de libertad perfecta. Porque estarían haciendo el amor, no iba a creer en esas palabras ambiguas, esa especie de declaración de independencia.

Uno no se embarca con una mujer semejante para hablar de la inmortalidad del cangrejo. Ya podía mofarse amablemente, la dejaría jugar un rato, y después... «Jamaica John», pensó con un poco de rabia. «No seré yo quien haga de Christopher Dawn por vos, pebeta.» Lo que sería meter la mano en ese pelo rojo, sentirlo resbalar como sangre. «Pienso demasiado en sangre», se dijo, mirando el horizonte cada vez más rojo. «Senaquerib Edén, claro. ¿Pero si estuviera en el bar?» Y él ahí, perdiendo el tiempo... Se volvió, echó a andar rápidamente hacia la escalerilla. La Beba Trejo, sentada en el tercer peldaño, se corrió a un lado para dejarlo pasar.

—Lindo anochecer —dijo López, que todavía no sabía qué pensar de ella—. ¿No se marea usted?

—¿Yo, marearme? —protestó la Beba—. Ni siquiera tomé las píldoras. Yo no me mareo nunca.

—Así me gusta —dijo López, a quien se le había agotado el tema. La Beba esperaba otra cosa, y sobre todo que López se quedara un rato charlando con ella. Lo vio alejarse, después de un saludo con la mano, y le sacó la lengua cuando tuvo la seguridad de que ya no podía verla. Era un estúpido pero más simpático que Medrano. De todos, su preferido era Raúl, pero hasta ahora Felipe y los otros lo acaparaban, era un escándalo. Se parecía un poco a William Holden, no, más bien a Gérard Philipe. No, tampoco a Gérard Philipe. Tan fino, con esas camisas de fantasía y la pipa. Esa mujer no se merecía un muchacho como él.

Esa mujer estaba en el bar, bebiendo un gin fizz en el mostrador.

—¿Qué tal las expediciones? ¿Ya prepararon la bandera negra y los machetes de abordaje?

—¿Para qué? —dijo López—. En realidad necesitaríamos un soplete de acetileno para perforar las puertas Stone, y un diccionario en seis idiomas para entendernos con los glúcidos. ¿No le contó Raúl?

—No lo he visto. Cuénteme.

López le contó, aprovechando para tomarse finamente el pelo y hacer caer en la volteada a los otros dos. También le habló de la prudente conducta de los ancianos, y ambos la alabaron con una sonrisa. El barman preparaba unos gin fizz deliciosos, y no se veía más que a Atilio Presutti tomándose una cerveza y leyendo *La Cancha*. ¿Qué había hecho Paula toda la tarde? Pues bañarse en una piscina inenarrable, mirar el horizonte y leer a Françoise Sagan. López observó que tenía un cuaderno de tapas verdes. Sí, a veces tomaba notas o escribía alguna cosa. ¿Qué cosa? Bueno, algún poema.

—No lo confiese como si fuera un acto culpable —dijo López, impaciente—. ¿Qué pasa con los poetas argentinos que se andan escondiendo? Tengo dos amigos poetas, uno de ellos es muy bueno, y los dos hacen como usted: un cuaderno en el bolsillo y un aire de personaje de Graham Greene acosado por Scotland Yard.

—Oh, esto ya no interesa a nadie —dijo Paula—. Escribimos para nosotros y para un grupo tan insignificante que no tiene el menor valor estadístico. Ya sabe que ahora la importancia de las cosas hay que medirla estadísticamente. Tabulaciones y esas cosas.

—No es verdad —dijo López—. Y si un poeta se pone en esa actitud la primera en sufrir será su poesía.

—Pero si nadie la lee, Jamaica John. Los amigos cumplen con su deber, claro, y a veces un poema cae en algún lector como un llamado o una vocación. Ya es mucho, y basta para seguir adelante. En cuanto a usted, no se sienta obligado a pedirme mis cosas. A lo mejor un día se las presto espontáneamente. ¿No le parece mejor?

—Sí —dijo López—, siempre que ese día llegue.

—Dependerá un poco de los dos. Por el momento soy más bien optimista, pero qué sabemos lo que nos traerá el mañana, como diría la señora de Trejo. ¿Usted le ha visto la facha a la señora de Trejo?

—La pobre es conmovedora —dijo López que no tenía ninguna gana de hablar de la señora de Trejo—. Se parece muchísimo a los dibujos de Medrano, no nuestro amigo sino el de los grafodramas. Acabo de cambiar unas palabras con su adolescente hija, que asiste a la llegada de la noche en la escalera de proa. Esa chica se va a aburrir aquí.

—Aquí y en cualquier parte. No me haga acordar de los quince años, de las consultas con el espejo, de... de tantas curiosidades, falsas informaciones, monstruos y delicias igualmente falsos. ¿Le gustan las novelas de Rosamond Lehmann?

—Sí, a veces —dijo López—. Me gusta más usted, oírla hablar y mirarle esos ojos que tiene. No se ría, los ojos están ahí y no hay devolución. Toda la tarde pensé en el color de su pelo, hasta cuando andábamos en los malditos pasadizos. ¿Cómo se pone cuando está mojado?

—Bueno, parece quillay o borsch en hilachas. Cualquier cosa más bien repugnante. ¿Realmente le gusto, Jamaica John? No se fíe del primer momento. Pregúntele a Raúl que me conoce bien. Tengo mala fama entre los que me conocen, parece que soy un poco la *belle dame sans merci*. Pura exageración, en el fondo lo que me perjudica es un exceso de piedad para conmigo y los demás. Dejo una moneda en cada mano tendida, y parece que a la larga eso es malo. No se aflija, no pienso contarle mi vida. Hoy ya estuve demasiado confidencial con la hermosa, la hermosa y buenísima Claudia. Me gusta Claudia, Jamaica John. Dígame que le gusta Claudia.

—Me gusta Claudia —dijo Jamaica John—. Usa una colonia maravillosa, y tiene un chico encantador, y todo está bien, y este gin fizz... Tomemos otro —agregó poniendo una mano sobre la de ella, que la dejó estar.

—Podrías pedir permiso —dijo la Beba—. Ya metiste esa sucia zapatilla en mi pollera.

Felipe silbó dos compases de un mambo y saltó a la cubierta. Se había quedado demasiado tiempo al sol, sentado al borde de la piscina, y sentía fiebre en los hombros y la espalda, le ardía la cara. Pero todo eso era también el viaje, y el aire fresco del anochecer lo llenó de gozo. Aparte de los viejos en la proa, la cubierta estaba vacía. Refugiándose contra un ventilador, encendió un cigarrillo y miró con sorna a la Beba, inmóvil y lánguida en la escalerilla. Dio unos pasos, se apoyó en la borda; el mar parecía... *El mar como un vasto cristal azogado*, y el maricón de Freilich recitándolo bajo la sonrisa aprobadora de la prof de literatura. Flor de pelotudo, Freilich. El primero de la clase, maricón de mierda. «Yo, señora, paso yo, señora, sí señora, ¿le traigo las tizas de colores, señora?». Y las profesoras, claro, embobadas con el muy chupamedias, diez puntos por todos lados. Menos mal que a los hombres no los engrupía tan fácilmente, más de cuatro lo tenían de línea, pero lo mismo se sacaba diez, estudiando toda la noche, con unas ojeras... Pero las ojeras no serían por el estudio, Durruty le había contado que Freilich andaba por el centro con un tipo grande que debía tener muchos billetes. Se lo había encontrado una tarde en una confitería de Santa Fe, y Freilich se puso colorado y se hizo el burro... Seguro que el otro era el macho, eso seguro. Estaba bien enterado de cómo sucedían esas cosas desde la noche del festival del tercer año, cuando habían representado una pieza de teatro y él hacía el papel del marido. Alfieri se había acercado en el entreacto para decirle: «Mirala a Viana, qué linda está». Viana era uno de tercero C, más maricón que Freilich todavía, de esos que en los recreos se dejan estrujar, patear, se retuercen encantados y hacen muecas, y al mismo tiempo son buenos, eso hay que reconocerlo, son generosos y siempre andan con cosas en los bolsillos, cigarrillos americanos y alfileres de corbata. Esa vez Viana hacía el papel de una muchacha vestida de verde, y lo habían maquillado de una manera fenomenal. Cómo habría gozado cuando lo maquillaban, una o dos veces se había animado a ir al colegio con un resto de rimmel en las pestañas, y había sido la cargada general, las voces en falsete y los abrazos mezclados con pellizcos y puntapiés. Pero esa noche Viana era feliz y Alfieri lo miraba y repetía: «Mirala qué linda que está, si parece la Sofía Loren». Otro punto bravo, Alfieri, tan severo, tan celador de quinto año, pero de repente si uno se descuidaba ya tenía una mano por la espalda, una sonrisa disimulada y una manera de decir: «¿Te gustan las pibas, purrete?», y esperar la respuesta con los ojos entornados, como ausente. Y cuando Viana había mirado entre las bambinas, buscando ansiosamente a alguien, Alfieri le había dicho «Fijate bien, ahora vas a ver por qué está tan inquieta», y de golpe había aparecido un tipo petiso vestido con un traje gris y un perramus bacán, pañuelo de seda y anillos de oro, y Viana lo esperaba sonriendo, con una mano en la cintura, idéntico a la Sofía Loren, mientras Alfieri pegado a Felipe murmuraba: «Es un fabricante de pianos, pibe. ¿Te das cuenta la vida que le da? ¿A vos no te gustaría tener muchos billetes, que te llevaran en auto al Tigre y a Mar del Plata?». Felipe no había contestado, absorbido por la escena; Viana y el fabricante de pianos hablaban animadamente y él parecía reprocharle algo, entonces Viana se levantó un poco la pollera y se miró los zapatos blancos, como admirándose. «Si querés, una noche salimos juntos», había dicho Alfieri en ese momento. «Vamos de farra, yo te voy a hacer conocer mujeres que ya te deben estar haciendo falta... a menos que te gusten los hombres, no sé», y la voz había quedado suspendida entre el ruido de los martillazos de los maquinistas y el rumor del público. Felipe se había desasido como si no se diera cuenta del brazo que le ceñía livianamente los hombros, diciendo que tenía que prepararse para el cuadro siguiente. Se acordaba todavía del olor a tabaco rubio del aliento de Alfieri, su cara indiferente de ojos entrecerrados, que no cambiaba ni siquiera en presencia del rector o de los profesores. Nunca había sabido qué pensar de Alfieri, a veces le parecía tan macho, hablaba en los patios con los de quinto y él se acercaba disimuladamente a escuchar, Alfieri contaba que se había tirado a una mujer casada, la describía en detalle, la amueblada adonde habían ido, cómo ella estaba asustada al principio por miedo del marido que era abogado, y después tres horas culeando, la palabra se repetía una y otra vez, Alfieri se jactaba de proezas interminables, de que no la había dejado dormir ni un momento, de que no quería hacerle un hijo y habían tomado precauciones pero que eso era siempre un lío, de rápidos cambios en la oscuridad y algo que volaba a cualquier parte y se estrellaba en la puerta o la pared con un chijetazo, y por la noche el aspecto del cuarto y la bronca que habría tenido el mucamo... A Felipe se le escapaba el sentido de algunas cosas, pero eso no se pregunta, un día se sabe y se acabó. Por suerte Ordóñez no era de los que se callaban, a cada rato les estaba dando detalles ilustrativos, tenía libros que él no se hubiera animado a comprar y menos todavía a esconder en su casa, con la Beba que era una ladilla para meterse donde no le importaba y revisarle los cajones. Lo que le daba un poco de bronca era que Alfieri no había sido el primero en meterse con él. ¿Pero le veían pinta de maricón, a él? Había muchas cosas oscuras en ese asunto. Alfieri, por ejemplo, tampoco tenía aspecto... No se podía comparar con Freilich o Viana que eran unos marcha atrás sin vuelta de hoja; las dos o tres veces que lo había visto en los recreos, acercándose a algún muchacho de segundo o tercero y repitiendo los mismos gestos que con él, siempre eran muchachos bien machitos, eso sí, buenos mozos como él, con pinta. Quería decir que a Alfieri le gustaban ésos, no los putitos como Viana o Freilich. Y también se acordaba con asombro del día en que habían subido juntos al colectivo. Alfieri pagó por los dos y eso que se había hecho el que no lo veía en la cola, y cuando estuvieron sentados en el asiento del fondo, camino de Retiro, se puso a hablarle de su novia con toda naturalidad, que la tenía que ver esa tarde, que su novia era maestra, que se casarían cuando encontraran un departamento.

Todo eso en voz baja, casi en la oreja de Felipe que escuchaba entre interesado y receloso porque Alfieri era un celador, una autoridad de todos modos, y después de una pausa, cuando el tema de la novia parecía liquidado, Alfieri que agregaba con un suspiro: «Sí, me voy a casar pronto, che, pero vos sabés, me gustan tanto los pibes...», y otra vez él había sentido el deseo de apartarse, de no tener nada que ver con Alfieri, aunque en ese momento Alfieri le estaba haciendo una confidencia de igual a igual y al hablar de pibes no incluía ya a los hombres hechos y derechos como Felipe. Apenas había atinado a mirarlo de reojo, sonriendo con trabajo, como si aquello fuese muy natural y él estuviera acostumbrado a hablar de cosas parecidas. Con Viana o Freilich hubiera sido fácil, una trompada en las costillas y a otra cosa, pero Alfieri era un celador, un hombre de más de treinta años, y además un bacán que se llevaba a las amuebladas a las mujeres de los abogados.

«Deben tener algo en las glándulas que no les funciona bien», pensó tirando el cigarrillo. Al asomarse un segundo a la puerta del bar había visto a Paula charlando con López, y los había mirado envidiosamente. Estaba bueno, el taita López no perdía un minuto en trabajarse a la pelirroja, ahora faltaba ver cómo iba a reaccionar Raúl. Ojalá que López se la sacara, se la llevara a su camarote y se la devolviera bien revolcada como la mujer del abogado. Todo se resolvía en términos muy simples: tirarse el lance, apilarse, engranar, encamarse con la mina, y el otro podía hacer lo que quisiera, reaccionar como macho o aguantarse los cuernos. Felipe se movía satisfecho dentro de un esquema donde cada cosa estaba bien iluminada y en su sitio. No como Alfieri, esas palabras de doble sentido, eso de no saber nunca si el tipo hablaba en serio o estaba buscando otra cosa... Vio a Raúl y al doctor Restelli que se asomaban a la cubierta, y les dio la espalda. Que no viniera ése con su pipa inglesa a joderle la paciencia. Bastante lo había tirado a matar por la tarde. Ah, pero no se la habían llevado de arriba, ya estaba enterado por su padre del fracaso de la expedición. Tres hombres hechos y derechos, y no habían sido capaces de abrirse paso hasta la popa y ver lo que sucedía.

Se le ocurrió de golpe, lo pensó apenas un segundo. En dos saltos se escondió detrás de un rollo de cuerdas para que Raúl y Restelli no lo vieran. Aparte de evitar encontrarse con Raúl se salvaba de un posible diálogo con Gato Negro, que debía estar más que resentido por su falta de... ¿cómo decía en clase?... de civilidad (¿o era urbanidad? Bah, cualquier gansada). Cuando los vio inclinados sobre la borda, echó a correr hacia la escalerilla. La Beba lo miró pasar con inmensa lástima. «Ni que tuvieras tres años —murmuró—. Corriendo como un chiquilín. Nos vas a hacer quedar mal a todos.» Felipe se volvió en lo alto de la escalera y la insultó seca y eficazmente. Se metió en su cabina, que quedaba casi al lado del pasadizo de comunicación entre los pasillos, y acechó por un resquicio de la puerta. Cuando estuvo seguro, salió rápidamente y tanteó la puerta del pasadizo. Estaba abierta como antes, la escalera esperaba. Era ahí donde Raúl lo había tuteado por primera vez, parecía mentira, verdaderamente mentira. Al cerrar la puerta lo envolvió una oscuridad mucho mayor que por la tarde; era raro que ahora el lugar le pareciera más oscuro, la lámpara brillaba igual que antes. Vaciló un segundo en mitad de la escalera, escuchando los ruidos de abajo; las máquinas latían pesadamente, llegaba un olor como de sebo, de betún. Por ahí habían andado hablando de la película del barco de la muerte, y Raúl había dicho que era de un tal... Y después había estado de acuerdo en que era una lástima que Felipe tuviera que aguantarse a la familia. Se acordaba muy bien de sus palabras: «Me hubiera gustado más que vinieses solo». Para lo que le importaba si había venido solo o acompañado. La puerta de la izquierda estaba abierta; la otra seguía cerrada como antes, pero se oía golpear adentro. Inmóvil frente a la puerta, Felipe sintió que algo le resbalaba por la cara, se secó el sudor con la manga de la camisa. Aferrándose a un nuevo cigarrillo, lo encendió rápidamente. Ya les iba a mostrar a esos tres ventajeros.

XXVIII

—El mes pasado terminó el quinto año del conservatorio —dijo la señora de Trejo—. Felicitada. Ahora va a seguir de concertista.

Doña Rosita y Doña Pepa encontraron que eso era regio. Doña Pepa había querido alguna vez que la Nelly siguiera también de concertista, pero era una lucha con esa chica. Como tener facilidad, tenía, desde chiquita cantaba de memoria todos los tangos y otras cosas, y se pasaba horas escuchando por la radio las audiciones de clásico. Pero a la hora del estudio, ni para atrás ni para adelante.

—Créame, señora, si le habré dicho... Una lucha, créame. Si le cuento... Pero qué va a hacer, no le gusta el estudio.

—Claro, señora. En cambio la Beba se pasa cuatro horas diarias al piano y le aseguro que es un sacrificio para mi esposo y para mí, porque a la larga tanto estudio cansa y la casa es chica. Pero una tiene su recompensa cuando vienen los exámenes y la nena sale felicitada. Ustedes la oyeran... A lo mejor la invitan a tocar, parece que en los viajes se estila que algún artista dé un concierto. Claro que la Beba no trajo las músicas, pero como sabe de memoria la Polonesa y el Claro de luna, siempre las está tocando... No es porque yo sea la madre, las toca con un sentimiento.

—El clásico hay que saber tocarlo —dijo Doña Rosita—. No como esa música de ahora, puro ruido, esas cosas futuristas que pasan a la radio. Yo en seguida le digo a mi esposo, le digo: «Ay Enzo, sacá esa porquería que me hace venir el dolor de cabeza». La deberían prohibir, yo digo.

—La Nelly dice que la música de hoy ya no es como la de antes, Beethoven y todo eso.

—Lo mismo dice la Beba, y está autorizada para juzgar —dijo la señora de Trejo—. Hoy en día hay demasiado futurismo. Mi esposo ha escrito dos veces a la Radio del Estado para que mejoren los programas, pero ya se sabe, hay tantos favoritismos... ¿Cómo está, m'hijita? La noto desmejorada.

Nora estaba bastante bien pero la observación de la señora de Trejo la turbó. Al entrar en el salón de lectura se había topado de golpe con las señoras, y no sabía cómo hacer para dar media vuelta y volver al bar. Tuvo que sentarse entre ellas, sonriendo como si se sintiera muy feliz. Pensó si tendría algo en la cara que... Pero no podía ser que se le notara nada.

—Esta tarde me sentí un poco mareada —dijo—. Poca cosa, se me pasó en seguida que tomé una Dramamina. ¿Y ustedes están bien?

Suspirando, las señoras informaron que la calma del mar las ayudaba a soportar el té con leche, pero que si volvía a agitarse como a mediodía... Ah, felices los jóvenes como ella que sólo pensaban en divertirse porque todavía no sabían lo que era la vida. Claro, cuando se viajaba con un muchacho tan simpático como Lucio se veía la vida de color de rosa. Feliz de ella, pobrecita. Y bueno, mejor así. Nunca se sabe lo que vendrá después, y mientras haya salud...

—Porque ustedes se deben haber casado hace muy poco, ¿no es verdad? —dijo la señora de Trejo, mirándola atentamente.

—Sí, señora —dijo Nora. Sentía que iba a ruborizarse y no sabía cómo hacer para que no se notara; las tres la estaban mirando con sus sonrisas de tapioca, las manos fofas apoyadas en las barrigas prominentes. «Sí, señora.» Optó por fingir un violento ataque de tos, se tapó el rostro con las manos y las damas le preguntaron si estaba acatarrada y Doña Pepa aconsejó unas fricciones de Vaporub. Nora sentía en la boca del estómago la mentira, y sobre todo no haber tenido el valor de soportar de frente la pregunta. «¿Qué importa lo que piensen si después nos vamos a casar?», había dicho tantas veces Lucio.

«Es la mejor prueba de que me tenés plena confianza, y además está en contra de los prejuicios burgueses y hay que luchar contra eso...» Pero no podía, ahora menos que nunca. «Sí, señora, hace muy poco.»

Doña Rosita explicaba que a ella la humedad le hacía mucho daño y que si no fuera por el trabajo de su esposo ya le habría pedido que se fueran de la isla Maciel. «Me agarra como un reúma por todo el cuerpo —informaba a la señora de Trejo que seguía mirando a Nora—, y nadie me lo puede sacar. Mire que habré visto médicos, pero nada. Es la humedad, sabe. Es malo para los huesos, le hace venir como un sarro por dentro y por más que usted se purgue y tome agua de hongo hepático no le hace nada...» Nora vio una apertura en la conversación y se levantó, mirando el reloj pulsera con el aire de quien tiene una cita. Doña Pepa y la señora de Trejo cambiaron una mirada de inteligencia y una sonrisa. Comprendían, claro, cómo no iban a comprender... Vaya m'hijita, que la estarán esperando. La señora de Trejo lamentaba un poco que Nora se fuera, porque de todas maneras se veía que era de su clase, no como estas señoras tan buenas, pobres, pero tan por debajo de su condición... Vagamente la señora de Trejo empezaba a sospechar que no iba a tener con quién alternar en el viaje, y estaba inquieta y desasosegada. La madre del chiquilín no hacía más que hablar con los hombres, se veía que debía ser alguna artista o escritora porque no le interesaban las cosas verdaderamente femeninas, y estaba todo el tiempo fumando y hablando de cosas incomprensibles con Medrano y López. La otra chica pelirroja era una antipática y además demasiado joven para entender la vida y poder hablar de cosas serias con ella, aparte de que no pensaba más que en exhibirse con ese bikini más que inmoral, y flirtear hasta con Felipe, nada menos. De eso tendría que hablar con su marido porque no era cosa de que Felipe fuera a caer en manos de esa vampiresa. Y al mismo tiempo se acordaba de los ojos del señor Trejo cuando Paula se había tendido en la cubierta para tomar sol. No, no era un viaje como había soñado.

Nora abrió la puerta de la cabina. No esperaba encontrar a Lucio, tenía una vaga idea de que había salido a la cubierta. Lo vio sentado al borde de la cama, mirando el aire.

—¿En qué estás pensando?

Lucio no pensaba absolutamente en nada, pero frunció las cejas como si acabaran de arrancarlo de una grave reflexión. Después le sonrió y le hizo un gesto para que fuese a sentarse a su lado. Nora suspiró, triste. No, no le pasaba nada. Sí, había estado en el bar, charlando con las señoras. Claro, de todo un poco. Sus labios no se desplegaron cuando Lucio le tomó la cara con las dos manos y la besó.

—¿No te sentís bien, monona? Estarás cansada... —calló, temiendo que ella lo entendiera como una alusión. Pero por qué no, qué diablos. Por supuesto que eso cansa, como cualquier otro ejercicio violento. También él se sentía un poco aplastado, pero estaba seguro de que no se debía a... Antes de perderse en una distracción total, sin pensamientos, había estado evocando la escena en el camarote de Raúl; le había quedado como un mal gusto en la boca, ganas de que sucediera algo que le permitiera terciar, meterse de nuevo en una situación que de golpe lo había dejado al margen. Pero había hecho bien, era estúpido imaginarse novelas de misterio y andar repartiendo armas de fuego. ¿Por qué echar a perder de entrada el viaje? Toda la tarde había andado con ganas de hablar por separado con alguno de ellos, sobre todo con Medrano, a quien ya conocía un poco de antes y que le parecía el más equilibrado. Decirle que contaban plenamente con él si las cosas se ponían feas (lo que era inconcebible), pero que no le parecía bien andar buscándose líos al divino botón. Qué manga de locos, en vez de armar un buen póker o por lo menos un truco.

Suspirando, Nora se levantó y tomó un cepillo de su neceser.

—No, no estoy cansada, y me siento muy bien —dijo—. No sé, supongo que el primer día de viaje... Qué sé yo, siempre es un cambio.

—Sí, tenés que dormir bien esta noche.

—Claro.

Empezó a cepillarse el pelo lentamente. Lucio la miraba. Pensó: «Ahora siempre la veré peinarse así».

—¿Desde dónde se podrá mandar carta a Buenos Aires?

—No sé, supongo que desde Punta Arenas. Creo que hacemos escala. ¿Así que vas a escribir a tu casa?

—Bueno, claro. Imaginate que deben estar tan afligidos... Por más que les dejé dicho que me iba de viaje. Qué sé yo, las madres se imaginan cada cosa. Lo mejor va a ser que le escriba a Mocha, y que ella le explique todo a mamá.

—Supongo que les dirás que estás conmigo.

—Sí —dijo Nora—. De todas maneras lo saben. Yo nunca me podría haber ido sola.

—Maldita la gracia que le va a hacer a tu madre.

—Y bueno, al final tiene que saberlo. Yo pienso sobre todo en papá... Es tan sensible, yo no quisiera que sufra demasiado.

—Ya salimos con el sufrimiento —dijo Lucio—. ¿Por qué tiene que sufrir, qué diablos? Te viniste conmigo, me voy a casar con vos, y se acabó. ¿Por qué tenés que hablar en seguida de sufrimiento, como si fuera una tragedia?

—Yo decía, nomás. Papá es tan bueno...

—Me joroba ese sentimentalismo —dijo Lucio, amargo—. Siempre acaba por caerme en la cabeza; soy el que destrozó la paz de tu hogar y le quitó el sueño a tus famosos padres.

—Por favor, Lucio —dijo Nora—. No se trata de vos, yo elegí hacer esto que hemos hecho.

—Sí, pero a ellos no les importa esa parte del asunto. Yo seré siempre el don Juan que les arruinó las sobremesas y la lotería de cartones, qué joder.

Nora no dijo nada. Las luces oscilaron un segundo. Lucio fue a abrir el ojo de buey y anduvo por la cabina con las manos a la espalda. Por fin se acercó a Nora y la besó en el cuello.

—Siempre me hacés decir pavadas. Ya sé que todo se va a arreglar, pero hoy no sé qué tengo, veo las cosas de una manera... En realidad no teníamos otra salida si queríamos casarnos. O nos íbamos juntos o tu madre nos armaba un lío. Esto es mejor.

—De todos modos podríamos habernos casado antes —dijo Nora con un hilo de voz.

—¿Y para qué? ¿Casarnos antes? ¿Ayer mismo? ¿Para qué?

—Digo, nomás.

Lucio suspiró y fue a sentarse otra vez en la cama.

—Es verdad, me olvidaba que la señorita es católica —dijo—. Claro que podíamos habemos casado ayer, pero hubiera sido idiota. Tendríamos la libreta en el bolsillo de mi saco y eso sería todo. Ya sabés que por iglesia no me pienso casar, ni ahora ni después. Por civil todo lo que quieras, pero a mí no me vengás con los cuervos. Yo también pienso en mi viejo, che, aunque esté muerto. Cuando uno es socialista, es socialista y se acabó.

—Está bien, Lucio. Nunca te pedí que nos casáramos por iglesia. Yo solamente decía...

—Decías lo que dicen todas. Tienen un miedo feroz de que uno las deje plantadas después de acostarse con ellas. Bah, no me mirés así. Estábamos acostados, ¿no? No fue de parado, me parece —cerró los ojos, sintiéndose infeliz, sucio—. No me hagás decir barbaridades, monona. Por favor pensá que yo también te tengo confianza y no quiero que de golpe se me venga al suelo y descubra que sos como las otras... Ya te hablé alguna vez de María Esther, ¿no? No quiero que seas como ella, porque entonces...

Nora debía entender que entonces él la plantaría como a María Esther. Nora lo entendió muy bien pero no dijo nada. Seguía viendo, como un ectoplasma sonriente, la cara de la señora de Trejo en el bar. Y Lucio que hablaba, hablaba, cada vez más nervioso, pero ella empezaba a darse cuenta de que esos nervios no nacían de lo que acababan de decirse sino de más atrás, de otra cosa. Puso el cepillo en el neceser y fue a sentarse junto a él, apoyó la cara en su hombro, se frotó suavemente. Lucio gruñó algo, pero era un gruñido satisfecho. Poco a poco sus caras se acercaron hasta juntar las bocas. Lucio acarició largamente los flancos de Nora, que tenía sus manos apoyadas en el regazo y sonreía. La atrajo con violencia, deslizó el brazo por su cintura y la echó suavemente hacia atrás. Ella se resistía, riendo. Vio aparecer la cara de Lucio sobre la suya, tan cerca que apenas distinguía un ojo y la nariz.

—Sonsa, pequeña sonsa. Pajarraca.

—Bobeta.

Sentía su mano que andaba por su cuerpo, despertándola. Pensó con alguna maravilla que ya casi no tenía miedo de Lucio. Todavía no era fácil, pero ya no tenía miedo. Por iglesia... Protestó, avergonzada, escondiendo la cara, pero la profunda caricia llevaba consigo la curación, la llenaba de una ansiedad en la que todo recato perdía pie. No estaba bien, no estaba bien. No, Lucio, no, así no. Cerró los ojos, quejándose.

En ese mismo momento Jorge jugaba P4R y Persio, tras largas reflexiones, contestaba C2R. Implacable, Jorge descargó D1T, y Persio sólo pudo responder con R4C. Las blancas se descolgaron entonces con D5C, las negras temblaron y titubearon («Neptuno me está fallando», se dijo Persio) hasta atinar con P6C, y hubo una breve pausa marcada por una serie de sonidos guturales producidos por Jorge, que acabó soltando D4C y miró con sorna a Persio. Cuando se produjo la respuesta C4R, Jorge no tuvo más que dar un empujoncito con D5A y mate en veinticinco jugadas.

—Pobre Persio —dijo Jorge, magnánimo—. En realidad metiste la pata de entrada y después ya no te pudiste salir del pantano.

—Notable —dijo el doctor Restelli, que había asistido de pie a la partida—. Una defensa Nimzowitsch muy notable.

Jorge lo miró de reojo, y Persio se puso a guardar apresuradamente las piezas. Afuera se oía el afelpado resonar del gongo.

—Este niño es un jugador sobresaliente —dijo el doctor Restelli—. Por mi parte, dentro de mis modestas posibilidades tendré mucho gusto en jugar con usted, señor Persio, cuando le agrade.

—Tenga cuidado con Persio —le previno Jorge—. Siempre pierde, pero uno no puede saber.

Con el cigarrillo en la boca, abrió de golpe la puerta. En el primer momento pensó que estaban allí los dos marineros, pero el bulto del fondo no era más que un capote de tela encerada colgando de una percha. El marinero barrigón golpeaba una correa con una maza de madera. La serpiente azul del antebrazo subía y bajaba rítmicamente.

Sin dejar de golpear (¿para qué demonios golpeaba una correa el urso ese?) observó a Felipe que había cerrado la puerta y lo miraba a su vez sin quitarse el cigarrillo de la boca y con las dos manos en los bolsillos del *blue-jeans*. Se quedaron así un momento, estudiándose. La serpiente dio un último brinco, se oyó el golpe opaco de la maza en la correa (la estaba ablandando, sería para hacerse un cinturón ancho que le fajara la panza, seguro que era eso), y después bajó hasta quedar inmóvil al borde de la mesa.

—Hola —dijo Felipe. Le entraba el humo del Camel en los ojos, y apenas tuvo tiempo de quitarse el cigarrillo y estornudar. Por un segundo vio todo turbio a través de las lágrimas. Cigarrillo de mierda, cuándo iba a aprender a fumar sin sacárselo de la boca.

El marinero seguía mirándolo con una semisonrisa en los gruesos labios. Parecía encontrar divertido que a Felipe le lloraran los ojos por culpa del humo. Empezó a arrollar despacio la correa; sus enormes manos se movían como arañas peludas. Siguió doblando y sujetando la correa con una delicadeza casi femenina.

—*Hasdala* —dijo el marinero.

—Hola —repitió Felipe, perdido el primer impulso y un poco en el aire. Se adelantó un paso, miró los instrumentos que había sobre una mesa de trabajo—. ¿Usted siempre está acá... haciendo esas cosas?

—*Sa* —dijo el marinero, atando la correa con otra más fina—. Siéntate ahí, si quieres.

—Gracias —dijo Felipe, dándose cuenta de que el hombre acababa de hablarle en un castellano mucho más inteligible que por la tarde—. ¿Ustedes son finlandeses? —preguntó, buscando orientarse.

—¿Finlandeses? No, qué vamos a ser finlandeses. Aquí somos un poco de todo, pero no hay finlandeses.

La luz de dos lámparas fijas en el cielo raso caía duramente sobre las caras. Sentado al borde de un banco, Felipe se sentía incómodo y no encontraba qué decir, pero el marinero seguía atando la correa con mucho cuidado. Después se puso a ordenar unas leznas y dos alicates. Alzaba a cada momento los ojos y miraba a Felipe, que sentía cómo el cigarrillo se le iba acortando entre los dedos.

—Tú sabes que no tenías que venir por este lado —dijo el marinero—. Tú haces mal en venir.

—Bah, qué tiene —dijo Felipe—. Si me gusta bajar a charlar un rato... Por allá es aburrido, sabe.

—Puede ser, pero no tenías que venir aquí. Ahora que has venido, quédate. Orf no llegará hasta dentro de un rato y nadie sabrá nada.

—Mejor —dijo Felipe, sin entender demasiado cuál era el riesgo de que los demás supieran algo. Más seguro, corrió el banco hasta que pudo apoyar la espalda en la pared; se cruzó de piernas y tragó el humo en una larga bocanada. Le empezaba a gustar la cosa, y había que seguir adelante.

—En realidad vine para hablar con usted —dijo. ¿Por qué diablos el otro lo tuteaba y él en cambio...?—. No me gusta nada todo este misterio que están haciendo.

—Oh, no hay ningún misterio —dijo el marinero.

—¿Por qué no nos dejan ir a la popa, entonces?

—Yo tengo la orden y la cumplo. ¿Para qué quieres ir allá? Si no hay nada.

—Quiero ver —dijo Felipe.

—No verás nada, chico. Quédate aquí, ya que has venido. No puedes pasar.

—¿De aquí no puedo pasar? ¿Y esa puerta?

—Si quieres pasar esa puerta —dijo sonriendo el marinero— te tendré que romper la cabeza como un coco. Y tienes una linda cabeza, no te la quiero romper como un coco.

Hablaba lentamente, eligiendo las palabras. Felipe supo desde el primer momento que no hablaba en vano y que más le valía quedarse donde estaba. Al mismo tiempo le gustaba la actitud del hombre, su manera de sonreír mientras lo amenazaba con una fractura de cráneo. Sacó el atado de cigarrillos y le ofreció uno. El marinero movió la cabeza.

—Tabaco para mujeres —dijo—. Tú fumarás del mío, tabaco para el mar, ya verás.

Parte de la serpiente desapareció en un bolsillo y volvió con una bolsa de tela negra y un librito de papel para armar. Felipe hizo un gesto negativo, pero el hombre arrancó una hoja de papel y se la alcanzó, mientras cortaba otra para él.

—Yo te enseño, verás. Tú haces como yo, te vas fijando y haces como yo. Ves, se echa así... —Las arañas peludas danzaban finamente en torno a la hoja de papel, de pronto el marinero se pasó una mano por la boca como si tocara una armónica, y en sus dedos quedó un perfecto cigarrillo.

—Mira si es fácil. No, así se te va a caer. Bueno, tú fumas éste y yo hago otro para mí.

Cuando se puso el cigarrillo en la boca, Felipe sintió la humedad de la saliva y estuvo a punto de escupirlo. El marinero lo miraba, lo miraba continuamente y sonreía. Empezó a armar su cigarrillo, y después sacó un enorme encendedor ennegrecido. Un humo espeso y penetrante ahogó a Felipe, que hizo un gesto apreciativo, agradeciendo.

—Mejor no tragues mucho el humo —dijo el marinero—. Es un poco fuerte para ti. Ahora verás qué bien queda con ron.

De una caja de lata colocada debajo de la mesa sacó una botella y tres cubiletes de estaño. La serpiente azul llenó dos cubiletes y pasó uno a Felipe. El marinero se sentó a su lado, en el mismo banco, y levantó el cubilete.

—*Here's to you*, chico. No te lo bebas de un trago.

—Hm, es muy bueno —dijo Felipe—. Seguro que es ron de las Antillas.

—Claro que sí. De modo que te gusta mi ron y mi tabaco, ¿eh? ¿Y cómo te llamas, chico?

—Trejo.

—Trejo, eh. Pero eso no es un nombre, es un apellido.

—Claro, es mi apellido. Yo me llamo Felipe.

—Felipe. Está bien. ¿Cuántos años tienes, chico?

—Dieciocho —mintió Felipe, escondiendo la boca en el cubilete—. ¿Y usted, cómo se llama?

—Bob —dijo el marinero—. Me puedes llamar Bob aunque en realidad tengo otro nombre, pero no me gusta.

—Dígamelo, de todos modos. Yo le dije mi verdadero nombre.

—Oh, también a ti te parecerá muy feo. Imagínate que me llamara Radcliffe o algo así, a ti no te gustaría. Mejor es Bob, chico. *Here's to you*.

—*Prosit* —dijo Felipe, y bebieron otra vez—. Hm, se está bien aquí.

—Claro que sí.

—¿Mucho trabajo a bordo?

—Más o menos. Va a ser mejor que no bebas más, chico.

—¿Por qué? —dijo Felipe, encrespándose—. Estaría bueno, justo ahora que me empieza a gustar. Pero dígame, Bob...

Sí, es un tabaco formidable, y el ron... ¿Por qué no tengo que beber más?

El marinero le quitó el cubilete y lo dejó sobre la mesa.

—Eres muy simpático, chico, pero después tienes que volverte solo arriba, y si bebes todo eso se van a dar cuenta.

—Pero si yo puedo beber todo lo que me da la gana en el bar.

—Hm, con el barman que tienen allí arriba no será muy fuerte lo que bebas —se burló Bob—. Y tu mamá debe andar cerca, además... —parecía gozar viendo los ojos de Felipe, el rubor que le llenaba de golpe la cara—. Vamos, chico, somos amigos. Bob y Felipe son amigos.

—Está bien —dijo hoscamente Felipe—. Me mando mudar y se acabó. ¿Y esa puerta?

—Te olvidas de esa puerta —dijo el marinero, suavemente— y no te enojes, Felipe. ¿Cuándo puedes volver?

—¿Y para qué voy a volver?

—Chico, para fumar y beber ron conmigo, y charlar —dijo Bob—. En mi cabina, donde nadie nos molestará. Aquí puede venir Orf en cualquier momento.

—¿Dónde está su cabina? —dijo Felipe, entornando los ojos.

—Ahí —dijo Bob, mostrándole la puerta prohibida—. Hay un pasillo que va a mi cabina, justo antes de la escotilla de popa.

XXIX

El llamado del gongo se deslizó en mitad de un párrafo de Miguel Ángel Asturias, y Medrano cerró el libro y se estiró en la cama, preguntándose si tenía o no ganas de cenar. La luz en la cabecera invitaba a quedarse leyendo y a él le gustaba *Hombres de maíz*. En cierto modo la lectura era una manera de apartarse por un rato de la novedad que lo rodeaba, reingresar en el orden de su departamento de Buenos Aires, donde había empezado a leer el libro. Sí, como una casa que se lleva consigo, pero no le gustaba la idea de refugiarse ex profeso en el relato para olvidar el absurdo de tener ahí, en un cajón de la cómoda al alcance de la mano, un Smith y Wesson treinta y ocho. El revólver era un poco la concreción de todo lo otro, del *Malcolm* y sus pasajeras; de las vagas torpezas del día. El placer del rolido, la comodidad masculina y exacta del camarote eran otros tantos aliados del libro. Hubiera sido necesario algo resueltamente insólito, oír galopar un caballo en el pasillo u oler incienso, para decidirlo a saltar de la cama y hacer frente a lo que ocurría. «Se está demasiado bien para molestarse», pensó, acordándose de las caras de López y de Raúl cuando habían vuelto de la incómoda expedición vespertina. Quizá Lucio tenía razón y era absurdo ponerse a jugar al detective. Pero las razones de Lucio eran sospechables; por el momento lo único que le importaba era su mujer. A los otros y a él mismo los irritaba de manera más directa ese misterio barato y ese andamiaje de mentira. Más irritante todavía era pensar, apartándose con dificultad de la página abierta, que de no haber estado tan cómodos a bordo habrían procedido con más energía, forzando la situación hasta salir de dudas. Las delicias de Capua, etcétera. Delicias más severas, de tono nórdico, entonadas en la gama del cedro y el fresno. Probablemente López y Raúl propondrían un nuevo plan, o él mismo si se aburría en el bar, pero todo lo que hicieran sería más un juego que una reivindicación. Tal vez lo único sensato fuera imitar a Persio y a Jorge, pedir los tableros de ajedrez y pasar el tiempo lo mejor posible. La popa, bah. En fin, la popa. Hasta la palabra, como un puré para infantes. La popa, qué idiotez.

Eligió un traje oscuro y una corbata que le había regalado Bettina. Había pensado un par de veces en Bettina mientras leía *Hombres de maíz*, porque a ella no le gustaba el estilo poético de Asturias, las aliteraciones y el tono resueltamente mágico. Pero hasta ese momento no le había preocupado para nada lo ocurrido con Bettina. Se divertía demasiado con los episodios del embarque y las adversidades en pequeña escala como para aceptar con gusto cualquier recurrencia al pasado inmediato. Nada mejor que el *Malcolm* y sus gentes, hurrah la popa papilla (Asturias de pacotilla, se echó a reír buscando más rimas): astilla y polilla. Buenos Aires podía esperar, ya tendría tiempo para el recuerdo de Bettina —si llegaba por su cuenta, si se le daba como un problema—. Pero sí, era un problema, tendría que analizarlo como a él le gustaba, a oscuras en la cama y con las manos en la nuca. De todas maneras, ese desasosiego (Asturias o cenar; cenar, corbata regalada por Bettina, ergo Bettina, ergo fastidio) se insinuaba como una conclusión anticipada del análisis. A menos que no fuera más que el rolido, el aire con tabaco de la cabina. No era la primera vez que plantaba a una mujer, y también una mujer lo había plantado a él (para ir a casarse al Brasil). Absurdo que la popa y Bettina fueran en ese momento un poco la misma cosa. Le preguntaría a Claudia lo que pensaba de su actitud. Pero no, por qué tenía que plantearse esa especie de arbitraje de Claudia en términos de deber. Por supuesto no tenía obligación alguna de hablarle a Claudia de Bettina. Charla de viaje vaya y pase, pero nada más. La popa y Bettina, era realmente estúpido que todo eso fuera ahora un punto doloroso en la boca del estómago. Nada menos que Bettina, que ya andaría armando programa para no perderse una noche de *Embassy*. Sí, pero también habría llorado.

Medrano se sacó la corbata de un tirón. No le salía bien el nudo, esa corbata había sido siempre rebelde. Psicología de las corbatas. Se acordó de una novela donde un valet enloquecido cortaba a tijeretazos la colección de corbatas de su amo. La habitación llena de pedazos de corbatas, una carnicería de corbatas por el suelo. Eligió otra, de un gris modesto, que consentía un nudo perfecto. Por supuesto que habría llorado, todas las mujeres lloran por mucho menos que eso. La imaginó abriendo los cajones de la cómoda, sacando fotografías, quejándose por teléfono a sus amigas. Todo estaba previsto, todo tenía que suceder. Claudia habría hecho lo mismo después de separarse de Lewbaum, todas las mujeres. Repetía: «Todas,

todas», como queriendo englobar en la diversidad un mísero episodio bonaerense, echar una gota en el mar. «Pero al fin y al cabo es una cobardía», se oyó pensar, y no supo si la cobardía era la gota en el mar o el hecho desnudo de haber plantado a Bettina. Un poco más o menos de llanto, en este mundo... Sí, pero ser la causa, aunque nada de eso tuviera importancia y Bettina estuviera paseando por Santa Fe o haciéndose peinar *chez* Marcela. Qué le importaba Bettina, no era Bettina, no era Bettina misma y tampoco que no se pudiera ir a la popa, ni el tifus 224. Lo mismo eso en la boca del estómago, y sin embargo sonreía cuando abrió la puerta y salió al pasillo, pasándose la mano por el pelo sonreía como el que está haciendo un descubrimiento agradable, está ya al borde, entrevé lo que buscaba y siente el contento de todos los términos alcanzados. Se prometió volver sobre sus pasos, dedicar el comienzo de la noche a pensar más despacio. Tal vez no fuera Bettina sino que Claudia había hablado demasiado de sí misma, con su voz grave había hablado de sí misma, de que todavía estaba enamorada de León Lewbaum. Pero maldito si a él le importaba eso, aunque también Claudia llorara por la noche pensando en León.

Dejando que el Pelusa acabara de explicarle al doctor Restelli las razones por las cuales Boca Juniors tenía que hacer capote en el campeonato, decidió volver a su cabina para vestirse. Pensó regocijadamente en las toilettes que se verían esa noche en el comedor; probablemente el pobre Atilio aparecería en mangas de camisa y el *maître* pondría la cara típica de los sirvientes cuando asisten entre satisfechos y escandalizados a la degradación de los amos. Un impulso lo movió a regresar y mezclarse de nuevo en la charla. Apenas logró cortar las efusiones deportivas del Pelusa (que había encontrado en el doctor Restelli un parsimonioso pero enérgico defensor de los méritos de Ferrocarril Oeste), Raúl hizo notar como de paso que ya era hora de prepararse para la cena.

—En realidad hace calor para tener que vestirse —dijo— pero respetaremos la tradición del mar.

—¿Cómo, vestirse? —dijo el Pelusa, desconcertado.

—Quiero decir, ponerse una incómoda corbata y un saco —dijo Raúl—. Uno lo hace por las señoras, claro.

Dejó al Pelusa entregado a sus reflexiones y subió la escalerilla. No estaba demasiado seguro de haber obrado bien, pero desde un tiempo a esa parte tendía a poner en duda la justificación de casi todas sus acciones. Si Atilio prefería aparecer en el comedor con una camiseta a rayas, allá él; de todos modos el *maître* o algún pasajero acabaría por darle a entender que estaba incorrecto, y el pobre muchacho lo pasaría peor, a menos que los mandase al diablo. «Obro por razones exclusivamente estéticas —pensó Raúl, otra vez divertido—, y pretendo justificarlas desde el punto de vista social. Lo único cierto es que me revienta todo lo que está fuera de ritmo, desencajado. La camiseta de ese pobre muchacho me echaría a perder el *potage Hublet aux asperges*. Ya bastante mala es la iluminación del comedor...» Con la mano en el picaporte, miró hacia la entrada del pasadizo que comunicaba los dos pasillos. Felipe se detuvo bruscamente, perdiendo un poco el equilibrio. Parecía muy desconcertado, como si no lo conociera.

—Hola —dijo Raúl—. No se te ha visto en toda la tarde.

—Es que... Qué idiota soy, me equivocaba de pasillo. Mi camarote es al otro lado —dijo Felipe, iniciando una media vuelta. La luz le dio de lleno en la cara.

—Parece que has tomado demasiado sol —dijo Raúl.

—Bah, no es nada —dijo Felipe, fabricándose un tono hosco que le salía a medias—. En el club me paso las tardes en la pileta.

—En tu club no habrá un aire tan fuerte como aquí. ¿Te sentís bien?

Se había acercado y lo miraba amistosamente. «Por qué no me dejará de joder», pensó Felipe, pero a la vez lo halagaba que Raúl volviera a hablarle con ese tono después de la mala jugada que le había hecho. Contestó con un movimiento afirmativo y completó una media vuelta hacia el pasadizo, pero Raúl no quería dejarlo ir así.

—Seguro que no trajiste ningún calmante para las quemaduras, a menos que tu madre... Vení un momento, te voy a dar algo para que te pongas al acostarte.

—No se moleste —dijo Felipe, apoyando un hombro en el tabique—. Me parece que la Beba tiene sapolán o alguna otra porquería de ésas.

—Llevalo, de todos modos —insistió Raúl, retrocediendo para abrir la puerta de su cabina. Vio que Paula no estaba pero que había dejado las luces encendidas—. Además tengo otra cosa para vos. Vení un momento.

Felipe parecía decidido a quedarse en la puerta. Raúl, que buscaba en un neceser, le hizo una seña para que entrara. De golpe se daba cuenta de que no sabía qué decirle para vencer esa hostilidad de cachorro ofendido. «Yo mismo me lo busqué como un imbécil —pensó, revolviendo en un cajón lleno de medias y pañuelos—. Qué mal lo ha tomado, Dios mío.» Enderezándose, repitió el gesto. Felipe dio dos pasos, y sólo entonces Raúl se dio cuenta de que se tambaleaba un poco.

—Ya me parecía que no te sentías bien —dijo, acercándole un sillón. Cerró la puerta con un empujón del pie. Aspiró el aire un par de veces y soltó una carcajada.

—Sol embotellado, entonces. Y yo que creía que te habías insolado... ¿Pero qué tabaco es ése? Olés a alcohol y a tabaco que da miedo.

—¿Y qué? —murmuró Felipe, que luchaba contra una náusea creciente—. Si bebo una copa y fumo... no veo que...

—Hombre, por supuesto —dijo Raúl—. No tenía la menor intención de reprenderte. Pero la mezcla de sol con lo otro es un poco explosiva, sabés. Yo te podría contar...

Pero no tenía ganas de contarle, prefería quedarse mirando a Felipe que había palidecido un poco y miraba fijamente en dirección al ojo de buey. Se quedaron callados un momento que a Raúl le pareció muy largo y muy perfecto, y a Felipe un torbellino de puntos rojos y azules bailándole delante de los ojos.

—Tomá esta pomada —dijo por fin Raúl, poniéndole un tubo en la mano—. Debés tener los hombros desollados.

Instintivamente Felipe se abrió la camisa y se miró. La náusea iba pasando, en su lugar crecía el placer maligno de callarse, de no hablar de Bob, del encuentro con Bob y el vaso de ron. A él solamente le correspondía el mérito de... Le pareció que la boca de Raúl temblaba un poco, lo miró sorprendido. Raúl se enderezó sonriendo.

—Con esto dormirás sin molestias, espero. Y ahora tomá, lo prometido es deuda.

Felipe sostuvo la pipa con dedos inseguros. Nunca había visto una pipa tan hermosa. Raúl, de espaldas, sacaba algo del bolsillo de un saco colgado en el armario.

—Tabaco inglés —dijo, dándole una caja de colores vivos—. No sé si tengo por ahí algún limpiapipas, pero entre tanto me pedís el mío cuando se te ensucie. ¿Te gusta?

—Sí, claro —dijo Felipe, mirando la pipa con respeto—. Usted no tendría que darme esto, es una pipa demasiado buena.

—Precisamente porque es buena —dijo Raúl—. Y para que me perdones.

—Usted...

—Mirá, no sé por qué lo hice. De golpe me pareció que eras demasiado chico para meterte en un posible lío. Después lo estuve pensando y lo lamenté, Felipe. Disculpame y seamos amigos, querés.

La náusea volvía poco a poco, un sudor helado mojaba la frente de Felipe. Alcanzó a guardarse la pipa y el tabaco en el bolsillo, y se enderezó con esfuerzo, vacilando. Raúl se puso a su lado y estiró un brazo para sostenerlo.

—Yo... yo tendría que pasar al baño un momento —murmuró Felipe.

—Sí, cómo no —dijo Raúl, abriéndole la puerta presurosamente. La cerró otra vez, dio unos pasos por la cabina. Se oía correr el agua del lavabo. Raúl fue hasta la puerta del baño y apoyó la mano en el picaporte. «Pobrecito, a lo mejor se da un golpe», pensó, pero mentía y se mordió los labios. Si al abrir la puerta lo veía... Tal vez Felipe no le perdonara nunca la humillación, a menos que... «Todavía no, todavía no», y él estaría vomitando en el lavabo, no, realmente era mejor dejarlo solo, a menos que perdiera el sentido y se golpeara. Pero no iba a golpearse, era casi monótono mentirse así, buscar pretextos. «Le gustó tanto la pipa —se dijo, volviendo a caminar en círculo—. Pero ahora va a tener vergüenza por haberse metido en mi baño... Y como siempre la vergüenza será feroz, me arañará de arriba abajo, hasta que la pipa, tal vez, tal vez la pipa...»

Buenos Aires estaba marcado con un punto rojo, y de ahí partía una línea azul que descendía casi paralelamente a la comba de la provincia, a bastante distancia de la costa. Al entrar en el comedor los viajeros pudieron apreciar la prolijidad del mapa adornado con la insignia de la Magenta Star, y la derrota cumplida ese día por el *Malcolm*. El barman admitió con una sonrisa de discreto orgullo que la progresiva confección del itinerario corría por su cuenta.

—¿Y quién le da los datos? —preguntó Don Galo.

—El piloto me los envía —explicó el barman—. Yo fui dibujante en mi juventud. Me gusta manejar la escuadra y el compás en mis ratos libres.

Don Galo hizo señas al chofer para que se marchara con la silla de ruedas, y observó de reojo al barman.

—¿Y cómo anda lo del tifus? —preguntó a quemarropa.

El barman parpadeó. La silueta impecable del *maître* vino a situarse a su lado. Su sonrisa aperitiva se proyectó sucesivamente hacia todos los comensales.

—Parece que todo va bien, señor Porriño —dijo el *maître*—. Por lo menos no he recibido ninguna noticia alarmante. Váyase a atender el bar —dijo a su subordinado que mostraba una tendencia a demorarse en el comedor—. Veamos, señor Porriño, ¿le agradará un *potage champenois* para empezar? Está muy bueno.

El señor Trejo y su esposa se ubicaban en ese momento, seguidos de la Beba que estrenaba un vestido menos escotado de lo que hubiera querido. Raúl entró tras ellos y fue a sentarse con Paula y López, que levantaron al mismo tiempo la cabeza y le sonrieron con un aire ausente. Los Trejo descuidaban la lectura de la minuta para discutir la recientísima novedad de la descompostura de Felipe. La señora de Trejo estaba muy agradecida al señor Costa, que se había molestado en atender a Felipe y acompañarlo hasta su cabina, llamando de paso a la Beba para que avisara a papá y mamá. Felipe dormía profundamente, pero a la señora de Trejo le preocupaba todavía la causa de ese repentino malestar.

—Tomó demasiado sol, hija mía —aseguró el señor Trejo—. Se pasó la tarde en la cubierta y ahora parece un camarón. Vos no lo viste, pero cuando le sacamos la camisa... Menos mal que ese joven traía una pomada que según parece es extraordinaria.

—De lo que te olvidás es que olía a whisky que daba horror —dijo la Beba, leyendo la minuta—. Ese chico hace lo que quiere a bordo.

—¿Whisky? Imposible —dijo el señor Trejo—. Habrá tomado alguna cerveza, puede ser.

—Tendrías que hablar con el del despacho de bebidas —dijo su esposa—. Que no le den más que limonada o cosas así. Todavía es muy chico para manejarse solo.

—Si ustedes creen que lo van a meter en vereda se equivocan —dijo la Beba—. Ya es demasiado tarde. Conmigo todas son severidades, pero con él...

—No empecés, vos.

—¿Ves? ¿Qué te digo? Si yo aceptara un regalo costoso que me hiciera algún pasajero, ¿qué dirían? Ya los veo poniendo el grito en el cielo. En cambio él puede hacer lo que le dé la gana, claro. Siempre lo mismo. Por qué no habré nacido varón...

—¿Regalos? —dijo el señor Trejo—. ¿Qué es eso de regalos?

—Nada —dijo la Beba.

—Hablá, hablá, m'hijita. Ya que empezaste decilo todo. En realidad, Osvaldo, yo te quería hablar de Felipe. La muchacha ésa... La del bikini, sabés.

—¿Bikini? —dijo el señor Trejo—. Ah, la chica pelirroja. Sí, la chica ésa.

—La chica ésa se pasó la tarde haciéndole ojitos al nene, y si vos no te diste cuenta yo soy madre y tengo un instinto aquí en el pecho para esas cosas. Vos no te metás, Beba, sos muy chica para entender lo que estamos hablando. Ay, estos hijos, qué martirio.

—¿Haciéndole ojitos a Felipe? —dijo la Beba—. No me hagás reír, mamá. ¿Pero vos te creés que esa mujer va a perder el tiempo con un chiquilín? («Si él me pudiera escuchar —pensaba la Beba—. Ah, cómo se pondría verde de rabia.»)

—¿Pero qué es eso del regalo, entonces? —dijo el señor Trejo, interesado de golpe.

—Una pipa, una lata de tabaco y qué sé yo qué más —dijo la Beba, con aire indiferente—. Seguro que vale mucha plata.

Los esposos Trejo se consultaron con la mirada, y después el señor Trejo miró en dirección de la mesa número dos. La Beba los estudiaba con disimulo.

—Ese señor es realmente muy gentil —dijo la señora de Trejo—. Deberías agradecerle, Osvaldo, y de paso que no lo consienta tanto al nene. Se ve que se ha preocupado al verlo descompuesto, pobre.

El señor Trejo no dijo nada pero pensaba en el instinto de las madres. La Beba, despechada, entendía que Felipe estaba obligado a devolver los regalos. La *langue jardinière* los sorprendió en esas deliberaciones.

Cuando el grupo Presutti hizo su aparición entre resuelto y timorato, con muchos saludos a las diferentes mesas, miradas de reojo al espejo y agitados comentarios en voz baja por parte de Doña Rosita y Doña Pepa, a Paula le dieron ganas de reírse y miró a Raúl con cierta expresión que a él le recordó las noches en los *foyers* de los teatros porteños, o los salones de extramuros donde iban a divertirse malvadamente a costa de poetisas y señores bien. Esperaba alguna de esas observaciones en que Paula era capaz de resumir admirablemente una situación, clavándola como a una mariposa. Pero Paula no dijo nada porque acababa de sentir los ojos de López fijos en los suyos, y de golpe se le fueron las ganas de hacer el chiste que ya le subía a los labios. No había tristeza ni ansiedad en la mirada de López, más bien una plácida contemplación ante la cual Paula se sentía poco a poco devuelta a sí misma, a lo menos exterior y espectacular de sí misma. Irónicamente se dijo que al fin y al cabo la Paula epigramática también era ella, y de yapa la Paula perversa o simplemente maligna; pero los ojos de López la instalaban en su forma menos complicada, donde el sofisma y la frivolidad se volvían forzados. Pasar de López a Raúl, a la cara inteligente y sensitiva de Raúl, era saltar de hoy a ayer, de la tentación de ser franca a la de incurrir una vez más en la brillante mentira de la apariencia. Pero si no quebraba esa especie de amistosa censura que empezaba a ser para ella la mirada de López (y el pobre que no tenía idea de representar ese papel), el viaje podía convertirse en una menuda e insignificante pesadilla. Le gustaba López, le gustaba que se llamara Carlos, que su mano no le hubiera molestado al posarse en la suya; no le interesaba demasiado, probablemente no pasaba de ser un porteño a la manera de tanto muchacho amigo, más cultivado que culto, más entusiasta que enamorado. Había en él algo limpio que aburría un poco. Una limpieza que destruía desde el comienzo las perfidias verbales, las ganas de describir en detalle la toilette de la novia de Atilio Presutti y extenderse sobre la influencia del ladrillo en el saco del Pelusa. No que los comentarios frívolos sobre el resto del pasaje quedaran desterrados por la presencia de López, él mismo miraba ahora con una sonrisa el collar de material plástico de Doña Pepa y los esfuerzos de Atilio por hacer coincidir una cuchara con la boca. Era otra cosa, como una limpieza de intenciones. Las bromas valían por sí mismas, no como armas de doble filo. Sí, iba a ser terriblemente aburrido, a menos que Raúl se lanzara al contraataque y restableciera el equilibrio. Demasiado sabía Paula que Raúl se daría cuenta en seguida de lo que estaba flotando en el aire, y que probablemente rabiaría. Ya otra vez la había rescatado de una influencia en último término negativa (un teósofo que sabía ser muy buen amante al mismo tiempo). Armado de una impúdica insolencia, había ayudado a desmontar en pocos meses el frágil andamiaje esotérico por el que Paula creía trepar al cielo como un shamán. Pobre Raúl, empezaría por sentir unos celos que nada tendrían que ver con los celos, el simple despecho de no ser el amo de su inteligencia y de su tiempo, de no poder compartir con una exigente coincidencia de gustos cada momento del viaje. Aunque Raúl se dejara arrastrar por una aventura cualquiera, lo mismo se mantendría a su lado, reclamando reciprocidad. Sus celos serían más desencanto que otra cosa, y por fin se le pasarían hasta que Paula apareciera otra vez (¿pero esta vez habría otra vez?) con la cara del regreso, un relato nostálgico, y depositara el presente aburrido y desesperanzado entre sus manos para que él volviera a cuidarle ese gato caprichoso y consentido. Así había ocurrido después de ser la amante de Rubio, después de cortar con Lucho Neira, con los otros. Una perfecta simetría reglaba sus relaciones con Raúl porque también él pasaba por fases confesionales, le traía su gato negro después de tristes episodios en las azoteas y los suburbios, se curaba las heridas en un reverdecer de la camaradería de los tiempos de la universidad. Cuánto se necesitaban, de qué amargo tejido estaba hecha esa amistad expuesta a un doble viento, a una alternada fuga. ¿Qué tenía que hacer Carlos López en esa mesa, en ese barco, en la plácida costumbre de andar juntos por todas partes? Paula lo detestó violentamente mientras él, contento de mirarla, tan feliz mirándola, parecía el inocente que se mete sonriendo en la jaula de los tigres. Pero no era inocente, Paula lo sabía de sobra, y si lo era (pero no lo era), que se aguantara. Tigre Raúl, tigre Paula. «Pobre Jamaica John —pensó—, si te escaparas a tiempo...»

—¿Qué le pasa a Jorge?

—Tiene unas líneas de fiebre —dijo Claudia—. Supongo que tomó demasiado sol esta tarde, a menos que sea una angina. Lo convencí de que se quedara en cama y le di una aspirina. Veremos cómo pasa la noche.

—La aspirina es terrible —dijo Persio—. Yo he tomado dos o tres veces en mi vida y me hizo un efecto pavoroso. Descalabra completamente el orden intelectual, uno suda, en fin, algo muy desagradable.

Medrano, que había cenado sin muchas ganas, propuso un segundo café en el bar, y Persio se marchó a la cubierta donde tenía que hacer observaciones estelares, prometiendo pasar antes por la cabina para ver si Jorge se había dormido. Las luces del bar eran más agradables que las del comedor, y el café estaba más caliente. Una o dos veces Medrano se preguntó si Claudia estaría disimulando la preocupación que debía sentir por la fiebre de Jorge. Hubiera querido saber, para ayudarla después si en algo podía, pero Claudia no volvió a referirse a su hijo y hablaron de otras cosas. Persio regresó.

—Está despierto y preferiría que usted fuera a verlo —dijo—. Seguro que es la aspirina.

—No diga tonterías y váyase a estudiar las Pléyades y la Osa Menor. ¿No quiere venir, Medrano? A Jorge le gustará verlo.

—Sí, claro —dijo Medrano, sintiéndose contento por primera vez desde hacía muchas horas.

Jorge los recibió sentado en la cama y con un cuaderno de dibujos que Medrano tuvo que examinar y criticar uno por uno. Tenía los ojos brillantes, pero el calor de su piel se debía en gran parte al sol de la cubierta. Quiso saber si Medrano estaba casado y si tenía hijos, dónde vivía, si también era profesor como López o arquitecto como Raúl. Dijo que se había dormido un momento pero que había tenido una pesadilla con los glúcidos. Sí, tenía un poco de sueño, y sed. Claudia le dio de beber y armó una pantalla de papel sobre la luz de la cabecera.

—Nos quedaremos ahí en los sillones, hasta que estés bien dormido. No te vamos a dejar solo.

—Oh, no tengo miedo —dijo Jorge—. Pero cuando me duermo, claro, no tengo defensa.

—Pegales una paliza a los glúcidos —propuso Medrano, inclinándose y besándolo en la frente—. Mañana vamos a hablar de un montón de cosas, ahora dormí.

Tres minutos después Jorge se estiró, suspirando, y se volvió del lado de la pared. Claudia apagó la luz de la cabecera y sólo quedó encendida la lámpara próxima a la puerta.

—Dormirá toda la noche como un lirón. Dentro de un rato se pondrá a hablar, dirá toda clase de cosas raras... A Persio le encanta oírlo hablar en sueños, inmediatamente extrae las consecuencias más extraordinarias.

—La pitonisa, claro —dijo Medrano—. ¿No le impresiona cómo cambia la voz de los que hablan en sueños? De ahí a imaginarse que no son ellos quienes hablan...

—Son ellos y no son.

—Probablemente. Hace años yo dormía en la misma pieza que mi hermano mayor, uno de los seres más aburridos que pueda imaginarse. Apenas clavaba el pico empezaba a hablar; a veces, no siempre, decía tales cosas que yo las anotaba para mostrárselas por la mañana. Nunca me creyó, el pobre, era demasiado para él.

—¿Por qué asustarlo con ese espejo inesperado?

—Sí, es cierto. Haría falta ser simple como un rabdomante, o estar resueltamente en el polo opuesto. Tenemos tanto miedo a las irrupciones, a que se nos pierda el precioso yo de cada día...

Claudia escuchaba la respiración cada vez más tranquila de Jorge. La voz de Medrano la devolvía a la calma. Se sintió un poco débil, entrecerró los ojos con alivio y cansancio. No había querido admitir que la fiebre de Jorge la asustaba, y que había disimulado por una larga costumbre, quizá también por orgullo. No, lo de Jorge no era nada, no tenía nada que ver con lo que ocurría en la popa. Parecía absurdo imaginar una relación; todo estaba tan bien, el olor del tabaco que fumaba Medrano era como una forma del orden, de la normalidad, y su voz, su manera tranquila y un poco triste de decir las cosas.

—Seamos caritativos al hablar del yo —dijo Claudia, respirando profundamente como para ahuyentar los últimos fantasmas—. Es demasiado precario, si se lo piensa objetivamente, demasiado frágil como para no envolverlo en algodones. ¿A usted no lo maravilla que su corazón siga latiendo a cada minuto que pasa? A mí me ocurre todos los días, y siempre me asombra. Ya sé que el corazón no es el yo, pero si se detuviera... En fin, será mejor que no toquemos el tema de la trascendencia; nunca he sostenido una conversación provechosa sobre esas cuestiones. Vale más quedarse del lado de la simple vida, demasiado asombrosa en sí misma.

—Sí, seamos metódicos —dijo Medrano sonriendo—. Por lo demás no podríamos plantearnos cuestiones últimas sin saber un poco más de nosotros mismos. Honestamente, Claudia, por el momento mi único interés es la biografía, primera etapa de una buena amistad. Conste que no le pido detalles sobre su vida, pero me gustaría oírla hablar de sus gustos, de Jorge, de Buenos Aires, qué sé yo.

—No, esta noche no —dijo Claudia—. Ya lo fatigué esta tarde con precisiones sentimentales que quizá no venían al caso. Soy yo la que no sabe nada de usted, aparte de que es dentista y que tengo la intención de pedirle que uno de estos días le mire a Jorge una muela que a veces le duele. Me gusta que se ría, otro se hubiera indignado, por lo menos secretamente, de este paréntesis profano. ¿Es verdad que se llama Gabriel?

—Sí.

—¿Siempre le gustó su nombre? De chico, quiero decir.

—No me acuerdo, probablemente di por sentado que Gabriel era algo tan fatal como el remolino que tenía en la coronilla. ¿Dónde pasó su infancia, usted?

—En Buenos Aires, en una casa de Palermo donde de noche cantaban las ranas y mi tío encendía maravillosos fuegos artificiales para Navidad.

—Y yo en Lomas de Zamora, en un chalet perdido en un gran jardín. Debo ser un imbécil, pero todavía la infancia me parece la parte más profunda de mi vida. Fui demasiado feliz de chico, me temo; es un mal comienzo para la vida, uno se hace en seguida un siete en los pantalones largos. ¿Quiere mi currículum vitae? Pasemos por alto la adolescencia, todas se parecen demasiado como para resultar entretenidas. Me recibí de dentista sin saber por qué, me temo que en nuestro país sea un caso demasiado frecuente. Jorge está diciendo algo. No, suspira solamente. Quizá le moleste que yo hable, debe extrañar mi voz.

—Su voz le gusta —dijo Claudia—. Jorge no tarda en hacerme esa clase de confidencias. No le gusta la voz de Raúl Costa y se burla de la de Persio, que en realidad tiene algo de cotorra. Pero le gusta la voz de López y la suya, y dice que Paula tiene hermosas manos. También se fija mucho en eso, su descripción de las manos de Presutti era para llorar de risa. Entonces usted se recibió de dentista, pobre.

—Sí, y además hacía rato que había perdido la casa de la infancia, que todavía existe pero que no quise volver a ver jamás. Tengo esa clase de sentimentalismos, daría un rodeo de diez cuadras para no pasar bajo los balcones de un departamento donde fui feliz. No huyo del recuerdo, pero tampoco lo cultivo; por lo demás mis desgracias, como mis dichas, tienen siempre puesta la sordina.

—Sí, usted mira a veces de una manera... No tengo doble vista, pero a veces acierto en mis sospechas.

—¿Y qué sospecha?

—Nada demasiado importante, Gabriel. Un poco que anda dando vueltas como buscando algo que no aparece. Espero que no sea solamente un botón de camisa.

—Tampoco es el Tao, querida Claudia. Algo muy modesto, en todo caso, y muy egoísta; una felicidad que dañe lo menos posible a los demás, lo que ya es difícil, en la que no me sienta vendido ni comprado y pueda conservar mi libertad. Ya ve, no es demasiado fácil.

—Sí, gentes como nosotros se plantean casi siempre la dicha en esos términos. El matrimonio sin esclavitud, por ejemplo, o el amor libre sin envilecimiento, o un empleo que no impida leer a Chestov, o un hijo que no nos convierta en domésticos. Probablemente el planteo es mezquino y falso desde un comienzo. Basta leer cualquiera de las Palabras... Pero quedamos en que no saldríamos de nuestro ámbito. *Fair play* ante todo.

—Quizás —dijo Medrano— el error esté en no querer salir de nuestro ámbito. Quizá sea ésa la manera más segura de fracasar, incluso en la dimensión cotidiana y social. En fin, en mi caso opté por vivir solo desde muy joven, me fui a las provincias donde no lo pasé demasiado bien pero me salvé de esa dispersión que suele invalidar a los porteños, y un buen día volví a Buenos Aires y ya no me moví, aparte del consabido viaje a Europa y las vacaciones en Viña del Mar cuando el peso chileno era todavía accesible. Mi padre me dejó una herencia mayor de la que mi hermano y yo sospechábamos; pude reducir al mínimo el ejercicio del torno y las pinzas, y me convertí en un aficionado. No me pregunte de qué, porque me costaría contestarle. Al fútbol, por ejemplo, a la literatura italiana, a los calidoscopios, a las mujeres de vida libre.

—Las pone al final de la lista, pero quizá seguía un orden alfabético. Explíqueme lo de vida libre aprovechando que Jorge duerme.

—Quiero decir que jamás tuve lo que se llama una novia —dijo Medrano—. Creo que no serviría como marido, y tengo la relativa decencia de no querer hacer la prueba. Tampoco soy lo que las señoras llaman un seductor. Me gustan las mujeres que no plantean otro problema que el de ellas en sí, que ya es bastante.

—¿No le gusta sentirse responsable?

—Creo que no, quizá tengo una idea demasiado alta de la responsabilidad. Tan elevada que le huyo. Una novia, una muchacha seducida... Todo se convierte en puro futuro, de golpe hay que ponerse a vivir para y por el futuro. ¿Usted cree que el futuro puede enriquecer el presente? Quizás en el matrimonio, o cuando se tiene sentido de la paternidad... Es raro, con lo que me gustan los chicos —murmuró Medrano, mirando la cabeza de Jorge hundida en la almohada.

—No se crea una excepción —dijo Claudia—. En todo caso usted corre rápidamente hacia ese producto humano calificado de solterón, que tiene sus grandes méritos. Una actriz decía que los solterones eran el mejor alimento de las taquillas, verdaderos benefactores del arte. No, no me estoy burlando. Pero usted se cree más cobarde de lo que es.

—¿Quién habló de ser cobarde?

—Bueno, su rechazo de toda posibilidad de noviazgo o de seducción, de toda responsabilidad, de todo futuro... Esa pregunta que me hizo hace un momento... Creo que el único futuro que puede enriquecer el presente es el que nace de un presente bien mirado cara a cara. Entiéndame bien: no creo que haya que trabajar treinta años como un burro para jubilarse y vivir tranquilo, pero en cambio me parece que toda cobardía presente no sólo no lo va a librar de un futuro desagradable sino que servirá para crearlo a pesar suyo. Aunque sea un poco cínico en mi boca, si usted no seduce a una muchacha por miedo a las consecuencias futuras, su decisión crea una especie de futuro hueco, de futuro fantasma, bastante eficaz en todo caso para malograrle una aventura.

—Usted piensa en mí, pero no en la muchacha.

—Por supuesto, y no pretendo convencerlo de que se convierta en un Casanova. Supongo que hace falta firmeza para resistir al impulso de seducción; de donde la cobardía moral sería una fuente de valores positivos... Es para reírse, realmente.

—El problema es falso, no hay ni cobardía ni valor sino una decisión previa que elimina la mayoría de las oportunidades. Un seductor busca seducir, y después seduce; eliminando la búsqueda... Para decirlo redondamente, basta con prescindir de las vírgenes; y hay tan pocas en los medios en que yo me muevo...

—Si esas pobres chicas supieran los conflictos metafísicos que son capaces de crear con su sola inocencia... —dijo Claudia—. Bueno, hábleme entonces de las otras.

—No, así no —dijo Medrano—. No me gusta la manera de pedírmelo ni el tono de su voz. Ni me gusta lo que he estado diciendo y mucho menos lo que ha dicho usted. Mejor será que me vaya a beber un coñac al bar.

—No, quédese un momento. Ya sé que a veces digo tonterías. Pero siempre podemos hablar de otra cosa.

—Perdóneme —dijo Medrano—. No son tonterías, muy al contrario. Mi malhumor viene precisamente de que no son tonterías. Usted me trató de cobarde en el plano moral, y es perfectamente cierto. Empiezo a preguntarme si amor y responsabilidad no pueden llegar a ser la misma cosa en algún momento de la vida, en algún punto muy especial del camino... No lo veo claro, pero desde hace un tiempo... Sí, ando con un humor de perros y es sobre todo por eso. Nunca creí que un episodio bastante frecuente en mi vida me empezara a remorder, a fastidiar... Como esas aftas que salen en las encías, cada vez que uno pasa la lengua, un dolor tan desagradable... Y esto es como un afta mental, vuelve y vuelve... —se encogió de hombros y sacó los cigarrillos—. Se lo contaré, Claudia, creo que me va a hacer bien.

Le habló de Bettina.

XXX

A lo largo de la cena se le fue pasando el enojo, reemplazado por la sorna y las ganas de tomarle el pelo. No que tuviera una razón precisa para tomarle el pelo, pero le seguía molestando que él la desarmara así, nada más que con su manera de mirarla. Por un momento había estado dispuesta a creer que López era inocente y que su fuerza nacía precisamente de su inocencia. Después se burló de su ingenuidad, no era difícil advertir que en López estaban bien despiertas las aptitudes para la caza mayor, aunque las manifestara sin énfasis. A Paula no la halagaba el efecto inmediato que había provocado en López; por el contrario (qué diablos, un día antes no se conocían, eran dos extraños en la inmensa Buenos Aires), la irritaba verse reducida tan pronto a la tradicional condición de presa real. «Y todo porque soy la única realmente disponible e interesante a bordo —pensó—. A lo mejor no se hubiera fijado en mí si nos presentan en una fiesta o en un teatro.» La reventaba sentirse incorporada obligatoriamente a la serie de diversiones del viaje. La clavaban en la pared como un cartón de tiro al blanco, para que el señor cazador ejercitara la puntería. Pero Jamaica John era tan simpático, no podía sentir verdadero fastidio hacia él. Se preguntó si él por su parte estaría pensando algo parecido; sabía de sobra que podía tomarla por coqueta, primero porque lo era y segundo porque tenía una manera de ser y de mostrarse fácilmente malentendidas. Como buen porteño, el pobre López podía estar pensando que quedaría mal frente a ella si no hacía todo lo posible por conquistarla. Una situación idiota pero con algo de fatal, de muñecos de guiñol obligados a dar y a recibir los bastonazos rituales. Tuvo un poco de lástima por

López y por ella misma, y a la vez se alegró de no engañarse. Los dos podían jugar el juego con su máxima perfección, y ojalá Punch fuera tan hábil como Judy.

En el bar, donde Raúl los había invitado a beber ginebra, sobrevolaron a los Presutti aglutinados en un rincón, pero se dieron de frente con Nora y Lucio que no habían cenado y parecían preocupados. La menuda fatalidad de las sillas y las mesas los puso frente a frente, y charlaron de todo un poco, cediendo con alivio la personalidad de cada uno al cómodo monstruo de la conversación colectiva, siempre por debajo de la suma de los que la forman y por eso tan soportable y solicitada. Lucio agradecía para sus adentros la llegada de los otros, porque Nora se había quedado melancólica después de escribir una carta a su hermana. Aunque decía que no era nada, recaía en seguida en una distracción que lo exasperaba un poco puesto que no encontraba la manera de evitarla. Nunca había hablado mucho con Nora, era ella quien hacía el gasto; en realidad tenían gustos bastante diferentes, pero eso, entre un hombre y una mujer... De todas maneras era un lío que Nora se estuviera afligiendo por pavadas. A lo mejor le hacía bien distraerse un rato con los otros.

Paula casi no había charlado con Nora hasta ese momento, y las dos cruzaron sonrientes las armas mientras los hombres pedían bebidas y repartían cigarrillos. Refugiado en un silencio sólo cortado por una que otra observación amable, Raúl las observaba, cambiando impresiones con Lucio sobre el mapa y el itinerario del *Malcolm*. Veía renacer en Nora la alegría y la confianza, el monstruo social la acariciaba con sus muchas lenguas, la arrancaba del diálogo, ese monólogo disfrazado, la sumía en un pequeño mundo cortés y trivial, chispeante de frases ingeniosas y risas no siempre explicables, el sabor del *chartreuse* y el perfume del Philip Morris. «Un verdadero tratamiento de belleza», pensó Raúl, apreciando cómo los rasgos de Nora recobraban una animación que los hermoseaba. Con Lucio era más difícil, seguía un poco reconcentrado mientras el pobre López, ah, el pobre López. Ese sí que estaba soñando despierto, el pobre López. Raúl empezaba a tenerle lástima. «*So soon* —pensaba—, *so soon...*» Pero quizá no se daba cuenta de que López era feliz y que soñaba con elefantes rosados con enormes globos de vidrio llenos de agua coloreada.

—Y así ocurrió que los tres mosqueteros, que esta vez no eran cuatro, fueron por popa y volvieron trasquilados —dijo Paula—. Cuando usted quiera, Nora, nos damos una vuelta nosotras dos y en todo caso agregamos a la novia de Presutti para componer un número sagrado. Seguro que no paramos hasta las hélices.

—Nos contagiaremos el tifus —dijo Nora, que tendía a tomar en serio a Paula.

—Oh, yo tengo Vick Vaporub —dijo Paula—. ¿Quién iba a creer que estos gallardos hoplitas morderían el polvo como unos follones cualesquiera?

—No exagerés —dijo Raúl—. El barco está muy limpio y no hay nada que morder por el momento.

Se preguntó si Paula faltaría a su palabra y sacaría a relucir los revólveres y la pistola. No, no lo haría. *Good girl*. Completamente loca pero tan derecha. Un poco sorprendida, Nora pedía detalles sobre la expedición. López miró de reojo a Lucio.

—Bah, no te conté porque no valía la pena —dijo Lucio—. Ya ves lo que dice la señorita. Pura pérdida de tiempo.

—Vea, no creo que hayamos perdido el tiempo —dijo López—. Todo reconocimiento tiene su valor, como habrá dicho algún estratega famoso. A mí por lo menos me ha servido para convencerme de que hay algo podrido en la Magenta Star. Nada truculento, por cierto, no es que lleven un cargamento de gorilas en la popa; más bien un contrabando demasiado visible o algo por el estilo.

—Puede ser, pero en realidad no es cosa que nos concierna —dijo Lucio—. De este lado todo está bien.

—Al parecer sí.

—¿Por qué al parecer? Está bien claro.

—López, muy juiciosamente, duda de la excesiva claridad —dijo Raúl—. Como lo afirmó un día el poeta bengalí de Santiniketán, no hay como la excesiva claridad para dejarlo a uno ciego.

—Bueno, ésas son frases de poetas.

—Por eso la cito, incluso incurriendo en la modestia de adjudicársela a un poeta que no la dijo jamás. Pero volviendo a López, comparto sus dudas que son también las del amigo Medrano. Si algo no anda bien en la popa, la proa se va a contaminar tarde o temprano. Llamémosle tifus 224 o marihuana a toneladas: de aquí al Japón hay una larga ruta salina, queridos míos, y muchos peces voraces debajo de la quilla.

—¡Brr..., no me hagás temblar! —dijo Paula—. Miren a Nora, pobrecita, se está asustando de veras.

—Yo no sé si hablan en broma —dijo Nora, lanzando una mirada de sorpresa a Lucio—, pero vos me habías dicho...

—¿Y qué querías que te dijera, que Drácula anda suelto por el barco? —protestó Lucio—. Aquí se está exagerando mucho, y eso será muy bonito como pasatiempo, pero no hay que hacer creer a la gente que se habla en serio.

—Por mi parte —dijo López—, hablo muy en serio, y no pienso quedarme con los brazos cruzados.

Paula aplaudió burlonamente.

—¡Jamaica John solo! No esperaba menos de usted, pero realmente ese heroísmo...

—No sea tonta —dijo francamente López—. Y deme un cigarrillo, que se me han acabado.

Raúl disimuló un gesto de admiración. Ah, pibe. No, si la cosa iba a estar buena. Se dedicó a observar cómo Lucio trataba de recobrar el terreno perdido y cómo Nora, dulce ovejita inocente, lo privaba del placer de aceptar sus explicaciones. Para Lucio la cosa era sencilla: tifus. El capitán enfermo, la popa contaminada, ergo una elemental precaución. «Es fatal —pensó Raúl—, los pacifistas tienen que pasarse la vida en la guerra, pobres almas. Lucio va a comprarse una ametralladora en el primer puerto de escala.»

Paula parecía más compasiva, y aceptaba los criterios de Lucio con una cara muy atenta que Raúl conocía de sobra.

—Por fin encuentro alguien con sentido común. Me he pasado el día rodeada de conspiradores, de los últimos mohicanos, de los dinamiteros de Petersburgo. Hace tanto bien dar con un hombre de convicciones sólidas, que no se deja arrastrar por los demagogos.

Lucio, poco seguro de que eso fuera un elogio, arreció en sus puntos de vista. Si algo cabía hacer, era enviar una nota firmada por todos (por todos los que quisieran, bien entendido) a fin de que el primer piloto supiera que los pasajeros del *Malcolm* comprendían y acataban la situación insólita planteada a bordo. En todo caso se podía insinuar que el contacto entre oficiales y pasajeros no había sido todo lo franco...

—Vamos, vamos —murmuró Raúl, aburrido—. Si los tipos tenían el tifus a bordo en Buenos Aires, se portaron como unos cabrones al embarcarnos.

Nora, poco habituada a las expresiones fuertes, parpadeó. A Paula le costaba no soltar la carcajada, pero otra vez se alió con Lucio para conjeturar que la epidemia debía haber estallado con vehemencia apenas salidos de la rada. Llenos de confusión e incertidumbre, los honestos oficiales se habían detenido frente a Quilmes, cuyas bien conocidas emanaciones no habrían contribuido probablemente a mejorar el ambiente de la popa.

—Sí, sí —dijo Raúl—. Todo en radiante tecnicolor.

López escuchaba a Paula con una sonrisa entre divertida e irónica: le hacía gracia, pero una gracia agridulce solamente. Nora trataba de entender, desconcertada, hasta que acabó por meter los ojos en la taza de café y no los sacó de ahí por un buen rato.

—En fin, en fin —dijo López—. El libre juego de las opiniones es uno de los beneficios de la democracia. Yo, de todas maneras, suscribo el robusto epíteto que ha empleado Raúl hace un momento. Y ya veremos qué pasa.

—No pasará nada, eso es lo malo para ustedes —dijo Paula—. Se van a quedar sin su juguete, y el viaje les va a resultar horriblemente aburrido cuando nos dejen pasar a popa uno de estos días. Hablando de lo cual yo me voy a ver las estrellas, que han de estar de lo más fosforescentes.

Se levantó sin mirar a nadie en particular. Empezaba a aburrirse de un juego demasiado fácil, y la fastidiaba que López no la hubiera ayudado en pro o en contra. Sabía que él no veía el momento de seguirla, pero que no se movería de la mesa hasta más tarde. Y sabía algo más que iba a ocurrir y empezaba otra vez a divertirse, sobre todo porque Raúl se daría cuenta y las cosas eran siempre más divertidas cuando las compartía Raúl.

—¿No venís, vos? —dijo Paula, mirándolo.

—No, gracias. Las estrellas, esa bisutería...

Pensó: «Ahora él se va a levantar y va a decir...».

—Yo también me voy a cubierta —dijo Lucio, levantándose—. ¿Vos venís, Nora?

—No, prefiero leer un rato en la cabina. Hasta luego.

Raúl se quedó con López. López se cruzó de brazos con el aire de los verdugos en las láminas de las *Mil y una noches*. El barman se puso a recoger las tazas mientras Raúl esperaba a cada instante el silbido de la cimitarra y el golpe de alguna cabeza en el piso.

Inmóvil en el punto extremo de la proa, Persio los oyó acercarse precedidos por palabras sueltas, quebradas en el viento tibio. Alzó el brazo y les mostró el cielo.

—Vean qué esplendor —dijo con entusiasmo—. Éste no es el cielo de Chacarita, créanme. Allá hay siempre como un vapor mefítico, una repugnante tela aceitosa entre mis ojos y el esplendor. ¿Lo ven, lo ven? Es el dios supremo, tendido sobre el mundo, el dios lleno de ojos...

—Sí, muy hermoso —dijo Paula—. Un poco repetido, a la larga, como todo lo majestuoso y solemne. Sólo en lo pequeño hay verdadera variedad, ¿no le parece?

—Ah, en usted hablan los demonios —dijo cortésmente Persio—. La variedad es la auténtica promesa del infierno.

—Es increíble lo loco que es este tipo —murmuró Lucio cuando siguieron adelante y se perdieron en la sombra.

Paula se sentó en un rollo de soga y pidió un cigarrillo; les llevó un buen rato encenderlo.

—Hace calor —dijo Lucio—. Curioso, hace más calor aquí que en el bar.

Se quitó el saco y su camisa blanca lo recortó claramente en la penumbra. No había nadie en ese sector de la cubierta, y la brisa zumbaba por momentos en los cables tendidos. Paula fumaba en silencio, mirando hacia el horizonte invisible. Cuando aspiraba el humo la brasa del cigarrillo hacía crecer en la oscuridad la mancha roja de su pelo. Lucio pensaba en la cara de Nora. Pero qué sonsa, qué sonsa. Y bueno, que empezara a aprender desde ahora. Un hombre es libre, y no tiene nada de malo que salga a dar una vuelta por el puente con otra mujer. Malditas convenciones burguesas, educación de colegio de monjas, oh María madre mía y otras gansadas con flores blancas y estampas de colores. Una cosa era el cariño y otra la libertad, y si ella creía que toda la vida lo iba a tener sujeto como en esos últimos tiempos, solamente porque no se decidía a ser suya, pues entonces... Le pareció que los ojos de Paula lo estaban mirando, aunque era imposible verlos. Al bueno de Raúl no parecía importarle demasiado que su amiga se fuera sola con otro; al contrario, la había mirado con un aire divertido, como si le conociera ya los caprichos. Pocas veces había encontrado gente tan rara como ésta de a bordo. Y Nora, qué manera de quedarse con la boca abierta al escuchar las cosas que decía Paula, las palabrotas que soltaba por ahí, su manera tan inesperada de enfocar los temas. Pero por suerte, en la cuestión de la popa...

—Me alegro de que por lo menos usted haya comprendido mi punto de vista —dijo—. Está muy bien hacerse los interesantes, pero tampoco es cuestión de comprometer el éxito del viaje.

—¿Usted cree que este viaje va a tener éxito? —dijo Paula, indiferente.

—¿Por qué no? Depende un poco de nosotros, me parece. Si nos enemistamos con la oficialidad, pueden hacernos la vida imposible. Yo me hago respetar como cualquiera —agregó, apoyando la voz en la palabra respetar— pero tampoco es cosa de echar a perder el crucero por un capricho sonso.

—¿Esto se llama crucero, verdad?

—Vamos, no me tome el pelo.

—Se lo pregunto de veras, esas palabras elegantes siempre me toman de sorpresa. Mire, mire, una estrella errante.

—Desee alguna cosa rápido.

Paula deseó. Por una fracción de segundo el cielo se había trizado hacia el norte, una fina rajadura que debía haber maravillado al vigilante Persio. «Bueno m'hijito —pensó Paula—, ahora vamos a terminar con esta tontería.»

—No me tome demasiado en serio —dijo—. Probablemente no era sincera cuando tomé partido por usted hace un rato. Era una cuestión... digamos deportiva. No me gusta que alguien esté en inferioridad, soy de las que corren a defender al más chico o al más sonso.

—Ah —dijo Lucio.

—Me burlé un poco de Raúl y los otros porque me hace mucha gracia verlos convertidos en Buffalo Bill y sus camaradas; pero bien podría ser que tuvieran razón.

—Qué van a tener —dijo Lucio, fastidiado—. Yo le estaba agradecido por su intervención, pero si solamente lo hizo porque me considera un sonso...

—Oh, no sea tan literal. Además usted defiende los principios del orden y las jerarquías establecidas, cosa que en algunos casos requiere más valor de lo que suponen los iconoclastas. Para el doctor Restelli es fácil, por ejemplo, pero usted es muy joven y su actitud resulta a primera vista desagradable. No sé por qué a los jóvenes hay que imaginarlos siempre con una piedra en cada mano. Una invención de los viejos, probablemente, un buen pretexto para no soltarles la *polis* ni a tiros.

—¿La *polis*?

—Eso, sí. Su mujer es muy mona, tiene una inocencia que me gusta. No se lo diga, las mujeres no perdonan ese género de razones.

—No la crea tan inocente. Es un poco... hay una palabra... No es timorata, pero se parece.

—Pacata.

—Eso. Culpa de la educación que recibió en su casa, sin contar las monjas del cuerno. Me imagino que usted no es católica.

—Oh, sí —dijo Paula—. Ferviente, además. Bautismo, primera comunión, confirmación. Todavía no he llegado a la mujer adúltera ni a la samaritana, pero si Dios me da salud y tiempo...

—Ya me parecía —dijo Lucio, que no había comprendido demasiado bien—. Yo, claro, tengo ideas muy liberales sobre esas cosas. No que sea un ateo, pero eso sí, religioso no soy. He leído muchas obras y creo que la Iglesia es un mal para la humanidad. ¿A usted le parece concebible que en el siglo de los satélites artificiales haya un Papa en Roma?

—En todo caso no es artificial —dijo Paula— y eso siempre es algo.

—Me refiero a... Siempre estoy discutiendo con Nora sobre lo mismo, y al final la voy a convencer. Ya me ha aceptado algunas cosas... —se interrumpió, con la desagradable sospecha de que Paula estaba leyendo en su pensamiento. Pero después de todo le convenía más franquearse, nunca se podía saber con una muchacha tan liberal—. Si me promete no decirlo por ahí, le voy a hacer una confidencia muy íntima.

—Ya lo sé —dijo Paula, sorprendida de su propia seguridad—. No hay libreta de matrimonio.

—¿Quién se lo dijo? Pero si nadie...

—Usted, vamos. Los jóvenes socialistas empiezan siempre por convencer a las católicas, y terminan convencidos por ellas. No se preocupe, seré discreta. Oiga, y cásese con esa chica.

—Sí, claro. Pero ya soy grandecito para consejos.

—Qué va a ser grandecito —lo provocó Paula—. Usted es un chiquilín simpático y nada más.

Lucio se acercó, entre fastidiado y contento. Ya que le daba la chance, ya que lo estaba desafiando así, de puro compadrona, le iba a enseñar a hacerse la intelectual.

—Como está tan oscuro —observó Paula—, uno no sabe a veces dónde apoya las manos. Le aconsejo que las traslade a los bolsillos.

—Vamos, tontita —dijo él, ciñéndole la cintura—. Abríqueme, que tengo frío.

—Ah, el estilo de novela norteamericana. ¿Así conquistó a su mujer?

—No, así no —dijo Lucio, tratando de besarla—. Así, y así. Vamos, no seas mala, no comprendés que...

Paula se zafó del brazo y saltó del rollo de cuerdas.

—Pobre chica —dijo, echando a andar hacia la escalerilla—. Pobrecita, empieza a darme verdadera lástima.

Lucio la siguió, rabioso al darse cuenta de que Don Galo circulaba por ahí, extraño hipogrifo a la luz de las estrellas, forma múltiple y única en la que el chofer, la silla y él mismo asumían proporciones inquietantes. Paula suspiró.

—Ya sé lo que voy a hacer —dijo—. Seré testigo del casamiento de ustedes, y hasta les regalaré un centro de mesa. He visto uno en el bazar *Dos Mundos*...

—¿Está enojada? —dijo Lucio, renunciando rápidamente al tuteo—. Paula... seamos amigos, ¿eh?

—O sea que no tengo que decir nada, ¿verdad?

—¿Qué me importa lo que diga? Más le va a importar a Raúl, si vamos al caso.

—¿Raúl? Haga la prueba, si quiere. Si no le digo nada a Nora es porque me da la gana y no por miedo. Vaya a tomar su Toddy —agregó, repentinamente furiosa—. Saludos a Juan B. Justo.

E

Así como es maravilloso que el contenido de un tintero pueda haberse convertido en El mundo como voluntad y representación, *o que el roce de una papila cutánea contra un reseco y tirante cilindro de tripa urda en el espacio el primer polígono de un movimiento fugado, así la meditación, tinta secreta y uña sutil percutiendo el tenso pergamino de la noche, acaba por invadir y desentrañar la materia opaca que rodea su hueco de sedientos bordes. A esta hora alta de una proa marina, los atisbos inconexos resbalan en la precaria superficie de la conciencia, buscan encarnarse y para ello sobornan la palabra que los volverá concretos en esa conciencia desconcertada, surgen como retazos de frases, desinencias y casos contradictoriamente sucediéndose en mitad de un torbellino que crece alimentado por la esperanza, el terror y la alegría. Servidos o malogrados por las radiaciones sentimentales que más son de la piel y las vísceras que de las finas antenas aplastadas por tanta bajeza, los atisbos de un más allá especial, de lo que empieza donde acaba la uña, la palabra uña y la cosa uña, se baten despiadados con los canales conformantes y los moldes de plástico y vinylite de la conciencia estupefacta y furiosa, buscan el acceso directo que sea estampido, grito de alarma o suicidio por gas de alumbrado, acosan a quien los acosa, a Persio apoyado con las dos manos en la borda, envuelto en estrellas, jaqueca y vino nebiolo. Harto de luz, de día, de caras parecidas a la suya, de diálogos premasticados, semejante a un parvo súmero frente a la sacralidad aterradora de la noche y los astros, pegada la calva a la bóveda que empieza y se destruye a cada instante en el pensamiento, lucha Persio con un viento de frente que no influye siquiera en el vistoso anemómetro instalado sobre el puente de mando.*

Entreabierta la boca para recibirlo y saborearlo, quién puede decir si no es el soplo entrecortado de sus pulmones que engendra ese viento que corre por su cuerpo como un desborde de ciervos acorralados. En la absoluta soledad de la proa que los inaudibles ronquidos de los durmientes en sus cabinas transforma en un mundo cimerio, en la insobrevivible región del noroeste, enhiesta Persio su precaria estatura con el gesto del sacrificio personal, el mascarón tallado en la madera de los dragones de Eric, la libación de sangre de lémur salpicada en las espumas. Débilmente ha oído resonar la guitarra en los cables del navío, la uña gigantesca del espacio impone un primer sonido casi inmediatamente sofocado por la vulgaridad del oleaje y el viento. Un mar maldito a fuerza de monotonía y pobreza, una inmensa vaca gelatinosa y verde ciñe la nave que la viola empecinada en una lucha sin término entre la verga de hierro y la viscosa vulva que se estremece a cada espumarajo. Momentáneamente por encima de esa inane cópula tabernaria, la guitarra del espacio deja caer en Persio su llamado exasperante. Inseguro de su oído, cerrados los ojos, sabe Persio que sólo el vocabulario balbuceado, el lujo incierto de las grandes palabras cargadas como las águilas con la presa real, replicarán por fin en su más adentro, en su más pecho y su más entendimiento, la resonancia insoportable de las cuerdas. Menudo e incauto, moviéndose como una mosca sobre superficies imposiblemente abarcables, la mente y los labios tantean en la boca de la noche, en la uña del espacio, colocan con las pálidas manos del mosaísta los fragmentos azules, áureos y verdes de escarabajo en los contornos demasiado tenues de ese dibujo musical que nace en torno. De pronto una palabra, un sustantivo redondo y pesado, pero no siempre el trozo muerde en el mortero, a mitad de la estructura se derrumba con un chirrido de caracol entre las llamas, Persio baja la cabeza y deja de entender, ya casi no entiende que no ha entendido; pero su fervor es como la música que en el aire de la memoria se sostiene sin esfuerzo, otra vez entorna los labios, cierra los ojos y osa pro-

ferir una nueva palabra, luego otra y otra, sosteniéndolas con
un aliento que los pulmones no explicarían. De tanta fragmen-
taria proeza, sobreviven fulgores instantáneos que ciegan a
Persio, bruscos arrimos de los que su ansiedad retrocede igual
que si pretendieran meterle la cara en una calabaza llena de
escolopendras; aferrado a la borda como si hasta su cuerpo es-
tuviera en el límite de una horrenda alegría o de un jubiloso
horror, puesto que nada de lo sometido a reflejos condicionados
sobrevive en ese momento, persiste en suscitar y acoger las en-
trevisiones que caen deshechas y desfiguradas sobre él, mueve
torpemente los hombros en medio de una nube de murciélagos,
de trozos de ópera, de pasajes de galeras en cuerpo ocho, de
fragmentos de tranvías con anuncios de comerciantes al por
menor, de verbos a los que falta un contexto para cuajar. Lo
trivial, el pasado podrido e inútil, el futuro conjeturado e ilu-
sorio se amalgaman en un solo pudding grasiento y maloliente
que le aplasta la lengua y le llena de amargo sarro las encías.
Quisiera abrir los brazos en un gesto patibulario, deshacer de
un solo golpe y un solo grito esa lastimosa pululación que se
destruye a sí misma en un retorcido y encontrado final de lucha
grecorromana. Sabe que en un momento cualquiera un suspiro
escapará de su cotidianeidad, pulverizándolo todo con una ba-
bosa admisión de imposible, y que el empleado en vacaciones
dirá: «Ya es tarde, en la cabina hay luz, las sábanas son de hilo,
el bar está abierto», y agregará quizá la más abominable de las
renunciaciones: «Mañana será otro día», y sus dedos se hunden
en el hierro de la borda, lo pegan de tal modo a la piel que la
sobrevivencia de la dermis y la epidermis pasa ya de lo provi-
dencial. Al borde —y esa palabra vuelve y vuelve, todo es borde
y cesará de serlo en cualquier momento—, al borde Persio, al
borde barco, al borde presente, al borde borde: resistir, quedar-
se todavía, ofrecerse para tomar, destruirse como conciencia
para ser a la vez la presa y el cazador, el encuentro anulador
de toda oposición, la luz que se ilumina a sí misma, la guitarra
que es la oreja que se escucha. Y como ha bajado la cabeza,

perdidas las fuerzas, y siente que la desgracia como una sopa tibia o una gran mancha trepa por las solapas de su saco nuevo, la fragorosa batalla del sí y el no parece amainar, escampa el griterío que le rajaba las sienes, la contienda sigue pero se organiza ahora en un aire helado, en un cristal, jinetes de Uccello congelan la lanzada homicida, una nieve de novela rusa tiembla en un pisapapeles de copos estancados. Arriba la música también se hieratiza, una nota tensa y continua se va cargando poco a poco de sentido, acepta una segunda nota, cede su apuntación hacia la melodía para ingresar, perdiéndose, en un acorde cada vez más rico, y de esa pérdida surge una nueva música, la guitarra se desata como un pelo sobre la almohada, todas las uñas de las estrellas caen sobre la cabeza de Persio y lo desgarran en una dulcísima tortura de consumación. Cerrando a sí mismo, al barco y a la noche, disponibilidad desesperada pero que es espera pura, admisión pura, siente Persio que está bajando o que la noche crece y se estira sobre él, hay un desplazamiento que lo abre como la granada madura, le ofrece por fin su propio fruto, su sangre última que es una con las formas del mar y del cielo, con las vallas del tiempo y el lugar. Por eso es él quien canta creyendo oír el canto de la inmensa guitarra, y es él quien empieza a ver más allá de sus ojos, del otro lado del mamparo, del anemómetro, de la figura de pie en la sombra violeta del puente de mando. Por eso al mismo tiempo es la atención esperanzada en su grado más extremo y también (sin que lo asombre) el reloj del bar que señala las veintitrés y cuarenta y nueve, y también (sin que le duela) el convoy 8730 que entra en la estación de Villa Azedo, y el 4121 que corre de Fontela a Figueira da Foz. Pero ha bastado un mínimo reflejo de su memoria, expresándose en el deseo involuntario de aclarar el enigma diurno, y la excentración por fin alcanzada y vivida se triza como un espejo bajo un elefante, el pisapapeles nevado cae de golpe, las olas del mar crujen encrespándose, y queda por fin la popa, el deseo diurno, la visión de la popa en Persio, que mira frente a él en la extrema proa secándose una lágrima horriblemente ardorosa que resbala por su cara. Ve la popa, solamente la popa: ya no los trenes, ya no la avenida Río Branco, ya no la sombra del caballo de un campesino húngaro, ya no —y todo se ha agolpado en esa lágrima que le quema la mejilla, cae sobre su mano izquierda, resbala imperceptiblemente hacia el mar. Apenas si en su memoria sacudida por golpes espantosos quedan tres o cuatro imágenes de la totalidad que alcanzó a ser: dos trenes, la sombra de un caballo. Está viendo la popa y a la vez llora el todo, está entrando en una inimaginable contemplación por fin acordada, y llora como lloramos, sin lágrimas, al despertar de un sueño del que apenas nos quedan unos hilos entre los dedos, de oro o de plata o de sangre o de niebla, los hilos salvados de un olvido fulminante que no es olvido sino retorno a lo diurno, al aquí y ahora en que alcanzamos a persistir arañando. La popa, entonces. Eso que es ahí, la popa. ¿Juego de sombras con faroles rojos? La popa, es ahí. Nada que recuerde nada: ni cabrestantes, ni alcázar, ni gavias, ni hombres de tripulación, ni banderín sanitario, ni gaviotas sobrevolando los estays. Pero la popa, eso ahí, eso que es Persio mirando la popa, las jaulas de monos a babor, jaulas de monos salvajes a babor, un parque de fieras sobre el escotillón de la estiba, los leones y la leona girando lentamente en el recinto aislado con alambre de púa, reflejando la luna llena en la fosforescente piel del lomo, rugiendo con recato, jamás enfermos, jamás mareados, indiferentes al parlerío de los babuinos histéricos, del orangután que se rasca el trasero y se mira las uñas. Entre ellos, libres en el puente, las garzas, los flamencos, los erizos y los topos, el puerco espín, la marmota, el cerdo real y los pájaros bobos. Poco a poco se va descubriendo el ordenamiento de las jaulas y los cercos, la confusión se trueca de segundo en segundo en formas a la vez elásticas y rigurosas, semejantes a las que dan solidez y elegancia al músico de Picasso que fue de Apollinaire, en lo negro y morado y nocturno se filtran fulgores verdes y azules, redondeles amarillos, zonas perfectamente negras (el tronco, quizá la cabeza del músico), pero toda

persistencia en esa analogía es ya mero recuerdo y por ende
error, porque desde uno de los bordes asoma una figura fugiti-
va, quizá Vanth, la de enormes alas, contraseña del destino, o
quizá Tuculca, el del rostro de buitre y orejas de pollino tal
como otra contemplación alcanzó a figurarlo en la Tumba del
Orco, a menos que en el castillo de popa se corra esa noche una
mascarada de contramaestres y pilotines dados al artificio del
papier maché, *o que la fiebre del tifus 242 preñe el aire con el de-*
lirio del capitán Smith tirado en una litera empapada de ácido
fénico y declamando salmos en inglés con acento de Newcas-
tle. Abriéndose paso en tanta pasividad se afinca en Persio la
noción de un posible circo donde osos hormigueros, payasos y
ánades dancen en cubierta bajo una carpa de estrellas, y sólo
a su imperfecta visión de la popa pueda atribuirse ese momen-
táneo deslizamiento de figuras escatológicas, de sombras de
Volterra o Cerveteri confundidas con un zoo monótonamen-
te consignado a Hamburgo. Cuando abre todavía más los
ojos, fijos en el mar que la popa subdivide y recorta, el especta-
culo sube bruscamente de color, empieza a quemarle los pár-
pados. Con un grito se cubre la cara, lo que ha alcanzado a
ver se le amontona desordenadamente en las rodillas, lo obli-
ga a doblarse gimiendo, desconsoladamente feliz, casi como
si una mano jabonosa acabara de atarle al cuello un albatros
muerto.

XXXI

Primero pensó en subir a beberse un par de whiskies porque
estaba seguro de que le hacían falta, pero ya en el pasillo pre-
sintió la noche ahí afuera, bajo el cielo, y le dieron ganas de ver
el mar y poner sus ideas en orden. Era más de medianoche
cuando se apoyó en la borda de babor, satisfecho de estar solo
en la cubierta (no podía ver a Persio, oculto por uno de los
ventiladores). Muy lejos sonó una campana, probablemente

en la popa o en el puente de mando. Medrano miró a lo alto; como siempre, la luz violeta que parecía emanar de la materia misma de los cristales le produjo una sensación desagradable. Se preguntó sin mayor interés si los que habían pasado la tarde en la proa, bañándose en la piscina o tomando sol, habrían observado el puente de mando; ahora sólo le interesaba la larga charla con Claudia, que había terminado en una nota extrañamente calma, recogida, casi como si Claudia y él se hubieran ido quedando dormidos poco a poco junto a Jorge. No se habían dormido, pero quizá les había hecho bien lo que acababan de hablar. Y quizá no, porque al menos en su caso las confidencias personales nada podían resolver. No era el pasado el que acababa de aclararse, en cambio el presente era de pronto más grato, más pleno, como una isla de tiempo asaltada por la noche, por la inminencia del amanecer y también por las aguas servidas, los regustos del anteayer y el ayer y esa mañana y esa tarde, pero una isla donde Claudia y Jorge estaban con él. Habituado a no castrar su pensamiento se preguntó si ese suave vocabulario insular no sería producto de un sentimiento y si, como tantas veces, las ideas no se irisaban ya bajo la luz del interés o de la protección. Claudia era todavía una hermosa mujer; hablar con ella presumía una primera y sutil aproximación a un acto de amor. Pensó que no le molestaba ya que Claudia siguiera enamorada de León Lewbaum; como si una cierta realidad de Claudia ocurriera en un plano diferente. Era extraño, era casi hermoso.

Se conocían ya tanto mejor que pocas horas atrás. Medrano no recordaba otro episodio de su vida en que la relación personal se hubiera dado tan simplemente, casi como una necesidad. Sonrió al precisar el punto exacto —lo sentía así, estaba perfectamente seguro— en que ambos habían abandonado el peldaño ordinario para descender, como tomados de la mano, hacia un nivel diferente donde las palabras se volvían objetos cargados de afecto o de censura, de ponderación o de reproche. Había ocurrido en el momento exacto en que él —tan poco antes, realmente tan poco antes— le había dicho: «Madre de Jorge, el leoncito», y ella había comprendido que no era un torpe juego de palabras sobre el nombre de su marido sino que Medrano le ponía en las manos abiertas algo como un pan caliente o una flor o una llave. La amistad empezaba sobre las bases más inseguras, las de las diferencias y los disconformismos; porque Claudia acababa de decirle palabras duras, casi negándole el derecho a que él hiciera de su vida lo que una temprana elección había decidido. Y al mismo tiempo con qué remota vergüenza había agregado: «Quién soy yo para reprocharle trivialidad, cuando mi propia vida...». Y los dos habían callado mirando a Jorge que ahora dormía con la cara hacia ellos, hermosísimo bajo la suave luz de la cabina, suspirando a veces o balbuceando algún paso de sus sueños.

La menuda silueta de Persio lo tomó de sorpresa, pero no le molestó encontrárselo a esa hora y en ese lugar.

—Pasaje por demás interesante —dijo Persio, apoyándose en la borda a su lado—. He pasado revista al rol, y extraído consecuencias sorprendentes.

—Me gustaría conocerlas, amigo Persio.

—No son demasiado claras, pero la principal estriba (hermosa palabra, de paso, tan llena de sentido plástico) en que casi todos debemos estar bajo la influencia de Mercurio. Sí, el gris es el color del rol, la uniformidad aleccionante de ese color donde la violencia del blanco y la aniquilación del negro se fusionan en el gris perla, para no mencionar más que uno de sus preciosos matices.

—Si lo entiendo bien, usted piensa que entre nosotros no hay seres fuera de lo común, tipos insólitos.

—Más o menos eso.

—Pero este barco es una instancia cualquiera de la vida, Persio. Lo insólito se da en porcentajes bajísimos, salvo en las recreaciones literarias, que por eso son literatura. Yo he cruzado dos veces el mar, aparte de muchos otros viajes. ¿Cree que alguna vez me tocó viajar con gentes extraordinarias? Ah, sí, una vez en un tren que iba a Junín almorcé frente a Luis Ángel Firpo, que ya estaba viejo y gordo pero siempre simpático.

—Luis Ángel Firpo, un típico caso de Carnero con influencia de Marte. Su color es el rojo, como es natural, y su metal el hierro. Probablemente Atilio Presutti ande también por ese lado, o la señorita Lavalle que es una naturaleza particularmente demoníaca. Pero las notas dominantes son monocordes... No es que me queje, mucho peor sería una nave henchida de personajes saturninos o plutonianos.

—Me temo que las novelas influyan en su concepción de la vida —dijo Medrano—. Todo el que sube por primera vez a un barco cree que va a encontrar una humanidad diferente, que a bordo se va a operar una especie de transfiguración. Yo soy menos optimista y opino con usted que aquí no hay ningún héroe, ningún atormentado en gran escala, ningún caso interesante.

—Ah, las escalas. Claro, eso es muy importante. Yo hasta ahora miraba el rol de manera natural, pero tendré que estudiarlo a distintos niveles y a lo mejor usted tiene razón.

—Puede ser. Mire, hoy mismo han ocurrido algunas pequeñas cosas que, sin embargo, pueden repercutir hasta quién sabe dónde. No se fíe de los gestos trágicos, de los grandes pronunciamientos; todo eso es literatura, se lo repito.

Pensó en lo que significaba para él el mero hecho de que Claudia apoyara la mano en el brazo del sillón y moviera una que otra vez los dedos. Los grandes problemas, ¿no serían una invención para el público? Los saltos a lo absoluto, al estilo Karamazov o Stavroguin... En lo pequeño, en lo casi nimio estaban también los Julien Sorel, y al final el salto era tan fabuloso como el de cualquier héroe mítico. Quizá Persio estuviera tratando de decirle algo que se le escapaba. Lo tomó del brazo y caminaron despacio por la cubierta.

—Usted también piensa en la popa, ¿verdad? —preguntó sin énfasis.

—Yo la veo —dijo Persio, todavía con menos énfasis—. Es un lío inimaginable.

—Ah, usted la ve.

—Sí, por momentos. Hace un rato, para ser exacto. La veo y dejo de verla, y todo es tan confuso... Como pensar, pienso casi todo el tiempo en ella.

—Se me ocurre que a usted le sorprende que nos quedemos cruzados de brazos. No hace falta que me conteste, creo que es así. Bueno, a mí también me sorprende, pero en el fondo coincide con la pequeñez de que hablábamos. Hicimos un par de tentativas que nos dejaron en ridículo, y aquí estamos, aquí entra en juego la pequeña escala. Minucias, un fósforo que alguien enciende para otro, una mano que se apoya en el brazo de un sillón, una burla que salta como un guante a la cara de alguien... Todo eso está ocurriendo, Persio, pero usted vive de cara a las estrellas y sólo ve lo cósmico.

—Uno puede estar mirando las estrellas y al mismo tiempo verse la punta de las pestañas —dijo Persio con algún resentimiento—. ¿Por qué cree que le dije hace un rato que el rol era interesante? Precisamente por Mercurio, por el gris, por la abulia de casi todos. Si me interesaran otras cosas estaría en lo de Kraft corrigiendo las pruebas de una novela de Hemingway, donde siempre ocurren cosas de gran tamaño.

—De todas maneras —dijo Medrano— estoy lejos de justificar nuestra inacción. No creo que saquemos nada en limpio si insistimos, a menos de incurrir precisamente en los grandes gestos, pero tal vez eso lo echaría todo a perder y la cosa terminaría en un ridículo todavía peor, estilo parto de los montes. Ahí está, Persio: el ridículo. A eso le tenemos miedo, y en eso estriba (le devuelvo su hermosa palabra) la diferencia entre el héroe y el hombre como yo. El ridículo es siempre pequeña escala. La idea de que puedan tomarnos el pelo es demasiado insoportable, por eso la popa está ahí y nosotros de este lado.

—Sí, yo creo que sólo el señor Porriño y yo no temeríamos el ridículo a bordo —dijo Persio—. Y no porque seamos héroes. Pero el resto... Ah, el gris, qué color tan difícil, tan poco lavable...

Era un diálogo absurdo y Medrano se preguntó si todavía habría alguien en el bar; necesitaba un trago. Persio se mostró dispuesto a seguirlo, pero la puerta del bar estaba cerrada y se despidieron con alguna melancolía. Mientras sacaba su llave, Medrano pensó en el color gris y en que había abreviado a propósito su conversación con Persio, como si necesitara estar de nuevo solo. La mano de Claudia en el brazo del sillón... Pero otra vez esa leve molestia en la boca del estómago, esa incomodidad que horas atrás se había llamado Bettina pero ya no era Bettina, ni Claudia, ni el fracaso de la expedición, aunque era un poco todo eso junto y algo más, algo que resultaba imposible aprehender y que estaba ahí, demasiado cerca y dentro para dejarse reconocer y atrapar.

Al paso locuaz de las señoras, que acudían para nada en especial antes de irse a dormir, siguió la presencia más ponderada del doctor Restelli, que explayó para ilustración de Raúl y López un plan que Don Galo y él habían maquinado en horas vespertinas. La relación social a bordo dejaba un tanto que desear, dado que varias personas apenas habían tenido oportunidad de alternar entre ellas, sin contar que otros tendían a aislarse, por todo lo cual Don Galo y el que hablaba habían llegado a la conclusión de que una velada recreativa sería la mejor manera de quebrar el hielo, etcétera. Si López y Raúl prestaban su colaboración, como sin duda la prestarían todos los pasajeros en edad y salud para lucir alguna habilidad especial, la velada tendría gran éxito y el viaje proseguiría dentro de una confraternización más estrecha y más acorde con el carácter argentino, un tanto retraído en un comienzo pero de una expansividad sin límites una vez dado el primer paso.

—Bueno, vea —dijo López, un poco sorprendido—, yo sé hacer unas pruebas con la baraja.

—Excelente, pero excelente, querido colega —dijo el doctor Restelli—. Estas cosas, tan insignificantes en apariencia, tienen la máxima importancia en el orden social. Yo he presidido durante años diversas tertulias, ateneos y cooperadoras, y puedo asegurarles que los juegos de ilusionismo son siempre recibidos con el beneplácito general. Noten ustedes, además, que esta velada de acercamiento espiritual y artístico permitirá disipar las lógicas inquietudes que la infausta nueva de la epidemia haya podido provocar entre el elemento femenino. ¿Y usted, señor Costa, qué puede ofrecernos?

—No tengo la menor idea —dijo Raúl—, pero si me da tiempo para hablar con Paula, ya se nos ocurrirá alguna cosa.

—Notable, notable —dijo el doctor Restelli—. Estoy convencido de que todo saldrá muy bien.

López no lo estaba tanto. Cuando se quedó otra vez solo con Raúl (el barman empezaba a apagar las luces y había que irse a dormir), se decidió a hablar.

—A riesgo de que Paula vuelva a tomarnos el pelo, ¿qué le parecería otro viajecito por las regiones inferiores?

—¿A esta hora? —dijo sorprendido Raúl.

—Bueno, ahí abajo no parece que el tiempo tenga mayor importancia. Evitaremos testigos y a lo mejor damos con el buen camino. Sería cuestión de probar otra vez el camino que siguieron el chico de Trejo y usted esta tarde. No sé muy bien por dónde se baja, pero en todo caso muéstreme la entrada y voy solo.

Raúl lo miró. Este López, qué mal le sentaban las palizas. Lo que le hubiera encantado a Paula escucharlo.

—Lo voy a acompañar con mucho gusto —dijo—. No tengo sueño y a lo mejor nos divertimos.

A López se le ocurrió que hubiera sido bueno avisarle a Medrano, pero pensaron que ya estaría en la cama. La puerta del pasadizo seguía sorprendentemente abierta, y bajaron sin encontrar a nadie.

—Ahí descubrí las armas —explicó Raúl—. Y aquí había dos lípidos, uno de ellos de considerables proporciones. Vea, la luz sigue encendida; debe ser una especie de sala de guardia, aunque más parece la trastienda de una tintorería o algo igualmente estrafalario. Ahí va.

Al principio no lo vieron, porque el llamado Orf estaba agachado detrás de una pila de bolsas vacías. Se enderezó lentamente, con un gato negro en sus brazos, y los miró sin sorpresa pero con algún fastidio, como si no fuera hora de venir a interrumpirlo. Raúl volvió a desconcertarse ante el aspecto del pañol, que tenía algo de camarote y algo de sala de guardia. López se fijó en los mapas hipsométricos que le recordaron sus atlas de infancia, su apasionamiento por los colores y las líneas donde se reflejaba la diversidad del universo, todo eso que no era Buenos Aires.

—Se llama Orf —dijo Raúl, señalándole al marinero—. En general no habla. *Hasdala* —agregó amablemente, con un gesto de la mano.

—*Hasdala* —dijo Orf—. Les aviso que no pueden quedarse aquí.

—No es tan mudo, che —dijo López, tratando de adivinar la nacionalidad de Orf por el acento y el apellido. Llegó a la conclusión de que era más fácil considerarlo como un lípido a secas.

—Ya nos dijeron lo mismo esta tarde —observó Raúl, sentándose en un banco y sacando la pipa—. ¿Cómo sigue el capitán Smith?

—No sé —dijo Orf, dejando que el gato se bajara por la pierna del pantalón—. Sería mejor que se fueran.

No lo dijo con demasiado énfasis, y acabó sentándose en un taburete. López se había instalado en el borde de una mesa, y estudiaba en detalle los mapas. Había visto la puerta del fondo y se preguntaba si dando un salto podría llegar a abrirla antes que Orf se le cruzara en el camino. Raúl ofreció su tabaquera, y Orf aceptó. Fumaba en una vieja pipa de madera tallada, que recordaba vagamente a una sirena sin incurrir en el error de representarla en detalle.

—¿Hace mucho que es marino? —preguntó Raúl—. A bordo del *Malcolm*, quiero decir.

—Dos años. Soy uno de los más nuevos.

Se levantó para encender la pipa con el fósforo que le ofrecía Raúl. En el momento en que López se bajaba de la mesa para ganar el lado de la puerta, Orf levantó el banco y se le acercó. Raúl se enderezó a su vez porque Orf sujetaba el banco por una de las patas, y ése no era modo de sujetar un banco en circunstancias normales, pero antes de que López pudiera darse cuenta de la amenaza el marinero bajó el banco y lo plantó delante de la puerta, sentándose en él de manera que todo fue como un solo movimiento y tuvo casi el aire de una figura de ballet. López miró la puerta, metió las manos en los bolsillos y giró en dirección de Raúl.

—*Orders are orders* —dijo Raúl, encogiéndose de hombros—. Creo que nuestro amigo Orf es una excelente persona, pero que la amistad acaba allí donde empiezan las puertas, ¿eh, Orf?

—Ustedes, insisten, insisten —dijo quejumbrosamente Orf—. No se puede pasar. Harían mucho mejor en...

Aspiró el humo con aire apreciativo.

—Muy buen tabaco, señor. ¿Usted lo compra en la Argentina este tabaco?

—En Buenos Aires lo compro este tabaco —dijo Raúl—. En Florida y Lavalle. Me cuesta un ojo de la cara, pero entiendo que el humo debe ser grato a las narices de Zeus. ¿Qué estaba por aconsejarnos, Orf?

—Nada —dijo Orf, cejijunto.

—Por nuestra amistad —dijo Raúl—. Fíjese que tenemos la intención de venir a visitarlo muy seguido, tanto a usted como a su colega de la serpiente azul.

—Justamente, Bob... ¿Por qué no se vuelven de su lado? A mí me gusta que vengan —agregó con cierto desconsuelo—. No es por mí, pero si algo pasa...

—No va a pasar nada, Orf, eso es lo malo. Visitas y visitas, y usted con su banquito de tres patas delante de la puerta. Pero por lo menos fumaremos y usted nos hablará del kraken y del holandés errante.

Fastidiado por su fracaso, López escuchaba el diálogo sin ganas. Echó otro vistazo a los mapas, inspeccionó el gramófono portátil (había un disco de Ivor Novello) y miró a Raúl que parecía divertirse bastante y no daba señales de impaciencia. Con un esfuerzo volvió a sentarse al borde de la mesa; quizás hubiera otra posibilidad de llegar por las buenas a la puerta. Orf parecía dispuesto a hablar, aunque seguía en su actitud vigilante.

—Ustedes son pasajeros y no comprenden —dijo Orf—. Por mí no tendría ningún inconveniente en mostrarles... Pero ya bastante nos exponemos Bob y yo. Justamente, por culpa de Bob podría ocurrir que...

—¿Sí? —dijo Raúl, alentándolo. «Es una pesadilla», pensó López. «No va a terminar ninguna de sus frases, habla como un trapo hecho jirones.»

—Ustedes son mayores y tendrían que tener cuidado con él, porque...

—¿Con quién?

—Con el muchachito —dijo Orf—. Ese que vino antes con usted.

Raúl dejó de tamborilear sobre el borde del taburete.

—No entiendo —dijo—. ¿Qué pasa con el muchachito?

Orf asumió nuevamente un aire afligido y miró hacia la puerta del fondo, como si temiera que lo espiaran.

—En realidad no pasa nada —dijo—. Yo solamente digo que se lo digan... Ninguno de ustedes tiene que venir aquí —acabó, casi rabioso—. Y ahora yo me tengo que ir a dormir; ya es tarde.

—¿Por qué no se puede pasar por esta puerta? —preguntó López—. ¿Se va a la popa por ahí?

—No, se va a... Bueno, más allá empieza. Ahí hay un camarote. No se puede pasar.

—Vamos —dijo Raúl guardando la pipa—. Tengo bastante por esta noche. Adiós, Orf, hasta pronto.

—Mejor que no vuelvan —dijo Orf—. No es por mí, pero...

En el pasillo López se preguntó en voz alta qué sentido podían tener esas frases inconexas. Raúl, que lo seguía silbando bajo, resopló impaciente.

—Me empiezo a explicar algunas cosas —dijo—. Lo de la borrachera, por ejemplo. Ya me parecía raro que el barman le hubiera dado tanto alcohol; creí que se mareaba con una copa, pero seguro que tomó más que eso. Y el olor a tabaco... Era tabaco de lípidos, qué joder.

—El pibe habrá querido hacer lo mismo que nosotros —dijo López, amargo—. Al fin y al cabo todos buscamos lucirnos desentrañando el misterio.

—Sí, pero él corre más peligro.

—¿Le parece? Es cierto, pero no tanto.

Raúl guardó silencio. A López, ya en lo alto de la escalerilla, le llamó la atención su cara.

—Dígame una cosa: ¿Por qué no hacemos lo único que queda por hacer con estos tipos?

—¿Sí? —dijo Raúl, distraído.

—Agarrarlos a trompadas, che. Hace un momento hubiéramos podido llegar a esa puerta.

—Tal vez, pero dudo de la eficacia del sistema, por lo menos a esta altura de las cosas. Orf parece un tipo macanudo y no me veo sujetándolo contra el suelo mientras usted abre la puerta. Qué sé yo, en el fondo no tenemos ningún motivo para proceder de esa manera.

—Sí, eso es lo malo. Hasta mañana, che.

—Hasta mañana —dijo Raúl, como si no hablara con él. López lo vio entrar en su cabina y se volvió por el pasadizo hasta el otro extremo. Se detuvo a mirar el sistema de barras de acero y engranajes, pensando que Raúl estaría en ese mismo instante contándole a Paula la inútil expedición. Podía imaginar muy bien la expresión burlona de Paula. «Ah, López estaba con vos, claro...» Y algún comentario mordaz, alguna reflexión sobre la estupidez de todos. Al mismo tiempo seguía viendo la cara de Raúl cuando había terminado de trepar la escalerilla, una cara de miedo, de preocupación que nada tenía que ver con la popa y con los lípidos. «La verdad, no me extrañaría nada —pensó—. Entonces...» Pero no habría que hacerse ilusiones, aunque lo que empezaba a sospechar coincidiera con lo que había dicho Paula. «Ojalá pudiera creerlo», pensó, sintiéndose de golpe muy feliz, ansioso y feliz, esperanzadamente idiota. «Seré el mismo imbécil toda mi vida», se dijo, mirándose con aprecio en el espejo.

Paula no se burlaba de ellos; cómodamente instalada en la cama leía una novela de Massimo Bontempelli y recibió a Raúl con suficiente alegría como para que él, después de llenar un vaso de whisky, se sentara al borde de la cama y le dijera que el aire del mar empezaba a broncearla vistosamente.

—Dentro de tres días seré una diosa escandinava —dijo Paula—. Me alegro de que hayas venido porque necesitaba hablarte de literatura. Desde que nos embarcamos no hablo de literatura con vos, y esto no es vida.

—Dale —se resignó Raúl, un poco distraído—. ¿Nuevas teorías?

—No, nuevas impaciencias. Me está sucediendo algo bastante siniestro, Raulito, y es que cuanto mejor es el libro que leo, más me repugna. Quiero decir que su excelencia literaria me repugna, o sea que me repugna la literatura.

—Eso se arregla dejando de leer.

—No. Porque aquí y allá doy con algún libro que no se puede calificar de gran literatura, y que sin embargo no me da asco. Empiezo a sospechar por qué: porque el autor ha renunciado a los efectos, a la belleza formal, sin por eso incurrir en el periodismo o la monografía disecada. Es difícil explicarlo, yo misma no lo veo nada claro. Creo que hay que marchar hacia un nuevo estilo, que si querés podemos seguir llamando literatura aunque sería más justo cambiarle el nombre por cualquier otro. Ese nuevo estilo sólo podría resultar de una nueva visión del mundo. Pero si un día se alcanza, qué estúpidas nos van a parecer estas novelas que hoy admiramos, llenas de trucos infames, de capítulos y subcapítulos con entradas y salidas bien calculadas...

—Vos sos poeta —dijo Raúl—, y todo poeta es por definición enemigo de la literatura. Pero nosotros, los seres sublunares, todavía encontramos hermoso un capítulo de Henry James o de Juan Carlos Onetti, que por suerte para nosotros no tienen nada de poetas. En el fondo lo que vos le reprochás a las novelas es que te llevan de la punta de la nariz, o más bien que su efecto sobre el lector se cumpla de fuera para dentro, y no al revés como en la poesía. ¿Pero por qué te molesta la parte de fabricación, de truco, que en cambio te parece tan bien en Picasso o en Alban Berg?

—No me parece tan bien; simplemente no me doy cuenta. Si fuera pintora o música, me rebelaría con la misma violencia. Pero no es solamente eso, lo que me desconsuela es la mala calidad de los recursos literarios, su repetición al infinito. Vos dirás que en las artes no hay progreso, pero es casi cuestión de lamentarlo. Cuando comparás el tratamiento de un tema por un escritor antiguo y uno moderno, te das cuenta de que por lo menos en la parte retórica, apenas hay diferencia. Lo más que podemos decir es que somos más perversos, más informados y que tenemos un repertorio mucho más amplio; pero las muletillas son las mismas, las mujeres palidecen o enrojecen, cosa que jamás ocurre en la realidad (yo a veces me pongo un poco verde, es cierto, y vos colorado), y los hombres actúan y piensan y contestan con arreglo a una especie de manual universal de instrucciones que tanto se aplica a una novela india como a un best-seller yanqui. ¿Me entendés mejor, ahora? Hablo de las formas exteriores, pero si las denuncio es porque esa repetición prueba la esterilidad central, el juego de variaciones en torno a un pobre tema, como ese bodrio de Hindemith sobre un tema de Weber que escuchamos en una hora aciaga, pobres de nosotros.

Aliviada, se estiró en la cama y apoyó una mano en la rodilla de Raúl.

—Tenés mala cara, hijito. Contale a mamá Paula.

—Oh, yo estoy muy bien —dijo Raúl—. Peor cara tiene nuestro amigo López después de lo mal que lo trataste.

—Él, vos y Medrano se lo merecían —dijo Paula—. Se portan como estúpidos, y el único sensato es Lucio. Supongo que no necesito explicarte que...

—Por supuesto, pero López debió creer que realmente tomabas partido por la causa del orden y el *laissez faire*. Le ha caído bastante mal, sos un arquetipo, su Freya, su Walkyria, y mirá en lo que terminás. Hablando de terminar, seguro que Lucio terminará en la municipalidad o al frente de una sociedad de dadores de sangre, está escrito. Qué pobre tipo, madre mía.

—¿Así que Jamaica John anda cabizbajo? Mi pobre pirata de capa caída... Sabés, me gusta mucho Jamaica John. No te extrañes de que lo trate muy mal. Necesito...

—Ah, no empecés con el catálogo de tus exigencias —dijo Raúl, terminando su whisky—. Ya te he visto arruinar demasiadas mayonesas en la vida por echarles la sal o el limón a destiempo. Y además me importa un corno lo que te parece López y lo que necesitás descubrir en él.

—*Monsieur est faché?*

—No, pero sos más sensata hablando de literatura que de sentimientos, cosa bastante frecuente en las mujeres. Ya sé, me vas a decir que eso prueba que no las conozco. Ahorrate el comentario.

—*Je ne te le fais pas dire, mon petit.* Pero a lo mejor tenés razón. Dame un trago de esa porquería.

—Mañana vas a tener la lengua cubierta de sarro. El whisky te hace un mal horrible a esta hora, y además cuesta muy caro y no tengo más que cuatro botellas.

—Dame un poco, infecto murciélago.

—Andá a buscarlo vos misma.

—Estoy desnuda.

—¿Y qué?

Paula lo miró y sonrió.

—Y qué —dijo, encogiendo las piernas y sacando los pies de la sábana. Tanteó hasta encontrar las pantuflas, mientras Raúl la miraba fastidiado. Enderezándose de un brinco, le tiró la sábana a la cara y caminó hasta la repisa donde estaban las botellas. Su espalda se recortaba en la penumbra de la cabina.

—Tenés lindas nalgas —dijo Raúl, librándose de la sábana—. Te vas salvando de la celulitis hasta ahora. ¿A ver de frente?

—De frente te va a interesar menos —dijo Paula con la voz que lo enfurecía. Echó whisky en un vaso grande y fue al cuarto de baño para agregarle agua. Volvió caminando lentamente. Raúl la miró en los ojos, y después bajó la vista, la paseó por los senos y el vientre. Sabía lo que iba a ocurrir y estaba preparado, el bofetón le sacudió la cara y casi al mismo tiempo oyó el primer sollozo de Paula y el ruido apagado del vaso cayendo sin romperse sobre la alfombra.

—No se va a poder respirar en toda la noche —dijo Raúl—. Hubieras hecho mejor en bebértelo, después de todo tengo Alka-Seltzer.

Se inclinó sobre Paula, que lloraba tendida boca abajo en la cama. Le acarició un hombro, después el apenas visible omóplato, sus dedos siguieron por el fino hueco central y se detuvieron al borde de la grupa. Cerró los ojos para ver mejor la imagen que quería ver.

«... que te quiere, Nora.» Se quedó mirando su propia firma, después dobló rápidamente el pliego, escribió el sobre y cerró la carta. Sentado en la cama, Lucio trataba de interesarse en un número del *Reader's Digest*.

—Es muy tarde —dijo Lucio—. ¿No te acostás?

Nora no contestó. Dejando la carta sobre la mesa tomó algunas ropas y entró en el baño. El ruido de la ducha le pareció interminable a Lucio, que procuraba enterarse de los problemas de conciencia de un aviador de Milwaukee convertido al anabaptismo en plena batalla. Decidió renunciar y acostarse, pero antes tenía que esperar turno para lavarse, a menos que... Apretando los dientes fue hasta la puerta y movió el picaporte sin resultado.

—¿No podés abrir? —preguntó con el tono más natural posible.

—No, no puedo —repuso la voz de Nora.

—¿Por qué?

—Porque no. Salgo en seguida.

—Abrí, te digo.

Nora no contestó. Lucio se puso el piyama, colgó su ropa, ordenó las zapatillas y los zapatos. Nora entró con una toalla convertida en turbante, el rostro un poco encendido.

Lucio notó que se había puesto el camisón en el baño. Sentándose frente al espejo, empezó a secarse el pelo, a cepillarlo con movimientos interminables.

—Francamente yo quisiera saber lo que te pasa —dijo Lucio, afirmando la voz—. ¿Te enojaste porque salí a dar una vuelta con esa chica? Vos también podías venir, si querías.

Arriba, abajo, arriba, abajo. El pelo de Nora empezaba a brillar poco a poco.

—¿Tan poca confianza me tenés, entonces? ¿O te pensás que yo quería flirtear con ella? Estás enojada por eso, ¿verdad? No tenés ninguna otra razón, que yo sepa. Pero hablá, hablá de una vez. ¿No te gustó que saliera con esa chica?

Nora puso el cepillo sobre la cómoda. A Lucio le dio la impresión de estar muy cansada, sin fuerzas para hablar.

—A lo mejor no te sentís bien —dijo, cambiando de tono, buscando una apertura—. No estás enojada conmigo, ¿verdad? Ya ves que volví en seguida. ¿Qué tenía de malo, al fin y al cabo?

—Parecería que tuviera algo de malo —dijo Nora en voz baja—. Te defendés de una manera...

—Porque quiero que comprendas que con esa chica...

—Dejá en paz a esa chica, que por lo demás me parece una desvergonzada.

—Entonces, ¿por qué estás enojada conmigo?

—Porque me mentís —dijo Nora bruscamente—. Y porque esta noche dijiste cosas que me dieron asco.

Lucio tiró el cigarrillo y se le acercó. En el espejo su cara era casi cómica, un verdadero actor representando al hombre indignado u ofendido.

—¿Pero qué dije yo? ¿Entonces a vos también se te está contagiando la tilinguería de los otros? ¿Querés que todo se vaya al tacho?

—No quiero nada. Me duele que te callaste lo que ocurrió por la tarde.

—Me lo olvidé, eso es todo. Me pareció idiota que se estuvieran haciendo los compadres por algo que está perfectamente claro. Van a arruinar el viaje, te lo digo yo. Lo van a echar a perder con sus pelotudeces de chiquilines.

—Podrías ahorrarte esas palabrotas.

—Ah, claro, me olvidaba que la señora no puede oír esas cosas.

—Lo que no puedo soportar es la vulgaridad y las mentiras.

—¿Yo te he mentido?

—Te callaste lo de esta tarde, y es lo mismo. A menos que no me consideres bastante crecida para enterarme de tus andanzas por el barco.

—Pero, querida, si no tenía importancia. Fue una estupidez de López y los otros, me metieron en un baile que no me interesa y se los dije bien claro.

—No me parece que fuera tan claro. Los que hablan claro son ellos, y yo tengo miedo. Igual que vos, pero no lo ando disimulando.

—¿Yo, miedo? Si te referís a lo del tifus doscientos y pico... Precisamente, lo que sostengo es que hay que quedarse de este lado y no meterse en líos.

—Ellos no creen que sea el tifus —dijo Nora—, pero lo mismo están inquietos y no lo disimulan como vos. Por lo menos ponen las cartas sobre la mesa, tratan de hacer algo.

Lucio suspiró aliviado. A esta altura todo se pulverizaba, perdía peso y gravedad. Acercó una mano al hombro de Nora, se inclinó para besarla en el pelo.

—Qué tonta sos, qué linda y qué tonta —dijo—. Yo que hago lo posible por no afligirte...

—No fue por eso que te callaste lo de esta tarde.

—Sí, fue por eso. ¿Por qué otra cosa iba a ser?

—Porque te daba vergüenza —dijo Nora, levantándose y yendo hacia su cama—. Y ahora también tenés vergüenza y en el bar estabas que no sabías dónde meterte. Vergüenza, sí.

Entonces no era tan fácil. Lucio lamentó la caricia y el beso. Nora le daba resueltamente la espalda, su cuerpo bajo la sábana era una pequeña muralla hostil, llena de irregularidades, pendientes y crestas, rematando en un bosque de pelo húmedo en la almohada. Una muralla entre él y ella. Su cuerpo, una muralla silenciosa e inmóvil.

Cuando volvió del baño, oliendo a dentífrico, Nora había apagado la luz sin cambiar de postura. Lucio se acercó, apoyó una rodilla en el borde de la cama y apartó la sábana. Nora se incorporó bruscamente.

—No quiero, andate a tu cama. Dejame dormir.

—Oh, vamos —dijo él, sujetándola del hombro.

—Dejame, te digo. Quiero dormir.

—Bueno, te dejo dormir, pero a tu lado.

—No, tengo calor. Quiero estar sola, sola.

—¿Tan enojada estás? —dijo él con la voz con que se habla a los niños—. ¿Tan enojada está esa nenita sonsa?

—Sí —dijo Nora, cerrando los ojos como para borrarlo—. Dejame dormir.

Lucio se enderezó.

—Estás celosa, eso es lo que te pasa —dijo, alejándose—. Te da rabia que salí con Paula a la cubierta. Sos vos la que me ha estado mintiendo todo el tiempo.

Pero ya no le contestaban, quizá ni siquiera lo oían.

F

*No, no creo que mi frente de ataque sea más claro que un nú-
mero de cincuenta y ocho cifras o uno de esos portulanos que
llevaban las naves a catástrofes acuáticas. Se complica por un
irresistible calidoscopio de vocabulario, palabras como mástiles,
con mayúsculas que son velámenes furiosos. Samsara, por ejemplo: la digo y me tiemblan de golpe todos los dedos de los pies,
y no es que me tiemblen de golpe todos los dedos de los pies ni
que el pobre barco que me lleva como un mascarón de proa
más gratuito que bien tallado, oscile y trepide bajo los golpes
del Tridente. Samsara, debajo se me hunde lo sólido, Samsara,
el humo y el vapor reemplazan a los elementos, Samsara, obra
de la gran ilusión, hijo y nieto de Mahamaya...*

*Así van saliendo, perras hambrientas y alzadas, con sus
mayúsculas como columnas henchidas con la gravidez más que
espléndida de los capiteles historiados. ¿Cómo dirigirme al pequeño, a su madre, a estos hombres de argentino silencio, y
decirles, hablarles del frente que se me faceta y esparce como
un diamante derretido en medio de una fría batalla de copos
de nieve? Me darían la espalda, se marcharían, y si optara por
escribirles, porque a veces pienso en las virtudes de un manuscrito prolijo y alquitarado, resumen de largos equinoccios de
meditación, arrojarían mis enunciaciones con el mismo desconcierto que los induce a la prosa, al interés, a lo explícito, al periodismo con sus muchos disfraces. ¡Monólogo, sola tarea para
un alma inmersa en lo múltiple! ¡Qué vida de perro!*

(Pirueta petulante de Persio bajo las estrellas.)

*—Finalmente uno no puede interrumpirles la digestión de
un plato de pescado con dialécticas, con antropologías, con la
narración inconcebible de Cosmos Indicopleustes, con libros
fulgurales, con la mántica desesperada que me ofrece allá ariba
sus ideogramas ardientes. Si yo mismo, como una cucaracha a me-*

dias aplastada, corro con la mitad de mis patas de un tablón a otro, me estrello en la vertiginosa altura de una pequeña astilla nacida del choque de un clavo del zapato de Presutti contra un nudo de la madera... ¡Y sin embargo empiezo a entender, es algo que se parece demasiado al temblor, empiezo a ver, es menos que un sabor de polvo, empiezo a empezar, corro hacia atrás, me vuelvo! Volverse, sí, ahí duermen las respuestas su vida larval, su noche primera. Cuántas veces en el auto de Lewbaum, malgastando un fin de semana en las llanuras bonaerenses, he sentido que debía hacerme coser en una bolsa y que me arrojaran a la banquina, a la altura de Bolívar o de Pergamino, cerca de Casbas o de Mercedes, en cualquier lugar con lechuzas en los palos del alambrado, con caballos lamentables buscando un pasto hurtado por el otoño. En vez de aceptar el toffee que Jorge se empecinaba en ponerme en los bolsillos, en vez de ser feliz junto a la majestad sencilla y cobijada de Claudia, hubiera debido abandonarme a la noche pampeana, como aquí esta noche en un mar ajeno y receloso, tenderme boca arriba para que la sábana encendida del cielo me tapara hasta la boca, y dejar que los jugos de abajo y de arriba me agusanaran acompasadamente, payaso enharinado que es la verdad de la carpa tendida sobre sus cascabeles, carroña de vaca que vuelve maldito el aire en trescientos metros a la redonda, maldito de fehacencia, maldito de verdad, maldito solamente para los malditos que se tapan la nariz con el gesto de la virtud y corren a refugiarse en su Plymouth o en el recuerdo de sus grabaciones de sir Thomas Beecham, ¡oh, imbéciles inteligentes, oh, pobres amigos!

(La noche se quiebra por un segundo al paso de una estrella errante, y también por un segundo el Malcolm crece en velas y gavias, en aparejos desusados, tiembla también él como si un viento diferente lo corneara de lado, y Persio alzado hacia el horizonte olvida el radar y las telecomunicaciones, cae en una entrevisión de bergantines y fragatas, de carabelas turcas, sai-

673

cas grecorromanas, polacras venecianas, urcas de Holanda, síndalos tunecinos y galeotas toscanas, antes producto de Pío Baroja y largas horas de hastío en Kraft hacia las cuatro de la tarde, que de un conocimiento verdadero del sentido de esos nombres arborescentes.)

¿Por qué tanta aglomeración confusa en la que no sé distinguir la verdad del recuerdo, los nombres de las presencias? Horror de la ecolalia, del inane retruécano. Pero con el hablar de todos los días sólo se llega a una mesa cargada de vituallas, a un encuentro con el shampoo o la navaja, a la rumia de un editorial sesudo, a un programa de acción y de reflexión que este papel de lija incendiado sobre mi cabeza reduce a menos que ceniza. Tapado por los yuyos de la pampa hubiera debido estarme largas horas prestando oído al correr del peludo o a la germinación laboriosa de la cinacina. ¡Dulces y tontas palabras folklóricas, prefacio inconsistente de toda sacralidad, cómo me acarician la lengua con patas engomadas, crecen a la manera de la madreselva profunda, me libran poco a poco el acceso a la Noche verdadera, lejos de aquí y contigua, aboliendo lo que va de la pampa al mar austral, Argentina mía allá en el fondo de este telón fosforescente, calles apagadas cuando no siniestras de Chacarita, rodar de colectivos envenenados de color y estampas! Todo me une porque todo me lacera, Túpac Amaru cósmico, ridículo, babeando palabras que aun en mi oído irreductible parecen inspiradas por La Prensa *de los domingos o por alguna disertación del doctor Restelli, profesor de enseñanza secundaria. Pero crucificado en la pampa, boca arriba contra el silencio de millones de gatos lúcidos mirándome desde el reguero lácteo que beben impasibles, hubiera accedido acaso a lo que me hurtaban las lecturas, comprendido de golpe los sentidos segundos y terceros de tanta guía telefónica, del ferrocarril que didácticamente esgrimí ayer para ilustración del comprensivo Medrano, y por qué el paraguas se me rompe siempre por la izquierda, y esa delirante búsqueda de medias exclusivamente gris perla o ro-*

jo bordeaux. Del saber al entender o del entender al saber, ruta incierta que titubeante columbro desde vocabularios anacrónicos, meditaciones periclitadas, vocaciones obsoletas, asombro de mis jefes e irrisión de los ascensoristas. No importa, Persio continúa, Persio es este átomo desconsolado al borde de la vereda, descontento de las leyes circulatorias, esta pequeña rebelión por donde empieza el catafalco de la bomba H, proemio al hongo que deleita a los habitués de la calle Florida y la pantalla de plata. He visto la tierra americana en sus horas más próximas a la confidencia última, he trepado a pie por los cerros de Uspallata, he dormido con una toalla empapada sobre la cara, cruzando el Chaco, me he tirado del tren en Pampa del Infierno para sentir la frescura de la tierra a medianoche. Conozco los olores de la calle Paraguay, y también Godoy Cruz de Mendoza, donde la brújula del vino corre entre gatos muertos y cascos de cemento armado. Hubiera debido mascar coca en cada rumbo, exacerbar las solitarias esperanzas que la costumbre relega al fondo de los sueños, sentir crecer en mi cuerpo la tercera mano, esa que espera para asir el tiempo y darlo vuelta, porque en alguna parte ha de estar esa tercera mano que a veces fulminante se insinúa en una instancia de poesía, en un golpe de pincel, en un suicidio, en una santidad, y que el prestigio y la fama mutilan inmediatamente y sustituyen por vistosas razones, esa tarea de picapedrero leproso que llaman explicar y fundamentar, ah, en algún bolsillo invisible siento que se cierra y se abre la tercera mano, con ella quisiera acariciarte, hermosa noche, desollar dulcemente los nombres y las fechas que están tapando poco a poco el sol, el sol que una vez se enfermó en Egipto hasta quedarse ciego, y necesitó de un dios que lo curara... ¿Pero cómo explicar esto a mis camaradas pasajeros, a mí mismo, si a cada minuto me miro en un espejo de sorna y me invito a volver a la cabina donde me espera un vaso de agua fresca y la almohada, el inmenso campo blanco donde galoparán los sueños? ¿Cómo entrever la tercera mano sin ser ya uno con la poesía, esa traición de palabras al acecho, esa proxeneta de la hermosura, de la euforia, de los finales felices, de tanta prostitución encuadernada en tela y explicada en los institutos de estilística? No, no quiero poesía inteligible a bordo, ni tampoco voodoo o ritos iniciáticos. Otra cosa más inmediata, menos copulable por la palabra, algo libre de tradición para que por fin lo que toda tradición enmascara surja como un alfanje de plutonio a través de un biombo lleno de historias pintadas. Tirado en la alfalfa pude ingresar en ese orden, aprender sus formas, porque no serán palabras sino ritmos puros, dibujos en lo más sensible de la palma de la tercera mano, arquetipos radiantes, cueros sin peso donde se sostiene la gravedad y bulle dulcemente el germen de la gracia. Algo se me acerca cada vez más, pero yo retrocedo, no sé reconciliarme con mi sombra; quizá si encontrara la manera de decir algo de esto a Claudia, a los alegres jóvenes que corren hacia juegos incalculables, las palabras serían antorchas de pasaje, y aquí mismo, no ya en la planicie donde traicioné mi deber al rehusarle mi abrazo en plena tierra labrantía, aquí mismo la tercera mano deshojaría en la hora más grave un primer reloj de eternidad, un encuentro comparable al golpe de un fuego de San Telmo en una sábana tendida a secar. ¡Pero soy como ellos, somos triviales, somos metafísicos mucho antes de ser físicos, corremos delante de las preguntas para que sus colmillos no nos rompan los pantalones, y así se inventa el fútbol, así se es radical o subteniente o corrector en Kraft, incalculable felonía! Medrano es quizás el único que lo sabe: somos triviales y lo pagamos con felicidad o con desgracia, la felicidad de la marmota envuelta en grasa, la sigilosa desgracia de Raúl Costa que aprieta contra su piyama negro un cisne de ceniza, y hasta cuando nacemos para preguntar y otear las respuestas, algo infinitamente desconcertante que hay en la levadura del pan argentino, en el color de los billetes ferroviarios o la cantidad de calcio de sus aguas, nos precipitan como desaforados en el drama total, saltamos sobre la mesa para danzar la danza de Shiva con un enorme lingam a plena mano, o corremos el amok del tiro en la cabeza o el gas de alumbrado, apestados de metafísica sin rumbo, de problemas inexistentes, de supuestas invisibilidades que cómodamente cortinan de humo el hueco central, la estatua sin cabeza, sin brazos, sin lingam y sin yoni, la apariencia, la cómoda pertenencia, la sucia apetencia, la pura rima al infinito donde también caben la ciencia y la conciencia. ¿Por qué no defenestrar antes que nada el peso venenoso de una historia de papel de obra, negarse a la commemoración, pesarse el corazón en una balanza de lágrimas y ayuno? Oh, Argentina, ¿por qué ese miedo al miedo, ese vacío para disimular el vacío? En vez del juicio de los muertos, ilustre de papiros, ¿por qué no nuestro juicio de los vivos, la cabeza que se rompe contra la pirámide de Mayo para que al fin la tercera mano nazca con un hacha de diamante y de pan, su flor de tiempo nuevo, su mañana de lustración y coalescencia? ¿Quién es ese hijo de puta que habla de laureles que supimos conseguir? ¿Nosotros, nosotros conseguimos los laureles? ¿Pero es posible que seamos tan canallas?

—No, no creo que mi frente de ataque sea más claro que un número de cincuenta y ocho cifras, o uno de estos portulanos que llevaban las naves a catástrofes acuáticas. Se complica por un irresistible calidoscopio de vocabulario, palabras como mástiles, como mayúsculas...

Segundo día

XXXII

Menos mal que había tenido la precaución de traer cuatro o cinco revistas, porque los libros de la biblioteca estaban escritos en idiomas raros, y los dos o tres que encontró en español trataban de guerras y cuestiones de los judíos y otras cosas demasiado filosóficas. Mientras esperaba que Doña Pepa acabara de peinarse, Nelly se entregó fruiciosamente a la contemplación de fotos de diversos cocktails ofrecidos en las grandes residencias porteñas. Le encantaba la elegancia del estilo de Jacobita Echániz cuando hablaba a sus lectoras con toda familiaridad, realmente como si fuera una de ellas, sin darse corte de alternar en la mejor sociedad y al mismo tiempo mostrando (¿pero por qué su madre se empeñaba en hacerse ese rodete de lavandera, Dios mío?) que pertenecía a un mundo diferente donde todo era rosado, perfumado y enguantado. No hago más que ir a desfiles de modelos —confiaba Jacobita a sus fieles lectoras—. Lucía Schleiffer que es monísima y además inteligente, pronuncia una conferencia sobre la evolución de la moda femenina (con motivo de la exposición de textiles en Gath y Chaves) y la gente de la calle, en tanto, se queda boquiabierta viendo las polleras de plisado lavable, hasta ayer parte de la magia norteamericana... En el Alvear la embajada francesa invita a un público selecto para ilustrarlo sobre la moda de París (como decía un modisto: Christian Dior va y todos nosotros tratamos de seguirlo). Hay perfumes franceses de regalo para las invitadas y todas salen locas de contento abrazando su paquetito...

—Bueno, ya estoy —dijo Doña Pepa—. ¿Usted también, Doña Rosita? Parece que hace una linda mañana.

—Sí, pero el barco se está empezando a mover de nuevo —dijo Doña Rosita nada satisfecha—. ¿Vamos, m'hijita?

La Nelly cerró la revista no sin antes enterarse de que Jacobita acababa de visitar la exposición de horticultura en el Parque Centenario, que allí se había encontrado con Julia Bullrich de Saint, rodeada de cestas y de amistades, a Stella Morro de Cárcano y a la infatigable señora de Udaondo. Se preguntó por qué la señora de Udaondo sería infatigable. ¿Y todo eso había sido en el Parque Centenario, a la vuelta de donde vivía la Coca Chimento, su compañera de trabajo en la tienda? Muy bien podían haber ido las dos un sábado a la tarde, pedirle a Atilio que las llevara para ver un poco cómo era la exposición de horticultura. Pero de veras, el barco se estaba moviendo bastante, seguro que su mamá y que doña Rosita se descomponían apenas acabaran de tomar la leche, y ella misma... Era una vergüenza tener que levantarse tan temprano, en un viaje de placer el desayuno no debía servirse antes de las nueve y media, como la gente fina. Cuando apareció Atilio, fresco y animado, le preguntó si no era posible quedarse en la cama hasta las nueve y media y tocar el timbre para que sirvieran el desayuno en el camarote.

—Pero claro —dijo el Pelusa, que no estaba demasiado seguro—. Aquí vos hacés lo que querés. Yo me levanto temprano porque me gusta ver el mar cuando sale el sol. Ahora tengo un ragú bárbaro. ¿Qué me decís del tiempo? ¡Hay cada bloque de agua...! Lo que no se ve todavía es la tunina, pero seguro que esta tarde las vemos. Buenos días, señora, qué tal. ¿Cómo anda el pibe, señora?

—Todavía duerme —dijo la señora de Trejo, nada segura de que la palabra pibe le quedara bien a Felipe—. El pobre pasó una noche muy inquieta según acaba de decirme mi esposo.

—Se quemó demasiado —dijo el Pelusa con aire entendido—. Yo le previne dos o tres veces, mirá pibe que tengo experiencia, yo sé lo que te digo, no te hagás el loco el primer día... Pero qué le va a hacer. Y bueno, así aprenderá. Mire, cuando yo estaba adentro...

Doña Rosita cortó la inminente evocación de la vida de cuartel, proclamando la necesidad de subir al bar porque en el pasillo se sentía más el balanceo. Bastó esto para que la señora de Trejo empezara a notar que tenía un estómago. Ella no tomaría nada más que una taza de café negro, el doctor Viñas le había dicho que era lo mejor en caso de mar picado. Doña Pepa creía en cambio que una buena dosis de pan con manteca asienta el café con leche, pero eso sí, sin dulce, porque el dulce contiene azúcar y eso espesa la sangre, que es lo peor para el mareo. El señor Trejo, incorporado al grupo, creyó encontrar algún fundamento científico en la teoría, pero Don Galo, que emergía de la escalerilla como un ludión vivamente proyectado por las férreas manos del chofer, manifestó sensible tendencia a despacharse un plato de panceta con huevos fritos. Otros pasajeros llegaban al bar, López se detuvo a leer un cartel donde se confirmaba el funcionamiento de la peluquería para damas y caballeros, y se especificaban los horarios. La Beba hizo una de sus entradas al *ralenti*, con detención en el último peldaño y lánguido oteo del ambiente, luego se vio entrar a Persio vestido con camisa azul y pantalones crema demasiado grandes para él, y el bar se llenó de charlas y de buenos olores. Ya en su segundo cigarrillo, Medrano se asomó un momento para ver si estaba ahí Claudia. Inquieto, volvió a bajar y llamó en la cabina.

—Soy el colmo de la indiscreción, pero se me ocurrió que quizá Jorge no seguía bien y que les hacía falta algo.

Envuelta en una bata roja, Claudia parecía más joven. Le tendió la mano sin que ninguno de los dos comprendiera demasiado bien la necesidad de ese saludo formal.

—Gracias por venir. Jorge está mucho mejor y durmió muy bien toda la noche. Esta mañana preguntó si usted lo había acompañado mucho rato... Pero mejor que él mismo dirija los interrogatorios.

—Por fin llegás —dijo Jorge, que lo tuteaba con toda naturalidad—. Anoche prometiste contarme una aventura de Davy Crockett, no te olvidés.

Medrano prometió que más tarde le contaría alucinantes aventuras de los héroes de las praderas.

—Pero ahora me voy a desayunar, che. Tu mamá tiene que vestirse y vos también. Nos encontramos en cubierta, hace una mañana estupenda.

—Ya está —dijo Jorge—. Che, cómo charlaban anoche.

—¿Nos oíste?

—Claro, pero también soñé con cosas del astro. ¿Vos sabías que Persio y yo tenemos un astro?

—Un poco copiado de Saint-Exupéry —le confesó Claudia—. Encantador, por lo demás, y lleno de descubrimientos sensacionales.

Mientras se volvía al bar, Medrano pensó que el intervalo de la noche había cambiado misteriosamente el rostro de Claudia. Se había despedido de él con una expresión en la que había cansancio y desazón, como si todo lo que él le había confiado le hubiera hecho daño. Y las palabras con que había comentado su confidencia —pocas, quizá desganadas, casi todas duras y afiladas— habían sido la contraparte de su cara amarga, rendida por una fatiga repentina que no era solamente física. Lo había maltratado sin rudeza pero sin lástima, pagándole sinceridad con sinceridad. Ahora volvía a encontrar a la Claudia diurna, a la madre del leoncito. «No es de las que arrastran la melancolía —pensó agradecido—. Y yo tampoco, aunque el bueno de López, en cambio...» Porque

López dijo que estaba muy bien, pero que en realidad no había dormido mucho.

—¿Usted se va a hacer cortar el pelo? —preguntó—. En ese caso vamos juntos y podemos charlar mientras esperamos. Yo creo que las peluquerías, che, son una institución que hay que cultivar.

—Lástima que no haya salón de lustrar —dijo Medrano, divertido.

—Lástima, sí. Mírelo a Restelli, qué cafisho se ha venido.

Bajo el cuello abierto de su camisa de sport, el pañuelo rojo con pintas blancas le quedaba muy bien al doctor Restelli. La rápida y decidida amistad entre él y don Galo se cimentaba con frecuentes consultas a una lista que perfeccionaban con ayuda de un lápiz prestado por el barman.

López empezó a contar su expedición de la noche, con la advertencia de que no había mucho que contar.

—El resultado es que uno se queda con un humor de perros y con ganas de agarrar a patadas a todos los lípidos o como se llamen esos tipos.

—Me pregunto si no estaremos perdiendo el tiempo —dijo Medrano—. Lo pienso como una escalera a dos puntas, es decir que me fastidia perder el tiempo en averiguaciones inútiles, y también me parece que quedarnos así es malgastar los días. Hasta ahora hay que admitir que los partidarios del *statu quo* se lucen más que nosotros.

—Pero usted no cree que tengan razón.

—No, analizo la situación, nada más. Personalmente me gustaría seguir buscando un paso, pero no veo otra salida que la violencia y no me gustaría malograrles el viaje a los demás, máxime cuando parecen pasarlo bastante bien.

—Mientras sigamos reduciéndolo todo a problemas... —dijo López con aire despechado—. En realidad yo me levanté de mal humor y la bronca busca destaparse por donde puede. Ahora ¿por qué me levanté de mal humor? Misterio, cosas del hígado.

Pero no era el hígado, a menos que el hígado tuviera el pelo rojo. Y sin embargo se había acostado contento, seguro de que algo iba a definirse y que no le sería desfavorable. «Pero uno está triste lo mismo», se dijo, mirando lúgubremente su taza vacía.

—Ese muchacho Lucio, ¿se ha casado hace mucho? —preguntó antes de tener tiempo de pensar la pregunta.

Medrano se quedó mirándolo. A López le pareció que vacilaba.

—Bueno, a usted no me gustaría mentirle, pero tampoco quisiera que esto se sepa. Supongo que oficialmente se presentan como recién casados, pero todavía les falta la pequeña ceremonia que se oficia en un despacho fragante de tinta y cuero viejo. Lucio no tuvo inconveniente en decírmelo en Buenos Aires, a veces nos tropezamos en el club universitario. Coincidencias de la calistenia.

—La verdad que la cosa no me interesa demasiado —dijo López—. Por supuesto guardaré el secreto para inconsciente martirio de las señoras de a bordo, pero nada me sorprendería que su fino olfato... Mire, ya hay una que empieza a marearse.

Con un gesto en el que la torpeza se aliaba a una fuerza considerable, el Pelusa tomó del brazo a su madre y empezó a remolcarla hacia la escalerilla de salida.

—Un poco de aire fresco y se te pasará en seguida, mama. Che Nelly, vos prepará la reposera en un sitio que no haga viento. ¿Por qué comiste tanto pan con dulce? Yo te dije, acordate.

Con un aire levemente conspirador, Don Galo y el doctor Restelli hicieron señas a Medrano y a López. La lista que tenían en la mano ocupaba ya varios renglones.

—Vamos a hablar un poco de nuestra velada —propuso Don Galo, encendiendo un puro de calidad sospechosa—. Ya es tiempo de divertirse un poco, coño.

—Bueno —dijo López—. Y después nos vamos a la peluquería. Es un programa formidable.

XXXIII

Las cosas se arreglan por donde uno menos piensa, pensó Raúl al despertarse. La bofetada de Paula había servido para que se fuera a la cama mucho más dispuesto a dormir que antes. Pero una vez despierto, después de un descanso perfecto, volvió a imaginarse a Felipe bajando a esa Niebeland de pacotilla y luces violetas, cortándose solo para sentirse independiente y más seguro de sí mismo. Mocoso del diablo, con razón tenía una borrachera complicada con insolación. Lo imaginó (mientras miraba reflexivamente a Paula que empezaba a agitarse en la cama) entrando en la cámara de Orf y del gorila con el tatuaje en el brazo, haciéndose simpático, ganándose unas copas, convertido en el gallito del barco y probablemente hablando mal de los restantes pasajeros. «Una paliza, una buena paliza bien pegada», pensó, pero sonreía porque pegarle a Felipe hubiera sido como...

Paula abrió un ojo y lo miró.

—Hola.

—Hola —dijo Raúl—. *Look, love, what envious streaks, Do lace the severing clouds in yonder east...*

—¿Hay sol, de verdad?

—*Night's candles are burnt out, and jocund day...*

—Vení a darme un beso —dijo Paula.

—Ni pienso.

—Vení, no me guardés rencor.

—Rencor es mucha palabra, querida. El rencor hay que merecerlo. Anoche me pareciste sencillamente loca, pero es una vieja impresión.

Paula saltó de la cama, y para sorpresa de Raúl apareció con un piyama. Se le acercó, le revolvió el pelo, le acarició la cara, lo besó en la oreja, le hizo cosquillas. Se reían como chicos y él acabó abrazándola y devolviéndole las cosquillas hasta que cayeron sobre la alfombra y se revolcaron hasta el centro de la cabina. Paula se levantó de un brinco y giró sobre un pie.

—No estás enojado, no estás enojado —dijo. Se echó a reír, siempre bailando—. Pero es que fuiste tan perro, mirá que dejarme levantar así...

—¿Dejarte levantar? Especie de vagabunda, te levantaste desnuda sencillamente porque sos una exhibicionista y porque sabés que soy incapaz de ir a contárselo a tu Jamaica John.

Paula se sentó en el suelo, y le puso las dos manos sobre las rodillas.

—¿Por qué a Jamaica John, Raúl? ¿Por qué a él y no a otro?

—Porque te gusta —dijo Raúl, sobrio—. Y porque él está enloquecido con vos. *Est-ce que je t'apprend des nouvelles*?

—No, la verdad que no. Tenemos que hablar de eso, Raúl.

—En absoluto. Te vas a otro confesionario. Pero te absuelvo, eso sí.

—Oh, me tenés que escuchar. Si vos no me escuchás, ¿qué hago yo?

—López —dijo Raúl— ocupa la cabina número uno, en el pasillo del otro lado. Ya vas a ver como él te va a escuchar.

Paula lo miró pensativa, suspiró, y los dos saltaron al mismo tiempo para llegar antes al cuarto de baño. Ganó Paula y Raúl volvió a tirarse en la cama y se puso a fumar. Una buena paliza... Había varios que merecían una buena paliza. Una paliza con flores, con toallas mojadas, con un lento arañar perfumado. Una paliza que durara horas, entrecortada por reconciliaciones y caricias, vocabulario perfecto de las manos, capaz de abolir y justificar las torpezas nada más que para recomenzarlas después entre lamentos y el olvido final, como un diálogo de estatuas o una piel de leopardo.

A las diez y media la cubierta empezó a poblarse. Un horizonte perfectamente idiota circundaba el *Malcolm*, y el Pelusa se hartó de acechar por todas partes las señales de los prodigios profetizados por Persio y Jorge.

¿Pero quién estaba mirando y sabiendo todo eso? No Persio, esta vez, atento a afeitarse en su cabina, aunque naturalmente cualquiera podía apreciar el conjunto a poco que tuviera interés en salir y adelantarse blandamente al encuentro de la proa como una imagen cada vez más fija (gentes en las reposeras, gentes quietas en la borda, gentes tiradas en el suelo o sentadas al borde de la piscina). Y así partiendo del primer tablón a la altura de los pies, el contemplador (quien fuera, porque Persio se pulverizaba con alcohol en su cabina) podía progresar lenta o rápidamente, demorarse en una estría de alquitrán parda o negra, subir por un ventilador o encaramarse a una cofa espesamente forrada en pintura blanca, a menos que prefiriera abarcar el conjunto, fijar de golpe las posiciones parciales y los gestos instantáneos antes de dar la espalda a la escena y llevar la mano al bolsillo donde se entibiaban los Chesterfield o los Particulares Livianos (que ya escaseaban, cada vez más particulares y livianos, privados de las fuentes porteñas de suministro).

Desde lo alto —punto de vista válido, si no apreciable—, la abolición de los mástiles reducidos a dos discos insignificantes, así como el campanile de Giotto visto por una golondrina suspendida sobre su justo centro se reduce a un cuadrado irrisorio, pierde con la altura y el volumen todo prestigio (y un hombre en la calle, contemplado desde un cuarto piso, es por un instante una especie de huevo peludo que flota en el aire por encima de un travesaño gris perla o azul, sustentado por una misteriosa levitación que pronto explican dos activas piernas y la brusca espalda que echa abajo las geometrías puras). Arriba, el punto de vista más ineficaz: los ángeles ven un mundo Cézanne: esferas, conos, cilindros. Entonces una brusca tentación mueve a aproximarse al sitio donde Paula Lavalle contempla las olas. Aproximación, cebo del conocimiento, espejo para alondras (¿pero todo esto lo piensa Persio, lo piensa Carlos López, quien fabrica estas similitudes y busca, fotógrafo concienzudo, el enfoque favorable?), y ya al lado de

Paula, contra Paula, casi en medio de Paula, descubrimiento de un universo irisado que fluctúa y se altera a cada instante, su pelo donde el sol juega como un gato con un ovillo rojo, cada cabello una zarza ardiente, hilo eléctrico por el que corre el fluido que mueve el *Malcolm* y las máquinas del mundo, la acción de los hombres y la derrota de las galaxias, el absolutamente indecible *swing* cósmico en este primer cabello (el observador no alcanza a despegarse de él, el resto es un fondo neblinoso como en un *close-up* del ojo izquierdo de Simone Signoret donde lo demás no pasa de una inane sopa de sémola que sólo más tarde tomará nombre de galán o de madre o de bistró del séptimo distrito). Y al mismo tiempo todo es como una guitarra (pero si Persio estuviera aquí proclamaría la guitarra negándose al término de comparación —no hay *cómo*, cada cosa está petrificada en su cosidad, lo demás es tramoya—, sin permitir que se la empleara como juego metafórico, de donde cabe inferir que quizá Carlos López es agente y paciente de estas visiones provocadas y padecidas bajo el cielo azul); entonces, resumiendo, todo es una guitarra desde arriba, con la boca en la circunferencia del palo mayor, las cuerdas en los cándidos cables que vibran y tiemblan, con la mano del guitarrista posada en los trastes sin que la señora de Trejo, repantigada en una mecedora verde, sepa que ella es esa mano cruzada y agazapada en los trastes, y la otra mano es el mar encendido a babor, rascando el flanco de la guitarra como los gitanos cuando esperan o pausan un tiempo de cante, el mar como lo sintió Picasso cuando pintaba el hombre de la guitarra que fue de Apollinaire. Y esto ya no puede estarlo pensando Carlos López, pero es Carlos López el que junto a Paula pierde los ojos en uno solo de sus cabellos y siente vibrar un instrumento en la confusa instancia de fuerzas que es toda cabellera, el entrecruzamiento potencial de miles de miles de cabellos, cada uno la cuerda de un instrumento sigiloso que se tendería sobre kilómetros de mar, un arpa como el arpamujer de Jerónimo Bosch, en suma otra guitarra antepasada, en suma una misma música que llena la boca de Carlos López de un profundo gusto a frutillas y a cansancio y a palabras.

—Qué resaca tengo, la puta madre —murmuró Felipe, enderezándose en la cama.

Suspiró aliviado al ver que su padre ya había salido a cubierta. Girando cautelosamente la cabeza comprobó que la cosa no era para tanto. En cuanto se pegara una ducha (y después de un buen remojón en la piscina) se sentiría perfectamente. Sacándose el piyama se miró los hombros enrojecidos, pero ya casi no le picaban, de cuando en cuando un alfilerazo le corría por la piel y lo obligaba a rascarse con cuidado. Un sol espléndido entraba por el ojo de buey. «Hoy me paso el día en la pileta», pensó Felipe, desperezándose. La lengua le molestaba como un pedazo de trapo. «Qué bruto este Bob, qué ron que tiene», con una satisfacción masculina de haber hecho algo gordo, transgredido un principio cualquiera. Bruscamente se acordó de Raúl, buscó la pipa y la lata de tabaco. ¿Quiénes lo habían traído a la cabina, lo habían acostado? Se acordó de la cabina de Raúl, de la descompostura en el baño y Raúl ahí afuera, escuchando todo. Cerró los ojos, avergonzado. A lo mejor Raúl lo había traído a la cabina, pero qué habrían dicho los viejos y la Beba al verlo tan mal. Ahora se acordaba de una mano untándole algo calmante en los brazos, y unas palabras lejanas, el viejo que le tiraba la bronca. La pomada de Raúl, Raúl había hablado de una pomada o se la había dado, pero qué importaba, de golpe sentía hambre, seguro que todos habían tomado ya café con leche, debía de ser muy tarde. No, las nueve y media. ¿Pero dónde estaba la pipa? Dio unos pasos, probándose. Se sentía perfectamente. Encontró la pipa en un cajón de la cómoda, entre los pañuelos, y la caja de tabaco perdida entre los pares de medias. Linda pipa, qué forma tan inglesa. Se la puso en la boca y se fue a mirar al espejo, pero quedaba raro con el torso desnudo y esa pipa tan bacana.

No tenía ganas de fumar, todavía le duraba el gusto del ron y del tabaco de Bob. Qué formidable había estado esa charla con Bob, qué tipo increíble.

Se metió en la ducha, pasando del agua casi hirviendo a la fría. El *Malcolm* bailaba un poco y era muy agradable mantenerse en equilibrio sin usar los soportes cromados. Se jabonó despacio, mirándose en el gran espejo que ocupaba casi completamente uno de los tabiques del baño. La tipa del clandestino le había dicho: «Tenés lindo cuerpo, pibe», y eso le había dado coraje aquella vez. Claro que tenía un cuerpo formidable, espalda en triángulo como los puntos del cine y del boxeo, piernas finas pero que marcaban un gol de media cancha. Cerró la ducha y se miró de nuevo, reluciente de agua, el pelo colgándole sobre la frente; se lo echó atrás, puso una cara indiferente, se miró de tres cuartos, de perfil. Tenía bien marcadas las placas musculares del estómago; Ordóñez decía que ésa era una de las cosas que muestran al atleta. Contrajo los músculos tratando de llenarse lo más posible de nudosidades y saliencias, alzó los brazos como Charles Atlas y pensó que sería lindo tener una foto así. Pero quién le iba a sacar una foto así, aunque él había visto fotos que parecía increíble que alguien hubiera podido estar allí sacándolas, por ejemplo esas fotos que un tipo se había sacado él mismo mientras estaba con una mina en distintas posturas, en las fotos se veía la perilla de goma que el tipo sujetaba entre los dedos del pie para poder sacar la foto cuando fuera el mejor momento, y se veía todo, completamente todo. En realidad una mujer con las piernas abiertas era bastante asqueroso, más que un hombre, sobre todo en una foto porque la vez del clandestino, como ella se movía todo el tiempo y además uno estaba interesado de otra manera, pero así, mirando las fotos en frío... Se puso las manos sobre el vientre, qué cosa bárbara, no podía ni pensar en eso. Se envolvió en la toalla de baño y empezó a peinarse, silbando. Como se había jabonado la cabeza tenía el pelo muy mojado y blando, no conseguía armar el jopo. Se quedó un rato hasta conseguir resultados satisfactorios. Después se desnudó de nuevo y empezó a hacer flexiones, mirándose de cuando en cuando en el espejo para ver si no se le caía el jopo. Estaba de espaldas a la puerta, que había dejado abierta, cuando oyó el chillido de la Beba. Vio su cara en el espejo.

—Indecente —dijo la Beba, alejándose del campo visual—. ¿Te parece bien andar desnudo con la puerta abierta?

—Bah, no te vas a caer muerta por verme un poco el culo —dijo Felipe—. Para eso somos hermanos.

—Se lo voy a contar a papá. ¿Te crees que tenés ocho años?

Felipe se puso la salida de baño y entró en la cabina. Empezó a cargar la pipa, mirando a Beba que se había sentado al borde de la cama.

—Parece que ya estás mejor —dijo la Beba, displicente.

—Pero si no era nada. Tomé demasiado sol.

—El sol no huele.

—Basta, no me jorobes. Te podés mandar mudar.

Tosió, ahogándose con la primera bocanada. La Beba lo miraba, divertida.

—Se cree que puede fumar como un hombre grande —dijo—. ¿Quién te regaló la pipa?

—Lo sabes de sobra, estúpida.

—El marido de la pelirroja, ¿no? Tenés suerte, vos. Primero afilás con la señora y después el marido te regala una pipa.

—Metete las opiniones en el traste.

La Beba seguía mirándolo y al parecer apreciaba el progresivo dominio de Felipe sobre la pipa, que empezaba a tirar bien.

—Es muy gracioso —dijo—. Mamá anoche estaba furiosa contra Paula. Sí, no me mirés así; furiosa. ¿Sabés lo que dijo? Jurame que no te vas a enojar.

—No juro nada.

—Entonces no te lo digo. Dijo... «Esa mujer es la que se mete con el nene». Yo te defendí, creéme, pero no me hicieron caso como siempre. Vas a ver que se va a armar un lío.

Felipe se puso rojo de rabia, volvió a ahogarse y acabó dejando la pipa. Su hermana acariciaba modestamente el borde de la colcha.

—La vieja es el colmo —dijo por fin Felipe—. ¿Pero qué se cree que soy yo? Ya me tiene podrido con lo del nene, uno de estos días los voy a mandar a todos a... (La Beba se había puesto los dedos en las orejas.) Y a vos la primera, mosquita muerta, seguro que fuiste vos la que le fue a alcahuetear que yo... ¿Pero ahora no se puede hablar con las mujeres, entonces? ¿Y quién los trajo a ustedes acá, decime? ¿Quién les pagó el viaje? Mirá, mandate mudar, me dan unas ganas de pegarte un par de bifes.

—Yo que vos —dijo la Beba— tendría más cuidado al flirtear con Paula. Mamá dijo...

Ya en la puerta se volvió a medias. Felipe seguía en el mismo sitio, con las manos en los bolsillos de la robe de chambre y el aire de un preliminarista que disimula el miedo.

—Imaginate que Paula se enterara de que te llamamos el nene —dijo la Beba, cerrando la puerta.

—Cortarse el pelo es una operación metafísica —opinó Medrano—. ¿Habrá ya un psicoanálisis y una sociología del peluquero y sus clientes? El ritual, ante todo, que acatamos y favorecemos a lo largo de toda la vida.

—De chico la peluquería me impresionaba tanto como la iglesia —dijo López—. Había algo misterioso en que el peluquero trajera una silla especial, y después esa sensación de la mano apretándome la cabeza como un coco y haciéndola girar de un lado a otro... Sí, un ritual, usted tiene razón.

Se acodaron en la borda buscando cualquier cosa a lo lejos.

—Todo se junta para que la peluquería tenga algo de templo —dijo Medrano—. Primero, el hecho de que los sexos están separados le da una importancia especial. La peluquería es como los billares y los mingitorios, el androceo que nos devuelve una cierta e inexplicable libertad. Entramos en un territorio muy diferente del de la calle, las casas y los tranvías. Ya hemos perdido las sobremesas de hombres solos, y los cafés con salón de familias, pero todavía salvamos algunos reductos.

—Y el olor, que uno reconoce en cualquier lugar de la tierra.

—Aparte de que los androceos se han hecho quizá para que el hombre, en pleno alarde de virilidad, pueda ceder a un erotismo que él mismo considera femenino, quizá sin razón pero de hecho, y al que se negaría indignado en otra circunstancia. Las fricciones, los fomentos, los perfumes, los recortes minuciosamente ordenados, los espejos, el talco... Si usted enumera estas cosas fuera del contexto, ¿no son la mujer?

—Claro —dijo López—, lo que prueba que ni a solas se queda uno libre de ellas, gracias a Dios. Vamos a mirar a los tritones y las nereidas que invaden poco a poco la piscina. Che, también nosotros podríamos pegarnos un remojón.

—Vaya usted, amigazo, yo me quedo un rato al sol dando unas vueltas.

Atilio y su novia acababan de tirarse vistosamente al agua, y proclamaban a gritos que estaba muy fría. Con aire marcadamente desolado, Jorge buscó a Medrano y le hizo saber que Claudia no le daba permiso para bañarse.

—Bueno, ya te bañarás esta tarde. Anoche no estabas muy bien, y ya oíste que el agua está helada.

—Está solamente fría —dijo Jorge, que amaba la precisión en ciertos casos—. Mamá se pasa la vida mandándome a bañar cuando no tengo ganas, y... y...

—Y viceversa.

—Eso. ¿Vos no te bañás, Persio lunático?

—Oh, no —dijo Persio, que estrechaba calurosamente la mano de Medrano—. Soy demasiado sedentario y además una vez tragué tanta agua que estuve sin poder hablar más de cuarenta y ocho horas.

—Vos estáis macaneando —sentenció Jorge, nada convencido—. Medrano, ¿viste al glúcido ahí arriba?

—No. ¿En el puente de mando? Si nunca hay nadie.

—Yo lo vi, che. Cuando salí a la cubierta hace un rato. Estaba ahí, mirá, justamente entre esos dos vidrios; seguro que manejaba el timón.

—Curioso —dijo Claudia—. Cuando Jorge me avisó ya era tarde y no vi a nadie. Uno se pregunta cómo dirigen este barco.

—No es forzosamente necesario que estén pegados a los vidrios —dijo Medrano—. El puente es muy profundo, me imagino, y se instalarán en el fondo o delante de la mesa de mapas... —sospechó que nadie le hacía demasiado caso—. De todos modos tuviste suerte, porque lo que es yo...

—La primera noche el capitán veló ahí hasta muy tarde —dijo Persio.

—¿Cómo sabés que era el capitán, Persio lunático?

—Se nota, es una especie de aura. Decime: ¿cómo era el glúcido que viste?

—Petiso y vestido de blanco como todos, con una gorra como todos, y unas manos con pelos negros como todos.

—No me vas a decir que le viste los pelos desde aquí.

—No —admitió Jorge—, pero por lo petiso se notaba que tenía pelos en las manos.

Persio se tomó el mentón con dos dedos, y apoyó el codo en otros dos.

—Curioso, muy curioso —dijo, mirando a Claudia—. Uno se pregunta si realmente vio a un oficial, o si el ojo interior... Como cuando habla en sueños, o echa las cartas. Catalizador, ésa es la palabra, un verdadero pararrayos. Sí, uno se pregunta —agregó, perdiéndose en sus pensamientos.

—Yo lo vi, che —murmuró Jorge un poco ofendido—. ¿Qué tiene de raro, a la final?

—No se dice a la final.

—A la que tanto, entonces.

—Tampoco se dice a la que tanto —dijo Claudia, riéndose. Pero Medrano no tenía ganas de reírse.

—Esto ya joroba demasiado —le dijo a Claudia cuando Persio se llevó a Jorge para explicarle el misterio de las olas—. ¿No es ridículo que estemos reducidos a una zona que llamamos cubierta cuando en realidad está por completo descubierta? No me dirá que esas pobres lonas que han instalado los finlandeses serán una protección en caso de temporal. Es decir que si empieza a llover, o cuando haga frío en el estrecho de Magallanes, tendremos que pasarnos el día en el bar o en las cabinas... Caramba, esto es más un transporte de tropas o un barco negrero que otra cosa. Hay que ser como Lucio para no verlo.

—De acuerdo —dijo Claudia, acercándose a la borda—. Pero como hay un sol tan hermoso, aunque Persio diga que en el fondo es negro, nos despreocupamos.

—Sí, pero cómo se parece eso a lo que hacemos en tantos otros terrenos —dijo Medrano en voz baja—. Desde anoche tengo la sensación de que lo que me ocurre de fuera a dentro, por decirlo así, no es esencialmente distinto de lo que soy yo de dentro a fuera. No me explico bien, temo caer en una pura analogía, esas analogías que el bueno de Persio maneja para su deleite. Es un poco...

—Es un poco usted y un poco yo, ¿verdad?

—Sí, y un poco el resto, cualquier elemento o parte del resto. Tendría que plantearlo con mayor claridad, pero siento como si pensarlo fuera la mejor manera de perder el rastro... Todo esto es tan vago y tan insignificante. Vea, hace un momento yo estaba perfectamente bien (dentro de la sencillez del conjunto, como decía un cómico de la radio). Bastó que Jorge contara que había visto a un glúcido en el puente de mando para que todo se fuera al diablo. ¿Qué relación puede haber entre eso y...? Pero es una pregunta retórica, Claudia; sospecho la relación, y la relación es que no hay ninguna relación porque todo es una y la misma cosa.

—Dentro de la sencillez del conjunto —dijo Claudia, tomándolo del brazo y atrayéndolo imperceptiblemente hacia ella—. Mi pobre Gabriel, desde ayer usted se está haciendo una mala sangre terrible. Pero no era para eso que nos embarcamos en el *Malcolm*.

—No —dijo Medrano, entornando los ojos para sentir mejor la suave presión de la mano de Claudia—. Claro que no era para eso.

—¿Jantzen? —preguntó Raúl.

—No, El Coloso —dijo López, y soltaron la carcajada.

A Raúl le hacía gracia además encontrárselo a López en el pasillo de estribor, siendo que su cabina quedaba del otro lado. «Hace la ronda, el pobre, da un rodeo cada vez por si se produce un encuentro casual, etcétera. ¡Oh, centinela enamorado, *pervigilium veneris*! Este muchacho merecería un slip de mejor calidad, realmente...»

—Espere un segundo —dijo, no sabiendo si debía encomiarse por su compasión—. El torbellino atómico se disponía a seguirme, pero naturalmente se habrá olvidado el *rouge* o las zapatillas en algún rincón.

—Ah, bueno —dijo López, fingiendo indiferencia.

Empezaron a charlar, apoyados en el tabique del pasillo. Pasó Lucio, también en traje de baño, los saludó y siguió de largo.

—¿Cómo va ese ánimo para las nuevas puntas de lanza y las ofensivas de los comandos? —dijo Raúl.

—No demasiado bien, che; después del fiasco de anoche... Pero supongo que habrá que seguir adelante. A menos que el pibe Trejo nos gane de mano...

—Lo dudo —dijo Raúl, mirándolo de reojo—. Si a cada viaje se pesca una curda como la de ayer... No se puede bajar al Hades sin un alma bien templada; así lo enseñan las buenas mitologías.

—Pobre pibe, seguro que se quiso desquitar —dijo López.

—¿Desquitar?

—Bueno, ayer lo dejamos de lado y supongo que no le gustó. Yo lo conozco un poco, ya sabe que enseño en su colegio; no creo que tenga un carácter fácil. A esa edad todos quieren ser hombres y tienen razón, sólo que los medios y las oportunidades les juegan sucio vuelta a vuelta.

«¿Por qué diablos me estás hablando de él? —se dijo Raúl, mientras asentía con aire comprensivo—. Tenés mucho olfato, vos, las ves todas debajo del agua, y además sos un tipo macanudo.» Se inclinó solemnemente ante Paula que abría la puerta de la cabina, y volvió a mirar a López que no se sentía muy cómodo en traje de baño. Paula se había puesto una malla negra bastante austera, en total desacuerdo con el bikini del día anterior.

—Buenos días, López —dijo livianamente—. ¿Vos también te tirás al agua, Raúl? Pero no vamos a caber ahí adentro.

—Moriremos como héroes —dijo Raúl, encabezando la marcha—. Madre mía, ya están ahí los boquenses, lo único que falta es que ahora se tire Don Galo con silla y todo.

Por la escalera de babor se asomaba Felipe, seguido de la Beba que se instaló elegantemente en la barandilla para dominar la piscina y la cubierta. Saludaron a Felipe agitando la mano, y él devolvió el saludo con alguna timidez, preguntándose cuáles habrían sido los comentarios a bordo sobre su rara descompostura. Pero cuando Paula y Raúl lo recibieron charlando y riendo, y se tiraron al agua seguidos de López y de Lucio, recobró la seguridad y se puso a jugar con ellos. El agua de la piscina se llevó los últimos restos de la resaca.

—Parece que estás mejor —le dijo Raúl.

—Seguro, ya se me pasó todo.

—Ojo con el sol, hoy va a estar fuerte de nuevo. Tenés muy quemados los hombros.

—Bah, no es nada.

—¿Te hizo bien la pomada?

—Sí, creo que sí —dijo Felipe—. Qué lío, anoche. Discúlpeme, mire que descomponerme en su camarote... Me daba calor, pero qué iba a hacer.

—Vamos, no fue nada —dijo Raúl—. A cualquiera le puede pasar. Yo una vez le vomité en una alfombra a mi tía Magda, que en paz no descanse; muchos dijeron que la alfombra había quedado mejor que antes, pero te advierto que tía Magda no era popular en la familia.

Felipe sonrió, sin entender demasiado. Estaba contento de que fueran de nuevo amigos, era el único con quien se podía hablar en el barco. Lástima que Paula estuviera con él y no con Medrano o López. Tenía ganas de seguir charlando con Raúl, y a la vez veía las piernas de Paula que colgaban al borde de la piscina y se moría por ir a sentarse a su lado y averiguar lo que pensaba sobre su enfermedad.

—Hoy probé la pipa —dijo torpemente—. Es estupenda, y el tabaco...

—Mejor que el que fumaste anoche, espero —dijo Raúl.

—¿Anoche? Ah; usted quiere decir...

Nadie podía oírlos, los Presutti evolucionaban entre grandes exclamaciones en el otro extremo de la piscina. Raúl se acercó a Felipe, acorralado contra la tela encerada.

—¿Por qué fuiste solo? Entendés, no es que no puedas ir donde te dé la gana. Pero me sospecho que allá abajo no es muy seguro.

—¿Y qué me puede pasar?

—Probablemente nada. ¿Con quiénes te encontraste?

—Con... —iba a decir «Bob». pero se tragó la palabra—. Con uno de los tipos.

—¿Cuál, el más chico? —preguntó Raúl, que sabía muy bien.

—Sí, con ése.

Lucio se les acercó, salpicándolos. Raúl hizo un gesto que Felipe no entendió bien y se hundió de espaldas, nadando hacia el otro extremo donde Atilio y la Nelly emergían entusiastas. Dijo alguna cosa amable a la Nelly, que lo admiraba temerosamente, y entre él y el Pelusa se pusieron a enseñarle la plancha. Felipe lo miró un momento, contestó sin ganas a algo que decía Lucio, y acabó encaramándose junto a Paula que tenía los ojos cerrados contra el sol.

—Adivine quién soy.

—Por la voz, un muchacho muy buen mozo —dijo Paula—. Espero que no se llame Alejandro, porque el sol está estupendo.

—¿Alejandro? —dijo el alumno Trejo, cero en varios bimestres de historia griega.

—Sí, Alejandro, Iskandar, Aleixandre, como le guste. Hola, Felipe. Pero claro, usted es el papá de Alejandro. ¡Raúl, tenés que venir a oír esto, es maravilloso! Sólo falta que ahora aparezca un mozo y nos ofrezca una macedonia de frutas.

Felipe dejó pasar la racha ininteligible, para lo cual se organizó el jopo con un peine de nylon que extrajo del bolsillo del slip. Estirándose, se entregó a la primera caricia de un sol todavía no demasiado fuerte.

—¿Ya se le pasó la mona? —preguntó Paula, cerrando otra vez los ojos.

—¿Qué mona? Me hizo mal el sol —dijo Felipe, sobresaltado—. Aquí todo el mundo piensa que me tomé un litro de whisky. Mire, una vez en una comida con los muchachos, cuando terminamos cuarto año... —la evocación incluía diversas descripciones de jóvenes debajo de las mesas del restaurante Electra, pero Felipe invicto llegando a su casa a las tres de la mañana y eso que había empezado con dos cinzanos y bitter, después el nebiolo y un licor dulce que no sabía cómo se llamaba.

—¡Qué aguante! —dijo Paula—. ¿Y por qué esta vez le hizo mal?

—Pero si no fue el drogui, no le digo, yo creo que me quedé demasiado por la tarde. Usted también está bastante quemada —agregó, buscando una salida—. Le queda muy bien, tiene unos hombros lindísimos.

—¿De verdad?

—Sí, preciosos. Ya se lo habrán dicho muchas veces, me imagino.

«Pobrecito —pensaba Paula, sin abrir los ojos—. Pobrecito.» Y no lo decía por Felipe. Medía el precio que alguien tendría que pagar por un sueño, una vez más alguien moriría en Venecia y seguiría viviendo después de la muerte, a *sadder but not a wiser man*... Pensar que hasta un niño como Jorge ya hubiera encontrado montones de cosas divertidas y hasta sutiles que decir. Pero no, el jopo y la petulancia y se acabó... «Por eso parecen estatuas, lo que pasa es que lo son de veras por fuera y por dentro.» Adivinaba lo que debía estar imaginándose López, solo y enfurruñado. Ya era tiempo de firmar el armisticio con Jamaica John, el pobre estaría convencido de que Felipe le decía cosas incitantes y que ella escuchaba cada vez más complacida los galanteos («es más una galantina que un galanteo») del pequeño Trejo. «¿Qué pasaría si me lo llevara a la cama? Ruboroso como un cangrejo sin saber dónde meterse... Sí, dónde meterse lo sabría seguramente, pero antes y después, es decir lo verdaderamente importante... Pobrecito, habría que enseñarle todo... pero si es extraordinario, el chico de *Le Blé en herbe* también se llamaba Felipe... Ah, no, esto ya es demasiado. Tengo que contárselo a Jamaica John apenas se le pasen las ganas de retorcerme el pescuezo...»

Jamaica John se miraba los pelos de las pantorrillas. Sin alzar demasiado la voz hubiera podido hablar con Paula, ahora que los Presutti salían del agua y se hacía un silencio cortado por la risa lejana de Jorge. En cambio le pidió un cigarrillo a Medrano y se puso a fumar con los ojos fijos en el agua, donde una nube hacía desesperados esfuerzos por no perder su forma de pera Williams. Acababa de acordarse de un fragmento de sueño que había tenido hacia la madrugada y que debía influir en su estado de ánimo. De cuando en cuando le ocurría soñar cosas parecidas; esta vez entraba en juego un amigo suyo a quien nombraban ministro, y él asistía a la ceremonia del juramento. Todo estaba muy bien y su amigo era un muchacho formidable, pero lo mismo se había sentido vagamente infeliz, como si cualquiera pudiera ser ministro menos él. Otras veces soñaba con el matrimonio de ese mismo amigo, uno de esos braguetazos que lo embarcan a uno en yates, Orient Express y Superconstellations; en todos los casos el despertar era penoso, hasta que la ducha ponía orden en la realidad. «Pero yo no tengo ningún sentimiento de inferioridad —se dijo—. Dormido, en cambio, soy un pobre infeliz.» Honestamente, procuraba interrogarse: ¿no estaba satisfecho de su vida, no le bastaba su trabajo, su casa (que no era su casa, en realidad, pero vivir como pensionista de su hermana era una solución más que satisfactoria), sus amigas del momento o del semestre? «Lo malo es que nos han metido en la cabeza que la verdad está en los sueños, y a lo mejor es al revés y me estoy haciendo mala sangre por una tontería. Con este sol y este viajecito, hay que ser idiota para atormentarse así.»

Solo en el agua, Raúl miró a Paula y a Felipe. De modo que la pipa era estupenda, y el tabaco... Pero le había mentido sobre el viaje al Hades. No le molestaba la mentira, era casi un homenaje que le rendía Felipe. A otro no hubiera tenido inconveniente en decirle la verdad, al fin y al cabo qué podía importarle. Pero a él le mentía porque sin saberlo sentía la fuerza que los acercaba (más fuerte cuanto más se echara atrás, como un buen arco), le mentía y sin saberlo le estaba alcanzando una flor con su mentira.

Incorporándose, Felipe respiró con fruición; su torso y su cabeza se inscribieron en el fondo profundamente azul del cielo. Raúl se apoyó en la tela encerada y recibió de lleno la herida, dejó de ver a Paula y a López, se oyó pensar en voz alta, muy adentro pero con reverberaciones de caverna oyó gritar su pensamiento que nacía con las palabras de Krishnadasa, extraño recuerdo en una piscina, en un tiempo tan diferente, en un cuerpo tan ajeno, pero como si las palabras fueran por derecho suyas, y lo eran, todas las palabras del amor eran las suyas y las de Krishnadasa y las del bucoliasta y las del hombre atado al lecho de flores de la más lenta y dulce tortura. «Bienamado, sólo tengo un deseo —oyó cantar—. Ser las campanillas que ciñen tus piernas para seguirte por doquiera y estar contigo... Si no me ato a tus pies, ¿de qué sirve cantar un canto de amor? Eres la imagen de mis ojos y te veo en todas partes. Si contemplo tu belleza soy capaz de amar el mundo. Krishnadasa dice: Mira, mira.» Y el cielo parecía negro en torno de la estatua.

XXXIV

—Pobre hombre —decía Doña Rosita—. Mírenlo ahí como un santo sin juntarse con nadie. A mí eso me parece una vergüenza, siempre le digo a mi esposo que el gobierno tendría que tomar medidas. No es justo que porque uno sea chofer tenga que pasarse el día metido en un rincón.

—Y parece simpático, el pobre —dijo la Nelly—. Qué grande que es, ¿te fijaste, Atilio? ¡Qué urso!

—Bah, no es para tanto —dijo Atilio—. Cuando yo lo ayudo a levantar la silla del viejo no te vayas a creer que me gana en fuerza. Lo que es es gordo, pura grasa. Parece un cácher, pero si te lo agarra Lausse me lo duerme en dos patadas. Che, ¿cómo te parece que le irá al Rusito cuando pelee con Estéfano?

—El Rusito es muy bueno —dijo la Nelly—. Dios quiera que gane.

—La última vez ganó raspando, a mí me parece que no tiene bastante punch, pero eso sí, un juego de piernas... Parece Errol Flynn en ésa del boxeador, vos la viste.

—Sí, la vimos en el Boedo. Ay, Atilio, a mí las cintas de boxeadores no me gustan, se ensangrientan la cara y al final no se ven más que peleas todo el tiempo. No hay nada de sentimiento, qué querés.

—Bah, el sentimiento —dijo el Pelusa—. Las mujeres si no ven un engominado que se la pasa a los besos, no quieren saber nada. La vida es otra cosa, te lo digo yo. La realidad, entendés.

—Vos lo decís porque te gustan las de pistoleros, pero cuando sale la Esther Williams bien que te quedás con la boca abierta, no vayas a creer que no me fijo.

El Pelusa sonrió modestamente y dijo que después de todo la Esther Williams era un budinazo. Pero doña Rosita, reponiéndose del letargo provocado por el desayuno y el rolido, intervino para opinar que las actrices de ahora no se podían comparar con las de su tiempo.

—Es muy cierto —dijo Doña Pepa—. Cuando una piensa en la Norma Talmadge y la Lillian Gish, ésas eran mujeres. Acordate de la Marlene Dietrich, lo que se llama decente no era, ¡pero qué sentimiento! En aquella en colores que él era un cura que se había escapado entre los moros, te acordás; y ella de noche salía a la terraza con esos velos blancos... Me acuerdo que acababa mal, era el destino...

—Ah, ya sé —dijo Doña Rosita—. Lo que el viento se llevó, qué sentimiento, ahora me acuerdo.

—No, ésa no era lo que el viento se llevó —dijo doña Pepa—. Era una que el cura se llamaba Pepe no sé cuanto. Todo en la arena, me acuerdo, unos colores.

—Pero no, mamá —dijo la Nelly—. La de Pepe era otra de Charles Boyer. Atilio también la vio, fuimos con la Nela. ¿Te acordás, Atilio?

El Pelusa, que se acordaba poco, empezó a correr las reposeras con sus ocupantes dentro, para que no les diera el sol. Las señoras se rieron y chillaron un poco, pero estaban encantadas porque así podían ver de frente la piscina.

—Ya está ésa hablando con el chico —dijo Doña Rosita—. Me da una cosa cuando pienso lo desvergonzada que es...

—Pero mamá, no es para tanto —dijo la Nelly, que había estado charlando con Paula y seguía deslumbrada por el buen humor y los chistes de Raúl—. Vos no querés comprender a la juventud moderna, acordate cuando fuimos a ver la de James Dean. Te juro, Atilio, se quería ir todo el tiempo y decía que eran unos sinvergüenzas, date cuenta.

—Los pitucos no son muy trigo limpio —dijo el Pelusa, que se tenía bien discutido el asunto con los muchachos del café—. Es la educación que reciben, qué le vas a hacer.

—Si yo era la madre de ese muchachito, ya me iba a oír —dijo Doña Pepa—. Seguro que le está diciendo cosas que no son para su edad. Y si no sería más que eso...

Las tres asintieron, mirándose significativamente.

—Lo de anoche fue el colmo —siguió Doña Pepa—. Mire que salir en la oscuridad con ese muchacho casado, y la señora ahí mirando... La cara que tenía, bien que la vi, pobre ángel. Hay que decir lo que es, ya no tienen religión. ¿Usted vio en el tranvía? Se puede caer muerta que se quedan tan tranquilos sentados leyendo esas revistas con crímenes y la Sofía Loren.

—Ah, señora, si yo le contara... —dijo Doña Rosita—. Mire, en nuestro barrio, sin ir más lejos... Véala, véala a esa desvergonzada, y si no sería más que con ese muchacho de anoche, pero encima anda con el profesor, y eso que parecía una persona seria, un mozo tan formal.

—¿Qué tiene que ver? —dijo Atilio, alineándose como un solo hombre en el bando atacado—. López es macanudo, uno puede hablar de cualquier cosa que no se da tono, les juro. Hace bien en tirarse el lance, cuantimás que a la final la que le da calce es ella.

—¿Pero y el marido, entonces? —dijo la Nelly que admiraba a Raúl y no entendía su conducta—. Yo creo que él tendría que darse cuenta. Primero con uno, después con otro, después con otro...

—Ahí tienen, ahí tienen —dijo Doña Rosita—. Se va uno y en seguida empieza a hablar con el profesor. ¿Qué les decía? Yo no comprendo cómo el marido le puede consentir.

—Es la juventud moderna —dijo la Nelly, privada de argumentos—. Está en todas las novelas.

Envuelta en una ola de autoridad moral y un solero azul y rojo, la señora de Trejo saludó a los presentes y ocupó una reposera junto a Doña Rosita. Menos mal que el chico ya se había separado de la Lavalle, porque en esa forma... Doña Rosita se tomó su tiempo antes de buscar una apertura y entre tanto se discutió intensamente el rolido, el desayuno, el horror del tifus si no se toma a tiempo y se fumigan las habitaciones, y el malestar felizmente pasajero del simpático joven Trejo, tan parecido al papá en la forma de mover la cabeza. Aburrido, Atilio propuso a Nelly que hicieran fúting para quitarse el frío del baño, y las señoras estrecharon filas y compararon los ovillos de lanas y el comienzo de las respectivas mañanitas. Más tarde (Jorge cantaba a gritos, acompañado por Persio cuya voz se parecía sorprendentemente a la de un gato) las señoras coincidieron en que Paula era un factor de perturbación a bordo y que no se debía permitir una cosa semejante, máxime cuando faltaba tanto tiempo para llegar a Tokio.

La discreta aparición de Nora fue recibida con un interés disimulado por cristiana amabilidad. Las señoras se mostraron en seguida dispuestas a levantar el estado de ánimo de Nora, cuyas ojeras confirmaban elocuentemente lo que debía haber sufrido. No era para menos, pobrecita, recién casada y con semejante picaflor que ya se le iba con otra a dar vueltas en la oscuridad y a hacer vaya a saber qué. Lástima que Nora no parecía demasiado dispuesta a las confidencias; fue necesaria toda la habilidad dialéctica de las señoras para hacerla intervenir poco a poco en la conversación, iniciada con una referencia a la buena calidad de la manteca de a bordo y seguida del análisis de las instalaciones de las cabinas, el ingenio desplegado por los marineros para construir la piscina en plena cubierta, lo buen mozo que era el joven Costa, el aire un poco triste que tenía esa mañana el profesor López, y lo joven que se veía al marido de Nora, aunque era raro que ella no hubiera ido a bañarse con él. A lo mejor estaba un poco mareada, las señoras tampoco se sentían en condiciones de concurrir a la piscina, aparte de que su edad...

—Sí, hoy no tengo ganas de bañarme —dijo Nora—. No es que me sienta mal, al contrario, pero no dormí mucho y...

—se ruborizó violentamente porque Doña Rosita había mirado a la señora de Trejo, que había mirado a Doña Pepa, que había mirado a Doña Rosita. Todas comprendían tan bien, alguna vez habían sido jóvenes, pero de todos modos Lucio debía portarse como un caballero galante y venir a buscar a su joven esposa para que lo acompañara a pasear al sol o a bañarse. Ah, los muchachos, todos iguales, muy exigentes para algunas cosas, sobre todo cuando acaban de casarse, pero después les gustaba andar solos o con los amigos, para contarse cuentos verdes mientras la esposa tejía sentada en una silla. A Doña Pepa, sin embargo, le parecía (pero era solamente una opinión y además confusamente expresada) que una mujer recién casada no debía permitirle a su marido que la dejara sola, porque así le iba dando alas y al final empezaba a ir al café para jugar al truco con los amigos, después se iban solos al cine, después volvían tarde del trabajo, después uno ya no sabía de qué cosas eran capaces.

—Lucio y yo somos muy independientes —alegó débilmente Nora—. Cada uno tiene derecho a vivir su propia vida, porque...

—Así es la juventud de hoy —dijo Doña Pepa, firme en sus trece—. Cada uno por su lado y un buen día descubren que... No lo digo por ustedes, m'hijita, ya se imagina, ustedes son tan simpáticos, pero yo tengo experiencia, yo la he criado a la Nelly, si le contara, qué lucha... Aquí mismo, para no ir más lejos, si usted y el señor Costa no se fijan un poco, no me extrañaría que... Pero no quisiera ser indiscreta.

—Eso no es ser indiscreta, Doña Pepa —dijo vivamente la señora de Trejo—. Comprendo muy bien lo que quiere decir y estoy completamente de acuerdo. Yo también he de velar por mis hijos, créame.

Nora empezaba a darse cuenta de que se hablaba de Paula.

—A mí tampoco me gusta el comportamiento de esa señorita —dijo—. No es que me concierna personalmente, pero tiene una manera de coquetear...

—Justamente lo que estábamos diciendo cuando usted vino —dijo Doña Rosita—. Las mismas palabras. Una desvergonzada, eso.

—Bueno, yo no he dicho... Me parece que exagera su liberalidad, y claro que usted, señora...

—Ya lo creo, hijita —dijo la señora de Trejo—. Y no voy a consentir que esa niña, por llamarla así, siga metiéndose con el nene. Él es la inocencia misma, a los dieciséis años, figúrense un poco... Pero si fuera solamente eso... Es que además no se conforma con un solo *flirt*, por decirlo en inglés. Sin ir más lejos...

—Si afilaría solamente con el profesor a mí no me parecería tan mal —dijo Doña Pepa—. Y eso que tampoco está bien porque cuando una se ha casado ante Dios no debe mirar a otro hombre. Pero el señor López parece tan educado, y a lo mejor solamente conversan.

—Una vampiresa —dijo Doña Rosita—. Su marido será muy simpático, pero si mi Enzo me vería hablando con otro hombre, no es que sea un bruto pero seguro que algo pasa. El casamiento es el casamiento, yo siempre lo digo.

Nora había bajado los ojos.

—Ya sé lo que están pensando —dijo—. También ha pretendido meterse con mi... con Lucio. Se imaginan que ni él ni yo podemos tomar en cuenta una cosa semejante.

—Sí, m'hijita, pero hay que tener cuidado —dijo Doña Pepa con la desagradable sensación de que el pez se le soltaba del anzuelo—. Está muy bien decir que no lo van a tomar en cuenta, pero una mujer siempre es una mujer y un hombre siempre es un hombre, como decían en la vista esa de Montgomery no sé cuánto.

—Oh, no hay que exagerar —dijo Nora—. Por el lado de Lucio no tengo el menor cuidado, pero reconozco que el comportamiento de esa chica...

—Una arrastrada, eso —dijo Doña Rosita—. Salir a la cubierta a más de la medianoche sola con un hombre y cuando la esposa, pobre ángel, disculpe la comparación, se queda ahí mirando...

—Vamos, vamos —dijo la señora de Trejo—. No hay que exagerar, Doña Rosita. Ya ve que esta niña toma las cosas con toda filosofía, y eso que es la interesada.

—¿Y cómo las voy a tomar? —dijo Nora, sintiendo que una pequeña mano empezaba a apretarle la garganta—. No se va a repetir, es todo lo que puedo decirles.

—Sí, puede ser —dijo la señora de Trejo—. Yo en cambio no pienso permitirle que siga fastidiando al nene. Le he dicho a mi esposo lo que pienso, y si vuelve a propasarse ya me va a oír la jovencita ésa. El pobre nene se cree obligado a tenerle la vela porque ayer el señor Costa lo atendió cuando se descompuso, y hasta le hizo un regalo. Imagínese qué compromiso. Pero miren quién viene a visitarnos...

—Hace un sol de justicia —declaró Don Galo, despidiendo al chófer con uno de sus movimientos de manos que le daban un aire de prestidigitador—. ¡Qué calor, señoras mías! Pues aquí me tienen con mi lista casi completa, y dispuesto a sometérsela a ustedes para que me asesoren con su amabilidad y conocimientos...

XXXV

—*Tiens, tiens*, el profesor —dijo Paula.

López se sentó a su lado en el borde de la piscina.

—Deme un cigarrillo, me dejé los míos en la cabina —dijo casi sin mirarla.

—Pero claro, no faltaba más. Este maldito encendedor acabará en lo más hondo de las fosas oceánicas. Bueno, ¿y cómo hemos amanecido hoy?

—Más o menos bien —dijo López, pensando todavía en los sueños que le habían dejado un gusto amargo en la boca—. ¿Y usted?

—Ping-pong —dijo Paula.

—¿Ping-pong?

—Sí. Yo le pregunto cómo está, usted me contesta y luego me pregunta cómo estoy. Yo le contesto: Muy bien, Jamaica John, muy bien a pesar de todo. El ping-pong social, siempre deliciosamente idiota como los bises en los conciertos, las tarjetas de felicitación y unos tres millones de cosas más. La deliciosa vaselina que mantiene tan bien lubricadas las ruedas de las máquinas del mundo, como decía Spinoza.

—De todo eso lo único que me gusta es que me haya llamado con mi verdadero nombre —dijo López—. Lamento no poder agregar «muchas gracias», después de su perorata.

—¿Su verdadero nombre? Bueno, López es bastante horrible, convengamos. Lo mismo que Lavalle, aunque este último... Sí, el héroe estaba detrás de una puerta y le zamparon una descarga cerrada; siempre es una evocación histórica vistosa.

—Si vamos a eso, López fue un tirano igualmente vistoso, querida.

—Cuando se dice «querida» como lo acaba de decir usted, dan ganas de vomitar, Jamaica John.

—Querida —dijo él en voz muy baja.

—Así está mejor. Sin embargo, caballero, permítame recordarle que una dama...

—Ah, basta, por favor —dijo López—. Basta de comedia. O hablamos de verdad o me mando mudar. ¿Por qué tenemos que estar echándonos púas desde ayer? Esta mañana me levanté decidido a no volver a mirarla, o a decirle en la cara que su conducta... —soltó una carcajada—. Su conducta —repitió—. Está bueno que yo me ponga a hablar de conductas. Vaya a vestirse y la espero en el bar, aquí no puedo decirle nada.

—¿Me va a sermonear? —dijo Paula, con aire de chiquilla.

—Sí. Vaya a vestirse.

—¿Está muy enojado, pero muy, muy enojado con la pobrecita Paula?

López volvió a reír. Se miraron un momento, como si se vieran por primera vez. Paula respiró profundamente. Hacía mucho que no sentía el deseo de obedecer, y le pareció extraño, nuevo, casi agradable. López esperaba.

—De acuerdo —dijo Paula—. Me voy a vestir, profesor. Cada vez que se ponga mandón lo llamaré profesor. Pero también nos podríamos quedar aquí, el joven Lucio acaba de salir del agua, nadie nos oye, y si usted tiene que hacerme revelaciones importantes... ¿Por qué nos vamos a perder este sol tan tibio?

¿Por qué diablos tenía que obedecerle?

—El bar era un pretexto —dijo López, siempre en voz baja—. Hay cosas que ya no se pueden decir, Paula. Ayer, cuando toqué su mano... Es algo así, de qué sirve hablar.

—Pero usted habla muy bien, Jamaica John. Me gusta oírle decir esas cosas. Me gusta cuando está enojado como un oso, pero también cuando se ríe. No esté enojado conmigo, Jamaica John.

—Anoche —dijo él, mirándole la boca— la odié. Le debo algunos sueños horribles, mal gusto en la boca, una mañana casi perdida. No había ninguna necesidad de que yo fuera a la peluquería, fui porque necesitaba ocuparme de alguna cosa.

—Anoche —dijo Paula— usted se portó como un sonso.

—¿Era tan necesario que se fuera con Lucio a la cubierta?

—¿Por qué no con él, o con cualquier otro?

—Eso me hubiera gustado que lo adivinara por su propia cuenta.

—Lucio es muy simpático —dijo Paula, aplastando el cigarrillo—. Al fin y al cabo lo que yo quería ver eran las estrellas, y las vi. También él, se lo aseguro.

López no dijo nada pero la miró de una manera que obligó a Paula a bajar los ojos por un momento. Estaba pensando (pero era más una sensación que un pensamiento) en la forma en que le haría pagar esa mirada, cuando oyó gritar a Jorge y luego a Persio. Miraron hacia atrás. Jorge saltaba en la cubierta, señalando el puente de mando.

—¡Un glúcido, un glúcido! ¿Qué les dije que había uno?

Medrano y Raúl, que charlaban cerca del entoldado, se acercaron a la carrera. López saltó al suelo y miró. A pesar de que el sol lo cegaba reconoció en el puente de mando la silueta del oficial enjuto, de pelo canoso cortado a cepillo, que les había hablado el día antes. López juntó las manos contra la boca y gritó con tal fuerza que el oficial no pudo menos que mirar. Le hizo una seña conminatoria para que bajara a la cubierta. El oficial seguía mirándolo, y López repitió la seña con tal violencia que dio la impresión de que estuviera transmitiendo un mensaje con banderas. El oficial desapareció.

—¿Qué le ha dado, Jamaica John? —dijo Paula, bajándose a su vez—. ¿Para qué lo llamó?

—Lo llamé —dijo López secamente— porque me dio la reverenda gana.

Fue hacia Medrano y Raúl, que parecían aprobar su actitud, y señaló hacia arriba. Estaba tan excitado que Raúl lo miró con divertida sorpresa.

—¿Usted cree que va a bajar?

—No sé —dijo López—. Puede ser que no baje, pero hay algo que quiero prevenirles, y es que si no aparece antes de diez minutos voy a tirar esta tuerca contra los vidrios.

—Perfecto —dijo Medrano—. Es lo menos que se puede hacer.

Pero el oficial apareció poco después, con su aire atildado y ligeramente para adentro, como si trajera ya estudiados el papel y el repertorio de las respuestas posibles. Bajó por la escalerilla de estribor, disculpándose al pasar junto a Paula que le hizo un saludo burlón. Sólo entonces se dio cuenta López de que estaba casi desnudo para hablar con el oficial; sin que supiera bien por qué, el detalle lo enfureció todavía más.

—Muy buenos días, señores —dijo el oficial, con sendas inclinaciones de cabeza a Medrano, Raúl y López.

Más allá, Claudia y Persio asistían a la escena sin querer intervenir. Lucio y Nora habían desaparecido, y las señoras seguían charlando con Atilio y Don Galo, entre risas y caca-reos.

—Buenos días —dijo López—. Ayer, si no me equivoco, usted dijo que el médico de a bordo vendría a vernos. No ha venido.

—Oh, lo siento mucho —el oficial parecía querer quitarse una pelusa de la chaqueta de hilo blanco, miraba atentamente la tela de las mangas—. Espero que la salud de ustedes sea excelente.

—Dejemos la salud de lado. ¿Por qué no vino el médico?

—Supongo que habrá estado atareado con nuestros enfer-mos. ¿Han notado ustedes algún... algún detalle que puede alarmarlos?

—Sí —dijo blandamente Raúl—. Hay una atmósfera ge-neral de peste que parece de una novela existencialista. Entre otras cosas usted no debería prometer sin cumplir.

—El médico vendrá, pueden estar seguros. No me gusta decirlo, pero por razones de seguridad que no dejarán de com-prender es conveniente que entre ustedes y... nosotros, diga-mos, haya el menor contacto posible... por lo menos en estos primeros días.

—Ah, el tifus —dijo Medrano—. Pero si alguno de noso-tros estuviera dispuesto a arriesgarse, yo, por ejemplo, ¿por qué no habría de pasar con usted a la popa y ver al médico?

—Pero es que después usted tendría que volver, y en ese caso...

—Ya empezamos de nuevo —dijo López, maldiciendo a Medrano y a Raúl porque no lo dejaban darse el gusto—. Oiga, ya estoy harto, me entiende, lo que se dice harto. No me gusta este viaje, no me gusta usted, sí, usted, y todo el resto de los glúcidos empezando por su capitán Smith. Ahora escuche: puede ser que tengan algún lío allá atrás, no sé qué, el tifus o las ratas, pero quiero prevenirle que si las puertas siguen cerradas estoy dispuesto a cualquier cosa para abrirme paso. Y cuando digo cualquier cosa me gustaría que me lo tomara al pie de la letra.

Le temblaban los labios de rabia, y Raúl le tuvo un poco de lástima, pero Medrano parecía de acuerdo y el oficial se dio cuenta de que López no hablaba solamente por él. Retrocedió un paso, inclinándose con fría amabilidad.

—No quiero abrir opinión sobre sus amenazas, señor —dijo—, pero informaré a mi superior. Por mi parte lamento profundamente que...

—No, no, déjese de lamentaciones —dijo Medrano, cruzándose entre él y López cuando vio que éste apretaba los puños—. Mándese mudar, mejor, y como tan bien lo dijo, informe a su superior. Y lo antes posible.

El oficial clavó los ojos en Medrano, y Raúl tuvo la impresión de que había palidecido. Era un poco difícil saberlo bajo esa luz casi cenital y la piel tostada del hombre. Saludó rígidamente y dio media vuelta. Paula lo dejó pasar sin cederle más que un trocito de peldaño donde apenas cabía el zapato, y luego se acercó a los hombres que se miraban entre ellos un poco desconcertados.

—Motín a bordo —dijo Paula—. Muy bien, López. Estamos cien por cien con usted, la locura es más contagiosa que el tifus 224.

López la miró como si se despertara de un mal sueño. Claudia se había acercado a Medrano; le tocó apenas el brazo.

—Ustedes son la alegría de mi hijo. Vea la cara maravillada que tiene.

—Me voy a cambiar —dijo bruscamente Raúl, para quien la situación parecía haber perdido todo interés. Pero Paula seguía sonriendo.

—Soy muy obediente, Jamaica John. Nos encontramos en el bar.

Subieron casi juntos las escalerillas, pasando al lado de la Beba Trejo que fingía leer una revista. A López le pareció que la penumbra del pasillo era como una noche de verdad, sin sueños donde alguien que no lo merecía tomaba posesión de una jefatura. Se sintió exaltado y cansadísimo a la vez. «Hubiera hecho mejor en romperle ahí nomás la cara», pensó, pero casi le daba igual.

Cuando subió al bar, Paula había pedido ya dos cervezas y estaba a la mitad de un cigarrillo.

—Extraordinario —dijo López—. Primera vez que una mujer se viste más rápido que yo.

—Usted debe tener una idea romana de la ducha, a juzgar por lo que ha tardado.

—Tal vez, no me acuerdo bien. Creo que me quedé un rato largo; el agua fría estaba tan buena. Me siento mejor ahora.

El señor Trejo interrumpió la lectura de un *Omnibook* para saludarlos con una cortesía ligeramente glacial, cosa que, según Paula, venía muy bien en vista del calor. Sentados en la banqueta del rincón más alejado de la puerta, veían solamente al señor Trejo y al barman, ocupado en trasvasar el contenido de unas botellas de ginebra y vermut. Cuando López encendió su cigarrillo con el de Paula, acercando la cara, algo que debía ser la felicidad se mezcló con el humo y el rolido del barco. Exactamente en medio de esa felicidad sintió caer una gota amarga, y se apartó, desconcertado.

Ella seguía esperando, tranquila y liviana. La espera duró mucho.

—¿Todavía sigue con ganas de matar al pobre glúcido?

—Bah, qué me importa este tipo.

—Claro que no le importa. El glúcido hubiera pagado por mí. Es a mí a quien tiene ganas de matar. En un sentido metafórico, por supuesto.

López miró su cerveza.

—Es decir que usted entra en su cabina en traje de baño, se desnuda como si tal cosa, se baña, y él entra y sale, se desnuda también, y así vamos, ¿no?

—Jamaica John —dijo Paula, con un tono de cómico reproche—. *Manners, my dear.*

—No entiendo —dijo López—. No entiendo realmente nada. Ni al barco, ni a usted, ni a mí, todo esto es una ridiculez completa.

—Querido, en Buenos Aires uno no está tan enterado de lo que pasa dentro de las casas. Cuántas chicas que usted admiraba *in illo tempore* se desvestirán en compañía de personas sorprendentes... ¿No le parece que de a ratos le nace una mentalidad de vieja solterona?

—No diga pavadas.

—Pero es así, Jamaica John, usted está pensando exactamente lo mismo que pensarían esas pobres gordas metidas debajo de las lonas si supieran que Raúl y yo no estamos casados ni tenemos nada que ver.

—Me repugna la idea porque no creo que sea cierto —dijo López, otra vez furioso—. No puedo creer que Costa... ¿Pero entonces qué pasa?

—Use su cerebro, como dicen en las traducciones de novelas policiales.

—Paula, se puede ser liberal, eso puedo comprenderlo de sobra, pero que usted y Costa...

—¿Por qué no? Mientras los cuerpos no contaminen las almas... ahí está lo que le preocupa, las almas. Las almas que a su vez contaminan los cuerpos y, como consecuencia, uno de los cuerpos se acuesta con el otro.

—¿Usted no se acuesta con Costa?

—No, señor profesor, no me acuesto con Costa ni me acosto con cuesta. Ahora yo contesto por usted: «No lo creo». Vio, le ahorré tres palabras. Ah, Jamaica John, qué fatiga, qué ganas de decirle una mala palabra que tengo ya a la altura de las muelas del juicio. Pensar que usted aceptaría una situación así en la literatura... Raúl insiste en que tiendo a medir el mundo desde la literatura. ¿No sería mucho más inteligente si usted hiciera lo mismo? ¿Por qué es tan español, López archilópez de superlópez? ¿Por qué se deja manejar por los atavismos? Estoy leyendo en su pensamiento como las gitanas del parque Retiro. Ahora baraja la hipótesis de que Raúl... bueno, digamos que una fatalidad natural lo prive de apreciar en mí lo que exaltaría a otros hombres. Está equivocado, no es eso en absoluto.

—No he pensado tal cosa —dijo López, un poco avergonzado—. Pero reconozca que a usted misma le tiene que parecer raro que...

—No, porque soy amiga de Raúl desde hace diez años. No tiene por qué parecerme raro.

López pidió otras dos cervezas. El barman les hizo notar que se acercaba la hora del almuerzo y que la cerveza les quitaría el apetito, pero las pidieron lo mismo. Suavemente, la mano de López se posó en la de Paula. Se miraron.

—Admito que no tengo ningún derecho para hacerme el censor. Vos... Sí, dejame que te tutee. Dejame, querés.

—Por supuesto. Te salvaste por poco de que yo empezara, cosa que también te habría deprimido porque hoy estás con los nueve puntos, como dice el chico de la sirvienta de casa.

—Querida —dijo López—. Muy querida.

Paula lo miró un momento, dudando.

—Es fácil pasar de la duda a la ternura, es casi un movimiento fatal. Lo he advertido muchas veces. Pero el péndulo vuelve a oscilar, Jamaica John, y ahora vas a dudar mucho más que antes porque te sentís más cerca de mí. Hacés mal en ilusionarte, yo estoy lejos de todo. Tan lejos que me da asco.

—No, de mí no estás lejos.

—La física es ilusoria, querido mío, una cosa es que vos estés cerca de mí, y otra... Las cintas métricas se hacen pedazos cuando uno pretende medir cosas como éstas. Pero hace un rato... Sí, mejor te lo digo, es muy raro que yo tenga un momento de sinceridad, o de honradez... ¿Por qué ponés esa cara de escándalo? No vas a pretender conocerme en dos días mejor que yo en veinticinco años bien cumplidos. Hace un rato comprendí que sos un muchacho delicioso, pero sobre todo que sos más honrado de lo que yo había creído.

—¿Cómo más honrado?

—Digamos, más sincero. Hasta ahora confesá que estabas haciendo la comedia de siempre. Se sube al barco, se estudia la situación reinante, se eligen las candidatas... Como en la literatura, aunque Raúl se divierta. Vos hiciste exactamente lo mismo, y si hubiera habido a bordo cinco o seis Paulas, en vez de lo que hay (vamos a dejar aparte a Claudia porque no es para vos, y no pongas esa cara de varón ofendido), a esta hora yo no tendría el honor de beber una cerveza bien helada con el señor profesor.

—Paula, todo eso que estás diciendo yo le llamo destino a secas. También vos podías haberte encontrado a un montón de tipos a bordo, y a lo mejor a mí me tocaría mirarte desde lejos.

—Jamaica John, cada vez que oigo pronunciar la palabra destino siento ganas de sacar la pasta dentífrica. ¿Te fijaste que Jamaica John ya no queda tan lindo cuando te tuteo? Los piratas exigen un tratamiento más solemne, me parece. Claro que si te digo Carlos me voy a acordar de un perrito de tía Carmen Rosa. Charles... No, es de un esnobismo horrendo. En fin, ya encontraremos, por el momento seguís siendo mi pirata predilecto. No, no voy a ir.

—¿Quién dijo nada? —murmuró López, sobresaltado.

—*Tes yeux, mon chéri*. Tienen perfectamente dibujado el pasillo de abajo, una puerta, y el número uno en la puerta. Admito por mi parte que he tomado buena nota del número de tu cabina.

—Paula, por favor.

—Dame otro cigarrillo. Y no creas que has ganado mucho porque esté dispuesta a admitir que sos más honrado de lo que pensaba. Simplemente te aprecio, cosa que antes no ocurría. Creo que sos un gran tipo, y que-el-cielo-me-juzgue si esto se lo he dicho a muchos antes que a vos. Por lo regular tengo de los hombres una idea perfectamente teratológica. Imprescindibles pero lamentables, como las toallas higiénicas o las pastillas Valda.

Hablaba haciendo muecas divertidas, como si quisiera quitarle todavía más peso a sus palabras.

—Creo que te equivocás —dijo López, hosco—. No soy un gran tipo como decís, pero tampoco me gusta tratar a una mujer como si fuera un programa.

—Pero yo soy un programa, Jamaica John.

—No.

—Sí, convencete. Lo sabés con los ojos, aunque tu buena educación cristiana pretenda engañarte. Conmigo nadie se engaña, en el fondo: es una ventaja, creeme.

—¿Por qué esa amargura?

—¿Por qué esa invitación?

—Pero si no te he invitado a nada —porfió López furioso.

—Oh, sí, oh, sí, oh, sí.

—Me dan ganas de tirarte del pelo —dijo él con ternura—. Me dan ganas de mandarte al demonio.

—Sos muy bueno —dijo Paula, convencida—. Los dos, en realidad, somos formidables.

López se puso a reír, era más fuerte que él.

—Me gusta oírte hablar —dijo—. Me gusta que seas tan valiente. Sí, sos valiente, te exponés todo el tiempo a que te entiendan mal, y eso es el colmo de la valentía. Empezando por lo de Raúl. No pienso insistir: te creo. Ya te lo dije antes, y te lo repito. Eso sí, no entiendo nada, a menos que... Anoche se me ocurrió...

Le habló de la cara de Raúl cuando volvían de su expedición, y Paula lo escuchó en silencio, reclinada en la banqueta, mirando cómo la ceniza crecía poco a poco entre sus dedos. La alternativa era tan sencilla: confiar en él o callarse. En el fondo a Raúl no le importaría gran cosa, pero se trataba de ella y no de Raúl. Confiar en Jamaica John o callarse. Decidió confiar. No había vuelta que darle, era la mañana de las confidencias.

XXXVI

La noticia del desagradable altercado entre el profesor y el oficial corrió-como-un-reguero-de-pólvora entre las señoras. Qué extraño en López, tan cortés y bien educado. Realmente a bordo se estaba creando una atmósfera muy antipática, y la Nelly, que volvía de una amable charla con su novio al abrigo de unos rollos de cuerda, se creyó en el caso de clamar que los hombres no hacían más que echar a perder las cosas buenas. Aunque Atilio se esforzó virilmente por defender la conducta de López, Doña Pepa y Doña Rosita lo arrollaron indignadas, la señora de Trejo se puso violeta de rabia, y Nora aprovechó la excitación general para volverse casi corriendo a la cabina, donde Lucio seguía penosamente una condensación de las experiencias de un misionero en Indonesia. No levantó la vista, pero ella se acercó al sillón y esperó. Lucio acabó de cerrar la revista con aire resignado.

—Ahí afuera ha habido un altercado muy desagradable —dijo Nora.

—¿Qué me importa?

—Bajó un oficial y el señor López lo trató muy mal. Lo amenazó con romper los vidrios a pedradas si no se arregla el asunto de la popa.

—Va a ser difícil que encuentre piedras —dijo Lucio.

—Dijo que iba a tirar un fierro.

—Lo meterán preso por loco. Me importa tres pitos.

—Claro, a mí tampoco —dijo Nora.

Empezó a cepillarse el pelo, y de cuando en cuando miraba a Lucio por el espejo. Lucio tiró la revista sobre su cama.

—Ya estoy harto. Maldito el día en que me saqué esa porquería de rifa. Pensar que otros se ganan un Chevrolet o un chalet en Mar de Ajó.

—Sí, el ambiente no es de lo mejor —dijo Nora.

—Ya lo creo, te sobran razones para decirlo.

—Me refiero a lo que pasa con la popa, y todo eso.

—Yo me refiero a mucho más que eso —dijo Lucio.

—Mejor que no volvamos a tocar ese punto.

—Por supuesto. Completamente de acuerdo. Es tan estúpido que no merece que se lo mencione.

—No sé si es tan estúpido, pero mejor lo dejamos de lado.

—Lo dejamos de lado, pero es perfectamente estúpido.

—Como quieras —dijo Nora.

—Si hay una cosa que me revienta es la falta de confianza entre marido y mujer —dijo virtuosamente Lucio.

—Ya sabés muy bien que no somos marido y mujer.

—Y vos sabés muy bien que mi intención es que lo seamos. Lo digo para tu tranquilidad de pequeña burguesa, porque para mí ya lo somos. Y eso no me lo vas a negar.

—No seas grosero —dijo Nora—. Vos te creés que yo no tengo sentimientos.

Con mínimas excepciones los viajeros aceptaron colaborar con Don Galo y el doctor Restelli para que la velada borrara toda sombra de inquietud que, como dijo el doctor Restelli, no hacía más que nublar el magnífico sol que justificaba el prestigio secular de las costas patagónicas. Profundamente resentido por el episodio de la mañana, el doctor Restelli había ido en busca de López tan pronto se enteró de lo ocurrido por conducto de las señoras y Don Galo. Como López charlaba con Paula en el bar, se limitó a beber un indian tonic con limón en el mostrador, esperando la oportunidad de terciar en un diálogo que más de una vez lo obligó a volver la cara y hacerse el desentendido. Más de una vez también el señor Trejo, cuyo número de *Omnibook* parecería eternizarse entre los dedos, le echó unas miradas de inteligencia, pero el doctor Restelli apreciaba demasiado a su colega para darse por aludido. Cuando Raúl Costa apareció con aire de recién bañado, una camisa a la que Steinberg había aportado numerosos dibujos, y la más perfecta soltura para sentarse junto a Paula y López y entrar en la conversación como si aquello le pareciera de lo más natural, el doctor Restelli se consideró autorizado a toser y arrimarse a su turno. Afligido y amoscado a la vez, procuró que López le prometiera no tirar la tuerca contra los cristales del puente de mando, pero López, que parecía muy alegre y nada belicoso, se puso serio de golpe y dijo que su ultimátum era formal y que no estaba dispuesto a que siguieran tomándole el pelo a todo el mundo. Como Raúl y Paula guardaban un silencio marcado por bocanadas de Chesterfield, el doctor Restelli invocó razones de orden estético, y López condescendió casi en seguida a considerar la velada como una especie de tregua sagrada que expiraría a las diez de la mañana del día siguiente. El doctor Restelli declaró que López, aunque lamentablemente excitado por una cuestión que no justificaba semejante actitud, procedía en esa circunstancia como el caballero que era, y luego de aceptar otro indian tonic salió en busca de Don Galo que reclutaba participantes en la cubierta.

Riéndose de buena gana, López sacudió la cabeza como un perro mojado.

—Pobre Gato Negro, es un tipo excelente. Lo vieran los 25 de Mayo cuando sube a decir su discurso. La voz le sale de los zapatos, pone los ojos en blanco, y mientras los chicos se tuercen de risa o se duermen con los ojos abiertos, las glorias de la lucha libertadora y los próceres de blanca corbata pasan como perfectos maniquíes de cera, a una distancia sideral de la pobre Argentina de 1950. ¿Saben lo que me dijo un día uno de mis alumnos? «Señor, si hace un siglo todos eran tan nobles y tan valientes, ¿qué carajo pasa hoy?» Hago notar que a algunos alumnos les doy bastante confianza, y que la pregunta me fue formulada en un Paulista a las doce del día.

—Yo también me acuerdo de los discursos patrioteros de la escuela —dijo Raúl—. Aprendí muy pronto a tenerles un asco minucioso. El lábaro, la patria inmarcesible, los laureles eternos, la guardia muere pero no se rinde... No, ya me hice un lío, pero es lo mismo. ¿Será cierto que ese vocabulario sirve de riendas, de anteojos? El hecho es que pasado cierto nivel mental, el ridículo del contraste entre esas palabras y quienes lo emplean acaba con cualquier ilusión.

—Sí, pero uno necesita la fe cuando es joven —dijo Paula—. Me acuerdo de uno que otro profesor decente y respetado; cuando decían esas cosas en las clases o los discursos, yo me prometía una carrera brillante, un martirio, la entrega total a la patria. Es una cosa dulce, la patria, Raulito. No existe, pero es dulce.

—Existe, pero no es dulce —dijo López.

—No existe, la existimos —dijo Raúl—. No se queden en la mera fenomenología, atrasados.

Paula entendía que eso no era absolutamente exacto, y el diálogo adquirió un brillo técnico que exigía el discreto silencio admirativo de López. Oyéndolos se asomaba una vez más a esa carencia que apenas podía nombrar si la llamaba incomunicación o simplemente individualidad. Separados como estaban por sus diferencias y sus vidas, Paula y Raúl se entrecruzaban como una malla, se reconocían continuamente en las alusiones, los recuerdos de episodios vividos en común, mientras él estaba afuera, asistiendo tristemente —y a la vez se podía ser feliz, tan feliz mirando la nariz de Paula, oyendo la risa de Paula— a esa alianza sellada por un tiempo y un espacio que eran como cortarse un dedo y mezclar la sangre y ser uno solo para siempre jamás... Ahora él iba a ingresar en el tiempo y en el espacio de Paula, asimilando asiduamente durante vaya a saber cuánto las imponderables cosas que Raúl conocía ya como si fueran parte de él, los gustos y las repulsiones de Paula, el sentido exacto de un gesto o de un vestido o de una cólera, su sistema de ideas o simplemente el desorden general de sus valores y sus sentimientos, sus nostalgias y sus esperanzas. «Pero va a ser mía y eso cambia todo —pensó, apretando los labios—. Va a nacer de nuevo, lo que él sabe de ella es lo que puede compartir todo el mundo que la conozca un poco. Yo...» Pero lo mismo llegaba tarde, lo mismo Raúl y ella cruzarían una mirada en cualquier momento, y esa mirada sería un concierto en la Wagneriana, un atardecer en Mar del Plata, un capítulo de William Faulkner, una visita a la tía Matilde, una huelga universitaria, cualquier cosa sin Carlos López, cualquier cosa ocurrida cuando Carlos López dictaba una clase en Cuarto B, o paseaba por Florida, o hacía el amor con Rosalía, algo selladamente ajeno, como los motores de los autos de carrera, como los sobres que guardan testamentos, algo fuera de su aire y su alcance pero también Paula, igualmente y tan Paula como la que dormiría en sus brazos y lo haría feliz. Entonces los celos del pasado, que en los personajes de Pirandello o de Proust le habían parecido una mezcla de convención y de impotencia para realizar de verdad el presente, podían empezar a morder en la manzana. Sus manos conocerían cada momento del cuerpo de Paula, y la vida lo engañaría con la mínima ilusión del presente, de las pocas horas o días o meses que irían pasando, hasta que entrara Raúl o cualquier otro, hasta que aparecieran una madre o un hermano o una ex condiscípula, o simplemente una hoja en un libro, un apunte en una libreta, y peor todavía, hasta que Paula hiciera un gesto antiguo, cargado de un sentido inapresable, o aludiera a cualquier cosa de otro tiempo al pasar por delante de cualquier casa o viendo una cara o un cuadro. Si un día se enamoraba verdaderamente de Paula, porque ahora no estaba enamorado («ahora no estoy enamorado —pensó—, ahora sencillamente me quiero acostar con ella y vivir con ella y estar con ella») entonces el tiempo le mostraría su verdadera cara ciega, proclamaría el espacio infranqueable del pasado donde no entran las manos y las palabras, donde es inútil tirar una tuerca contra un puente de mando porque no llega y no lastima, donde todo paso se ve detenido por un muro de aire y todo beso encuentra por respuesta la insoportable burla del espejo. Sentados en torno de la misma mesa, Paula y Raúl estaban a la vez del otro lado del espejo; cuando su voz se mezclaba aquí y allá a las de ellos, era como si un elemento excéntrico penetrara en la cumplida esfera de sus voces que bailaban, livianamente enlazadas, tomándose y soltándose alternativamente en el aire. Poder cambiarse por Raúl, ser Raúl sin dejar de ser él mismo, correr tan ciegamente y tan desesperadamente que el muro invisible se hiciera trizas y lo dejara entrar, recoger todo el pasado de Paula en un solo abrazo que lo pusiera por siempre a su lado, poseerla virgen, adolescente, jugar con ella los primeros juegos de la vida, acercarse así a la juventud, al presente, al aire sin espejos que los rodeaba, entrar con ella en el bar, sentarse con ella a la mesa, saludar a Raúl como a un amigo, hablar lo que estaban hablando, mirar lo que miraban, sentir en la espalda el otro espacio, el futuro inconcebible, pero que todo el resto fuera de ellos, que ese aire de tiempo que los envolvía ahora no fuese la burbuja irrisoria rodeada de nada, de un ayer donde Paula era de otro mundo, de un mañana donde la vida en común no tendría fuerzas para atraerla por entero contra él, hacerla de verdad y para siempre suya.

—Sí, era admirable —dijo Paula, y puso la mano en el hombro de López—. Ah, Jamaica John se despierta, su cuerpo astral andaba por regiones lejanas.

—¿A quién le llaman el walsungo? —dijo López.

—Gieseking. No sé por qué le llamábamos así, Raúl está triste porque se ha muerto. Íbamos mucho a escucharlo, tocaba un Beethoven tan hermoso.

—Sí, yo también lo escuché alguna vez —dijo López. (Pero no era lo mismo, no era lo mismo. Cada uno por su lado, el espejo...) Colérico, sacudió la cabeza y le pidió un cigarrillo a Paula. Paula se arrimó contra él, no demasiado porque el señor Trejo los miraba de cuando en cuando, y le sonrió.

—Qué lejos andabas, pero qué lejos. ¿Estás triste? ¿Te aburrís?

—No seas tonta —dijo López—. ¿Usted no encuentra que es muy tonta?

XXXVII

—No sé, no tiene nada de fiebre, pero hay algo que no me gusta —dijo Claudia, mirando a Jorge que corría en persecución de Persio—. Cuando mi hijo no afirma su voluntad de repetir el postre, es señal de que tiene la lengua sucia.

Medrano escuchaba como si las palabras fuesen un reproche. Se encogió de hombros, rabioso.

—Lo mejor sería que lo viera el médico, pero si seguimos así... No, realmente es una barbaridad. López tiene toda la razón del mundo y habrá que acabar de alguna manera con este absurdo.

«Me pregunto para qué demonios tenemos esas armas en la cabina», pensó, explicándose de sobra por qué Claudia callaba con un aire entre desconcertado y escéptico.

—Probablemente no conseguirán nada —dijo Claudia después de un rato—. Una puerta de hierro no se abre a empujones. Pero no se preocupe por Jorge, quizá sea un resto del malestar de ayer. Vaya a traerme una reposera, y busquemos un poco de sombra.

Se ubicaron a suficiente distancia de la señora de Trejo como para satisfacer su susceptibilidad social y poder hablar sin que los oyera. La sombra era fresca a las cuatro de la tarde, soplaba una brisa que a veces resonaba en los cabos y alborotaba el pelo de Jorge, entregado a un violento fideo fino con el paciente Persio. Por debajo del diálogo Claudia sentía que Medrano rumiaba su idea fija, y que mientras comentaba los ejercicios de Presutti y Felipe seguía pensando en el oficial y en el médico. Sonrió, divertida de tanta masculina obcecación.

—Lo curioso es que hasta ahora no hemos hablado del viaje por el Pacífico —le dijo—. Me he fijado que nadie menciona el Japón. Ni siquiera el modesto estrecho de Magallanes o las posibles escalas.

—Futuro remoto —dijo Medrano, volviendo con una sonrisa de su malhumor de un minuto—. Demasiado remoto para la imaginación de algunos, y demasiado improbable para usted y para mí.

—Nada hace suponer que no llegaremos.

—Nada. Pero es un poco como la muerte. Nada hace suponer que no moriremos, y sin embargo...

—Detesto las alegorías —dijo Claudia—, salvo las que se escribieron en su tiempo, y no todas.

Felipe y el Pelusa ensayaban en la cubierta la serie de ejercicios con que se lucirían en la velada. No se veía a nadie en el puente de mando. La señora de Trejo enterró cruelmente las amarillas agujas en el ovillo de lana, envolvió el tejido, y luego de un cortés saludo se sumó amablemente a los ausentes. Medrano dejó que su mirada se balanceara un rato en el espacio, sujeta en el pico de un pájaro carnero.

—Japón o no Japón, nunca lamentaré haberme embarcado en este condenado *Malcolm*. Le debo haberla conocido, le debo ese pájaro, esas olas enjabonadas, y creo que algunos malos ratos más necesarios de lo que habría admitido en Buenos Aires.

—Y Don Galo, y la señora de Trejo, amén de otros pasajeros igualmente notables.

—Hablo en serio, Claudia. No soy feliz a bordo, cosa que podría sorprenderme porque no entraba para nada en mis planes. Todo estaba preparado para hacer de este viaje algo como el intervalo entre la terminación de un libro y el momento en que cortamos las páginas de uno nuevo. Una tierra de nadie en que nos curamos las heridas, si es posible, y juntamos hidratos de carbono, grasas y reservas morales para la nueva zambullida en el calendario. Pero me ha salido al revés, la tierra de nadie era el Buenos Aires de los últimos tiempos.

—Cualquier sitio es bueno para poner las cosas en claro —dijo Claudia—. Ojalá yo sintiera lo mismo, todo lo que me dijo anoche, lo que todavía puede ocurrirle... A mí no me inquieta mucho la vida que llevo, allá o acá. Sé que es como una hibernación, una vida en puntas de pie, y que vivo para ser nada más que la sombra de Jorge, la mano que está ahí cuando de noche él alarga la suya en la oscuridad y tiene miedo.

—Sí, pero eso es mucho.

—Visto desde fuera, o estimado en términos de abnegación maternal. El problema es que yo soy otra cosa además de la madre de Jorge. Ya se lo dije, mi matrimonio fue un error, pero también es un error quedarse demasiado tiempo tirada al sol en la playa. Equivocarse por exceso de belleza o de felicidad... lo que cuenta son los resultados. De todos modos mi pasado estaba lleno de cosas bellas, y haberlas sacrificado a otras cosas igualmente bellas o necesarias no me consolará nunca. Deme a elegir entre un Braque y un Picasso, me quedaré con el Braque, lo sé (si es un cuadro en que estoy pensando ahora), pero qué tristeza no tener ese precioso Picasso colgado en mi salón...

Se echó a reír con alegría, y Medrano alargó una mano y la apoyó en su brazo.

—Nada le impide ser mucho más que la madre de Jorge —dijo—. ¿Por qué casi siempre las mujeres que se quedan solas pierden el impulso, se dejan estar? ¿Corrían tomadas de nuestra mano, mientras nosotros creíamos correr porque ellas nos mostraban un camino? Usted no parece aceptar que la maternidad sea su sola obligación, como tantas otras mujeres. Estoy seguro de que podría hacer todo lo que se propusiera, satisfacer todos los deseos.

—Oh, mis deseos —dijo Claudia—. Más bien quisiera no tenerlos, acabar con muchos de ellos. Quizás así...

—Entonces, ¿seguir queriendo a su marido basta para malograrla?

—No sé si lo quiero —dijo Claudia—. A veces pienso que nunca lo quise. Me resultó demasiado fácil liberarme. Como usted de Bettina, por ejemplo, y creo saber que no estaba enamorado de ella.

—¿Y él? ¿No trató nunca de reconciliarse, la dejó irse así?

—Oh, él iba a tres congresos de Neurología por año —dijo Claudia, sin resentimiento—. Antes de que el divorcio quedara terminado ya tenía una amiga en Montevideo. Me lo dijo para quitarme toda preocupación, porque debía sospechar éste... llamémosle sentimiento de culpa.

Vieron cómo Felipe subía por la escalerilla de estribor, se reunía con Raúl y los dos se alejaban por el pasillo. La Beba bajó y vino a sentarse en la reposera de su madre. Le sonrieron. La Beba les sonrió. Pobre chica, siempre tan sola.

—Se está bien, aquí —dijo Medrano.

—Oh, sí —dijo la Beba—. Ya no aguantaba más el sol. Pero también me gusta quemarme.

Medrano iba a preguntarle por qué no se bañaba, pero se contuvo prudentemente. «A lo mejor meto la pata», pensó fastidiado al mismo tiempo por la interrupción del diálogo. Claudia preguntaba alguna cosa sobre una hebilla que había encontrado Jorge en el comedor. Encendiendo un cigarro, Medrano se hundió un poco más en la reposera. Sentimiento de culpa, palabras y más palabras. Sentimiento de culpa. Como si una mujer como Claudia pudiera... La miró de lleno, la vio sonreír. La Beba se animaba, acercó un poco su reposera, más confiada. Por fin empezaba a hablar en serio con las personas mayores. «No —pensó Medrano—, eso no puede ser un sentimiento de culpa. Un hombre que pierde a alguien como ella es el verdadero culpable. Cierto que podía no estar enamorado, porque tengo que juzgarlo desde mi punto de vista. Creo que realmente la admiro, que cuanto más se confía y me habla de su debilidad, más fuerte y más espléndida la encuentro. Y no creo que sea el aire yodado...» Le bastaba evocar por un segundo (pero no era siquiera una evocación, estaba mucho antes de toda imagen y toda palabra, formando parte de su modo de ser, del bloque total y definitivo de su vida), las mujeres que había conocido íntimamente, las fuertes y las débiles, las que van adelante y las que siguen las huellas. Tenía garantías de sobra para admirar a Claudia, para tenderle la mano sabiendo que era ella quien la tomaba para guiarlo. Pero el rumbo de la marcha era incierto, las cosas latían por fuera y por dentro como el mar y el sol y la brisa en los cables. Un deslumbramiento secreto, un grito de encuentro, una turbia seguridad. Como si después viniera algo terrible y hermoso a la vez, algo definitivo, un enorme salto o una decisión irrevocable. Entre ese caos que era sin embargo como una música, y el gusto cotidiano de su cigarro, había ya una ruptura incalculable. Medrano midió esa ruptura como si fuera la distancia pavorosa que le quedaba todavía por franquear.

—Sujétame fuerte la muñeca —mandó el Pelusa—. No ves que si te refalás ahora los rompemo el alma.

Sentado en la escalerilla, Raúl seguía minuciosamente las distintas fases del entrenamiento. «Se han hecho buenos amigos», pensó, admirando la forma en que el Pelusa levantaba a Felipe haciéndolo describir un semicírculo. Admiró la fuerza y la agilidad de Atilio, un tanto menoscabadas en su plástica por el absurdo traje de baño. Deliberadamente estacionó la mirada en su cintura, sus antebrazos cubiertos de pecas y vello rojizo, negándose a mirar de lleno a Felipe que, contraídos los labios (debía tener un poco de miedo) se mantenía cabeza abajo mientras el Pelusa lo aguantaba sólidamente plantado y con las piernas abiertas para contrarrestar el balanceo del barco. «¡Hop!», gritó el Pelusa, como había oído a los equilibristas del circo Boedo, y Felipe se encontró de pie, respirando agitadamente y admirado de la fuerza de su compañero.

—Lo que sí nunca te pongás duro —aconsejó el Pelusa, respirando a fondo—. Cuanto más blando el cuerpo mejor te sale la prueba. Ahora hacemos la pirámide, atenti a cuando yo digo hop. ¡Hop! Pero no, pibe, no ves que así te podés sacar la muñeca. Qué cosa, ya te lo dije como sofocientas veces. Si estaría aquí el Rusito, verías lo que son las pruebas, verías.

—Que querés, uno no puede aprender todo de golpe —dijo Felipe, resentido.

—Está bien, está bien, no digo nada, pero vos te emperrás en ponerte duro. Soy yo que hago la fuerza, vos tenés que dar el salto. Ojo cuando me pisás el cogote, mirá que tengo la piel paspada.

Hicieron la pirámide, fracasaron en la doble tijera australiana, se desquitaron con una serie de saltos de carpa combinados que Raúl, bastante aburrido, aplaudió con énfasis. El Pelusa sonrió modestamente, y Felipe estimó que ya estaban bastante entrenados para la noche.

—Tenés razón, pibe —dijo el Pelusa—. Si te estrenás demasiado después te duele todo el cuerpo. ¿Querés que los tomemo una cerveza?

—No, en todo caso más tarde. Ahora me voy a pegar una ducha, estoy todo transpirado.

—Eso es bueno —dijo el Pelusa—. La transpiración mata el microbio. Yo me voy a tomar una Quilmes Cristal.

«Curioso, para ellos una cerveza es casi siempre una Quilmes Cristal», se dijo Raúl, pero lo pensaba para desechar la esperanza de que quizá Felipe había rechazado deliberadamente la invitación. «Quién sabe, a lo mejor todavía sigue enojado.» El Pelusa pasó a su lado con un sonoro «Disculpe, joven», y un halo casi visible de olor a cebolla. Raúl se quedó sentado hasta que Felipe subió a su vez, echada sobre los hombros la toalla a franjas rojas y verdes.

—Todo un atleta —dijo Raúl—. Se van a lucir esta noche.

—Bah, no es nada. Yo todavía no me siento muy bien, de a ratos me da vuelta la cabeza, pero las cosas más difíciles las va a hacer Atilio. ¡Qué calor!

—Con una ducha quedarás como nuevo.

—Seguro, es lo mejor. ¿Y usted qué va a hacer esta noche?

—Mirá, todavía no sé. Tengo que hablar con Paula y combinar alguna cosa más o menos divertida. Tenemos la costumbre de improvisar algo a último momento. Sale siempre mal, pero la gente no se da demasiado cuenta. Estás empapado.

—También, con todo el ejercicio... ¿De veras que no saben lo que van a hacer?

Raúl se había levantado, y anduvieron juntos por el pasillo de estribor. Felipe hubiera debido subir por la otra escalerilla para ir directamente a su cabina. Claro que era lo mismo, bastaba atravesar el pasadizo intermedio; pero lo más lógico hubiera sido que subiera por la escalerilla de babor. Es decir que si había subido por la de estribor, podía suponerse que había buscado hablar con Raúl. No era seguro pero sí probable. Y no estaba enojado, aunque evitaba mirarlo en los ojos. Siguiéndolo por el pasillo sombrío, veía las vivas franjas de la toalla cubriéndole parte de la espalda; pensó en un gran viento que la hiciera flotar como la capa de un auriga. Los pies desnudos iban dejando una ligera marca húmeda en el linóleo. Al llegar al pasadizo Felipe se volvió, apoyando una mano en el tabique. Ya otra vez había tomado la misma actitud, igualmente inseguro sobre lo que iba a decir y cómo tenía que decirlo.

—Bueno, me voy a pegar una ducha. ¿Usted qué hace?

—Oh, me iré a tirar un rato a la cama, siempre que Paula no ronque mucho.

—No me va a decir que ronca, una chica tan joven.

Enrojeció de golpe, dándose cuenta que el recuerdo de Paula lo turbaba frente a Raúl, que Raúl le estaba tomando el pelo, que al fin y al cabo las mujeres debían roncar como tanta gente, y que sorprenderse delante de Raúl era admitir que no tenía la menor idea de una mujer dormida, de una mujer en una cama. Pero Raúl lo miraba sin asomo de burla.

—Claro que ronca —dijo—. No siempre, pero a veces cuando hace la siesta. No se puede leer con alguien que ronca cerca.

—Seguro —dijo Felipe—. Bueno, si quiere venir un rato a charlar al camarote, total yo me pego una ducha en un momento. No hay nadie, el viejo se la pasa leyendo en el bar.

—Ya está —dijo Raúl, que había aprendido la expresión en Chile y le recordaba algunos días de montaña y de felicidad—. Me vas a dejar cargar la pipa con tu tabaco, me dejé la lata en mi cabina.

La puerta de su cabina estaba a cuatro metros del pasadizo, pero Felipe pareció aceptar el pedido como algo casi necesario, el gesto que redondea una situación, algo tras de lo cual se puede seguir adelante con toda tranquilidad.

—El camarero es un as —dijo Felipe—. ¿Usted lo vio entrar o salir de su camarote? Yo nunca, pero apenas uno vuelve encuentra todo acomodado, la cama hecha... Espere que le doy el tabaco.

Tiró la toalla a un rincón y puso en marcha el ventilador. Mientras buscaba el tabaco explicó que le encantaban los aparatos eléctricos que había en la cabina, que el cuarto de baño era una maravilla y lo mismo las luces, todo estaba tan bien pensado. De espaldas a Raúl, se inclinaba sobre el cajón inferior de la cómoda, buscando el tabaco. Lo encontró y se lo alcanzó, pero Raúl no hacía caso de su gesto.

—¿Qué pasa? —dijo Felipe, con el brazo tendido.

—Nada —dijo Raúl sin tomar el tabaco—. Te estaba mirando.

—¿A mí? Vamos...

—Con un cuerpo así ya habrás conquistado muchas chicas.

—Oh, vamos —repitió Felipe, sin saber qué hacer con la lata en la mano. Raúl la tomó y al mismo tiempo le sujetó la mano, atrayéndole. Felipe se soltó bruscamente pero sin retroceder. Parecía más desconcertado que temeroso, y cuando Raúl dio un paso adelante se quedó inmóvil, con los ojos bajos. Raúl le apoyó la mano en el hombro y la dejó correr lentamente por el brazo.

—Estás empapado —dijo—. Vení, bañate de una vez.

—Sí, mejor —dijo Felipe—. En seguida salgo.

—Dejá la puerta abierta, entre tanto podemos charlar.

—Pero... Por mí me da igual, pero si entra el viejo...

—¿Qué creés que va a pensar?

—Y, no sé.

—Si no sabés, entonces te da lo mismo.

—No es eso, pero...

—¿Tenés vergüenza?

—¿Yo? ¿De qué voy a tener vergüenza?

—Ya me parecía. Si tenés miedo de lo que piense tu papá, podemos cerrar la puerta de entrada.

Felipe no encontraba qué decir. Vacilante, fue hasta la puerta de la cabina y la cerró con llave. Raúl esperaba, cargando lentamente la pipa. Lo vio mirar el armario, la cama, como si buscara alguna cosa, un pretexto para ganar tiempo a decidirse. Sacó de la cómoda un par de medias blancas, unos calzoncillos, y los puso sobre la cama, pero después los tomó otra vez y los llevó al cuarto de baño para dejarlos al lado de la ducha, sobre un taburete niquelado. Raúl había encendido la pipa y lo miraba. Felipe abrió la ducha, probó la temperatura del agua. Después, con un movimiento rápido, de frente a Raúl, se bajó el slip y en un instante estuvo bajo la ducha, como si buscara la protección del agua. Empezó a jabonarse enérgicamente, sin mirar hacia la puerta, y silbó. Un silbido entrecortado por el agua que se le metía en la boca y su respiración agitada.

—De verdad, tenés un cuerpo estupendo —dijo Raúl, ubicándose contra el espejo—. A tu edad hay muchos chicos que todavía no se sabe bien lo que son, pero vos... Si habré visto muchachos como vos en Buenos Aires.

—¿En el club? —dijo Felipe, incapaz de pensar otra cosa. Seguía de frente a él, negándose por pudor a darle la espalda. Algo zumbaba ensordecedoramente en su cabeza; era el agua que le golpeaba los oídos y le entraba en los ojos, o algo más adentro, una tromba que lo privaba de voluntad y de todo dominio sobre su voz. Seguía jabonándose automáticamente pero bajo el agua, que se llevaba la espuma. Si la Beba llegaba a enterarse... Detrás de eso, como a una distancia infinita estaba pensando en Alfieri, en que Alfieri podría haber sido ese que estaba ahí fumando, mirándolo como miran los sargentos a los conscriptos desnudos, o los médicos como aquél de la calle Charcas que lo hacía caminar con los ojos cerrados y estirando los brazos. Alcanzó a decirse que Alfieri (pero no, si no era Alfieri), se estaba burlando de su torpeza, de golpe le dio rabia ser tan idiota, cortó de golpe la ducha y empezó a jabonarse de verdad, con movimientos furiosos que iban dejando montones de espuma blanca en el vientre, las axilas, el cuello. Ya casi no le importaba que Raúl lo estuviera mirando, al fin y al cabo entre hombres... Pero se mentía, y al jabonarse evitaba ciertos movimientos, se mantenía lo más derecho posible, siempre de frente, poniendo en especial cuidado en lavarse los brazos y el pecho el cuello y las orejas. Apoyó un pie en el borde de la cubeta de mosaicos verdes, se agachó un poco y empezó a jabonarse el tobillo y la pantorrilla. Tenía la impresión de que hacía horas que se estaba bañando. La ducha no le daba ningún placer pero le costaba cortar el agua y salir de la cubeta, empezar a secarse. Cuando, por fin, se enderezó, con el pelo chorreándole en los ojos, Raúl había descolgado la toalla de una percha y se la alcanzaba desde lejos, evitando pisar el suelo salpicado de jabón.

—¿Te sentís mejor, ahora?

—Seguro. La ducha hace bien después del ejercicio.

—Sí, y sobre todo después de ciertos ejercicios. Hoy no me entendiste cuando te dije que tenías un lindo cuerpo. Lo que te quería preguntar era si te gusta que las mujeres te lo digan.

—Bueno, claro que a uno le gusta —dijo Felipe, empleando el «uno» después de vacilar imperceptiblemente.

—¿Ya te tiraste a muchas, o solamente a una?

—¿Y usted? —dijo Felipe, poniéndose los calzoncillos.

—Contestame, no tengas vergüenza.

—Yo soy joven, todavía —dijo Felipe—. Para qué me voy a dar corte.

—Así me gusta. Así que todavía no te tiraste ninguna.

—Tanto como ninguna no. En los clandestinos... Claro que no es lo mismo.

—Ah, fuiste a los clandestinos. Yo creía que ya no quedaba ninguno en las afueras.

—Quedan dos o tres —dijo Felipe, peinándose frente al espejo—. Tengo un amigo de quinto año que me pasó el dato. Un tal Ordóñez.

—¿Y te dejaron entrar?

—Seguro que me dejaron entrar. No ve que iba con Ordóñez que ya tiene libreta. Fuimos dos veces.

—¿Te gustó?

—Y claro.

Apagó la luz del cuarto de baño y pasó junto a Raúl que no se había movido. Lo oyó que abría un cajón, buscando una camisa o unas zapatillas. Se quedó un momento más en la sombra húmeda, preguntándose por qué... Pero ya ni siquiera valía la pena hacerse la pregunta. Entró en la cabina y se sentó en un sillón. Felipe se había puesto unos pantalones blancos; todavía tenía el torso desnudo.

—Si no te gusta que hablemos de mujeres, me lo decís y basta —dijo Raúl—. Yo pensé que ya estabas en edad de interesarte por esas cosas.

—¿Quién dijo que no me interesa? Qué tipo raro es usted, a ratos me hace recordar a uno que conozco...

—¿También te habla de mujeres?

—A veces. Pero es raro... Hay tipos raros, ¿no? No quise decir que usted...

—Por mí no te preocupes, me imagino que a veces te debo parecer raro. Así que ese que conocés... Hablame de él, total podemos fumarnos una pipa juntos. Si querés.

—Claro —dijo Felipe, mucho más seguro dentro de su ropa. Se puso una camisa azul, dejándola por fuera de los pantalones, sacó su pipa. Se sentó en el otro sillón y esperó a que Raúl le alcanzara el tabaco. Tenía una sensación de haber escapado a algo, como si todo lo que acababa de ocurrir hubiera podido ser muy distinto. Ahora se daba cuenta de que todo el tiempo había estado crispado, agazapado, casi, esperando que Raúl hiciera alguna cosa que no había hecho, o dijera alguna cosa que no había dicho. Tenía casi ganas de reírse, cargó torpemente la pipa y la encendió usando dos fósforos. Empezó a contar cosas de Alfieri, lo púa que era Alfieri y cómo se había tirado a la mujer del abogado. Elegía los recuerdos, después de todo Raúl había hablado de mujeres, no tenía por qué contarle las historias de Viana y de Freilich. Con Alfieri y Ordóñez tenía para un buen rato de cuentos.

—Para eso se precisa mucho vento, claro. Las mujeres quieren que uno las lleve a la milonga, meta taxi, y arriba hay que pagar la amueblada...

—Si estuviéramos en Buenos Aires yo te podría arreglar todo eso, sabés. Cuando volvamos ya verás. Te lo prometo.

—Usted debe tener un cotorro bacán, seguro.

—Sí. Te lo pasaré cuando te haga falta.

—¿De verdad? —dijo Felipe, casi asustado—. Sería fenomenal, así uno puede llevarse a una mujer aunque no tenga mucha plata... —se puso colorado, tosió—. Bueno, algún día me parece que podríamos compartir los gastos. Tampoco es cosa de que usted...

Raúl se levantó y se le acercó. Empezó a acariciarle el pelo, que estaba empapado y casi pegajoso. Felipe hizo un movimiento para apartar la cabeza.

—Vamos —dijo—. Me va a despeinar. Si entra el viejo...

—Cerraste la puerta, creo.

—Sí, pero lo mismo. Déjeme.

Le ardían las mejillas. Trató de levantarse del sillón, pero Raúl le apoyó una mano en el hombro y lo mantuvo quieto. Volvió a acariciarle levemente el pelo.

—¿Qué pensás de mí? Decime la verdad, no me importa.

Felipe se zafó y se puso de pie. Raúl dejó caer los brazos, como ofreciéndose a que lo golpeara. «Si me golpea es mío», alcanzó a pensar. Pero Felipe retrocedió uno o dos pasos, moviendo la cabeza como decepcionado.

—Déjeme —dijo con un hilo de voz—. Ustedes... ustedes son todos iguales.

—¿Ustedes? —dijo Raúl, sonriendo levemente.

—Sí, ustedes. Alfieri es igual, todos son iguales.

Raúl seguía sonriendo. Se encogió de hombros, hizo un movimiento hacia la puerta.

—Estás demasiado nervioso, hijo. ¿Qué tiene de malo que un amigo le haga una caricia a otro? Entre dar la mano o pasarla por el pelo, ¿qué diferencia hay?

—Diferencia... Usted sabe que hay diferencia.

—No, Felipe, sos vos que desconfías de mí porque te parece raro que yo quiera ser tu amigo. Desconfías, me mentís. Te portás como una mujer, si querés que te diga lo que pienso.

—Sí, ahora agárreselas conmigo —dijo Felipe, acercándose un poco—. ¿Yo le miento a usted?

—Sí. Me diste un poco de lástima, mentís muy mal, eso se aprende poco a poco y vos todavía no sabés, yo también volví allá abajo, y me enteré por uno de los lípidos. ¿Por qué me dijiste que habías estado con el más chico de los dos?

Felipe hizo un gesto como para negarle importancia a la cuestión.

—Puedo aceptar muchas veces cosas tristes de vos —dijo Raúl, hablándole en voz baja—. Puedo comprender que no me quieras, o que te parezca inadmisible la idea de ser mi amigo, o que tengas miedo de que los otros interpreten mal... Pero no me mientas, Felipe, ni siquiera por una tontería como ésa.

—Pero si no había nada de malo —dijo Felipe. Contra su voluntad lo atraía la voz de Raúl, sus ojos que lo miraban como esperando otra cosa de él—. De veras, lo que pasó es que me daba rabia que ustedes no me llevaron ayer, y quise... Bueno, fui por mi cuenta, y lo que hice allá abajo es cosa mía. Por eso no le contesté la verdad.

Le dio bruscamente la espalda y se acercó al ojo de buey. La mano con la pipa le colgaba, blanda. Se pasó la otra por el pelo, arqueó un poco los hombros. Por un momento había temido que Raúl le reprochase alguna otra cosa que no alcanzaba a precisar, cualquier cosa, que hubiera querido flirtear con Paula, o algo por el estilo. No quería mirarlo porque los ojos de Raúl le hacían daño, le daban ganas de llorar, de tirarse en la cama boca abajo y llorar, sintiéndose tan chiquilín y desarmado frente a ese hombre que le mostraba unos ojos tan desnudos. De espaldas a él, sintiéndolo acercarse lentamente, sabiendo que de un momento a otro los brazos de Raúl iban a ceñirlo con toda su fuerza, sintió que la pena se hacía miedo y que detrás del miedo había como una especie de tentación de seguir esperando y saber cómo sería ese abrazo en el que Raúl renunciaría a toda su superioridad para no ser más que una voz suplicante y unos ojos mansos como de perro, vencido por él, vencido a pesar de su abrazo. Bruscamente comprendía que los papeles se cambiaban, que era él quien podía dictar la ley. Se volvió de golpe, vio a Raúl en el preciso instante en que sus manos lo buscaban, y se le rió en la cara, histéricamente, mezclando risa y llanto, riéndose a sollozos agudos y quebrados, con la cara llena de muecas y de lágrimas y de burla.

Raúl le rozó la cara con los dedos, y esperó una vez más que Felipe le pegara. Vio el puño que se alzaba, lo esperó sin moverse. Felipe se tapó la cara con las dos manos, se agachó y saltó fuera de distancia. Era casi fatal que fuese hasta la puerta, la abriera y se quedara esperando. Raúl le pasó al lado sin mirarlo. La puerta sonó como un tiro a su espalda.

G

Tal vez sea necesario el reposo, tal vez en algún momento el guitarrista azul deja caer el brazo y la boca sexual calla y se ahueca, entra en sí misma como horriblemente se ahueca y entra en sí mismo un guante abandonado en una cama. A esa hora de desapego y de cansancio (porque el reposo es eufemismo de derrota, y el sueño máscara de una nada metida en cada poro de la vida), la imagen apenas antropomórfica, desdeñosamente pintada por Picasso en un cuadro que fue de Apollinaire, figura más que nunca la comedia en su punto de fusión, cuando todo se inmoviliza antes de estallar en el acorde que resolverá la tensión insoportable. Pero pensamos en términos fijos y puestos ahí delante, la guitarra, el músico, el barco que corre hacia el sur, las mujeres y los hombres que entretejen sus pasos como los ratones blancos en la jaula. Qué inesperado revés de la trama puede nacer de una sospecha última que sobrepase lo que está ocurriendo y lo que no está ocurriendo, que se sitúa en ese punto donde quizás alcanza a operarse la conjunción del ojo y la quimera, donde la fábula arranca a pedazos la piel del carnero, donde la tercera mano entrevista apenas por Persio en un instante de donación astral, empuña por su cuenta la vihuela sin caja y sin cuerdas, inscribe en un espacio duro como mármol una música para otros oídos. No es cómodo entender la antiguitarra como no es cómodo entender la antimateria, pero la antimateria es ya cosa de periódicos y comunicaciones a congresos, el antiuranio, el antisilicio destellan en la noche, una tercer mano sideral se propone con la más desaforada de las provocaciones para arrancar al vigía de su contemplación. No es cómodo presumir una antilectura, un antiser, una antihormiga, la tercera mano abofetea anteojos y clasificaciones, arranca los libros de los estantes, descubre la razón de la imagen en el espejo, su revelación simétrica y demoníaca. Ese antiyó y ese antitú están ahí, y qué es entonces de nosotros y de la satisfactoria existencia donde la inquietud no pasaba de una parva metafísica alemana o francesa, ahora que en el cuero cabelludo se posa la sombra de la antiestrella, ahora que en el abrazo del amor sentimos un vértigo de antiamor, y o porque ese palíndroma del cosmos sea la negación (¿por qué tendría que ser la negación el antiuniverso?) sino la verdad que muestra la tercera mano, ¡la verdad que espera el nacimiento del hombre para entrar en la alegría!

De alguna manera, tirado en plena pampa, metido en una bolsa sucia o simplemente desbarrancado de un caballo mañero, Persio cara a las estrellas siente avecinarse el informe cumplimiento. Nada lo distingue a esa hora del payaso que alza una cara de harina hacia el agujero negro de la carpa, contacto con el cielo. El payaso no lo sabe, Persio no sabe qué es esa pedrea amarilla que rebota en sus ojos enormemente abiertos. Y porque no lo sabe, todo le es dado a sentir con más vehemencia, el casco reluciente de la noche austral gira paulatino con sus cruces y sus compases, y en los oídos penetra poco a poco la voz de la llanura, el crujir del pasto que germina, la ondulación temerosa de la culebra que sale al rocío, el leve tamborileo del conejo aguzado por un deseo de luna. Huele ya la seca crepitación secreta de la pampa, toca con pupilas mojadas una tierra nueva que apenas trata con el hombre y lo rechaza como lo rechazan sus potros, sus ciclones y sus distancias. Los sentidos dejan poco a poco de ser parte de él para extraerlo y volcarlo en la llanura negra; ahora ya no ve ni oye ni huele ni toca, está salido, partido, desatado, enderezándose como un árbol abarca la pluralidad en un solo y enorme dolor que es el caos resolviéndose, el cristal que cuaja y se ordena, la noche primordial en el tiempo americano. Qué puede hacerle ya el sigiloso desfile de sombras, la creación renovada y deshecha que se alza en torno, la sucesión espantosa de abortos y armadillos y caballos lanudos y tigres de colmillos como cuernos, y malones de piedra y barro. Poyo inmutable, testigo indiferente de la revolución de cuerpos y eones ojo posado como un cóndor de alas de montaña en la carrera de miríadas y galaxias y plegamientos, espectador de monstruos y diluvios, de escenas pastorales o incendios seculares, metamorfosis del magma, del sial, de la flotación indecisa de continentes ballenas, de islas tapires, australes catástrofes de piedra, parto insoportable de los Andes abriendo en canal una sierra estremecida, y no poder descansar un segundo ni saber con certeza si esa sensación de la mano izquierda es una edad glacial con todos sus estrépitos o nada más que una babosa que pasea de noche en busca de tibieza.

Si renunciar fuera difícil, renunciaría acaso a esa ósmosis de cataclismos que lo sume en una densidad insoportable, pero se niega empecinado a la facilidad de abrir o cerrar los ojos, levantarse y salir al borde del camino, reinventar de golpe su cuerpo, la ruta, una noche de mil novecientos cincuenta y pico, el socorro que llegará con faros y exclamaciones y una estela de polvo. Aprieta los dientes (pero es quizás una cordillera que nace, una trituración de basaltos y arcillas) y se ofrece al vértigo, al andar de la babosa o la cascada por su cuerpo inmerso y confundido. Toda creación es un fracaso, vuelan las rocas por el espacio, animales innominados se derrumban y chapalean patas arriba, revientan en astillas los cohihues, la alegría del desorden aplasta y exalta y aniquila entre aullidos y mutaciones. ¿Qué debía quedar de todo eso, solamente una tapera en la pampa, un pulpero socarrón, un guacho perseguido y pobre diablo, un generalito en el poder? Operación diabólica en que cifras colosales acaban en un campeonato de fútbol, un poeta suicida, un amor amargo por las esquinas y las madreselvas. Noche del sábado, resumen de la gloria, ¿es esto lo sudamericano? En cada gesto de cada día, ¿repetimos el caos irresuelto? En un tiempo de presente indefinidamente postergado, de culto necrofílico, de tendencia al hastío y al sueño sin ensueños, a la mera pesadilla que sigue a la ingestión del zapallo y el chorizo en grandes dosis, ¿buscamos la coexistencia del destino, pretendemos ser a la vez la libre carrera del ranquel y el último progreso del automovilismo profesional? De cara a las estrellas, tirados en la llanura impermeable y estúpida, ¿operamos secretamente una renuncia al tiempo histórico, nos metemos en ropas ajenas y en discursos vacíos que enguantan las manos del saludo del caudillo y el festejo de las efemérides, y de tanta realidad inexplorada elegimos el antagónico fantasma, la antimateria del antiespíritu, de la antiargentinidad, por resuelta negativa a padecer como se debe un destino en el tiempo, una *carrera con sus vencedores y vencidos? Menos que maniqueos, menos que hedónicos vividores, ¿representamos en la tierra el lado espectral del devenir, su larva sardónica agazapada al borde de la ruta, el antitiempo del alma y el cuerpo, la facilidad barata, el no te metás si no es para avivarte? Destino de no querer un destino, ¿no escupimos a cada palabra hinchada, a cada ensayo filosófico, a cada campeonato clamoroso, la antimateria vital elevada a la carpeta de macramé, a los juegos florales, a la escarapela, al club social y deportivo de cada barrio porteño o rosarino o tucumano?*

XXXVIII

Por lo demás los juegos florales regocijaban siempre a Medrano, asistente irónico. La idea se le ocurrió mientras bajaba a cubierta después de acompañar a Claudia y a Jorge, que de golpe había querido dormir la siesta. Pensándolo mejor, el doctor Restelli hubiera debido proponer la celebración de juegos florales a bordo; era más espiritual y educativo que una simple velada artística, y hubiera permitido a unos cuantos la perpetración de bromas enormes. «Pero no se conciben los juegos florales a bordo», pensó, tirándose cansado en su reposera y eligiendo despacio un cigarrillo. Retardaba a propósito el momento en que dejaría de interesarse por lo que veía en torno para ceder deliciosamente a la imagen de Claudia, a la reconstrucción minuciosa de su voz, de la forma de sus manos, de su manera tan simple y casi necesaria de guardar silencio o hablar. Carlos López se asomaba ahora a la escalerilla de babor y miraba encandilado el horizonte de las cuatro de la tarde. El resto de los pasajeros se había marchado hacía rato; el puente de mando seguía vacío. Medrano cerró los ojos y se preguntó qué iba a ocurrir. El plazo se cerraba, cuando el último número de la velada diera paso a los aplausos corteses y a la dispersión general de los espectadores, empezaría la carrera del reloj del tercer día. «Los símbolos de siempre, el aburrimiento de una analogía no demasiado sutil», pensó. El tercer día, el cumplimiento. Los hechos más crudos eran previsibles: la popa se abriría por sí sola a la visita de los hombres, o López cumpliría su amenaza con el apoyo de Raúl y de él mismo. El partido de la paz se haría presente, iracundo, acaudillado por Don Galo; pero a partir de ahí el futuro se nublaba, las vías se bifurcaban, trifurcaban... «Va a estar bueno», pensó, satisfecho sin saber por qué. Todo se daba en una escala ridícula, tan absolutamente antidramática que su satisfacción terminaba por impacientarlo. Prefirió volver a Claudia, recomponer su rostro que ahora, cuando se despedía de él en la puerta de la cabina, le había parecido veladamente inquieto. Pero no había dicho nada y él había preferido no darse por enterado, aunque le hubiera gustado estar todavía con ella, velando juntos el sueño de Jorge, hablando en voz baja de cualquier cosa. Otra vez lo ganaba un oscuro sentimiento de vacío, de desorden, una necesidad de compaginar algo —pero no sabía qué—, de montar un *puzzle* tirado en mil pedazos sobre la mesa. Otra fácil analogía, pensar la vida como un *puzzle*, cada día un trocito de madera con una mancha verde, un poco de rojo, una nada de gris, pero todo mal barajado y amorfo, los días revueltos, parte del pasado metida como una espina en el futuro, el presente libre quizá de lo precedente y lo subsiguiente, pero empobrecido por una división demasiado voluntaria, un seco rechazo de fantasmas y proyectos. El presente no podía ser eso, pero sólo ahora, cuando mucho de ese ahora era ya pérdida irreversible, empezaba a sospechar sin demasiado convencimiento que la mayor de sus culpas podía haber sido una libertad fundada en una falsa higiene de vida, un deseo egoísta de disponer de sí mismo en cada instante de un día reiteradamente único, sin lastres de ayer y de mañana. Visto con esa óptica todo lo que llevaba andado se le aparecía de pronto como un fracaso absoluto. «¿Fracaso de qué?», pensó, desasosegado. Nunca se había planteado la existencia en términos de triunfo; la noción de fracaso carecía entonces de sentido. «Sí, lógicamente —pensó—. Lógicamente.» Repetía la palabra, la hacía saltar en la lengua. Lógicamente. Entonces Claudia, entonces el *Malcolm*. Lógicamente. Pero el estómago, el sueño sobresaltado, la sospecha de que algo se acercaba que lo sorprendería desprevenido y desarmado, que había que prepararse. «Qué diablos —pensó—, no es tan fácil echar por la borda las costumbres, esto se parece mucho al *surmenage*. Como aquella vez que creí volverme loco y resultó un comienzo de septicemia...» No, no era fácil. Claudia parecía comprenderlo, no le había hecho ningún reproche a propósito de Bettina, pero curiosamente Medrano pensaba ahora que Claudia hubiera debido reprocharle lo que Bettina representaba en su vida. Sin ningún derecho, por supuesto, y mucho menos como una posible sucesora de Bettina. La sola idea de sucesión era insultante cuando se pensaba en una mujer como Claudia. Por eso mismo, quizá, ella hubiera podido decirle que era un canalla, hubiera podido decírselo tranquilamente, mirándolo con ojos en los que su propia intranquilidad brillaba como un derecho bien ganado, el derecho del cómplice, el reproche del reprochable, mucho más amargo y más justo y más hondo que el del juez o del santo. Pero por qué tenía que ser Claudia quien le abriera de golpe las puertas del tiempo, lo expulsara desnudo en el tiempo que empezaba a azotarlo obligándolo a fumar cigarrillo tras cigarrillo, morderse los labios y desear que de una manera u otra el *puzzle* acabara por recomponerse, que sus manos inciertas, novicias en esos juegos, buscaran tanteando los pedazos rojos, azules y grises, extrajeran del desorden un perfil de mujer, un gato ovillado junto al fuego, un fondo de viejos árboles de fábula. Y que todo eso fuera más fuerte que el sol de las cuatro y media, el horizonte cobalto que entreveía con los ojos entornados, oscilando hacia arriba y hacia abajo con cada vaivén del *Malcolm*, barco mixto de la Magenta Star. Bruscamente fue la calle Avellaneda, los árboles con la herrumbre del otoño; las manos metidas en los bolsillos del piloto, caminaba huyendo de algo vagamente amenazador. Ahora era un zaguán, parecido a la casa de Lola Romarino pero más estrecho; salió a un patio —apurarse, apurarse, no había que perder tiempo— y subió escaleras como las del hotel Saint-Michel de París, donde había vivido unas semanas con Leonora (se le escapaba el apellido). La habitación era amplia, llena de cortinados que debían esconder irregularidades de las paredes, o ventanas que darían a sórdidos patios negros. Cuando cerró la puerta, un gran alivio acompañó su gesto. Se quitó el piloto, los guantes; con mucho cuidado los puso sobre una mesa de caña. Sabía que el peligro no había pasado, que la puerta sólo lo defendía a medias; era más bien un aplazamiento que le permitía pensar otro recurso más seguro. Pero no quería pensar, no tenía en qué pensar; la amenaza era demasiado incierta, flotaba ascendiendo, alejándose y volviendo como un aire manchado de humo. Dio unos pasos hasta quedar en el centro de la habitación. Sólo entonces vio la cama, disimulada por un biombo rosa, un miserable armazón a punto de venirse abajo. Una cama de hierro, revuelta, una palangana y una jofaina; sí, podía ser el hotel Saint-Michel aunque no era, la habitación se parecía a la de otro hotel, en Río. Sin saber por qué no quería acercarse a la cama revuelta y sucia, permanecía inmóvil con las manos en los bolsillos del saco, esperando. Era casi natural, casi necesario que Bettina descorriera uno de los raídos cortinados y avanzara hacia él como resbalando sobre la mugrienta alfombra, se parara a menos de un metro y alzara poco a poco la cara completamente tapada por el pelo rubio. La sensación de amenaza se disolvía, viraba a otra cosa sin que él supiera todavía qué era esa otra cosa aún peor que iba a suceder, y Bettina levantaba poco a poco la cara invisible con el pelo que temblaba y oscilaba dejando ver la punta de la nariz, la boca que volvía a desaparecer, otra vez la nariz, el brillo de los ojos entre el pelo rubio. Medrano hubiera querido retroceder, sentir por lo menos la espalda pegada a la puerta, pero flotaba en un aire pastoso del que tenía que extraer cada bocanada con un esfuerzo del pecho, de todo el cuerpo. Oía hablar a Bettina, porque desde el principio Bettina había estado hablando, pero lo que decía era un sonido continuo y agudo, ininterrumpido, como un papagayo que repitiera incansablemente una serie de sílabas y silbidos. Cuando sacudió la cabeza y todo el pelo saltó hacia atrás, derramándose sobre las orejas y los hombros, su rostro estaba tan cerca del suyo que con sólo inclinarse hubiera podido mojar sus labios en las lágrimas que lo empapaban. Brillantes de lágrimas las mejillas y el mentón, entreabierta la boca de donde seguía saliendo el discurso incomprensible, la cara de Bettina borraba de golpe el cuarto, las cortinas, el cuerpo que seguía más abajo, las manos que al principio él había visto pegadas a los muslos, no quedaba más que su cara flotando en el humo del cuarto, bañada en lágrimas, desorbitados los ojos que interrogaban a Medrano, y cada pestaña, cada pelo de las cejas parecía aislarse, dejarse ver por sí mismo y por separado, la cara de Bettina era un mundo infinito, fijo y convulso a la vez delante de sus ojos que no podían evadirla, y la voz seguía saliendo como una cinta espesa, una materia pegajosa cuyo sentido era clarísimo aunque no fuera posible entender nada, clarísimo y definitivo, un estallido de claridad y consumación, la amenaza por fin concretada y resuelta, el fin de todo, la presencia absoluta del horror en esa hora y ese sitio. Jadeando Medrano veía la cara de Bettina que sin acercarse parecía cada vez más pegada a la suya, reconocía los rasgos que había aprendido a leer con todos sus sentidos, la curva del mentón, la fuga de las cejas, el hueco delicioso entre la nariz y la boca cuyo fino vello conocían tan bien sus labios; y al mismo tiempo sabía que estaba viendo otra cosa, que esa cara era el revés de Bettina, una máscara donde un sufrimiento inhumano, una concentración de todo el sufrimiento del mundo sustituía y pisoteaba la trivialidad de una cara que él había besado alguna vez. Pero también sabía que no era cierto, que sólo lo que estaba viendo ahora era la verdad, que ésta era Bettina, una Bettina monstruosa frente a la cual la mujer que había sido su amante se deshacía como él mismo se sentía deshacer mientras poco a poco retrocedía hacia la puerta sin conseguir distanciarse de la cara flotando a la altura de sus ojos. No era miedo, el horror iba más allá del miedo; más bien como el privilegio de sentir el momento más atroz de una tortura pero sin dolor físico, la esencia de la tortura sin el retorcimiento de las carnes y los nervios. Estaba viendo el otro lado de las cosas, se estaba viendo por primera vez como era, la cara de Bettina le ofrecía un espejo chorreante de lágrimas, una boca convulsa que había sido la frivolidad, una mirada sin fondo que había sido el capricho posándose en las cosas de la vida. Todo esto no lo sabía porque el horror anulaba todo saber, era la materia misma de la penetración en otro lado antes inconcebible, y por eso cuando despertó con un grito y todo el océano azul se le metió en los ojos y vio otra vez las escalerillas y la silueta de Raúl Costa sentado en lo alto, sólo entonces, tapándose la cara como si temiera que algún otro pudiera ver en él lo que él acababa de ver en la máscara de Bettina, comprendió que estaba alcanzando una respuesta, que el *puzzle* empezaba a armarse. Jadeando como en el sueño, miró sus manos, la reposera en que estaba sentado, los tablones de la cubierta, los hierros de la borda, los miró extrañado, ajeno a todo lo que lo rodeaba, salido de sí mismo. Cuando fue capaz de pensar (doliéndole, porque todo en él le gritaba que pensar sería otra vez falsificar), supo que no había soñado con Bettina sino consigo mismo; el verdadero horror había sido ése, pero ahora, bajo el sol y el viento salado, el horror cedía al olvido, a estar otra vez del otro lado, y le dejaba solamente una sensación de que cada elemento de su vida, de su cuerpo, de su pasado y su presente eran falsos, y que la falsedad estaba ahí al alcance de la mano, esperando para tomarlo de la mano y llevárselo otra vez al bar, al día siguiente, al amor de Claudia, a la cara sonriente y caprichosa de Bettina siempre allá en el siempre Buenos Aires. Lo falso era el día que estaba viendo porque era él quien lo veía; lo falso estaba afuera porque estaba adentro, porque había sido inventado pieza por pieza a lo largo de toda la vida. Acababa de ver la verdadera cara de la frivolidad, pero por suerte, ah, por suerte no era más que una pesadilla. Volvía a la razón, la máquina echaba a pensar, bien lubricada, oscilaban las bielas y los cojinetes, recibían y daban la fuerza, preparaban las conclusiones satisfactorias. «Qué sueño horrendo», clasificó Gabriel Medrano, buscando los cigarrillos, esos cilindros de papel llenos de tabaco misionero, a cinco pesos el atado de veinte.

Cuando le fue imposible seguir resistiendo el sol, Raúl volvió a su cabina donde Paula dormía boca arriba. Tratando de no hacer ruido se sirvió un poco de whisky y se tiró en un sillón. Paula abrió los ojos y le sonrió.

—Estaba soñando con vos, pero eras más alto y tenías un traje azul que te sentaba mal.

Se enderezó, doblando la almohada para apoyarse. Raúl pensó en los sarcófagos etruscos, quizá porque Paula lo miraba con una leve sonrisa que todavía parecía participar del sueño.

—En cambio tenías mejor cara —dijo Paula—. Realmente se diría que estás al borde de un soneto o de un poema en octavas reales. Lo sé, porque he conocido vates que tomaban ese aire antes del alumbramiento.

Raúl suspiró entre fastidiado y divertido.

—Qué viaje insensato —dijo—. Tengo la impresión de que todos andamos a los tropezones, incluso el barco. Pero vos no, en realidad. Me parece que a vos te va muy bien con tu pirata de tostada piel.

—Depende —dijo Paula, estirándose—. Si me olvido un poco más de mí misma puede ser que me vaya bien, pero siempre estarás vos cerca, que sos el testigo.

—Oh, yo no soy nada molesto. Me hacés la señal convenida, por ejemplo cruzando los dedos o golpeando con el talón izquierdo, y yo desaparezco. Incluso de la cabina, si te hace falta, pero supongo que no. Aquí las cabinas abundan.

—Lo que es tener mala reputación —dijo Paula—. Para vos, yo no necesito más de cuarenta y ocho horas para acostarme con un tipo.

—Es un buen plazo. Da tiempo a los exámenes de conciencia, a cepillarse los dientes...

—Resentido, eso es lo que sos. Ni arte ni parte, pero resentido lo mismo.

—De ninguna manera. No confundas celos con envidia, y en mi caso es pura envidia.

—Contame —dijo Paula, echándose para atrás—. Contame por qué me tenés envidia.

Raúl le contó. Le costaba hablar, aunque mojaba cada palabra en un cuidadoso baño de ironía, evitando toda piedad de sí mismo.

—Es muy chico —dijo Paula—. Comprendés, es una criatura.

—Cuando no es por eso es porque ya son demasiado grandes. Pero no le busques explicaciones. La verdad, me porté como un estúpido, perdí la serenidad como si fuera la primera vez. Siempre me pasará lo mismo, imaginaré lo que puede suceder antes de que suceda. Las consecuencias están a la vista.

—Sí, es mal sistema. No imagines y acertarás, etcétera.

—Pero ponete en mi lugar —dijo Raúl, sin pensar que podía hacer reír a Paula—. Aquí estoy desarmado, no tengo ninguna de las posibilidades que se me darían en Buenos Aires. Y al mismo tiempo estoy más cerca, más horriblemente cerca que allá, porque lo encuentro en todas partes y sé que un barco puede ser el mejor lugar del mundo... después. Es la historia de Tántalo entre pasillos y duchas y pruebas de acrobacia.

—No sos gran cosa como corruptor —dijo Paula—. Siempre lo sospeché y me alegro de comprobarlo.

—Andate al diablo.

—Pero es verdad que me alegro. Creo que ahora lo merecés un poco más que antes, y que a lo mejor tenés suerte.

—Hubiera preferido merecerlo menos y...

—¿Y qué? No me voy a poner a pensar en pormenores, pero supongo que no es tan fácil. Si fuera fácil habría menos tipos en la cárcel y menos chicos muertos en los maizales.

—Oh, eso —dijo Raúl—. Es increíble cómo una mujer puede imaginarse ciertas cosas.

—No es imaginación, Raulito. Y como no creo que seas un sádico, por lo menos en la medida en que se convierte en un peligro público, no te veo haciéndolo objeto de malos tratos, como diría virtuosamente *La Prensa* si se enterara. En cambio no me cuesta nada imaginarte en tareas más pausadas de seducción, si me permitís la palabra, y llegando a los malos tratos por el camino de los buenos. Pero esta vez parece que el aire de mar te ha dado demasiado ímpetu, pobrecito.

—No tengo ni ganas de mandarte al demonio por segunda vez.

—De todos modos —dijo Paula, poniéndose un dedo en la boca—, de todos modos hay algo en tu favor, y supongo que no estarás tan deprimido como para no advertirlo. Primero, el viaje se anuncia largo y no tenés rivales a bordo. Quiero decir que no hay mujeres que puedan envalentonarlo. A su edad, si tiene suerte en el flirteo más inocente, un chico se hace una idea muy especial de sí mismo, y tiene mucha razón. A lo mejor yo tengo un poco la culpa, ahora que lo pienso. Lo dejé que se hiciera ilusiones, que me hablara como un hombre.

—Bah, qué importa eso —dijo Raúl.

—Puede que no importe, de todos modos te repito que todavía tenés muchas chances. ¿Necesito explicarme?

—Si no te es muy molesto.

—Pero es que tendrías que haberte dado cuenta, injerto de zanahoria. Es tan simple, tan simple. Miralo bien y verás lo que él mismo no puede ver, porque no lo sabe.

—Es demasiado hermoso como para verlo realmente —dijo Raúl—. Yo no sé lo que veo cuando lo miro. Un horror, un vacío, algo lleno de miel, etcétera.

—Sí, en esas condiciones... Lo que tendrías que haber visto es que el pequeño Trejo está lleno de dudas, que tiembla y titubea y que en el fondo, muy en el fondo... ¿No te das cuenta de que tiene como un aura? Lo que lo hace precioso (porque yo también lo encuentro precioso, pero con la diferencia de que me siento como si fuera su abuela) es que está a punto de caer, no puede seguir siendo lo que es en este minuto de su vida. Te has portado como un idiota, pero quizá, todavía... En fin, no está bien que yo, verdad...

—¿Realmente creés, Paula?

—Es Dionisos adolescente, estúpido. No tiene la menor firmeza, ataca porque está muerto de miedo, y a la vez está ansioso, siente el amor como algo que vuela sobre él, es un hombre y una mujer y los dos juntos, y mucho más que eso. No hay la menor fijación en él, sabe que ha llegado la hora pero no sabe de qué, y entonces se pone esas camisas horribles y viene a decirme que soy tan bonita y me mira las piernas, y me tiene un miedo pánico... Y vos no ves nada de eso y andás como un sonámbulo que llevara una bandeja de merengues... Dame un cigarrillo, creo que después me voy a bañar.

Raúl la miró fumar, cambiando de vez en cuando una sonrisa. Nada de lo que le había dicho lo tomaba de sorpresa, pero ahora lo sentía objetivamente, propuesto desde un segundo observador. El triángulo se cerraba, la medición se establecía sobre bases seguras: «Pobre intelectual, necesitado de pruebas», pensó sin amargura. El whisky empezaba a perder el gusto amargo del comienzo.

—Y vos —dijo Raúl—. Quiero saber de vos, ahora. Terminemos de emputecernos fraternalmente, la ducha está ahí al lado. Hablá, confesá, el padre Costa es todo oídos.

—Estamos encantados de la buena idea que han tenido el señor doctor y el señor enfermo —dijo el *maître*—. Sírvase un gorro, a menos que prefiera una careta.

La señora de Trejo se decidió por un gorro violeta y el *maître* alabó su elección. La Beba encontró que lo menos cache era una diadema de cartón plateado, con una que otra lentejuela roja. El *maître* iba de mesa en mesa distribuyendo las fantasías, comentando el progresivo (y tan natural) descenso de la temperatura, y tomando nota de las variaciones en materia de cafés e infusiones. En la mesa número cinco, asistidos por Nora y Lucio que tenían cara de sueño, Don Galo y el doctor Restelli daban los últimos toques al orden del programa. De acuerdo con el *maître* se había decidido celebrar la velada en el bar; aunque más pequeño que el comedor se prestaba para ese género de fiestas (según ejemplos de viajes anteriores, y hasta un álbum con frases y firmas de pasajeros de nombres nórdicos). A la hora del café, el señor Trejo abandonó su mesa y completó solemnemente el triunvirato de los organizadores. Puro en mano, Don Galo repasó la lista de participantes y la sometió a sus compañeros.

—Ah, aquí veo que el amigo López nos va a deslumbrar con sus habilidades de ilusionista —dijo el señor Trejo—. Muy bien, muy bien.

—López es un joven de notables condiciones —dijo el doctor Restelli—. Tan excelente profesor como amable contertulio.

—Me alegro de que esta noche prefiera el esparcimiento social a las actitudes exageradas que le hemos visto últimamente —dijo el señor Trejo, aflautando la voz de manera de que López no pudiera enterarse—. Realmente esos jóvenes se dejan llevar por un espíritu de violencia nada loable, señores, nada loable.

—El hombre está amoscado —dijo Don Galo— y se comprende que le hierva la sangre. Pero ya verán ustedes cómo se atemperan los ánimos después de nuestra fiestecita. Eso es lo que hace falta, que haya un poco de jolgorio. Inocente, claro.

—Así es —apoyó el doctor Restelli—. Todos estamos de acuerdo en que el amigo López se ha apresurado demasiado a proferir amenazas que a nada conducen.

Lucio miraba de cuando en cuando a Nora, que miraba el mantel o sus manos. Tosió, incómodo, y preguntó si no sería ya hora de pasar al bar. Pero el doctor Restelli sabía de buena fuente que el mozo y el *maître* estaban dando los últimos toques al arreglo del salón, colgando guirnaldas de cotillón y creando esa atmósfera propicia a las efusiones del espíritu y la civilidad.

—Exacto, exacto —dijo Don Galo—. Efusiones del espíritu, eso es lo que yo digo. El jolgorio, vamos. Y en cuanto a esos gallitos, porque reparen ustedes que no se trata solamente del joven López, ya sabremos nosotros ponerlos en su sitio para que el viaje transcurra sin engorros. Bien recuerdo una ocasión en Pergamino, cuando el subgerente de mi sucursal...

Se oyó un amable batir de palmas, y el *maître* anunció que los señores pasajeros podían pasar a la sala de fiestas.

—Parece propio el Lunapar en carnaval —dictaminó el Pelusa, admirado de los farolitos de colores y los globos.

—Ay, Atilio, con esa careta me das un miedo —se quejó la Nelly—. Justamente te tenías que elegir la de gorila.

—Vos agarrate una buena silla y me guardás una, que yo voy a averiguar cuándo nos tenemos que preparar para el número. ¿Y su hermanito, señorita?

—Por ahí debe andar —dijo la Beba.

—Pero no vino a comer, no vino.

—No, dijo que le dolía la cabeza. Siempre le gusta hacerse el interesante.

—Qué le va a doler la cabeza —dijo el Pelusa, autoritario—. Seguro que le agarró algún calambre después del entrenamiento.

—No sé —dijo la Beba, desdeñosa—. Con lo consentido que lo tiene mamá, seguro que es un capricho para hacerse desear.

No era un capricho, tampoco un dolor de cabeza. Felipe había dejado venir la noche sin moverse de la cabina. Entró su padre, satisfecho de un truco ganado en ruda batalla, se bañó y volvió a salir, y luego la Beba hizo una corta aparición destinada presumiblemente a buscar unas partituras de piano que no aparecían en su valija. Tirado en la cama fumando sin ganas, Felipe sentía descender la noche en el azul del ojo de buey. Todo era como un descenso, lo que pensaba deshilachadamente, el gusto cada vez más áspero y pegajoso del cigarrillo, el barco que a cada cabeceo le daba la impresión de hundirse un poco más en el agua. De un primer repertorio de injurias repetidas hasta que las palabras habían perdido todo sentido, derivaba a un malestar interrumpido por vaharadas de satisfacción maligna, de orgullo personal que lo hacían saltar de la cama, mirarse en el espejo, pensar en ponerse la camisa a cuadros amarillos y rojos y salir a cubierta con el aire de desafío o la indiferencia. Casi en seguida reingresaba a la humillada contemplación de su conducta, de sus manos tiradas sobre la cama y que no habían sido capaces de cortarle la cara a trompadas. Ni una sola vez se preguntó si realmente había sentido el deseo o la necesidad de cortarle la cara a trompadas; prefería reanudar los insultos o dejarse absorber por fantasmas en donde los actos de arrojo y las explicaciones al borde de las lágrimas terminaban en una voluptuosidad que le exigía desperezarse, encender otro cigarrillo y dar una vuelta incierta por la cabina, preguntándose por qué se quedaba ahí encerrado en vez de sumarse a los otros que ya debían estar por cenar. En una de ésas era seguro que iba a venir su madre, con las preguntas como metralla, impaciente y asustada a la vez. Tirándose otra vez en la cama, admitió de mala gana que después de todo él había sacado ventaja. «Debe estar desesperado», pensó, empezando a encontrar palabras para su pensamiento. La idea de Raúl desesperado era casi inconcebible, pero seguramente tenía que ser así, había salido de la cabina como si lo fueran a matar ahí mismo, blanco como un papel. «Blanco como un papel», pensó satisfecho. Y ahora estaría solo, mordiéndose los puños de rabia. No era fácil imaginar a Raúl mordiéndose los puños; cada vez que se esforzaba por someterlo a la peor de las humillaciones morales, lo veía con su cara tranquila y un poco burlona, recordaba el gesto con que le había ofrecido la pipa o se le había acercado para acariciarle el pelo. A lo mejor estaba tan pancho tirado en la cama, fumando como si nada.

«No tanto —se dijo, vengativo—. Seguro que es la primera vez que lo sacan carpiendo en esa forma.» Eso le iba a enseñar a meterse con un hombre, maricón del diablo. Y pensar que hasta ese momento había estado engañado, había creído que era el único amigo con quien podría contar a bordo, en ese viaje sin mujeres que trabajarse, ni farra, ni por lo menos otros muchachos de su edad para divertirse en la cubierta. Ahora estaba listo, casi lo mejor era no salir de la cabina, total... Hacía un rato que la imagen de Paula se le aparecía como una sorpresa sumada a la otra, si en realidad la otra había sido una sorpresa. Pero Paula, ¿qué diablos representaba en el asunto? Barajaba dos o tres hipótesis instantáneas, igualmente crudas e insatisfactorias, y otra vez volvía a preocuparlo —pero precisamente entonces le nacían como vahos de satisfacción, momentos de gloria que le llenaban el pecho de aire y de humo de cigarrillo, ya no de pipa porque la pipa estaba tirada cerca de la puerta, y exactamente sobre ella, en la pared, la marca del choque rabioso—, otra vez lo preocupaba por qué tenía que haber sido él y no cualquier otro, por qué Raúl lo había buscado a él en seguida, casi la misma noche del embarque, en vez de irse a mariposear con otro. Casi no le importaba admitir que no había otro posible, que el repertorio era limitado y como fatal; en el hecho de que Raúl lo hubiera elegido encontraba al mismo tiempo la fuerza para estrellar una pipa contra la pared y para respirar profundamente, con los ojos entornados, como saboreando un privilegio especialísimo. Cómo se la iba a pagar, de eso podía estar bien seguro, se la iba a pagar pedacito a pedacito, hasta que aprendiera para siempre a no equivocarse. «Carajo, no es que yo le haya dado calce —se dijo enderezándose—. No soy Viana, yo, no soy Freilich, qué joder.» Le iba a demostrar hora por hora lo que era un hombre de verdad, aunque pretendiera sobrarlo con su cancha de pitucón platudo, con su pelirroja de puro cuento. Demasiado le había consentido que le diera consejos, que pretendiera ayudarlo. Se había dejado sobrar, y el otro había confundido una cosa con otra. Oyó un ruido en la puerta y se estremeció. Pucha que estaba nervioso. También... Miró de reojo a la Beba que olía el aire de la cabina frunciendo la nariz.

—Vos seguí fumando así y vas a ver —dijo la Beba, con su aire virtuoso—. Le voy a decir a mamá para que te esconda los cigarrillos.

—Andate a la mierda y quedate un tiempo —dijo Felipe casi amablemente.

—¿No oíste que llamaban a comer? Por culpa del señor yo tengo que levantarme de la mesa y hacer el papelón de bajar a buscar al nene.

—Claro, como todos viven pendientes de vos.

—Dice papá que subas a comer en seguida.

Felipe tardó un segundo en contestar.

—Decile que me duele la cabeza. En todo caso voy después, para la fiesta.

—¿La cabeza? —dijo la Beba—. Podrías inventar otra cosa.

—¿Qué querés decir? —preguntó Felipe, enderezándose. Otra vez había sentido como si le apretaran el estómago. Oyó el golpe de la puerta, y se sentó al borde de la cama. Cuando entrara en el comedor tendría que pasar obligadamente por delante de la mesa número dos, saludar a Paula, a López y a Raúl. Empezó a vestirse despacio, poniéndose una camisa azul y unos pantalones grises. Al encender la luz central, vio la pipa en el suelo y la recogió. Estaba intacta. Pensó que lo mejor sería dársela a Paula, junto con la lata de tabaco, para que ella... Y al entrar en el comedor tendría que pasar por delante de la mesa, saludando. ¿Y si llevaba la pipa y la dejaba sobre la mesa, sin decir nada? Era idiota, estaba demasiado nervioso. Llevarla en el bolsillo y aprovechar después, en la cubierta, si lo veía salir a tomar fresco, acercarse y decirle secamente: «Esto es suyo», o algo por el estilo. Entonces Raúl lo miraría como miraba él, y empezaría a sonreír muy despacio. No, a lo mejor no se sonreiría, a lo mejor trataría de tomarlo del brazo, y entonces... Se peinó lentamente, mirándose desde todos los ángulos. No iría a cenar, lo dejaría con las ganas de verlo llegar y que se pusiera colorado al pasar delante de su mesa. «Si no me pusiera colorado», pensó, rabioso, pero contra eso no se podía luchar. Mejor quedarse en la cubierta, o en el bar, tomando una cerveza. Pensó en la escalerilla del pasadizo, en Bob.

Doña Rosita y Doña Pepa fueron atentamente instaladas en la primera fila de butacas, y la señora de Trejo se les incorporó con un aire arrebolado que explicaba la inminente actuación artística de su hija. Detrás empezaron a tomar asiento los que llegaban del comedor. Jorge, muy solemne, se instaló entre su madre y Persio, pero Raúl no parecía dispuesto a sentarse y se apoyó en el mostrador esperando que el resto se ubicara a gusto. La silla de Don Galo fue colocada en posición presidencial, y el chófer se apresuró a disimularse en la última fila donde también se había instalado Medrano, que fumaba un cigarrillo tras otro con aire no demasiado contento. El Pelusa volvió a preguntar por su compañero de pruebas gimnásticas, y después de confiar la careta a Doña Rosita, anunció que iría a ver cómo andaba Felipe. Detrás de una máscara vagamente polinesia, Paula imitaba para López la voz de la señora de Trejo.

El *maître* dio una orden al mozo y las luces se apagaron, encendiéndose al mismo tiempo un reflector en el fondo y otro en el suelo, cerca del piano laboriosamente metido entre el mostrador y una de las paredes. Solemne, el *maître* levantó la cola del piano. Sonaron algunos aplausos y el doctor Restelli, parpadeando violentamente, se encaminó a la zona iluminada.

Por supuesto no era él la persona más indicada para abrir el sencillo y espontáneo acto de esparcimiento, por cuanto la idea original pertenecía en un todo al distinguido caballero y amigo don Galo Porriño, ahí presente.

—Siga usted, hombre, siga usted —dijo Don Galo, alzando su voz sobre los amables aplausos—. Ya se imaginan ustedes que no estoy para hacer de maestro de ceremonias, de modo que adelante y viva la pepa.

En el silencio un tanto incómodo que siguió, el regreso de Atilio resultó más visible y sonoro de lo que él hubiera querido. Deslizándose en su silla, luego de dibujar una gigantesca sombra en la pared y el techo, informó en voz baja a la Nelly que su compañero de número no aparecía por ninguna parte. Doña Rosita le devolvió su careta, reclamando silencio entre implorante y enojada, pero el Pelusa estaba desconcertado y siguió quejándose y haciendo crujir la silla. Aunque no le llegaban las palabras, Raúl sospechó lo que pasaba. Cediendo a un viejo automatismo, miró en dirección de Paula que se había quitado la máscara y observaba estadísticamente la concurrencia. Cuando ella miró en su dirección, alzando las cejas con aire interrogativo, Raúl le contestó con un encogimiento de hombros. Paula sonrió antes de volver a ponerse la máscara y reanudar la charla con López, y a Raúl esa sonrisa le pareció algo así como un pasaporte, un sello estampándose sobre un papel, el tiro al aire que desata la carrera. Pero lo mismo hubiera salido del bar aunque Paula no lo hubiera mirado.

—Cómo hablan, Dios mío, cómo hablan —dijo Paula—. ¿Vos realmente creés que en el comienzo era el verbo, Jamaica John?

—Te quiero —dijo Jamaica John para quien decir eso era una réplica concluyente—. Es maravilloso todo lo que te quiero, y que te lo esté diciendo aquí sin que nadie oiga, de careta a careta, de pirata a vahiné.

—Yo seré una vahiné —dijo Paula, mirando su careta y volviendo a ponérsela—, pero vos tenés un aire entre Rocambole y diputado sanjuanino que te queda muy mal. Tendrías que haber elegido la careta de Presutti, aunque lo mejor es que no te pongas ninguna y sigas siendo Jamaica John.

Ahora el doctor Restelli elogiaba las notables cualidades musicales de la señorita Trejo, quien seguidamente iba a deleitarlos con su versión de un trozo de Clementi y otro de Czerny, compositores célebres. López miró a Paula, que tuvo que morderse un dedo. «Compositores célebres —pensó—. Esta velada va a ser un monumento.» Había visto salir a Raúl, y López también lo había visto y la había mirado con un aire entre zumbón e interrogativo que ella había fingido ignorar. «Buena suerte, Raulito —pensó—. Ojalá te aplaste la nariz, Raulito. Ah, seré la misma hasta el fin, no me podré arrancar el Lavalle cosido en la sangre, en el fondo no le perdonaré jamás que sea mi mejor amigo. El intachable amigo de una Lavalle. Eso, el intachable amigo. Y ahí va, deslizándose por un pasillo vacío, temblando, uno más en la legión de los que tiemblan deliciosamente, derrotados de antemano... No se lo perdonaré jamás y él lo sabe, y el día en que encuentre alguno que lo siga (pero no lo va a encontrar, Paulita vela para que no lo encuentre, y en este caso no vale la pena molestarse), ese día mismo me plantará para siempre, adiós los conciertos, los sándwiches de paté a las cuatro de la mañana, las vagancias por San Telmo o la costanera, adiós Raúl, adiós pobrecito Raúl, que tengas suerte, que por lo menos esta vez te vaya bien.»

Del piano salían sonidos diversos. López puso un pañuelo blanco en la mano de Paula. Pensó que lloraba de risa, pero no estaba seguro. La vio acercar rápidamente el pañuelo a la cara, y le acarició el hombro, apenas, un roce más que una caricia. Paula le sonrió sin devolverle el pañuelo, y cuando estallaron los aplausos lo abrió en todo su tamaño y se sonó enérgicamente.

—Cochina —dijo López—. No te lo presté para eso.

—No importa —dijo Paula—. Es tan ordinario que me va a paspar la nariz.

—Yo toco mejor que ésa —dijo Jorge—. Que lo diga Persio.

—No entiendo nada de música —dijo Persio—. Salvo los pasodobles todo me es igual.

—Decí vos, mamá, si no toco mejor que esa chica. Y con todos los dedos, no dejando la mitad en el aire.

Claudia suspiró, reponiéndose de la masacre. Pasó la mano por la frente de Jorge.

—¿De veras te sentís bien?

—Y claro —dijo Jorge, que esperaba el momento de su número—. Persio, mirá la que se viene.

A una señal entre amable e imperiosa de Don Galo, la Nelly avanzó hasta quedar arrinconada entre la cola del piano y la pared del fondo. Como no había contado con el reflector en plena cara («Está emocionada, pobrecita», decía Doña Pepa para que todos oyeran), parpadeaba violentamente y terminó por levantar un brazo y taparse los ojos. El *maître* corrió obsequioso y alejó el reflector un par de metros. Todos aplaudían para alentar a la artista.

—Voy a declamar «Reír llorando», de Juan de Dios Peza —anunció la Nelly, poniendo las manos como si estuviera por hacer sonar unas castañuelas—. *Viendo a Garrick, ator de la Inglaterra, la gente al aplaudirlo le decía...*

—Yo también lo sé ese verso —dijo Jorge—. ¿Te acordás que lo recité en el café la otra noche? Ahora viene la parte del médico.

—*Víctimas del esplín los altos lores, en sus noches más negras y pesadas* —declamaba la Nelly—, *iban a ver al rey de los atores, y cambiaban su esplín por carcajadas.*

—La Nelly nació artista —confiaba Doña Pepa a Doña Rosita—. Desde chiquita, créamelo, ya declamaba el zapatito me aprieta y la media me da calor.

—El Atilio no —dijo doña Rosita, suspirando—. Lo único que le gustaba era aplastar cucarachas en la cocina y dale a la pelota en el patio. Si me habrá roto malvones, con los chicos es una lucha si se quiere tener la casa hecha un chiche.

Apoyados en el mostrador, atentos a cualquier deseo del público o los artistas, el *maître* y el barman asistían al espectáculo. El barman estiró la mano hasta la manecilla de la calefacción y la pasó de 2 a 4. El *maître* lo miró, los dos sonrieron; no entendían gran cosa de lo que declamaba la artista. El barman sacó dos botellas de cerveza y dos vasos. Sin hacer el menor ruido abrió las botellas, llenó los vasos. Medrano, semidormido en el fondo del bar, les tuvo envidia, pero era complicado abrirse paso entre las sillas. Se dio cuenta de que se le había apagado el pucho en la boca, lo desprendió con cuidado de los labios. Estaba casi contento de no haberse sentado junto a Claudia, de poder mirarla desde la sombra, secretamente. «Qué hermosa es», pensó. Sentía una tibieza, una leve ansiedad como al borde de un umbral que por alguna razón no se va a franquear, y la ansiedad y la tibieza nacían de no poder franquearlo y que estuviera bien así. «Nunca sabrá el bien que me ha hecho», se dijo. Lastimado, confuso, con todos sus papeles en desorden, roto el peine y sin botones las camisas, sacudido por un viento que le arrancaba pedazos de tiempo, de cara, de vida muerta, se asomaba otra vez, más profundamente, a la puerta entornada e infranqueable a partir de donde, quizá, algo sería posible con más derecho, algo nacería de él y sería su obra y su razón de ser, cuando dejara a la espalda tanto que había creído aceptable y hasta necesario. Pero aún estaba lejos.

XXXIX

A mitad del pasillo se dio cuenta de que tenía la pipa en la mano, y volvió a enfurecerse. Después pensó que si llevaba también el tabaco podría convidar a Bob y demostrarle que sabía lo que era fumar. Se metió la lata en el bolsillo y volvió a salir, seguro de que a esa hora no había nadie en los pasillos. Tampoco en el pasadizo central, tampoco en el largo pasaje donde la lamparilla violeta parecía más débil que nunca. Si esta vez tenía suerte y Bob lo dejaba pasar a la popa... La esperanza de vengarse lo hacía correr, lo ayudaba a luchar contra el miedo. «Pero fíjense, justamente el más jovencito resultó el más valiente, él solo ha descubierto la manera de llegar...» La Beba, por ejemplo, y hasta el viejo, pobre, la cara de rata ahogada en orina que pondría cuando todos lo alabaran. Pero eso no era nada al lado de Raúl. «Cómo, Raúl, ¿usted no sabía? Pero sí, Felipe se animó a meterse en la boca del lobo...» Los tabiques del pasadizo eran más estrechos que la vez anterior; se detuvo a unos dos metros de las puertas, miró hacia atrás. La verdad, el pasadizo parecía más estrecho, lo ahogaba. Abrir la puerta de la derecha fue casi un alivio. La luz de las bombillas colgando desnudas lo dejó medio ciego. No había nadie en la cámara, revuelta como siempre, llena de pedazos de correas, lonas, herramientas sobre el banco de trabajo. Tal vez por eso la puerta del fondo se recortaba mejor, como esperándolo. Felipe volvió a cerrar despacio, y avanzó en puntas de pie. A la altura del banco de trabajo se quedó inmóvil. «Hace un calor bárbaro aquí abajo», pensó. Oía con fuerza las máquinas, los ruidos venían de todas partes a la vez, se agregaban al calor y a la luz enceguecedora. Franqueó los dos metros que lo separaban de la puerta y probó despacio el picaporte. Alguien venía por el pasillo. Felipe se pegó a la pared para quedar cubierto por la puerta en caso de que la abrieran. «No era un ruido de pasos», pensó, angustiado. Un ruido, solamente. También ahora era un alivio entreabrir la puerta y mirar. Pero antes, como había leído en una novela policial, se agachó para que su cabeza no quedara a la altura de un balazo. Adivinó un pasillo angosto y oscuro; cuando sus ojos se habituaron, empezó a distinguir a unos seis metros los peldaños de una escalera. Sólo entonces se acordó de las palabras de Bob. Es decir que... Si volvía en seguida al bar y buscaba a López o a Medrano, a lo mejor entre dos podrían llegar sin peligro. ¿Pero qué peligro? Bob lo había amenazado nada más que para asustarlo. ¿Qué peligro podía haber en la popa? El tifus ni contaba, aparte de que él no se contagiaba nunca las enfermedades, ni las paperas siquiera.

Cerró despacio la puerta a su espalda y avanzó. Respiraba con dificultad en el aire espeso que olía a alquitrán y a cosas rancias. Vio una puerta a la izquierda y se adelantó hacia la escalerilla. Su propia sombra surgió delante de él, dibujándolo por un instante en el suelo, inmóvil y con un brazo alzado sobre la cabeza en un gesto de defensa. Cuando atinó a girar, Bob lo miraba desde la puerta abierta de par en par. Una luz verdosa salía de la cabina.

—*Hasdala*, chico.

—Hola —dijo Felipe, retrocediendo un poco. Sacó la pipa del bolsillo y la tendió hacia la zona iluminada. No encontraba las palabras, la pipa temblaba entre sus dedos—. Ve, me acordé que usted... Íbamos a charlar de nuevo, y entonces...

—*Sa* —dijo Bob—. Entra, chico, entra.

Cuando le llegó el turno, Medrano tiró el cigarrillo y fue a sentarse al piano con aire un tanto soñoliento. Acompañándose bastante bien se puso a cantar bagualas y zambas, imitando desvergonzadamente el estilo de Atahualpa Yupanqui. Lo aplaudieron largo rato y lo obligaron a cantar otras tonadas. Persio, que lo siguió, fue recibido con el respeto desconfiado que suscitan los clarividentes. Presentado por el doctor Restelli como un investigador de arcanos remotos, se puso a leer las líneas de la mano de los voluntarios, diciéndoles el repertorio corriente de banalidades entre las que, de cuando en cuando, deslizaba alguna frase sólo comprendida por el interesado y que bastaba para dejarlo estupefacto. Aburriéndose visiblemente, Persio terminó su ronda quiromántica y se acercó al mostrador para cambiar el porvenir por un refresco. El doctor Restelli recopilaba su vocabulario más escogido para presentar al benjamín de la tertulia, al promisor cuanto inteligente Jorge Lewbaum, en quien los pocos años no eran óbice para los muchos méritos. Este niño, notable exponente de la infancia argentina, haría las delicias de la velada gracias a su personalísima interpretación de algunos monólogos de los cuales era autor, y el primero de los cuales se titulaba «Narración del octopato».

—Yo lo escribí pero Persio me ayudó —dijo lealmente Jorge, avanzando entre cerrados aplausos. Saludó muy tieso, coincidiendo por un instante con la descripción del doctor Restelli.

—Narración del octopato, por Persio y Jorge Lewbaum —dijo, y tendió una mano para apoyarse en la cola del piano. Dando un salto, el Pelusa llegó a tiempo para tomarlo del brazo antes de que se golpeara la boca contra el suelo.

Vaso de agua, aire, recomendaciones, tres sillas para tender al desmayado, botones que repentinamente se enconan y no ceden. Medrano miró a Claudia, inclinada sobre su hijo, y se acercó al mostrador.

—Telefonee al médico ahora mismo.

El *maître* se afanaba humedeciendo una servilleta. Medrano lo enderezó, agarrándolo del brazo.

—Dije: ahora mismo.

El *maître* entregó la toalla al barman y fue hasta el teléfono situado en la pared. Marcó un número de dos cifras. Dijo algunas palabras, las repitió en voz más alta. Medrano esperaba sin quitarle los ojos de encima. El *maître* colgó y le hizo un gesto de asentimiento.

—Va a venir inmediatamente, señor. Pienso que... tal vez convendría llevar al niño a su cama.

Medrano se preguntó por dónde iba a venir el médico, por dónde venía el oficial de pelo gris. A su espalda el estrépito de las señoras sobrepasaba su paciencia. Se abrió camino hasta Claudia, que tenía entre las suyas la mano de Jorge.

—Ah, parece que vamos mejor —dijo, arrodillándose a su lado.

Jorge le sonrió. Tenía un aire avergonzado y miraba las caras flotando sobre él como si fueran nubes. Sólo miraba de veras a Claudia y a Persio, quizá también a Medrano que, sin ceremonias, le pasó los brazos por el cuello y las piernas y lo levantó. Las señoras abrieron paso y el Pelusa hizo ademán de ayudar, pero Medrano salía ya llevándose a Jorge. Claudia lo siguió; la careta de Jorge le colgaba de la mano. Los demás se consultaban con la mirada, indecisos. No era grave, claro, un vahído provocado por el calor de la sala, pero de todos modos ya no les quedaba mucho ánimo para seguir la fiesta.

—Pues deberíamos seguirla —afirmaba Don Galo, moviéndose de un lado a otro con bruscos timonazos de la silla—. Nada se gana con deprimirse por un accidente sin importancia.

—Ya verán ustedes que el niño se repone en diez minutos —decía el doctor Restelli—. No hay que dejarse impresionar por los signos exteriores de un simple desvanecimiento.

—Ma qué, ma qué —se condolía lúgubremente el Pelusa—. Primero se pianta el pibe justo cuando tenemos que hacer las pruebas, y ahora se me descompone el otro purrete. Este barco es propiamente la escomúnica.

—Por lo menos sentémonos y bebamos alguna cosa —propuso el señor Trejo—. No se debe pensar todo el tiempo en enfermedades, máxime cuando a bordo... Quiero decir, que nada se gana sumándose a los rumores alarmistas. También mi hijo estaba hoy con dolor de cabeza, y ya ven que ni mi esposa ni yo nos preocupamos. Bien claro nos han dicho que se han tomado a bordo todas las precauciones necesarias.

Aleccionada por la Beba, la señora de Trejo señaló en ese instante que Felipe no estaba en la cabina. El Pelusa se golpeó la cabeza y dijo que eso ya lo sabía él, y que dónde podía andar metido el pibe.

—En la cubierta, seguro —dijo el señor Trejo—. Un capricho de muchacho.

—Ma qué capricho —dijo el Pelusa—. ¿No ve que ya estábamos fenómeno para las pruebas?

Paula suspiró, observando de reojo a López que había asistido al desmayo de Jorge con una expresión donde la rabia empezaba a ganar terreno.

—Bien podría ser —dijo López— que encuentres cerrada la puerta de tu cabina.

—No sabría si alegrarme o voltearla a patadas —dijo Paula—. Al fin y al cabo es *mi* cabina.

—¿Y si está cerrada, qué vas a hacer?

—No sé —dijo Paula—. Me pasaré la noche en la cubierta. Qué importa.

—Vení, vamos —dijo López.

—No, todavía me voy a quedar un rato.

—Por favor.

—No. Probablemente la puerta está abierta y Raúl duerme como una vaca. No sabés lo que le revientan los actos culturales y de sano esparcimiento.

—Raúl, Raúl —dijo López—. Te estás muriendo por ir a desnudarte a dos metros de él.

—Hay más de tres metros, Jamaica John.

—Vení —dijo él una vez más, pero Paula lo miró de lleno, negándose, pensando que Raúl merecía que ella se negara ahora y que esperara hasta saber si también él sacaba del mazo la carta de triunfo. Era perfectamente inútil, era cruel para Jamaica John y para ella: era lo que menos deseaba en el mundo y a esa hora. Lo hacía por eso, para pagar una deuda vaga y oscura que no constaba en ningún asiento; como una remisión, una esperanza de volver atrás y encontrarse en los orígenes, cuando no era todavía esa mujer que ahora se negaba envuelta en una ola de deseo y de ternura. Lo hacía por Raúl pero también por Jamaica John, para poder darle un día algo que no fuera una derrota anticipada. Pensó que con gestos tan increíblemente estúpidos se abrían quizá las puertas que toda la malignidad de la inteligencia no era capaz de franquear. Y lo peor era que iba a tener que pedirle de nuevo el pañuelo y que él se lo iba a negar, furioso y resentido, antes de irse a dormir solo, amargo de tabaco sin ganas.

—Menos mal que te reconocí. Un poco más y te parto la cabeza. Ahora me acuerdo de que te había prevenido, eh.

Felipe se revolvió incómodo en el banquillo donde había terminado por sentarse.

—Ya le dije que vine a buscarlo a usted. No estaba en la otra pieza, vi la puerta abierta y quise saber si...

—Oh, no tiene nada de malo, chico. *Here's to you.*

—*Prosit* —dijo Felipe, tragando el ron como un hombre—. Está bastante bien su camarote. Yo creía que los marineros dormían todos juntos.

—A veces viene Orf, cuando se cansa de los dos chinos que tiene en su camarote. Oye, no está mal tu tabaco, eh. Un poco flojo, todavía, pero mucho mejor que esa porquería que fumabas ayer. Vamos a cargar otra pipa, qué te parece.

—Vamos —dijo Felipe, sin mayores ganas. Miraba la cabina de paredes sucias, con fotografías de hombres y mujeres sujetas con alfileres, un almanaque donde tres pajaritos llevaban por el aire una hebra dorada, los dos colchones tirados en el suelo en un rincón, uno sobre otro, la mesa de hierro, con manos sucesivas de pintura que había terminado por aglutinarse en algunas partes de las patas, dando la impresión de que todavía estaba fresca y chorreante. Un armario abierto de par en par dejaba ver un reloj colgado de un clavo, camiseras deshilachadas, un látigo corto, botellas llenas y vacías, vasos sucios, un alfiletero violeta. Cargó otra vez la pipa con mano insegura; el ron era endiabladamente fuerte, y ya Bob le había llenado otra vez el vaso. Trataba de no mirar las manos de Bob, que le hacían pensar en arañas peludas; en cambio le gustaba la serpiente azul del antebrazo. Le preguntó si los tatuajes eran dolorosos. No, en absoluto, pero había que tener paciencia. También dependía de la parte del cuerpo que se tatuara. Conocía un marinero de Bremen que había tenido la valentía de... Felipe escuchaba, asombrado, preguntándose al mismo tiempo si en la cabina habría alguna ventilación, porque el humo y el olor del ron cargaban cada vez más el aire, ya empezaba a ver a Bob como si hubiera una cortina de gasa entre ambos. Bob le explicaba, mirándolo afectuosamente, que el mejor sistema de tatuaje era el de los japoneses. La mujer que tenía en el hombro derecho se la había tatuado Kiro, un amigo suyo que también se ocupaba de traficar opio. Despojándose de la camiseta con un gesto lento y casi elegante, dejó que Felipe viera la mujer sobre el hombro derecho, las dos flechas y la guitarra, el águila que abría unas alas enormes y le cubría casi por completo el tórax. Para el águila había tenido que dejarse emborrachar, porque la piel era muy delicada en algunas partes del pecho, y le dolían los pinchazos. ¿Felipe tenía la piel sensible? Sí, en fin, un poco, como todo el mundo. No, no como todo el mundo, porque eso variaba según las razas y los oficios. Realmente ese tabaco inglés estaba muy bueno, era cosa de seguir fumando y bebiendo. No importaba que no tuviera muchas ganas, siempre ocurría lo mismo a mitad de una sesión, bastaba insistir un poco para encontrar nuevamente el gusto. Y el ron era suave, un ron blanco muy suave y perfumado. Otro vasito y le iba a mostrar un álbum con fotos de viaje. A bordo el que sacaba casi siempre las fotos era Orf, pero también tenía muchas que le habían regalado las mujeres de los puertos de escala, a las mujeres les gustaba regalar fotos, algunas bastante... Pero primero iban a brindar por su amistad. *Sa.* Un buen ron, muy suave y perfumado, que iba perfectamente con el tabaco inglés. Hacía calor, claro, estaban muy cerca del cuarto de máquinas. No tenía más que imitarlo y quitarse la camisa, la cuestión era ponerse cómodo y seguir charlando como viejos amigos. No, para qué hablaba de abrir la puerta, de todos modos el humo no saldría de la cabina, y en cambio si alguien lo encontraba en esa parte del barco... Se estaba muy bien así, sin nada que hacer, charlando y bebiendo. Por qué tenía que preocuparse, todavía era muy temprano, a menos que su mamá lo anduviera buscando... Pero no tenía que enojarse, era una broma, ya sabía muy bien que hacía lo que le daba la gana a bordo, como tenía que ser. ¿El humo? Sí, quizás había un poco de humo, pero cuando se estaba fumando un tabaco tan extraordinario valía la pena respirarlo más y más. Y otro vasito de ron para mezclar los sabores que iban tan bien juntos. Pero sí, hacía un poco de calor, ya le había dicho antes que se quitara la camisa. Así, chico, sin enojarse. Sin correr a la puerta, así, bien quieto, porque sin querer uno podía lastimarse, verdad, y con una piel realmente tan suave, quién hubiera dicho que un chico tan bueno no comprendiera que era mejor quedarse quieto y no luchar por zafarse, por correr hacia la puerta cuando se podía estar tan bien en la cabina, ahí en ese rincón donde se estaba tan mullido, sobre todo si uno no hacía fuerza para soltarse, para evitar que las manos encontraran los botones y los fueran soltando uno a uno, interminablemente.

—No será nada —dijo Medrano—. No será nada, Claudia.
Claudia arropaba a Jorge que de golpe se había arrebolado y temblaba de fiebre. La señora de Trejo acababa de salir de la cabina, luego de asegurar que esas descomposturas de los niños no eran nada y que Jorge estaría lo más bien por la mañana. Casi sin contestarle, Claudia había agitado un termómetro mientras Medrano cerraba el ojo de buey y arreglaba las luces para que no dieran en la cara de Jorge. Por el pasillo andaba Persio con la cara muy larga, sin animarse a entrar. El médico llegó a los cinco minutos y Medrano hizo ademán de salir de la cabina, pero Claudia lo retuvo con una mirada. El médico era un hombre gordo, de aire entre aburrido y fatigado. Chapurreaba el francés, y examinó a Jorge sin levantar la vista de su cuerpo, reclamando de pronto una cuchara, tomando el pulso y flexionando las piernas como si al mismo tiempo es-

tuviera muy lejos de ahí. Tapó a Jorge, que rezongaba entre dientes, y preguntó a Medrano si era el padre del chico. Cuando vio su gesto negativo se volvió sorprendido a Claudia, como si en realidad la viera por primera vez.

—*Eh bien, madame, il faudra attendre* —dijo, encogiéndose de hombros—. *Pour l'instant je ne peux pas me prononcer. C'est bizarre, quand même...*

—¿El tifus? —preguntó Claudia.

—*Mais non, allons, c'est pas du tout ça!*

—De todos modos hay tifus a bordo, ¿no es así? —preguntó Medrano—. *Vous avez eu des cas de typhus chez vous, n'est-ce pas?*

—*C'est à dire...* —empezó el médico. No existía una absoluta seguridad de que se tratara de tifus 224, a lo sumo un brote benigno que no inspiraba mayores inquietudes. Si la señora le permitía iba a retirarse, y le enviaría por el *maître* los medicamentos para el niño. En su opinión, parecía tratarse de una congestión pulmonar. Si la temperatura pasaba de treinta y nueve cinco deberían avisar al *maître*, que a su vez...

Medrano sentía que las uñas se le clavaban en las palmas de las manos. Cuando el médico salió, después de tranquilizar una vez más a Claudia, estuvo a punto de irse detrás y atraparlo en el pasillo, pero Claudia pareció darse cuenta y le hizo un gesto. Medrano se detuvo en la puerta, indeciso y furioso.

—Quédese, Gabriel, acompáñeme un rato. Por favor.

—Sí, claro —dijo Medrano confuso. Comprendía que no era el momento de forzar la situación, pero le costaba alejarse de la puerta, admitir una vez más la derrota y acaso la burla. Claudia esperaba sentada al borde de la cama de Jorge, que se agitaba delirando y quería destaparse. Golpearon discretamente; el *maître* traía dos cajas y un tubo. En su cabina tenía una bolsa para hielo, el médico había dicho que en caso necesario podían usarla. Él se quedaría una hora más en el bar y estaba a sus órdenes por cualquier cosa. Les mandaría café bien caliente con el mozo, si querían.

Medrano ayudó a Claudia a dar los primeros remedios a Jorge, que se resistía débilmente, sin reconocerlos. Golpearon a la puerta; era López, mohíno y preocupado, que venía por noticias. Medrano le contó en voz baja el diálogo con el médico.

—Pucha, si hubiera sabido lo agarro en el pasillo —dijo López—. Acabo de bajar del bar y no me enteré de nada hasta que Presutti me dijo que el médico había andado por aquí.

—Volverá, si es necesario —dijo Medrano—. Y entonces, si le parece...

—Seguro —dijo López—. Avíseme antes, si puede, de todos modos yo andaré por ahí, no voy a poder dormir esta noche. Si el tipo piensa que Jorge tiene algo serio, entonces no hay que esperar ni un minuto más —bajó la voz para que Claudia no oyera—. Dudo que el médico sea más decente que el resto de la pandilla. Capaces de dejar que el chico se agrave con tal de que no se sepa en tierra. Vea, che, lo mejor va a ser llamarlo aunque no haga falta, digamos dentro de una hora. Nosotros lo esperamos afuera, y esta vez no nos para nadie hasta la popa.

—De acuerdo, pero pensemos un poco en Jorge —dijo Medrano—. No sea que por ayudarlo le hagamos un mal. Si fallamos el golpe y el médico se queda del otro lado, la cosa puede ponerse fea.

—Hemos perdido dos días —dijo López—. Es lo que se gana con la cortesía y con hacerles caso a los viejos pacíficos. ¿Pero usted cree que el chico...?

—No, pero es más un deseo que otra cosa. Los dentistas no sabemos nada de tifus, querido. Me preocupa la violencia de la crisis, la fiebre. Puede no ser nada, demasiado chocolate, un poco de insolación. Puede ser la congestión pulmonar de que habló el médico. En fin, vámonos a fumar un pitillo. De paso hablaremos con Presutti y Costa, si andan por ahí.

Se acercó a Claudia y le sonrió. López también le sonreía. Claudia sintió su amistad y les agradeció, mirándolos simplemente.

—Volveré dentro de un rato —dijo Medrano—. Recuéstese, Claudia, trate de descansar.

Todo sonaba un poco como ya dicho, inútil y tranquiliza-
dor. Las sonrisas, los pasos en puntillas, la promesa de volver,
la confianza de saber que los amigos estaban ahí al lado. Miró
a Jorge, que dormía más tranquilo. La cabina parecía haber
crecido bruscamente, quedaba un vago perfume de cigarrillo
negro, como si Gabriel no se hubiera ido del todo. Claudia
apoyó la cara en una mano y cerró los ojos; una vez más vela-
ría junto a Jorge. Persio andaría cerca como un gato sigiloso,
la noche se movería interminablemente hasta que llegara el
alba. Un barco, la calle Juan Bautista Alberdi, el mundo; Jorge
estaba ahí, enfermo, entre millones de Jorges enfermos en todos los puntos de la tierra, pero el mundo era ahora sólo un
niño enfermo. Si León hubiera estado con ellos, eficaz y seguro, descubriendo el mal en su brote, frenándolo sin perder un
minuto. El pobre Gabriel, inclinándose sobre Jorge con la cara de los que no comprenden nada; pero la ayudaba saber que
Gabriel estaba ahí, fumando en el pasillo, esperando con ella.
La puerta se entreabrió. Agachándose, Paula se quitó los zapatos y esperó. Claudia le hizo seña de que se acercara, pero
ella avanzó apenas hasta un sillón.

—No oye nada —dijo Claudia—. Venga, siéntese aquí.

—Me iré en seguida, aquí ha venido ya demasiada gente a
fastidiarla. Todo el mundo quiere mucho a su cachorrito.

—Mi cachorrito con treinta y nueve de fiebre.

—Medrano me dijo lo del médico, están ahí afuera mon-
tando guardia. ¿Me puedo quedar con usted? ¿Por qué no se
acuesta un rato? Yo no tengo sueño, y si Jorge se despierta le
prometo llamarla en seguida.

—Quédese, claro, pero yo tampoco tengo sueño. Podemos
charlar.

—¿De las cosas sensacionales que ocurren a bordo? Le
traigo el último boletín.

«Perra, maldita perra —pensó mientras hablaba—, revol-
cándote en lo que vas a decir, saboreando lo que ella te va a
preguntar...» Claudia le miraba las manos y Paula las escondió

de golpe, se echó a reír en voz baja, dejó otra vez las manos en los brazos del sillón. Si hubiera tenido una madre como Claudia, pero claro, la hubiera odiado como a la suya. Demasiado tarde para pensar en una madre, ni siquiera en una amiga.

—Cuénteme —dijo Claudia—. Nos ayudará a pasar el rato.

—Oh, nada serio. Los Trejo, que están al borde de la histeria porque les ha desaparecido el chico. Lo disimulan, pero...

—No estaba en el bar, ahora me acuerdo. Creo que Presutti lo anduvo buscando.

—Primero Presutti y después Raúl.

Perra.

—Pues no andará muy lejos —dijo Claudia, indiferente—. Los muchachos tienen caprichos, a veces... Tal vez le dio por pasar la noche en la cubierta.

—Tal vez —dijo Paula—. Menos mal que yo no soy tan histérica como ellos, y puedo advertir que también Raúl se ha borrado del mapa.

Claudia la miró. Paula había esperado su mirada y la recibió con una cara lisa, inexpresiva. Alguien iba y venía por el pasillo, en el silencio los pasos ahogados por el linóleo se marcaban uno tras otro, más cerca, más lejos. Medrano, o Persio, o López, o el afligido Presutti, preocupado de veras por Jorge.

Claudia bajó los ojos, bruscamente fatigada. La alegría que le había dado ver a Paula se perdía de golpe, reemplazada por un deseo de no saber más, de no aceptar esa nueva contaminación todavía informulada, suspendida de una pregunta o un silencio capaz de explicarlo todo. Paula había cerrado los ojos y parecía indiferente a lo que pudiera seguir, pero movía de pronto los dedos, tamborileando sin ruido en los brazos del sillón.

—Por favor, no pueden ser celos —dijo como para ella—. Les tengo tanta lástima.

—Váyase, Paula.

—Oh, claro. En seguida —dijo Paula, levantándose bruscamente—. Perdóneme, vine para otra cosa, quería acompañarla. De puro egoísta, porque usted me hace bien. En cambio...

—En cambio nada —dijo Claudia—. Siempre podremos hablar otro día. Váyase a dormir, ahora. No se olvide de los zapatos.

Obedeció, salió sin volverse una sola vez.

Pensó que era curioso cómo una cierta idea del método puede inducir a obrar de determinada manera, aun sabiendo perfectamente que se pierde el tiempo. No encontraría a Felipe en la cubierta, pero lo mismo la recorrió lentamente, primero por babor y luego por estribor, parándose en la parte entoldada para habituar los ojos a la oscuridad, explorando la zona vaga y confusa de los ventiladores, los rollos de cuerda y los cabrestantes. Cuando volvió a subir, oyendo al pasar los aplausos que venían del bar, estaba decidido a golpear en la puerta de la cabina número cinco. Una negligencia casi desdeñosa, como de quien tiene todo el tiempo por delante, se mezclaba con una inconfesada ansiedad por lograr y por demorar a la vez el encuentro. Se rehusaba a creer (pero lo sentía, y era más hondo, como siempre) que la ausencia de Felipe fuera un signo de perdón o de guerra. Estaba seguro de que no iba a encontrarlo en la cabina, pero llamó dos veces y acabó por abrir la puerta. Las luces encendidas, nadie adentro. La puerta del baño estaba abierta de par en par. Volvió a salir rápidamente, porque tenía miedo de que la hermana o el padre vinieran en su busca y lo aterraba la idea del escándalo barato, el por-qué-está-usted-en-una-cabina-que-no-es-la-suya, todo el repertorio insoportable. De golpe era el despecho (ya ahí, debajo de todo, mientras andaba displicente por la cubierta, retardando el zarpazo), porque otra vez Felipe lo había burlado yéndose por su cuenta a explorar el barco, reivindicando sus derechos ofendidos. No había ningún signo, no había ninguna tregua. La guerra declarada, quizás el desprecio. «Esta vez le voy a pegar

—pensó Raúl—. Que se vaya todo al diablo, pero por lo menos le quedará un recuerdo debajo de la piel.» Franqueó casi corriendo la distancia que lo separaba de la escalerilla del pasadizo central, se tiró abajo de a dos peldaños. Y sin embargo era tan chico, tan tonto; quién sabe si al final de todos esos desplantes no esperaría la reconciliación avergonzada, quizá con condiciones, con límites precisos, amigos sí, pero nada más, usted se confunde... Porque era estúpido decirse que todo estaba perdido, en el fondo Paula tenía razón. No se podía llegar a ellos con la verdad en la boca y en las manos, había que sesgar, corromper (pero la palabra no tenía el sentido que le daba el uso); tal vez así, un día, mucho antes del término del viaje, tal vez así... Paula tenía razón, lo había sabido desde el primer momento y sin embargo había equivocado la táctica. Cómo no aprovechar de esa fatalidad que había en Felipe, enemigo de sí mismo, pronto a ceder creyendo que resistía. Todo él era deseo y pregunta, bastaba lavarlo blandamente de la educación doméstica, de los eslóganes de la barra, de la convicción de que unas cosas estaban bien y otras mal, dejarlo correr y tirarle suavemente de la brida, darle la razón y deslizarle a la vez la duda, abrirle una nueva visión de las cosas, más flexible y ardiente. Destruir y construir en él, materia plástica maravillosa, tomarse el tiempo, sufrir la delicia del tiempo, de la espera, y cosechar en su día, exactamente a la hora señalada y decidida.

No había nadie en la cámara. Raúl miró la puerta del fondo y vaciló. No podía ser que hubiera tenido la audacia... Pero sí, podía ser. Tanteó la puerta, entró en el pasillo. Vio la escalera. «Ha llegado a la popa —pensó deslumbrado—. Ha llegado antes que nadie a la popa.» Le latía el corazón como un murciélago suelto. Olió el tabaco, lo reconoció. Por las junturas de la puerta de la izquierda filtraba una luz sorda. La abrió lentamente, miró. El murciélago se deshizo en mil pedazos, en un estallido que estuvo a punto de cegarlo. Los ronquidos de Bob empezaron a marcar el silencio. Tumbado entre

Felipe y la pared, el águila azul alzaba y bajaba estertorosamente las alas a cada ronquido. Una pierna velluda, cruzada sobre las de Felipe, lo mantenía preso en un lazo ridículo. Se olía a vómito, a tabaco y a sudor. Los ojos de Felipe, desmesuradamente abiertos, miraban sin ver a Raúl parado en la puerta. Bob roncaba cada vez más fuerte, hizo un movimiento como si fuera a despertarse. Raúl dio dos pasos y se apoyó con una mano en la mesa. Sólo entonces Felipe lo reconoció. Se llevó las manos al vientre, estúpidamente, y trató de zafarse poco a poco del peso de la pierna que acabó resbalando mientras Bob se agitaba balbuceando algo y todo su cuerpo grasiento se sacudía como en una pesadilla. Sentándose en el borde de los colchones, Felipe estiró la mano buscando la ropa, tanteando en un suelo regado por su vómito. Raúl dio la vuelta a la mesa y con el pie empujó la ropa desparramada. Sintió que también él iba a vomitar y retrocedió hasta el pasillo. Apoyado en la pared, esperó. La escalerilla que llevaba a la popa no estaba a más de tres metros, pero no la miró ni una sola vez. Esperaba. Ni siquiera era capaz de llorar.

Dejó que Felipe pasara primero y lo siguió. Recorrieron la primera cámara y el pasadizo violeta. Cuando llegaban a la escalerilla, Felipe se tomó del pasamanos, giró en redondo y se dejó caer poco a poco en un peldaño.

—Dejame pasar —dijo Raúl, inmóvil frente a él.

Felipe se tapó la cara con las manos y empezó a sollozar. Parecía mucho más pequeño, un niño crecido que se ha lastimado y no puede disimularlo, Raúl se tomó del pasamanos, y con una flexión trepó a los peldaños superiores. Pensaba vagamente en el águila azul, como si fuera necesario pensar en el águila azul para resistir todavía la náusea, llegar a su cabina sin vomitar en los pasillos. El águila azul, un símbolo. Exactamente el águila, un símbolo. No se acordaba para nada de la escalera de popa. El águila azul, pero claro, la pura mitología deliciosamente concentrada en un *digest* digno de los tiempos, águila y Zeus, pero claro, clarísimo, un símbolo, el águila azul.

H

Una vez más, quizá la última, pero quién podría decirlo; nada es claro aquí, Persio presiente que la hora de la conjunción ha cerrado la justa casa, vestido los muñecos con las justas ropas. Desatados los ojos, respirando penosamente, solo en su cabina o en el puente, ve contra la noche dibujarse los muñecos, ajustarse las pelucas, continuar la velada interrumpida. Cumplimiento, alcance: las palabras más oscuras caen como gotas de sus ojos, tiemblan un momento al borde de sus labios. Piensa: «Jorge», y es una lágrima verde, enorme; que resbala milímetro a milímetro enganchándose en los pelos de la barba, y por fin se transmuta en una sal amarga que no se podría escupir en toda la eternidad. Ya no le importa prever la popa, lo que más allá se abre a otra noche, a otras caras, a una voluntad de puertas Stone. En un momento de tibia vanidad se creyó omnímodo, vidente, llamado a las revelaciones, y lo ganó la oscura certidumbre de que existía un punto central desde donde cada elemento discordante podía llegar a ser visto como un rayo de la rueda...

Extrañamente la gran guitarra ha callado en la altura, el Malcolm se mueve sobre un mar de goma, bajo un aire de tiza. Y como ya nada prevé de la popa, y su voluntad maniatada por el jadear de Jorge, por la desolación que arrasa la cara de su madre, cede a un presente casi ciego que apenas vale por unos metros de puente y de borda contra un mar sin estrellas, quizá entonces y por eso Persio se ahínca en la conciencia de que la popa es verdaderamente (aunque no le parezca a nadie así) su amarga visión, su crispado avance inmóvil, su tarea más necesaria y miserable. Las jaulas de los monos, los leones rondando los puentes, la pampa tirada boca arriba, el crecer vertiginoso de los cohihues, irrumpe y cuaja ahora en los muñecos que ya han ajustado sus caretas y sus pelucas, las figuras de la danza que repiten en un barco cualquiera las líneas y los círculos del hombre de la guitarra de Picasso (que fue de Apollinaire), y tam-

bién son los trenes que salen y llegan a las estaciones portugue-
sas, entre tantos otros millones de cosas simultáneas, entre una
infinidad tan pavorosa de simultaneidades y coincidencias y
entrecruzamientos y rupturas que todo, a menos de someterlo
a la inteligencia, se desploma en una muerte cósmica; y todo, a
menos de no someterlo a la inteligencia, se llama absurdo, se
llama concepto, se llama ilusión, se llama ver el árbol al precio
del bosque, la gota de espaldas al mar, la mujer a cambio de la
fuga al absoluto. Pero los muñecos ya están, compuestos y danzan delante de Persio; peripuestos, atildados, algunos son fun-
cionarios que en el pasado resolvían expedientes considerables,
otros se llaman con nombres de a bordo y Persio mismo está
entre ellos, rigurosamente calvo y súmero, servidor del zigurat,
corrector de pruebas en Kraft, amigo de un niño enfermo. ¿Cómo no ha de acordarse a la hora en que todo parece querer
violentamente resolverse, cuando ya las manos buscan un revólver en un cajón, cuando alguien boca abajo llora en una
cabina, cómo no ha de acordarse Persio el erudito de los hombres
de madera, de la estirpe lamentable de los muñecos iniciales?
La danza en la cubierta es torpe como si danzaran legumbres
o piezas mecánicas; la madera insuficiente de una torva y ava-
ra creación cruje y se bambolea a cada figura, todo es de madera, los rostros, las caretas, las piernas, los sexos, los pesados
corazones donde nada se asienta sin cuajarse y agrumarse, las
entrañas que amontonan vorazmente las sustancias más espe-
sas, las manos que aferran otras manos para mantener de pie
el pesado cuerpo, para terminar el giro. Agobiado de fatiga y
desesperanza, harto de una lucidez que no le ha dado más que
otro retorno y otra caída, asiste Persio a la danza de los muñecos de madera, el primer acto del destino americano. Ahora
serán abandonados por los dioses descontentos, ahora los perros
y las vasijas y hasta las piedras de moler se sublevarán contra
los torpes gólems condenados, caerán sobre ellos para hacerlos
pedazos y la danza se complicará de muerte, las figuras se lle-
narán de dientes y de pelos y de uñas; bajo el mismo cielo in-

diferente empezarán a sucumbir las imágenes frustradas, y aquí en este ahora donde también se alza Persio pensando en un niño enfermo y en una madrugada turbia, la danza seguirá sus figuras estilizadas, las manos habrán pasado por la manicura, las piernas calzarán pantalones, las entrañas sabrán del foie gras y del muscadet, los cuerpos perfumados y flexibles danzarán sin saber que danzan todavía la danza de madera y que todo es rebelión expectante y que el mundo americano es un escamoteo, pero que debajo trabajan las hormigas, los armadillos, el clima con ventosas húmedas, los cóndores con piltrafas podadas, los caciques que el pueblo ama y favorece, las mujeres que tejen en los zaguanes a lo largo de su vida, los empleados de banco y los jugadores de fútbol y los ingenieros orgullosos y los poetas empecinados en creerse importantes y trágicos, y los tristes escritores de cosas tristes, y las ciudades manchadas de indiferencia. Tapándose los ojos donde la popa entra ya como una espina, Persio siente cómo el pasado inútilmente desmentido y aderezado se abraza al ahora que lo parodia como los monos a los hombres de madera, como los hombres de carne a los hombres de madera. Todo lo que va a ocurrir será igualmente ilusorio, la sumersión en el desencadenamiento de los destinos se resolverá en un lujo de sentimientos favorecidos o contrariados, de derrotas y victorias igualmente dudosas. Una ambigüedad abisal, una irresolución insanable en el centro mismo de todas las soluciones: en un pequeño mundo igual a todos los mundos, a todos los trenes, a todos los guitarreros, a todas las proas y a todas las popas, en un pequeño mundo sin dioses y sin hombres, los muñecos danzan en la madrugada. Por qué lloras, Persio, por qué lloras; con cosas así se enciende a veces el fuego, de tanta miseria crece el canto; cuando los muñecos muerden su último puñado de cenizas, quizá nazca un hombre. Quizá ya ha nacido y no lo ves.

TERCER DÍA

XL

—Las tres y cinco —dijo López.

El barman se había ido a dormir a medianoche. Sentado detrás del mostrador, el *maître* bostezaba de tiempo en tiempo pero seguía fiel a su palabra. Medrano, con la boca amarga de tabaco y mala noche, se levantó una vez más para asomarse a la cabina de Claudia.

A solas en el fondo del bar, López se preguntó si Raúl se habría ido a dormir. Raro que Raúl desertara en una noche así. Lo había visto un rato después de que llevaran a Jorge a su cabina; fumaba, apoyado en el tabique del pasillo de estribor, un poco pálido y con aire de cansado; pero había respondido en seguida al clima de excitación general provocado por la llegada del médico, mezclándose en la conversación hasta que Paula salió de la cabina de Claudia y los dos se fueron juntos después de cambiar unas palabras. Todas esas cosas se dibujaban perversamente en la memoria de López, que las reconstruía entre trago y trago de coñac o de café. Raúl apoyado en el tabique, fumando; Paula que salía de la cabina, con una expresión (¿pero cómo reconocer ya las expresiones de Paula, a Paula misma?); y los dos que se miraban como sorprendidos

de encontrarse de nuevo —Paula sorprendida y Rául casi fastidiado—, hasta echar a andar rumbo al pasadizo central. Entonces
López había bajado a cubierta y se había quedado más de una
hora solo en la proa, mirando hacia el puente de mando donde
no se veía a nadie, fumando y perdiéndose en un vago y casi
agradable delirio de cólera y humillación en el que Paula pasaba
como una imagen de calesita, una y otra vez, y a cada paso él
alargaba el brazo para golpearla, y lo dejaba caer y la deseaba,
de pie y temblando la deseaba y sabía que no podría volver esa
noche a su cabina, que era necesario velar, embrutecerse bebiendo o hablando, olvidarse de que una vez más ella se había negado a seguirlo y que estaba durmiendo al lado de Raúl o escuchando el relato de Raúl que le contaría lo que le había sucedido
durante la velada, y entonces la calesita giraba otra vez y la imagen de Paula desnuda pasaba al alcance de sus manos, o Paula
con la blusa roja, a cada vuelta distinta. Paula con su bikini o con
un piyama que él no le conocía. Paula desnuda otra vez, tendida
de espaldas contra las estrellas, Paula cantando *Un jour tu verras*,
Paula diciendo amablemente que no, moviendo apenas la cabeza a un lado y a otro, no, no. Entonces López se había vuelto al
bar a beber, y llevaba ya dos horas con Medrano, velando.

—Un coñac, por favor.

El *maître* bajó del estante la botella de Courvoisier.

—Sírvase uno usted —agregó López. Era gaucho el *maître*,
era un poco menos de la popa que el resto de los glúcidos—.
Y otro más, que ahí viene mi compañero.

Medrano hizo un gesto negativo desde la puerta.

—Hay que llamar otra vez al médico —dijo—. El chico
está con casi cuarenta de fiebre.

El *maître* fue al teléfono y marcó el número.

—Tómese un trago de todos modos —dijo López—. Hace un poco de frío a esta hora.

—No, viejo, gracias.

El *maître* volvió hacia ellos una cara preocupada.

—Pregunta si ha tenido convulsiones o vómitos.

—No. Dígale que venga en seguida.

El *maître* habló, escuchó, habló otra vez. Colgó el tubo con aire contrariado.

—No va a poder venir hasta más tarde. Dice que doblen la dosis del remedio que está en el tubo, y que vuelvan a tomar la temperatura dentro de una hora.

Medrano corrió al teléfono. Sabía que el número era cinco-seis. Lo marcó mientras López, acodado en el mostrador, esperaba con los ojos clavados en el *maître*. Medrano volvió a marcar el número.

—Lo siento tanto, señor —dijo el *maître*—. Siempre es lo mismo, no les gusta que los molesten a estas horas. Da ocupado, ¿no?

Se miraron, sin contestarle. Salieron juntos y cada uno se metió en su cabina. Mientras cargaba el revólver y se llenaba los bolsillos de balas, López se descubrió en el espejo y se encontró ridículo. Pero cualquier cosa era mejor que pensar en dormir. Por las dudas se puso una campera oscura y se guardó otro paquete de cigarrillos. Medrano lo esperaba afuera, con un rompevientos que le daba un aire deportivo. A su lado y parpadeando de sueño, revuelto el pelo, Atilio Presutti era la imagen misma del asombro.

—Le avisé al amigo, porque cuantos más seamos más chances hay de llegar a la cabina de la radio —dijo Medrano—. Vaya a buscarlo a Raúl y que se traiga la Colt.

—Pensar que me dejé la escopeta en casa —se quejó el Pelusa—. Si sabía la traía.

—Quédese aquí esperando a los otros —dijo Medrano—. Yo vuelvo en seguida.

Entró en la cabina de Claudia. Jorge respiraba penosamente y tenía una sombra azul en torno a la boca. No había mucho que decir, prepararon el medicamento y consiguieron que lo tragara. Como si de pronto reconociera a su madre, Jorge se abrazó a ella llorando y tosiendo. Le dolía el pecho, le dolían las piernas, tenía algo raro en la boca.

—Todo eso se va a pasar en seguida, leoncito —dijo Medrano arrodillándose junto a la cama y acariciando la cabeza de Jorge, hasta conseguir que soltara a Claudia y volviera a estirarse, con un quejido y un rezongo.

—Me duele, che —le dijo a Medrano—. ¿Por qué no me das algo que me cure en seguida?

—Lo acabás de tomar, querido. Ahora va a ser así: dentro de un rato te dormís, soñás con el octopato o con lo que más te guste, y a eso de las nueve te despertás mucho mejor y yo vengo a contarte cuentos.

Jorge cerró los ojos, más tranquilo. Sólo entonces sintió Medrano que su mano derecha oprimía la de Claudia. Se quedó quieto mirando a Jorge, dejándolo sentir su presencia que lo calmaba, dejando que su mano apretara la de Claudia. Cuando Jorge respiró más aliviado, se incorporó poco a poco. Llevó a Claudia hasta la puerta de la cabina.

—Yo tengo que irme un rato. Volveré y los acompañaré todo lo que haga falta.

—Quédese ahora —dijo Claudia.

—No puedo. Es absurdo, pero López me espera. No se inquiete, volveré en seguida.

Claudia suspiró, y bruscamente se apoyó en él. Su cabeza era muy tibia contra su hombro.

—No hagan tonterías, Gabriel. No vayan a hacer tonterías.

—No, querida —dijo Medrano en voz muy baja—. Prometido.

La besó en el pelo, apenas. Su mano dibujó algo en la mejilla mojada de Claudia.

—Volveré en seguida —repitió, apartándola lentamente. Abrió la puerta y salió. El pasillo le pareció borroso, hasta distinguir la silueta de Atilio que montaba guardia. Sin saber por qué miró su reloj. Eran las tres y veinte del tercer día de viaje.

Detrás de Raúl venía Paula metida en una robe de chambre roja. Raúl y López caminaban como si quisieran librarse de ella, pero no era tan fácil.

—¿Qué es lo que piensan hacer, al fin y al cabo? —preguntó, mirando a Medrano.

—Traer al médico de una oreja y telegrafiar a Buenos Aires —dijo Medrano un poco fastidiado—. ¿Por qué no se va a dormir, Paulita?

—Dormir, dormir, estos dos no hacen otra cosa que darme el mismo consejo. No tengo sueño, quiero ayudar en lo que pueda.

—Acompañe a Claudia, entonces.

Pero Paula no quería acompañar a Claudia. Se volvió a Raúl y lo miró fijamente. López se había apartado, como si no quisiera mezclarse. Bastante le había costado ir hasta la cabina y golpear, oír el «adelante» de Raúl y encontrárselos en medio de una discusión de la que los cigarrillos y los vasos daban buena idea. Raúl había aceptado inmediatamente sumarse a la expedición, pero Paula parecía rabiosa porque López se lo llevaba, porque se iban los dos y la dejaban sola, aislada, del lado de las mujeres y los viejos. Había terminado por preguntar airadamente qué nueva idiotez estaban por hacer, pero López se había limitado a encogerse de hombros y esperar a que Raúl se pusiera un pullóver y se guardara la pistola en el bolsillo. Todo esto lo hacía Raúl como si estuviera ausente, como si fuera una imagen en un espejo. Pero tenía otra vez en la cara la expresión burlonamente decidida del que no vacila en arriesgarse a un juego que en el fondo le importa poco.

Se abrió con violencia la puerta de una cabina, y el señor Trejo hizo su aparición envuelto en una gabardina gris bajo la cual el piyama azul resultaba incongruente.

—Ya estaba durmiendo, pero he oído rumor de voces y pensé que quizá el niño siguiera descompuesto —dijo el señor Trejo.

—Está bastante afiebrado, y vamos a ir a buscar al médico —dijo López.

—¿A buscarlo? Pero me extraña que no venga por su cuenta.

—A mí también, pero habrá que ir a buscarlo.

—Supongo —dijo el señor Trejo, bajando la vista— que no se habrá observado ningún nuevo síntoma que...

—No, pero tampoco se trata de perder tiempo. ¿Vamos?

—Vamos —dijo el Pelusa, a quien la negativa del médico había terminado de entrarle en la cabeza con resultados cada vez más sombríos.

El señor Trejo iba a decir algo más, pero le pasaron al lado y siguieron. No mucho, porque ya se abría la puerta de la cabina número nueve y aparecía Don Galo envuelto en una especie de hopalanda, con el chofer al lado. Don Galo apreció con una mirada la situación y alzó conminatoriamente la mano. Aconsejaba a los queridos amigos que no perdieran la calma a esa hora de la madrugada. Enterado por las voces de lo que había ocurrido en el teléfono, insistía en que las prescripciones del galeno debían bastar por el momento, pues de lo contrario el facultativo hubiese venido en persona a ver al niño, sin contar con que...

—Estamos perdiendo el tiempo —dijo Medrano—. Vamos.

Se encaminó al pasadizo central, y Raúl se le puso a la par. A sus espaldas oían el diálogo vehemente del señor Trejo y Don Galo.

—Usted estará pensando en bajar por la cabina del barman, ¿no?

—Sí, puede que tengamos más suerte esta vez.

—Conozco un camino mejor y más directo —dijo Raúl—. ¿Se acuerda, López? Iremos a ver a Orf y su amigo el del tatuaje.

—Claro —dijo López—. Es más directo, aunque no sé si por ahí se podrá salir a popa. Ensayaremos, de todos modos.

Entraban en el pasadizo central cuando vieron al doctor Restelli y a Lucio que venían del pasillo de estribor, atraídos por las voces. Poco necesitó el doctor Restelli para darse cuenta de lo que ocurría. Alzando el índice con el gesto de las grandes ocasiones, los detuvo a un paso de la puerta que llevaba abajo. El señor Trejo y Don Galo se le agregaron, gárrulos y excitados. Evidentemente la situación era desagradable si, como decía el joven Pressutti, el médico se había negado a hacerse presente, pero convenía que Medrano, Costa y López comprendieran que no se podía exponer al pasaje a las lógicas consecuencias de una acción agresiva tal como la que presumiblemente intentaban perpetrar. Si desgraciadamente, como ciertos síntomas hacían presumir, un brote de tifus 224 acababa de declararse en el puente de los pasajeros, lo único sensato era requerir la intervención de los oficiales (para lo cual existían diversos recursos, tales como el *maître* y el teléfono) a fin de que el simpático enfermito fuese inmediatamente trasladado al dispensario de popa, donde se estaban asistiendo el capitán Smith y los restantes enfermos de a bordo. Pero semejante cosa no se lograría con amenazas tales como las que ya se habían proferido esa mañana, y...

—Vea, doctor, cállese la boca —dijo López—. Lo siento mucho, pero ya estoy harto de contemporizar.

—¡Querido amigo!

—¡Nada de violencias! —chillaba Don Galo, apoyado por las exclamaciones indignadas del señor Trejo. Lucio, muy pálido, se había quedado atrás y no decía nada.

Medrano abrió la puerta y empezó a bajar. Raúl y López lo siguieron.

—Dejesén de cacarear, gallinetas —dijo el Pelusa, mirando al partido de la paz con aire de supremo desprecio. Bajó dos peldaños, y les cerró la puerta en la cara—. Qué manga de paparulos, mama mía. El pibe grave y estos cosos dale con el armisticio. Me dan ganas de agarrarlos a patadas, me dan.

—Me sospecho que va a tener oportunidad —dijo López—. Bueno, Pressutti, aquí hay que andarse atento. En cuanto encuentre por ahí alguna llave inglesa que le sirva de cachiporra, échele mano.

Miró hacia la cámara de la izquierda, a oscuras pero evidentemente vacía. Pegándose a los lados, abrieron de golpe la puerta de la derecha. López reconoció a Orf, sentado en un banco. Los dos finlandeses que se ocupaban de la proa se habían instalado junto al fonógrafo y se aprestaban a poner un disco; Raúl, que entraba pegado a López, pensó irónicamente que debía ser el disco de Ivor Novello. Uno de los finlandeses se enderezó sorprendido y avanzó con los brazos un poco abiertos, como si fuera a pedir una explicación. Orf no se había movido, pero los miraba entre estupefacto y escandalizado.

En el silencio que parecía durar más de lo normal, vieron abrirse la puerta del fondo. López ya estaba a un paso del finlandés que seguía en la actitud del que se dispone a abrazar a alguien, pero cuando vio al glúcido que se recortaba en el marco de la puerta y se quedaba mirándolos asombrado, dio otro paso a la vez que hacía un gesto para que el finlandés se apartara. El finlandés se corrió ligeramente a un lado y en el mismo momento lo trompeó en la mandíbula y el estómago. Cuando López caía como un trapo, lo golpeó otra vez en plena cara. La Colt de Raúl apareció un segundo antes que el revólver de Medrano, pero no hubo necesidad de tiros. Con un perfecto sentido de la oportunidad, el Pelusa se plantó en dos saltos al lado del glúcido y lo metió de un manotón en la cámara, cerrando la puerta con una seca patada. Orf y los dos finlandeses levantaban las manos como si quisieran colgarse del cielo raso.

El Pelusa se agachó junto a López, le levantó la cabeza y empezó a masajearle el cuello con una violencia inquietante. Después le soltó el cinturón y le hizo una especie de respiración artificial.

—Hijo de una gran siete, le pegó en la boca del estómago. ¡Te rompo la cara, cabrón de mierda! Esperate que te agarre solo, ya vas a ver cómo te parto la cabeza, aprovechador. ¡Qué manera de desmayarse, mama mía!

Medrano se agachó y sacó el revólver del bolsillo de López, que empezaba a moverse y a parpadear.

—Por el momento téngalo usted —le dijo a Atilio—. ¿Qué tal, viejo?

López gruñó algo ininteligible, y buscó vagamente un pañuelo.

—A todos éstos va a haber que llevarlos de nuestro lado —dijo Raúl, que se había sentado en un banco y gozaba del dudoso placer de mantener con las manos alzadas a cuatro hombres que empezaban a fatigarse. Cuando López se enderezó y le vio la nariz, la sangre que le chorreaba por el cuello, pensó que Paula iba a tener un buen trabajo. «Con lo que le gusta hacer de enfermera», se dijo divertido.

—Sí, la joroba es que no podemos seguir dejando a éstos sueltos a la espalda —dijo Medrano—. ¿Qué le parece si me los arrea hasta la proa, Atilio, y los encierra en alguna cabina?

—Déjemelos por mi cuenta, señor —dijo el Pelusa, esgrimiendo el revólver—. Vos andá saliendo, atorrante. Y ustedes. Ojo que al primero que se hace el loco le zampo un plomo en el coco. Pero ustedes me esperan, ¿eh? No se vayan a ir solos.

Medrano miró inquieto a López, que se había levantado muy pálido y se tambaleaba. Le preguntó si no quería ir con Atilio y descansar un rato, pero López lo miró con rabia.

—No es nada —murmuró, pasándose la mano por la boca—. Yo me quedo, che. Ahora ya empiezo a respirar. Pucha que es feo.

Se puso blanco y cayó otra vez, resbalando contra el cuerpo del Pelusa que lo sostenía. No había nada que hacer, y Medrano se decidió. Sacaron al glúcido y a los lípidos al pasillo, dejando que el Pelusa llevara casi en brazos a López que maldecía, y recorrieron el pasillo lo más rápidamente posible. Probablemente al volver encontrarían refuerzos y quizá armas listas, pero no se veía otra salida.

La reaparición de López ensangrentado, seguido de un oficial y tres marineros del *Malcolm* con las manos en alto, no era un espectáculo para alentar a Lucio y al señor Trejo, que se habían quedado conversando cerca de la puerta. Al grito que se le escapó al señor Trejo respondieron los pasos del doctor Restelli y de Paula, seguidos de Don Galo que se mesaba los cabellos en una forma que Raúl sólo había visto en el teatro. Cada vez más divertido, puso a los primeros prisioneros contra la pared e hizo señas al Pelusa para que se llevara a López a su cabina. Medrano rechazaba con un gesto la andanada de gritos, preguntas y admoniciones.

—Vamos, al bar —dijo Raúl a los prisioneros. Los hizo salir al pasillo de estribor, desfilando con no poco trabajo entre la silla de Don Galo y la pared. Medrano seguía detrás, apurando la cosa todo lo posible, y cuando Don Galo, perdida toda paciencia, lo agarró de un brazo y lo sacudió gritando que no-iba-a-consentir-que, se decidió a hacer lo único posible.

—Todo el mundo arriba —mandó—. Paciencia si no les gusta.

Encantado, el Pelusa agarró inmediatamente la silla de Don Galo y la echó hacia adelante, aunque Don Galo se aferraba a los rayos de las ruedas y hacia girar la manivela del freno con todas sus fuerzas.

—Vamos, deje al señor —dijo Lucio, interponiéndose—. ¿Pero se han vuelto locos, ustedes?

El Pelusa soltó la silla, sujetó a Lucio por el justo medio del saco de piyama y lo proyectó con violencia contra el tabique. El revólver le colgaba insolentemente de la otra mano.

—Caminá, manteca —dijo el Pelusa—. A ver si te tengo que bajar el jopo a sopapos.

Lucio abrió la boca, la cerró otra vez. El doctor Restelli y el señor Trejo estaban petrificados, y al Pelusa le costó bastante ponerlos en movimiento. Al pie de la escalera del bar, Raúl y Medrano esperaban.

Dejando a todo el mundo alineado contra el mostrador del bar, cerraron con llave la puerta que daba a la biblioteca, y Raúl arrancó a tirones los hilos del teléfono. Pálido y retorciéndose las manos en el mejor estilo ancilar, el *maître* había entregado las llaves sin oponer resistencia. A la carrera se largaron otra vez por el pasadizo y la escalerilla.

—Faltan el astrónomo, Felipe y el chofer —dijo el Pelusa, parándose en seco—. ¿Los encerramos también?

—No hace falta —dijo Medrano—. Ésos no gritan.

Abrieron la puerta de la cámara sin tomar demasiadas precauciones. Estaba vacía y de golpe parecía mucho más grande. Medrano miró hacia la puerta del fondo.

—Da a un pasillo —dijo Raúl con una voz sin expresión—. Al fondo está la escalera que sube a popa. Habrá que tener cuidado con el camarote de la izquierda.

—¿Pero usted ya estuvo? —se asombró el Pelusa.

—Sí.

—¿Estuvo y no subió a la popa?

—No, no subí —dijo Raúl.

El Pelusa lo miró con desconfianza, pero como le tenía simpatía se convenció de que debía estar mareado por todo lo que había sucedido. Medrano apagó las luces sin hacer comentario y abrieron poco a poco la puerta, apuntando a ciegas hacia adelante. Casi en seguida vieron el brillo de los cobres del pasamanos de la escalera.

—Mi pobre, pobrecito pirata —dijo Paula—. Venga que su mamá le ponga un algodón en la nariz.

Dejándose caer al borde de su cama, López sentía que el aire le entraba muy despacio en los pulmones. Paula que había mirado empavorecida el revólver que el Pelusa apretaba en la mano izquierda, lo vio irse de la cabina con no poco alivio. Después obligó a López, que estaba horriblemente pálido, a que se tendiera en la cama. Fue a mojar una toalla y empezó a lavarle con mucho cuidado la cara. López maldecía en voz baja, pero ella siguió limpiándolo y retándolo a la vez.

—Ahora sacate esa campera y metete del todo en la cama. Te hace falta descansar un rato.

—No, ya estoy bien —dijo López—. Te creés que voy a dejarlos solos a los muchachos, justamente ahora que...

Cuando se enderezaba, todo giró de golpe. Paula lo sostuvo, y esta vez consiguió que se tendiera de espaldas. En el armario había una manta, y lo abrigó lo mejor posible. Sus manos anduvieron a ciegas por debajo de la manta, hasta soltarle los cordones de las zapatillas. López la miraba como desde lejos, con los ojos entornados. No se le había hinchado la nariz pero tenía una marca violeta debajo de un ojo, y un tremendo hematoma en la mandíbula.

—Te queda precioso —dijo Paula, arrodillándose para quitarle las zapatillas—. Ahora sos de veras mi Jamaica John, mi héroe casi invicto.

—Poneme alguna cosa aquí —murmuró López, señalándose el estómago—. No puedo respirar, pucha que soy flojo. Total, un par de piñas...

—Pero vos le habrás contestado —dijo Paula, buscando otra toalla y haciendo correr el agua caliente—. ¿No trajiste alcohol? Ah, sí, aquí hay un frasco. Soltate el pantalón, si podés... Esperá, te voy a ayudar a sacarte esa campera que parece de amianto. ¿Te podés enderezar un poquito? Si no, date vuelta y la sacamos poco a poco.

López la dejaba hacer, pensando todo el tiempo en los amigos. No era posible que por un lípido de porra tuviera que quedar fuera de combate. Cerrando los ojos, sintió las manos de Paula que andaban por sus brazos, librándolo de la campera, y que después le soltaban el cinturón, desabotonaban la camisa, ponían algo tibio sobre su piel. Una o dos veces sonrió porque el pelo de Paula le hacía cosquillas en la cara. De nuevo le andaba suavemente en la nariz, cambiándole los algodones. Sin querer, sin pensar, López estiró un poco los labios. Sintió la boca de Paula contra la suya, liviana, un beso de enfermera. La apretó en sus brazos, respirando penosamente, y la besó mordiéndola, hasta hacerla gemir.

—Ah traidor —dijo Paula, cuando pudo soltarse—. Ah bellaco. ¿Qué clase de paciente sos?

—Paula.

—Cállese la boca. No me venga con arrumacos porque le han pegado una paliza. No hace media hora eras un *frigidaire* último modelo.

—Y vos —murmuró López, queriendo atraerla otra vez—. Y vos, más que mala. Cómo podés decir...

—Me vas a llenar de sangre —dijo cruelmente Paula—. Sé obediente, mi corsario negro. No estás ni vestido ni desvestido, ni en la cama ni fuera de ella... No me gustan las situaciones ambiguas, sabés. ¿Sos mi enfermo o qué? Esperá que te cambie otra vez el paño del estómago. ¿Puedo mirar sin ofensa a mi natural pudor? Sí, puedo mirar. ¿Dónde tenés la llave de tu preciosa cabina?

Lo tapó hasta el cuello con la manta y fue a mojar las toallas. López, después de buscar confusamente en los bolsillos del pantalón, le alcanzó la llave. Veía todo un poco borroso, pero lo bastante claro para darse cuenta de que Paula se estaba riendo.

—Si te vieras, Jamaica John... Ya tenés un ojo completamente cerrado, y el otro me mira con un aire... Pero esto te va a hacer bien, esperá...

Cerró con llave, se acercó retorciendo una toalla. Así, así. Todo estaba bien. Más despacio, un poco de algodón en la nariz que todavía sangraba. Había sangre por todos lados, la almohada era un horror, y la manta, la camisa blanca que López se quitaba a manotazos. «Lo que voy a tener que lavar», pensó, resignada. Pero una buena enfermera... Se dejó abrazar quietamente, cediendo a las manos que la atraían, la apretaban contra su cuerpo, empezaban a correr por ella que tenía los ojos muy abiertos mientras sentía subir la vieja fiebre, la misma vieja fiebre que los mismos viejos labios enconarían y aliviarían, alternativamente, a lo largo de las horas que empezaban como las viejas horas, bajo los viejos dioses, para agregarse al viejo pasado. Y era tan hermoso y tan inútil.

XLI

—Déjenme ir delante, conozco bien esta parte. Agachados, pegándose a la pared de la izquierda, se movieron en fila india hasta que Raúl llegó a la puerta de la cabina. «Todavía seguirá roncando entre los vómitos —pensó—. Si está ahí, si nos ataca, ¿le voy a pegar un tiro? ¿Y se lo voy a pegar porque nos ataca?» Abrió la puerta poco a poco, hasta encontrar al tanteo la llave de la luz. Encendió y volvió a apagar; sólo él podía medir el alivio rencoroso de no ver a nadie ahí adentro.

Como si su mando terminara exactamente en ese punto, dejó que Medrano subiera el primero la escalerilla. Pegados a él, arrastrándose casi sobre los peldaños, se asomaron a la oscuridad de un puente cubierto. No se veía más allá de un metro, entre el cielo y las sombras de la popa había apenas una diferencia de grado. Medrano esperó un momento.

—No se ve nada, che. Habrá que meterse en algún lado hasta que amanezca, si seguimos así nos van a quemar como quieran.

—Ahí hay una puerta —dijo el Pelusa—. Qué oscuro que está todo, Dios te libre.

Se deslizaron fuera de la escotilla y en dos saltos llegaron a la puerta. Estaba cerrada, pero Raúl golpeó en el hombro de Medrano para indicarle una segunda puerta a unos tres metros. El Pelusa llegó el primero, la abrió de golpe y se agachó hasta el suelo. Los otros esperaron un segundo antes de reunírsele; la puerta se cerró sin ruido. Inmóviles, escucharon. No se oía respirar, un olor a madera lustrada les recordó las cabinas de proa. Paso a paso Medrano fue hasta la ventanilla y corrió la cortina. Encendió un fósforo y lo apagó entre los dedos; la cabina estaba vacía.

La llave de la puerta había quedado del lado de adentro. Cerraron y se sentaron en el suelo a fumar y a esperar. No había nada que hacer hasta que amaneciera. Atilio se inquietaba, quería saber si Medrano o Raúl tenían algún plan. Pero no lo tenían, simplemente esperar hasta que el alba permitiera entrever la popa, y entonces abrirse paso de alguna manera hasta la cabina de radio.

—Fenómeno —dijo el Pelusa.

En la oscuridad, Medrano y Raúl sonrieron. Se estuvieron callados, fumando, hasta que la respiración de Atilio empezó a subir de tono. Hombro contra hombro, Medrano y Raúl encendieron un nuevo cigarrillo.

—Lo único que me preocupa es que alguno de los glúcidos se largue a la proa y descubra que le hemos metido preso a un colega y a un par de lípidos.

—Poco probable —dijo Medrano—. Si hasta ahora no iban aunque los llamáramos a gritos, difícil que de golpe les dé por cambiar de hábitos. Más miedo le tengo al pobre López, es capaz de creerse obligado a reunirse con nosotros, y está desarmado.

—Sería una lástima —dijo Raúl—. Pero no creo que venga.

—Ah.

—Mi querido Medrano, su discreción es deliciosa. Un hombre capaz de decir: «Ah» en vez de preguntarme las razones de mi parecer...

—En realidad me las puedo imaginar.

—Por supuesto —dijo Raúl—. De todos modos creo que hubiera preferido la pregunta. Será la hora, esta oscuridad fragante de fresno, o la perspectiva de que nos rompan la cabeza antes de mucho... No es que sea particularmente sentimental ni que me entusiasmen las confidencias, pero no me molestaría decirle lo que eso representa para mí.

—Dígalo, che. Pero no levante la voz.

Raúl estuvo un rato callado.

—Supongo que busco un testigo, como siempre. Por las dudas, claro; bien podría suceder que me pasara algo desagradable. Un mensajero, más bien, alguien que le diga a Paula... Ahí está la cosa: ¿qué le va a decir? ¿A usted le gusta Paula?

—Sí, mucho —dijo Medrano—. Me da pena que no sea feliz.

—Pues alégrese —dijo Raúl—. Aunque le parezca raro de mi parte, estoy seguro de que a esta hora Paula está siendo todo lo feliz que puede serlo en esta vida. Y eso es lo que el mensajero tendría que repetirle, llegado el caso, como una expresión de buenos deseos. *To Althea, going to the wars* —agregó como para él.

Medrano no dijo nada y se quedaron un rato escuchando el ruido de las máquinas y algún chapoteo que les llegaba desde lejos. Raúl suspiró, cansado.

—Me alegro de haberlo conocido —dijo—. No creo que tengamos mucho en común, salvo la preferencia por el coñac de a bordo. Sin embargo aquí estamos juntos, no se sabe bien por qué.

—Por Jorge, supongo —dijo Medrano.

—Oh, Jorge... Había ya tantas cosas detrás de Jorge.

—Cierto. Tal vez el único que está aquí realmente por Jorge es Atilio.

—*Right you are.*

Estirando la mano, Medrano descorrió un poco la cortina. El cielo empezaba a palidecer. Se preguntó si todo aquello tendría algún sentido para Raúl. Aplastando cuidadosamente la colilla contra el suelo, se quedó mirando la débil raja grisácea. Habría que despertar a Atilio, prepararse a salir. «Había ya tantas cosas detrás de Jorge», había dicho Raúl. Tantas cosas, pero tan vagas, tan revueltas. ¿Para todos sería como para él, sobrepasado de golpe por un amontonamiento confuso de recuerdos, de bruscas fugas en todas direcciones? La forma de la mano de Claudia, la voz de Claudia, la búsqueda de una salida... Afuera aclaraba poco a poco, y él hubiera querido que también su ansiedad saliera hacia el día al mismo tiempo, pero nada era seguro, nada estaba prometido. Deseó volver a Claudia, mirarla largamente en los ojos, buscar allí una respuesta. Eso lo sabía, de eso por lo menos se sentía seguro, la respuesta estaba en Claudia aunque ella lo ignorara, aunque también se creyera condenada a preguntar. Así, alguien manchado por una vida incompleta podía, sin embargo, dar plenitud en su hora, marcar un camino. Pero ella no estaba a su lado, la oscuridad de la cabina, el humo del tabaco eran la materia misma de su desconcierto. Cómo ordenar por fin todo aquello que había creído tan ordenado antes de embarcarse, crear una perspectiva donde la cara enmarañada de lágrimas de Bettina no fuera ya posible, alcanzar de alguna manera el punto central desde donde cada elemento discordante pudiera llegar a ser visto como un rayo de la rueda. Verse a sí mismo andando, y saber que eso tenía un sentido; querer, y saber que su cariño tenía un sentido; huir, y saber que la fuga no sería una traición más. No sabía si amaba a Claudia, solamente hubiera querido estar junto a ella y a Jorge, salvar a Jorge para que Claudia perdonara a León. Sí, para que Claudia perdonara a León, o dejara de amarlo, o lo amara todavía más. Era absurdo, era cierto: para que Claudia perdonara a León antes de perdonarlo a él, antes de que Bettina lo perdonara, antes de que otra vez pudiera acercarse a Claudia y a Jorge para tenderles la mano y ser feliz.

Raúl le apoyó la mano en el hombro. Se enderezaron rápidamente, después de sacudir a Atilio. Se oían pasos en la cubierta. Medrano hizo girar la llave de la puerta y la entreabrió. Un glúcido corpulento venía por la cubierta, con la gorra en la mano. La gorra se balanceaba a un lado y a otro de su pierna derecha; de golpe se quedó quieta, empezó a subir, pasó al lado de la cabeza y siguió más arriba.

—Entrá isofacto —mandó el Pelusa, encargado de meterlo en la cabina—. Qué gordo que sos, mámata. Cómo morfan arriba de este barco.

Raúl interrogó rápidamente en inglés, y el glúcido contestó en una mezcla de inglés y español. Le temblaba la boca, probablemente nunca había tenido tres armas de fuego tan cerca del estómago. Comprendió inmediatamente de lo que se trataba, y asintió. Lo dejaron bajar las manos, después de cachearlo.

—La cosa es así —explicó Raúl—. Hay que seguir por donde éste iba a tomar, subir otra escalera, y al lado mismo está la cabina de la radio. Hay un tipo ahí toda la noche, pero parece que no tiene armas.

—¿Ustedes están jugando, es alguna apuesta o qué? —preguntó el glúcido.

—Guardá silencio o bajás a la tumba —conminó el Pelusa, plantándole el revólver en las costillas.

—Yo voy a ir con él —dijo Medrano—. Andando rápido puede que no nos vean. Será mejor que ustedes se queden aquí. Si oyen tiros, suban.

—Vayamos los tres —dijo Raúl—. ¿Por qué nos vamos a quedar aquí?

—Porque cuatro son muchos, che, nos van a calar de entrada. Protéjanme la espalda, al fin y al cabo no creo que estos tipos... —dijo sin terminar la frase, miró al glúcido.

—Ustedes se han vuelto locos —dijo el glúcido.

Desconcertado pero obediente, el Pelusa entreabrió la puerta y se cercioró de que no había nadie. Una luz cenicienta parecía mojar la cubierta. Medrano se metió el revólver en el bolsillo del pantalón, apuntando a las piernas del glúcido. Raúl iba a decirle algo más pero se calló. Los vieron salir, trepar la escalerilla. Atilio, nada satisfecho, se puso a mirar a Raúl con un aire de perro obediente que lo enterneció.

—Medrano tiene razón —dijo Raúl—. Esperemos aquí, a lo mejor vuelve en seguida sano y salvo.

—Podría haber ido yo, podría —dijo el Pelusa.

—Esperemos —dijo Raúl—. Una vez más, esperemos.

Todo eso tenía un aire de cosa ya sucedida, de novela de quiosco. El glúcido estaba sentado al lado del transmisor, con la cara empapada y los labios temblorosos. Apoyado en la puerta, Medrano tenía el revólver en una mano y el cigarrillo en la otra; de espaldas a él, inclinado sobre los aparatos, el radiotelegrafista movía los diales y empezaba a transmitir. Era un muchacho delgado y pecoso, que se había asustado y no atinaba a serenarse. «Mientras no me engañe», pensó Medrano. Pero esperaba que el lenguaje que había usado, y la sensación que debía tener el otro en la espalda cada vez que pensaba en el Smith y Wesson, fueran suficientes. Aspiró con gusto el humo, atento a la escena pero a la vez tan lejos de todo, dejando apenas la cara para edificación del glúcido que lo miraba empavorecido. Por la ventanilla de la izquierda entraba poco a poco la luz, abriéndose paso en la mala iluminación artificial de la cabina. Lejos se oyó un silbato, una frase en un idioma que Medrano no entendía. Oyó el chisporroteo del transmisor y la voz del radiotelegrafista, una voz entrecortada por una especie de hipo. Pensó en la escalerilla que habían subido a toda velocidad, él con su revólver a cinco centímetros de las nalgas opulentas del glúcido, la visión instantánea de la gran curva de la popa vacía, la entrada en la cabina, el salto del radiotelegrafista sorprendido en su lectura. Era verdad, ahora que lo pensaba: la popa enteramente vacía. Un horizonte ceniciento, el mar como de plomo, la curva de la borda, y todo eso había durado un segundo. El radiotelegrafista entraba en comunicación con Buenos Aires. Oyó, palabra por palabra, el mensaje. Ahora el glúcido imploraba con los ojos el permiso para sacar un pañuelo del bolsillo, ahora el radiotelegrafista repetía el mensaje. Pero hombre, la popa enteramente vacía, era un hecho, en fin, qué importaba. Las palabras del muchachito pecoso se mezclaban con una sensación seca y cortante, una casi dolorosa plenitud en ese comprender instantáneo de que al fin y al cabo la popa estaba enteramente vacía pero que no importaba, que no tenía la más mínima importancia porque lo que importaba era otra cosa, algo inapresable que buscaba mostrarse y definirse en la sensación que lo exaltaba cada vez más. De espaldas a la puerta, cada bocanada de humo era como una tibia aquiescencia, un comienzo de reconciliación que se llevaba los restos de ese largo malestar de dos días. No se sentía feliz, todo estaba más allá o al margen de cualquier sentimiento ordinario. Como una música entre dientes, más bien, o simplemente como un cigarrillo bien encendido y bien fumado. El resto —pero qué podía importar el resto ahora que empezaba a hacer las paces consigo mismo, a sentir que ese resto no se ordenaría ya nunca más con la antigua ordenación egoísta. «A lo mejor la felicidad existe y es otra cosa», pensó Medrano. No sabía por qué, pero estar ahí, con la popa a la vista (y enteramente vacía) le daba una seguridad, algo como un punto de partida. Ahora que estaba lejos de Claudia la sentía junto a él, era como si empezara a merecerla junto a él. Todo lo anterior contaba tan poco, lo único por fin verdadero había sido esa hora de ausencia, ese balance en la sombra mientras esperaba con Raúl y Atilio, un saldo de cuentas del que salía por primera vez tranquilo, sin razones muy claras, sin méritos ni deméritos, simplemente reconciliándose consigo mismo, echando a rodar como un muñeco de barro al hombre viejo, aceptando la verdadera cara de Bettina aunque supiera que la Bettina sumida en Buenos Aires no tendría jamás esa cara, pobre muchacha, a menos que alguna vez también ella soñara con una pieza de hotel y viera avanzar a su antiguo amante olvidado, lo viera a su turno como él la había visto, como sólo puede verse lo frívolo en una hora que no está en los relojes. Y así iba todo, y dolía y lavaba.

Cuando advirtió la sombra en la ventanilla, la cara del glúcido que revolvía los ojos aterrado, levantó el arma con desgano esperando todavía que el juego de manos no acabara en juego de villanos. La bala pegó muy cerca de su cabeza, oyó chillar al radiotelegrafista y en dos saltos le pasó al lado y se parapetó en el otro extremo de la mesa de transmisión, gritándole al glúcido que no se moviera. Distinguió una cara y un brillo de níquel en la ventanilla; tiró, apuntando bajo y la cara desapareció mientras se oía gritar y hablar con dos o tres voces distintas. «Si me quedo aquí Raúl y Atilio van a subir a buscarme y los van a liquidar», pensó. Pasando detrás del glúcido lo levantó con el caño del revólver y lo hizo andar hacia la puerta. Echado hacia adelante sobre los diales, el radiotelegrafista temblaba y murmuraba, buscando algo en un cajón bajo. Medrano gritó una orden y el glúcido abrió la puerta. «Al final no estaba tan vacía», alcanzó a pensar, divertido, empujando hacia afuera al corpachón tembloroso. Aunque le temblaba la mano, al radiotelegrafista le resultó fácil apuntar en mitad de la espalda y tirar tres veces seguidas, antes de soltar el revólver y ponerse a llorar como el chiquilín que era.

Al primer disparo, Raúl y el Pelusa se habían largado de la cabina. El Pelusa llegó antes a la escalerilla. Al nivel de los últimos escalones estiró el brazo y empezó a tirar. Los tres lípidos pegados a la pared de la cabina de la radio se largaron cuerpo a tierra, uno de ellos con una bala en la oreja. En la puerta de la cabina el glúcido gordo había alzado las manos y gritaba horriblemente en una lengua ininteligible. Raúl cubrió a todo el mundo con la pistola y obligó a levantarse a los lípidos, después de sacarles las armas. Era bastante asombroso que el Pelusa hubiera podido asustarlos con tanta facilidad; no habían intentado siquiera contestar. Gritándole que los mantuviera quietos contra la pared, se asomó a la cabina saltando sobre Medrano caído boca abajo. El radiotelegrafista hizo ademán de recobrar el revólver, pero Raúl lo alejó de un puntapié y empezó a cachetearle la cara de un lado y de otro, mientras le repetía cada vez la misma pregunta. Cuando oyó la respuesta afirmativa, lo golpeó una vez más, agarró el revólver y salió a la cubierta. El Pelusa entendía sin necesidad de palabras: agachándose, levantó a Medrano y echó a andar hacia la escalerilla. Raúl le cubría la retirada, temiendo una bala a cada paso. En el puente inferior no encontraron a nadie, pero se oía gritar en alguna otra parte. Bajaron las dos escalerillas y consiguieron llegar a la cámara de los mapas. Raúl arrimó la mesa contra la puerta; ya no se oía gritar, probablemente los lípidos no se animaban a atacarlos antes de contar con suficientes refuerzos.

Atilio había tendido a Medrano sobre unas lonas y miraba con ojos desorbitados a Raúl, que se arrodilló en medio de las salpicaduras de sangre. Hizo lo natural en esos casos, pero sabía desde el comienzo que era inútil.

—A lo mejor todavía se puede salvar —decía Atilio, trastornado—. Dios mío, qué hemorragia de sangre. Habría que llamar al médico.

—A buena hora —murmuró Raúl, mirando la cara vacía de Medrano. Había visto los tres agujeros en la espalda, una de las balas había salido cerca del cuello y por ahí se derramaba casi toda la sangre. En los labios de Medrano había un poco de espuma.

—Vamos, levantalo otra vez y subámoslo allá. Hay que llevarlo a su cabina.

—¿Entonces está muerto de verdad? —dijo el Pelusa.

—Sí, viejo, está muerto. Esperá que te ayudo.

—Está bien, si no pesa nada. Va a ver que allá se despierta, quién le dice que a lo mejor no es tan grave.

—Vamos —repitió Raúl.

Ahora Atilio andaba más despacio por el pasadizo, procurando evitar que el cuerpo golpeara en los tabiques. Raúl lo ayudó a subir. No había nadie en el pasillo de babor, y Medrano había dejado su cabina abierta. Lo tendieron en la cama y el Pelusa se tiró en un sillón, jadeando. Poco a poco pasó del jadeo al llanto, lloraba estertorosamente, tapándose la cara con las dos manos, y de cuando en cuando sacaba un pañuelo y se sonaba con una especie de berrido. Raúl miraba el rostro inexpresivo de Medrano, esperando, contagiado por la ilusión ya desvanecida de Atilio. La hemorragia se había detenido. Fue hasta el baño, trajo una toalla mojada y limpió los labios de Medrano, le subió el cuello del rompevientos para tapar la herida. Recordó que en esos casos no hay que perder tiempo en cruzar las manos sobre el pecho; pero sin saber por qué se limitó a estirarle los brazos hasta que las manos descansaron sobre los muslos.

—Hijos de puta, cabrones —decía el Pelusa, sonándose—. Pero usté se da cuenta, señor. ¿Qué les había hecho él, dígame un poco? Si era por el pibe que fuimos, a la final lo único que queríamos era mandar el telegrama. Y ahora...

—El telegrama ya está en destino, por lo menos eso no se lo pueden quitar. Vos tenés la llave del bar, me parece. Andá a soltar a todos aquellos y avisales lo que pasó. No te descuidés con los del barco, yo me voy a quedar haciendo guardia en el pasillo.

El Pelusa agachó la cabeza, se sonó una vez más y salió. Parecía increíble que casi no se hubiera manchado con la sangre de Medrano. Raúl encendió un cigarrillo y se sentó a los pies de la cama. Miraba el tabique que separaba la cabina de la de al lado. Levantándose, se acercó y empezó a golpear suavemente, después con más fuerza. Se sentó otra vez. De golpe se le ocurrió pensar que habían estado en la popa, la famosa popa. ¿Pero qué había al fin y al cabo en la popa?

«Y a mí qué más me da», pensó, encogiéndose de hombros. Oyó abrirse la puerta de la cabina de López.

XLII

Como era de suponer el Pelusa se encontró con las señoras en el pasillo de estribor, todas ellas en diversos grados de histeria. Durante media hora habían hecho lo imaginable por abrir la puerta del bar y poner en libertad a los clamorosos prisioneros, que seguían descargando puntapiés y trompadas. Arrimados a la escalerilla de cubierta, Felipe y el chofer de Don Galo seguían la escena con poco interés.

Cuando vieron aparecer a Atilio, Doña Pepa y Doña Rosita se precipitaron desmelenadas, pero él las rechazó sin despegar los labios y empezó a abrirse paso. La señora de Trejo, monumento de virtud ultrajada, se cruzó de brazos frente a él y lo fulminó con una mirada hasta entonces sólo reservada a su marido.

—¡Monstruos, asesinos! ¡Qué han hecho, amotinados! ¡Tire ese revólver, le digo!

—Ma déjeme pasar, doña —dijo el Pelusa—. Por un lado chillan que hay que soltar a la merza y por otro se me pone en el camino. ¿En qué estamos, dígame un poco?

Desprendiéndose de las crispadas manos de su madre, la Nelly se arrojó sobre el Pelusa.

—¡Te van a matar, te van a matar! ¿Por qué hicieron eso? ¡Ahora los oficiales van a venir y nos van a meter presos a todos!

—No digás macanas —dijo el Pelusa—. Eso no es nada, si supieras lo que pasó... Mejor no te cuento.

—¡Tenés sangre en la camisa! —clamó la Nelly—. ¡Mamá, mamá!

—Pero me vas a dejar pasar —dijo el Pelusa—. Esta sangre es de cuando le pegaron al señor López, qué te venís a hacer la Mecha Ortiz, por favor.

Las apartó con el brazo libre, y subió la escalerilla. Desde abajo las señoras redoblaron los chillidos al ver que levantaba el revólver antes de meter la llave en la cerradura. De golpe se hizo un gran silencio, y la puerta se abrió de par en par.

—Despacito —dijo Atilio—. Vos, che, salí primero y no te hagás el loco porque te meto un plomo propio en la buseca.

El glúcido lo miró como si le costara comprender, y bajó rápidamente. Lo vieron que iba hacia una de las puertas Stone, pero toda la atención se concentraba en la sucesiva aparición del señor Trejo, del doctor Restelli y Don Galo, diversamente recibidos con alaridos, llantos y comentarios a voz en cuello. Lucio salió el último, mirando a Atilio con aire de desafío.

—Vos no te hagás el malo —le dijo el Pelusa—. Ahora no te puedo atender, pero después si querés dejo el fierrito y te rompo bien la cara a trompadas, te rompo.

—Qué vas a romper —dijo Lucio, bajando la escalera.

Nora lo miraba sin animarse a decir nada. Él la tomó del brazo y se la llevó casi a tirones a la cabina.

El Pelusa echó una mirada al interior del bar, donde quedaba el *maître* inmóvil detrás del mostrador, y bajó metiéndose el revólver en el bolsillo derecho del pantalón.

—Callesén un poco —dijo, parándose en el segundo peldaño—. No ven que hay un niño enfermo, después quieren que no le suba la fiebre.

—¡Monstruo! —gritó la señora de Trejo, que se alejaba con Felipe y el señor Trejo—. ¡Esto no va a quedar así! ¡A la bodega con esposas y cadenas! ¡Como los criminales que son, secuestradores, mafiosos!

—¡Atilio, Atilio! —clamaba la Nelly, convulsa—. ¿Pero qué ha pasado, por qué encerraste a los señores?

El Pelusa iba a abrir la boca para contestar lo primero que le cruzaba por la cabeza, y que era una rotunda puteada. En cambio se quedó callado, apretando el revólver con el caño hacia el suelo. A lo mejor era porque estaba parado en el segundo escalón, pero de golpe se sentía tan por encima de esos gritos, esas preguntas, el odio estallando en imprecaciones y reproches. «Mejor voy a ver cómo está el pibe —pensó—. Le tengo de decir a la mamá que a la final mandamo el telegrama.»

Pasó sin hablar entre un racimo de manos y bocas abiertas; de lejos casi se hubiera podido pensar que esas mujeres lo aclamaban, lo acompañaban en un triunfo.

Persio había acabado por quedarse dormido, recostado en la cama de Claudia. Cuando empezó a amanecer, Claudia le echó una manta sobre las piernas, mirando con gratitud la esmirriada figura de Persio, sus ropas nuevas pero ya arrugadas y un poco sucias. Se acercó a la cama de Jorge y atisbó su respiración. Jorge dormía tranquilamente después de la tercera dosis del medicamento. Le bastó tocarle la frente para tranquilizarse. Sintió de golpe un cansancio como de muchas noches sin sueño; pero todavía no quería tenderse junto a su hijo, sabía que alguien vendría antes de mucho con noticias o con la repetición de los mismos episodios, los absurdos laberintos donde sus amigos habían vagado durante cuarenta y ocho horas sin saber demasiado por qué.

La cara amoratada de López asomó por la puerta entreabierta. Claudia no se sorprendió de que López no hubiera golpeado, ni siquiera le llamó la atención oír que las mujeres gritaban y hablaban en el pasillo de estribor. Movió la mano, invitándolo a entrar.

—Jorge está mejor, ha dormido casi dos horas seguidas. Pero usted...

—Oh, no es nada —dijo López, tocándose la mandíbula—. Duele un poco al hablar, y por eso hablaré poco. Me alegro de que Jorge esté mejor. De todos modos, los muchachos se las arreglaron para mandar un radiograma a Buenos Aires.

—Qué absurdo —dijo Claudia.

—Sí, ahora parece absurdo.

Claudia bajó la cabeza.

—En fin, a lo hecho pecho —dijo López—. Lo malo es que hubo tiros, porque los de la popa no los quisieron dejar pasar. Parece mentira, todos nos conocemos apenas, una amistad de dos días, si se puede llamar amistad, y sin embargo...

—¿Le ha pasado algo a Gabriel?

La afirmación ya estaba en la pregunta; López no tuvo más que callar y mirarla. Claudia se levantó, con la boca entreabierta. Estaba fea, casi ridícula. Dio un paso en falso, tuvo que tomarse del respaldo de un sillón.

—Lo han llevado a su cabina —dijo López—. Yo me quedaré cuidando a Jorge, si quiere.

Raúl, que velaba en el pasillo, dejó entrar a Claudia y cerró la puerta. Empezaba a molestarle la pistola en el bolsillo, era absurdo pensar que los glúcidos tomarían represalias. Fuera como fuera, la cosa tendría que terminar ahí; al fin y al cabo no estaban en guerra. Tenía ganas de acercarse al pasillo de estribor, donde se oían los chillidos de Don Galo y los apóstrofes del doctor Restelli entre los gritos de las señoras. «Los pobres —pensó Raúl—, qué viaje les hemos dado...» Vio que

Atilio se asomaba tímidamente a la cabina de Claudia, y lo siguió. Sentía en la boca el gusto de la madrugada. «¿Sería realmente el disco de Ivor Novello?», pensó, descartando con esfuerzo la imagen de Paula que pugnaba por volver. Resignado, la dejó asomar cerrando los ojos, viéndola tal como la había visto llegar a la cabina de Medrano, detrás de López, envuelta en su robe de chambre, el pelo hermosamente suelto como a él le gustaba verla por la mañana.

—En fin, en fin —dijo Raúl.

Abrió la puerta y entró. Atilio y López hablaban en voz baja. Persio respiraba con una especie de silbido que le iba perfectamente. Atilio se le acercó, poniéndose un dedo en la boca.

—Está mejor el pibe, está —murmuró—. La madre dijo que ya no tenía fiebre. Durmió fenómeno toda la noche.

—Macanudo —dijo Raúl.

—Yo ahora me voy a mi camarote para explicarle un poco a mi novia y a las viejas —dijo el Pelusa—. Cómo están, mama mía. Qué mala sangre que se hacen.

Raúl lo miró salir, y fue a sentarse al lado de López que le ofreció un cigarrillo. De común acuerdo corrieron los sillones lejos de la cama de Jorge, y fumaron un rato sin hablar. Raúl sospechó que López le agradecería su presencia en ese momento, la ocasión de liquidar cuentas y a otra cosa.

—Dos cosas —dijo bruscamente López—. Primero, me considero culpable de lo ocurrido. Ya sé que es idiota, porque lo mismo hubiera ocurrido o le hubiera tocado a algún otro, pero hice mal en quedarme mientras ustedes... —se le cortó la voz, hizo un esfuerzo y tragó saliva—. Lo que ocurrió es que me acosté con Paula —dijo, mirando a Raúl que hacía girar el cigarrillo entre los dedos—. Ésa es la segunda cosa.

—La primera no tiene importancia —dijo Raúl—. Usted no estaba en condiciones de seguir la expedición, aparte de que no parecía tan arriesgada. En cuanto a lo otro, supongo que Paula le habrá dicho que no me debe ninguna explicación.

—Explicación no —dijo López, confuso—. De todas maneras...

—De todas manera, gracias. Me parece muy *chic* de su parte.

—Mamá —dijo Jorge—. ¿Dónde estás, mamá?

Persio dio un brinco y pasó del sueño a los pies de la cama de Jorge. Raúl y López no se movieron, esperando.

—Persio —dijo Jorge, incorporándose—. ¿Sabés qué soñé? Que en el astro caía nieve. Te juro, Persio, una nieve, unos copos como... como...

—¿Te sentís mejor? —dijo Persio, mirándolo como si temiera acercarse y romper el encantamiento.

—Me siento muy bien —dijo Jorge—. Tengo hambre, che, andá a decirle a mamá que me traiga café con leche. ¿Quién está ahí? Ah, qué tal. ¿Por qué están ahí?

—Por nada —dijo López—. Te vinimos a acompañar.

—¿Qué te pasó en la nariz, che? ¿Te caíste?

—No —dijo López, levantándose—. Me soné demasiado fuerte. Siempre me pasa. Hasta luego, después te vengo a ver.

Raúl salió tras él. Ya era hora de guardar la condenada automática que le pesaba cada vez más en el bolsillo, pero prefirió asomarse primero a la escalerilla de proa, donde ya daba el sol. La proa estaba desierta y Raúl se sentó en el primer peldaño y miró el mar y el cielo, parpadeando. Llevaba tantas horas sin dormir, bebiendo y fumando demasiado, que el brillo del mar y el viento en la cara le dolieron; resistió hasta acostumbrarse, pensando que ya era tiempo de volver a la realidad, si eso era volver a la realidad. «Nada de análisis, querido —se ordenó—. Un baño, un largo baño en tu cabina que ahora será para vos solo mientras dure el viaje, y Dios sabe si va a durar poco, a menos que me equivoque de medio a medio.» Ojalá no se equivocara, porque entonces Medrano habría dejado la piel para nada. Personalmente ya no le importaba mucho seguir viajando o que todo acabara en un lío todavía más grande; tenía demasiado sarro en la lengua para elegir con libertad. Quizá cuando se despertara, después del baño, después de un vaso entero de whisky y un día de sueño, sería capaz de aceptar o rechazar; ahora le daba lo mismo un vómito en el suelo, Jorge que se despertaba curado, tres agujeros en un rompevientos. Era como tener la baraja de póker en la mano, en una neutralización total de fuerzas; sólo cuando se decidiera, si se decidía, a sacar uno por uno el comodín, el as, la reina y el rey... Aspiró profundamente; el mar era de un azul mitológico, del calor que veía en algunos sueños en los que volaba sobre extrañas máquinas translúcidas. Se tapó la cara con las manos y se preguntó si estaba realmente vivo. Debía estarlo, entre otras cosas porque era capaz de darse cuenta de que las máquinas del *Malcolm* acababan de detenerse.

Antes de salir, Paula y López habían entornado las cortinas del ojo de buey y en la cabina había una luz amarillenta que parecía vaciar de toda expresión la cara de Medrano. Inmóvil a los pies de la cama, con el brazo todavía tendido hacia la puerta como si no terminara nunca de cerrarla, Claudia miró a Gabriel. En el pasillo se oían voces ahogadas y pasos, pero nada parecía cambiar el silencio total en que acababa de entrar Claudia, la algodonosa materia que era el aire de la cabina, sus propias piernas, el cuerpo tendido en la cama, los objetos desparramados, las toallas tiradas en un rincón.

Acercándose paso a paso se sentó en el sillón que había arrimado Raúl, y miró de más cerca. Hubiera podido hablar sin esfuerzo, responder a cualquier pregunta; no sentía ninguna opresión en la garganta, no había lágrimas para Gabriel. También por dentro todo era algodonoso, espeso y frío como un mundo de acuario o de bola de cristal. Era así: acababan de matar a Gabriel. Gabriel estaba ahí muerto, ese desconocido, ese hombre con quien había hablado unas pocas veces en un breve viaje por mar. No había ni distancia ni cercanía, nada se dejaba medir ni contar; la muerte entraba en esa torpe escena mucho antes que la vida, echando a perder el juego, quitándole el poco sentido que había podido tener en esas horas de alta mar. Ese hombre había pasado parte de una noche junto a la cama de Jorge enfermo, ahora algo giraba apenas, una leve transformación (pero la cabina era tan parecida, el escenógrafo no tenía muchos recursos para cambiar el decorado) y de pronto era Claudia quien estaba sentada junto a la cama de Gabriel muerto. Toda su lucidez y su buen sentido no habían podido impedir que durante la noche temiera la muerte de Jorge, a esa hora en que morir parece un riesgo casi insalvable; y una de las cosas que la habían devuelto a la calma había sido pensar que Gabriel andaba por ahí, tomando café en el bar, velando en el pasillo, buscando la popa donde se escondía el médico. Ahora algo giraba apenas y Jorge era otra vez una presencia viva, otra vez su hijo de todos los días, como si no hubiera sucedido nada, una de las muchas enfermedades de un niño, las ideas negras de la alta noche y la fatiga; como si no hubiera sucedido nada, como si Gabriel se hubiera cansado de velar y estuviera durmiendo un rato, antes de volver a buscarla y a jugar con Jorge.

Veía el cuello del rompevientos tapando la garganta; empezaba a distinguir las manchas negruzcas en la lana, el coágulo casi imperceptible en la comisura de los labios. Todo eso era por Jorge, es decir, por ella; esa muerte era por ella y por Jorge, esa sangre, ese rompevientos que alguien había subido y arreglado, esos brazos pegados al cuerpo, esas piernas tapadas con una manta de viaje, ese pelo revuelto, esa mandíbula un poco levantada mientras la frente corría hacia atrás como resbalando en la almohada baja. No podría llorar por él, no tenía sentido llorar por alguien que apenas se conocía, alguien simpático y cortés y quizá ya un poco enamorado y en todo caso lo bastante hombre para no soportar la humillación de ese viaje, pero que no era nadie para ella, apenas unas horas de charla, una cercanía virtual, una mera posibilidad de cercanía, una mano firme y cariñosa en la suya, un beso en la frente de Jorge, una gran confianza, una taza de café muy caliente. La vida era esa operación demasiado lenta, demasiado sigilosa para mostrarse en toda su profundidad; hubieran tenido que pasar muchas cosas, o no pasar cosas y que eso fuera lo que pasaba, hubieran tenido que encontrarse poco a poco, con fugas y retrocesos y malentendidos y reconciliaciones, en todos los planos en que ella y Gabriel se asemejaban y se necesitaban. Mirándolo con algo que participaba del despecho y del reproche, pensó que él la había necesitado y que era una traición y una cobardía marcharse así, abandonarse a sí mismo a la hora del encuentro. Lo retó, inclinándose sobre él sin temor y sin lástima, le negó el derecho de morir antes de estar vivo en ella, de empezar verdaderamente a vivir en ella. Le dejaba un fantoche cariñoso, una imagen de veraneo, de hotel, le dejaba apenas su apariencia y algunos momentos en que la verdad había luchado por abrirse paso; le dejaba un nombre de mujer que había sido suya, frases que le gustaba repetir, episodios de infancia, una mano huesuda y firme en la suya, una manera hosca de sonreír y de no preguntar. Se iba como si tuviera miedo, elegía la más vertiginosa de las fugas, la de la inmovilidad irremediable, la del silencio hipócrita. Se negaba a seguir esperándola, a merecerla, a apartar una por una las horas que los distanciaban del encuentro. De qué valía que besara esa frente fría, que peinara con dedos estremecidos ese pelo pegajoso y enredado, que algo suyo y caliente corriera ahora por una cara enteramente vuelta hacia adentro, más lejana que cualquier imagen del pasado. No podría perdonarlo jamás, mientras se acordara de él le reprocharía haberla privado de un posible tiempo nuevo, un tiempo donde la duración, el estar viva en el centro mismo de la vida, renaciera en ella rescatándola, quemándola, reclamándole lo que el tiempo de todos los días no le reclamaba. Como un sordo girar de engranajes en las sienes, sentía ya que el tiempo sin él se desarrollaba en un camino interminable igual al tiempo de antes, al tiempo sin León, al tiempo de la calle Juan Bautista Alberdi, al tiempo de Jorge que era un pretexto, la mentira materna por excelencia, la coartada para justificar el estancamiento, las novelas fáciles, la radio por la tarde, el cine por la noche, el teléfono a toda hora, los febreros en Miramar. Todo eso podría haber cesado si él no estuviese ahí con las pruebas del robo y el abandono, si no se hubiera hecho matar como un tonto para no llegar a vivir de verdad en ella y hacerla vivir con su propia vida. Ni él ni ella hubieran sabido jamás quién necesitaba del otro, así como dos cifras no saben el número que componen; de su doble incertidumbre hubiera crecido una fuerza capaz de transformarlo todo, de llenarles la vida de mares, de carreras, de inauditas aventuras, de reposos como miel, de tonterías y catástrofes hasta un fin más merecido, hasta una muerte menos mezquina. Su abandono antes del encuentro era infinitamente más torpe y más sórdido que el abandono de sus amantes pasadas. De qué podía quejarse Bettina al lado de su queja, qué reproche urdirían sus labios frente a ese desposeimiento interminablemente repetido, que ni siquiera nacía de un acto de su voluntad, ni siquiera era su propia obra. Lo habían matado como a un perro, eligiendo por él, acabándole la vida sin que pudiera aceptar o negarse. Y que no tuviera la culpa era así, frente a ella, muerto ahí frente a ella, la peor, la más insanable de las culpas. Ajeno, librado a otras voluntades, grotesco blanco para la puntería de cualquiera, su traición era como el infierno, una ausencia eternamente presente, una carencia llenando el corazón y los sentidos, un vacío infinito en el que ella caería con todo el peso de su vida. Ahora sí podía llorar, pero no por él. Lloraría por su sacrificio inútil, por su tranquila y ciega bondad que lo había llevado al desastre, por lo que había tratado de hacer y quizá había hecho para salvar a Jorge pero detrás de ese llanto, cuando el llanto cesara como todos los llantos, vería alzarse otra vez la negativa, la fuga, la imagen de un amigo de dos días que no tendría fuerzas para ser su muerto de toda la vida. «Perdón por decirte todo esto —pensó desesperada—, pero estabas empezando a ser algo mío, ya entrabas por mi puerta con un paso que yo reconocía desde lejos. Ahora seré yo la que huya, la que pierda muy pronto lo poco que tenía de tu cara y de tu voz y de tu confianza. Me has traicionado de golpe, eternamente; pobre de mí, que perfeccionaré mi traición todos los días, perdiéndote de a poco, cada vez más, hasta que ya no seas ni siquiera una fotografía, hasta que Jorge no se acuerde de nombrarte, hasta que otra vez León entre en mi alma como un torbellino de hojas secas, y yo dance con su fantasma y no me importe.»

XLIII

A las siete y media algunos pasajeros acataron el llamado del gongo y subieron al bar. La detención del *Malcolm* no los sorprendía demasiado; era previsible que después de las locuras insensatas de esa noche se empezarían a pagar las consecuencias. Don Galo lo proclamó con su voz más chirriante mientras untaba rabiosamente las tostadas, y las señoras presentes asintieron con suspiros y miradas cargadas de reproche y profecía. La mesa de los malditos recibía de tiempo en tiempo una alusión o un par de ojos condenatorios que se fijaban obstinados en la cara amoratada de López, en el pelo suelto y descuidado de Paula, en la sonrisa soñolienta de Raúl. La noticia de la muerte de Medrano había provocado un desmayo en Doña Pepa y una crisis histérica en la señora de Trejo; ahora procuraban reponerse frente a las tazas de café con leche. Temblando de rabia al pensar en las horas que había pasado prisionero en el bar, Lucio apretaba los labios y se abstenía de comentarios; a su lado, Nora se sumaba oficiosamente al partido de la paz y se unía en voz baja a los comentarios de Doña Rosita y de la Nelly, pero no podía impedirse mirar a cada momento hacia la mesa de López y de Raúl, como si para ella, al menos, las cosas distasen de estar claras. Imagen de la rectitud agraviada, el *maître* iba de una mesa a otra, recibía los pedidos, se inclinaba sin hablar, y de cuando en cuando miraba los hilos arrancados del teléfono y suspiraba.

Casi nadie había preguntado por Jorge, la truculencia podía más que la caridad. Capitaneadas por la señora de Trejo, Doña Pepa, la Nelly y Doña Rosita habían pretendido meterse muy temprano en la cabina mortuoria para adoptar las diversas disposiciones en que descuella la necrofilia femenina. Atilio, que había tenido una pelea a grito pelado con la familia, les adivinó la intención y fue a plantarse como fierro frente a la puerta. A la cortante invitación de la señora de Trejo para que las dejase entrar a cumplir sus deberes cristianos, respondió con un: «Vayasén a bañar», que no admitía dudas. Al ademán que hizo la señora de Trejo como para abofetearlo, el Pelusa respondió con un gesto tan significativo que la digna señora, vejada en lo más hondo, retrocedió con el rostro empurpurado mientras reclamaba a gritos la presencia de su esposo. Pero el señor Trejo no aparecía por ninguna parte, y las damas acabaron por marcharse, la Nelly bañada-en-lágrimas, Doña Pepa y Doña Rosita aterradas por la conducta del hijo y del futuro yerno, la señora de Trejo en plena crisis de urticaria nerviosa. En cierto modo el desayuno se proponía como una tirante tregua en la que todos se observaban de reojo, con la desagradable sensación de que el *Malcolm* se había detenido en medio del mar, es decir que el viaje se interrumpía y algo iba a suceder, vaya a saber qué.

A la mesa de los malditos acababa de sumarse el Pelusa, a quien Raúl invitó con un ademán apenas lo vio asomar a la puerta. Iluminada la cara por una sonrisa de felicidad, el Pelusa corrió a instalarse entre sus amigos, mientras la Nelly bajaba los ojos hasta casi tocar las tostadas, y su madre se iba poniendo más y más roja. Dándoles la espalda, el Pelusa se sentó entre Paula y Raúl que se divertían una barbaridad. López, masticando con muchas precauciones un bizcocho, le guiñó el ojo que le quedaba abierto.

—Me parece que a su familia no le entusiasma su presencia en esta mesa contaminada —dijo Paula.

—Yo tomo la leche donde quiero —dijo Atilio—. Que me dejen de incordiar, a la qué tanto.

—Seguro —dijo Paula, y le ofreció pan y manteca—. Asistamos ahora a la llegada majestuosa del señor Trejo y del doctor Restelli.

La voz cascada de Don Galo saltó como un tapón de champaña. Se alegraba de ver que los amigos habían podido dormir un par de horas por lo menos, después de la incalificable noche que habían pasado prisioneros. Por su parte le había sido imposible conciliar el sueño a pesar de una doble dosis de Bromural Knoll. Pero ya tendría tiempo de dormir una vez que se hubieran deslindado las responsabilidades y sancionado ejemplarmente a los inconscientes fautores de tan tamaña barbaridad.

—Aquí se va a armar antes de dos minutos —murmuró Paula—. Carlos, y vos, Raúl, quédense quietos.

—Ma sí, ma sí —decía el Pelusa, metido en su café con leche—. Qué escombro que hacen por nada.

López miraba curioso al doctor Restelli, que se cuidaba de devolverle la mirada. De la mesa de las señoras brotó un «¡Osvaldo!», imperioso, y el señor Trejo, que se encaminaba a un sitio vacío, pareció recordar una obligación, y cambiando de rumbo, se acercó a la mesa de los malditos y encaró a Atilio que luchaba con un bocado algo excesivo de pan con dulce de frutilla.

—¿Se puede saber, joven, con qué derecho ha pretendido impedir el paso de mi esposa en la... en la capilla ardiente, digamos?

El Pelusa tragó el bocado con singular esfuerzo, y su nuez de Adán pareció a punto de reventar.

—Ma si lo único que querían era escorchar la paciencia —dijo.

—¿Cómo dice? ¡Repita eso!

A pesar de que Raúl le hacía señas de que no se moviera, el Pelusa echó atrás la silla y se levantó.

—Mejor acabelá —dijo, juntando los dedos de la mano izquierda y metiéndolos debajo de la nariz del señor Trejo—.

¿Pero usté quiere que yo me enoje de veras? ¿No le alcanzó con el castigo? ¿No estuvo bastante en penitencia, usted y todos ésos, manga de cagones?

—¡Atilio! —dijo virtuosamente Paula, mientras Raúl se retorcía de risa.

—¡Ma sí, ya que me vienen a buscar me van a oír! —gritó el Pelusa con una voz que rajaba los platos—. ¡Manga de atorrantes, meta hablar y hablar, y que sí y que no, y entre tanto el pibe se estaba muriendo, se estaba! ¿Qué hicieron, dígame un poco? ¿Se movieron, ustedes? ¿Fueron a buscar al doctor, ustedes? ¡Fuimos nosotros, pa que lo sepa! ¡Nosotros, aquí el señor, y el señor que bien le rompieron la cara! Y el otro señor... sí, el otro... y después va a pretender que yo deje entrar a cualquiera en el camarote...

Se atragantaba, demasiado emocionado para seguir. Tomándolo del brazo, López trató de que se sentara, pero el Pelusa se resistía. Entonces López se levantó a su vez y miró en la cara al señor Trejo.

—*Vox populi, vox Dei* —dijo—. Vaya a tomar su desayuno, señor. En cuanto a usted, señor Porriño, ahórrenos sus comentarios y ustedes también, señoras y señoritas.

—¡Incalificable! —vociferó Don Galo, entre un coro de gemidos y exclamaciones femeninas—. ¡Abusan de su fuerza!

—¡Deberían haberlos matado a todos! —gritó la señora de Trejo, derramándose sobre el respaldo del sillón.

Tan sincero deseo sirvió para que los demás empezaran a callarse, sospechando que habían ido demasiado lejos. El desayuno continuó entre sordos murmullos y una que otra mirada iracunda. Persio, que llegaba tarde, pasó como un duende entre las mesas y arrimó una silla junto a López.

—Todo es paradoja —dijo Persio, sirviéndose café—. Los corderos se han vuelto lobos, el partido de la paz es ahora el partido de la guerra.

—Un poco tarde —dijo López—. Harían mejor en quedarse en sus cabinas y esperar... me pregunto qué.

—Es un mal sistema —dijo Raúl bostezando—. Yo traté de dormir sin resultado. Se está mejor afuera al sol. ¿Vamos?

—Vamos —aceptó Paula, y se detuvo en el momento de levantarse—. *Tiens*, miren quién llega.

Enjuto y caviloso, el glúcido de cabello gris *à la brosse* los miraba desde la puerta. Numerosas cucharitas se posaron en los platos, algunas sillas dieron media vuelta.

—Buenos días, señoras, buenos días, señores.

Se oyó un débil: «Buen día, señor», de la Nelly.

El glúcido se pasó la mano por el pelo.

—Deseo comunicarles en primer término que el médico acaba de visitar al enfermito y lo ha encontrado mucho mejor.

—Fenómeno —dijo el Pelusa.

—En nombre del capitán les informo que las restricciones de seguridad conocidas por ustedes serán levantadas a partir de mediodía.

Nadie dijo nada, pero el gesto de Raúl era demasiado elocuente como para que el glúcido lo pasara por alto.

—El capitán lamenta que un malentendido haya sido causa de un deplorable accidente, pero comprenderán que la Magenta Star declina toda responsabilidad al respecto, máxime cuando todos ustedes sabían que se trataba de una enfermedad sumamente contagiosa.

—Asesinos —dijo claramente López—. Sí, eso que ha oído: asesinos.

El glúcido se pasó la mano por el pelo.

—En circunstancias como ésta, la emoción y el estado nervioso explican ciertas acusaciones absurdas —dijo, desechando la cuestión con un encogimiento de hombros—. No quisiera retirarme sin prevenir a ustedes que quizá fuera conveniente que prepararan su equipaje.

En medio de los gritos y preguntas de las señoras, el glúcido parecía más viejo y cansado. Dijo unas palabras al *maître* y salió, pasándose con insistencia la mano por el pelo.

Paula miró a Raúl, que encendía aplicadamente la pipa.

—Qué macana, che —dijo Paula—. Y yo que había subalquilado mi departamento por dos meses.

—A lo mejor —dijo Raúl— podés conseguir el de Medrano, si te adelantás a Lucio y a Nora que deben tener unas ganas bárbaras de conseguir casa.

—No le tenés respeto a la muerte, vos.

—La muerte no me va a tener respeto a mí, che.

—Vamos —dijo bruscamente López a Paula—. Vamos a tomar sol, estoy harto de todo esto.

—Vamos, Jamaica John —dijo Paula, mirándolo de reojo. Le gustaba sentirlo enojado. «No, querido, no te la vas a llevar de arriba —pensó—. Machito orgulloso, ya vas a ver cómo detrás de los besos está siempre mi boca, que no cambia así nomás. Mejor que trates de entenderme, no de cambiarme...» Y lo primero que tenía que entender era que la vieja alianza no estaba rota, que Raúl sería siempre Raúl para ella. Nadie le compraría su libertad, nadie la haría cambiar mientras no lo decidiera por su cuenta.

Persio tomaba una segunda taza de café y pensaba en el regreso. Las calles de Chacarita desfilaban por su memoria. Tendría qué preguntarle a Claudia si era legal seguir faltando al empleo aunque estuviera de vuelta en Buenos Aires. «Detalles jurídicos delicados —pensó Persio—. Si el gerente me ve en la calle y yo he dicho que iba a hacer un viaje por mar...»

I

Pero si el gerente lo ve en la calle y él ha dicho que va a hacer un viaje por mar, ¿qué demonios importa? ¿Qué demonios? Esto lo subraya Persio mirando el poso de su segunda taza de café, salido y distante, oscilando como un corcho en otro corcho más grande en una vaga zona del océano austral. En toda la noche no ha podido velar, desconcertado por el olor de pólvora, las carreras, la vana quiromancia sobre manos falseadas por el talco, los volantes de automóviles y las asas de las valijas. Ha visto la muerte cambiar de idea a pocos metros de la cama de Jorge, pero sabe que esto es una metáfora. Ha sabido que hombres amigos han roto el cerco y llegado a la popa, pero no ha encontrado el hueco por donde reandar el contacto con la noche, coincidir con el descubrimiento precario de esa gente. El único que ha sabido algo de la popa ya no puede hablar. ¿Subió las escaleras de la iniciación? ¿Vio las jaulas de fieras, vio los monos colgados de los cables, oyó las voces primordiales, encontró la razón o el contentamiento? Oh, terror de los antepasados, oh, noche de la raza, pozo ciego y borboteante, ¿qué oscuro tesoro custodiaban los dragones de idioma nórdico, qué reverso esperaba allí para mostrarle a un muerto su verdadera cara? Todo el resto es mentira y esos otros, los que han vuelto o los que no han ido lo saben igualmente, los unos por no mirar o no querer mirar, los otros por inocencia o por la dulce canallería del tiempo y las costumbres. Mentira las verdades de los exploradores, mentira las mentiras de los cobardes y los prudentes; mentira las explicaciones, mentira los desmentidos. Sólo es cierta e inútil la gloria colérica de Atilio, ángel de torpes manos pecosas, que no sabe lo que ha sido pero que se yergue ya, marcado para siempre, distinto en su hora perfecta, hasta que la conjuración inevitable de la isla Maciel lo devuelva a la ignorancia satisfactoria. Y sin embargo allá estaban las Madres, por darles un nombre, por creer en sus vagas figuraciones, alzándose en mitad de la pampa, sobre la tierra que está maleando la cara de sus hombres, el porte de sus espaldas y sus cuellos, el color de sus ojos, la voz que ansiosa reclama el asado de tira y el tango de moda, estaban los arquetipos, los ocultos pies de la historia que enloquecida corre por las versiones oficiales, por el-veintinco-de-mayo-amaneció-frío-y-lluvioso, por Liniers misteriosamente héroe y traidor entre la página treinta y la treinta y cuatro, los pies profundos de la historia esperando la llegada del primer argentino, sedienta de entrega, de metamorfosis, de

*extracción a la luz. Pero una vez más sabe Persio que el rito
obsceno se ha cumplido, que los antepasados siniestros se han
interpuesto entre las Madres y sus distantes hijos, y que su terror
acaba por matar la imagen del dios creador, sustituirlo por un
comercio favorable de fantasmas, un cerco amenazante de la
ciudad, una exigencia insaciable de ofrendas y apaciguamientos.
Jaulas de monos, fieras sueltas, glúcidos de uniforme, eféméri-
des patrias, o solamente una cubierta lavada y gris de amanecer, cualquier cosa basta para ocultar lo que temblorosamente
esperaba del otro lado. Muertos o vivos han regresado de allá
abajo con los ojos turbios, y una vez más ve Persio dibujarse la
imagen del guitarrista que fue de Apollinaire, una vez más ve
que el músico no tiene cara, no hay más que un vago rectán-
gulo negro, una música sin dueño, un ciego acaecer sin raíces,
un barco flotando a la deriva, una novela que se acaba.*

EPÍLOGO

XLIV

A las once y media empezó a hacer calor y Lucio, cansado de tomar sol y explicar a Nora una cantidad de cosas que Nora no parecía considerar como irrefutables, optó por subir a darse una ducha. Estaba harto de hablar cara al sol, maldiciendo a los que habían estropeado el viaje; harto de preguntarse qué iba a ocurrir y por qué se hablaba de preparar los equipajes. La respuesta lo alcanzó cuando subía la escalerilla de estribor: un zumbido imperceptible, una mancha en el cielo, una segunda mancha. Los dos hidroaviones Catalina giraron sobre el *Malcolm* un par de veces antes de amerizar a cien metros. Solo en la punta de la proa, Felipe los miró sin interés, perdido en un semisueño que la Beba atribuía malignamente al alcohol.

La sirena del *Malcolm* sonó tres veces, y se vio brillar un heliógrafo a bordo de uno de los hidroaviones. Tirados en sus reposeras, López y Paula miraron alejarse una chalupa en cuya proa iba un glúcido gordo. El tiempo parecía alargarse indefinidamente a esa hora, la chalupa tardó en llegar al costado de uno de los hidroaviones, vieron que el glúcido trepaba al ala y desaparecía.

—Ayudame a hacer las valijas —pidió Paula—. Tengo todo tirado por el suelo.

—Bueno, pero es que estamos tan bien aquí.

—Quedémonos —dijo Paula, cerrando los ojos.

Cuando volvieron a interesarse por lo que pasaba, la chalupa se desprendía del hidroavión con varios hombres a bordo. Desperezándose, López consideró llegado el momento de poner sus cosas en orden, pero antes de subir estuvieron un momento apoyados en la borda, cerca de Felipe, y reconocieron la silueta y el traje azul oscuro del que venía hablando animadamente con el glúcido gordo. Era el inspector de la Dirección de Fomento.

Media hora después, el *maître* y el mozo recorrieron las cabinas y la cubierta para convocar a los pasajeros en el bar, donde el inspector los esperaba acompañado del glúcido de pelo gris. El doctor Restelli llegó el primero, respirando un optimismo que su forzada sonrisa desmentía. En el intervalo había conferenciado con el señor Trejo, Lucio y Don Galo, cambiando ideas sobre la mejor manera de presentar las cosas (en caso de que se abriera una información sumaria o se pretendiera dar por terminado el crucero al cual todos, salvo los revoltosos, tenían pleno derecho). Las señoras arribaron con sus mejores saludos y sonrisas, ensayando unos: «¡Cómo! ¿Usted por aquí? ¡Qué sorpresa!», que el inspector contestó estirando levemente los labios y levantando la mano derecha con la palma hacia delante.

—Ya estamos todos, creo —dijo, mirando al *maître* que pasaba revista. Se hizo un gran silencio, en medio del cual el fósforo que frotaba Raúl restalló con fuerza.

—Buenos días, señoras y señores —dijo el inspector—. Está de más que les señale cuánto lamenta la Dirección los inconvenientes producidos. El radiograma enviado por el capitán del *Malcolm* era de un carácter tan urgente que, como pueden ustedes apreciar, la Dirección no trepidó en movilizar inmediatamente los recursos más eficaces.

—El radiograma lo mandamos nosotros —dijo Raúl—. Para ser exacto, lo mandó el hombre que asesinaron ésos.

El inspector miraba la punta del dedo de Raúl, que señalaba al glúcido. El glúcido se pasó la mano por el pelo. Sacando un silbato, el inspector sopló dos veces. Entraron tres jóvenes con uniforme de la policía de la capital, marcadamente incongruente en esa latitud y en ese bar.

—Les agradeceré que me dejen terminar lo que he venido a comunicarles —dijo el inspector, mientras los policías se situaban detrás de los pasajeros—. Es muy lamentable que la epidemia estallara una vez que el barco había salido de la rada de Buenos Aires. Nos consta que la oficialidad del *Malcolm* tomó todas las medidas necesarias para proteger la salud de ustedes, forzándolos incluso a una disciplina un tanto molesta, pero que se imponía necesariamente.

—Exacto —dijo Don Galo—. Todo eso, perfecto. Lo dije desde el primer momento. Ahora permítame usted, estimado señor...

—Permítame *usted* —dijo el inspector—. A pesar de esas precauciones, hubo dos alarmas, la segunda de las cuales obligó al capitán a telegrafiar a Buenos Aires. El primer caso no pasó por fortuna de una falsa alarma, y el médico a bordo ya ha dado de alta al enfermito; pero el segundo, provocado por la imprudencia de la víctima que franqueó indebidamente las barreras sanitarias y llegó hasta la zona contaminada, ha sido fatal. El señor... —consultó una libreta, mientras crecían los murmullos—. El señor Medrano, eso es. Muy lamentable, ciertamente, permítanme, señores. ¡Silencio! Permítanme. En estas circunstancias, y luego de conferenciar con el capitán y el médico, se ha llegado a la conclusión de que la presencia de ustedes a bordo del *Malcolm* resulta peligrosa para la salud de todos. La epidemia, aunque en curso de desaparición, podría tener un nuevo brote de este lado, máxime cuando el caso fatal ha llegado a su desenlace en una de las cabinas de proa. Por todo ello, señoras y señores, les ruego se preparen a embarcarse en los aviones dentro de un cuarto de hora. Muchas gracias.

—¿Y por qué embarcarse en los aviones? —gritó Don Galo, empujando su silla para acercarse al inspector—. ¿Pero entonces es cierto lo de la epidemia?

—Mi querido Don Galo, claro que es cierto —dijo el doctor Restelli, adelantándose vivamente—. Me sorprende usted, querido amigo. Nadie ha dudado un solo momento de que la oficialidad luchaba contra un brote del tifus 224, usted lo sabe muy bien. Señor inspector, no se trata en realidad de eso, pues todos estamos de acuerdo, sino de la oportunidad de la medida, digamos un tanto drástica, que proyecta usted tomar. Lejos de mí pretender hacer valer el derecho que como agraciado me corresponde, pero al mismo tiempo lo insto que reflexione sobre la posible precipitación de un acto que...

—Vea, Restelli, déjese de macanas —dijo López, zafándose del brazo de Paula y de sus pellizcos conminatorios—. Usted y todos los demás saben perfectamente que a Medrano lo han matado a tiros los del barco. Qué tifus ni qué carajo, che. Y usted escúcheme un momento. Maldito lo que me importa volver a Buenos Aires después de las que hemos pasado aquí, pero no pienso permitir que se mienta en esa forma.

—Cállese, señor —dijo uno de los policías.

—No me da la gana. Tengo testigos y pruebas de lo que digo. Y lo único que lamento es no haber estado con Medrano para bajar a tiros media docena de esos hijos de puta.

El inspector levantó la mano.

—Pues bien, señores, no quería verme obligado a señalarles la alternativa que se plantea en caso de que alguno de ustedes, perdida la noción de la realidad por razones amistosas o por lo que sea, insista en desvirtuar el origen de los hechos. Créanme que lamentaría verme precisado a desembarcar a ustedes en... digamos, alguna zona aislada, y retenerlos allí hasta que se serenaran los ánimos, y pudiera darse un curso normal a la información.

—A mí me puede desembarcar donde se le antoje —dijo López—. Medrano fue asesinado por ésos. Míreme la cara. ¿Le parece que también esto es tifus?

—Ustedes decidirán —dijo el inspector, dirigiéndose sobre todo al señor Trejo y a Don Galo—. No quisiera verme obligado a internarlos, pero si se obstinan en falsear hechos que han sido verificados por las personas más irreprochables...

—No diga macanas —dijo Raúl—. ¿Por qué no bajamos juntos, usted y yo, a echarle una ojeada al muerto?

—Oh, el cuerpo ya ha sido retirado del barco —dijo el inspector—. Usted comprende que se trata de una medida higiénica elemental. Señores, les ruego que reflexionen. Podemos estar todos de vuelta en Buenos Aires dentro de cuatro horas. Una vez allá, y firmadas las declaraciones que redactaremos de común acuerdo, no tengan la menor duda de que la dirección se ocupará de indemnizarlos debidamente, pues nadie olvida que este viaje correspondía a un premio, y que el hecho de haberse malogrado no es óbice.

—Lindo fin de frase —dijo Paula.

El señor Trejo carraspeó, miró a su esposa, y se decidió a hablar.

—Yo pregunto, señor inspector... Puesto que, como usted lo señala, el cuerpo ha sido retirado del barco, y a la vez el brote tífico está en franca regresión, ¿no ha pensado en la posibilidad de que...?

—Pero claro, hombre —dijo Don Galo—. ¿Qué razón hay para que los que estemos de acuerdo... digo claramente, los que estemos de acuerdo... prosigamos este viaje?

Todos hablaban a un tiempo, las voces de las señoras superaban las incómodas tentativas de los policías por imponer silencio. Raúl notó que el inspector sonreía satisfecho, y que hacía una seña a los policías para que no intervinieran. «Dividir para reinar —pensó, apoyándose en un tabique y fumando sin placer—. ¿Por qué no? Lo mismo da quedarse que irse, seguir que volver. Pobre López, empecinado en hacer brillar la verdad. Pero Medrano estaría contento si pudiera enterarse; vaya lío el que ha armado...» Sonrió a Claudia, que asistía como desde muy lejos a la escena, mientras el doctor Restelli explicaba que algunos lamentables excesos no debían gravitar sobre el bien ganado descanso de la mayoría de los pasajeros, por lo cual confiaba en que el señor inspector... Pero el señor inspector volvía a levantar la mano con la palma hacia adelante, hasta lograr un relativo silencio.

—Comprendo muy bien el punto de vista de estos señores —dijo—. Sin embargo, el capitán y la oficialidad han estimado que dadas las circunstancias, el brote, etcétera... En una palabra, señores; volvemos todos a Buenos Aires o me veo precisado, con gran dolor de mi alma, a ordenar una internación temporaria hasta que se disipen los malentendidos. Observen ustedes que la amenaza del tifus bastaría para justificar tan extrema medida.

—Ahí está —dijo Don Galo, volviéndose como un basilisco hacia López y Atilio—. Ése es el resultado de la anarquía y de la prepotencia. Lo dije desde que subí a bordo. Ahora pagarán justos por pecadores, coño. ¿Y esos hidroaviones son seguros o qué?

—¡Nada de hidroaviones! —gritó la señora de Trejo, sostenida por un murmullo predominantemente femenino—. ¿Por qué no hemos de seguir el viaje, vamos a ver?

—El viaje ha terminado, señora —dijo el inspector.

—¡Osvaldo, y vos vas a tolerar esto!

—Hijita —dijo el señor Trejo, suspirando.

—De acuerdo, de acuerdo —dijo Don Galo—. Se toma el hidroavión y se acabó, con tal que no se hable más de internaciones y otras pajolerías.

—En efecto —dijo el doctor Restelli, mirando de reojo a López—, dadas las circunstancias, si lográramos la unanimidad a que nos invita el señor inspector...

López sentía entre asco y lástima. Estaba tan cansado que la lástima podía más.

—Por mí no se preocupe, che —le dijo a Restelli—. No tengo inconveniente en volver a Buenos Aires, y allá nos explicaremos.

—Justamente —dijo el inspector—. La Dirección tiene que tener la seguridad de que ninguno de ustedes aprovechará su regreso para difundir especies.

—Entonces —dijo López— la Dirección está bien arreglada.

—Señor mío, su insistencia... —dijo el inspector—. Créame, si no tengo la seguridad previa de que renunciarán ustedes a tergiversar, sí, a tergiversar de esa manera la verdad, me veré precisado a hacer lo que dije antes.

—No faltaría más que eso —dijo Don Galo—. Primero tres días con el alma en un hilo, y después vaya a saber cuánto tiempo metidos en el culo del mundo. No, no y no. ¡A Buenos Aires, a Buenos Aires!

—Pero claro —dijo el señor Trejo—. Es intolerable.

—Analicemos la situación con calma —pidió el doctor Restelli.

—La situación es muy sencilla —dijo el señor Trejo—. Puesto que el señor inspector considera que no es posible continuar el viaje... —miró a su esposa, lívida de rabia, e hizo un gesto de impotencia—... entendemos que lo más lógico y natural es regresar en seguida a Buenos Aires y reintegrarnos en... en...

—A —dijo Raúl—. Reintegrarnos a.

—Por mi parte no hay inconveniente en que ustedes se reintegren —dijo el inspector—, siempre que firmen la declaración que se preparará oportunamente.

—Mi declaración la redactaré yo hasta la última coma —dijo López.

—No serás el único —dijo Paula, sintiéndose un poco ridícula a fuerza de virtud.

—Claro que no —dijo Raúl—. Seremos por lo menos cinco. Y eso es más de una cuarta parte del pasaje, cosa no despreciable en una democracia.

—No me vengan con política, por favor —dijo el inspector.

El glúcido se pasó la mano por el pelo y empezó a hablarle en voz baja, mientras el inspector escuchaba deferente.

Raúl se volvió hacia Paula.

—Telepatía, querida. Le está diciendo que la Magenta Star se opone al truco de la internación parcial porque a la larga el escándalo será más grande. No nos llevarán a Ushuaia, verás, ni siquiera eso. Me alegro porque no traje ropa de invierno. Fijate bien y verás cómo tengo razón.

La tenía, porque el inspector volvió a levantar la mano con su gesto que hacía pensar incongruentemente en un pingüino, y declaró con fuerza que si no se lograba la unanimidad se vería forzado a internar a todos los pasajeros sin excepción. Los hidroaviones no podían separarse, etcétera; agregó otras vistosas razones técnicas. Calló, esperando los resultados de la vieja máxima que Raúl había sospechado un rato antes, y no tuvo que esperar mucho. El doctor Restelli miró a Don Galo, que miró a la señora de Trejo, que miró a su marido. Un polígono de miradas, un rebote instantáneo. Orador, don Galo Porriño.

—Verá usted, señor mío —dijo Don Galo, haciendo oscilar la silla de ruedas—. No es cosa que por la contumacia y el emperramiento de estos jóvenes currutacos nos veamos los más ponderados y bien pensantes trasladados quién sabe adónde, sin contar que más tarde la calumnia se ensañará con nosotros, pues bien me conozco yo este mundo. Si usted nos dice que la... que el accidente, ha sido provocado por esa epidemia de la puñeta, personalmente creo que no hay razones para dudar de su palabra de funcionario. Nada me sorprendería que la reyerta de esta madrugada haya sido, como quien dice, más ruido que nueces. La verdad es que ninguno de nosotros —acentuó la última palabra— ha podido ver al... al malogrado caballero, que gozaba por lo demás de toda nuestra simpatía a pesar de sus torpezas de última hora.

Hizo girar la silla un cuarto de círculo y miró triunfalmente a López y Raúl.

—Repito: nadie lo ha visto, porque esos señores, ayudados por el forajido que se atrevió a encerrarnos anoche en el bar —y observen ustedes el peso que tiene esa incalificable tropelía cuando se la considera a la luz de lo que estamos diciendo—, esos señores, repito, por darles todavía un nombre que no merecen, impidieron a estas damas, movidas por un impulso de caridad cristiana que respeto aunque mis convicciones sean otras, el acceso a la cámara mortuoria. ¿Qué conclusiones, señor inspector, cabe sacar de esto?

Raúl agarró del brazo al Pelusa, que estaba color ladrillo, pero no pudo impedirle que hablara.

—¿Cómo que conclusiones, paparulo? ¡Yo lo traje de vuelta, lo traje, con el señor aquí! ¡Le chorreaba la sangre por la tricota!

—Delirio alcohólico, probablemente —murmuró el señor Trejo.

—¿Y el tiro que le fajé al coso de la popa, entonces? ¡Le sangraba la oreja que parecía un chancho degollado! ¡Por qué no le habré pegado en la panza, Dios querido, a ver si también me venían con el tifus!

—No te rompás, Atilio —dijo Raúl—. La historia ya está escrita.

—Ma qué historia —dijo el Pelusa.

Raúl se encogió de hombros.

El inspector esperaba, sabiendo que otros serían más elocuentes que él. Primero habló el doctor Restelli, modelo de discreción y buen sentido; lo siguió el señor Trejo, vehemente defensor de la causa de la justicia y el orden; Don Galo se limitaba a apoyar los discursos con frases llenas de ingenio y oportunidad. En los primeros momentos López se molestó en replicarles y en insistir en que eran unos cobardes, apoyado por las interjecciones y los arrebatos de Atilio y las púas siempre certeras de Raúl. Cuando el asco le quitó hasta las ganas de hablar, les dio la espalda y se fue a un rincón. El grupo de los malditos se reunió en silencio, discretamente vigilado por los policías. El partido de la paz redondeaba sus conclusiones, favorecido por la aprobación de las señoras y la sonrisa melancólica del inspector.

XLV

Desde lo alto el *Malcolm* parecía un fósforo en una palangana. Después de haberse apurado para ocupar un asiento junto a una ventanilla, Felipe lo miró con indiferencia. El mar perdía todo volumen y relieve, se convertía en una lámina turbia y opaca. Encendió un cigarrillo y echó una mirada a su alrededor; los respaldos de los asientos eran sorprendentemente bajos. A la izquierda, el otro hidroavión volaba con una perfecta sensación de inmovilidad. El equipaje de los viajeros iba en él y también probablemente... Al subir, Felipe había mirado en todos los huecos de la cabina, esperando descubrir una forma envuelta en una sábana o una lona, más probablemente una lona. Como no vio nada, suponía que lo habían embarcado en el otro avión.

—En fin —dijo la Beba, sentada entre su madre y Felipe—. Era de imaginarse que esto terminaría mal. No me gustó desde el primer momento.

—Podría haber terminado perfectamente —dijo la señora de Trejo—, si no hubiera sido por el tifus y... por el tifus.

—De todas maneras es un papelón —dijo la Beba—. Ahora tendré que explicarles a todas mis amigas, imaginate.

—Pues m'hijita, lo explica y se acabó. Ya sabe muy bien lo que tiene que decir.

—Si te creés que María Luisa y la Merche se lo van a tragar...

La señora de Trejo miró un momento a la Beba y luego a su esposo, ubicado en el lado opuesto donde había sólo dos asientos. El señor Trejo, que había oído, hizo una seña para tranquilizarla. En Buenos Aires convencerían poco a poco a los chicos de que no tergiversaran las explicaciones; a lo mejor convendría mandarlos un mes a Córdoba, a la estancia de tía

Florita. Los chicos olvidan pronto, y además como son menores de edad, sus palabras no tienen consecuencias jurídicas. Realmente no valía la pena hacerse mala sangre.

Felipe seguía mirando el *Malcolm* hasta que lo vio perderse debajo del avión; ahora sólo quedaba un interminable aburrimiento de agua, cuatro horas de agua hasta Buenos Aires. No estaba tan mal el vuelo, al fin y al cabo era la primera vez que subía a un avión y tendría para contarles a los muchachos. La cara de su madre antes de despegar, el terror disimulado de la Beba... Las mujeres eran increíbles, se asustaban por cada pavada. Y sí, che, qué le vas a hacer, se armó un lío tan descomunal que al final nos metieron a todos en un Catalina y de vuelta a casa. Mataron a uno y todo, que... Pero no le iban a creer, Ordóñez lo miraría con ese aire que tomaba cuando quería sobrarlo. Se hubiera sabido, pibe, vos qué te creés, para qué están los diarios. Sí, era mejor no hablar de eso. Pero Ordóñez, y a lo mejor Alfieri, le preguntarían cómo le había ido en el viaje. Eso era más fácil: la pileta, una pelirroja con bikini, el lance a fondo, la piba que se hacía la estrecha, mirá que si se enteran, yo tengo vergüenza, pero no, nena, aquí nadie se va a enterar, vení, dejame un poco. Al principio no quería, estaba asustada, pero vos sabés lo que es, apenas me la trinqué en forma cerró los ojos y me dejó que la desvistiera en la cama. Qué hembra, pibe, no te puedo contar...

Resbaló un poco en el asiento, con los ojos entornados. Mirá, si te digo lo que fue eso... Todo el día, che, y no quería que me vaya, un metejón de esos que vos no sabés qué hacer... Pelirroja, sí, pero abajo era más bien rubia. Claro, yo también tenía curiosidad, pero ya te digo, más bien rubia.

Se abrió la puerta de la cabina de comando, y el inspector asomó con aire satisfecho y casi juvenil.

—Tiempo magnífico, señores. Dentro de tres horas y media estaremos en Puerto Nuevo. La Dirección ha pensado que luego de cumplir los trámites de que ya hemos hablado, ustedes preferirán sin duda encaminarse inmediatamente a sus domicilios. Para evitar pérdidas de tiempo habrá taxis para todos, y los equipajes les serán entregados apenas desembarquen.

Se sentó en el primer asiento, al lado del chofer de Don Galo que leía un número de *Rojo y Negro*. Nora metida en lo más hondo de un asiento de ventanilla, suspiró.

—No me puedo convencer —dijo—. Creéme, es más fuerte que yo. Ayer estábamos tan bien, y ahora...

—A quién se lo decís —murmuró Lucio.

—Yo no entiendo, vos mismo al principio estabas tan preocupado por la cuestión de la popa... ¿Por qué se afligían tanto, decime? Yo no sé, parecían señores tan bien, tan simpáticos.

—Una manga de forajidos —dijo Lucio—. A los otros no los conocía, pero Medrano te juro que me dejó helado. Vos fijate, tal como están las cosas en Buenos Aires un lío así nos puede perjudicar a todos. Ponele que alguien le pase el dato a mis jefes, me puede costar un ascenso o algo peor. Al fin y al cabo eran premios oficiales, en eso nadie se fijó. No pensaban más que en armar escándalo, para lucirse.

—Yo no sé —dijo Nora, mirándolo y bajando en seguida los ojos—. Vos tenés razón, claro, pero cuando se enfermó el hijo de la señora...

—¿Y qué? ¿No lo ves ahí sentado comiendo caramelos? ¿Qué enfermedad era ésa, decime un poco? Pero esos espamentosos lo único que buscaban era armar lío y hacerse los héroes. ¿Te creés que no me di cuenta de entrada y que no les paré el carro? Mucho revólver, mucho alarde... Yo te digo, Nora, si esto se llega a saber en Buenos Aires...

—Pero no se va a saber, creo —dijo Nora, tímidamente.

—Esperemos. Por suerte hay algunos que piensan como yo, y estamos en mayoría.

—Habrá que firmar esa declaración.

—Seguro que hay que firmarla. El inspector va a arreglar las cosas. A lo mejor yo me aflijo por nada, al fin y al cabo quién les va a creer ese cuento.

—Sí, pero el señor López y Presutti estaban tan furiosos...

—Se mandan la parte hasta el final —dijo Lucio—, pero ya vas a ver que en Buenos Aires no se oye hablar más de ellos. ¿Por qué me mirás así?

—¿Yo?

—Sí, vos.

—Pero Lucio, yo te miraba nomás.

—Me mirabas como si yo estuviera mintiendo o algo parecido.

—No, Lucio.

—Sí, me mirabas de una manera rara. ¿Pero no te das cuenta de que tengo razón?

—Claro que sí —dijo Nora, evitando sus ojos. Por supuesto que Lucio tenía razón. Estaba demasiado enojado como para no tener razón. Lucio siempre tan alegre, ella tenía que hacer todo lo posible para que se olvidara de esos días y volviera a estar alegre. Sería terrible que siguiera malhumorado y que al llegar a Buenos Aires decidiera hacer cualquier cosa, ella no sabía bien qué, cualquier cosa, perderle el cariño, abandonarla, aunque era absurdo creer que Lucio pudiera abandonarla precisamente ahora que ella le había dado la más grande prueba de amor, ahora que había pecado por él. Parecía increíble que dentro de tres horas fueran a estar en pleno centro, y ahora tenía que preguntarle a Lucio qué pensaba hacer, si ella volvería a su casa, porque aunque Mocha comprendiera, su mamá... Se imaginó entrando en el comedor, y su mamá que la miraba y se ponía cada vez más pálida. ¿Dónde había estado esos tres días? «Arrastrada —diría su mamá—. Ésa es la educación que le han dado las monjas, arrastrada, prostituta, mal nacida.» Y Mocha trataría de defenderla pero cómo explicar esos tres días. Imposible volver a casa, le telefonearía a Mocha para que se encontrara con ella y con Lucio en alguna parte. Pero si Lucio, que estaba tan furioso... Y si él no quería casarse en seguida, si empezaba a darle de largas al casamiento, y volvía a su empleo, a las chicas de la oficina, sobre todo a esa Betty, si empezaba a salir de nuevo con los amigos...

Lucio miraba el mar sobre el hombro de Nora. Parecía esperar que ella le dijera algo. Nora se volvió hacia él y lo besó en la mejilla, en la nariz, en la boca. Lucio no devolvía los besos, pero ella lo sintió sonreír cuando le besaba otra vez en la mejilla.

—Monono —dijo Nora, poniendo toda su alma para que lo que decía fuera como tenía que ser—. Te quiero tanto. Soy tan feliz con vos, me siento tan segura, sabés, tan protegida.

Espiaba su cara, besándolo, y vio que Lucio seguía sonriendo. Juntó sus fuerzas para empezar a hablar de Buenos Aires.

—No, no, basta de caramelos. Anoche te estabas muriendo y ahora querés pescarte una indigestión.

—No comí más que dos —dijo Jorge, dejándose arropar en una manta de viaje y poniendo cara de víctima—. Che, qué serenito vuela este avión. ¿Vos no creés que con un avión así podríamos llegar al astro, Persio?

—Imposible —dijo Persio—. La estratósfera nos haría polvo.

Cerrando los ojos, Claudia apoyó la nuca en el borde del incómodo respaldo. La irritaba haberse irritado contra Jorge. Anoche te estabas muriendo... No era una frase para decirle al pobre, pero sabía que en el fondo no le estaba dedicada, que Jorge era culpable de una culpa que lo excedía infinitamente. Pobrecito, era estúpido de su parte descargar en él algo tan distinto, tan lejos de todo eso. Lo arropó de nuevo, tocándole la frente, y buscó los cigarrillos. En los asientos del lado opuesto López y Paula jugaban a enredarse los dedos de las manos, a hacer el dedo amputado, a pulsear. Contra la ventanilla, envuelto en humo, Raúl dormitaba. Una o dos imágenes de duermevela bailaron un momento y huyeron, despertándolo de golpe. A veinte centímetros de su cara veía la nuca del doctor Restelli y el robusto cogote del señor Trejo. Hubiera podido reconstruir casi literalmente su conversación, aunque el ruido del avión no le permitía oír ni una palabra. Se cambiarían las tarjetas, decididos a encontrarse muy pronto y asegurarse de que todo iba bien y que ninguno de los exaltados (afortunadamente bien metidos en cintura por el inspector y por su propia torpeza) pretendía iniciar una campaña en los pasquines de izquierda que los enlodara a todos. A esa altura, y a juzgar por la vehemencia que ponía el doctor Restelli en sus movimientos y gestos, debía estar insistiendo en que, bien mirado, no existía prueba alguna de lo que afirmaban los más desaforados. «Por lo menos un buen abogado lo demostraría concluyentemente —pensó Raúl, divertido—. Quién va a aceptar, quién va a creer que en un barco como ése había armas de fuego al alcance de la mano, y que los lípidos no nos hicieran pedazos en cinco minutos después que los baleamos en el puente. ¿Dónde están las pruebas de lo que podríamos decir? Medrano, claro. Pero ya leeremos una necrología de tres líneas, muy bien cocinada.»

—Che Carlos...

—Momento —dijo López—. Me está torciendo el brazo de una manera horrible, fijate.

—Encajale un pellizco, no hay nada mejor para ganar la pulseada. Mirá, me estaba divirtiendo en pensar que a lo mejor los viejitos tienen razón. ¿Vos trajiste tu revólver?

—No, debe tenerlo Atilio —dijo López, sorprendido.

—Lo dudo. Cuando fui a hacer mis valijas, la Colt había desaparecido con todas las balas. Como no era mía, me pareció justo. Le vamos a preguntar a Atilio, pero seguro que también le soplaron el fierrito. Otra cosa que se me ocurrió: vos y Medrano fueron a la peluquería, ¿verdad?

—¿A la peluquería? Esperá un poco, eso fue ayer. ¿Puede ser que haya sido ayer? Parece que hubiera pasado tanto tiempo. Sí, claro que fuimos.

—Me pregunto —dijo Raúl— por qué no interrogaron al peluquero sobre la popa. Estoy seguro de que no lo hicieron.

—La verdad, no —dijo López, perplejo—. Estábamos tan bien, charlando, Medrano era tan macanudo, tan... Pero ustedes se dan cuenta, que estos cínicos pretendían decir que las cosas pasaron de otro modo...

—Volviendo al peluquero —dijo Raúl—, ¿no te llama la atención que a la hora en que todos nosotros andábamos buscando un pasaje cualquiera para llegar a la popa...?

Casi sin escuchar, Paula los miraba alternativamente, preguntándose hasta cuándo seguirían dándole vueltas al asunto. Los verdaderos inventores del pasado eran los hombres; a ella la preocupaba lo que iba a venir, si es que la preocupaba. ¿Cómo sería Jamaica John en Buenos Aires? No como a bordo, no como ahora; la ciudad los esperaba para cambiarlos, devolverles todo lo que se habían quitado junto con la corbata o la libreta de teléfonos al subir a bordo. Por lo pronto López era nada menos que un profesor, lo que se llama un docente, alguien que tiene que levantarse a las siete y media para ir a enseñar los gerundios a las nueve y cuarenta y cinco o a las once y cuarto. «Qué cosa tan horrorosa —pensó Paula—. Y lo peor va a ser cuando él me vea a mí allá; eso va a ser mucho, mucho peor.» ¿Pero qué importaba? Se sentían tan bien con las manos entrelazadas como idiotas, mirándose a veces o sacándose la lengua, o preguntándole a Raúl si le parecía que hacían la pareja ideal.

Atilio fue el primero en distinguir las chimeneas, las torres, los rascacielos, y recorrió el avión con un entusiasmo extraordinario. Durante todo el viaje se había aburrido entre la Nelly y Doña Rosita, teniendo además que atender a la madre de la Nelly a quien el mareo le provocaba sólidos ataques de llanto y evocaciones familiares más bien confusas.

—¡Mirá, mirá, ya estamos en el río, si te fijás bien se ve el puente de Avellaneda! ¡Qué cosa, pensar que para ir le pusimos más de tres días y ahora volvemos en dos patadas!

—Son los adelantos —dijo Doña Rosita, que miraba a su hijo con una mezcla de temor y desconfianza—. Ahora cuando lleguemos le telefoneamos a tu padre para que en todo caso nos vengan a buscar con el camioncito.

—Pero no, señora, si el inspector dijo que iban a poner taxis —afirmó la Nelly—. Por favor sentate, Atilio, me hacés venir tan nerviosa cuando te movés. Me parece que el avión se va a ladear, te juro.

—Como en esa cinta en que mueren todos —dijo Doña Rosita.

El Pelusa soltó una carcajada despectiva, pero se sentó lo mismo. Le costaba estarse quieto y tenía todo el tiempo la sensación de que había que hacer algo. No sabía qué, le sobraban energías para hacer cualquier cosa si López o Raúl se lo pedían. Pero López y Raúl estaban callados, fumando, y Atilio se sentía vagamente decepcionado. A la final los viejos y los tiras se iban a salir con la suya, era una vergüenza, seguro que si estaba Medrano no se la llevaban de arriba.

—Qué nervioso que te ponés —dijo Doña Rosita—. Vos parecería que no te basta con todas las barrabasadas de ayer. Mirala a la Nelly, mirala. Se te tendría que caer la cara de vergüenza de verla cómo ha sufrido la pobre. Yo nunca vi llorar tanto, te juro. Ay, Doña Pepa, los hijos son una cruz, créame. Lo bien que estábamos en ese camarote todo de madera terciada y con el señor Porriño tan divertido, y justamente estos cabeza loca se van a meter en un lío.

—Acabala, mama —pidió el Pelusa, arrancándose un pellejo de un dedo.

—Tiene razón tu mamá —dijo débilmente la Ne-lly—. No ves que te engañaron esos otros, ya lo dijo el inspector. Te hicieron creer cada cosa y vos, claro...

El Pelusa se enderezó como si le hubieran clavado un alfiler.

—¿Pero vos querés que yo te lleve al altar sí o no? —vociferó—. ¿Cuántas veces te tengo de decir lo que pasó, papanata?

La Nelly se largó a llorar, protegida por los motores y el cansancio de los pasajeros. Arrepentido y furioso, el Pelusa prefería mirar Buenos Aires. Ya estaban cerca, ya se ladeaban un poco, se veían las chimeneas de la compañía de electricidad, el puerto, todo pasaba y desaparecía, oscilando en una niebla de humo y calor de mediodía. «Qué pizza que me voy a mandar con el Humberto y el Rusito —pensó el Pelusa—. Eso sí que no había en el barco, hay que decir lo que es.»

—Sírvase, señora —dijo el impecable oficial de policía.

La señora de Trejo tomó la estilográfica con una amable sonrisa, y firmó al pie de la hoja donde se amontonaban ya diez u once firmas.

—Usted, señor —dijo el oficial.

—Yo no firmo eso —dijo López.

—Yo tampoco —dijo Raúl.

—Muy bien, señores. ¿Señora?

—No, no firmaré —dijo Claudia.

—Ni yo —dijo Paula, dedicando al oficial una sonrisa especialísima.

El oficial se volvió hacia el inspector y le dijo algo. El inspector le mostró una lista donde figuraban los nombres, profesiones y domicilios de los viajeros. El oficial sacó un lápiz rojo y subrayó algunos nombres.

—Señores, pueden salir del puerto cuando quieran —dijo, golpeando los talones—. Los taxis y el equipaje esperan ahí afuera.

Claudia y Persio salieron llevando de la mano a Jorge. El calor espeso y húmedo del río y los olores del puerto repugnaron a Claudia, que se pasó una mano por la frente. Sí, Juan Bautista Alberdi al setecientos. Al lado de su taxi se despidió de Paula y López, saludó a Raúl. Sí, el teléfono figuraba en guía: Lewbaum.

López prometió a Jorge que iría un día, armado de un calidoscopio sobre el que Jorge se hacía grandes ilusiones. El taxi salió, llevándose también a Persio que parecía medio dormido.

—Bueno, ya ven que nos dejaron salir —dijo Raúl—. Nos vigilarán un tiempo, pero después... Saben de sobra lo que hacen. Cuentan con nosotros, por supuesto. Yo, por ejemplo, seré el primero en preguntarme qué debo hacer y cuándo lo voy a hacer. Me lo preguntaré tantas veces que al final, ¿tomamos el mismo taxi, pareja encantadora?

—Claro —dijo Paula—. Hacé poner aquí tus valijas.

Atilio se acercó corriendo, con la cara sudorosa. Estrechó la mano de Paula hasta machucársela, palmeó sonoramente a López en la espalda, chocó los cinco con Raúl. El saco color ladrillo lo devolvía de lleno a todo lo que lo estaba esperando.

—Los tenemos que ver —dijo el Pelusa, entusiasta—. Prestemé la lapicera y le dejo la dirección. Un domingo vienen y comemos un asado, eh. El viejo va a estar encantado de conocerlos.

—Pero claro —dijo Raúl, seguro de que no volverían a verse.

El Pelusa los miraba, resplandeciente y emocionado. Volvió a palmear a López y anotó sus direcciones y teléfonos. La Nelly lo llamaba a gritos, y él se alejó apenado, quizá comprendiendo o sintiendo algo que no comprendía.

Desde el taxi vieron cómo el partido de la paz se dispersaba, cómo el chofer metía a Don Galo en un gran auto azul. Algunos mirones presenciaban la escena, pero había más policías que particulares.

Prensada entre López y Raúl, Paula preguntó adónde iban, López calló esperando, pero Raúl tampoco decía nada, mirándolos entre burlón y divertido.

—Como primera medida podríamos tomarnos un copetín —adujo entonces López.

—Sana idea —dijo Paula que tenía sed.

El chófer, un muchacho sonriente, se volvió a la espera de la orden.

—Y bueno —dijo López—. Vamos al *London*, che. Perú y Avenida.

NOTA

Esta novela fue comenzada con la esperanza de alzar una especie de biombo que me aislara lo más posible de la afabilidad que aquejaba a los pasajeros de tercera clase del *Claude Bernard* (ida) y del *Conte Grande* (vuelta). Como probablemente el lector la escogerá con intenciones análogas, puesto que los libros van siendo el único lugar de la casa donde todavía se puede estar tranquilo, me parece justo señalarle tan fraternal coincidencia en el arte de la fuga.

También quisiera decirle, tal vez curándome en salud, que no me movieron intenciones alegóricas y mucho menos éticas. Si hacia el final algún personaje alcanza a entreverse a sí mismo, mientras algún otro recae blandamente en lo que el orden bien establecido lo insta a ser, son ésos los juegos dialécticos cotidianos que cualquiera puede contemplar a su alrededor o en el espejo del baño, sin pensar por ello en darles trascendencia.

Los soliloquios de Persio han perturbado a algunos amigos a quienes les gusta divertirse en línea recta. A su escándalo sólo puedo contestar que me fueron impuestos a lo largo del libro y en el orden en que aparecen, como una suerte de supervisión de lo que se iba urdiendo o desatando a bordo. Su lenguaje insinúa otra dimensión o, menos pedantescamente, apunta a otros blancos. Jugando al sapo ocurre que después de cuatro tejos perfectamente embocados, mandamos el quinto a la azotea; no es una razón para... Ahí está: no es una *razón*. Y precisamente por eso el quinto tejo corona quizá el juego en algún marcador invisible, y Persio puede farfullar aquellos versos que presumo anónimos y españoles: «Nadie con el tejo dio / Y yo con el tejo di».

Por último, sospecho que este libro desconcertará a aquellos lectores que apoyan a sus escritores preferidos, entendiendo por apoyo el deseo y casi la orden de que sigan por el mismo camino y no salgan con un domingo siete. El primer desconcertado he sido yo, porque empecé a escribir partiendo de la actitud central que me ha dictado otras cosas muy diferentes; después, para mi maravilla y gran diversión, la novela se cortó sola y tuve que seguirla, primer lector de episodios que jamás había pensado que ocurrirían a bordo de un barco de la Magenta Star. ¿Quién me iba a decir que el Pelusa, que no me era demasiado simpático, se agrandaría tanto al final? Para no mencionar lo que me pasó con Lucio, porque yo quería a Lucio... Bah, dejémoslos tranquilos, aparte de que cosas parecidas ya le sucedieron a Cervantes y les suceden a todos los que escriben sin demasiado plan; dejando la puerta bien abierta para que entre el aire de la calle y hasta la pura luz de los espacios cósmicos, como no hubiera dejado de agregar el doctor Restelli.

Índice

Divertimento de Julio Cortázar
se terminó de imprimir en junio de 2017
en los talleres de
Impresora Tauro S.A. de C.V.
Av. Plutarco Elías Calles 396, col. Los Reyes,
Ciudad de México